光延真哉
MITSUNOBU Shinya

江戸歌舞伎作者の研究

金井三笑から鶴屋南北へ

笠間書院

勝川春章画「楽屋内　市川団十郎」、東京国立博物館蔵 Image：TNM Image Archives

「暫」の化粧をした楽屋内の五代目市川団十郎に、狂言作者が書抜き（セリフを抜き書きしたもの）を手渡そうとしている。この人物を金井三笑とする説がある。

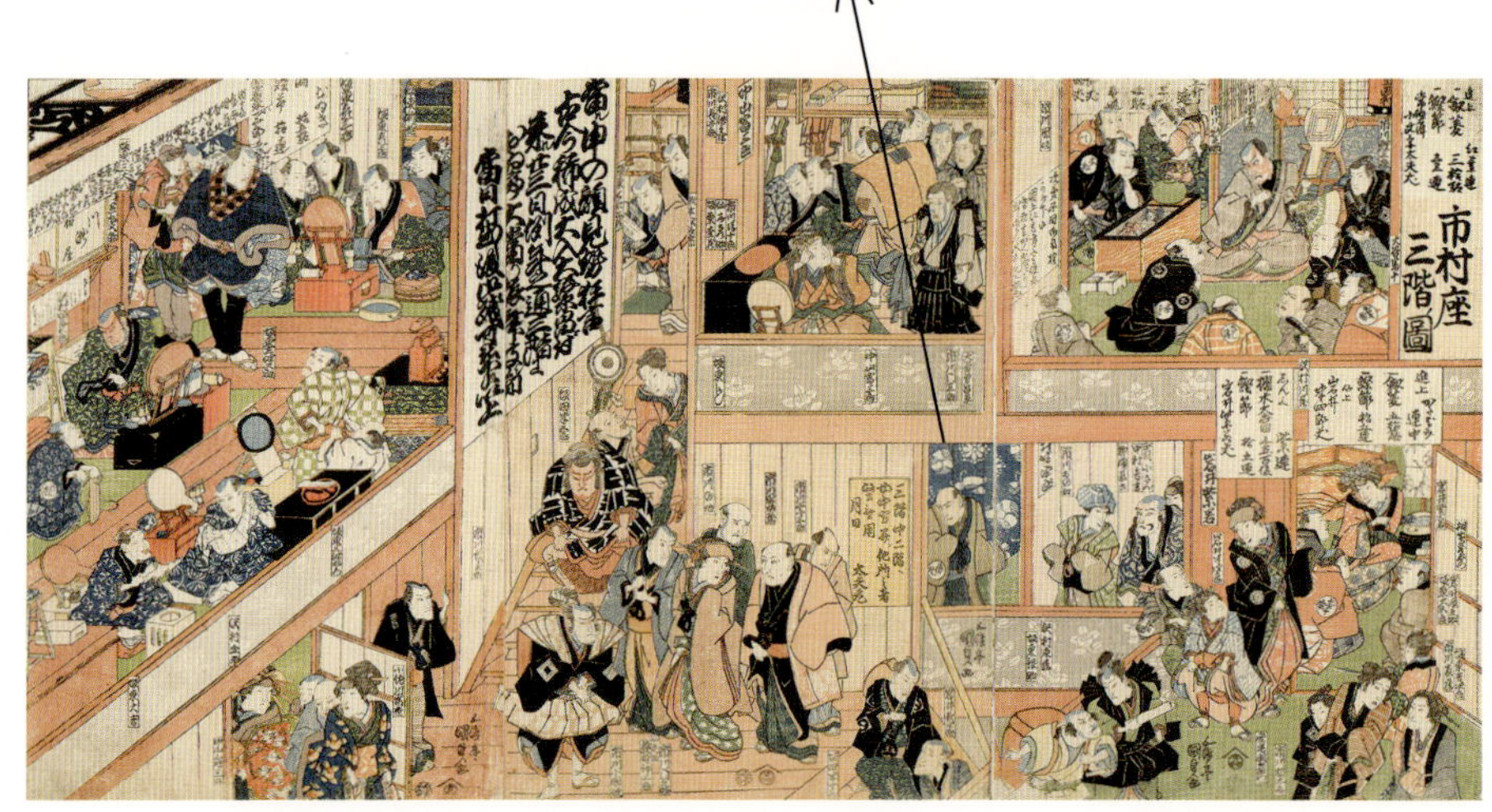

四代目鶴屋南北の肖像（歌川国貞画「市村座三階ノ図」、国立劇場蔵）

市村座の中二階にある女形の楽屋から出てきた四代目鶴屋南北。狂言の打ち合わせでもしていたのであろうか。

勝川春章画

「二代目嵐三五郎の河津三郎、三代目瀬川菊之丞の傾城きせ川、初代中村仲蔵の股野五郎」

『勝川派の役者絵展―役者似顔絵における写実表現の展開―』（平木浮世絵財団、1992年）より

金井三笑作詞の富本節の所作事「四十八手恋所訳（しじゅうはってこいのしょわけ）」（安永４年11月、中村座）に取材。同作を基にした「鴛鴦襖恋睦（おしのふすまこいのむつごと）」は、今日、稀に上演される。

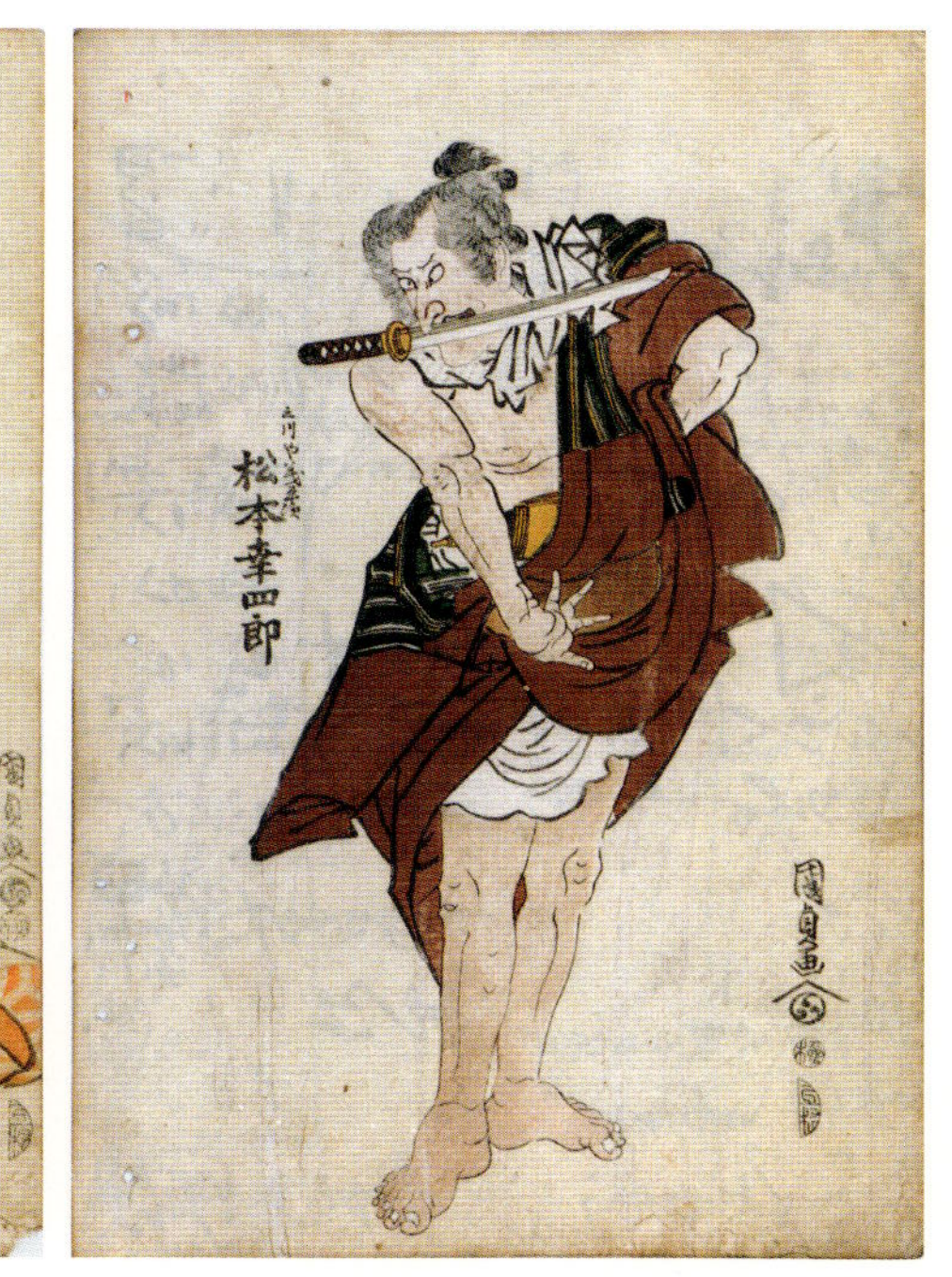

歌川国貞画「七代目市川団十郎の団七、五代目岩井半四郎のおなか、五代目松本幸四郎の三川や義平次」、早稲田大学演劇博物館蔵
四代目鶴屋南北作『曽我祭侠競』（文化10年５月、森田座）に取材。『夏祭浪花鑑』を書き替えた作品で、その台帳が新たに発見された。

江戸歌舞伎作者の研究　金井三笑から鶴屋南北へ◆目次

第二部　資料編

口絵：勝川春章画「楽屋内　市川団十郎」
歌川国貞画「市村座三階ノ図」
勝川春章画「二代目嵐三五郎の河津三郎、三代目瀬川菊之丞の傾城きせ川、初代中村仲蔵の股野五郎」
歌川国貞画「七代目市川団十郎の団七、五代目岩井半四郎のおなか、五代目松本幸四郎の三川や義平次」

まえがき

一　歌舞伎の「黄金時代」

江戸時代に生まれた歌舞伎は、今日もなお人気を保ち続ける、日本を代表する伝統演劇の一つである。およそ四百年の歴史の中にあって、綺羅星のように輝く数多の役者達を陰となり日向となって支えていたのが、「狂言作者」と呼ばれる歌舞伎の作者達であった。本書では、近世期に江戸の地で活躍した、金井三笑（さんしょう）と四代目鶴屋南北という二人の狂言作者を主な考察の対象として取り扱う。なお、「江戸歌舞伎」という語には、江戸時代の歌舞伎という広義の意と、江戸の地で行なわれた歌舞伎という狭義の意の二つがあるが、本書では後者の意で用いる。

金井三笑が生きた近世中期[1]、一大消費地として成長した江戸では、独自の文化が花開いた。文化の中心が上方から江戸へと移る、いわゆる「文運東漸」の気運の中、江戸の歌舞伎は、長唄や常磐津節、富本節といった音曲を舞踊劇として採り入れながら、大きな発展を遂げ、新たに台頭した町人文化の第一線としての役割を果たす。天明歌舞伎とも称される、新たな時代を迎えるのである。昭和三十七年六月、歌舞伎座で「天明歌舞伎」と銘打った興行が行われた際、河竹繁俊はその筋書に以下のように記している。

> ここに天明歌舞伎というのは、第二次完成時代をいう。年号でいうと、宝暦の末から明和、安永、天明から寛政度のはじめあたりまでのことで、この約三四十年間は、江戸を中心とした歌舞伎の大成時代とも全盛時代とも黄金時代とも呼んでいい時代であつた。

この「黄金時代」を迎えるにあたって、歌舞伎界には世代交代の波が押し寄せてくる。

『浄瑠璃譜』の「延享二年七月十六日より、夏祭浪花鑑」の項で、「操り段々流行して歌舞妓は無が如し」と専ら評される[2]前代の享保期（一七一六〜三五）にあって、江戸の歌舞伎を牽引したのは、二代目市川団十郎と初代沢村宗十郎という二人の大立者の役者であった。しかし、二人がそれぞれ宝暦八年（一七五八）、同七年にこの世を去ったように、主だった役者は皆、宝暦を境にして姿を消し、続いて頭角を現して来るのは、二代目大谷広次・初代中村助五郎の十町・魚楽のコンビ、京都出身の初代尾上菊五郎[3]、そして団十郎の養子の二代目松本幸四郎（後の四代目市川団十郎[4]）といった次世代の役者達であった。また女形では、初代瀬川菊之丞をはじめとした上方下りの役者の時代から、二代目菊之丞といった江戸根生[5]の役者の時代へと移って行く。

このような役者の世代交代と同様、狂言作者にも新たな人物が登場する。その人物こそが、本書の第一部第一章で採り上げる金井三笑である。元禄期（一六八八〜一七〇三）では役者が作者業を兼ねることが主流であったが、続く享保期では、作者業の専業化が進む。その享保期において活躍し、「中興作者道の開山」（八文字屋自笑編、安永三年〈一七七四〉刊『役者全書』三[6]）とまで称された二代目津打治兵衛は、宝暦十年に没する。また、初代沢村宗十郎門下の役者としてスタートした藤本斗文は、享保末年に作者業に転じ、元文三年（一七三八）に立作者に昇格、その後宝暦の中頃には引退している。[7]さらに、この二人から少し遅れて登場した壕越二三次は、斗文と同じく宗十郎門弟として延享二年（一七四五）に沢村二三次の名で初出勤するが、明和四年（一七六七）十一月からは剃髪して劇界から身を退いている。[8] 金井三笑は、これらの狂言作者と入れ替わるようにして登場した次世代の作者であり[9]、まさに「宝暦の末から明和、安永、天明から寛政度の初め」という歌舞伎の「黄金時代」を背負って立った作者であった。

二　金井三笑の人と作品

三笑の今日での一般の知名度は、同時代に活躍した初代桜田治助[10]と比してみても必ずしも高いものではない。その一因としては、三笑作品の台帳がほとんど現存していないということが指摘できよう。三笑の新作として唯一台帳が存在するものは、寛政二年（一七九〇）正月、市村座において上演された『卯しく存曽我』であるが、その台帳も二番目のみしか収録されておらず、しかも活字化されていないので、一般が読むのはほぼ不可能である。一方で、三笑が作詞した音曲の作品については、出版された正本の形で、ある程度残っており、少ないながらも中には今日上演されるものがある。頻繁に舞台にかかるものとしては、河東節の「助六所縁江戸桜」が挙げられる。宝暦十一年（一七六一）三月、市村座の『江戸紫根元曽我』という作品の二番目に初演されたこの浄瑠璃は、今日もいわゆる歌舞伎十八番の『助六』において、花川戸助六の出端に用いられている。そのほかには、稀に上演されるものとして長唄・常磐津の「鴛鴦襖恋睦」（通称「おしどり」）が挙げられる。この名題は、昭和二十九年三月、六代目中村歌右衛門が自身の研究会「莟会」の第一回公演で復活させてからのもので、原曲は、安永四年（一七七五）十一月、中村座の『花相撲源氏張胆』の二番目において初演された、富本節の「四十八手恋所訳」である。[11] 本曲はここ十年の大芝居で、平成十二年十一月、平成十四年四月、平成二十一年五月のいずれも歌舞伎座での上演を数え上げることができるが、その筋書の解説には、平成十四年のものを除いて、原曲の作詞者が三笑であることへの言及が見られない。これらの音曲の作者が金井三笑であることを知る人は、いったいどれくらいいるであろうか。

享保十六年（一七三一）に江戸で生まれた三笑は、宝暦四年十一月、狂言作者として初めて番付に名前を表す。『戯財録』（入我亭我入著、享和元年〈一八〇一〉成立）は、「竪筋は世界、横筋は趣向」という記述で知られた劇作法の書であるが、同書において三笑は、

井筒屋半九郎といふ帳本。作者と成、上手の名あり。威勢有作者。法体後五盛と改む。

と紹介される。(12)「帳本（元）」とは、江戸の劇場経営者である座元の下で、近代の支配人に当たる興行一切の事務、すなわち、資金の調達、役者の抱え入れ、宣伝等の渉外事務、客席の割当、従業員の監督、場内取締り、毎日の金銭出納などを担当した職掌である。(13)三笑は、幕内関係者としては座元に次ぐ地位である帳元から、狂言作者へと転じた人物なのであり、その点において、藤本斗文や壕越二三次のように役者の門下から出発した先輩の作者とは異なる経歴の持主であった。

ここで、三笑が手がけた作品の大名題の一覧を掲げておきたい。三笑の活動は、その事績から「帳元時代」「団十郎提携時代」「市村座時代」「影の作者時代」「晩年」の五つに区分することができる。採用した作品は、基本的には役割番付の作者連名に三笑の名が見られるものであるが、番付に名前を載せていなくても、三笑の関与の可能性を他の資料から指摘できる作品については、（ ）で囲み、その根拠を注に記した。なお、大名題の表記は役割番付に拠ったが、ルビは現代仮名遣いに改めた。また、近世の歌舞伎興行の一年は十一月の顔見世狂言から始まるので、年度表示にした。たとえば、宝暦五年度の十一月とある場合は、前年宝暦四年十一月の上演の

ことを意味する。

【帳元時代】

○宝暦五年（一七五五）度・中村座　十一月『三浦大助武門寿』、正月『若緑錦曽我』、六月『江戸鹿子松竹梅』、八月『信太長者柱』

○宝暦八年（一七五八）度・市村座（三月『恋染隅田川』）(14)

○宝暦九年（一七五九）度・森田座　正月『菜花隅田川』

【団十郎提携時代】

○宝暦十年（一七六〇）度・市村座　十一月『阿国染出世舞台』、正月『振分髪末広源氏』、六月『曽我万年柱』

○宝暦十一年（一七六一）度・市村座　十一月『梅紅葉伊達大關』、正月『江戸紫根元曽我』、八月『鹿大和文章』

○宝暦十二年（一七六二）度・中村座　十一月『日本花判官贔屓』、二月『曽我贔屓二本桜』、七月『玉藻前桂黛』

○宝暦十三年（一七六三）度・中村座　十一月『梛葉伊豆形貌観』、二月『百千鳥大磯流通』、七月『百夜草鎌倉往来』

【市村座時代】

○明和二年（一七六五）度・市村座　十一月『若木花須磨初雪』、正月『色上戸三組曽我』、七月『女夫星逢夜小町』

○明和三年（一七六六）度・市村座　十一月『降積花二代源氏』、二月『咲増花相生曽我』、七月『児模様近江八景』

○明和四年（一七六七）度・森田座　十一月『角文字伊豆入船』、正月『皆覚百合若大臣』、九月『東筆箭口渡』

○明和五年（一七六八）度・市村座　十一月『鵺重藤咲分勇者』、二月『酒宴曽我鸚鵡返』、八月『伊勢暦大同二年』

○明和七年（一七七〇）度・市村座　十一月『雪梅顔見勢』、正月『富士雪会稽曽我』、七月『粧相馬紋日』

○明和八年（一七七一）度・市村座　十一月『女夫菊伊豆着綿』、二月『和田酒宴納三組』、八月『けいせい名越帯』

○明和九年（安永元年、一七七二）度・市村座　十一月『梅世嗣鉢木』、二月『振袖衣更着曽我』
○安永二年（一七七三）度・市村座（十一月『江戸容儀曳綱坂』）(15)、三月『江戸春名所曽我』、八月『四天王寺幟供養』

【影の作者時代】

○安永五年（一七七六）度・中村座　十一月『花相撲源氏張胆』、正月『縣賦歌田植曽我』
○安永九年（一七八〇）度・市村座（十一月『吾嬬森栄楠』）(16)
○天明元年（一七八一）度・市村座（十一月『群高松雪旛』）(17)
○天明二年（一七八二）度・市村座（十一月『むかし男雪雛形』）(18)
○天明三年（一七八三）度・市村座（三月『万歳曽我』）(19)
○天明五年（一七八五）度・森田座（十一月『曙草峯天女嫁入』）(20)

【晩年】

○天明七年（一七八七）度・中村座　十一月『雲井花芳野壮士』、正月『大銀杏根元曽我』、八月『今川本領貢入船』
○天明八年（一七八八）度・森田座　十一月『兄弟群高松』、二月『雛形稚曽我』
○寛政二年（一七九〇）度・市村座　正月『卯しく存曽我』、三月『花簪木母寺由来』
○寛政三年（一七九一）度（中村座・正月『春世界艶麗曽我』）(21)、（市村座・八月『仮名書室町文談』）(22)
○寛政四年（一七九二）度・市村座（十一月『金襪鏵源家角鐔』）(23)、（八月『むかし〱掌白猿』）(24)

金井半九郎と名乗る中村座の帳元であった三笑は、宝暦四年十一月、中村座の『三浦大助武門寿』において狂言作者として初登場するが、当初はあくまでも帳元の仕事の傍らでの作者業であった（【帳元時代】）。宝暦九年十一月、市村座の『阿国染出世舞台』において立作者に就任すると、以後は四代目市川団十郎の下で本格的に作者業に専心する（【団十郎提携時代】）。しかし、宝暦十三年、三笑の野心家としての顔が表れる。自分の息子を中村座の跡取りにする計画を立てるが、それに失敗し、団十郎との提携は終りを迎える。創作の場を市村座に移した三笑は、初代尾上菊五郎ほか、自身が抜擢した役者たちを縦横に使って作者としての名声を得る（【市村座時代】）。安永四年十一月の『花相撲源氏張胆』において中村座に返り咲いた三笑は、再度中村座の乗っ取りを計画するが、またもや失敗に終り、以後十年の間、三座の番付から姿を消す。表向きでは江戸の劇界を追放された三笑であったが、裏では市村座において大きな発言力を依然として有していた（【影の作者時代】）。天明六年十一月、中村座の『雲井花芳野壮士』において遂に正式な復帰を果した三笑は、江戸の劇界に大御所的な存在として君臨し、寛政四年に引退、同九年六月十六日、享年六十七歳で没する（【晩年】）。

三笑の肖像は、清遊軒（唐来参和）作、百川子興（栄松斎長喜）画、寛政十一年の刊行と推定される草双紙、『中村伝九郎追善極楽実記』に確認することができる。同書は、寛政十一年八月二十八日に二十六歳の若さで没した四代目中村伝九郎を追善して出版された際物である。作中、六代目市川団十郎（寛政十一年五月没）に助けられて、地獄から極楽へとやって来た伝九郎は、故人の役者達と再会するが、その中に胸に「金」の文字をつけた三笑の姿が見える（図1）。三笑は、少し腫れぼったい目をしたふくよかな顔で描かれ、あたかも役者達に指示を出しているかのごとく右の人差し指を突き出し、次のように述べる[25]。

> わしも娑婆では久しく筆を執らなんだが、是非今度は書きやしやう。まあ、春狂言ならこういふ役割。皆様、ご不足はあるめへ。

極楽の蓮の上での芝居を三笑が執筆するという趣向で、三笑のセリフの後には、その芝居の「替名」、すなわち配役が披露されている。「皆様、ご不足はあるめへ」という語気の強さは、有名な三笑の「本読」の逸話[26]にも通

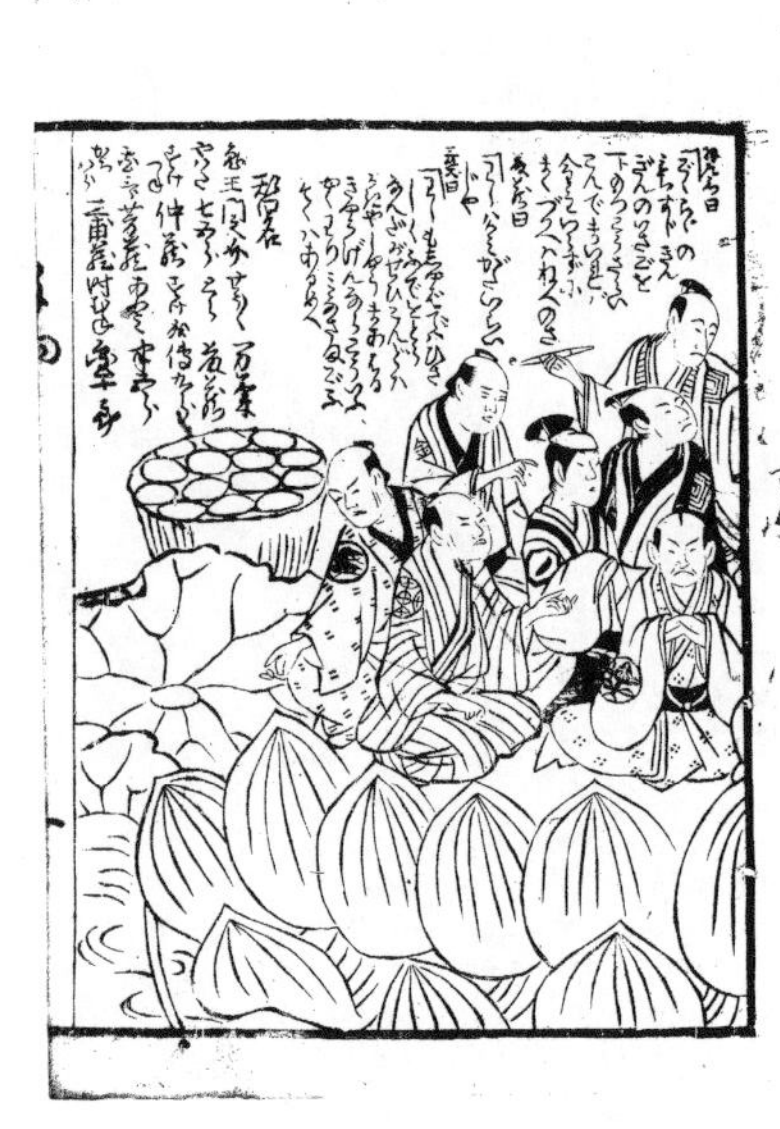

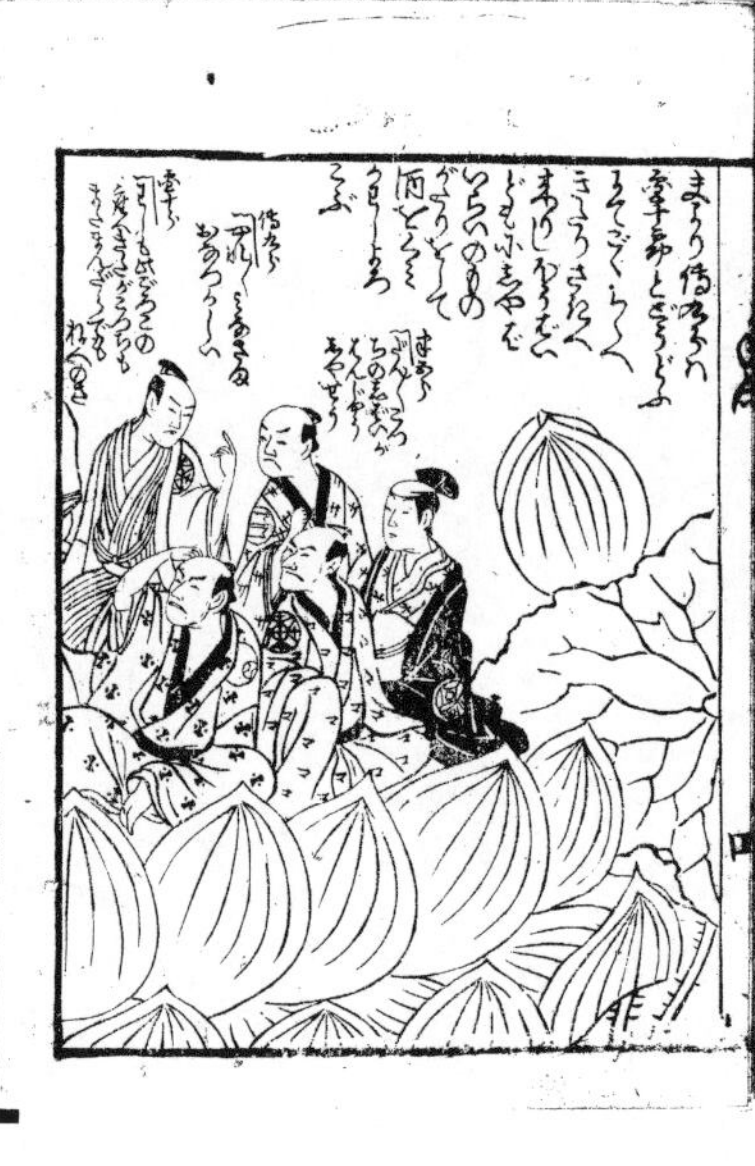

図1　金井三笑の肖像
（『中村伝九郎追善極楽実記』、国立国会図書館蔵、二〇八―三七四）

右側の半丁は、右端が初代山下万菊（寛政三年五月没）、右から二番目前列が初代中村仲蔵（寛政二年四月没）、後列が三代目坂田半五郎（寛政七年六月没）、右から三番目前列が三代目嵐七五郎（寛政十年十一月没）、後列が四代目伝九郎。左側の半丁は、右下の腕組みをしている人物が十代目市村羽左衛門（寛政十一年二月没）、その左後ろの女形が三代目吾妻藤蔵（寛政十年六月没）、藤蔵の右隣が二代目市川門之助（寛政六年十月没）、その後ろが六代目団十郎、左端が二代目中島三甫蔵（天明三年十二月没）、その右隣が初代中村芳蔵（没年未詳）、そして芳蔵の後ろの、胸に「金」の文字のある人物が三笑である。

じるものがあり、先の『戯財録』の記述において「威勢有作者」とされた三笑の人物像がよく表れている。付帳（上演に必要な道具や衣裳、下座音楽の指定などを書き留めたもの）の制度の考案者でもあった三笑[27]は、自らの手に権力が集中することを目指し、役者を支配しようとした作者であった。その行き着く先が、前述した中村座の乗っ取り計画であったとも言える。

化政期（一八〇四～二九）から幕末にかけて活躍した狂言作者、三升屋二三治は、歌舞伎についての随筆を多く残しているが、天保十四年（一八四三）成立の著作、『作者店おろし』の三笑の項で次のように述べている[28]。

> 近代三ヶの津の歌舞妓作者にして、江戸狂言の仕組、作者の掟、其異風、誰あつて及ぶ人なき、古今の稀者なり。世に三笑風と残せし人。桜田も誉たる事、聞及ぶ也。

江戸歌舞伎の伝統を守るとともに、作者の権威維持に努めた三笑は、その個性的な作風も含めて、他の作者には類を見ない独特な道を歩んだ人物であった。「桜田」とは、初代桜田治助のことであるが、天明歌舞伎を代表する狂言作者として、今日では三笑よりもはるかに有名な治助ですら、三笑には一目置いていたのである。

さて、近世中期に花を開いた江戸の庶民文化は、松平定信の寛政の改革を境に、化政期に向けて退廃的な風潮を強めていく。江戸歌舞伎もまた、寛政六年冬の初代並木五瓶の江戸下りをきっかけに、いわゆる「生世話」の全盛時代へと入っていく。時代は、中期から後期へと移るのである。この期を代表する狂言作者が、四代目鶴屋南北（宝暦五年〈一七五五〉～文政十二年〈一八二九〉）であった。南北は、『東海道四谷怪談』（文政八年七月、中村座）をはじめとして、今日でもその作品が頻繁に上演される有名な作者であり、先行研究も数多くあるため、ここで改めてその経歴を紹介する必要もなかろう。ただし、その師が三笑であるということは意外と知られていないのではなかろうか。

三升屋二三治の『作者店おろし』において、南北は「見習に出た始めより追立に随ひ、金井三笑を師とたのみ、三笑風を専にして、出世立身して大作者と成る」と記されるが、秋葉芳美「鶴屋南北伝の再吟味」（『演劇学』二巻二号、一九三三年五月）によって、「二代桜田左交著初代桜田治助関与」とされる『劇代集』の

安永五年、桜田治助の門弟となりて、桜田兵蔵と称し、翌六年五月見習作者として市村座に出、番附には同年中村座の顔見世より署名す。

という記述が紹介され、南北の作者としての出発が、初代桜田治助門下からであったことが明らかになった。この秋葉論文の影響からか、今日における南北についての一般の解説では、南北の師として治助の名のみが挙げられ、南北が後に治助門から三笑門へと移ったことに触れられていないものが多い。南北がいつ三笑の弟子になったのかは明らかにし得ないが、沢兵蔵の名を経て、天明二年（一七八二）四月、勝俵蔵の名で登場した南北には、天明五年の正月から天明六年十一月までのおよそ二年間の空白期間がある。秋葉芳美はこの期間について、「この間、彼の動静は不明であるが、金井三笑との関係（或は入門か？）が生じたとすれば、この頃の事ではなかつたかとも考へられる」と述べている。南北は、三笑が劇界復帰を果たした天明六年十一月の中村座の顔見世番付において、三笑に次ぐ二枚目作者として大抜擢され(29)、以後、晩年の三笑と同座する。不遇の時代が長かった南北であるが、その才能をいち早く見抜いていたのが三笑であった。

三　先行研究と本書の構成

三笑については、古くは、伊原敏郎の『日本演劇史』（早稲田大学出版部、一九〇四年）にわずかな言及があるが、本格的な論考とは言い難く、また、初の総合的な歌舞伎作者の研究書である河竹繁俊の『歌舞伎作者の研究』

（東京堂、一九四〇年）においても、三笑は立項されていない。このように三笑の研究が極めて少ないのは、先述したように、三笑作品の台帳がほとんど現存していないということがその一因であるが、こうした状況下で、初めて三笑を本格的に扱った論考が、古井戸秀夫氏による「狂言作者金井三笑の登場とその意義」（『近世文芸　研究と評論』八号、一九七五年五月）であった。

この論文において古井戸氏は、三笑の宝暦五年度の初出勤を名目のみのものとした上で、以後の空白期間中も三笑は帳元の仕事を続けていたと考え、四代目団十郎の縁組を取持つことによって、三笑が出世を果したとしている。そして、藤本斗文や壕越二三次のような上方下り系の作者が、座元や役者から独立した異次元の地位を保つことで大立者になった(30)のに対して、三笑は江戸根生の作者として、彼らとの関係を積極的に持って同次元での上下関係によって大立者になった人物であると指摘し、三笑の登場を「江戸の狂言作者がスケとしての立場から、芝居内の者として制度化されていく象徴である」と述べる。

次いで古井戸氏は、「三笑風と桜田風（上）・（下）」（『近世文芸　研究と評論』十一号・十三号、一九七六年十月・一九七七年十一月）を発表する。この論考は、三笑と治助の作風の違いを論じたものであるが、「（上）」では主に三笑の事績について論及し、三笑の二度に渡る中村座乗っ取り計画や、十年間の空白期間における市村座での暗躍などを明らかにした。また、「（下）」においては、役者評判記や年代記、その他劇書に見られる三笑の記述、さらには弟子の増山金八(31)の作品を分析することで、台帳のほとんど残っていない三笑の作風について、「あくまでも狂言全体を管理するという面からも全体の筋の仕組において狂言作者としての魅力を発揮しようとした」と述べる。

さらに古井戸氏は、「鶴屋南北㈠・㈡の上・㈡の下・㈢」（『近世文芸　研究と評論』二十号・二十二号・二十三号・二十九号、一九八一年六月・一九八二年六月・同年十一月・一九八五年十一月）において、四代目鶴屋南北の伝記を考察し、南北が道外役者の坂東うね次であったという新説を提示しているが、特に南北の習作時代を扱った「㈢」では、南北の師匠に当たるという関係から、三笑の晩年期の活動についても言及している。

古井戸氏のこれらの研究は、現状における三笑研究の基本となっており、三笑に言及した古井戸氏以外の論考も、概ね同氏の成果が踏まえられている。井草利夫氏の『鶴屋南北の研究』（桜楓社、一九九一年）は、四代目鶴屋南北襲名前の南北の事績を年代順に追った論考であるが、第四章「天明末から寛政初期」および第五章「寛政中期の勝俵蔵」の中には、勝俵蔵（南北）の動向に連動させる形で、三笑に言及している箇所が見られる。また、渡辺保氏の『四代目市川団十郎』（筑摩書房、一九九四年）では、第一章「四代目市川団十郎の人生」の「四、市川団十郎時代」や「六、市川海老蔵時代」において、四代目団十郎の動向に関連させて三笑に言及している。三笑は、晩年の寛政三年（一七九一）に『世界綱目』という書を編纂した。この書は、劇作の上での最も基本的な枠組みである「世界」について、その登場人物名や先行の浄瑠璃作品名、引書名などを掲げたものであり、代々の狂言作者によって転写、増補された一種の便覧である。この『世界綱目』に関して、「『世界綱目』の諸本　その位置づけと転写の経緯」（『学習院大学国語国文学誌』四十号、一九九七年三月）および「『世界綱目』の成立」（『学習院大学人文科学論集』六号、一九九七年九月）といった研究成果を発表した加藤次直氏には、三笑の「世界」の利用の仕方を考察した「金井三笑と鶴屋南北の間」（『学習院大学文学部研究年報』第四十四輯、一九九八年三月）の論考がある。また、近年のものとしては、俳諧の分野から、不夜庵太祇・五雲と三笑の交遊について明らかにした、宮木慧太氏の「江戸歌舞伎と不夜庵――市川栢莚・金井三笑を中心に――」（『東京大学国文学論集』第四号、二〇〇九年三月）も注目されるべきであろう。以上、三笑を比較的大きく採り上げた主な論考を挙げてみたが、このように、古井戸氏の諸論考の発表から三十年以上が経つにも関わらず、その研究の数は極めて少ないのが現状である。

本書の第一部第一章「金井三笑」は、こうした現状の打破を目指したものである。第一節「金井三笑の事績――中村座との関わりを中心に――」、および第二節「市村座時代の金井三笑」では、三笑の事績をめぐって、古井戸氏の先行研究の補完を試みた。第一節では、その経歴をたどりながら、中村座の帳元出身の三笑が、同座に固執する背景を探る。また、第二節では、明和二年（一七六五）度から安永二年（一七七三）度までの三笑の市村座での活動をたどり、三笑の特徴を指摘する。三笑の手がけた作品の台帳がほとんど現存していないという、研究上の問題点の克服を目指したのが、第三節「金井三笑の狂言作者論――『神代椙眛論』と『祝井風呂時雨傘』――」と、第四節「『卯しく存曽我』考」である。第三節では、洒落本『神代椙眛論』（泉花堂三蝶作、安永九年〈一七八〇〉五月序）と、人情本『祝井風呂時雨傘』（為永春水作、天保十二年〈一八四一〉刊）に見られる記述から、三笑の作劇法や作者観を分析する。第四節は、唯一台帳が残る三笑作品、『卯しく存曽我』をめぐって、既紹介の台帳と新たに発見した別の伝本とを比較した論考である。

第二章「天明・寛政期の江戸歌舞伎の諸相」は、第一章「金井三笑」と第三章「四代目鶴屋南北」を橋渡しする位置付けの章である。中期の江戸歌舞伎の特徴の一つとして、初代桜田治助作の『劇場花万代曽我』二番目（天明元年〈一七八一〉三月、市村座）を嚆矢とする日替り興行の流行が指摘できる。第二章では、この日替り興行に関連する作品を採り上げ、天明、寛政期に新たに見られるようになった諸問題について分析する。第一節「江戸歌舞伎における台帳出版――初代瀬川如皐作『けいせい優曽我』をめぐって――」は、花屋久治郎から刊行された『けいせい優曽我』（天明八年〈一七八八〉正月、桐座）の根本を中心に、台帳を出版するための諸事情について考察したものである。第二節「『春世界艶麗曽我』二番目後日考」では、従来の研究で未紹介であった『春世界艶麗曽我』（寛政三年〈一七九一〉二月、中村座）の台帳を、書誌、内容の両面から分析する。この論考では、作者の書き場の問題や、後期の江戸歌舞伎を彩る「悪婆」の問題にも言及し、その点において、続く第三章へとつながる内容となっている。

鶴屋南北の研究史については、既に中山幹雄氏の『鶴屋南北研究序説』（高文堂出版社、一九八四年初版、一九九五年増補版）にまとめられているので、ここでは細かく触れないが、同書刊行後の研究成果として、特に鵜飼伴子氏の『四代目鶴屋南北論――悪人劇の系譜と趣向を中心に――』（風間書房、二〇〇五年）は注目すべきであろう。鵜飼氏は、精緻に渡る先行作品の分析によって、南北を書き替え作者として捉え、行き詰まりを見せつつある南北研究に新たな地平を開いた(32)。本書第三章では、こうした南北研究にあって、いくつかの新しいアプローチを試みた。第一節「『けいせい井堤蒲』考」は、天明七年（一七八七）四月、中村座所演の『けいせい井堤蒲』の台帳に見られる、初期の南北の担当箇所を、南北の師の金井三笑の影響という観点から分析した論考であり、第一章に連なるものである。南北の作品集としては、『鶴屋南北全集』全十二巻（三一書房、一九七一～七四年）が今日の南北研究の基本となっているが、その収録から洩れてしまっている作品も多い。第一節の『けいせい井堤蒲』もその一つであるが、第二節「『曽我祭俠競』考」ではさらに、早稲田大学演劇博物館の所蔵が明らかになった『曽我祭俠競』（文化十年〈一八一三〉五月、森田座）の台帳を採り上げる。番付や看板で示される大名題の上部には、「カタリ」と呼ばれる文章が付される。作品の内容を掛詞や縁語等の修辞を用いた七五調の韻文で綴ったものであり、台帳の執筆に先だって立作者の責任において作成されるが、役者の注文やその他の事情を経て出来上がった上演台帳と、その内容が相違する場合が多い。従来の作品研究では、ほとんど行われていないこのカタリの分析という方法を試みたのが、第三節「『四天王楓江戸粧』考」と第四節「『東海道四谷怪談』考」である。南北が立作者に就任してまだ間もない時期の『四天王楓江戸粧』（文化元年十一月、河原崎座）、そして南北の最高傑作

『東海道四谷怪談』（文政八年〈一八二五〉七月、中村座）のカタリを採り上げ、その初期構想を探るとともに、台帳との相違の背景を考察する。

第二部「資料編」では、まず「（一）『卯しく存曽我』台帳翻刻」において、従来活字化されていなかった金井三笑作の『卯しく存曽我』の台帳を翻刻紹介する。第一部第一章第四節の論考を補完する意図があることはもちろんであるが、何よりも、一人でも多くの人に三笑の作品を読んでもらい、三笑という作者の存在を知ってもらえればとの思いからである。「（二）西尾市岩瀬文庫所蔵『柳島浄瑠理塚奇話』」では、時代が下って幕末・明治期に活躍した狂言作者、三代目桜田治助を批判した書である『柳島浄瑠理塚奇話』（弘化五年〈一八四八〉、半化通主人著）を翻刻紹介する。幕末・明治期には河竹黙阿弥という大きな存在があるが、黙阿弥の本格的な活動が見られるのは安政期（一八五四～五九）以降であり、南北と黙阿弥の間にも多くの狂言作者達がいた。同書は三笑・南北と連なってきた作者の様相が、この期においてどのように変容したのかを示す格好の資料である。既に仮名垣魯文が、明治十八年（一八八五）に『歌舞伎新報』誌上で活字掲載しているが、原本の岩瀬文庫本と相違も多く、両者の比較分析も合わせて行なう。「（三）歌舞伎役者の墳墓資料」では、歌舞伎役者の没年月日や戒名、墓所等を記した資料群について、江戸時代から明治初期のものまで概観し、歌舞伎享受史の一端を示す。各資料に収録された情報については、「江戸・明治　歌舞伎役者墳墓一覧」と題した別冊付録に表の形でまとめた。今後の歌舞伎研究に供することができれば幸いである。

これまで述べてきたように、本書では、従来の研究において未紹介であった台帳、および資料を多く扱っている。鶴屋南北の研究は数多く行なわれてきたが、南北の登場に至るまでの流れを考慮するという視点は、従来あまり採り入れられていなかった。南北があまりに大きな存在であるが故に、南北のみが特別視され、十八世紀後半の歌舞伎作者の研究が空洞化してしまっているのである。こうした現状を受けて本書では、南北の師である金井三笑に注目することによって、南北をより立体的に捉えるよう試みた。つまり、三笑の活動を軸にして、十八世紀後半の「黄金時代」の歌舞伎の様相をより具体的に解明するとともに、さらにそれが、次の時代の南北へどのような影響をもたらしたか、幕末・明治期の資料も視野に入れつつ明らかにするのが、本書の目的とするところである。

なお、本書では、資料の引用にあたって旧字体は適宜通行の字体に改め、濁点および句読点を補ったほか、必要に応じて傍線を付した（第二部においては清濁は原本通りとした。詳しくは各凡例を御覧頂きたい）。引用文中には、今日の人権意識に照らして不適当と思われる表現が見られるが、時代的背景と作品の価値とにかんがみ、そのまま記載することとした。資料の出典は節毎に注記したが、役者評判記からの引用については、特に断りのない限り『歌舞伎評判記集成』第一期（岩波書店、一九七二～七七年）、同第二期（岩波書店、一九八七～九五年）を用いた。

【注】

（1）　本書では「近世中期」を、宝暦年間（一七五一～六三）から寛政年間（一七八九～一八〇〇）まで、すなわち十八世紀後半の五十年のこととして捉える。なお、歌舞伎史における時代区分には次のように諸説がある。

○伊原敏郎『日本演劇史』（早稲田大学出版部、一九〇四年）
　「宝暦期」として享保（一七一六～三五）から天明（一七八一～八八）までを一括りにする。
○守随憲治・秋葉芳美『歌舞伎図説』（萬葉閣、一九三一年）、『歌舞伎序説』（改造社、一九四三）
　「完成期」として元文（一七三六～四〇）から天明までを一時代とする。
○郡司正勝氏『岩波講座日本文学史　第八巻　歌舞伎』（岩波書店、一九五八年）

「戯曲の固定化」として宝永（一七〇四～一〇）から宝暦までを、「転換期の戯曲」として明和（一七六四～七一）から文政（一八一八～二九）までを捉える。

○『岩波講座歌舞伎・文楽　第二巻　歌舞伎の歴史Ⅰ』（岩波書店、一九九七年）

「宝暦歌舞伎」として宝暦、明和、安永年間（一七七二～八〇）を、「寛政歌舞伎」として天明、寛政年間を扱う。

○歌舞伎学会編『歌舞伎の歴史　新しい視点と展望』（雄山閣出版、一九九八年）

「宝暦期の歌舞伎」、「明和・安永・天明の歌舞伎」、「寛政期の歌舞伎」と章立てする。なお、服部幸雄氏は、「宝暦と明和は違うし、その後の安永、天明とか寛政はまた違う。（中略）それぞれ独特の色があるわけですね。だから細かく分けざるを得ない。そしてくるときには政治状況と見合った形でくらざるを得ない」とした上で、「大きく江戸時代全体を眺めたときに、明和、安永、天明という一区画はどうしても動かせない。ここは江戸文化の中核です。宝暦はその準備期になるわけです」と述べている。

（2）引用は、『燕石十種』第三巻（中央公論社、一九七九年）による。なお、前掲『歌舞伎の歴史Ⅰ』所収、土田衛氏の「享保歌舞伎〈江戸〉」や、前掲『歌舞伎の歴史　新しい視点と展望』所収、「享保期の歌舞伎」などでは、『浄瑠璃譜』のこの記述の信憑性に対して疑問が提示されている。少なくとも、『浄瑠璃譜』は上方歌舞伎のことを指しているので、同時期の江戸歌舞伎では、この例は当たらない。

（3）上京した二代目団十郎の手引きにより、寛保二年（一七四二）に江戸に下った菊五郎は、宝暦二年十一月の市村座、『梅桜仁蝉丸』において元服し、それまでの女形から立役へと転じる。

（4）二代目幸四郎が四代目団十郎を襲名するのは、宝暦四年十一月の中村座、『三浦大助武門寿』においてである。

（5）宝暦六年十一月、市村座の『帰花金王桜』において、瀬川吉次から二代目を襲名。江戸郊外の王子村で生れたので、「王子路考」と呼ばれた。

（6）引用は、『日本庶民文化史料集成』第六巻（三一書房、一九七三年）による。

（7）生没年未詳。宝暦八年十一月、中村座の『木毎花相生鉢樹』を最後にして、以後の斗文の消息は不明である。

（8）二三次は四年後の明和八年十一月に作者として復帰し、安永十年（一七八一）春まで名目を見せているが、古井戸秀夫氏は「三笑風と桜田風（上）」（『近世文芸　研究と評論』十一号、一九七六年十月）において、復帰後の二三次が「評判記では、明和四年以前と違い、狂言作者の古参として名目のみ評価され、狂言の内容は焼き直しが多く指摘されている」ことから、「狂言作者としての実質的な仕事を大幅に若手に譲っていた」とし、二三次の実質的な活動時期を、立作者となって壕越姓に改めた寛延三年（一七五〇）から明和四年までと考えている。なお、二三次の研究としては、大久保忠国氏の「狂言作者壕越二三治研究」（『埼玉大学紀要（人文・社会科学篇）』第三巻、一九五四年六月）がある。

（9）『伝奇作書』初編（西沢一鳳著、天保十四年〈一八四三〉自序）下の巻所収の「金井三笑本読の話」には、「金井三笑は、江戸古狂言作者の冠たる人にして壕越斎陽（注、正しくは「菜陽」、二三次の俳名）と対せり」とあるが、古井戸氏は前掲論文において、前述した二三次の実質的な活動時期から、「堀越二三次と金井三笑を同時代として（中略）考えることはかならずしも妥当でなくなる」と述べている。

（10）享保十九年（一七三四）に生まれた治助は、宝暦七年の初出勤の後、壕越二三次に随身、上方での修行も経て、明和五年に立作者に昇格する。以後、三代目市川団蔵、四代目市川団十郎、四代目松本幸四郎らの下で創作活動を行い、文化三年（一八〇六）六月二十七日に没する。代表作は『御摂勧進帳』（安永二年十一月、中村座初演）のほか、近年では平成二十年一月の国立劇場で、『小町村芝居正月』（寛政元年〈一七八九〉十一月、中村座初演）が復活上演されたことが記憶に新しい。所作事の作詞も多く手がけており、現行曲では長唄「教草吉原雀」（通称「吉原雀」、明和五年十一月、市村座初演）、長唄「我背子恋の合槌」（通称「蜘蛛拍子舞」、天明元年十一月、中村座初演）、常磐津節「戻駕色相肩」（通称「戻駕」、天明八年十一月、中村座初演）などが有名である。

（11）文政十一年（一八二八）正月、中村座の『水滸伝曽我風流』の一番目三建目では、三笑の門人の二代目瀬川如皐によって常磐津節に書き替えられ、「鴛鴦容姿夢」という名題で上演されている。

（12）引用は、『日本思想大系61　近世芸道論』（岩波書店、一九七二年）による。なお、同書の郡司正勝氏による頭注には、剃髪後の名前である「五盛」に対して、「土盛の誤り。寛政四年劇界を退き、落髪した時の称」とあり、現今の辞典類の解説でも「土盛」が採用されている。それに対して宮木慧太氏は、「江戸歌舞伎と不夜庵―市川栢莚・金井三笑を中心に―」（『東京大学国文学論集』第四号、二〇〇九年三月）において、不夜庵五雲編の『三都朝春興』および『その秋』に、三笑が「五盛」の名で出句していることを指摘し、さらに「名前の由来は明らかではないが、仮に三笑が「五盛」の名で出句する句集が不夜庵五雲編のもの以外に存在しないとすれば、「五雲」の俳号との関係も考えなければならないだろう」と述べている。

（13）『新訂増補　歌舞伎事典』（平凡社、二〇〇〇年）、井草利夫氏解説の「帳元」の項による。

（14）関根黙庵著「俳優名家小伝（八）」（『歌舞伎新報』一六三五号、明治二十九年四月）の記述による。第一部第一章第一節参照。

（15）『役者一陽来』（安永二年正月刊）尾上菊五郎評の記述による。第一部第一章第一節参照。

（16）『役者紫朗鼠』（安永九年正月刊）の四代目松本幸四郎評に、「しかし趣向は桜田でも、狂言は皆外の者が書直したと見ゆる」とある（東京芸術大学附属図書館蔵本）ことによる。前掲古井戸氏「三笑風と桜田風（上）」参照。

（17）『役者三ケの角文字』（安永十年正月刊）の幸四郎評に、「よし原ばなしはさし当つた所はよいよふなれど、趣意うすし。桜田（注、初代治助）に書せてみたい所」とある（早稲田大学演劇博物館蔵本）ことによる。古井戸氏「三笑風と桜田風（上）」参照。

（18）『役者百虎通』（天明二年正月刊）の幸四郎評に、「上るり幕と此二番目はさる作りの狂言、五立めは専助（注、笠縫専助。この作品の立作者）が書たそふだ」とある（早稲田大学演劇博物館蔵本）ことによる。古井戸氏「三笑風と桜田風（上）」参照。

（19）『役者三部教』（天明三年五月刊）の幸四郎評に、「別て笠縫殿、馬雪（注、斎馬雪）丈、外に御一人、此衆中のお作のよし」とある（早稲田大学演劇博物館蔵本）ことによる。古井戸氏「三笑風と桜田風（上）」参照。

（20）『役者初艶良』（天明五年正月刊）の九代目市村羽左衛門評に、「せりふづけは名にしおふ肩古老の三笑どの、何橋と一家なれば、作者重介にのりうつりての仕ぐみ」とある（東京芸術大学附属図書館蔵本）ことによる。「重介」とは、この時の森田座の立作者、二代目中村重助のことである。

(21)『戯場年表』寛政三年の条の記述による。第一部第一章第一節参照。

(22)二代目劇神仙著『劇神僊話』三代目沢村宗十郎の項の記述による。第一部第一章第一節参照。

(23)『役者渡染』（寛政九年正月刊）市川鰕蔵（五代目市川団十郎）評の記述による。第一部第一章第一節参照。

(24)『江戸芝居年代記』の記述による。第一部第一章第一節参照。

(25)引用は、国立国会図書館蔵本による。なお、適宜漢字を当て、もとの仮名をルビの位置に残した。

(26)注(9)参照。この逸話については、第一部第一章第三節においても触れる。

(27)『絵本戯場年中鑑』（篁竹里著・初代歌川豊国画、享和三年〈一八〇三〉刊）中の巻の「付立」の項には、

頭付ともしらべともいふ。是は惣ざらいの前日けいこの時、狂言方にて入用の物を書あぐる。よつて名とす。衣せう付、蔵いせう、小道具一式、鳴物の外、座付初日一式のしらべをなす。此付立帳に合せて初日を出す。是は金井三笑の工夫より出る。

とある（東京都立中央図書館加賀文庫蔵本）。

(28)引用は、『日本庶民文化史料集成』第六巻による。

(29)この時の顔見世狂言『雲井花芳野壮士』の役割番付では、二枚目に中村重助が入り、南北（俵蔵）は三枚目に落ちている。第一部第三章第一節参照。

(30)古井戸氏は、こうした特徴を踏まえて、上方下り系の作者を「スケ的立場の文人」と称している。

(31)金八については、第一部第二章第二節において触れる。

(32)拙稿「書評　鵜飼伴子著『四代目鶴屋南北論―悪人劇の系譜と趣向を中心に―』」（『国語と国文学』第八十三巻第八号、二〇〇六年八月）。

第一部　論文編

第一章　金井三笑

第一節　金井三笑の事績

――中村座との関わりを中心に――

はじめに

初代中村仲蔵は、日記・随筆類を多く残しているが、それらの記述には、役者評判記などからは読みとりにくい劇界の裏事情も含まれているため、近世中期の江戸歌舞伎の研究に際して貴重な情報を提供してくれている。中でも、『秀鶴日記』の「天明五年の条」[1]は、狂言作者金井三笑の事績を考えるにあたって欠かせないものである。

「まえがき」でも述べたように、三笑の伝記については、『秀鶴日記』のこの記事（以下『秀鶴日記』と記す）などを利用した古井戸秀夫氏の諸論考[2]が、現時点における研究の基本となっているが、先行研究では採り上げられていない資料も幾つか残されている。そこで本節では、それらの資料を用いつつ、中村座との関わり合いを中心にして、三笑の活動の背景を探ってみたい。

一　三笑の父

三笑が、金井半九郎と名乗った中村座の帳元出身であることは、伊原敏郎の『日本演劇史』（早稲田大学出版部、一九〇四年）などにおいて、早くから指摘されてきたことであるが、その根拠となるのは、『秀鶴日記』の次のような記述である。

中村座にて代々手代金井半九郎、二十二歳にて帳元役勤、

「代々」とあるように、中村座の手代の中には、三笑以外にも「金井半九郎」を名乗った人物が過去にいたことを窺わせる記述だが、先代の半九郎について言及した論考は、管見の限り見られない。そこで次に、仲蔵著の『月雪花寝物語』(3)の記述を引用したい。

四代目小市改小十郎と申候。前の金井半九郎仲人仕、志賀山しゅん方へ入聟、

同様の記述は、やはり仲蔵著の『秀鶴随筆』(4)にも見受けられ、

中山小十郎相立申候様に太夫元申付、頭役金井半九郎承り、小市を改中山小十郎に相成、中村唄所相勤申候也。志賀山おしゅんは、故伝次郎の妻にて、伝次郎病死の跡に入申候。中山、志賀山両家合体、仲人は金井半九郎、申付候は中村六代勘三郎、

とある。中山小十郎、志賀山しゅんとは、仲蔵の養父母である。元文元年（一七三六）に生れた仲蔵が養子になったのは、彼が四歳の時であるから元文四年であり、よって、小十郎・しゅんが夫婦になったのは、少なくともそれ以前である。元文四年当時、享保十六年（一七三一）生まれの三笑はわずか九歳であるから、やはりここでいう金井半九郎は先代であることに間違いない。なお、小十郎が前名の「小市」を改めたのは、初代中村重助

（四代目中村勘三郎の三男）の俳名が「小市」と同音の「胡一」なので、紛らわしいという理由からである。小十郎は中村座の唄方、一方のしゅんも中村座の振付師の家系であり、「中山、志賀山両家合体」ともあるように、この婚姻は中村座の地盤固めのための、いわば政略結婚と言える。この資料からは、「頭役」[5]として太夫元の六代目勘三郎の厚い信任を受け、その手足となって座内の万事を取り仕切っていた先代半九郎の姿を窺うことができる。

この先代半九郎は、中村座に所縁のある人物であった。『東都劇場沿革誌料』の「元祖猿若勘三郎」の項には、『秀鶴日記』からの抄出として、七代目勘三郎までの「紋系譜、並紋尽し」が掲載されている。[6]この系譜では、「日法」（四代目勘三郎）から分かれた二筋の線のうち、一本が「貞円」（五代目勘三郎）以下代々の勘三郎へと続き、残りの一本が門人へと続いているが、その門人の中には、中村伝次郎・中村吉左衛門[7]・中村吉兵衛と並んで金井半九郎の名が見られる。同資料では、桔梗の紋を掲げた上で、半九郎について次のように記述している。

金井半九郎定紋也。此半九郎の九郎は、中村伝九郎の九郎にして、桔梗の紋所も同時に伝九郎より貰ひし也。作者金井三笑の父也。又三笑も此紋所を用ゆ。後仔細有て此紋を取上る。

「伝九郎」とは初代の中村伝九郎のことであり、四代目勘三郎は、貞享元年（一六八四）に座元の地位を三代目勘三郎の子の竹松に譲ってから、この名を使って役者業を勤めた。したがって、先代半九郎が「半九郎」を名乗り始めたのも貞享元年以降のこととなる。ただし、役者出身であったかどうかについては、これ以上の資料がないので不明である。

さて、「作者金井三笑の父」とあるが、三笑が先代半九郎の子供であったことは、宝暦十二年（一七六二）正月刊の『役者年越草（としごえぐさ）』の「さすが腹の内から芝居でそだつた三笑殿」という記述からも窺える。三笑が二十二歳の若さで一座の諸事を掌る帳元まで出世できたのも、こうした血縁関係ゆえのことであろう。あるいは、推測の域を出ないが、先代半九郎が亡くなったため、若くして「半九郎」の名と帳元の地位を譲り受けたのかもしれない。三笑は、自分の出自を強く意識していたようであり、それを窺わせる記述が『秀鶴日記』(8)に見られる。宝暦十三年に、息子を中村座の座元の後継者に据えようとする考えを四代目団十郎に打ち明けた際のもので、三笑自身の言葉として次のようにある。

> 私儀は代々にて、殊に半九郎の九郎は伝九郎の九郎にして、桔梗の紋所被下候家筋にて御座候。

三笑が「桔梗の紋所」を用いたことは、安永三年（一七七四）刊の『役者全書』巻三「当時狂言作者之部」の三笑の項や、同五年刊の『新板細見　歌舞妓三丁伝』、同年刊の『役者位芸名家』において、三笑の紋所として桔梗が描かれていることから確認できるが、「後仔細有て此紋を取上」（前掲「紋系譜、並紋尽し」）られてしまった。ここでいう「仔細」とは、安永五年五月の二度目の中村座乗っ取りと、それに伴う劇界追放のことを指す(9)。三笑が、二度に渡ってまで乗っ取りを謀るほど中村座に固執したのも、その背景に自身の「家筋」に対する意識があったためと考えることができる。

ところで、「三笑」という名について、二代目市川団十郎の日記である、『栢莚遺筆集』(10)の延享元年（一七四四）十月六日の条に、次のような興味深い記述がある。

> 楽屋、子供囃子うは草り〈履〉ひしとやむる。座元より張がみ出す。右、散笑へ亀長を以云つかはし事、宜しく相止む。暮頃より雨ふる。昼も雨天、ふりたりやみたり。其日桟敷殊之外にぎ合、又十三日迄出てくれるやうにと、雀童直に我方へ来り、昼休の内たのみ、又楽やへは冠子礼に見ゆる。散笑も来る。（後略）

ここには、二つのエピソードが記されている。第一は、楽屋において子役と囃子方が上草履を履くことを止めるよう、栢莚が進言したというものである。[11]栢莚は、「亀長」[12]にその旨を「散笑」へ伝えさせ、その結果座元は、上草履禁止の張り紙を出すことになった。第二は、その時の狂言が好評だったため、昼休みに出演延長を頼みに雀童（三代目中村明石、後の七代目勘三郎）がやって来て、その頼みを承諾した礼に冠子（六代目勘三郎）と「散笑」が楽屋を訪れたというものである。日記の記述からは、「散笑」が劇場内の諸事を司っていることが分かる。すなわちそれは、帳元の仕事である。この時三笑は、十四歳の少年であるので、「散笑」は父の先代半九郎と考えられる。[13]そうであるならば、「三笑」の名は、父の俳名「散笑」に因んだものということになる。なお、初代市川団十郎の二十七回忌追善句集『父の恩』（二代目団十郎編、享保十五年〈一七三〇〉刊）には、「三笑」の号による「彼岸咲桜井の書や此二冊」という句が見られる。[14]宮木慧太氏は、「江戸歌舞伎と不夜庵　―市川栢莚・金井三笑を中心に―」（『東京大学国文学論集』第四号、二〇〇九年三月）において、「散笑」とこの「三笑」が同一人物である可能性を指摘している。この時、金井三笑はまだ生まれていない計算になるので、『父の恩』の「三笑」もやはり先代半九郎ということになるであろう。

二　三笑と栢莚

管見の限り、金井三笑と判断できる「三笑」の名が見える最も早い例は、初代瀬川菊次郎編、寛延四年（宝暦元年、一七五一）刊の、初代瀬川菊之丞の三回忌追善句集『その菊』に収められた「草の露うき世も所作をくる日哉　三笑」という発句である。[15]その他、この時期の三笑の句としては、

皃みせやきのふ乗こむ女神（『元服顔見世祝賀之吟』、宝暦二年刊）
虻の出て障子たゝくやんめの花（『新石なとり』、三世湖十編、宝暦二年刊）

水かげの草も手向の名なりけり（『誰ため』、二世雀庵一麿編、宝暦四年刊）

蓮の葉に浮むは露か花の影（『心のしをり』、鳳居庵栄峨編、宝暦六年刊）

寝ぬ夜哉清水に結ぶ星のあや（『俳諧拾遺清水記』、秀谷編、宝暦七年刊）

などがある。[16]これらの句集には、三笑以外にも役者や作者、その他劇場関係者の句が寄せられており、三笑の句も幕内の人間という立場から入集したものである。また、宮木氏の前掲論文によれば、宝暦六年に俳諧師の炭太祇が江戸に帰遊した際に編んだ句集『夏秋集』にも、三笑の名が確認できる。「於奴亭興行」と題された句会の記録であり、太祇のほか、元升、市栖、連尺、茶外、道院、花暁、熊文といった面々と共に、三笑は連句を巻いたようである。このメンバーのうち、花暁は初代中村喜代三郎であり、宮木氏は「三笑が中村座帳元を勤めていた時期であり、同じく中村座に勤めていた花暁と句座をともにしていたのだろう」と述べている。

ただし、同じ三笑の俳諧活動ではあるが、明和六年（一七六九）、池須賀散人著の『市川栢莚舎事録』第壱之巻「新宅にて中村富十郎を誹諧にて振舞し事」に見られる記述は、重要な意味を持っている。[17]書き出しに、

海老蔵類焼後、普請見事に出来いたしければ、新宅の祝ひに中村富十郎を誹諧にて振舞し時の座敷かざり物さま〴〵結構成道具共也。

とあるように、本資料は、栢莚が、人形町の新居祝いに中村富十郎を招いて俳諧の会を開いた時の記録である。この会がいつ開かれたのかは明確ではないが、本文中の「類焼」とは、宝暦六年（一七五六）一月十四日の夜八つ時に、新材木町二丁目川岸善次郎持納屋から出火した火事（白子屋火事）によるものと考えられるので、同年中には開かれたのであろう。会の参加者については、「誹諧連中」として以下の名前が列挙されている。

慶子　中村富十郎／盤十　針医師／三笑　金井半九郎／左格　人形町左助／海丸　松本幸四郎／翠扇　栢莚

妻／梅旭　孫おかめ／社鴬　栢莚妾しゅん／薫水　市川兵蔵／執筆瑞章　湖十門人

武井協三氏は、盤十を「団十郎家に出入りしていた、今で言えばトレーナーのような人物なのだろうか」とし、また左格については、「新宅の大家。二代目団十郎の屋敷は人形町にあって『千両屋敷』と呼ばれたが、そのころの役者は居住地に制限があり、人形町に家を所有することは許されていなかった。名目上、町人身分の所有者が大家として必要だったのである」としている[18]。また、海丸とは、四代目団十郎の子の三代目幸四郎のことであり、栢莚の孫のお亀（梅旭）と後に夫婦となる。栢莚妾しゅん（社鴬）と、栢莚の弟子の市川兵蔵（薫水）は、後に密通して駆け落ちすることになる。以上の顔ぶれを見ると、この句会は極めて私的なものであったことが分かる。そして、そうした会に加わることのできた三笑は、栢莚から絶大な信頼を得ていたと言える。

次に、三笑と栢莚の関係をさらに裏付けるような興味深い資料を掲げたい。それは、『歌舞伎新報』一六三五号（明治二十九年四月）所収、関根黙庵著の「俳優名家小伝（八）」における次のような記述である。

> 此時、海老蔵いよ〳〵出勤と定まりて、狂言は「大仏供養」の景清を一世一代に致さむと、言ひけるを、去年も其の前の年も、同じく景清の役にて病気引出し給へるばかりか、「大仏」といふ文字も不祥なり、平に他の狂言と振替え給へ、とて一同より頼みければ、さあらむには曽我こそよかるべけれ、五郎は吾が出世役なれば、との事に金井三笑に計りて「矢の根」を仕組み（ママ）たりしなりとぞ、

「此時」とは、宝暦八年（一七五八）三月の市村座、『恋染隅田川』のことを指す。栢莚は、前々年の宝暦六年二月には、中村座の『寿三升曽我』において、そして前年の宝暦七年二月には、市村座の『染手綱初午曽我』において景清を演じたが、いずれの場合も、その後病気になってしまった。さらに、「大仏」の語も死を連想させるため、関係者は縁起が悪いとして、景清の役を止めるように求めた。そこで栢莚は、自身の「出世役[19]」である

「矢の根の五郎」を演じることにしたが、この変更に三笑が関与していたというのである。

黙庵は、この記述の典拠を明らかにしていない。管見の限り同じ記述が見られる資料がないことを考えると、現在散逸してしまっている資料が用いられた可能性がある。そこで連想されるのが、『戯子見聞録』という書である。黙庵は、「俳優名家小伝（六）」（『歌舞伎新報』一六三三号〈明治二十九年二月〉所収）において、享保二十年（一七三五）の栢莚の大病に関する逸話を紹介しているが、その出典について、「此の事金井三笑の『戯子見聞録』四の巻に見えたり」としている。三笑著述とされる同書は、『国書総目録』および『古典籍総合目録』に未掲載であり、現在その所在が知れない。書名から、「戯子」すなわち役者についての三笑の「見聞」を記録したものであろうことは想像がつくので、三笑が自身の体験として、宝暦八年当時のことを記録していたと考えてもおかしくはない。

では、この『恋染隅田川』において、三笑はどのように「矢の根」を仕組んだのであろうか。『役者談合膝』（宝暦九年正月刊）の「江戸名物市川海老蔵」の条には、

> 市村座三月かはり狂言　恋染隅田川第三ばんめ、楽人富士太郎、父の敵浅間次郎を討ゝせてたび給へと、駿州富士の裾野青面荒神へきせいする段、富士太郎は若太夫亀蔵也。此時、荒人神曽我の五郎時宗の神ゝ霊にて、矢の根五郎の仕内。まへ〳〵のごとく矢の根五郎のせりふ、つらね、顔くまどりてのりき身、大でけ。
> 富士太郎に、汝よきかな〳〵此矢の根をもつて、父が敵討べしと、矢の根をあたゆる段。

とある。本作には、いわゆる富士浅間物が綯い交ぜられており、その登場人物である富士太郎（初代市村亀蔵）の名の「富士」という連想から、富士の裾野で仇討ちを果した曽我五郎を、神霊として登場させるところに三笑の着想の妙があると言える。しかも、神霊事は初代以来の団十郎家のお家芸であり、矢の根の五郎は、栢莚の「出

世役」でもある。一世一代の狂言としてはまさに打ってつけであった。そして、さらに注目したいのが、『花江都歌舞妓年代記』（烏亭焉馬著、文化八年〈一八一一〉～十二年刊）の挿絵である（図2）。この挿絵には、椅子に腰掛けて矢の根を研ぐ五郎の神霊（栢莚）と、手を合わせてその姿を拝む富士太郎（亀蔵）とが描かれている。

『市川栢莚舎事録』巻之五には次のようにある。

図2　『花江都歌舞妓年代記』宝暦八年の条（『歌舞伎年代記』、東陽堂、明治三十八年）

栢莚、又候ふきや町芝居にて矢の根五郎の狂言を取組けり。乍去、栢莚此折は病後にて働きも不自由に在りし故、亀蔵へ矢の根を譲りたる取組の狂言にて、栢莚は矢の根五郎の姿をいたせしまでの事也。

矢の根の五郎の演技は、病後で体の動きが不自由な栢莚にとって、実に理に適ったものであった。矢の根の五郎と言えば、矢の根を研ぐ場面がまず想起されるが、挿絵にも見られる通り、この演技は座って行われる。神霊として登場した栢莚は、座ったままの楽な姿勢で、セリフを言ったり、ちょっとした仕草をしたりするだけで良い。つまり三笑は、栢莚の体に負担をかけさせずに、それでいて違和感を生じさせない荒事芸として、本作の矢の根の五郎を仕組んだのである。

古井戸氏は、三笑が、宝暦四年十一月からの一年間、中村座の狂言作者として番付に名を連ねた後、宝暦九年正月の森田座、『菜花隅田川（なのはなすみだがわ）』において再び筆を執る[20]までの空白の三年強の間、中村座の帳元として活動したとしている[21]。つまり三笑は、中村座の帳元を勤めつつも、栢莚の出演する市村座に関わったことになり、当時の三笑は、劇場の垣根を越えた自由な立場にあったことが分かる。そして、『秀鶴日記』に、

　手代にて一生過ぎん事本意なしと申候て、役者にはなりがたく、作者心掛ケ申候。

という記述があるように、『恋染隅田川』への関与という事実は、三笑が、栢莚との親交を活用して、作者としての道を志そうとしていた、その過程を具体的に示しているのである。

さて栢莚は、本作を最後の舞台として、宝暦八年九月二十四日に没するが、この栢莚の死は、以後の三笑と四代目団十郎の提携に影響したと考えられる。三笑は、団十郎と瀬川菊次郎の後家のお松との縁談を仲介するが、その婚姻がなったのは、同年十一月十六日のことであった[22]。そこで注目したいのは、『市川栢莚舎事録』第四之巻の記述である。

　今井（ママ）三笑といふもの、市川団十郎方へ縁談をすゝめけり。なれども、団十郎中々承知もなくぐちたい致しけるが、三笑達てすゝめける故、終に縁談首尾調て、（後略）

傍線箇所からは、団十郎が、もともとお松との縁組に乗り気でなかったことが窺える。栢莚という後ろ楯を失った団十郎は、再三に渡って拒んでいた婚儀を承諾することで、中村座に発言力のある三笑との提携を図り、中村座との関係を深めようとした。一方の三笑も、栢莚の死を境に、狂言作者の道を歩み始める。推測の域を出ないが、栢莚は、市川家の後継者である団十郎の後見としての役割を、自身の信頼する三笑に託したのかもしれない。三笑にとって団十郎付になることは、作者としての地位の安定につながる。こうして両者の提携は、翌九年十一月の市村座、『阿国染出世舞台』から始まるが[23]、それは栢莚を媒介とした利害的なものであり、必ずしも直接的な友好関係ではなかった。

宝暦十三年、三笑の中村座乗っ取りが失敗したのは、事前にこの考えを打ち明けられた団十郎が、座元の七代目勘三郎に密告したためである。このことは、団十郎が重視したのが、三笑ではなく、あくまでも中村座との関係であったことを如実に示している。そして、この一件で中村座を追われた三笑は、団十郎との関係を切り、明和二年（一七六五）度から安永二年（一七七三）度まで、主な活動場所を市村座へと移す[24]。

三　中村座への執着

明和九年（安永元年）十一月、市村座の『江戸容儀曳綱坂』において、三笑は、顔見世番付および役割番付からその名を消している。三笑が影ながら関与をしたことは、本作を評した『役者一陽来』（安永二年正月刊）の尾上菊五郎評に、「名前は出されねど三笑丈の仕ぐみ」とあることから窺えるが[25]、では、なぜ名前を隠したのであろうか。

古井戸氏は、「三笑風と桜田風（上）」において、同じく菊五郎評に「ことには急な取組のやうに承りました」

とあることから、「座組等の関係で名目を出せなかったのではないだろうか」としている。同氏は、「座組等の関係」が何を指すのか明記していない。たとえば、この時、市村座において市川友蔵が三代目団三郎を襲名しており、四代目団十郎と敵対する三笑が、市川家を憚って名前を出さなかったと考えられるかもしれない。ただし、このように考えると、翌安永二年三月の『江戸春名所曽我』（えどのはるめいしょそが）において、三笑が、団三郎も出演した同じ座組で名前を表わしていることの説明がつかない。一方、渡辺保氏は『四代目市川団十郎』（筑摩書房、一九九四年）において、次のように述べている。

> この名前がないというところが問題で、三笑は内々中村座に接近していた。中村座に近づくためには、市村座にはっきり名前が出ていない方が有利なのである。（中略）中村座を解雇された三笑は、市村座へ行って、中村座復帰の機会をうかがっていた。安永元年の十一月の市村座で、名前を削ったのは、その機会になんらかの機運があったからであろう。安永二年は、（中略）中村座百五十年の寿狂言が行なわれた。

安永二年は、中村座にとって、寛永元年（一六二四）の創始から百五十年を迎えた記念すべき年であり、二月一日より「百五十年の寿」と銘打った記念興行が催されている。[26]前述したように、三笑にとって中村座は、父の代からの所縁があり、いわば自身の故郷のようなものであった。渡辺氏は明言していないが、三笑は、この興行に作者として参加したいと考え、中村座復帰のための工作を進めていたのであろう。番付刊行時にも、その可能性があったからこそ、名前がないと考えられるのである。

ここで注目したいのは、菊五郎の動向である。天明三年（一七八三）に没した菊五郎の追善集『梅幸集』（不夜庵五雲編、天明四年序）には、附録として「尾上菊五郎一代狂言記」（八文舎自笑著）が付されるが、そこには次のような記述が見られる。[27]

此前年辰（注、安永元年）の暮、大坂中村歌右衛門座へ登らるゝとて看板も出たれども、いかゞ間違ひしや、市村座の居なりと聞て大坂も力を落せし計。

菊五郎は『秀鶴日記』に、

菊五郎殿に訳（注、宝暦十三年の中村座追放）知れず候故に、此人（注、三笑のこと）を賞美致被居申候。是にしたがひ申候て我子門弟となし随ひ申候なり。

とあるように、明和年間の江戸における活動で常に三笑と同座し、さらに後に触れるが、安永、天明年間には、三笑の子の筒井半二（後の松井由輔）[28]や筒井三鳥が、菊五郎付の作者となるなど、三笑と菊五郎は非常に密接な関係にあった。当初菊五郎には、上坂の予定があったが、三笑もまた市村座を離れて中村座へ移るという計画を進めており、市村座としては、重要な人材を二人失うことになってしまう。そこで、菊五郎が説得され、「いかゞ間違ひしや、市村座の居なり」という結果になったのではなかろうか。一方の三笑も、結局この計画が失敗に終わり、急遽市村座で筆を執ることになった。『役者一陽来』の「ことには急な取組のやうに承りました」という記述は、まさにこの状況を指しているのではなかろうか。

その後、安永三、四年度の二年間、番付から姿を消した三笑は、安永四年十一月の『花相撲源氏張胆』において、念願叶って遂に中村座に返り咲く。この復帰の背景には、同年二月の七代目勘三郎の病没があった[29]。『秀鶴日記』には、

七代目御病気に付申候て、家の子にも候へば三笑事願申候に付、御対面共々願申候て、

とあり[30]、渡辺氏は、前掲書において「勘三郎も病気で気弱くなっていたのだろう。前の事件があるにもかかわらず、ついに三笑を許した」と述べている。ここで注目したいのは、「家の子」の語である。同年九月には、二代

目伝九郎が八代目勘三郎を襲名するが、その際の贈り物について言及した『月雪花寝物語』の記述の中にも、同じ語が見られる。

帳元宗兵衛作り三笑罷在候。皆々家の子にて候と御称美の御言葉に御座候。

このように三笑は、中村座の新体制への移行期において、自身の出自を主張することで巧みに座元に取り入り、中村座への復帰を果たしたのであろう。

さて、復帰作の『花相撲源氏張胆』を評した評判記には、駿河屋藤介・上総屋利兵衛刊の『役者通利句』(31)と、八文字屋刊の『役者大通鑑』(32)の二種があるが、両者の三笑への評価には微妙な差が見られる。まず、『役者通利句』の二代目嵐三五郎評には、

頭取　御巧者〳〵。久しぶりで此様な面白ひ狂言を見ました。名にふれし三笑の妙作。狂言あたりと中事は今度の狂言の事で御ざる。

とあり、作者三笑が積極的に評価されている。一方、『役者大通鑑』の仲蔵評には、

わる口　一番めにはは、これはといふほどの狂言の山なし。此上るりのば（注、二番目に上演された富本節「四十八手恋所訳」）が今度の山でござる。あんまりあんじたやうな趣向がみへぬ。ひいき　それは秀鶴（注、仲蔵）のしつた事じやない。狂言作りにいへ〳〵。頭取　井筒や（注、三笑のこと）作故、じよさいな事もござるまい。第一始終あきのなき仕組じやとのうはさ、いかさまたがみてもよく筋のわかる狂言、まづは日にまし大入にて大悦〳〵。ひいき　たゞ秀鶴の評判ではいるのじやて。

とあり、頭取の発言のように、三笑の作者としての腕に一定の評価を与えつつも、三笑よりむしろ仲蔵を評価しようとしている。評判記の作者の違いによって、異なる二通りの見方が生れており、このことは、三笑の名声と

仲蔵の人気が伯仲していたことを示している。(33)

三笑は、自分の作者としての名声、権威を脅かす存在にまで成長した仲蔵に危機感を覚えたのであろうか、翌安永五年正月の『縣賦歌田植曽我』において、ある方策に打って出る。二代目劇神仙著『劇神僊筆記』には次のようにある。(34)

> 三笑此節マス〳〵仲蔵ヲ憎ム。イタヾカセテ見セヤウト考タル狂言、果シテ秀鶴大イタヾキ、当人呑コンデ役ヲ納メ、見物ハウケヌトノ考ヘ方、名人デナケレバ出来ヌコトナリ。本絵ノ草摺引ト云ル趣向。（中略）五郎（注、仲蔵）カツラハカラノタレ、素肌ニテ針金入ノ単ノ着ツケ、手綱ニテ大太刀ヲ肩ニカケタル拵へ。水虎ノ生捕トノ評判大イタヾキナリ。（中略）今按ズルニ、秀鶴、守国ノ画本好ニテ、平生是ヲ見テ工夫スル事有シガ、夫へ付コマレテイタヾカサレシト見エタリ。

「イタダク」という表現は、劇界用語であり、『絵本戯場年中鑑』（篁竹里著、初代歌川豊国画、享和三年〈一八〇三〉刊）下の巻には、「いたゞくとは もの事しくじりし事」とある。(35) 仲蔵は、橘守国の絵本を参考に扮装の工夫をしていたが、そこにつけ込んだ三笑は、守国の絵本通りの「草摺引」を趣向とすることで、仲蔵に、唐の垂れの鬘、素肌に針金入りの単衣、大太刀を手綱で肩にかけるという、通常とは異なる扮装の曽我五郎を演じさせ、見物の不評を買わせたのである。ここでいう守国の絵とは、享保五年（一七二〇）に刊行された『絵本写宝袋』三之巻の「曽我時宗」および「朝比奈草摺を引」のことであろう（図3）。特に「曽我時宗」の説明には、「此太刀おびとりなし。手綱にてくゝり、表帯の下へとほし、肩へかけ、背にてむすぶ」とあり、『劇神僊筆記』の傍線部の記述と合致する。この逸話からは、いわば独善的に筆を執っていた三笑の姿を窺うことができる。

この年度、三笑がいかに中村座の実権を握っていたかは、『月雪花寝物語』の記述からも読み取れる。冒頭には、天明五年（一七八五）十一月に仲蔵が養父の名を継ぎ、六代目中山小十郎を襲名することを座元に願い出た口上書きが収録されている。その一節に、

> 拾壹ケ年以前未の年、養父中山小十郎廿三回忌に相当候。右に依て、旦那様へ改名の儀御願申上候処、被遊御得心、（中略）然処、皃見世座組、市村座江市川海老蔵殿壹年半相休、此度皃見世より相勤被申候。右に付、帳元宗兵衛殿、作り（作りとは作者の事也）金井三笑殿、私方江御出、市村座へ海老蔵被罷出候に付、仲蔵改名小十郎にては人も存知不申候。今壹年仲蔵相立候様に被申候。難有次第に御座候得ば、改名の儀相延、則仲蔵にて相勤申候。

とある。「拾壹ケ年以前未の年」とは、安永四年（一七七五）であり、まさに三笑が

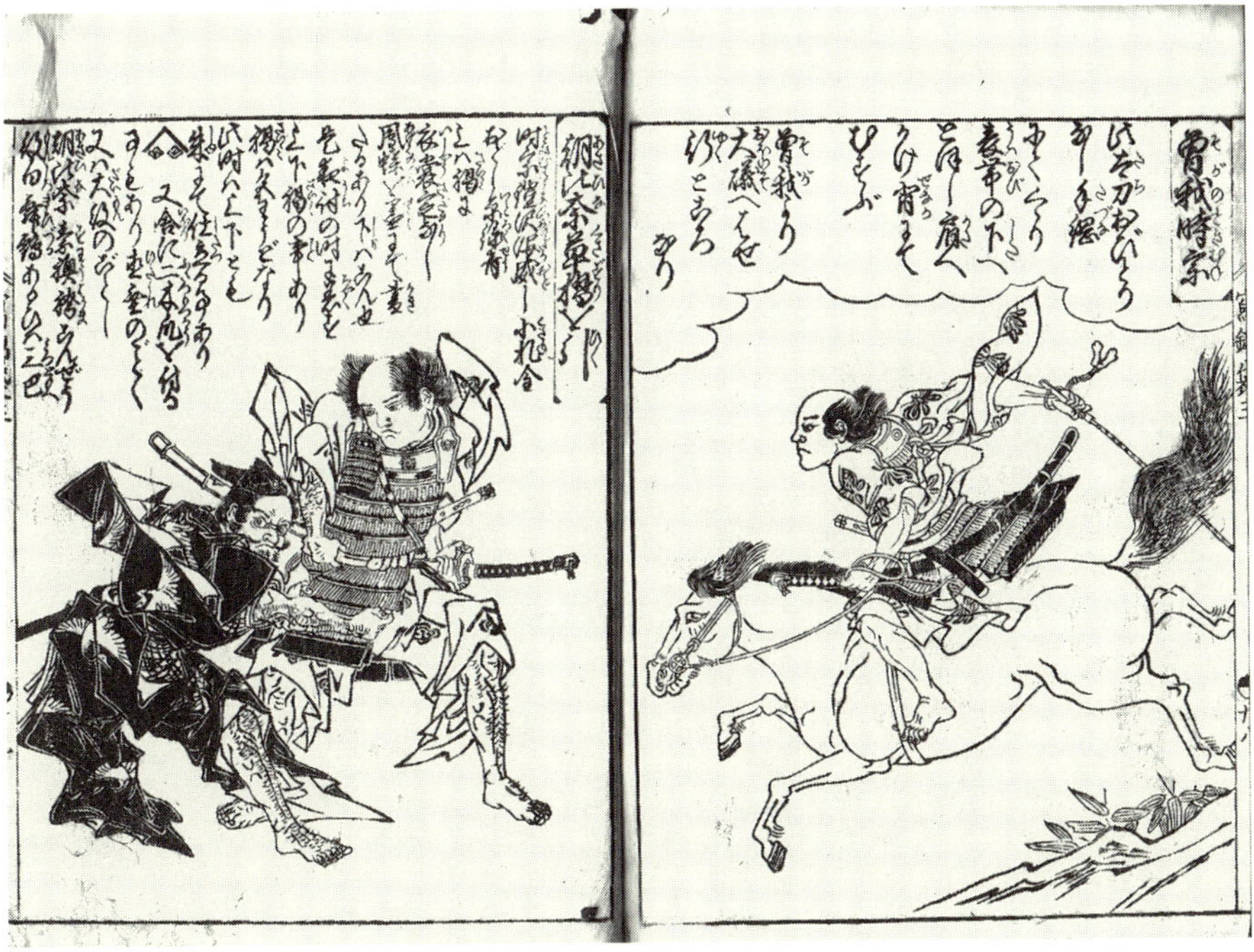

図３　『絵本写宝袋』三之巻（白百合女子大学蔵）

中村座に復帰した年である。仲蔵はこの年の顔見世において改名を考え、「旦那様」すなわち八代目勘三郎の許可まで得ていたが、三笑の一声によって、計画は白紙に戻されてしまう。

翌安永五年五月、三笑が再び中村座を追放されたことは、夙に古井戸氏が指摘するところである。この事件について、『秀鶴日記』には次のようにある。

> 娘二人をめがけ候て悪巧み申仕候。帳元惣兵衛居り候てはあしくと存暇遣し候様に太夫元をたぶらかして、五月十三日富十郎抱へ申候事を落度といたし暇出申候。此巧みつひにあらはれ申候て、三笑文左衛門永代の暇遣し申候なり。人能存申所なり。

三笑は、宝暦十三年（一七六三）の退座と同様、自分の息子を勘三郎の娘婿とすることで、再度中村座の乗っ取りを謀るが、この画策はやはり失敗する。三笑にとって、新勘三郎は御しやすい人物であり、しかも、宝暦十三年時と違い、この時の三笑は作者としての名声を得ていた。成功の目算があったに違いない。

そもそも、宝暦十三年の乗っ取りは、考えを打ち明けられた四代目団十郎と、その密告を受けた七代目勘三郎といった当事者しか知らないことであった。『秀鶴日記』には、

> 俄に暇出し候事皆々驚き申候へども、其訳は知れ不申候なり。中村座にても太夫元其訳なしに暇遣はし候へば誰一人知る者なし。

とある。著者の仲蔵がこの一件を知ったのは、安永五年七月、市村座の『菅原伝授手習鑑』上演中の楽屋で、団十郎（当時は海老蔵）が暴露したからであり、『秀鶴日記』には、

> 海老蔵殿一世一代の時に座付に参り申候三階にて、「是迄は咄し不申候。三笑と中あしき其訳はかくのごとく」と、三甫右衛門、広右衛門同座にて、跡々の為め海老蔵咄し申候として被咄申候なり。初て中悪しきわ

け承り申候。

とある。今回の安永五年五月の事件は、「人能存申所」であったが、この暴露によって、既に宝暦十三年の前例があったことが公となる。「跡々の為め」とあるが、団十郎は、劇界を引退するにあたって、こうした策謀を繰り返す三笑への注意を喚起するため、十年以上の沈黙を破ったのであろう。団十郎の暴露は、座元に匹敵する権力を持った三笑という作者への、役者側からの抵抗であった。こうして三笑は、以後十年間、劇界に表立って名前を出せなくなる。

四　三笑の息子達

前述したように、三笑の宝暦十三年と安永五年の二度に渡る中村座の乗っ取り計画の要諦は、自分の息子を八代目勘三郎の娘婿とすることで、座元の家系と親類関係を結ぶということにあった。ここで、三笑の息子達について簡単に述べておきたい。

三笑には、確認できるだけで三人の息子がいた(36)。三笑やその父が、「金井半九郎」の名で中村座の手代、ないし帳元を勤めていたことは既に述べたが、三笑の子の一人もまた、父や祖父と同じく「金井半九郎」を名乗り、中村座ではなく市村座の手代を勤めていたようである。『絵本戯場年中鑑』上の巻には「市村座のは仕切場金井半九郎、則金井三笑の子也」とあり、また、三升屋二三治著の『紙屑籠』（天保十五年〈一八四四〉成立）の「仕切場手代」の項には、

今坂東彦三郎（注、四代目）、元羽左衛門手代親福地茂兵衛（注、四代目）、帳元にて再興せし年まで、羽左衛門手代当番奥役に、半九郎、半兵衛、藤左衛門、清兵衛なぞとて、仕切場の掛合人役者掛りの者あり。中にも、

> 堺町、木挽町には名高き当番壱人リか二人リ、其ころこの四人、芝居の掛合出来かた、万事に心得たる者なり。
> いづれも帳元六兵衛に仕こまれたる人、羽左衛門手代にて、芝居師といふべし。
> 半九郎は金井三笑の子、半兵衛は玉木屋といふ大茶屋、藤左衛門は新道のつちやといふ茶屋、清兵衛は後に梅右衛門といふ。

とある(37)。この「金井半九郎」は、三笑の長男とされ(38)、金井家の本来の家業である芝居小屋の手代の職を全うしたようである。

さて、先にも少し触れたが、三笑の次男は筒井三鳥、三男は初代松井（金井）由輔と言い、いずれも父と同様に狂言作者を勤めた。次男三鳥については『戯財録』に、

> △天明ころ 筒井三鳥　金井三笑悴。松井勇助兄也。京にて死。

とあるのみで、その他の劇書に記述はない。狂言作者を志したのが遅かったのであろうか、作者としての活動もそのほとんどが弟の由輔と一緒であり、立作者の由輔に次ぐ二枚目の地位に留まっている。天明の中頃に没したとも伝えられ、狂言作者としては、必ずしも成功した人物ではなかったようである。

一方、三男の由輔については、三升屋二三治著、天保十四年成立の『作者店おろし』に次のように記される(39)。

> 金井三笑の男。後に金井を松井と改る。狂言浄瑠理に名を残す。元祖由輔なり。
> 由輔と名乗る。大和屋兄弟の取立にて、作者の数に入、ふくろ半二といふ。あたまの髪の風、ふくろ付かづらの如くゆえ、斯は名づけし者。むき腹立の大野暮人なり。三笑の血筋、おしいかな〳〵無学俗物なり。

松井由輔という名は寛政四年（一七九二）十一月の市村座において、立作者の初代瀬川如皐に次ぐ、二枚目として初めて登場するのであるが、「ふくろ半二」とあるように、狂言作者としての初名は筒井半二であった。『歌舞

伎年表』の安永八年（一七七九）の条には、由輔改名前の「半二時代」について、次のような記述がある。

> 市村座の作者、筒井半次は、三笑が弟子にて、先年京都北側ノ芝居へ出、それより大坂へ下り、菊五郎世話にて江戸へ下り、菊五郎附の作者也。幸四郎、この半次を悪みて術を廻し、評判記「紫鼠」（『役者紫朗鼠』は安永九年正月版也）にも、無理に治助を誉させ、半次を始め其外作者共を悉く疎ますやうの評判させ、扨亦梅幸を追のけ、己れ座頭とならんとの工み云々（『戯場談話』）

そこで以下、この記述に従いつつ、由輔（半二）の動向を追ってみたい。

「先年京都北側ノ芝居へ出」とあるが、役割番付からは、半二が安永四年度・五年度に、京四条北側東芝居・藤川山吾座に出勤していたことが確認できる。安永二年度、市村座に在籍していた菊五郎は、翌安永三年度に上坂して、大坂中の芝居・嵐松治郎座に出演、そして同四年度・五年度には、京の藤川山吾座に出演しているので、この時、半二と菊五郎は同座していたことになる。なお、安永四年度の藤川山吾座の立作者は、吾八時代の初代並木五瓶であった。半二（由輔）と五瓶の関係は、これ以後も続くことになる。

翌安永六年度、菊五郎は大坂角の芝居・小川吉太郎座に移っているが、半二はこれには同行せず、京に残って四条北側西芝居・小倉山豊崎座に出勤した。翌安永七年度、半二は「大坂へ下り」、小川吉太郎座に出勤、再度菊五郎と同座する。この時の立作者が「五兵衛」と名を改めた五瓶であり、彼の下、半二は『金門五山桐』（安永七年四月）や『棹歌木津川八景』（同年七月）の執筆に加わる。ただし、半二の名は、同年正月・三月・六月の名古屋稲荷芝居・中村千蔵座の番付にも確認でき、名古屋と大坂を行き来していたようである。そして、翌八年度、半二は菊五郎と共に江戸へ下り、「菊五郎附の作者」として、市村座に出勤する。この安永八年度は無事に過すことができたが、翌安永九年度、四代目松本幸四郎を加えた一座で事件が起こる。

安永八年十一月、市村座の『吾嬬森栄楠（あずまのもりさかえくすのき）』の立作者は初代桜田治助、半二は二枚目に座ったが、「まえがき」の一覧でも示したように、本作は三笑の関与の可能性を指摘できる作品である。おそらく三笑は、息子の半二を通じて本作に関わったのであろう。先の『歌舞伎年表』の記事にある「無理に治助を誉させ、半次を始め其外作者共を悉く疎ますやうの評判」とは、この時のもので、『役者紫朗鼠（しろねずみ）』（安永九年正月刊）の幸四郎評に見られる。

芝居好　此幕は高麗やで当た趣向（中略）拍子幕。わる口　思ひの外まぬけで見物不承知のやうじや。次の若ィ者次郎八の仕内。わる口　サアこゝも桜田ならばまそつとおもしろいせりふ付なども有そふな所。

二枚目作者の半二が担当した幕について幸四郎を評価する一方で、その幕自体は「まぬけ」と評されている。さらに、次郎八の仕内に関しては、治助に書かせた方が面白かったとまでしている。幸四郎のこうした「梅幸を追のけ、己れ座頭とならんとの工み」に怒った菊五郎は、翌安永九年五月、『女伊達浪花帷子（おんなだてなにわかたびら）』の上演中に、舞台上で幸四郎への刃傷未遂事件を起こしてしまう(40)。

この騒動のため菊五郎は市村座を退座し、翌安永十年（天明元年）度は、京四条北側東芝居・山下八百蔵座に出勤するが、その役割番付には、半二とともにその兄、筒井三鳥の名が初めて確認できる。つまり、菊五郎の上京に合わせて、今度は半二だけでなく三鳥も行動を共にしたのである。ところが、翌天明二年（一七八二）度は、半二・三鳥が四条北側東芝居に重年したのに対し、菊五郎は京四条北側西芝居・中山猪八座に移っている。理由は定かではないが、半二・三鳥兄弟と菊五郎は別れたことになる。なお、同年正月にこの兄弟が手がけた『けいせい稚児淵（ちごがふち）』は、以後上演が繰り返され、天保三年（一八三二）には、絵入根本（柳斎重春画）が刊行されるほどの当り作となった。

翌天明三年度、半二は四条北側西芝居・中山来助座へ、三鳥は四条北側東芝居・沢村音松座へ出勤し、兄弟は離れ離れとなる。中山来助座の顔見世狂言は『五説経末広系図（ごせっきょうすえひろけいず）』であったが、蕪村はこの芝居を見物し、その感想を十一月五日付の几董宛書簡に記した。その文面には「筒井半二にも逢申候所、不出来（ふでき）狂言くやみ居申候」とあり(41)、半二の交遊関係の一端を窺わせる。この年度、三鳥は名古屋の大須芝居・沢村徳三郎座にも出勤したようであり、三月から六月の役割番付にその名が確認できる。特に四月の『蓊　時大津絵（ふじもよしときにおおつえ）』については、阪急学園池田文庫に、裏表紙に「筒井三鳥」の名が記された台帳が残っており、管見の限り三鳥の単独作としては唯一の現存台帳である。以後、三鳥は、天明三年十一月、四条北側西芝居・中山来助座の番付に名前が載るのを最後にして、その消息が知れない。おそらくは、この頃に亡くなったのであろう。なお、同年十二月には、菊五郎が享年六十七歳で没している。

対して半二は、天明四年・五年度と、大坂中の芝居に出勤し、『けいせい倭荘子（やまとぞうし）』（天明四年閏正月、嵐他人座、立作者並木五兵衛）や『傾城睦月の陣立（けいせいむつきのじんだて）』（天明五年正月、中村粂太郎座、立作者奈河七五三助）の執筆に加わるが、翌六年度の動向はつかめない。ここで注目したいのは、天明六年十一月の中の芝居・坂東岩五郎座の番付に、立作者の五兵衛に次ぐ二枚目の作者として、金井一笑という名が挙げられていることである。傍証がないので断定はできないが、この一笑は半二のことであると推測できる(42)。仮に筒井半二が金井一笑に改名したとするならば、天明六年十一月という時期は非常に大きな意味を持つ。この時江戸では、十年に渡って劇界から追放されていた父の金井三笑が、遂に中村座への復帰を果している。一笑への改名は、こうした動きと連動したものと考えることができるのである。なお、一笑の名はこの時を限りにして、以後番付等には確認できない。

五　中村座復帰の背景

天明六年十一月、中村座の『雲井花芳野壮士（くもいのはなよしののわかむしゃ）』において、三笑は番付面に名前を復活させる。先に述べたように、安永四年（一七七五）十一月の中村座復帰は、座元の交代に関係があったが、今回の復帰もそれと同じような背景があったと考えられる。

八代目勘三郎は、三笑の追放後間もなく安永六年十一月に没し、三代目中村七三郎が九代目を継ぐ。八代目は、初代勘三郎の長男、初代勘九郎の家系であるのに対し、七三郎は初代勘三郎の次男、二代目勘三郎の家系の出身であり、直系からはかなり遠い。しかも十三歳という若さでの襲名であった。こうした人物を座元に据えなければならないほど、座元の家系には人がいなかったのである。そして、この九代目も、天明五年七月に二十歳で没する。

新たに座元になった十代目について、『東都劇場沿革誌料』には次のようにある。

> 九代目勘三郎早世に付、天明五巳年八月、八代目勘三郎次女おとみへ浅草福井町名主斉藤理左衛門二男熊吉事、金三百両持参にて入婿と成り、翌六年閏十月家督の寿狂言興行の処、同七年四月病身により太夫元難勤に依て義兄伝九郎へ太夫元を相譲り隠居、其実大借金に依て逃亡せし也。後文化七年五月三日没す。

新勘三郎は、芝居関係者ではなくいわば一般人であった。「おとみ」は、三笑が自分の息子と結婚させようとした女性の一人である。今回の座元就任劇は、おとみの相手こそ違うが、三笑が以前提案した形と同じである。そこで考えられるのは、この縁組を仕組んだのが三笑であり、それをきっかけに、中村座への復帰を果たしたのではないかということである。

その根拠となるのが、本節でも度々引用した『秀鶴日記』の「天明五年の条」の存在である。天明五年は、まさに新勘三郎が婿入りした年である。この婿入りに三笑が関与していたからこそ、危機感を覚えた仲蔵は、三笑の過去の策謀について、自身の日記に記述したのではなかろうか。でなければ、この年に、まだ劇界追放状態にあった三笑のことを、突然記す理由が他にない。この条文が、『歌舞伎年表』にも引用されていることは、注(1)で述べたが、そこでは「天明五年十代勘三郎の條」と題されている。天明五年時には、まだ十代目は襲名されていないので、この題をつけたのは仲蔵本人ではない。伊原敏郎、あるいはそれ以前の書写者が、この条文の執筆背景を知った上で付け加えたと考えられる。

　こうして中村座に復帰した三笑は、天明七年正月、『大銀杏根元曽我（おおいちょうこんげんそが）』を手がけるが、この大名題の由来について、辻番付には、次のような口上書が記されている[43]。

> 口上書を以て御披露申上候。春狂言例年不相替曽我の趣向を仕来候起リ、元禄元戊辰のとし、当座ニおゐて五代目勘三郎[44]存ニ伝九郎、奴朝いな大磯通の曽我狂言をはじめて相勤、大繁昌仕候てより、今以三座共ニ早春、曽我を仕候常例ニ相成候。右元禄元年より曽我狂言ノ起リ、今天明七未年まで百年ニ相当リ候。依之、根元曽我と題し、右御披露奉申上候。例年の通、不相替春狂言曽我、御見物ニ早朝より御出被下候様ニ奉願候。已上。

天明七年は、元禄元年（一六八八）三月より中村座で上演された『全盛梶原奴朝比奈大磯通』から数えて百年目に当たる。この狂言は、初代伝九郎（前名四代目勘三郎）が初めて小林朝比奈の役を勤めた作品であり、代々の伝九郎がお家芸とした朝比奈の「根元」とされた[45]。伝九郎に所縁の名を持つことを強く意識していた三笑にとって、格別の思い入れがあったに違いない。ただし口上は、この狂言が、曽我物が初春狂言の吉例となった「根元」であるかのように書かれている。確かに、元禄元年三月には、中村座のほか、山村座、市村座の三座で曽我物が競演されてはいるが、正月の曽我物上演が定番化したのは享保期からであり、「根元」とするには正確でない。つまり三笑は、復帰後初の曽我狂言において、なかば強引な形で中村座の伝統を強調しているのである。自身の参加できなかった安永二年の百五十年の寿興行を、再現しようとする意識があったのかもしれない。

三笑は、十代目勘三郎を擁立することで、中村座への復帰を果たした。素人出身の新座元が、三笑の言いなりになったことは容易に想像がつく。つまり三笑は、二度に渡って企てた中村座の乗っ取りを遂に成功させたのである。しかしながら、先の『東都劇場沿革誌料』の引用にあるように、十代目勘三郎は、中村座の抱える莫大な借金のため、天明七年四月に出奔してしまう。三笑の中村座における立場は、急速に悪くなったことであろう。こうして中村座を離れざるを得なくなった三笑は、翌天明八年度、森田座へ移る。

六　晩年の三笑

三笑が最後に中村座に関わったのは、寛政三年（一七九一）正月の『春世界艶麗曽我』であり、この作品において、常磐津節の「百千鳥子日初恋」を執筆している。『戯場年表』の寛政三年の条には次のようにある。[46]

　二番目常磐津文字太夫、浄瑠璃小松曳、（中略）金井三笑の作にて、古今珍しき趣なりとて評判。

なお、「二番目」とあるのは誤りで、辻番付・役割番付によれば、一番目三建目に上演された。三笑は、寛政二年（一七九〇）三月、市村座の『花籠木母寺由来』を最後に番付から名を消すが、その後、同四年に剃髪して劇界を引退するまで、いわば大御所的な立場で作品に関与していた。[47]寛政三年度の中村座の顔見世で立作者を勤めていたのは、初代桜田治助であったが、二枚目の作者には三笑の弟子である初代増山金八が座り、また、三笑と関係の深い初代尾上松助[48]も出勤していた。井草利夫氏は『鶴屋南北の研究』（桜楓社、一九九一年）において、「金八や松助との縁で、この部分だけ執筆したのであろう」と推測している。機会があればいつでも中村座に戻りたい、三笑は、最晩年になってもそうした思いを抱き続けていたのかもしれない。

最後に、これ以後の三笑の活動について触れておきたい。古井戸氏は、「三笑風と桜田風（上）」において、『劇神僊話』の三代目沢村宗十郎の項にある「石川五右衛門ヲ色立役ニシテ三笑ガサセタ」という記述が、寛政三年八月の市村座、『仮名書室町文談（かながきむろまちぶんだん）』の時のものであると推定している。さらに、翌年度も三笑の市村座関与の例が見られ、寛政三年十一月の『金韄鏵源家角鐔（きんのめぬきげんけのかくつば）』では、『花江都歌舞妓年代記』に「金井三笑述」と記された市川鰕蔵の「暫のつらね」が掲載されている。この作品は、五代目団十郎がその名を長男に譲り、自身は市川鰕蔵と改名した時のものであるが、寛政九年（一七九七）正月刊の『役者渡染（わたりぞめ）』（寛政九年正月刊）の鰕蔵評には、「同三亥年市村座にて金王丸、此時鰕蔵と改名有、つらねは金井三笑作、此時計也」とあり、三笑の関与を裏付けることができる。

そして、同年度の秋狂言、すなわち寛政四年八月の市村座、『むかし〳〵掌白猿（てじろのさる）』については、『江戸芝居年代記』に、「此狂言の看板、如皐、三笑妙作也」という記述が見られる。(49) 本作では、大道具の工夫が観客の興味を引いたようであり、三代目瀬川菊之丞が能がかりの七変化を演じた二番目の長唄の所作事「七瀬川最中桂女（ななせがわもなかのかつらめ）」（初代瀬川如皐作）について、『戯場年表』には次のように記されている。

> 第二番目「七瀬川最中桂女」能の番組によそへて七役の所作事、瀬川菊之丞、翁、三番叟、吾羽、雲林院、檜垣、龍田、祝言加茂（中略）此所作のうち檜垣の出端の時、正面の出唄出囃子の二段の真中を左右へ割、其間より引道具にて出し、舞台に居、割し二段は元の如く成。其外一場〳〵に道具替り、最目先の替りしは、初段の破風を打返して、田野の遠見の景色かはりし時は見物一同驚きしといふ。是迄にかかる事はなく、今

度始めてなれば、さもあらんが道具小道具持物等細密なりしは此頃よりといふ。

「二段の真中を左右へ割」とあるのは、長唄囃子連中の座る雛壇を二つに割って、その間から役者が登場するというもので、今日でもしばしば見られる演出であるが、ここで注目したいのは傍線部の演出である。「初段」とは、七変化のうち「翁」のことであろう。「破風」とあるように、舞台面は能舞台を模していたと思われる。その「翁」が終わると、「破風を打返して、田野の遠見の景色」が現れる。このようにして、次の役である「三番叟」へと場面転換した。[50]三笑は大道具に工夫を凝らしたことでも知られ、『戯場年表』の宝暦四年の条には、

三笑より道具建立派にもなり、又たくみに工夫をこらし、見物の目を驚かせし事度々なり。又道具幕、書割幕、或は向正面へ遠見の景色の打返しなど、皆三笑の工夫多しと云。

とあるが、このうち傍線部の記述は、「七瀬川最中桂女」の演出と合致する。『むかし〳〵掌白猿』に三笑が関わったことの一つの傍証になろう。本作を最後にして、以後、三笑の作品関与の例は見られなくなる。それに代わるようにして、寛政四年十一月の市村座に、瀬川如皐に次ぐ二枚目作者として現れるのが、先にも述べた三笑の子、筒井半二こと松井由輔であった。それは三笑の後継者としての登場であった。

一笑が半二であるかどうかはひとまず措くとして、天明六年度以降、半二の名は歌舞伎の作者としてではなく、江戸の人形浄瑠璃座の作者として確認できる。すなわち、天明八年（一七八八）八月、肥前座の『金毘羅利生記花上野(はなのうえの)誉(ほまれ)の石碑(いしぶみ)』（司馬芝叟(しばしそう)と合作）、寛政三年（一七九一）二月、薩摩座の『筆始(ふではじめ)いろは曽我(そが)』の作者を勤めているのである。江戸に戻った半二は、三笑の後継者としてのしかるべき準備を進めていたのであろう。そして寛政四年、三笑は劇界を引退する。

五盛と称して隠居生活に入った三笑の動向については、近年、宮木慧太氏が前掲論文において注目すべき資料

を紹介した。不夜庵五雲編の寛政五年の歳旦帳『三都朝春興』における、

　都の花を詠(ながめ)んと、冬より登り来、
　　我庵を訪寄てかく書のこしありしを
　降つもるこゝろばかりの小雪かな　　徴窓五盛

という記事[51]と、同じく五雲編、寛政五年八月刊の太祇二十五回忌追善集『その秋』における、

　　此秋都に在て太叟の安令忌にあふ
　めぐり来しまよなか月の年の数　　三笑事五盛[52]

という記事である[53]。これらの例から宮木氏は、

　三笑は寛政四年に引退し、その後、消息に空白の部分があった。『寛政五年歳旦』の「都の花を詠んと、冬より登り来」から、寛政四年の末に上京し、少なくとも寛政五年の春先の花の咲く頃までは滞在したことになる。『その秋』の「此秋都に在て」から、さらにその寛政五年の秋にも京にあったことが推察できる。（この間ずっと在京したのか、江戸に戻ったのかは明らかでない）

と述べている。一見、現役時代の三笑からすると、意外なほどに悠々自適とした隠居生活とも思えるが、はたしてそうも言い切れない。宮木氏は、続けて興味深い指摘をする。

　この時期の三笑の足取りを掴めたことは意義深い。大坂にあった並木五瓶は江戸に下り、寛政六年十一月の顔見世興行に参加している。古井戸秀夫氏は五瓶の江戸招聘に三笑が関わっていた可能性を指摘するが、今回、五瓶の江戸下りの直前に金井三笑が上方を訪れていたことが明らかになったことにより、古井戸氏の推論が側面から補強されることになろう。

「古井戸氏の推論」とは、同氏が「爛熟期の歌舞伎」（『岩波講座　日本文学史』10〈岩波書店、一九九六年〉所収、『歌舞伎　問いかけの文学』〈ぺりかん社、一九九八年〉に「歌舞伎の爛熟」と改題収録）において、「金井三笑が、江戸大芝居の経営が悪化してゆく中で繰り出した施策が、大坂の浜芝居から若き才能を引き抜くことであった。（中略）五瓶の江戸下りは、浜出身の役者（注、菊之丞・三津五郎・友右衛門ら）では起こすことのできない、奇蹟の神風を、作者に託した金井三笑の最後の賭だったのかもしれない」と述べていることを指す。

寛政五年十一月、借金のため休座に追い込まれた中村座に代わって、都座が興行を行なうことになった。こうして江戸三座の全てが控櫓に取って代わられるという事態になるのであるが、松井由輔はこの都座の二枚目作者に就任した。立作者は前年度に続いて瀬川如皐であったが、その如皐が翌寛政六年の正月に没したため、由輔は遂に立作者に昇進する。しかし、その立作者時代も長くは続かなかった。翌年度の寛政六年十一月、同じく都座に重年した由輔は、江戸に下った並木五瓶に立作者の地位を譲り、以後、桐座に移籍した寛政八年度～十年度においても、二枚目作者として五瓶の執筆を助けた。この時の五瓶と由輔の関係を示しているのが、三升屋二三治著、嘉永元年（一八四八）成立の『作者年中行事』の五之巻における次のような記述である[54]。

並木五瓶、寛政年中に江戸へ下り、五瓶の名文字を少し上て書しはいかゞ。其頃の江戸の作者、松井由輔などは三笑の忰にて、能もだまつて書せし事、時の奉行に寄るかはしらず。

先述した通り、半二時代の由輔は、上方においてしばしば五瓶の下で筆をとったこともあり、由輔の扱いが五瓶よりも下がるのは当然のことである。注目したいのは「時の奉行」とされる存在であり、確証はないが、このあたりに依然として三笑の影がちらつく。

寛政九年六月十六日、三笑は「狂言もかきつくしけり今さらに何をしからん命毛の筆」の辞世[55]を残し、享年六十七歳で没する。三笑は、実に五十本以上もの新作を書き上げ、ありとあらゆる手を尽して狂言作者としての権威を勝ち取った。もはや思い残すこともなかったのであろうか。そして、この三笑の死を経て、五瓶が帰坂した寛政十年十一月、櫓を再興させた市村座において、由輔は松井姓を金井姓へと改め、再び立作者の地位に返り咲くのである。

まとめ

以上、狂言作者金井三笑の事績について、中村座との関わりを中心に考察した。金井半九郎と名乗った中村座の帳元出身の三笑は、二代目市川団十郎との親密な関係を利用し、作者業へと転向する。二度に渡って中村座の乗っ取りを謀った三笑であったが、いずれの計画も失敗に終わり、その度毎に中村座を追放される。しかし三笑は、座元の交代に乗じて、二度ともに中村座への復帰を果たす。三笑の父もまた、半九郎を名乗る中村座の手代であったが、この名は、初代中村伝九郎の「九郎」を譲り受けたものである。三笑が、中村座に固執したのは、中村座に所縁のある自身の出自を強く意識していたためと考えられるのである。

【注】

（1）『秀鶴日記』の原本は現在散逸してしまっているが、当該記事については、関根只誠編著『東都劇場沿革誌料』の「九代目中村勘三郎」の項、および伊原敏郎著『歌舞伎年表』第四巻（岩波書店、一九五九年）の安永五年（一七七六）の条において引用されている。両者には若干の異同があるが、本稿では、特に注記のない限り、前者（『歌舞伎資料選書』6〈国立劇場芸能調査室、一九八三年〉所収）を用いた。

（2）「狂言作者金井三笑の登場とその意義」、「三笑風と桜田風（上）・（下）」、「鶴屋南北㊂」など。

（3）引用は、『日本庶民生活史料集成』第十五巻（三一書房、一九七一年）による。なお、加藤征治氏は、「初代中村仲蔵の手記に関する考察―『月雪花寝物語』の書誌整理による『秀鶴日記』の検討―」（『芸能史研究』一六四号、二〇〇四年一月）において、本書が『秀鶴日記』の一部であることを明らかにしているが、本稿では混同を避けるため、『月雪花寝物語』という通行の書名を用いた。

（4）引用は、『新燕石十種』第八巻（中央公論社、一九八二年）による。

（5）『明和伎鑑』（淡海三麿著、明和六年刊）の後半部には、明和六年当時の江戸三座の劇場関係者の一覧が掲載されている。そのうち、市村座と森田座の「仕切場」の項目では、名前の上に「頭」、「帳元」と小書のある人物が別々に存在している。したがって、ここでいう「頭役」が、「帳元」のことであると断定はできない。なお、中村座の場合は、「宗兵衛」という人物のみ「頭」の小書があり、「帳元」と付された人物はいない。

（6）原本の所在不明。引用は、『歌舞伎資料選書』6所収のものによる。注（1）参照。

（7）「左」の字には、「本ノマヽ」という注意書きがつけられている。只誠、あるいは校訂者の関根正直は、近世期の初代「中村吉右衛門」の誤りとしたか。

（8）この経緯については、古井戸氏の「三笑風と桜田風（上）」に詳しい。

（9）前掲「三笑風と桜田風（上）」。

（10）引用は、立教大学近世文学研究会編『資料集成　二世市川団十郎』（和泉書院、一九八八年）所収の「二世市川団十郎日記抄」による。

（11）この時二代目団十郎は、海老蔵を名乗っていた。四代目団十郎との混同を避けるため、以下本節では、二代目団十郎のことを、俳名の「栢莚」で表記する。

（12）初代沢村喜十郎（後の四代目沢村長十郎）のことか。喜十郎の俳名は「亀長」と同じ音の「喜長」であり、延享元年当時、中村座で栢莚と同座していた。また、過去に岡田亀次郎、岡田亀十郎と名乗っていたので、「喜」と「亀」を混同したのかもしれない。

(13) 郡司正勝氏は、『燕石十種』第六巻付録（中央公論社、一九八〇年）所収の「かぶき役者の随筆・日記・自伝」（『郡司正勝刪定集』第五巻〈白水社、一九九一年〉再録）において、この記事を紹介し、「散笑とあるのは、中村屋の帳元をつとめ、のちに作者となった金井三笑かとおもわれるが不詳である」とする。

(14) 引用は、『資料集成　二世市川団十郎』による。

(15) 引用は、『新編稀書複製会叢書』第十巻（臨川書店、一九九〇年）所収のものによる。

(16) 引用は、『元服顔見世祝賀之吟』は『資料集成　二世市川団十郎』所収『役者の発句』、『新石なとり』は京都大学文学部潁原文庫蔵本、『誰ため』は加藤定彦氏・外村展子氏編『関東俳諧叢書』第六巻（青裳堂書店、一九九六年）、『心のしをり』は中村俊定氏編『近世俳諧資料集成』第三巻（講談社、一九七六年）、『俳諧拾遺清水記』は『関東俳諧叢書』第十巻（青裳堂書店、一九九七年）による。なお、『新石なとり』は宮木氏前掲論文、『俳諧拾遺清水記』は吉丸雄哉氏のご教示による。

(17) 引用は、『資料集成　二世市川団十郎』による。

(18) 武井協三氏『江戸歌舞伎と女たち』（角川書店、二〇〇三年）。

(19) 栢莚は、生涯に五度「矢の根」を演じている。近藤瑞男氏は「二世市川団十郎考―『矢の根』上演を中心に―」（『文学』第五十五巻四号〈一九八七年四月〉初出、『元禄歌舞伎の展開―甦る名優たち―』〈雄山閣、二〇〇五年〉収録）において、この五度の上演について分析し、「それらは、彼の人生の節目節目に当っていた」と述べている。

(20) 三笑の名は、宝暦八年十一月の顔見世番付、および役割番付には見られない。

(21) 前掲「狂言作者金井三笑の登場とその意義」。

(22) 宝暦九年十一月成立の『女意亭有噺（めいちょう）』の「成田屋おまつ」の条に「去年霜月十六日市川団十郎方へ嫁入してゆかれました」とあることによる。なお、武井協三氏は、本書を「役者女房評判記の紹介」（『芸能史研究』第六五号、一九七九年四月）において翻刻紹介し、さらに、お松についても、「宝暦期の歌舞伎役者の妻たち―四代目団十郎の妻「お松」―」（『歌舞伎　研究と批評』15、一九九五年六月）の論考を発表している。

(23) 団十郎は、お松を廻って、八代目市村羽左衛門の弟子、初代坂東三八と仲違いをしていた。三笑・団十郎が中村座ではなく市村座に出勤したことについて、古井戸氏は、「市村座は三八由縁の座で、団十郎が折れて市村座に出勤することで仲直りが成立したのかもしれない」（「狂言作者金井三笑の登場とその意義」）としている。

(24) この間の三笑の活動については、本章第二節において述べる。

(25) 引用は、東京芸術大学附属図書館蔵本による。

(26) 『役者清濁』（安永二年三月刊）の中村勘三郎の条には、「御当地男歌舞伎元祖大芝居始、寛永元甲子年二月十五日、中橋におゐて太鼓やぐら御赦免有之、さる若狂言尽興行より今安永二己（ママ）年迄凡百五十年相続、是によつて去ル二月朔日より七日ヶ間、寿狂言相勤」とある（早稲田大学演劇博物館蔵本）。

(27) 引用は、『上方芸文叢刊4　上方役者一代記集』（八木書店、一九七九年）による。なお、『梅幸集』には、菊五郎を追悼した三笑の句「年玉の残る扇もかたみ哉」が載る。

(28) 読み方は「よしすけ」とされる場合もあるが、『戯財録』（入我亭我入著、享和元年〈一八〇一〉成立）では「松井勇助」と表記されている（『日本思想大系61　近世芸道論』、岩波書店、一九七二年）ため、ここでは「ゆうすけ」と読むことにする。

(29) 安永三年四月には、年度途中でありながら、団十郎一門が中村座を退座する事件が起こっている。古井戸氏は、「三笑風と桜田風（上）」において、この事件の裏に三笑の中村座への工作があったことを示唆している。

(30) 『歌舞伎年表』所収のものでは、末尾が「御対面、共に願い申候て出入は叶ひ申候也」となっている。

(31) 引用は、抱谷文庫蔵本による。

(32) 引用は、早稲田大学演劇博物館蔵本による。

(33) 洒落本『当世左様候』（無物庵別世界作、安永五年初春序）には、品川に遊びに来た客が芝居の論評をする場面が見られるが、その会話には「（亀五郎）ケレドモ、又隣の雷子（注、二代目嵐三五郎）と秀鶴が身といふものは格別なものだノウ。妓男夫で社先あたりを取ました。松が是はどふだ、ミンナは只贔屓でばかり見るから、評が屁の中落だぜェ。尤三笑が筆を揮て書たでアロウガ、狂言は面白ィガ、稽の当りは何所に有ル」とある（『洒落本大成』第七巻、中央公論社、一九八〇年）。

(34) 引用は、鹿倉秀典氏「『秀鶴草子』—附「劇神僊筆記」—」（『関東短期大学紀要』第三十五号、一九九〇年十二月）による。

(35) 引用は、白百合女子大学蔵本による。

(36) 三笑には娘もいたようである。二代目松井由輔は、初代尾上松助の弟子で尾上斧蔵と名乗る役者であったが、後に重扇助と改名し作者へと転向する。国立国会図書館蔵の写本、『狂言作者概略』には次のような記述がある。「師松助歿死後、鶴屋南北に随従して作者と成、南北松井の名跡を継せんとて、金井三笑の娘、長谷川に住す錺屋長蔵に嫁したる此娘より名を貰ひ、二代目由輔と改」。

(37) 引用は、『続燕石十種』第三巻（中央公論社、一九八〇年）による。

(38) この半九郎を三笑の長男とする根拠は不明であるが、ここでは従来説に随っておく。なお、『国書人名辞典』等の記述には、この半九郎が「二世金井半九郎」として紹介されるが、中村座に三笑の父の「金井半九郎」がいたことを考えると、この市村座の半九郎は「三世」とすべきであろう。

(39) 引用は、『日本庶民文化史料集成』第六巻（三一書房、一九七三年）による。

(40) この事件については、本章第三節において改めて述べる。

(41) 引用は、大谷篤蔵氏・藤田真一氏校注『岩波文庫　蕪村書簡集』（岩波書店、一九九二年）による。

(42) 『国書人名辞典』第一巻（岩波書店、一九九三年）の「金井由輔（初世）」の項では、〔名号〕の欄で「筒井半二・金井一笑・松井由輔（初世）・金井由輔（初世）」とするが、根拠は示されていない。

(43) 引用は、早稲田大学演劇博物館蔵のものによる。

(44) 座元を退いた後、中村伝九郎を名乗って舞台に立った勘三郎を、今日では四代目と数えるが、代の数え方は時代によって変化するので、一概に誤りとも言い切れない。

(45) 享保五年（一七二〇）二月刊、『役者三名物（さんめいぶつ）』の開口には、「〇三十三年以前辰ノ三月卅一日より中村座／全盛梶原奴朝比奈 大磯通（いそがよひ） 四番続／一、あさひなニ中村伝九郎　是朝比奈（あさひな）ノ根元也」とある。

(46) 引用は、『日本庶民文化史料集成』別巻（三一書房、一九七八年）による。

(47) 前掲「鶴屋南北㈢」。

(48) 本章第二節参照。

(49) 引用は、『未刊随筆百種』第十一巻（中央公論社、一九七八年）による。

(50) 三番叟の振りの中には農作業を模したものが見られるので、「田野の遠見」にしたのであろう。

(51) 引用は、大谷篤蔵氏編『島原角屋俳諧資料』（角屋、一九八六年）による。

(52) 「、三笑事五盛」の句の前には、「江戸訥子」として三代目沢村宗十郎の句が掲げられているので、「、」は「江戸」のことを意味する。

(53) 引用は、東京都立中央図書館加賀文庫蔵本による。

(54) 引用は、『日本庶民文化史料集成』第六巻による。

(55) 『新撰大人名辞典』（平凡社、一九三七〜四一年）の「金井三笑」の項（秋葉芳美解説）による。

第二節　市村座時代の金井三笑

はじめに

前節で述べたように、宝暦十三年（一七六三）、金井三笑は、自分の息子を中村座の座元の後継者にする画策が失敗して中村座を追放され、四代目市川団十郎との提携も終焉を迎える。本節では、市村座へと籍を移した明和二年（一七六五）度から安永二年（一七七三）度までの三笑の活動を「市村座時代」とし、考察の対象とする。この間の三笑の新作狂言については、本書の「まえがき」に掲げた一覧を適宜ご参照頂きたい。なお、明和四年度、三笑は森田座に在籍しているが、この時期の三笑の活動の特徴が、この年度にも共通して見られるため、便宜的に「市村座時代」の中に取り込んだ。また、明和六年度は、江戸三座はもとより、上方にも三笑の出勤の形跡は見られない。

「市村座時代」の三笑の活動は、大きく二つに分けることができる。すなわち、役者不足の一座であった明和二年度から明和五年度、および安永二年度と、大立者を多く抱えた一座であった明和七年度から明和九年度の二つである。前者に関して、役者不足の状況を指し示す記述を、役者評判記や『役者全書』（八文字屋自笑編、安永三

年刊〉巻之三「当時狂言作者之部」の三笑の項目から、年度毎にまとめると次のようになる。(1)

○明和二年度（『役者久意物』〈明和二年正月刊〉初代尾上菊五郎評）

当皃見せには役者少なの吹屋町を大入とは、どふも合点のいかぬ程の当り。（中略）殊に此度は三笑の狂言当りじや。

○明和三年度（『役者年内立春』〈明和三年正月刊〉菊五郎評）

役者少の芝居を奇妙に当られます。

○明和四年度（『役者全書』）

此時ことの外役者少なの座なれ共、作り方はたらきにての大当りす。

○明和五年度（『役者党紫選』〈明和五年正月刊〉二代目沢村宗十郎評）

今年も役者ずくなにて御くらうと存る。

○安永二年度（『役者全書』）

顔見せ、役者少ナの座なれども、狂言の工夫よろしきゆへに賑ひ、

各々「役者少な」の語句が確認できるが、注目したいのは、傍線部にあるように、役者不足の一座が、三笑の工夫に拠るところ多くして、大当りをとったとされている点である。

この時期の三笑については、夙に古井戸秀夫氏によって、三笑が、役者不足の一座にあって、多くの役者を取り立てて劇界に一派を築き、中村座が抱える団十郎を中心とした大勢力に対抗したことなどが指摘されているが、(2)三笑が具体的にどのような工夫を行なったかについては言及されていない。そこで本節では、まずこの工夫に関して、三笑が、役者をどのようにして取り立て、そしてどのような配役を行なったかの二点について検証し、三

笑の活動の具体像を探る。さらに、明和七年度から九年度の大一座での活動についても言及し、役者不足の一座での経験が、三笑の作劇にどのように活かされたか考察する。

一　役者の取り立て

明和二年度の市村座に特に不足していたのは、立役と若女形であった。まず、立役の三代目大谷広次については、『役者久意物』の目録において、「此度は大評判にてひく人のしたり顔」という一文が添えられている。広次は、森田座から市村座へ移った役者であり、「ひく人」とは三笑のことを指すと考えられる。広次は、三笑が森田座へ移った明和四年度を例外として、「市村座時代」の三笑と常に同座し、三笑が、先代の広次の当り芸などを仕組んだことで出世した役者である。

次に若女形については、まず、初代尾上松助が挙げられる。同じく『役者久意物』の松助評には次のようにある。

> 頭取曰（中略）扨々三笑殿ほり出しめされた。かた男出　ほりだしとはお若衆へは指合じや。三笑の軍配（ぐんばい）よく、梅幸（注、菊五郎）の後立、末頼もしい〳〵。

前年度中村座に出勤していた松助は、色子の出身であり、傍線部はこのことを暗示している。平賀源内は、水虎山人の名で、評判記の体裁に倣って色子の容姿等を評判した『男色品定』（明和元年閏十二月序）という書を著している[3]が、同書で松助は、巻頭の市川弁蔵（後の二代目市川門之助）に次ぐ第二の位置に挙げられ、「半白極上々吉」の位付けが与えられている。松助の評文は、ほぼ四丁に渡る長いものであるが、その中には次のような一節が見られる。

巧者組　当顔見世の通りければ、来春は猶更芸も上りませう。殊に後ロには急度作者の物師めが扣へて居ます。

本書に明和元年閏十二月の序文があることから、「当顔見世」とは、『若木花須磨初雪（わかきのはなすまのはつゆき）』のことであり、よって、「作者の物師」とは三笑のことを指す。ここで、三笑と松助の関係について、三升屋二三治著、嘉永元年（一八四八年）成立の『作者年中行事』から、五之巻「念者之噺」の記述の一部を引用したい(4)。

その昔の金井三笑は尾上松助を念者にして取立しゆへ、娘方の松助さつそく出世して立者の部に入。（松助は菊五郎親、後に松緑といふ。）三笑、作者の位光（威）をもつて、松助を取立たるもの。右ゆへ立身する。

つまり三笑は、松助と男色の関係にあったと考えられる。

そもそも三笑自身、「金井筒屋半九郎」という色子茶屋を経営していた。明和元年八月刊の『江戸男色細見』(5)（別名『菊の園』）は、同じく源内が著した色子茶屋の一覧であるが、金井筒屋は次のように紹介されている。

金井筒屋半九郎　金井三笑　紋兵衛
〈森　嵐雛治　亀谷留松
〈中　亀谷十次郎　亀谷染之助

色子は、役者として舞台に出演する舞台子と、出演しない蔭子に分けられるが、嵐雛治、亀谷十次郎に付けられた「〈森」・「〈中」という印は、この二人がそれぞれ森田座・中村座に出演している舞台子であることを表しており、刊年である明和元年八月当時の出勤状況が反映されている。このうち嵐雛治は、明和二年度の市村座において、若女形として三笑が取り立てた役者であり、『男色品定』では「極上々吉」の位付けで巻軸に据えられている。以下、評文の一部を掲げる。

小網丁組 サア、是から巻軸の雛治じゃ〱。下谷組 さすが雛治には位が有。頭取 左様でござります。三笑が見込で向町から呼取、並の子供と格別に出しましたが、始終評判を落さず、雛治〱ともてはやされ、親方目も去者、今江戸の狂言作者に三笑程なはござりませぬ。作計でもなく、何にかけてもぬけめはござりませぬ。巧者組 名広のすり物までがいかふ出来た。殊に三笑が句に、定紋も三ッ叶はゞ初嵐とは、さりとは能いひ叶ゑだ。ヒイキ組 其身のしこなしで、親方までの名を上ル。（後略）

このように三笑は、色子茶屋を経営していたことを活かして、松助や雛治といった色子出身の役者を取り立てることで、若女形の不足を補ったのである。

ちなみに、金井筒屋の名が見られる早い資料としては、宝暦二年（一七五二）七月、中村座所演の『諸鞚奥州黒』（堀越二三治ほか作）二番目中入において、ぜげんつかみの善八（鳴見五郎四郎）という人物のせりふに、

俺は山谷の女衒だが、後月、丁のかな井筒屋へ女郎をやつた所が、たつた三日勤めて病気だと言ふて帰る。（6）

とあるほか、同じく善八と、半兵衛（松島茂平次）とのやりとりにも、

茂〔半兵衛〕　コリヤ女衒の善八殿か。

五郎四郎〔善八〕　そふ言ふは、かな井筒屋の若い者半兵衛か。

とあるのが確認できる。また、本作の役割番付の二番目には、沢村源次郎の「大ゐ（ママ）づゝやみやうせい」、初代佐野川市松の「大井（ママ）づゝやのおはな」という役名も見られる。色子茶屋ではなく女郎屋として登場しているが、宝暦二年は、三笑が金井半九郎の名で中村座の帳元に就任した時期でもあり、これを当て込んだ楽屋落ちであろうか。また、『二国連壁談』（平秩東作著、明和二年成立）の川口元氏所蔵本、巻之三「石中吸鐵話」では、鎌倉の二文字屋において鎌国（平賀源内をモデルにした人物）と国石丸（色子の芳沢国石をモデルにした人物）が再会した場面に次の

ようにある。(7)

鎌国(かまくに)を一目(ひとめ)見るよりマア御前は讃州(さんしう)のといはんとするを目まぜにて知らせ、成程花井三秀(なるほどはなゐさんしう)方にてちよつと逢し太夫。はてそなたが国石(くにいし)であつたよな、ぬける詞はわけありと悟(さと)りけれは、何となき躰(てい)。

「花井三秀」が「金井三笑」をもじった名であることは言うまでもない。(8)この例は、三笑の色子茶屋が、当時有名であったことを示している。

さらに、『江戸男色細見』の巻頭に掲げられた、葺屋町・堺町の地図から、金井筒屋は、市村座の三軒隣の菊五郎油店の裏手にあったことが確認できる（図4・左下矢印の箇所）。『江戸男色細見』の改訂版、『男色細見　三の朝』（明和五年序）所載の地図でも同じ場所に記されており、さらに、『役者全書』（安永三年刊）の巻二「江戸色子之部」に、「金井筒ヤ内亀谷富三」という記述があることから、金井筒屋はこの時期も存在していたことが分かる。郡司正勝氏

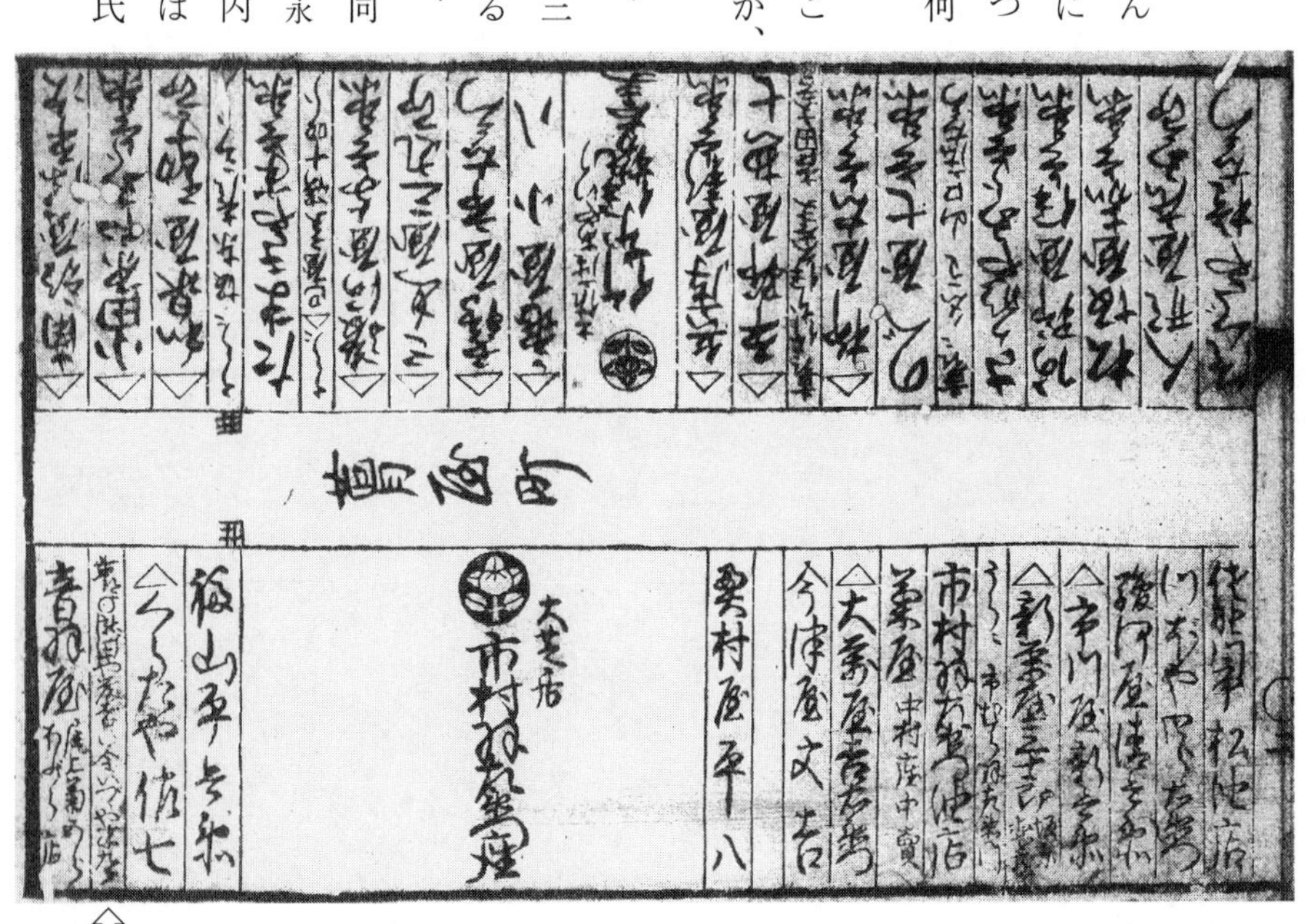

図4　『江戸男色細見』（『菊の園』）葺屋町地図（東京都立中央図書館特別文庫室所蔵、加賀文庫388）

は、『鶴屋南北』（中公新書、一九九四年）において、「（注、『三の朝』に）金井筒屋半九郎三笑の子供屋が、市村座の三軒目に隣りし、葺屋町通りから裏二軒目に密着している図が載っている。これで市村座と金井三笑の関係もほぼ想像がつく」と述べている。郡司氏は、『江戸男色細見』の図を確認していなかったようで、金井筒屋の表の葺屋町通りに面した店が、菊五郎の油店であったことに言及していない。菊五郎の油店は、明和三年二月に起こった火事の出火元となり、(9)これが原因で菊五郎は帰坂した。そのため、明和五年の『三の朝』には油店が記されていないのである。金井筒屋の位置は、郡司氏の言うような市村座と三笑の関係のみならず、菊五郎と三笑の関係をも示していよう。なお、郡司氏の前掲書には、「南北と組んで文化の芝居の先駆者となる尾上松助も、金井三笑の宿の色子出身なのである」とあるが、『江戸男色細見』で松助は「音羽屋弥太郎」の店の色子として挙げられており、この記述は誤りとなる。

さて、先に引用した『男色品定』の雛治評で注目したいのが、傍線部の記述である。「名広のすり物」とあるが、『花江都歌舞妓年代記』（烏亭焉馬著、文化八年〈一八一一〉～十二年刊）の明和元年の条には、

芳沢五郎市改め崎之助と成。大坂にて崎之助改め、あやめとなる。江戸にて名弘メの摺物に、

顔見世や師の名を江戸の春の水　よし沢春水（注、三代目芳沢崎之助）

大坂よりも一陽来復の水すじをたがへず、

かほ見せや譲る難波のはるの水　よし沢一鳳（注、三代目芳沢あやめ）

ト難波津の梅の匂ひを吹おくられ京都にも悦びて、

皃み勢やともに都の春の水　中村慶子（注、初代中村富十郎）

とある。(10)明和二年度の市村座において立女形を勤めた、芳沢五郎市改め三代目崎之助は、三笑が本格的に筆を執

り出した宝暦十年（一七六〇）度から、三笑と常に同座しており、いわば三笑子飼いの女形である。『男色品定』に「作計でもなく、何にかけてもぬけめはござりませぬ」とあるように、江戸で配られたこの「名弘めの摺物」は、三笑の工夫の一端と考えられる。つまり三笑は、市村座における崎之助襲名をより盛り上げるため、この摺物を配ったのであり、しかも、大坂の新あやめと、京の富十郎の句も載せることで、この襲名に箔をつけ、新崎之助の格上げを図ったのである。

役者に箔をつけるための戦略的な襲名は、三笑が森田座へと移った明和四年度においても見られる。この年度の森田座の座頭は二代目沢村宗十郎であり、それに次ぐ立役は初代坂東三津五郎であった。三津五郎は、前年度まで大坂浜芝居竹田座に在籍し、竹田巳之助を名乗っていたが、この年度、初代坂東三八の弟子となって大坂から下り、三津五郎へと改名する。『役者巡炭（まわりずみ）』（明和四年正月刊）の目録には、「木挽町のほり出し、よい者をさぐり当テ」とあるが、おそらくは、役者不足を補うために発掘した役者であり[11]、この改名も、巳之助という名が江戸では馴染みがないための、戦略的なものと考えられる。

同じく明和四年度の森田座では、色子出身の沢村菊治が、父の二代目沢村音右衛門の前名、沢村淀五郎を二代目として襲名し、若衆形になっていることにも注目できる。菊治は、『江戸男色細見』では大竹屋弥七の抱えとなっており、また『男色品定』では、白極上々吉の位付けが与えられている。『戯場年表』の宝暦十三年の条に、

十月、市村座抱役者相中の女形山下半太夫と、同座出の舞台子沢村菊次と鶏姦の事にて混雑ありしに、内分にて事済み、依而三座元より此取締方を一同に示す。

とあるように[12]、スキャンダルを起こしたことで知られた色子であり[13]、この襲名には話題性があったことが想像できる。

また、安永二年（一七七三）度の役者不足の折には、京の三枡徳次郎座から下った市川友蔵が、三代目市川団三郎を襲名している。団三郎の名は、師匠の三代目市川団蔵の前名であり、団蔵が、五ヶ月前の明和九年六月に没したことを受けての戦略的な襲名と言える。

以上、三笑の役者の取り立てについて具体例を確認したが、「ほり出し」という表現が見られるように、三笑は、役者の魅力を発掘する才能があったようである。そして、その才能は、狂言の配役の上でも発揮される。

二　配役の工夫

明和二年（一七六五）正月所演の『色上戸三組曽我』を評した、『役者闘鶏宴』（明和二年三月刊）の二代目坂田半五郎評には次のようにある。

見功者　何ゝと頭取、実事計りしられても実悪の巻頭か。頭取曰　（中略）此度は杉暁（注、半五郎）に限らず、敵を実に廻し、実を敵に廻したる趣向。

三笑は、半五郎という本来実悪である役者に、山田三郎という隅田川物における忠臣の役柄を演じさせた。半五郎が実事を演じた例は、三笑作、宝暦十二年（一七六二）二月、中村座の『曽我贔屓二本桜』において既に見られ、同年三月刊の『役者手はじめ』には、

頭取　（中略）ぞんじがけないほり出しの鬼王、此度惣一の当り。三笑殿は金のつるへほり当りました。

大ぜい　おゝそうだ〳〵。実悪から思ひがけない鬼王のほり出し。

とある。鬼王も曽我家の忠臣の役柄であり、三笑はこの時の経験を活かしたと考えられる。

また、『役者闘鶏宴』の菊五郎評に、「久しぶりの女形故、いかゞと思ひの外、評よろしくお手がら〳〵」とあ

るように、『色上戸三組曽我』において、立役の菊五郎は女形も勤めている。菊五郎は、もともと若女形出身の役者であったが、三笑は、それを利用して一座の女形不足を補いつつも、同時に話題性を与えたものと予想できる。

そして、本作において特に注目できるのは、敵役の伊豆次郎を演じた初代中村仲蔵の「此度はめづらしう敵故、色悪の部を立ました」（『役者闘鶏宴』）という評文である。仲蔵は、宝暦八年来、立役の部に載せられていたが、本評判記以後、色悪・実悪の部へと移っている。仲蔵が、翌明和三年九月、市村座所演の『仮名手本忠臣蔵』で、色悪の斧定九郎を創始したことは有名であるが、その端緒がこの時の伊豆次郎であったのである[14]。

明和五年二月の『酒宴曽我鸚鵡返』については、『役者言葉花』（明和五年三月刊）の四代目坂東又太郎評に、次のような記述がある。

> りくつ者　気がちがつたか、なぜ敵役を爰へ出した。頭取曰　御尋なくと申さねば成ませぬ。前々より鬼王なぞは敵役にて、加役にいたさるゝ衆もござれど、そがの五郎が敵役ではつまりませぬ。夫レ故先ツ此度は色若衆と思つてくれなさい。是も三笑様の思ひ付にて、三ぶくついの内五郎時宗。

本来、敵役であるはずの又太郎は曽我五郎を演じており、評判記では立役の部に配されている。「三ぶくつい」とあるが、大谷広次評には「此度は三笑の頓作新し役。三ぶく対の中尊工藤祐経」、坂田佐十郎評には「此度は三笑の思ひ付、新し役三ぶく対の内鬼王」とあって、通常「曽我の三幅対」とされる工藤・五郎・朝比奈が、工藤・五郎・鬼王となっている。おそらくは、朝比奈にふさわしい役者がいなかったために編み出された、苦肉の策と考えられるが、市村座につきまとう役者不足という弱点も、三笑の手にかかれば、新趣向案出のための原動力となるのである。

このように三笑は、役者不足を補うため、役者に本来の役柄とは別の役を演じさせた。それは、役者不足の状況下では当然のことかもしれないが、役者の新たな魅力発掘に繋がったこともまた事実であり、三笑の場合は、その効果を十分に計算していたと考えられる。

ここで比較のため、役者不足の一座における他の作者の場合を確認しておきたい。宝暦十三年十一月の中村座、『大丈夫高館実記』を評した『役者初庚申』（宝暦十四年正月刊）の三代目大谷広右衛門評には、

> 扨々此度は作者いかゞの思ひ入にや、おしい役者をうづもらせおかるゝ事ぞ。殊に役者少の芝居にて、此広右衛門などをつかはれぬは、いかゞの御工夫か。

とあり、また同じく二代目中島三甫右衛門評には、「是もおしい人を作り付にしておかるゝ事ぞ」とある。この時の立作者は、元文から宝暦年間にかけて活動した、中村藤橋、すなわち二代目中村清三郎であるが、役者を活かしきれていないとの評価を受けている。三笑は、役者の魅力を的確に見抜き、それを作品に巧みに反映させることのできた作者であると言える。

こうした工夫を通して[15]、役者不足の一座でありながら、三笑の作品は大当りをとり、三笑もまた、作者としての名声を得た。『役者党紫選』（明和五年正月刊）の九代目市村羽左衛門評には、次のようにある。

> 頭取曰　大敵と見ておそるべからず、小敵と見て侮るべからずとは古人の詞。当れるかな。（中略）孔明楠といふ三笑が居らるれば、隣の大敵が攻かけても籠城は慥〳〵。兵粮の工面が専一〳〵。

「大敵」とは、四代目団十郎の一門を抱えた中村座のことを指す。三笑という名軍師の力によって、市村座は中村座と渡り合っていくことはできたが、あくまでもそれは「籠城」であり、限界があった。「兵粮の工面」すなわち役者の調達が、市村座の急務であった。

三　大一座における活動

続いて、明和七年度から九年度までの、大一座における三笑の活動について考えてみたい。菊五郎は、明和三年二月、自身の経営する油店から起こった火事によって、同年九月の『仮名手本忠臣蔵』をお名残りとして上京していたが、明和七年度、初代大谷友右衛門、初代中村喜代三郎、初代尾上民蔵を伴って、江戸に下り市村座に出勤する。また、この年度には、前年度森田座に出勤していた松助や半五郎、佐十郎も市村座へと移っている。さらに翌明和八年度には、上方から二代目嵐三五郎が下ったほか、二代目瀬川菊之丞や二代目中村助五郎も中村座から移籍する。市村座の役者不足の問題は解消されたと言える。

大勢の役者を抱えた一座にあって、作者の腕の見せ所となるのは、個々の役者にいかにまんべんなく見せ場を設けるかということである。三笑はこうした問題に対しても才能を発揮した。明和八年度の顔見世、『女夫菊伊豆着綿（めおとぎくいずのきせわた）』において北条時政を演じた菊五郎の仕内について、『役者歳旦帳（さいたんちょう）』（明和八年正月刊）の菊五郎評には、

> 頭取　次にくらがりにて、頼朝（注、三五郎）と組打、真田又野やつし。夫より頼朝を足にかけ、五たいすくみしより、院宣を見出シ、頼朝の幕下に付といふ狂言。りくつもの　前方のは、組敷時に五躰すくみしが、此度は改めて足にかけらるゝ。何もかも有た様な事なれど、三笑の仕組ゆへ、おもしろき事。しかし梅幸（注、菊五郎）の仕内は、下リ（注、三五郎）や路考（注、菊之丞）や十町（注、広次）に当させたいとのりやうけんで致されると見へまする。

「りくつもの」の発言に「前方」とあるが、これは、明和三年十一月所演、三笑作の『角文字伊豆入船（つのもじやいずのいりふね）』のことを指し、この作品を評した『役者巡炭』（明和四年正月刊）の宗十郎評に見られる、

時キ政にて頼朝をさみし、真田股野組打のやつしにて頼朝を組敷キ、五たいすくみしより、院宣有事を知リ、
味方せらる、所大出来。

という趣向が、『女夫菊伊豆着綿』でもほぼそのまま踏襲されていることが分かる。(16) 三笑が、こうした焼き直しの仕内をあえて菊五郎に演じさせたのは、『役者歳旦帳』の傍線部にあるように、新加入の三五郎や菊之丞、あるいは広次(17)を引き立てるためであった。菊五郎に注目が集まれば、それだけ、この三人の役者の印象がかすんでしまうからである。

また、明和八年二月所演の『和田酒宴納三組』については、『役者いろいろ有』（明和八年三月刊）の二代目吾妻藤蔵評に、

【わる口ぐみ】此度のとらは色事なしか。（中略）三笑がさせぬか。【頭取】当年は女形沢山。ことに親玉（注、菊之丞）がいらゆれば、円枝（注、藤蔵）花暁（注、喜代三郎）は武道おもと見へます。

とある。東洋文庫蔵の芝居絵本によれば、藤蔵演じる大磯の虎は、一番目の大詰において、赤木の短刀をめぐって、鬼影坊（友右衛門）と立ち回りを演じている。また、戊亥の局役の喜代三郎も、夫工藤祐経（菊五郎）を助けるため手負事を演じており、「武道おも（主）」とはこれらのことを指している。一方、二番目から出演の菊之丞は、照天姫の役では、恋人の松若丸（民蔵）に別れて狂気した様を富本節の所作事「都鳥春錦絵」で見せ、お国の役では、恋人の十郎（三五郎）のために身売りして傾城常陸になるという仕内を演じている。こうした菊之丞を引き立てるため、三笑は、藤蔵や喜代三郎に色事をさせず、趣向が重複することを避けたのである。

ここで、大一座における役者の見せ場の問題について、比較のため、三笑以外の作者の場合を見ておきたい。明和四年十一月、中村座の『太平記賤女振袖』を評した、『役者党紫選』（明和五年正月刊）の二代目坂東彦三郎評

には、次のような記述がある。

いき過者　此度は、三升（注、団十郎）路考（注、菊之丞）をおもにせし狂言故、外の衆へ役廻りすくなし。余り立者揃へにて作り衆の手に余ると見へます。

この時立作者であった門田候兵衛（かどたそろべえ）ほかは、大一座を上手く切り盛りできなかったという評価を受けており、この点、三笑と異なっている。

さて、先に、役者不足の一座にあって、三笑が、敵役の役者に立役を演じさせ、立役の役者に敵役を演じさせるといったように、役者の役柄そのものを転換させたことを指摘した。一方、大一座で筆を執るにあたって、三笑の狂言の工夫にも変化が見られるようになる。明和七年正月の『富士雪会稽曽我（ふじのゆきかいけいそが）』を評した『役者美開帳（みかいちょう）』（明和七年三月刊）の大谷広次評には、次のようにある。

いき人　此度十町（注、広次）八幡の役は、いつも鬼王兄弟にて曽我への忠臣の仕内を変作致され、祐経（注、半五郎）へ八幡兄弟忠義を立る。さすが井筒屋殿でござる。

従来の曽我物における鬼王兄弟の曽我家に対する忠義を、八幡兄弟の工藤祐経への忠義に置き換えており、その点において「井筒屋」、すなわち三笑は評価されている。また、その工藤を演じた半五郎の評には、

此度祐経にて（中略）十郎をしなへにて打ッ時、五郎出て、則時宗と又しなへ打にさん〴〵に討れ、切落しへ逃込ムよはき仕内。老人　是は昔古富沢半三致されし由。見巧者　是作り殿のはたらき一躰面白し。当時世間殊外狂言を見る人多し。夫レ故作り衆もいかふ枕のかけがへが入ませふ。此度杉暁（さんきやう）（注、半五郎）初メの中は平敵の仕内にて、よはく仕立られし所御工夫〳〵。

とある。元禄期の初代富沢半三郎の先例があったようであるが、半五郎は「よはき仕内」の平敵の工藤を演じた。

このように三笑は、従来の登場人物のイメージを逆手にとった作劇を行なった。ここで注目したいのは、傍線部の「当時世間殊外狂言を見る人多し」という記述である。単に役者の芸のみではなく、どのような狂言によって役者を活かすのか、作者の腕もまた問われるようになったのである。三笑はこうした観客の認識にあって、実と悪の仕内に着目して工夫を凝らした。

明和六年十一月の『雪梅顔見勢（むつのはなうめのかおみせ）』を評した『役者不老紋（ふろうもん）』（明和七年正月刊）の半五郎評には、次のようにある。

二役伊達の次郎泰衡（やすひら）にて、梅幸丈（注、菊五郎）との出合。父秀衡のゆい状をひらき、泉の三郎（注、菊五郎）が心を引、義経を討取連ン判に血ッ判させらる丶所ひつぱり有てよし。本心をあかし実にならる丶所迄。（中略）［わる口］一ばんめ二役共に、悪と見せて実ッになるはおなじやうではないか。

義経を裏切ったことで知られる泰衡であるが、傍線部のように「悪と見せて実になる」という設定にしているのである。また、同作において、泰衡女房、宮城野を演じた吾妻藤蔵評には、

夫ト泰ひらを悪と思ひ、泉の三郎に心を寄、後に忠太（注、坂東又八）を殺したる科を谷平（注、大谷友右衛門）になすり、いつも敵の方でする仕内を、実方でするは出来ました。

という記述もある。このように、敵役の仕内の中に実の要素を、実方の仕内の中に敵の要素を盛り込んでおり、登場人物の造型そのものに工夫が凝らされている。つまり、泰衡なら、悪人が最終的に実へと変じるところ、宮城野なら、実でありながら敵の行為をするところに劇的な見せ場が用意されているのである。

さらに、明和八年二月の『和田酒宴納三組』では、より複雑な、実と敵の組み合わせの例が見られる。横山三郎を演じた大谷友右衛門について、『役者いろいろ有』（明和八年三月刊）には、

小栗主従を親横山（注、松本友十郎）に引合せ、実事の仕内にて、権の頭が親子でないといふ時、親でなくば

と、てうちやくせらるゝ所、太郎の形よし。次ニ鹿島三郎（注、広次）を実の小栗と思ひ毒をすゝめ、親父といひ合せた悪じやといはるゝ所、にくい〳〵。

という記述がある。この例では、敵の横山三郎に、横山太郎の仕内を行なわせて実と見せておきながら、最後にはやはり敵としての本性を表わすというものになっている。

古井戸秀夫氏が「三笑風と桜田風（下）」において、

金井三笑は、（中略）実事の趣向と悪の趣向とを入れかえることによって、実は悪と見えたのが実で、実が悪だという仕組をくり返して用いている。このように仕組ことによって、普通では考えられない登場人物が、まったく新しい仕打ちをすることになるのであり、それを三笑風の異風と呼ぶのである。

と述べているように、実と敵の仕内を組み合わせることは、三笑の作風の特徴の一つである。こうした作劇術が生まれた背景には、無論、義太夫狂言のいわゆる「もどり」の手法が影響していると考えられるが、その一方で、役者不足の一座にあった時に、役者の隠れた魅力を見出して役柄を転換させたという経験も、活かされているのではなかろうか。

明和九年（安永元年）度、菊之丞を病気で欠いた市村座は、さらに安永二年度において、多くの役者が中村座へと移り、再び役者不足の問題にさらされる。この時、三笑が行なった狂言の工夫について、顔見世の『江戸容儀曳綱坂』を評した『役者一陽来』（安永二年正月刊）の菊五郎評には次のような記述がある。(18)

的中菴　立役が悪に成、敵が実になるこんたんは、役者ずくなの所なれど、大勢の芝居より花やかにみへます。

この「こんたん」について、評判記の該当箇所の記述を整理すると、次のようになる。

①足柄文次兵衛として身をやつしていた御厨四郎（三代目中島勘左衛門）が、盗賊の袴垂（松助）に相馬太郎良門を名乗らせる。

②それを立ち聞きしていた良介（広次）が、偽良門の袴垂（松助）を捕らえる。ここまで、立役の広次、敵役の松助・勘左衛門の仕内は、通常の役柄通りである。

③良介（広次）を怪しいとにらんだ渡辺綱（菊五郎）によって、実は良介（広次）こそが本当の良門であることが明らかになる（図5）。

④袴垂（松助）と御厨（勘左衛門）が、「実」の本性を明かし、良介実は良門（広次）を取り囲む。ここで、「実」と思われていた広次が「敵」へ、「敵」と思われていた松助・勘左衛門が「実」へと転ずる。

図5　勝川春章画「三代目大谷広次の下部良助本名良門（『江戸容儀曳綱坂』）」（早稲田大学演劇博物館蔵、030-0004）

これまで三笑は、一座が役者不足にある場合、敵役の役者を立役に、立役の役者を敵役にという単純な役柄の転換を行なってきた。しかしながら、大一座での執筆によって、実と敵の仕内を組み合わせる作劇法を経験した三笑は、本作において両者の方法を巧みに融合しているのである。それは、作者三笑の成長とも言えよう。

四　「市村座時代」の位置付け

最後に、三笑の経歴における「市村座時代」の位置付けについて述べたい。まだ三笑が、四代目団十郎付の作者として活動していた宝暦十二年（一七六二）、十三年度の中村座も、役者不足の状況にあった。『役者年越草』（宝暦十二年正月刊）の目録において、三笑が「三升（注、団十郎）一ト人に目を付て当た世界」と紹介されているように、この時の三笑は、団十郎を前面に押し出した作品を手がけ、当りを取っている。ただし、『役者手はじめ』（宝暦十二年三月刊）の団十郎評には次のようにある。

> 頭取曰（中略）さすが腹の内から芝居でそだつた三笑殿、打つゞいてお手がら〳〵。大ぜい それは三笑をほめるのか。頭取曰 はて扠わるいお聞なされやう。座頭とは申ながら、御らんのごとく役者ずくなの芝居、ひつくるめて三升殿のほね折を申スのでござる。

三笑はある程度は認められながらも、あくまでも団十郎に次ぐ評価しか受けていない。

しかし、「市村座時代」における三笑の評価は、これとは趣を異にする。『役者闘鶏宴』（明和二年三月刊）の菊五郎評には次のようにある。

> 顔見せといひ春と云、にくい程の大入とはお手がら〳〵。わる口 これ頭取、狂言の事なら梅幸（注、菊五郎）より三笑をほめろ。頭取曰 又悪ル口か。しかし、狂言が出来ても仕内のこんたんが大事。其証拠は、

三芝居の当り狂言を宮芝居にて其侭にしても、ねから見られぬ。此度は狂言も役者も当りと中物。

三笑は、菊五郎と対等の評価を受けており、言い換えれば、三笑は、立者の役者の評価に左右されず、作者としての腕に対する純粋な評価を勝ち得たのである。(19) 団十郎と訣別して市村座へと移ったことが、三笑の作者人生にとってむしろ良い方向に働いたと言える。

この「市村座時代」を経て、三笑は、安永五年（一七七六）度に中村座に復帰するが、再度中村座の乗っ取りを企て、以後十年間、劇界に表立って名前を出せなくなる。(20) その後、三笑は天明七年（一七八七）度に劇界復帰を果たす。『役者評判魁梅朔（さきがけうめのついたち）』（天明七年正月刊）の広次評に、

> **頭取**（中略）別して、当年は久〳〵にて三笑丈出勤なれば、さぞおもしろい狂言出んとたのもしく存ます。
>
> **ひいき** 此まへ市村座の三つ組曽我（注、『色上戸三組曽我』）の頃より、しゞう三笑丈の狂言にて、此人あたりをとられしは人の知る所也。ことしもむかしのごとく花〳〵しき大当りを待ます〳〵。

とあるように、(21) 復帰した三笑への期待は大きかったにもかかわらず、その後に続く「わる口」の発言には、「三笑の名に聞おぢして、狂言はさぞ出来たで有ふとおもひの外」とあり、その評判は芳しいものではなかった。桜田治助が第一線で活躍する天明期にあって、三笑は既に過去の人物となっていた。三笑が「花〳〵しき大当り」を取った「市村座時代」は、まさに三笑の全盛期であった。

まとめ

以上、「市村座時代」の三笑の活動を考察した。役者不足の一座にあって、三笑は、襲名を効果的に利用しつつ、多くの役者を取り立てたほか、配役の上でも従来の役柄を転換させるという工夫を行った。三笑は、役者の

魅力を効果的に引き出す才能があった作者と言える。この能力は、大一座の場合でも存分に発揮され、実と敵の仕内の組み合わせという作劇をも生む。このようにして、市川一門を抱える中村座と対等に渡り合った三笑は、名声を勝ち取り、権威ある作者として劇界に君臨したのである。

【注】

（1）『役者全書』の引用は、『日本庶民文化史料集成』第六巻（三一書房、一九七三年）による。
（2）古井戸秀夫氏「三笑風と桜田風（上）・（下）」。
（3）本書については、池山晃氏が、「平賀源内と江戸の劇界」（『江戸文学』二十四号〈二〇〇一年十一月〉）において言及したほか、「平賀源内著『男色品定』考—評判記文芸として—」（『演劇研究会会報』二十八号〈二〇〇二年六月〉）の論考を発表している。現在、抱谷文庫旧蔵の写本一本が確認されており、本稿では、国文学研究資料館所蔵のマイクロフィルムを用いた。
（4）引用は、『日本庶民文化史料集成』第六巻による。
（5）引用は、東京都立中央図書館特別文庫室蔵本による。
（6）引用は、『歌舞伎台帳集成』第八巻（勉誠社、一九八五年）による。
（7）引用は、川口元氏「翻刻『連壁談』（中）」（『東海近世』第五号、一九九二年十二月）による。
（8）『二国連壁談』の饗庭篁村旧蔵本（『新燕石十種』第七巻、中央公論社、一九八二年）の同一場面には、「花井三秀」の名は確認できない。
（9）『江戸時代落書類聚』（矢島隆教編、大正四年成立）残編巻之二には、この菊五郎火事についての落首が収められているが、その中には「市川が流の水の金銀はやう〳〵のこるた、み三笑（注、「三畳」に掛ける）」というものがある（鈴木棠三氏編『江戸時代落書類聚』下巻、東京堂出版、一九八五年）。さらに、同書には「はや口飛火の鐘」という早口言葉も掲載されているが、その中の一節に「三笑なんぞは金井（注、「家内」に掛ける）もやう〳〵、たまげる子供屋の玉木や」とあることから考えると、この落首が意味するところは、三笑の経営する子供屋が焼け落ち、残った財産はせいぜい畳三畳ぐらいなものというようなことになろうか。なお、「市川が流の水」とは、三笑が、宝暦年間に四代目市川団十郎付の作者として活動したことを表わしていると考えられる。

(10)　引用は、『歌舞伎年代記』（東陽堂、明治三十八年）による。なお、三人の句は『役者久意物』の崎之助評にも掲載されている。

(11)　古井戸秀夫氏は、「爛熟期の歌舞伎」（『岩波講座　日本文学史』10〈岩波書店、一九九六年〉所収、『歌舞伎　問いかけの文学』〈ぺりかん社、一九九八年〉に「歌舞伎の爛熟」と改題収録）において、「中村座譜代の家の子として生まれ、若くして経営の中枢を担った金井三笑が、江戸大芝居の経営が悪化してゆく中で繰り出した施策が、大坂の浜芝居から若き才能を引き抜くことであった。先に述べたように、安永・天明と江戸劇壇の一翼を担った菊之丞、三津五郎、友右衛門ら浜出身の若手は、このような金井三笑の方針のもとに下り、江戸に新風をまきおこすことになった」と述べている。

(12)　引用は、『日本庶民文化史料集成』別巻（三一書房、一九七八年）による。

(13)　『男色品定』の菊治評にも、この一件についての言及が見られ、池山晃氏は前掲「平賀源内と江戸の劇界」において、「『男色品定』は従来、特定の一記事が繰り返し紹介されてきた。それは、沢村菊治の条に記される、菊治が年長の役者と関係を持ったとされた一件である。その内容が、役者と色子の付き合いを禁忌とする当時の約束事について詳細に紹介する結果となっているため、この記事が重要視されてきたのである」と述べている。

(14)　『役者今文字摺』（今日堂大入序、明和八年刊）の仲蔵の項には、「宝暦の比より立役、又道外を兼、其後明和元申春中村座にて、のり頼を色悪のはじめとす。綱目ニいづの二郎とあるは非なり」という記述がある。「綱目」とは、『新刻役者綱目』（八文字屋八左衛門著、明和八年刊）のことを指し、同書巻之四の仲蔵の項に「明和二酉の年春、市村座にて、いづの次郎より色悪と成」とあるのを否定しているのであるが、明和元年度、仲蔵が出勤したのは中村座ではなく森田座であり、二月の『誰袖粧曽我』では八幡三郎を演じている。この時、中村座の『人来鳥春告曽我』で範頼を演じたのは、三代目松本幸四郎（後の五代目団十郎）である。『役者今川状』（宝暦十四年〈明和元年〉三月刊）において、幸四郎は実悪之部に掲げられており、その評文に「とら（注、初代中村松江）にれんぼし」とあるのが色悪の要素になるかと思われるが、いずれにせよ、『役者今文字摺』の説は誤りであり、仲蔵が初めて色悪を勤めたのは、明和二年正月の伊豆次郎ということで問題はない。

(15) 三笑在籍中の市村座では大道具を使った演出の例が見られる。『女夫星逢夜小町』（明和二年七月）については、『花江都歌舞妓年代記』に「広次と大勢の奴と水仕合。中役者（中略）市川松兵衛、東のさじきの家根より、松の木の枝にてさし出したる上にて、鉄砲にて三平（注、広次）を打んとする時、井筒姫の亡魂（注、松助）あらはれ、ドロ〳〵にて逆さまに下の水船へおちる。見物目を驚かす」とあり、また、『鵺重藤咲分勇者』（明和四年十一月）の一番目四建目に上演された常磐津節の所作事「入任弓張月」については、『歌舞伎年表』に「まこもノ前亡魂にて変化の所作の出、羽左衛門（注、九代目市村羽左衛門）切落し仲の間の場を、左右へ割り、其中より出でしかば、見物の目をおどろかし大評判。これ場割の始なり」とある。前節で述べたように、三笑は大道具に工夫を凝らした作者でもあったが、おそらく無人の一座にあって、いかにして観客の興味を引くかを考え、こうした演出上の工夫も行なったのであろう。

(16) この例については、本章第三節においても採り上げる。

(17) 二代目広次の河津三郎、初代助五郎の俣野五郎のコンビによる相撲の取組みの趣向は、度々上演されて評判をとり、三代目広次・二代目助五郎へと代替わりした後も、宝暦十三年（一七六三）十一月、森田座所演の『梅水仙伊豆入船』（壕越二三治ほか作）の例があった。その後、上演のなかったこの趣向を、三笑は二人の揃った明和八年度の顔見世で復活させている。

(18) 引用は、東京芸術大学附属図書館蔵本による。

(19) 古井戸氏は、「三笑風と桜田風（上）」において、「団十郎に随身していた時には、団十郎を見立てての狂言当りという評判は出ても、団十郎の仕内に難を付けた金井三笑一人の狂言当りの評判はない。（中略）団十郎に裏切られて失敗したあと、団十郎より一段格下の菊五郎とは互格の提携をしたものと解されるのである」と述べている。

（20）この間の三笑が、市村座に影ながら関与していたことについては既に「まえがき」で述べた。
（21）引用は、早稲田大学演劇博物館蔵本による。

第三節　金井三笑の狂言作者論

――『神代相眛論』と『祝井風呂時雨傘』――

はじめに

金井三笑の台帳は現存するものが極めて少ないため、その作風を知るには、役者評判記やその他劇書等の記述に頼らざるをえない。泉花堂三蝶作、安永九年（一七八〇）五月序の洒落本『神代相眛論』（別名『草木芝居化物退治』）と、為永春水作、天保九年（一八三八）刊の人情本『祝井風呂時雨傘』二編の巻之五・第十回にも、三笑についての記述が見られるが、従来の研究ではほとんど扱われてこなかった。そこで本節では、これらの二つの記述を、他の資料での三笑への言及に照らし合わせながら分析し、三笑が作劇法や狂言作者の在り方についてどのように考えていたのかを検討したい(1)。

一　『神代相眛論』に見る三笑の作劇論

安永九年五月の市村座、『女伊達浪花帷子』の上演中に、初代尾上菊五郎による四代目松本幸四郎への刃傷未遂事件が起った。その経緯について『歌舞伎年表』には、

> 孫三郎の菊五郎、黒舟の幸四郎へ財布を投つけ、見物へ向ひ、幸四郎不実ものにて我儘を仕り、其上菊之丞、友右衛門なども、私世話を以て御当地へ下り、御ひいき御取立を以て追々立身仕候所、両人とも幸四郎方へ附随ひ、何事も加担仕り、私一人突出し者にいたし候段、残念に存じ升ルと、口上をいひ、既に真剣にて幸四郎を切らんとせしを取とゞめ、それより菊五郎退座す。

とある。菊五郎のこの行動は、幸四郎が市村座の手代弥兵衛と結託して、菊五郎に給金を支払わなかったことが原因とする説もある。(2)

『神代相眛論』は、この事件を当て込んだ際物(3)であり、その概要は、

> 十六兵衛という人物が、箱根の山中で「銀杏の精」(=幸四郎)・「桑の精」(=三代目瀬川菊之丞)・「木綿の精」(=初代大谷友右衛門)・「かうぞ(楮)の精」(=菊五郎)・「木元橘の精」(=九代目市村羽左衛門)が演じる『神代相眛論』という芝居(=安永九年五月の騒動)を見物し、その芝居に対して意見を述べる(=騒動についての批判をする)。

というものである。序文に「東都泉花堂三蝶/本名十六兵衛」とあるように、十六兵衛を本名とする作者三蝶が、精霊達が演じるこの芝居を見物するという枠組みがとられているが、このことに関して古井戸秀夫氏は、「三笑風と桜田風(上)」において、次のような興味深い指摘をしている。

> 作者東都泉花堂三蝶本名十六兵衛は木綿に見立てた大谷友右衛門に「元来こなたは草仲ヶ間木綿といふて畑そだち、夫から段〱のし上り、此大きなる谷へ登りて、とやかくと口きくも此十六兵衛が飛入させたおかげじやねいか」と意見している。この友右衛門の初下りの際明和7・1『役者不老紋』で「金井筒屋のやつかい者は受取ました」とある。このことから作者三蝶を傀儡として金井三笑の考えがこの作に反映している

ことが考えられ、だとすると金井三笑が座元の後見的な立場にいたことがわかる。

『役者不老紋』の記述中、「金井筒屋」とは、前節で述べた三笑が経営した色子茶屋のことであり、三笑の異称となっている。そして、「やっかい者」とは、友右衛門が三笑のその「金井筒屋」の居候であったことを表している。「木綿の精」、すなわち友右衛門の登場場面には、

銀杏（略）もふはや木綿も来る刻限。おそい事じやナア。此時、十六兵へがかぶりたる手のごい、ひら〳〵と飛上リて木綿の精となる。

とあり、「木綿の精」は、もともと十六兵衛が身につけていた手拭という設定である。これは、友右衛門が金井筒屋の居候であるという事実を暗示しているものと言えよう。友右衛門は、菊五郎の明和六年（一七六九）十一月の江戸下りに同行した役者であり、『役者優軍配』（明和八年秋刊）の友右衛門評にも「二ばんめの御役をでかされ、金井筒屋殿のお引廻し故、一トしほできまする」とあるように、三笑が取り立てた役者の一人である。したがって、友右衛門を「飛入させた」十六兵衛が三笑のことであると考えられるのである。このことはつまり、作者三蝶が、三笑を念頭に置いた上で、十六兵衛という人物（図6）を設定していることを意味している。

図6　『神代相眛論』（東京大学総合図書館所蔵、A〇〇：霞亭：三四〇）

なお、著者の泉花堂三蝶は、本作のほか、読本『梅桜一対奴』（明和元年刊）や、投扇興の解説書『投扇興図

式』（安永二年刊）、池坊系の華道書『東錦』（安永七年刊）、小鳥の飼育書『百千鳥』（寛政十一年〈一七九九〉刊）、往来物『年中時候往来』（享和三年〈一八〇三〉刊）・『年中行事文章』（文化元年〈一八〇四〉刊）など多岐に渡る著述を残しているが、生没年や出自等、その事績のほとんどが不明であり、三笑との関係を直接示す資料も管見の限り見つからない。山崎麓氏は『洒落本大系』第三巻（六合館、一九三〇年）の解題において、黄表紙作者の古阿三蝶と同一人物であると推定しているが確証はない。また、洒落本『婦美車紫鹿子』（浮世偏歴斎道郎苦先生作、安永三年刊）には、

若僧　其三蝶とやらは、浮世がいゝじやござりませぬか。年マ僧　てまへよくしつてゐるな。何さ、いゝとてろくなことはいへいねい。浮世が聞たか、両国しぼりを呼なさりませ。

という記述が見られる。(4)「浮世」とは、様々な階層の人物の口調や動作等をまねてみせた、浮世物真似という芸のことであり、その芸人に「三蝶」という人物がいたようである。ただし、この人物が泉花堂三蝶その人であるかどうかも不明である。

さて、ここで注目したいのは、十六兵衛が歌舞伎狂言に対する自身の考えを語っている箇所である。古井戸氏は、「作者三蝶を傀儡として金井三笑の考えがこの作に反映している」と述べているが、これは言い換えれば、十六兵衛の発言が三笑の発言でもあり、そこから窺える役者や芝居への考えは三笑のものであるということである。そこで以下、この該当箇所を適宜引用しつつ、それらから窺える三笑の作劇論について考察していきたい。

三笑の作劇論は次のような記述から始まる。

古きをとりて新しく取なし、新をもつて古びを付るを狂言の種として趣向をこじつけ、Ⓐそれかと見せてそれでなく、Ⓑそれとみせてそれとしらせ、口もとをあるいたり、奥深くやつたりせねば、上留理でも狂言で

もはたくに隙(ひま)なし。Ⓒ只むしやうにあたらしくみせたいとて、犬(いぬ)に羽(はね)が生(はへ)てもつまらず、

傍線ⒶとⒷや、それに続く「口もとをあるいたり、奥深くやったりせねば」という表現は、いわば対句的なレトリックであり、三笑の趣向の利用法を厳密に言表化したものではない。しかし、三笑が過去の作品の趣向を頻繁に利用したことは、評判記の記述から窺える事実である。そこで次に、傍線ⒶとⒷに着目し、それぞれの例を挙げることによって、三笑の趣向の利用法の一端を示したい。

まず、傍線Ⓐ「それかと見せてそれでなく」の例としては、明和元年（一七六四）十一月、市村座上演の『若木花須磨初雪(わかきのはなすまのはつゆき)』の趣向が挙げられる。本作において、菊五郎演じる花かご与市兵衛は、須磨寺の梅の枝を折ってしまった息子、鷲の尾三郎（二代目坂東彦三郎）の罪をかぶり、自分の指を切って平家一味の連判に血判するが、『役者久意物(やくしゃひさしいもの)』（明和二年正月刊）の菊五郎評に、「一子の為に一指を切て」とあるように、これが浄瑠璃『一谷嫩軍記(いちのたにふたばぐんき)』（並木宗輔ほか作、宝暦元年十二月、豊竹座初演）三段目の「一枝を伐ば一指を切るべし」の趣向を踏まえていることは明らかである。『一谷嫩軍記』において熊谷は、敦盛を救うため「一子」、すなわち自分の子息を身代りにするが、それに対し三笑は、子息を殺すのではなく、自分の「一指」を切って血判するという趣向に巧みに組み換えている。

次に傍線Ⓑ「それとみせてそれとしらせ」の例としては、明和七年十一月、市村座上演の『女夫菊伊豆着綿(めおとぎくいずのきせわた)』の例が挙げられる。本作を評した『役者歳旦帳』（同八年正月刊）の菊五郎評には次のようにある。

二ばんめ北条時政にてゐぼし折、下り三五郎を呼出シ、見物への引合せ得手ものよし。大太郎を頼朝とさとり、左リ折のゐぼしを着せて見らるゝ所。事しり　これは申たい。去ル戌の霜月森田座。つのもじや伊豆の入舟に、則三笑の狂言、三津五郎相手にて訥子の致されしが、此所が第一の評判であつた。

菊五郎演じる北条時政は、二代目嵐三五郎演じる大太郎が頼朝であることを悟り、烏帽子を被らせるが、この趣向は傍線部にあるように、明和三年十一月、森田座上演の『角文字伊豆入船』において、訥子こと、二代目沢村宗十郎演じる北条時政が、初代坂東三津五郎演じる朝介に烏帽子を被らせる趣向と同じになっている。[5] ここで注目したいのは、破線部に「下り三五郎を呼出シ、見物への引合せ」とあることである。三五郎は、この時が江戸への初下りであり、本作においてその披露が行われた。それと同様に三津五郎も、もとは竹田巳之助と名乗る大坂浜芝居の役者であったが、『角文字伊豆入船』の上演時に江戸へ初お目見えし、坂東三津五郎へと改名した。三笑は、過去に評判をとった三津五郎の披露の趣向を、あえて繰り返し用い、三五郎の披露をより印象付けようとしたのである。

このように、三笑は過去の作品の趣向を効果的に利用することにより、自身の新作に重層性を持たせようとした。だからこそ、傍線Ⓒに「只むしょうに新しく見せたいとて、犬に羽が生てもつまらず」とあるように、目新しさだけを目的とした奇抜なアイディアを否定しているのである。

さて、三笑の作劇論は次のように続く。

> 花舞木のたてはどふかしらねど、哥舞妓狂言操芝居上留理の趣向、文句の気取、今は昔になる沢の、岸をはなれた上方作は、とんとはめに月夜ざし、闇雲に江戸作者は日にましてふへるがゆへに、我おとらじと趣向をあみて、Ⓓ昔八丈から本町むすめとひろく白石噺とひやうばん高く、Ⓔ歌舞妓は追々跡をだして、道成寺は中富を生捕、鳴神は四方にひゞき、太平の御代のありがたきといふもおそれあるくらいの事也。

ここでは、安永年間の劇界状況について言及されている。歌舞伎や人形浄瑠璃において上方が優位にあったのは昔の話で、豊竹座・竹本座は明和年間に相次いで退転し、上方歌舞伎を背負って立った並木正三も安永二年（一七七三）に没してしまう。このように上方が「はめ（羽目）につく」すなわち、苦しい境遇にある一方で、江戸では三笑や桜田治助を筆頭にして、多くの作者が乱立していた。さらに、江戸における操り芝居の興行元、外記座でも多くの作品が評判を呼んでおり、傍線Ⓓにはその代表作が織り込まれている。すなわち、「昔八丈」とは安永四年八月初演の『恋娘昔八丈』のこと、「本町むすめ」とは安永六年三月初演の『糸桜本町育』のこと、「白石噺」とは安永九年正月初演の『碁太平記白石噺』のことを指している。

こうした状況下で作者としての名声を得た三笑であるが、もとは中村座の帳元であった。傍線Ⓔの「追々跡をだして」とは、「跡狂言」すなわち、興行の日数が経つにつれて徐々に続きの幕を出していくという上演方法のことであるが、この「跡狂言」において、帳元時代の三笑は以下のような功績を挙げている。

まず、「道成寺は中富を生捕」とは、三笑が、帳元として上方から初代中村富十郎を獲得するために尽力し、その結果、宝暦三年（一七五三）の中村座の春狂言『男伊達初買曽我』の三番目において富十郎によって初演された、「京鹿子娘道成寺」が大当りしたことを指している。東京都立中央図書館蔵『役者の発句』所収の、宝暦二年十一月刊、「元服顔見世祝賀之吟」という資料には、三笑の「皃みせやきのふ乗こむ女神」という句が掲載されている。[6]「女神」とは女形の富十郎のことを指すと考えられ、富十郎の江戸到着を喜ぶ三笑の心中が反映された句と言えよう。

また、「鳴神は四方にひゞき」とは、宝暦五年の中村座の春狂言『若緑錦曽我』の二番目において、四代目市川団十郎が『鳴神上人北山桜』を演じたことを指す。団十郎は、この年度の顔見世において四代目を襲名しているが、この襲名も三笑が画策したものである。[7]以上のように、傍線Ⓔの記述は、三笑の事績と一致するものとなっている。

さて、続く三笑の作劇論では、作品批判に対する反論が述べられている。

> 草木衆も心はかわらず、とかく狂言上留理の批判して、あそこが長いの爰がわからぬのとさま〴〵のむだをいへども、狂言上留理の趣向といふもの、そふ計でゆくにあらず、Ⓕ仁義（ママ）釈教恋無常といへども、此教計にてゆくにもあらず、Ⓖその折〳〵の気取が肝心のはたらきにて、Ⓗ笑しい跡が無常にかわり、泣つくした跡がわつさりとにぎやかにかわり、Ⓘ文談のおもしろみ、狂言はつらねのつゞき、どことつていわれんようなし。それを自分が気に入らぬとよしあしのひやうばん、そのどくをいふ人につくらせて見たし。一ツ葉もいけぬものなり。Ⓙ文章の意味あいは博学（ママ）計でゆくにもあらず、口合よくてゆくにもあらず、一躰のたてが有事にて、笑ふほどにつくらるゝならつくらせて見たし。

冒頭の「草木衆」とは、役者のことである。役者はあれこれと注文をつけるが、作品の良し悪しは、単に一部分の長さや分かり易さのみによって左右されるわけではない。傍線Ⓕの「仁義（神祇）釈教恋無常」は、和歌や連俳の用語であるが、作劇の心得としても転用されている。二代目中村重助著、寛政十二年（一八〇〇）成立の『芝居乗合話』には、「狂言の作意は神祇・釈教・恋・無常のわかちを第一と、先とりて書事」とある。[8]重助は、狂言の内容が人事全般に及ぶことを踏まえた上で、それらの区別を明確にすべきと説いているが、一方の三笑は「此教計」でもだめであると述べている。三笑は、傍線Ⓖの「その折〳〵の気取」、すなわち、各場面に応じた適切な趣向を重要視し、特に傍線Ⓗのような場面展開の妙について言及している。

こうした場面展開の例は、明和二年（一七六五）正月、市村座上演の『色上戸三組曽我』に見ることができる。本作の台帳は現存していないので、関根只誠編の『戯場年表』の記述を以下に引用する。[9]

> 明和二年市村座色上戸に世話物の場多く、中幕へ①常磐津浄るりの夢の場を見せ、道具替り②すごみの場に

て是を打返して③あづま与次兵衛（羽左衛門・松助）にて根引の門松、此幕切付幕外仕出し色々あつて、切て落すと④広次、助五郎、彦三郎の行事角力場、此狂言殊に評判よく、是より三笑の名市中に評高く世話物の元祖として人々三笑風といふ。

本作の一番目五建目は愁嘆場である。吉田家の忠臣山田三郎・常陸の小萩夫婦が梅若丸の身代りとして、我が子を殺そうとするところへ、吉田少将が現れ腹を切り、その娘の牛の御前が父の名を継ぐ。続く①の中幕は、常磐津節の所作事「江戸名所都鳥追（えどめいしょみやこのとりおい）」である。曽我五郎を探す照天の前が隅田川を訪れると、法界坊と無縁坊が現れ、男色、女色の争いを始める。その後、梅若丸を連れて吉田家の忠臣軍助と女房の花子が現れ、夫軍助の酒癖を花子が咎める場面へと続く。軽妙な趣のある一幕と言えよう。この道具が替り、②の一番目六建目では、うって変って小栗判官の毒殺と復活を描いた「すごみの場」が展開する。そして③の大詰、富本節の所作事「乱髪（みだれがみ）浮菜花（うきなのはな）」において、吾妻与次兵衛の色模様をしっとりと見せて気を転じ、最後の④の二番目では、大谷広次・中村助五郎のいわゆる十町・魚楽コンビが、濡髪・放駒の相撲の取り組みを演じて華やかに打ち出すというものになっている。このように三笑は、各場面の果す役割をしっかりと意識し、それらを巧みに配置することで、その展開にメリハリを持たせている。言い換えれば、場面を展開させる際に、同じ性格の幕が重ならないようにすることによって、各幕の印象をより際立たせ、観客の興味を持続させたのである。

『神代椙眛論』の引用部、傍線Ⓘ「文談」の本来の意は、「詩文にかかわる講釈や談話をすること」（角川古語大辞典）であるが、ここでは「文段」、すなわち「文章の一節」（同書）という意で用いられている。[10] また、「つらね」とは、「掛詞」や「何々尽し」を多用した音楽的なセリフのことである。三笑は、自分の文章の技巧的な面白さに自信を持ちつつも、傍線Ⓙに「文章の意味あいは博学計でゆくにもあらず、口合よくてゆくにもあらず、一躰のたてが有事」とあるように、作劇にはこうした文才のみでなく、狂言作者ならではの技術も必要であると述べる。

その技術について三笑は、次のように作品の長短と分かり易さに言及する。

> ヤレあのまくはきつふ長く退屈をしたの、口上が長いのといへども、其長いまく長口上で、Ⓚ次の幕短く訳のよくわかるがためなり。退屈なしに短かくすると、なんの事やらわからずにしまい、百三十弐文をだして無筆もんもうが詩の会に行にひとしく、Ⓛそこらをぬからず作るがゆへに教へとなりて、忠孝の両道、いきじの気味をもわきまへ、樽ひろいが口から、大ぼうの心をしらんの、大功は細きんをかへりみぬのといふ詞をもおぼへ、聲のまねするだけがありがたいといふものじや。

三笑の狂言に対する批判として、幕や口上の長さが挙げられているが、『役者久意物』（明和二年正月刊）の菊五郎評に、「や、共すると長いにはこまるさ」という記述が見られるように、これは三笑の狂言の一つの特徴とも言えるようである。その長くなる理由として三笑は、傍線Ⓚにあるように、「次の幕短く訳のよくわかるがため」と述べている。たとえ長くしてでも、前の幕で十分に筋を紹介しておけば、次の幕において無駄な説明をしないで済む。言い換えれば、新展開を迎える次の幕で、即座に見せ場へと移行することができるのである。『役者大通鑑』（安永五年正月刊）の中村仲蔵評には、「第一始終あきのなき仕組じやとのうはさ、いかさまたがみてもよく筋のわかる狂言」という記述があるが、[11]三笑はこうした方法で、「始終」すなわち、作品全体を通しての、観客の興味の維持と、そのための筋の分かり易さを目指した。したがって、長い場面があったとしても、その場面のみをあげつらって批判するのではなく、もっと広い視野で狂言全体を見て、各場面が果す効果を踏まえた上で論ずるべきであると三笑は主張しているのである。

傍線Ⓛに「そこらをぬからず作るがゆへに教へとなりて」とあるが、この記述は、『役者評判魁梅朔（さきがけうめのついたち）』（天明七年正月刊）の大谷広次評において、三笑の作品が「一日唐土の引キ事と古歌ばかりならべ立るゆへ、うるさくてならない」と評されていることを連想させる(12)。評判記では、「わる口」の発言として否定的に捉えられているが、何よりも狂言が分かり易いからこそ、「樽ひろい」のような無教養な人間までもが、役者の声色を使うことによって自然と、「燕雀何ぞ大鵬の心を知らんや」「大行は細謹を顧みず」といった故事を覚えることができるというのである。

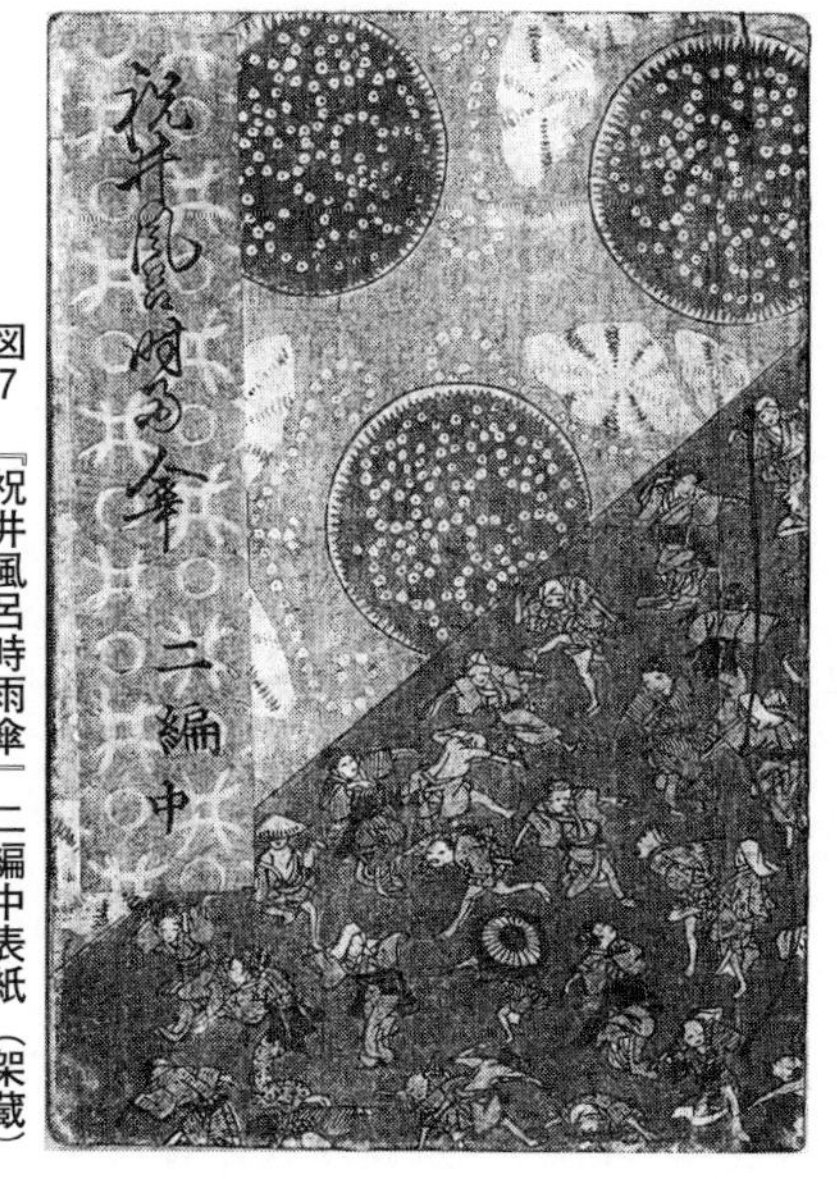

図7　『祝井風呂時雨傘』二編中表紙（架蔵）

二　『祝井風呂時雨傘』巻之五・第十回に見る三笑の作者論

続いて、為永春水作の『祝井風呂時雨傘』巻之五・第十回の記述を検討したい（図7）。この第十回は、四代目鶴屋南北の初期作「鯨のだんまり」が収録されていることで有名であるが、この一幕を紹介する前置きとして、南北の師である三笑についての言及が見られる。記述の冒頭は以下のようなものである。

抑（そも〳〵）昔（むかし）より歌舞妓（しばゐ）の作者名人（さくしやめいじん）多（おほ）き其中（そのなか）に、近来（ちかごろ）の上手（じやうず）鶴屋南北（つるやなんぼく）は、中興（ちうかう）の名誉（めいよ）金井三笑（かなゐさんしやう）の門人（もんじん）也。又二代（またにだい）目瀬川如皐（めせがはぢよかう）も、其最初（そのはじめ）は河竹文治（かはたけぶんぢ）とて、同（おな）じく金井（かなゐ）の門人（もんじん）にて有（あり）けるが、三笑（さんしやう）は常々（つね〴〵）南北如皐（なんぼくぢよかう）の二個（ふたり）の弟（で）

子を評し亦這に教へて曰、

三笑の言説は、三笑が門人の南北と二代目瀬川如皐に語ったものとして紹介されている。初代河竹新七の門人であった如皐は、天明元年（一七八一）七月から初代中村仲蔵付きの作者となる。寛政二年（一七九〇）に仲蔵が没した後、同年十一月より市村座に出勤するが、この時三笑は、番付には名前を載せていないものの、依然として市村座に影響力を持っていたと考えられ、如皐が三笑に弟子入りしたのは、この寛政二年頃であったと思われる。なお、寛政四年度の市村座において如皐と南北は初めて同座しており、推測の域を出ないが、この逸話が、その時のものであると考えることもできる。

さて、三笑の教示は次のようにして始まる。

凡狂言作者は、気を長くして腹を立ず、所為を速に頓智を第一とし、眼前と流行を早く心がけて、ⓐ幕毎に気を転じ、看官に倦させず、ⓑ役者に我侭をされて、狂言方の威を落すことなかれ。

傍線ⓐでは、既に『神代椙眛論』において見たように、ここでも作品のメリハリについて言及されている。傍線ⓑに関して連想されるのが、『劇神僊筆記』（二代目劇神仙）に見られる、初代中村仲蔵の斧定九郎についての記述である(13)。

此時作者金井三笑ナリ。定九郎ノ役一言モ問合セズ。如何スルニヤト初日ヲ見タルニ、秀鶴白顔ニテカツラモ掛ケズ楽屋着ノマ、ニテ揚幕へ行。弥不審ニ思ヒ居タルニ跡ヨリ手桶ニ水ヲ提テ行者アリ。衣装大小ハ、弟子此蔵、表口ヨリ持テ入、揚幕ノ内で拵へ水ヲアビテ出タルヲ見テ、吾ヲ出シヌキタリトテ怒リケルガ、コレ三笑秀鶴ヲ憎ム始也ト云リ。

明和三年（一七六六）九月、市村座の『仮名手本忠臣蔵』において、仲蔵が、五段目の定九郎の扮装を従来の山賊のものから黒羽二重の浪人姿に変えて評判を呼び、この成功をきっかけにして出世を遂げたという逸話は、落語にもなっており、非常に有名なものであるが、この時の立作者が三笑であった。三笑は、仲蔵が定九郎の役について一言も問い合わせず、自分を出し抜いたことに腹を立てたが、それは、何よりも仲蔵が作者に従わずに「我侭」をする、「狂言方の威を落す」役者だったことによる。

続いて話題は「本読み」の重要性へと移る。

後世にいたり、狂言作者の見識衰へ、役者に諂ひて給金のみを貪り、新狂言を作る苦心をなさず、芝居道惣座中内外第一の要といふべき大職の身を忘れ、権威を役者に押付られて仕舞節は、必ずⓒ本読は納まらず、折角作りし根本も無用となりて、

傍線ⓒに「本読は納らず」[14]とあるが、これは『伝奇作書』初編（西沢一鳳著、天保十四年自序）下の巻「金井三笑本読の話」の次のような記述を連想させるものである。

本読の席へはいつも長き刀をさしてゆかれ、ひやうし幕と読切るや否、直に刀を取上げ柄を握て、サア宜しいか悪いかと万一その場の批評をいふものあらば、一刀に切て捨んとの勢ひにて、あたかも首実検の場の竹部源蔵の如く八方へまなこを光らし長き刀をひけらかすが故、此権威に恐れ今少し有たしと思ふ所も我慢して、直に納め手を打しとぞ。是らは実に年功にも身柄にもよるべし。

「本読」については、曲廬庵主人著、享和三年（一八〇三）刊の『三座例遺誌』に詳しい解説があるので、以下引用する[15]。

一、本よみ 三がいにて有り。かほみせ、春にかぎらず狂言かはりめ〳〵みな同。但し、一日の狂言を通してよむ事も有、又、追々日をつきてもよむ也。
座がしら始め惣役者不残並居。（略）末座に（略）狂言作者正本を持出る。筆役の者跡に付出る。作者面々の書たる幕、自

身に読なり。此狂言の内に座頭より二三枚め迄の役者は所存あればいさゝ(ママ)好む事もあり、然れども多くはいはぬ事なり。まして夫よりすゑの役者は役ぶそくいふと云事はなきなり。狂言よみしまひて一幕〳〵に手をうつ時、筆やくの者書ぬきを銘々にわたす也。(略) 所存のあるまくは書入て跡より書ぬきをわたすなり。

(後略)

「本読み」の場において、役者は、作者が読んだ狂言の内容に満足すれば、自分のせりふのみが抜き書きされた「書抜」を受け取るが、中には不満を言う役者もいた(16)。三笑はこうした不満を封じるため、刀を構えて、あたかも『菅原伝授手習鑑』「寺子屋の段」の武部源蔵のような迫力で「本読み」に臨んだというのである。専業化された狂言作者にとって、正本は作者としての自身の存在証明でもあり、役者に従って正本を書き直すことは作者としての敗北を意味する。その意味で、「本読み」という場は、作者にとって、自身の権威を保つことができるか否かの瀬戸際であり、いわば戦場でもあった。

そして最後に三笑は、「義太夫狂言」の弊害について言及する。

役者例も仕なれたる義太夫狂言か、古い狂言ばかりを勤め、稽古にも骨を折ず、衣裳も有来りを用ひ、何事も身を楽にして我侭を勤め、顔見世より顔見世までの座組一向に極りなく、されどもなぐさみの見物なれば、時節に依て古き義太夫狂言も、一幕限に種々の狂言をする田舎芝居の様なる芝居も、大入をする事があれば、金主も係りの人も、丸一年の納りを気が付ず、爰にいたつて狂言作者(ママ)は弥不用の様になり、立作者を軽じ誹り、木を打者があれば、書抜は素人にも出来るといはれる様になるべし。其節にならば、一年の興行一芝居は大入あるとも、一年中の大入は決てなく帳終は毎度損金の差引なる事疑ひあらじと教(ママ)へたりとぞ。

出来合いの義太夫狂言の上演は、作者や役者の負担を減らすばかりか、「芝居の独参湯」と称された『仮名手本忠臣蔵』のように当りをとることもあり、一見すると効率的である。しかしその反面、存在意義が失われた作者が軽視されるようになるため、役者は作者に従わなくなり、顔見世や正月といった新作での作者の自由な創作に支障をきたすことになってしまう。

このように義太夫狂言の弊害を述べている三笑であるが、かく言う三笑自身も、明和三年（一七六六）度以降ほぼ毎年義太夫狂言を上演している。しかしそれは、新作を差し換えたり、新作が間に合わなかったり、あるいはその他特殊な事情があったりしたためであった。伊原敏郎の『歌舞伎年表』に基づいて、三笑出勤時の義太夫狂言を一覧にすると次のようになる。作品名の後に示したアルファベットは、A「新作を差し換えた場合」、B「新作が間に合わなかった場合」、C「その他特殊な事情がある場合」を表わす。

①明和三年九月　市村座『仮名手本忠臣蔵』　C
②明和五年八月　市村座『菅原伝授手習鑑』　A
③明和五年九月　市村座『姫小松子日の遊』　A
④明和四年秋　森田座『蘆屋道満大内鑑』　＊
⑤明和七年六月　市村座「一谷嫩軍記」　B
⑥明和八年九月　市村座『恋女房染分手綱』　A
⑦明和九年正月　市村座『菅原伝授手習鑑』　C
⑧安永二年四月　市村座『御所桜堀川夜討』　A
⑨安永二年九月　市村座『仮名手本忠臣蔵』　C

⑩安永五年五月　中村座『仮名手本忠臣蔵』　C

Aの事例についてであるが、②と③は、その直前の明和五年八月に新作『伊勢暦大同二年』が上演されていることから、この作が不入りであったために差し換えられたものであると考えられる。同様に⑥と⑧についても、⑥の直前の明和八年八月に新作『けいせい名越帯』が、⑧の直前の安永二年（一七七三）三月に新作『江戸春名所曽我』が上演されており、これらの新作が差し換えられたものであろう。

Bの事例では、⑤の直後の明和七年七月に新作『粧相馬紋日』が上演されている。この新作が完成するまでの間を埋めるため、義太夫狂言が上演されたと考えられる。なお、義太夫狂言ではなく上方初演の歌舞伎の再演であるため、この一覧には掲げなかったが、天明八年（一七八八）正月の森田座では、初春狂言に曽我物を上演するという江戸歌舞伎の慣習に反して、『伊賀越乗掛合羽』が上演されている。その直後の翌二月には、新作の曽我物である『雛形稚曽我』が出ているので、この作が正月に間に合わなかったのであろう。

Cの事例では、まず役者の動向との関連を指摘できる。①と⑨の『仮名手本忠臣蔵』は、三笑の盟友とでも言うべき、初代尾上菊五郎の上坂のお名残興行として上演されたものである。菊五郎は大星由良之助役を得意とした役者であり、お名残として相応しい演目である。⑦の場合も、先に述べたような初春狂言の慣例に反する上演だが、これは当時きっての立女形、二代目瀬川菊之丞の病気快復を待つためであり、翌二月には、きちんと曽我物の新作『振袖衣更着曽我』が出されている。また、⑩の場合は三笑の個人的な理由が考えられる。本章第一節で述べたように、三笑は中村座の乗っ取りを謀ったものの、安永五年五月十三日にその計画が発覚し劇界を追放されている。座内のこうした混乱のため、三笑は筆を執れずにいて、義太夫狂言の上演に至ったのであろう。なお、④の上演については、その理由をはっきりと特定することができない。

このように見てみると、三笑が決して新作を手掛けようとする意思を捨ててしまっている訳ではないことが分かる。ここで特に注目したいのは、本書の「まえがき」に掲げた作品一覧からも窺えるように、三笑が立作者を勤めた多くの年度において、七月ないし八月の秋狂言に新作を提供していることである。つまり、十一月の顔見世狂言、正月の初春狂言に新作を出すのは当然のこととしても、それ以外に秋狂言においても新作を手掛ける姿勢を貫くことによって、三笑は自身の狂言作者としての権威を示そうとしたのである。

以上、『祝井風呂時雨傘』巻之五・第十回の一連の記述を検討したが、この部分が作者春水の虚構である可能性も完全には否定しきれない。春水は、第十回の記述の情報源が、「木挽町の芝居大茶屋なる高麗屋の主人錦三」であるとしている。この人物について古井戸氏は、「文化十五年から天保にかけて出版された細見にみられる木挽町の大茶屋『高麗屋源右衛門』のことか。春水の言をいかに割り引いてもその信憑性は高い」と述べている。[17]もし仮にこれが春水の創作によるものであり、春水が自身の考えを述べるために三笑の口を借りているとしたとしても、まさに三笑に語らせているという点において、春水は狂言作者のあるべき姿として、三笑を登場させていることになるであろう。

まとめ

近世中期の江戸の狂言作者には、三笑と双璧をなす人物として桜田治助がいるが、先学[18]が示すように、その作風は、局面毎の趣向を本意とした仕組であることから、時に筋立ての上で矛盾をきたすものであった。それに対し三笑は、『神代相眛論』の記述から明らかになったように、各局面では過去の作品の趣向を利用しつつも、作品全体という大局にも気を配り、各場面の果たす役割を考慮するなどして、作品に一貫性と分かり易さを与えることを重視した。こうした一貫性は、逐一役者の注文に合わせて作品を書いていては達成できない。だからこそ三笑は、『祝井風呂時雨傘』の記述が示すように、役者の我侭を封じるため、新作を積極的に手掛けることによって、作者の権威を示そうとしたのである。

幕末の狂言作者、三升屋二三治は、『芝居秘伝集』の序文において、「近来は金井三笑より鶴屋南北作る者の業道守りたり」と述べ[19]、「作る者の業道」を守った作者として、自身の師であるはずの桜田治助を差し置き、三笑の名を真っ先に挙げている。三笑の作者としての姿勢は弟子の南北に受け継がれ、江戸の狂言作者の主流となる。後世の作者にとって三笑は、狂言作者の理想像であった。

【注】

（1）底本として、『神代椙眛論』については東京大学総合図書館霞亭文庫蔵本を、『祝井風呂時雨傘』については架蔵本を用いた。

（2）『摂陽奇観』（浜松歌国編著、天保四年成立）巻之三十六ノ七、『脚色余録』二編（西沢一鳳著、嘉永五年成立）上の巻。なお両書では、この事件が起ったのを四月二十二日のこととしている。

（3）そのほか、この事件を題材にした作品には、京の書肆、近江屋嘉右衛門から刊行された『絵本性根噺』（作者・刊年不明）や、黄表紙の『菅原神詠尾上梅幸再評判（にどのひょうばん）』（在原艶美作・北尾政演画、天明二年（一七八二）刊）、『三升円功能後編能時花升（よききます）』（岸田杜芳作、天明三年刊）などがある。

（4）引用は、『洒落本大成』第六巻（中央公論社、一九七九年）による。

（5）『角文字伊豆入船』を評した、『役者巡炭（まわりずみ）』（明和四年正月刊）の宗十郎評には、「四立目北条（注、宗十郎）にて夢さめて下部の朝介（注、三津五郎）といふは夢中に見し頼朝坊故、大太郎が持参せしゐぼしをきせ、心見らる丶、所大出来〳〵」とある。

（6）引用は、『資料集成　二世市川団十郎』（和泉書院、一九八八年）による。
（7）古井戸秀夫氏「狂言作者金井三笑の登場とその意義」。
（8）引用は、『日本庶民文化史料集成』第六巻（三一書房、一九七三年）による。
（9）引用は、『日本庶民文化史料集成』別巻（三一書房、一九七八年）による。
（10）「文段」と「文談」が混用される例は、『鳥山彦』（沾涼著、享保二十一年〈元文元年、一七三六〉刊）乙巻における、『親うぐひす』の沾洲序文を引用しつつ反論を展開する箇所に見られる。
（11）引用は、早稲田大学演劇博物館蔵本による。
（12）引用は、早稲田大学演劇博物館蔵本による。
（13）引用は、鹿倉秀典氏「〔翻刻及び解題〕『秀鶴草子』—附『劇神僊筆記』—」による。
（14）引用は、『新群書類従』第一（国書刊行会、一九〇六年）による。
（15）引用は、『日本庶民文化史料集成』第六巻による。なお、ほぼ同じ記述が『劇場新話』（作者不明、文化年間成立）上巻の「本読、立稽古、惣ざらひ」の項にも見られる。
（16）二代目中村重助著の『芝居乗合話』巻二にも、「本読の節、役廻りあしきものは、彼是不承知を申して、狂言方と相談におよび、なをす事もある也」とある。
（17）古井戸氏「鶴屋南北(二)の下」。
（18）古井戸氏「三笑風と桜田風（下）」など。
（19）引用は、『日本庶民文化史料集成』第六巻による。

第四節　『卯しく存曽我』考

はじめに

『卯しく存曽我』[1]は、金井三笑が晩年に手がけた作品で、寛政二年（一七九〇）正月、市村座で上演された。本作については、東京大学国語研究室に二冊の写本台帳（以下、東大本）が残されており、一冊目には二番目の序幕が、二冊目には二番目の中幕の途中までが収録されている。不完全な台帳ではあるが、従来の研究では、三笑の新作としては唯一の台帳とされてきた[2]。

しかし、大久保忠国氏蔵の抱谷文庫にも、本作の二番目中幕を完全に収録した一冊の台帳（以下、抱谷文庫本）が存在しており、先行研究ではほとんど言及されていない[3]。この抱谷文庫本と東大本を合わせれば、本作の二番目が完備することになるが、中幕の共通して存在する箇所には多くの異同が認められる。

そこで本節では、第一に、両本の比較を通して、それぞれの本の素性などについて考え、そして第二に、本作に見られる三笑の趣向の特徴を検討し、三笑の弟子である四代目鶴屋南北への影響について述べる。なお、これら台帳の翻刻を第二部の資料編に掲載したので、合わせて参照頂きたい。

一　東大本と抱谷文庫本

最初に、東大本、および抱谷文庫本の書誌を簡単に紹介しておく。まず、東大本の書誌は次の通りである。

〔所蔵〕東京大学国語研究室（二八‐五二）

〔体裁〕写本。半紙本。袋綴、二冊。縦本（二四・二cm×一七・二cm）。

〔表紙〕原表紙。薄茶色地に水色の横縞。

〔記載書名〕上巻　外題、「かしく存曽我　共弐冊　上　大惣かし本」（題簽）(4)。
扉題、「紙数六十一帳／卯しく存曽我／口」。
下巻　外題、「卯しく存曽我　下」（題簽）(5)。
扉題、「墨附六十六帖／嬉敷ぞんじ曽我／結」。

〔丁数〕上巻・六十五丁、下巻・六十八丁、計百三十三丁（墨付）。

〔行数〕おおよそ十一行。

〔その他〕表紙右上に、「弐百五十四」の貼紙あり。上巻冒頭に上演時の役人替名を掲げる。各巻末に「七五三」の墨書あり。

次に抱谷文庫本の書誌は以下の通りである。

〔体裁〕写本。半紙本。袋綴、一冊。縦本。

〔記載書名〕外題、「戌春きやうげん／卯しく存曽我／第弐ばん目／中幕」（直書）。

〔丁数〕五十三・五丁（墨付）。

〔行数〕第一筆、十五行〜二十一行。第二筆、おおよそ十五行。
〔その他〕表紙・裏表紙共に本文共紙か。表紙の下部に役者名を掲げる。
なお、抱谷文庫は、所蔵者の大久保忠国氏の没後散逸してしまい、現在原本の所在が知れない。本稿では、国文学研究資料館のマイクロフィルム（ホ三一‐六〇‐五）、および紙焼写真（H二六四一）を用いた。

東大本は、上巻の題簽に示されているように、大惣、すなわち名古屋の貸本屋大野屋惣八の旧蔵本である。一方、抱谷文庫本は、貸本屋のものはもとより、蔵書印が一切見られず、貸本屋系統の台帳ではない。数は少ないが貼紙訂正も見られ[6]、幕内の人物による筆と考えられる。二通りの筆からなり、第一筆は、後述する中幕の第一場・第二場、第二筆は、中幕の返し幕となる第三場・第四場に見られる[7]。表紙の形式から見ても、いわゆる「正本」と呼ばれる幕内系統の台帳と考えられるが、その特徴の一つとされる裏表紙の上演年月、作者名等の記載がない。あるいは、本来の裏表紙が欠落してしまったのかもしれない。

続いて、本作二番目の梗概を記す。先に述べたように、東大本と抱谷文庫本を合わせることによって、二番目が完備することになる。そこでここでは、序幕を東大本、中幕を抱谷文庫本によることとする。また、ゴチックで示した場面名は私に付けたものであり、各登場人物については、適宜括弧内に演じた役者名を記した。なお、参考のため、次頁に本作の追番付の図版を図8として掲げた。

【序幕　第一場　浅草御蔵前八幡門前鹿茶屋店先の場】（東大本）

関取明石志賀之助（三代目沢村宗十郎）は、師匠志賀清林から譲り受けた、「一味清風（いちみせいふう）」の相撲伝授の一巻を、小嶋屋義左衛門（松本鉄五郎）に質入しているが、その代金の五十両を用意できていない。さらに、愛人の三つ扇屋の傾城八嶋（初代中山富三郎）を身請けするための手付け金も必要としていた。

志賀之助に好意を抱く、唄比丘尼の小吟（四代目岩井半四郎）は、稼ぎが少ないことから、親方の比丘尼、清林（市川富右衛門）らに折檻されるが、そこへ丹波屋助太郎（五代目市川団十郎）が止めに現われる。助太郎は、三つ扇屋に頼まれ、小吟を買いに来たのである。小吟は廓へと連れて行かれる。

野田金兵衛（嵐龍蔵）は、清介（沢村宗太郎）が持っていた百両分の銅脈の半分を借り、悪計を思いつく。志賀之助は、質代の五十両の工面を、妻のおさよ（半四郎、二役）に頼んでいた。金兵衛は、おさよが調達した金を銅脈とすり替えてしまう。贋金に気づいた志賀之助は、金兵衛の跡を追う。

【序幕　第二場　大川橋六地蔵の場】（東大本）

白を切る金兵衛に暗闇の中斬りかかった志賀之助は、金兵衛と思い込んで清介を殺す。そして、清介の懐中から残り半分の銅脈を抜

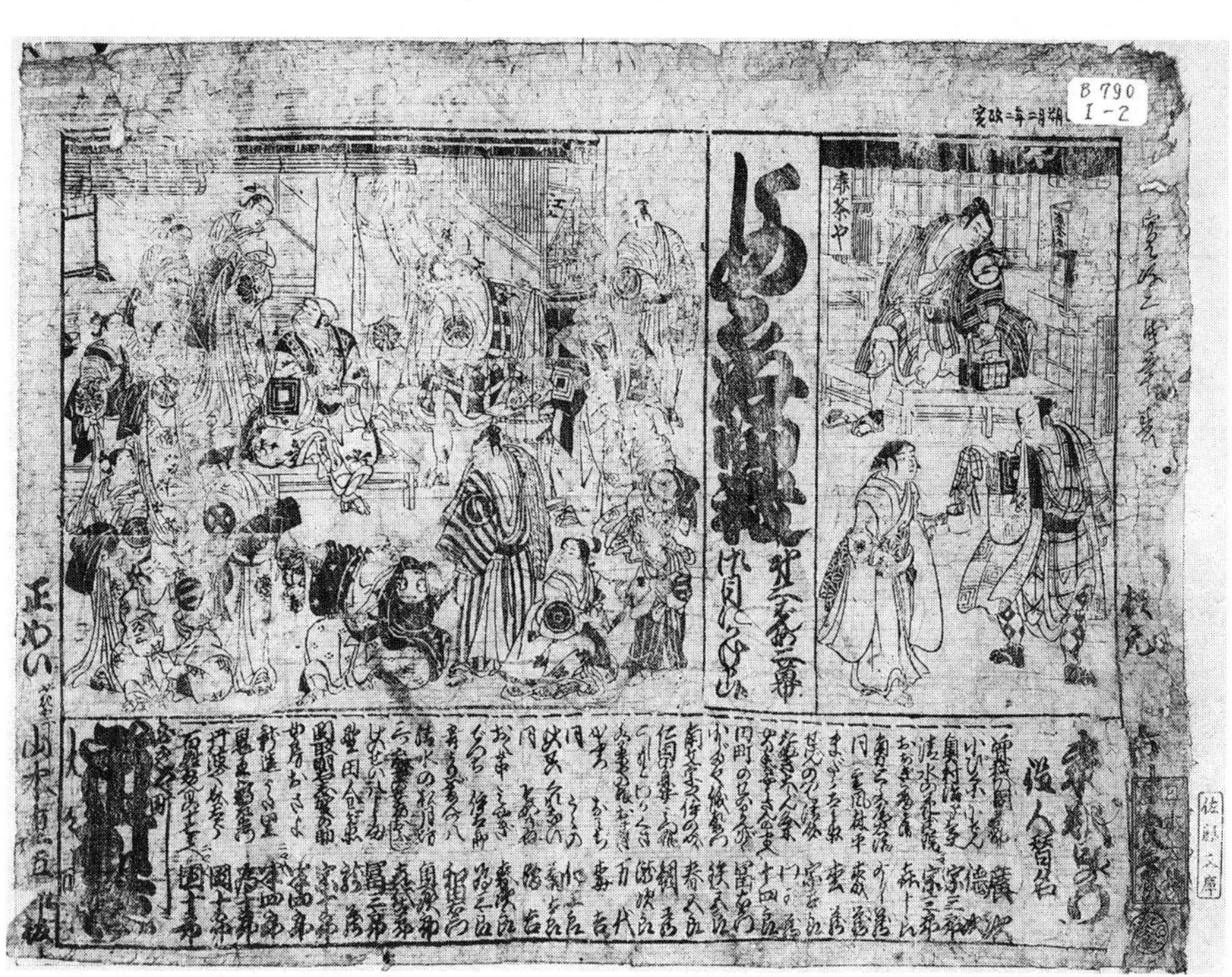

図8　『卯しく存曽我』追番付（日本大学総合学術情報センター蔵、B790.1-2）

き取り、五十両を取り返したと勘違いする。一方、金兵衛は、清介が借りていた志賀之助の提灯を手に入れる。

【中幕　第一場　吉原仲の町茶屋店先の場】（抱谷文庫本）

粂大尽（市川和歌蔵）が、傾城らと酒を呑んでいるところへ、京都清水寺の役僧、華蔵院（けぞういん）（市川宗三郎）と、弟子の松月（浅尾奥次郎）らが通りかかる。松月が景清に所縁のある者とにらんだ粂大尽と金兵衛は、詮議のため捕えようとするが、そこへ八嶋が現われ、騒ぎを収める。

続いて、木更津の百姓、縁日十七兵衛（団十郎、二役）らが、吉原見物にやって来る。十七兵衛は、八嶋という名を気にしつつも、三つ扇屋へ向かう。

【中幕　第二場　三つ扇屋二階八嶋座敷の場】（抱谷文庫本）

小吟は三つ扇屋へ抱えられ、名も歌里と改めていた。歌里は、恋い慕う志賀之助の相手ができることを喜ぶが、対して志賀之助は、金兵衛が生きていること、さらに取り返した金が贋金であることを知って上の空である。志賀之助の悩みが金によることを察した歌里は、金の工面について松月と相談する。

義左衛門に責められた志賀之助は、奪った金を出すよう金兵衛に迫るが、逆に清介殺しの証拠となる提灯を突きつけられて、訴え出ることもできず、義左衛門や肴売りぶゐんの八(8)（中島和田右衛門）の打擲に耐える。その様子を窺う歌里は、松月が華蔵院から盗んだ五十両入りの財布を、こっそりと投げ出す。その財布が自分の施しであるととっさに嘘を付いた金兵衛は、志賀之助が義左衛門から取り戻した伝授の一巻を、五十両の形として奪い取ってしまう。

八嶋は、実は能登守教経の娘、玉綾姫であり、自分の正体を知ったぶゐんの八を殺害する。**（以上、異同は見られるが、東大本にも残る箇所）**

松月は、財布を盗んだことで華蔵院に責められるが、それを十七兵衛が止める。十七兵衛こそ、実は景清であり、松月は、阿古屋との間に生まれたふもん丸であった。武士にあるまじき盗みを働いたとして、景清がふもん丸を斬ろうとするところへ、志賀之助、実は三保の谷四郎が現われる。ふもん丸を助けようとする三保の谷の衿髪を景清がつかむ。屋島の戦での錣引きが再現されるところ、歌里が割って入り、両人の刃を自ら我が身に受ける。歌里もまた、実は景清の子、人丸であった。ふもん丸と、八嶋こと玉綾姫をおさよに託した三保の谷は、一巻を取り戻すため金兵衛を探しに、景清は、絶命した人丸の首を落して片手にひっさげる。その別れ際、景清は屋島の戦で引きちぎった兜の錣を、三保の谷に返す。

【中幕　第三場　浅草中田圃の場】（抱谷文庫本）

泥舟で立ち回りのうち、三保の谷が金兵衛、義左衛門を殺して一巻を取り返す。

【中幕　第四場　屋根上の場】（抱谷文庫本）

人丸の首をくわえ、屋根に上った景清を捕手達が取り巻く。そこへ三保の谷が現われ、景清を捕える。

次に、中幕に関して、東大本に残る箇所と、抱谷文庫本との主な異同を検討する。

第一に、第一場において、松月がその名前を金兵衛に尋ねられた時の答えとして、抱谷文庫本では、「みちのくのあこやの松にこがくれて出ヅべき月のいでやらぬかは」という古歌(9)と、其角の句「名月や畳の上に松のかげ(10)」を引用するのに対し、東大本では、其角の句のみが引用され、歌は引かれていない。古歌、発句ともに「松」と「月」が詠み込まれている点で、松月の名の由来となるのであるが、抱谷文庫本では、さらに古歌の「あこや」という一節が、景清の愛人「阿古屋」に音が通ずるということから、松月が平家の残党であるとにらまれ、もみ合いへと展開する。一方、東大本の場合、もみ合いのきっかけは、華蔵院が金兵衛の寄付を断ったことによる。

第二に、同じく第一場において、抱谷文庫本では、沢村喜十郎演じる鎌倉方の武士、姉輪平次景次が、平家残党と六地蔵での清介殺しの下手人詮議の触れに現われるが、東大本では、中島百右衛門演じる役名不明の武士が、六地蔵での殺しのみを詮議する。(11) なお、抱谷文庫本では、粂大尽が、実は伊沢久馬という北条家昵近の武士で、能登守教経の娘、玉綾姫が傾城に身をやつしているとの情報から、その詮議のため廓通いをしているという設定となっているが、東大本にはこの設定も見られない。

第三が、五代目団十郎の役どころである。抱谷文庫本が、百姓縁日十七兵衛、実は景清であるのに対し、東大本では、序幕と同様、丹波屋助太郎(12)として登場し、後に、実は林道広(13)の若党、介右衛門の子息であることが明かされる。なお、東大本の助太郎のセリフには、「末子の小坊主めは、親仁がぼだいの為に清水へ弟子坊主に遣し升る」とあり、松月が助太郎の弟という設定が採られているものと考えられるが、その真相が明らかにされる前に、東大本は途中で終わってしまっている。

第四は、傾城八嶋の正体である。抱谷文庫本では、教経の娘玉綾姫であるのに対し、東大本では、林道広の娘おちへとなっている。つまり、抱谷文庫本で見られる景清と玉綾姫の主従関係は、東大本でも助太郎とおちへという形で維持されている。なお、抱谷文庫本では、八嶋（玉綾姫）が父教経の逮夜として香を焚くというくだりがあるが、東大本では香は登場せず、父道広の命日があさってに迫るということについて、八嶋（おちへ）と助太郎の間で会話が交わされるのみである。

また、この正体が発覚する経緯も両本では大きく異なる。抱谷文庫本では次の通りである。華蔵院は八嶋から回向を頼まれた戒名が、以前景清が頼んだ戒名と同じものであることから、八嶋の正体を疑い、その話を丁稚の伊太郎（浅尾為三郎）にする。伊太郎は、この件を八嶋に尋ねるが、それをぶゑんの八が立ち聞きするという形である。一方の東大本では、若い者藤兵衛（沢村喜十郎）が、八嶋の身の上に詮議がかかったことを八嶋に知らせに来るが、その様子をぶゑんの八が目撃するという形である。

第五には、第二場において、歌里が投げ入れた五十両を得た志賀之助が、義左衛門やぶゑんの八に受けた打擲の仕返しをする場面が、抱谷文庫本にはあるのに対して、東大本にはないということである。なお、抱谷文庫本では、仕返しを受けたぶゑんの八（中島和田右衛門）に関するト書きに、「和田右衛門はからだの痛ムこなしにて、そこへたをれている」とあるが、東大本にも、ぶゑんの八が仕返しを受けていないにもかかわらず、同様の記述が見られ、矛盾が生じてしまっている。

第六は、同じく第二場において、歌里が投げ入れた五十両を、金兵衛が自分の金だと嘘をつくくだりについてである。抱谷文庫本では、志賀之助が義左衛門に金を渡す前に金兵衛が嘘をつくのに対し、東大本では金を渡した後になっている。

第七は、第二場の八嶋によるぶゑんの八殺しの場面の順番である。志賀之助は、金兵衛に一巻を奪われた後、歌里との会話から、五十両の金が歌里が投げ入れたものであることを知る。抱谷文庫本では、志賀之助と歌里のやりとりの前に、別筋の八殺しの場面が挿入されているのに対し、東大本では、五十両の金に関する筋が一つにまとめられており、別筋の八殺しは、歌里とのやりとりの後に置かれている。

第八には、金を盗んだ一件で、抱谷文庫本では、華蔵院が松月を追いかけるのに対し、東大本では粂大尽が歌里を追いかけるということである。そしてそれを止めに入るのは抱谷文庫本では十七兵衛、東大本では団十郎演じる三つ扇屋主人の三郎兵衛となっている。この三郎兵衛という人物は、初演時の番付や年代記にその名が見られない。つまり、三郎兵衛は初演時に登場していない人物である。なお、東大本はこの場面の途中で終わってしまっているので、この後の展開が不明である。

以上八項目の内、第一から第四の四項目に共通するのは、東大本においては、景清を始めとして、一番目との関連を持たされている要素が全て削除されているということである。そこで次に、本作の一番目の内容を確認しておきたい。本作を評した評判記が現存していないため、ここでは『花江都歌舞妓年代記』の記述を引用する。[14]

> 近江八幡之助、実は上総七兵衛景清と三役。和田が妻巴御ぜん団十郎。鬼王新左衛門と、菊地権の頭高数為十郎。団三郎女房十六夜と、木曽の山吹姫後に坂額御前二役半四郎。工藤祐経と義仲の霊魂二役宗十郎。
> 佐々木四郎彦三郎。久須美前禅かげみつ広右衛門。（後略）

例えば、傍線部に「近江八幡之助、実は上総七兵衛景清」とあるように、本作の一番目は「曽我の世界」に「平家物語の世界」が綯い交ぜにされたものであった[15]。実は何々という設定で、二番目の世話場が一番目の時代と結び付けられるのが、江戸歌舞伎の慣習であるが、東大本ではそうした関連性が意図的に排除されているのである。

東大本の本文は、抱谷文庫本のものと比較して、言い回しや表記などに違いはあるものの、意味するところはほとんど変わりがなく、しかも抱谷文庫本の内容を、適度に省略して整理している。先の第六、第七の異同は、その反映と言える。

ただし、東大本が、抱谷文庫本を直接参考にして書写されたものであるとは言えない。それを示すのが、中幕第一場の次のようなやりとりである。抱谷文庫本では、

> 和田〔八〕　おまへは今夜はおしげりかへ。

龍〔金兵衛〕何さ、おいらは当なしといふものだから、あがればいつも初会でさへぬやつよ。
和田　サア、そふいふ事も聞升たよ。アノ関取めが女房も美しいもの。わしやあ、アノかゝアにはりかけてみたが、いけないやつよ。

とあり、会話が成立していない。一方、東大本では、

わだ　おまへは今夜はおしげりかへ。
龍　サイノ、おいらは当なしといふ物。イヤモ、あがればいつも初会でとんとさへぬじやて。
わだ　またそんな事ばかりいわしやり升。おまへ、三ッ扇屋の八しまニ何やらあるといふ人のうわさ。
龍　何をいふやら、アノ女房がくさり付て居るは、角力取の明石志賀の介。
わだ　サア、そういふ噂も聞升た。アノ関取めの女房もナント美しい物じやないかゐな。おれも一寸はり掛ヶてみたが、中〳〵いけるやつではムり升ぜ。

となっており、話が通じている。つまり、傍線部のセリフに該当するものが抱谷文庫本に抜けているのである。したがって、抱谷文庫本、東大本よりも前に成立した台帳が別に存在し、それ、もしくは同系統の台帳を、それぞれの筆者が別々の経緯で写したと考えられる。抱谷文庫本の筆者は、この元となる台帳のセリフを写し洩らしたのである。

以上をまとめると、抱谷文庫本は、一部写し洩らしはあるが、幕内の、おそらくは狂言作者が書写した、初演時の上演台帳に極めて近いものであり、また東大本は、先の項目の第五のような矛盾や、第八のような初演時に登場しない人物の創作が見られることからも窺えるように、上演台帳を参考にしつつも、改変が加えられたものであると考えられる。

二　東大本の素性

では、東大本はどういった素性の台帳なのであろうか。そこで注目したいのが、先に書誌の〔その他〕の項目で記した「七五三」の墨書である。この墨書を持つ台帳は、東京大学国語研究室や京都大学附属図書館等に多く収められたいわゆる大物本の台帳の中で、一群を成している。上方の狂言作者、奈河七五三助の旧蔵本であるとの説があるが、刊行が終了した『歌舞伎台帳集成』（勉誠社、一九八三年～二〇〇三年）の解題でも、この墨書について言及されていないように、いまだ定説となっていない。(16)そうした状況下で、児玉竜一氏は、「七五三」の墨書を持つ台帳の筆跡に注目した論考を発表している。「歌舞伎台帳の素性管見」（『館報池田文庫』第10号、一九九七年）では、裏表紙に奈河七五三助の署名のある、早稲田大学演劇博物館所蔵『邌供養妹背縁日（ねりくよういもせのえんにち）』（文化二年〈一八〇五〉四月、中村座所演）五幕目「鍛冶屋の場」の台帳の筆跡と、同じ筆跡で書かれたものが大物旧蔵の台帳に多く見られることを指摘した上で、「この筆跡を含む台帳は、みな裏表紙に「七五三」「七伍参」「しめ」といった墨書がある。この「七五三」をたとえば誰か個人に結びつけるには、よりより多くの傍証を要するが、少なくとも貸本用の筆写ではなく、内部から流出した台帳である可能性を考えてもよいのではないだろうか」と述べている。明言は避けているものの、「七五三」本を書写したのが奈河七五三助であることの可能性を示唆しているのである。

そこで、この東大本の筆者を奈河七五三助と仮定した上で、『伝奇作書』初編（西沢一鳳著、天保十四年〈一八四三〉自序）の「奈河七五三助が伝」の記述を確認しておく。(17)

> 此人、天明より文化の末まで永く此道に染ながら、多くは院本を澤文（キリハメ）し物、或は古狂言を添削するのみにて、一部の趣向立たる物少し。それ故戯場者流より、洗濯物の七五三助と異名を附たり。

先行作を頻繁に焼き直したという七五三助の特徴は、東大本が上演台帳に手を加えたものであるという事実と合致する。さらに、東大本の事例と同様に、江戸の曽我狂言を七五三助が書き替えたという実例もある。

安永四年（一七七五）正月、中村座所演の『色模様青柳曽我』に出演していた四代目市川団蔵は、作中人物の大日坊に興味を覚え、大坂に帰った後、七五三助に書き替えを依頼する。こうして出来上がったのが、天明四年（一七八四）五月、大坂角の芝居初演の『隅田川続俤』であるが、この作品で七五三助は、原作において景清の伯父という設定であった大日坊を法界坊に改めたほか、曽我狂言の文脈を切り離して、隅田川物として仕立て直した[18]。

七五三助の作者としての性格、およびこの実例を考慮すれば、東大本は七五三助書写の可能性が高い。七五三助は、寛政末年から文化初年にかけて江戸で筆を執った時期もあり、その時、『卯しく存曽我』の台帳を目にする機会を得たとの推測もできる。無論、以上は、あくまでも状況証拠に過ぎない。ただし、一番目との関連性を徹底的に排除し、独立した世話物として書き替えようとする姿勢は、一番目と二番目の世界を別々に上演するという上方歌舞伎の特徴そのものである。つまり、東大本は、七五三助とは断定できないものの、上方の作者が、上演台帳に手を加えたものであるということは確実であろう。おそらくその筆者は、上方での上演を想定し、そのためのいわば種本として東大本を書写したものと考えられる。ただし、本作が、この東大本を元にして上方で上演されたという事実は、管見の限り見つからない。

三　三笑と南北の共通性

以上、東大本と抱谷文庫本の異同を分析した。続いて、本作の特徴について考察する。

当時の劇作は、複数の狂言作者が分担することになっていたため、まず、この二番目を金井三笑が担当したことを確認しておく。『花江都歌舞妓年代記』には「此狂言作者金井三笑にて、比丘尼の恋路珍らしく、古今の妙作大評判大当」とあるが、「比丘尼の恋路」とは、四代目岩井半四郎演じる小吟（後の歌里）のことを指す。同様の記述は、寛政三年（一七九一）正月刊の『役者節用集』の半四郎評にも「去年の比丘尼などはおもしろい事に存じました。殊に三笑狂言にて評判よきながら、入不申残念」とあり、(19) 二番目を三笑が手がけたことが証明できる。

本作の特徴としては、まず、流行風俗が積極的に採り入れられていることが指摘できる。序幕の舞台となる浅草御蔵前八幡は、両国回向院、深川富岡八幡と並び、江戸における勧進大相撲の三大拠点の一つで、劇中では興行を翌日に控えたという設定になっている。実際に、本作上演のほぼ一年前の寛政元年三月には、田子ノ浦嘉蔵を勧進元とした興行が行われており、(20) 江戸の庶民にとって話題性のある設定であった。ちなみに、相撲関係で付言すると、主人公の明石志賀之助は、初代の横綱ともされる江戸時代前期の力士、作中志賀之助の師とされる志賀清林は、行司の祖ともされる奈良時代の人で、いずれも伝説的な人物である。また、本作で登場する重宝、「一味清風」の相撲伝授の一巻は、作中では志賀清林が元祖吉田追風から譲り受けたものとされるが、吉田追風は、近世期に横綱免許の権利を持った吉田司家が代々名乗った名前で、同家の伝承では、元亀年間（一五七〇～七二）に関白二条晴良から「一味清風」の四字が記された団扇を与えられたという。寛政元年十一月には、十九代吉田追風によって初の横綱免許が小野川喜三郎と谷風梶之助に与えられており、(21) 三笑はこうした時事的な話題を早速自作に利用したのである。

同じく序幕では鹿茶屋の道具が設けられている。鹿茶屋は、寛政頃、江戸浅草の広小路にあった、鹿などの動物を見せる見世物のことで、正徳鹿馬輔作、寛政十一年（一七九九）自序の洒落本『猫謝羅子』にも、「今浅草の広小路に、鹿茶屋孔雀茶屋、両国の広小路に珍物茶屋ありといへども」という記述がある。(22) さらに、同じく江戸庶民に人気のあった見世物としては、独楽廻しの松井源水もセリフの中に登場する。(23)

そして、特に注目できるのが、小吟（四代目岩井半四郎）、小伝（大谷徳次）といった小比丘尼の風俗を作中に描いた点である。小比丘尼については、『只今御笑草』（二代目瀬川如皐著・画、文化九年〈一八一二〉自序）の「歌比丘尼」の項に次のようにある。(24)

> 小比丘尼は、そまつなる木めん布子にて、きやはんはき、手おひかけて、うしろへ垂れのある常の角頭巾、黒もめんにてつくりたるをかむり、五合程も入るべき柄杓の柄のみじかきを持たるが、年のころ六ッばかりなるより十一二比迄の小びくに三人り四人りうちつれ、（中略）町々門々へ来てうたひける、唱歌よくも覚へねど、
>
> 鳥羽のみなとに船がつく、今朝のおゐでにたからの舟が、大こくとおゐびすとにつこりと、くわん（チト）おやんなん、

傍線部に「くわん（チト）」とあるが、「くわん」とは「勧進」の略で、歌比丘尼の決まり文句である。道外形の大谷徳次が演じる小伝のセリフには、「わしや小伝といふ歌びくに、ちとくわん〳〵、くわんにんしてやらしやんせ」（東大本）というものがあるが、「勧進」を「くわんにん（堪忍）」に捩ったおかしみとなっている。歌比丘尼は、宝暦から安永にかけて流行した風俗で、(25) 本作上演時には既に廃れてしまっていた。三笑は、この失われた風俗を舞台上に生き生きと再現してみせたのであるが、下手をすると流行遅れになってしまいかねないこの趣向が大評判を得ることができたのは、小吟を演じた岩井半四郎の仕内に巧みな工夫を凝らしたからである。

本作二番目において、半四郎は小伝のほかに志賀之助の妻おさよの役も勤めていた。半四郎は、上演当時四十三歳である。初めに年相応の役柄である、おさよとして登場した半四郎が、次に一転して初々しい小比丘尼の姿で現われ、その鮮やかな変身ぶりを見た観客は、驚いたものと想像できる。

四代目鶴屋南北作の『隅田川花御所染（すみだがわはなのごしょぞめ）』（文化十一年〈一八一四〉三月、市村座初演）の清玄尼について、三浦広子氏は『歌舞伎登場人物事典』（白水社、二〇〇六年）で「清玄尼の恋は、四代目岩井半四郎が『うれしく存曽我』で演じた小比丘尼の恋の趣向を取り、五代目半四郎の尼の恋としたものである」と述べている。尼僧の恋という点で、南北への影響が指摘されているが、さらに具体的な南北作との類似を指摘することができる。次に掲げるのは、序幕第一場（東大本）において、清林（市川富右衛門）や太兵衛（市川松蔵）が、稼ぎが少ない小吟に仕置きのため焼き煙管を当てようとする場面である。

松〔太兵衛〕　合点だ〳〵。

卜左リの腕の二の腕迄まくる。富右衛門〔清林〕、やけぎせるを持てかゝる。

富右衛門〔清林〕（略）太兵衛殿、うでをまくらしくれ。またつしゃれ〳〵、こいつが腕には彫物が有。

卜半四郎〔小吟〕身をもがく。

富右衛門　ヤア、、鐶菊がべつたり彫て有。コリヤ、誰やらの紋だのふ。

松　こりや是、役者の沢村宗十郎がかへ紋だ。

小吟の袖の下から現れる鐶菊の彫物は、鐶菊が志賀之助を演じる宗十郎の替紋であることから、すなわち小吟の志賀之助への恋慕の情を示したものである。南北作の『桜姫東文章（さくらひめあずまぶんしょう）』（文化十四年〈一八一七〉三月、河原崎座初演）

において、四代目半四郎の子、五代目半四郎は桜姫を演じるが、権助を慕う桜姫の腕には「鐘に桜の彫物」が刻まれている。南北へと継承されたこの趣向は、彫物の主が幼い少女であるだけに、より頽廃的で鮮烈な印象を与える。

さらに、同じく序幕第一場（東大本）において、小吟が丹波屋助太郎に売られる時、清林が小吟の頭巾を取ると、比丘尼の坊主頭ではなく、美しい黒髪がはらりと現われる。

富〔清林〕（略）がきめ仕事にせふと思ふから、是見さつしやれ、まだ髪もそらずにおいて有わいのふ。
　　ト半四郎〔小吟〕が頭巾を取と、みだけ髪をざつと結んでつくねて有。此結び髪ほつれてたれるしかけ。

団〔助太郎〕こりやよいわい。おらは又、髪が切て有と思ふたが、なをかわゆらしう成た。

ここでも、観客の予想を見事に裏切る演出が採られているのである。このように、歌比丘尼という社会の底辺の人物への着目と、小吟の人物造型の中に窺える頽廃美は、三笑の弟子南北の「生世話」にも通じる。

南北へと繋がる要素は、次のような場面でも窺える。中幕第二場において、八嶋（瀬川富三郎）は、自分の正体を知ったぶゑんの八（中島和田右衛門）に、肴を食べさせるふりをし、口を開けた八の喉を箸で突いて殺害する。その殺しの過程は、抱谷文庫本では以下の通りに描かれる。

富三〔八嶋〕肴をせうかへ。
和田〔八〕ちよびといきたいね。
　　ト①富三郎〔八嶋〕、あたりを見ると、弐重ぶたいにある八寸に乗せたすゞりぶたをとつて来り、はしをとつて下の方へすて、

富三　モシ〳〵、よい肴が有ルわいなア。
和田　すゞりぶたかな。ぞんざいなやつらだ。是にやア、はしがない。
為三〔伊太郎〕二本ゆびのちよひつまみなぞは、先生いかに。
和田　女郎衆の座敷で、そりやあざつだ。
富三　それ〳〵やつぱり、わたしらがいつもの是がよいわいなア。
　ト②つむりにさした、長ィ銀のかんざしをぬいて見せる。
和田　りちぎにはしで喰ふより、その方がありがたいの。小串にせうか。
富三　此あわびがよかろうぞへ。
和田　かた思ひで気になるね。
為三　わしやあ、又思ひに玉子が喰ひたいね。
富三　そんなら、おまへのすきな此鯛の切身になんせ。
　ト③かんざしへさす。
和田　爰へおくれ。
富三　わたしがあげるわいなア。
和田　そんなら、すぐに口へかへ。こいつはよい。
富三　サア、口を明んせ。
和田　そりや、ア、、。

まず、八嶋が肴の乗った硯蓋を取るが、その際わざと箸を落とす（傍線①）。次に、箸の代りに頭の簪を抜いて

（傍線②）、鯛の切身を簪へ刺し口を開けるように促す（傍線③）。小道具を効果的に用いるのは三笑の特徴の一つであるが[26]、このように段取りを丁寧に描くのは南北にも共通する作風である。なお、東大本にもこの場面があるが、抱谷文庫本ほど丁寧に描かれていない。そして、この続きのト書きには次のようにある。

ト和田右衛門〔ぶゑんの八〕口を明て出ス。富三郎〔八嶋〕かんざしの肴を口へあてがい、見すまして、ぐつとかんざしをのどへつき込む。わだ右衛門、ウントたをれる。為三郎〔伊太郎〕、びつくりしてとびのく。富三郎も退てふるへ、奥は獅子のさわぎになる。わだ右衛門、おき上り、のどのかんざしをぬかんとしても、ぬかれぬこなしにて、富三郎、為三郎をとらゑんとおひまわす。とゞ、和田右衛門、のどのかんざしを引ぬき、物をいわんとしてもいわれぬこなしにて、むせうにわからぬ捨ぜりふをいふ。（後略）

肴を食べさせようとする先の引用部の一連の流れが自然であるだけに、その直後の、簪を喉へ突き刺すという突然の新展開との落差が大きくなり、観客に驚きを与える。三笑は、作品にメリハリを与え、観客の興味を維持することを重視した作者である[27]。観客の意表を突く作劇については、小吟の黒髪の演出にも見られたが、三笑の特徴の一つと言えるかもしれない。さらに、簪を突き刺した後の展開も興味深い。「さわぎ」は、廓の場面で使われる華やかなテンポの速い下座音楽であるが、それに乗って、ぶゑんの八は、八嶋、伊太郎を追い回すなど滑稽な動きを見せる。おかしみの要素を盛り込んだ、この殺し場から感じられるある種の「毒」は、後の南北の作品を連想させるものである。

この当時、勝俵蔵を名乗っていた南北は、低い地位ではあったが、本作の狂言作者として名前を連ねていた。南北の根底に流れる作劇術は、師匠である三笑の下で、こうして培われていったのであろう。

まとめ

以上、金井三笑作の『卯しく存曽我』について、第一に抱谷文庫本と東大本の比較を試み、「七五三」の墨書のある東大本が、上方の作者の書写によるものであるとの結論を得た。その筆者が、奈河七五三助である可能性も指摘したが、それをさらに裏付けるためには、本作以外の「七五三」本の事例も調査することが不可欠であろう。

第二に、本作の特徴を分析し、四代目鶴屋南北との共通性を指摘した。抱谷文庫の所蔵者である大久保忠国氏は、本作について次のように述べている。「並木五瓶の東下以後江戸に流行した二番目の世話狂言の形式が、すでに大体整っている点で、歌舞伎狂言史の上でも注目すべき作品であると思う[28]」。この見解に加えて、さらに、南北の作品の源流としての価値を本作に与えられるであろう。

【注】

（1）大名題の表記は、役割番付の記載に従った。また、「卯」に対する読みの「おんうれ」については、『花江都歌舞妓年代記』（烏亭焉馬著、文化八年〈一八一一〉～十二年刊）において、本作の大名題が『卯しく存曽我』とあることによる。

（2）三笑が立作者を勤めていた、天明七年（一七八七）四月の中村座において上演された『けいせい井堤蒲』の台帳が現存しているが、ただし、この作品は泉屋正三（並木正三）作の『大和国井手下紐』（寛延二年〈一七四九〉十二月、大坂大西の芝居・三枡大五郎座初演）の再演である。本作については、第一部第三章第一節で詳述する。

（3）『増補新版　日本文学史5　近世Ⅱ』（至文堂、一九七五年）「第一章　歌舞伎」の「金井三笑」の項では、執筆を担当した大久保忠国氏が、本作『卯しく存曽我』について言及している。大久保氏は、三笑の台帳について「彼の脚本も安永以前のものは一編も触目しない。わづかにスケを勤めた天明以後の分を二編、それも欠本を見たのみである」と述べているが、この「二編」の作品名を具体的に挙げていない。このうち一編は「天明以後」としていることから、大久保氏自身が所蔵していた『けいせい井堤蒲』（天明七年所演）の台帳を指すと考えられる。残りの一編は、『卯しく存曽我』のことであるが、その台帳については「幸い二番目全三幕の台帳は残っている」としている。序幕、および中幕の途中までを記載した東大本のみでは、二番目の全幕が完備しないので、氏所蔵の抱谷文庫本を含めた記述であると言える。「全三幕」とあるが、おそらく抱谷文庫本の末尾に収録されている返し幕を一幕と考え、「序幕」「中幕」「中幕返し」の三幕としているのであろう。なお、先の引用の「欠本を見たのみ」とは、『卯しく存曽我』の一番目の台帳が現存していないことを指していると考えられる。

（4）子持枠。「かしく存曽我　共弐冊　上」の部分は墨書で、「か」の字に鉛筆書きで×印が付けられ、右横に「うれ」との訂正がある。「大惣かし本」の部分は、題簽の左下隅に四角で囲まれており、摺られたものである。

（5）上巻と同じく子持枠の題簽で、外題は墨書である。

（6）マイクロフィルムからの判断ではあるが、ある箇所では、一行分の不自然な空白が確認できる。紙片を貼り付けたものと考えられ、空白の左脇には、紙片によって隠しきれなかったと見えて、文字の一部がはみ出してしまっている。

（7）本作上演時には、地位は低いが、当時勝俵蔵を名乗っていた四代目鶴屋南北が狂言作者として名を連ねていた。南北の自筆としては、早稲田大学演劇博物館所蔵の「水滸伝曽我風流」と記された台帳の筆跡が知られ、『早稲田大学蔵資料影印叢書　第二十六巻　歌舞伎台帳集二』（早稲田大学出版部、一九九〇年）にも影印が載るが、その筆跡と本台帳の筆跡とは一致しない。

（8）鮮魚の意の「無塩」の字を当てるか。

（9）阿古屋の松を尋ねる藤原実方の逸話（『平家物語』巻二、『古事談』第二など）において引かれる古歌。『夫木和歌抄』巻二十九にも、よみ人しらずの歌として「みちのくのあこやの松に木がくれていでたる月のいでやらぬ哉」（寛文五年刊本による）の形で入集する。

（10）「名月や畳の上に松の影」の表記で、「元禄四年閏八月廿五日付智海宛其角書簡」に初出し（『宝井其角全集　資料篇』勉誠社、一九九四年）、『雑談集』（其角著、元禄四年〈一六九一〉成立）や『五元集』（其角著・百万坊旨原編、延享四年〈一七四七〉成立）などにも載る。

（11）東大本第一冊冒頭の役人替名には、「同（注、三ッ扇屋）若ィ者藤兵衛　喜十郎／同　百右衛門」とある。喜十郎は、東大本では若い者藤兵衛を演じているが、抱谷文庫本では姉輪平次を演ずるのみでこの役としては登場せず、東大本の藤兵衛に相当する役どころを、丁稚伊太郎役の浅尾為三郎が演じている。また、百右衛門は、東大本において役名不明の武士として登場する直前、役人替名にあるように三つ扇屋の若い者の役としても登場している。百右衛門のような下級役者が二役を演じるということは考えられず、また、抱谷文庫本でも、百右衛門はこの若い者の役で登場しているので、触れに現れる武士の役を百右衛門とするのは、東大本の筆者の誤りであると考えられる。

（12）抱谷文庫本の中では、団十郎は丹波屋助太郎の役で登場しないが、番付には十七兵衛とともに助太郎の役名も記されている。団十郎の父、四代目は、宝暦十三年（一七六三）五月、中村座で上演された『百千鳥大磯流通（ももちどりおおいそがよい）』三番目において、丹波助太郎という道外の役を演じた。この助太郎に清姫の亡魂が乗り移るのが、三笑作詞の大薩摩の所作事「夏柳烏玉川（なつやなぎうばたまがわ）」であり、後に『蛇柳（じゃやなぎ）』として「歌舞伎十八番」の内の一つとなった。『卯しく存曽我』の二番目大詰には、四代目団十郎の十三回忌追善として『鳴神雲絶間（なるかみくものたえま）』が上演され、五代目団十郎が鳴神上人を勤めている。本作の丹波屋助太郎は伊達男として描かれ、「夏柳烏玉川」の丹波助太郎とその役どころが大きく異なってはいるが、三笑は、四代目団十郎の十三回忌ということがもたらす効果を狙いつつ、四代目の当り芸の役名を五代目に与えたのであろうか。

（13）林道広がどのような素性の人物であるかは、東大本では明らかにされていない。朱子学者の林道春（羅山）をモデルにした命名であろうか。

（14）引用は、『歌舞伎年代記』（東陽堂、明治三十八年）によった。

（15）本作の辻番付に記された口上には、次のような一節がある。「当春狂言の儀、例年のごとく、曽我物語を奉入御覧候。

乍然、右そがに外の御家狂言をまじへ候趣向も不珍ら様、御ひゐ［き］の御方様の御申し成候ニ付、曽我一トすじの狂言に仕」（日本大学総合学術情報センター所蔵）。「曽我一トすじの狂言」とあるが、ほぼ時代を同じくする「曽我」と「平家物語」の「世界」を、三笑は別々の「世界」と捉えていなかったようである。

(16) 児玉竜一氏「大惣旧蔵歌舞伎台帳「大塔宮曦鎧」年代考」（『早稲田大学大学院文学研究科紀要　第二一集　文学・芸術学編』、一九九五年二月）、同氏「演博歌舞伎台帳『けいせい筑紫〓』小考」（『「朝顔日記」の演劇史的研究―「桃花扇」から「生写朝顔話」まで―』、「朝顔日記」の会、二〇〇三年）。

(17) 引用は、『新群書類従』第一（国書刊行会、一九〇六年）による。

(18) 渥美清太郎「「法界坊」系統記」（『演芸画報』昭和二年三月号）。

(19) 引用は、早稲田大学演劇博物館蔵本による。

(20) 飯田昭一氏編『史料集成　江戸時代相撲名鑑』（日外アソシエーツ、二〇〇一年）による。

(21) 以上、相撲関係の用語については、金指基氏原著『相撲大事典　第三版』（現代書館、二〇一一年）を参照した。

(22) 引用は、『洒落本大成』第十七巻（中央公論社、一九八二年）による。

(23) 東大本の序幕第一場では、仁田四郎の息女みつ姫（坂東鯛蔵）一行が、御蔵前八幡に参詣する場面が描かれるが、その部分の腰元のセリフには、

瀧次郎　此上に楠を見ながら、又奥山の源水がこまの曲。

伊三郎　御覧被成たら、程よふムり升ふ。

というやりとりが見られる。

(24) 引用は、『続燕石十種』第三巻（中央公論社、一九八〇年）による。なお、「歌比丘尼」とある見出しには、「今は絶てなし」との朱書きが添えられている。

(25) 『盲文画話』（猿水洞蘆朝著・画、文政十年〈一八二七〉自序）の「比丘尼」の項には、「安永末には、小比丘尼まで跡なく無く成て」とある。

（26）第一部第三章第一節参照。
（27）本章第三節参照。
（28）前掲『増補新版　日本文学史5　近世Ⅱ』。

第二章　天明・寛政期の江戸歌舞伎の諸相

第一節　江戸歌舞伎における台帳出版

——初代瀬川如皐作『けいせい優曽我』をめぐって——

はじめに

原則非公開である歌舞伎の台帳を、近世の庶民は主に二つの方法で目にしていた。一つは、貸本屋が所有する写本台帳を借りるという方法、そしてもう一つは、書肆が出版する刊本の台帳、いわゆる絵入根本を手にするという方法である。江戸の地では、筋書本である絵入狂言本の刊行が終息を迎えた宝永年間（一七〇四〜一〇）以降、歌舞伎を台帳という形式で享受することに、しばらくの間無関心であった。

刊行を終えた『歌舞伎台帳集成』全四十五巻（勉誠社、一九八三年〜二〇〇三年）は、安永年間（一七七二〜八〇）までの現在確認できる全ての台帳を収録している。そのうちの大半は上方所演のものであり、江戸の作品はわずか十点程度を数えるに過ぎない。最も古い江戸の台帳は、延享三年（一七四六）九月、中村座所演『面影砥水鏡』であるが、これは狂言作者が筆写した幕内のものである。[1] これに続く延享四年正月、市村座所演『玉櫛笥粧曽我』、宝暦二年（一七五二）七月、中村座所演『諸鞚奥州黒』も、初演台帳を写したやはり幕内系統の台帳であり、[2] 一般庶民が目にする術はなかった。対して貸本屋の台帳としては、名古屋の貸本屋大野屋惣八、通称大惣の旧蔵で、現在東京大学国語研究室に所蔵されている宝暦三年正月、中村座所演の『男伊達初買曽我』が最も上演年時が古い。大惣がどのような本を所有していたかは、早稲田大学図書館蔵『大野屋惣兵（ママ）衛蔵書目録』全十五冊から窺うことができ、(3)その第十一冊には、「芝居せりふ」と題して歌舞伎の台帳の書目が掲げられている。現在失われた作品の名も記されているが、この目録において確認できる一番古い上演年時の江戸の台帳は、やはり『男伊達初買曽我』である。つまり、大惣が旧蔵した最古の江戸台帳が現存しているということになる。

大惣の目録で『男伊達初買曽我』に次いで古いのが、安永二年（一七七三）十一月、中村座所演の『御摂勧進帳』であるが、この台帳も東大国語研究室が所蔵しており、(4)貸本屋系統の江戸の現存台帳としては二番目に古い。『男伊達初買曽我』から実に二十年も隔たった作品であり、大惣は明和年間（一七六四～七二）の台帳を所蔵していなかったことにもなる。目録では、安永年間の台帳はこの『御摂勧進帳』一本のみであり、天明年間（一七八一～八八）でも、同二年七月、中村座所演『伊達染仕形講釈』(5)と同八年正月、桐座所演『けいせい優曽我』の二作品しか確認できない。しかし、寛政年間（一七八九～一八〇〇）に入ると、同二年正月、市村座所演『卯しく存曽我』(6)を始めとして、目録掲載数が格段に増える。無論、名古屋の貸本屋の例であることを割り引かなければならないが、貸本屋の台帳が江戸で本格的に流通し始めたのは、寛政年間あたりからと推測できる。(7)

一方、出版された台帳に関して上方では、絵入狂言本が元文四年（一七三九）刊行の『けいせいあらし山』を最後に終焉を迎えた後、安永五年（一七七六）刊の『けいせい柳鶏明』、同六年刊の『伊賀越乗掛合羽』、『伽羅先代萩』、『天満宮菜種御供』といった狂言読本の刊行を経て、(8)天明四年（一七八四）刊の『思花街容性』を嚆矢とする絵入根本(9)へと展開していく。それに対し江戸では、絵入狂言本の流れを汲む芝居絵本や、草双紙の体裁に倣った狂言絵尽、狂言絵本のような、挿絵を中心にした後の絵本番付の前身となる刊行物(10)が出されるとともに、せりふ正本や音曲正本といった舞台上のある特定の見せ場を部分的に抽出した小冊子が盛んに出版された。江戸では、狂言の筋よりも役者の容姿や技芸を重視したため、台帳を公刊するという動きは、文化十二年（一八一五）の『正本製（じたて）』初編（柳亭種彦作、歌川国貞画）の刊行を経て、文政期（一八一八〜二九）以降、正本写という形態が定着していくまで、一部の例外を除いてほとんど起こらなかったのである。

この一部の例外というのが、『けいせい優曽我』の二番目の台帳を出版するという、星運堂花屋久治郎の試みである。赤間亮氏は『図説江戸の演劇書　歌舞伎篇』（八木書店、二〇〇三年）において、この出版台帳について次のように述べている。

「絵入根本」は、まれに江戸上演の狂言を題材にしていることもあったが、もっぱら出版地は大坂であり、江戸では流行をみなかった。しかし、江戸でも台帳刊行の試みが皆無というわけではなかった。天明八年（一七八八）「けいせい優曽我」はその例である。この作品には、続編の予告がされており、書肆の意気込みが感じられるが、あまり好評ではなかったらしく、予告された演目は、出版されることなく終わったと思われる。

本台帳は、歌舞伎の出版史の上でも特異な存在であるが、管見の限り先行研究では赤間氏の解説以外に言及はなく、詳細な検討はいまだ行なわれていない。そこで本節では、以下この台帳の特徴と出版背景等について考察していきたい。なお赤間氏は、本台帳の分類用語について、前掲書で「江戸の場合に根本という用語はあまりなじまないが、上方の刊行台本の名称である「絵入根本」と揃えて「江戸根本」としておく」と述べている。本稿でもこれに従い、「江戸根本」という呼称を用いる。

一　『けいせい優曽我』と日替り興行

『けいせい優曽我』（天明八年正月、桐座所演）の立作者は初代瀬川如皐である。如皐は、元文四年（一七三九）、大坂の振付師市山七十郎の子として生れた。市山七蔵を名乗る若女形として大坂の舞台を踏んだ後、明和四年（一七六七）に江戸に下り、二代目瀬川菊之丞の門下となる。瀬川七蔵、瀬川乙女と改名するが、役者としては大成せず、天明三年（一七八三）十一月、俳名の如皐を筆名とし狂言作者へと転向する。執筆活動のほとんどを実弟の三代目瀬川菊之丞と同じ一座で行ない、寛政六年（一七九四）に没した。なお、役割番付によれば、本作の二枚目、三枚目作者はそれぞれ曽根正吉、玉巻恵助、そのほか作者連名には、玉巻丘次（後の福森久助）、武井藤吉（後の本屋宗七）の名も見える。

本作で注目すべき点は、二番目において「お染久松」「お梅粂之助」の世話狂言が二日替りで上演されたことである。つまり、興行中のある日に「お染久松」の筋を上演したとすれば、その翌日には前日に替わって「お梅粂之助」の筋を上演するといったように、二つの世話狂言が交互に出されるという特殊な興行形態が採られたのである。この年度、桐座は三代目瀬川菊之丞と四代目岩井半四郎という、当代きっての若女形を二人も抱えていた。初日の「お染久松」では、娘役のお染を菊之丞、若衆役の久松を半四郎が、二日目の「お梅粂之助」では役柄を逆転させ、娘役のお梅を半四郎、若衆役の粂之助を菊之丞が演じている。こうした配役は、菊之丞、半四郎の双方にとって役柄の上での不公平を生じさせないものである。観客にとっても、当時を代表する二人の女形の娘役、若衆役という二つの側面が一日毎に見られるようになり、自然と興行の大入りにつながった。

こうした日替りの興行方法は、初代桜田治助作の『劇場花万代曽我（かぶきのはなばんだいそが）』二番目（天明元年〈一七八一〉三月、市村座）

において、「お夏清十郎」（初日）、「お千代半兵衛」（二日目）、「お半長右衛門」（三日目）の筋が三日替りで上演されたのを嚆矢とし、中期の江戸歌舞伎において流行を見る。特に、この作品の大切に上演された心中道行の浄瑠璃幕[11]（初日・「道行比翼の菊蝶」、二日目・「道行垣根の結綿」、三日目・「道行瀬川の仇浪」）は好評を博し、心中した恋人の物語を題材とし、最後に道行の浄瑠璃幕をつけるという形式が、以後の日替り興行の定型ともなっている。[12]天明期における浄瑠璃の隆盛と、江戸の世話狂言の発達に大いに寄与したと言えよう。『歌舞伎年表』をもとに、天明から享和年間（一八〇一～〇三）までの日替り興行を一覧にすると左の通りとなる。なお、上演年月は日替りの幕が出た時のものであり、作者の名前と各世話狂言における浄瑠璃の名題も合わせて掲げた。

○『劇場花万代曽我』（天明元年三月、市村座、初代桜田治助）

初日・お夏清十郎（富本「道行比翼の菊蝶」）、二日目・お千代半兵衛（富本「道行垣根の結綿」）、三日目・お半長右衛門[13]（富本「道行瀬川の仇浪」）

○『初暦閙曽我』（天明四年三月、森田座、宝田寿来・斎馬雪[14]）

初日・梅川忠兵衛（富本「恋飛脚」）、二日目・おさん茂兵衛（富本「情の水上」）

○『けいせい優曽我』（天明八年二月、桐座、初代瀬川如皐）

初日・お染久松（富本「浮名の初霞」）、二日目・お梅粂之助（常磐津「世噂翌雪解」）

○『江戸富士陽曽我』（天明九年〈寛政元年〉正月、中村座、初代桜田治助）

雁金五人男の筋を五節句の趣向で五日替りにし、常磐津の「清川文七曲輪の初髻」（初日）、「女蝶男蝶由縁の雛草」（二日目）、「お房徳兵衛浮名の色粽」（三日目）、「岩崎文七逢夜の文月」（四日目）、「お染久松妹背の菊酒」（五日目）が上演される予定であったが、初代中村仲蔵が病気休業したため、三月から二番目が『荏柄天神利生鑑』に差し替えられた。[15]

○『春世界艶麗曽我』（寛政三年二月、中村座、初代桜田治助・初代増山金八）[16]

　初日・三勝半七（常磐津「桜浮名朧夜」）、二日目・お花半七（常磐津「柳浮名春雨」）

○『初曙観曽我』（寛政六年二月、都座、初代松井由輔）[17]

　初日・小いな半兵衛（富本「侠客形近江八景」）、二日目・小菊半兵衛（富本「達模様吾妻八景」）

○『振分髪青柳曽我』（寛政八年正月、都座、初代桜田治助）

　初日・お半長右衛門（常磐津「帯文桂川水」）、二日目・お俊伝兵衛（常磐津「浮偕吾妻森」）

○『的当歳初寅曽我』（享和元年正月、河原崎座、初代桜田治助）

　初日・お七吉三（富本「花鳥朧乗掛」）、二日目・お房綱五郎（富本「月梅思春雨」）

　このように一覧にすると、ここに挙げた全ての日替り興行が、正月からの初春狂言で上演されていることに気がつく。中期の江戸歌舞伎の初春狂言では、客の入りが良ければ、幕の抜き差しを繰り返しながら、同じ大名題で五月二十八日の曽我祭まで興行を打ち続けるという慣習があった。興行側としては、最長で約五ヶ月にもなるロングランを目指し、客を呼び込むためにあの手この手の珍しい趣向を企画する。言い換えれば、初春狂言には、その興行期間の長さから自然と新しい試みを行いやすい条件が備わっているのである。

　また、右の一覧からは、初代桜田治助が多くの日替り狂言を手がけていることが分かる。治助は浄瑠璃の作詞を得意にした作者であり、一日毎に異なる浄瑠璃が舞台にかけられるこうした形式は、大いにその腕を発揮できるものであったと考えられる。特に、治助が『けいせい優曽我』の翌年の『江戸富士陽曽我』で、五日替りの趣向を用いていることには注目できる。二代目劇神仙著の『劇神僊筆記』には次のようにある。[18]「二番目五節句五日替リ二十五幕続ト云狂言。亡師、一生ノ精力ヲ尽シタレドモ」。「亡師」とは治助のことであるが、治助は並々ならぬ精力を込めて本作を手がけたようである。推測の域を出ないが、前年の初代瀬川如皐の『けいせい優曽我』の成功を受け、治助の心中は穏やかならざるものがあったのかもしれない。日替り狂言の本家としての面目躍如のため、あちらが二日替りならこちらは五日替りと、如皐に負けじと張り合う治助の姿が想像される。

さて、こうした日替り興行の流行は戯作にも波及した。天明元年（一七八一）の『劇場花万代曽我』の大当りを受けて、洒落本では、同年六月には早速、本作の評判記風の内容を持つ『三都仮名話（みつがなわ）』（闇連坊作）が際物として出され、翌天明二年の初春には、本作の見物客の様子を滑稽に描いた『世話双紙歌舞妓の華』（容楊黛作）が刊行された。黄表紙でも天明四年刊の『闇羅三茶替（やみらみっちゃがわり）』（芝全交作、北尾重政画）、同五年刊の『庚申待例長話（こうしんまちれいのながばなし）』[19]（勝川春旭画）がこの作に取材している。また、天明四年の『初暦閙曽我』についても際物の作品が確認できる。同年三月の万象亭の自序を持つ洒落本『二日酔巵觶（ふつかよいおおさかずき）』（北尾政演画）では、冒頭に初日の浄瑠璃「恋飛脚」の一部が台帳の形式で掲げられ、この芝居を見終わった忠兵衛が、船頭の茂兵衛とともに深川で馴染みの梅川、おさんと恋の駆け引きを見せるという設定になっている。さらに、天明八年の『けいせい優曽我』を受けて山東京伝は、お梅粂之助に、同年葺屋町河岸で興行した女軽業師の早雲小金や、久米仙人などを取り合わせた黄表紙『早雲小金軽業希術艶哉女僊人（えんなるかなおんなせんにん）』（北尾政美画、寛政元年〈一七八九〉刊）を手がけ、また桜川慈悲成作の黄表紙『ばけものつわもの二日替』（初代歌川豊国画、寛政二年刊）[20]の書名も、本作の二日替りの趣向を踏まえたものとなっている。江戸根本『けいせい優曽我』はこうした流れの中で出版された。

二　江戸根本『けいせい優曽我』の特徴

根本『けいせい優曽我』は、先述したように花屋久治郎の刊行によるもので、序文に「天明八申春」の年記があることから、同年中には上梓されたと考えられる。『けいせい優曽我』二番目の初日「お染久松」と二日目「お梅粂之助」の各幕が、一冊ずつ別々に計六冊の構成で企画されたとおぼしいが、今のところ全ての冊を確認できていない。計六冊としたのは、現存する各本が、次のような奥付を共通して有するためである。

初日　お染久松　　　　二日目　お梅粂之助
序幕　油屋の段　　　　序幕　高野寺之段
中幕　野崎村之段　　　中幕　さいがや之段
末幕　道行之段　　　　末幕　道行之段
右此度出来仕売出申候。此外古代より之趣向宜敷
正本、近日差出可奉御覧入候。以上。下谷竹町　はな久

以下、管見に入った諸本について簡単に述べる。なお、書型は諸本によって若干のばらつきが見られるが、中本と判断できる。

①國學院大學渋谷キャンパス図書館蔵本（〇九一・八-KA-九一二・五）
初日序幕「油屋の段」、初日中幕「野崎村之段」、二日目序幕「高野寺之段」を一冊に合綴。題簽は「ヤブレ狂言記読ヤブレ」（刷題簽）。「万弥」（墨長方印）、「甘露堂蔵」「竹柴金松」「雅楽堂」（以上、朱文方印）、「骨董舍」（朱印、象の絵）の蔵書印あり。

②東京大学総合図書館霞亭文庫蔵本（A〇〇-霞亭一〇二一）

二日目序幕「高野寺之段」の一冊。題簽は「ヤブレ狂言記読本　二日目」（刷題簽。ただし「二日目」は墨筆）。表紙に「かぶき狂言の／正本様に作りし物也／お梅粂之介也」の墨書あり。

③東京都立中央図書館特別文庫室蔵本（加賀文庫八〇二三・八〇二四）

初日序幕「油屋の段」と二日目序幕「高野寺之段」の二冊。題簽は、第一冊「油屋の段」が「ヤブレ狂言記読本」（刷題簽）、第二冊「高野寺之段」が「傾城優曽我　第二番目」（書き題簽）。また、第二冊は丁付で第三丁・第四丁の二丁分を欠く。

④二松学舎大学附属図書館竹清文庫蔵本（五五一五九六）

初日序幕「油屋の段」の一冊。後ろ見返しに「昭和十三年四月竹清補繕」の識語があるように、旧蔵者三村竹清が、裏打ち等の補修を施している。題簽は「けいせい優曽我（なとりそが）」（書き題簽）。表紙に「大綱／狂言記読本」、裏表紙に「青山／丹羽加賀守内」の墨書あり。「竹清・馬越文庫」（墨長方印）、「十文字文庫」（朱文長方印）の蔵書印あり。

⑤早稲田大学演劇博物館蔵本（ロ二三-一-一二七）

初日中幕「野崎村之段」の一冊。寛政三年（一七九一）正月、河原崎座所演『初緑幸曽我（はつみどりさいわいそが）』の絵本番付と合綴され、裏打ちの補修が施されている。他の諸本に見られる序文を欠く。なお、前掲『図説江戸の演劇書　歌舞伎篇』で掲げられている図版は本書のものである。

以上のように、初日の序幕・中幕と二日目の序幕以外の三冊（初日の末幕、二日目の中幕・末幕）が今のところ確認できていない。また、①②③の題簽と④の表紙墨書から、本書が「（大綱カ）狂言記読本」という書名で企画されたことが分かる。なお、『賞奇楼叢書』二期第三集（珍書会、一九一五年）に、初日序幕と二日目序幕のみが活字翻刻されている。

これらのほか、東京大学国語研究室には大惣旧蔵の四冊の写本台帳が残る。書型は半紙本で、第一冊の表紙右上には「〇弐百六十六」の貼紙がある。各冊の題簽に「お染久松傾城優曽我　一　油屋の段（弐　油屋の段下、三　野さき村の段、四　野崎村の段下）」（書き題簽。中央単枠）とあるように初日「お染久松」の台帳であるが、末幕の「道行之段」は収録しておらず、第四冊最終丁裏には「右狂言三幕之所、跡一幕、之者上るり故ニ相除申候。以上」とある。この台帳は、江戸根本を写したものであり、そのことは、本台帳第一冊冒頭の次のような箇所が明確に示している。

一龍ぞう　やれ〳〵、朝から人たへがなかつた。おのし達も子供も今のうちお昼にしやれ。
　　　　　トみな〳〵はいる。菊之丞、久兵衛をよび、久松が帰るをきく。
一龍　お染にたわむれ有。
一きく　すげなくいふ。
一龍　なが〳〵とくどく。
一きく　ふり切ておくへゆく。
一龍　引留てくどく。向ふより半四郎、久松にて出、門口ニうかゞふ。

このように、役者のセリフの部分に、本来ならト書きで示すべき内容が記されている。次に根本の同じ箇所を掲げる。

龍ぞう　やれ〳〵、朝から人たへがなかた（ママ）。おのし達も子共も今の内お昼にしやれ。

トみな〳〵はいる。菊之丞、久兵衛を呼、久松が帰るを聞。龍お染にたわむれ有。きくすげなくいふ。龍長〳〵とくどく。きくふり切ておくへ行。龍引留てくどく。向ふより半四郎、久松にて出、門口ニ伺ふ。

文章を追い込みにし、枠で囲んで発話者を示すという体裁は洒落本の典型であるが、東大蔵の台帳の筆者は、江戸根本のこうした叙述形式を、各セリフ毎に改行を施し、ト書きを数字分下げて記すという正本の形式に直そうとしたのである。なお、本台帳の各冊扉には「音吉」の蔵書印（墨楕円印）が見られる。使用者は不明であるが、この印の存在から、本台帳を筆写したのが大惣ではないことが指摘できる[21]。

次に根本『けいせい優曽我』の特徴について述べたい。第一に、洒落本の形式と正本の形式が融合していることが挙げられる。セリフを追い込みにして示すという点では、上方の絵入根本と共通するが、例えば『思花街容性』が、正本通りに各セリフの頭書に「一」（一つ書き）をつけているのに対し、本作ではこの「一」を省略し、洒落本のように発話者を枠で囲んでいる[22]。ただし、先の引用の「龍ぞう」のように、行頭に来る頭書については枠で囲まれていない。ト書きも、洒落本のように概ねセリフの後に続けて追い込みで書かれるが、引用のように改行して数字分下げる正本の形式も部分的に確認できる。つまり、正本の体裁に近づけようとしているものの、この形式では余分なスペースが多く生まれるためか、洒落本の形式も採り入れ、無駄を省いているという印象を受けるのである。このことは次に挙げる第二の特徴にも関係する。

左に掲げるのは、初日序幕「油屋の段」において、耳が不自由な油屋母妙寿（二代目坂東三津五郎）が、誤って荒物屋左四郎（五代目市川団十郎）を折檻する場面のト書きである。注目すべきは先の引用と同様、セリフのやりとりが省略されていることである。

是より、しめやか成るあい方ニて、三ッ五郎立て、団十郎がむなぐらを取て引すへ、泪をながし、やうせうより、段々おんの有事どもを言ひならべ、うらみの体。後に菊之丞、為三郎〔油屋多三郎〕、色〳〵なげき有、母の思の事共くやみいる。此仕内、様ママ〳〵成り、母はつんぼうゆへ、間ちがいにて左四郎をせつかんする。皆行替ひの仕内也。後に、幼少の時きせたる衣類を出し、皮羽織をぬがせ、ちいさき着物をきせ、つへにてたゝく。団十郎、仕内有。此所長し。後に、為三郎にたゝけと杖を渡す。為三郎うちかねるを、団十郎、かまわず打といふ。母はうたぬ故、はら立。

打擲に耐える団十郎の仕内は、一つの見せ場となるはずであるが、ト書きのみで筋の展開が説明されているのである。こうした省略は本書に散見し、さらに、傍線部の「此所長し」に類する表現は、他の箇所のト書きにも見受けられる。同じく初日序幕「油屋の段」に、

跡、門之介〔山家屋清兵衛〕、団十郎〔荒物屋左四郎〕、龍ぞう〔油屋番頭久兵衛〕、三人色〳〵有。此間せり合、よほど長し。

とあるほか、二日目序幕「高野寺之段」には、

是より団十良〔荒川源次兵衛〕と鉄五郎〔佐山大蔵〕、言葉ろん有。此所長し。お梅を首にして渡スか、たゞし関口流の印加を伝受するか、返答が聞たしとせり合。団十郎、いかにも不儀いたづらの娘、首にして渡さんといふ。不義の相手の粂之介が首も請取んといふせり合有之。

とあり、緊迫する場面となる「競り合い」のセリフが省略されてしまっている。また、初日中幕「野崎村の段」においても、半四郎二役の岩瀬が、お染の自害を止める場面に、

ト菊之丞をきつととらへて、是より異見長し。思入有。

とある。「此所長し」という表現からは、根本の記述をなるべく短くしようとする編者の意識を感じる。こうした省略は上方の絵入根本には見られない。極力少ない丁数[23]にしてコストを抑えようとしたものと考えられるが、それと同時に、正本の内容を正確に写し取ることには、必ずしもこだわっていないことが指摘できる。

第三の特徴は、例えば『思花街容性』など上方の絵入根本では、頭書やト書き中の人物名を役名で示すのに対し、この江戸根本では、ト書きで筋の展開が説明される際に例外は見られるものの、概ね役者名で表記されているということである。西洋の影響を受けた近代戯曲と異なり、江戸時代の台帳、とりわけ幕内系統の正本では、舞台での上演を前提とするため、人物名を役者の名で表記するのが一般的であった。上方の絵入根本ではそれを役名に置き換えることで、読者が物語そのものを楽しめるように工夫している。対して、役者の容姿や技芸を重視した江戸では、例えば、お染がどういう行動を取るかということよりも、お染役の菊之丞の演技に関心があった。人形浄瑠璃が発達した上方と、役者絵が発達した江戸との風土の違いに起因すると言える。ただし、視覚的な要素を重視する江戸で刊行された『けいせい優曽我』ではあるが、第四の特徴として、挿絵が、各冊冒頭の口絵一図のみしか掲載されていないことが指摘できる（図9）。これは上方の絵入根本と大きく異なる点である。コストの問題とも考えられるが、むしろ挿絵が少ないのは洒落本の特徴でもあり、本書が洒落本に準ずる出版物であることを示している。

三　江戸根本『けいせい優曽我』の出版背景

日替り興行における二番目の世話狂言の多くは、従来の江戸歌舞伎の慣習と異なり、一番目の曽我の世界から切り離されている。時代は下るが、『正本製』三編上（文化十四年〈一八一七〉刊）の口絵には、見開きで七代目市

川団十郎似顔の「暫」の図を掲げ、

面見せの吉例、暫くの一條はこと繁くして、拙き筆に書とれがたし。（ママ）よつて其肖像を写し、闕たるを補ふにこそ。

という一文が添えられている。(24) 顔見世狂言の「暫」のような、多くの登場人物が入り交じる複雑な筋は、江戸の庶民にも分かりづらいものであったようである。対して、日替りの世話狂言は、一番目から独立した単純明快な筋であるため、根本にした場合、台帳を読むことに不慣れであっても容易に理解できたと考えられる。『けいせい優曽我』は、題材の点で公刊に適していた。では、なぜ例えば大当りを記録した『劇場花万代曽我』では企画されず、本作が選

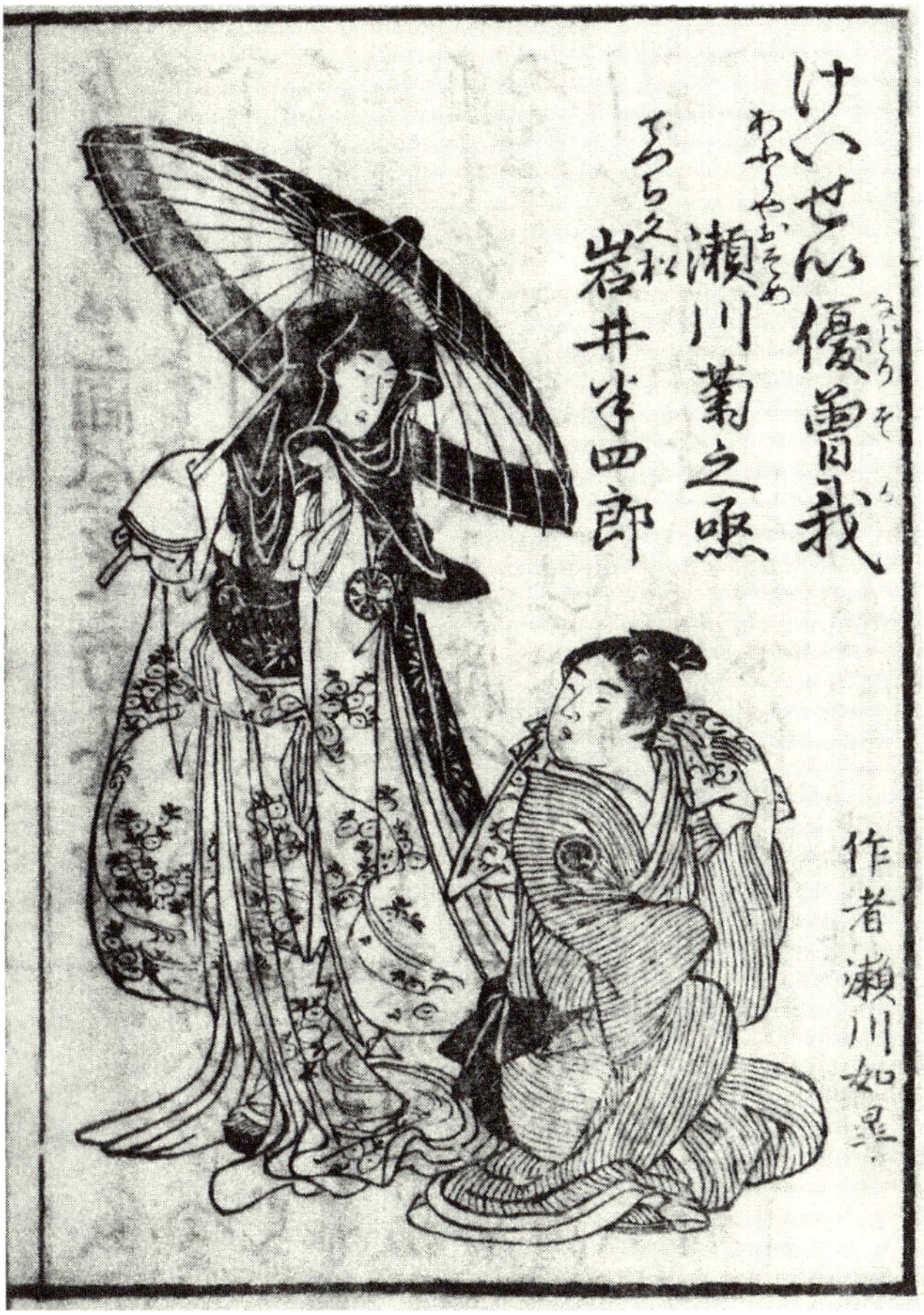

図9　江戸根本『けいせい優曽我』初日序幕口絵（國學院大學渋谷キャンパス図書館蔵、〇九一・八-KA-九一二・五）

ばれたのであろうか。

本書の版元、星運堂花屋久治郎、通称花久は『誹風柳樽』（明和二年〈一七六五〉初編刊）や『俳諧觿』（明和五年初編刊）といった俳書の刊行で有名な書肆であるが、断続的に劇書の出版も手がけている。『俳諧觿』初編の成功を受けて同書の体裁を役者に置き換えた『役者今文字摺』（今日堂大入序、明和八年刊）や、「瀬川富三郎細評」を加えたその改訂版『役者信夫石』（波丈序、安永三年〈一七七四〉刊）、江戸歌舞伎の年中行事を解説した『芝居年中行事』（はじやう編、安永六年刊）、役者の芸談集『東の花勝見』（永下堂波静編、文化十二年〈一八一五〉刊）があり、他に劇書ではないが、狂言作者並木五瓶の編による遊里語彙の解説書『誹諧通言』（永嘉亭波静跋、文化四年刊）も大坂の正本屋利兵衛との相版で刊行している。(25)

花久の劇書の多くには、波静（波丈）という人物が関わっているが、この人物について、三升屋二三治著、嘉永元年（一八四八）成立の『作者年中行事』には、次のようにある。(26)

> あふむ石と名を付たるは、天明の頃、浪静といふ人、名を付しといふ。浪静を本性（ママ）弥源次といふ。（中略）此老人、立川焉馬と同じく、日頃芝居の楽屋に遊ぶ。

「弥源次」とあるが、『諸家人名江戸方角分』（三代目瀬川富三郎編、文化十四～十五年成立）には「波静　徳寺前　日下辺弥源二」とあり、下谷広徳寺前に住む俳人であったことが分かる。(27)なお波静は、花久の劇書以外にも『芝居贔屓方言』（別名『芝居浅黄染』、夢中山人著、安永六年刊）に挿絵二図と跋文を寄せ、瀬川菊之丞三代の年代記『菊家彫』（安永八年刊）や、沢村宗十郎四代の年代記『沢村家賀見』（文化十一年刊）を編述している。

さて、根本『けいせい優曽我』の序文には、

> 昔より作者多しといへども、作をして芸をしらず。爰に瀬川如皐は、芸を知て作をなすゆへ、其意味甚深し。

去年の顔見世の繁昌も此人の手柄にして、ひゐき連中より幕を引しははなぐ\しく、古今役者へ幕の進上あれども、作者ニ幕の始成べし。此度の大入も、おそめ久松、お梅久米之助の奇作、今をはじめぬ路考の当り、杜若の評判、二日はおろかいつ迄も、あかぬ趣向をそこ爰と書綴たる小冊は、好人達の詠にそなへ、春の眠気をさますのみ。

なみその

天明八申春

とあるが、ここで注目したいのは、この序文を書いた人物のことである。伊原敏郎は『歌舞伎年表』の『けいせい優曽我』の条において「この正本、波静の序文をつけて出版せらる」と述べ、「なみ」を波静のこととしている。根拠が明らかにされていないが、花久と波静の関係の深さを考慮すると蓋然性は高い。波静は、焉馬と並ぶほどの芝居通であったが、とりわけ瀬川家と懇意にしていたようである。波静は、『役者信夫石』において初代瀬川富三郎（後の三代目菊之丞）の評文を記し、菊之丞三代の年代記『菊家彫』も手がけている。特に、この『菊家彫』に収録される三代目菊之丞自筆の「四季画賛」の由来について、「過し頃予許へ送られたる有文庫のうちに見あたりしを、そのまゝ梓にちりばめぬ」と述べ、その親交の深さを窺わせる。『けいせい優曽我』の主演は菊之丞、そして作者はその実兄の如皐である。つまり花久は、波静を仲介にして本作の正本を手に入れ、役者、作者の認可を得たのではなかろうか。ただし、これだけでは台帳は出版できない。太夫元、すなわち劇場側の許可も必要とされるはずである。

宮武外骨は『改訂増補 筆禍史』（朝香屋書店、一九二六年）において、筆禍を蒙った書物として享和三年（一八〇三）刊、篁竹里著、初代歌川豊国画の『絵本戯場年中鑑（えほんしばいねんじゅうかがみ）』を挙げ、

劇道の秘密を漏らせしとて「芝居太夫元より擦当を受け絶版となりしものと伝ふ」と浅草文庫蔵本の添書に

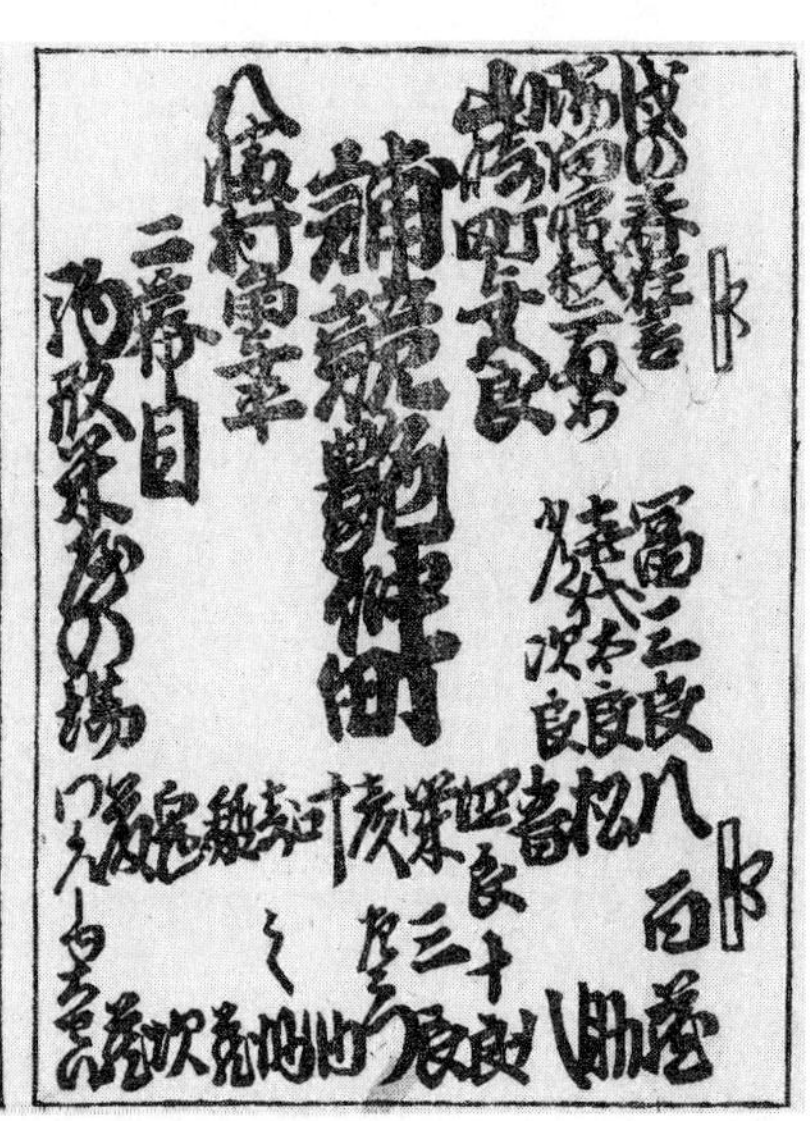

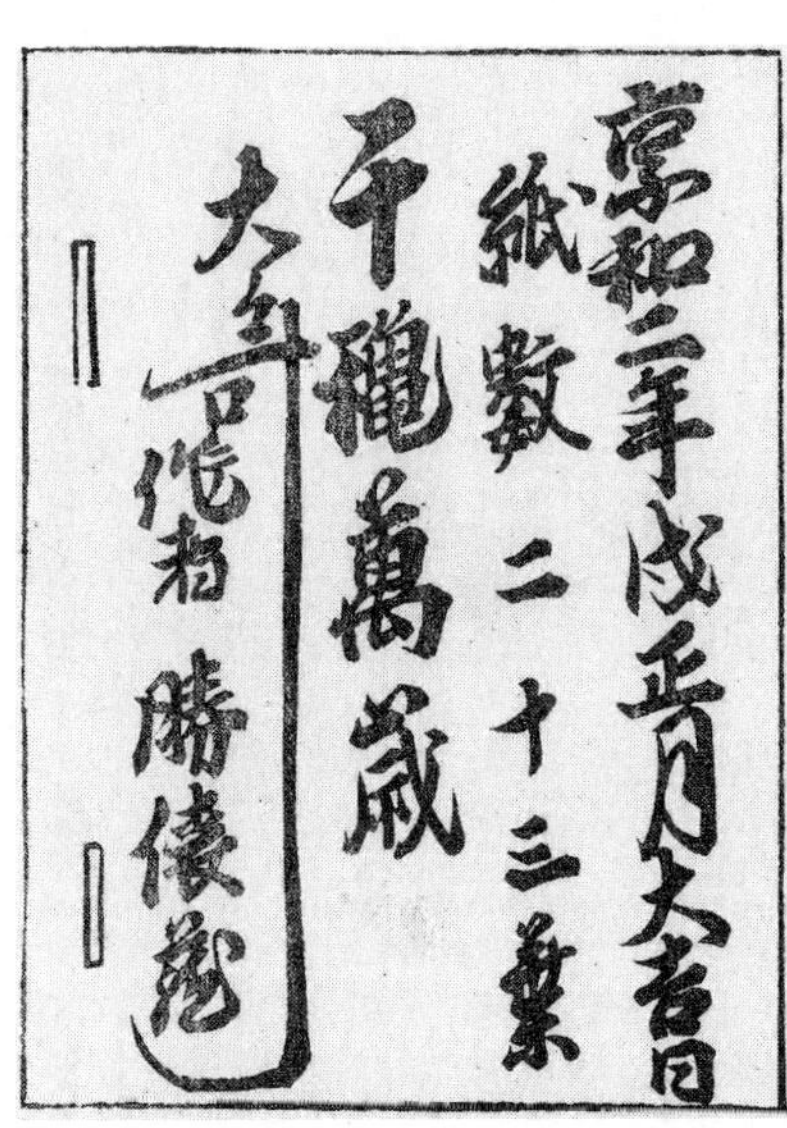

図10　『絵本劇場年中鑑』「正本のうわ書の図」（白百合女子大学蔵）

> あれど、此類の羽勘三台図会、芝居年中行事、戯子名所図会、戯場楽屋図会、戯場訓蒙図彙等、此前後に於て刊行されしもの多くあるに、何等の事なくして、只特に此書のみが擦当を受けしといふこと、其真否判定し難し。

と述べている。本書のどのような箇所が問題とされたかは不明であるが、その一つの可能性として、下の巻における「正本のうわ書の図」を指摘したい（図10）。同図は、享和二年正月、中村座で上演された『誧競艶仲町』の正本の表紙、裏表紙の図である。表紙には中央に大名題、左側に場面名を掲げ、下部に役者の名前を並べる。裏表紙には「享和二年戌正月大吉日／紙数二十三葉／千穐萬歳／大々叶　作者　勝俵蔵」とあり、上演年月や担当作者名を記す。江戸の幕内の正本の典型的な形式である。

式亭三馬は、奇しくも『絵本戯場年中鑑』と同じ享和三年に、同様の幕内紹介書『戯場訓蒙図彙』を上梓しているが、その巻三には「正本の写」として、やはり台帳の図が掲げられている（図11）。『けいせい優曽我』の二日目序幕

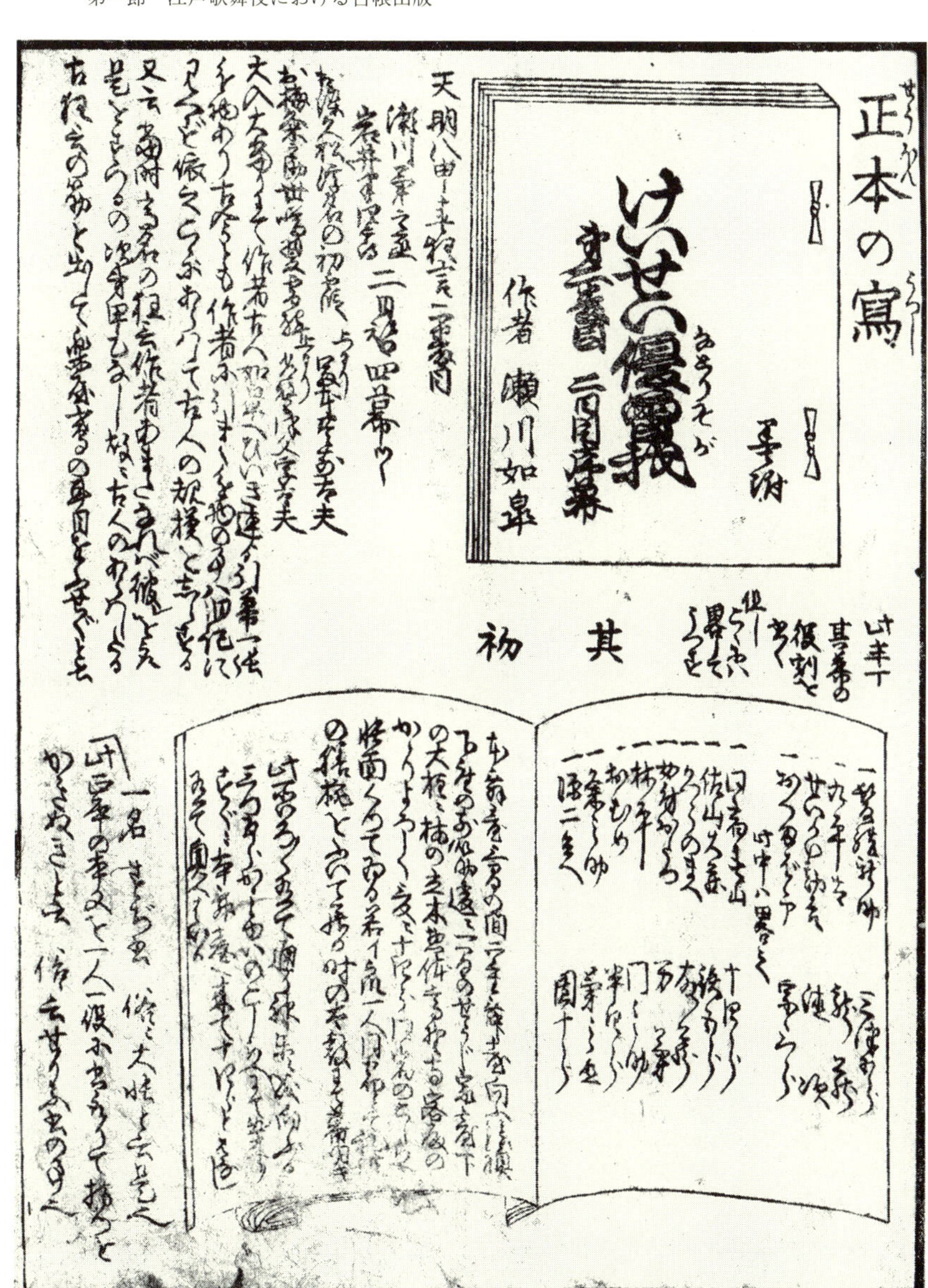

図11『劇場訓蒙図彙』「正本の写」（個人蔵）

の表紙の図と、その本文の三箇所（「其初」「其中」「其後」に分ける）の図が描かれているが、この図には三馬らしからぬ誤りがある。すなわち、表紙の図には「墨附／けいせい優曽我／第二番目　二日目序幕／作者　瀬川如皐」とあり、また、「其初」の図の右半丁には役人替名が掲げられ、「此半丁其幕の役割を書く」との説明が添えられているのである。これらは上方の正本の特徴であって、江戸の形式ではない。(28) 三馬は、文化六年（一八〇九）刊の読本『弁天利生建久女讐討』（与鳳亭梧井作、盈斎北岱画）に序文を寄せ、「むかし俳優の楽屋に登りて、正本の紋きり形を諳たりし」と述べている。「むかし」がいつのことを指すかは明確でないが、三馬ほどの芝居通が、『戯場訓蒙図彙』執筆の時点で正本の現物に触れたことがなかったとは考えにくい。意図的に間違えたとするのが妥当であろう。つまり三馬は、『絵本戯場年中鑑』のように正本をありのままに掲載すると、太夫元より「擦当」を受けてしまうことをよく知っていたからこそ、あえて上方の形式に変えたと考えられるのである。さらに、最近の上演作ではなく、享和三年から見れば十五年も前の『けいせい優曽我』が選ばれたことにも注目できる。本作は既に花久の根本(29)が刊行され、版権の問題をクリアしていたし、そもそも享和三年当時、本作を上演した控櫓の桐座はなく、本櫓の市村座に戻っていた。つまり、『けいせい優曽我』は「擦当」を受ける心配のない作品であったのである。三馬は、寛政十一年（一七九九）刊の黄表紙『夫南木是嘘気侠太平記向鉢巻』において、前年の山王祭で起こった火消人足の喧嘩を題材にしたことで筆禍を蒙っており、自身の著作に慎重な姿勢をとったと推測できる。三馬が「正本の写」に払った細心の注意は、劇場側が正本に持つ権限の大きさを物語っている。

では、根本『けいせい優曽我』は、どのようにして版権の問題を解決できたのであろうか。それには、本作の上演が控櫓の桐座であったことが関係していると考えられる。桐座は、市村座の退転によって天明四年十一月から興行を開始するが、それに伴い、劇場関係の版元にも変化が見られる。劇場と提携し長唄等の正本を刊行していたのは、市村座の時は和泉屋権四郎であったが、それが桐座になると冨士屋小十郎へと変る。また、劇場の直営で番付等の刊行を担っていた版元も、中嶋屋伊左衛門から松本屋万吉へと移る。いずれも、芝居の出版物では経験の浅い版元である。こうしたところに、花久が介入する余地があったのではなかろうか。桐座の興行が、天明八年十一月までであることは当初から定められており、(30)『けいせい優曽我』はその最終年度での上演であった。控櫓としての役目の終りも迫り、劇場側としても許可を出しやすかったと考えられる。

まとめ

以上、従来ほとんど採り上げられることのなかった江戸根本『けいせい優曽我』について、考察を試みた。本書は、波静と瀬川家の親交や、控櫓の桐座での上演作であったことなど様々な条件が揃ったからこそ刊行できたのであろう。奥付に「此外古代より之趣向宜敷正本、近日差出可奉御覧入候」との予告が出ながら、続編の刊行が実現に至らなかったのは、この種の根本が江戸庶民に受け入れられなかったことも原因の一つであろうが、それとともに版権等の問題を解決できなかったという事情も想定できる。さらに推測すれば、この予告において、普通なら「新作の正本」とありそうなところを、あえて「古代より之…正本」としているのも、新しい上演作品を即座に刊行するのが難しいことの裏返しであると考えられるのである。

台帳の公刊は、その後、正本写という形で江戸の地に定着する。当初正本写は、興行が当った時に、それに便乗して企画されるものであったが、柳水亭種清の時代になると、作品の上演とほぼ同時に刊行されるようになる。原稿は上演に先だって作成され、興行に携わった狂言作者が直接筆を執る場合も多かった。正本写は興行の宣伝物として、即時性が求められるようになったのである。(31)台帳の出版をめぐって江戸歌舞伎が行き着いた先は、上方の絵入根本の読み物としての在り方とは明らかに異なる方向であった。

【注】

（1）『歌舞伎台帳集成』第七巻（勉誠社、一九八五年）の大橋正叔氏解題による。

（2）『玉櫛笥粧曽我』については、『歌舞伎台帳集成』第四十三巻（勉誠社、二〇〇三年）の加藤敦子氏解題、『諸鞚奥州黒』については、同第八巻（勉誠社、一九八五年）の丸西美千男氏解題による。

（3）柴田光彦氏編『日本書誌学大系27（1）大惣蔵書目録と研究　本文篇』（青裳堂書店、一九八三年）に、各書目の現在の所蔵先と函架番号を並記した翻刻が備わる。なお、柴田氏は本目録の成立について「胡月堂大野屋惣八が、明治三十一年（一八九八）頃に廃業して蔵書を処分する際に作成したものか」としている。

（4）そのほか、国立国会図書館、早稲田大学演劇博物館、国立音楽大学にも台帳が残るが、これらは大惣の旧蔵ではない。

（5）大惣旧蔵の台帳は現存しない。なお、早稲田大学演劇博物館に享和三年（一八〇三）二月、中村座で再演された時の台帳が残っており、大惣が所有していた台帳もこの再演時のものであった可能性がある。

（6）大惣の目録には『嬉敷存曽我』とある。第一部第一章第四節参照。

（7）鈴木圭一氏は「国立国会図書館蔵・函架番号一一四番『劇場台帳』―読み物としての歌舞伎台帳　その二―」（『鯉城往来』第8号、二〇〇五年十二月）において、国会図書館所蔵の叢書『劇場台帳』が所収する全九十七点の台帳が、貸本屋系統のものであるか否かを印記等の調査から分析している。同論考掲載の表からは、文化文政期（一八〇四～二九）には、江戸の台帳が貸本として非常に多く流通していたことが窺える。なお、『劇場台帳』所収の台帳のうち、最も古い貸本屋系統の江戸の台帳は、寛政九年（一七九七）閏七月、桐座所演の『月武蔵野穐狂言（つきはむさしのあきのせわごと）』である。

（8）狂言読本については、河合眞澄氏「狂言読本―『伊賀越乗掛合羽』の場合―」（『演劇研究会会報』第25号〈一九九九年六月〉初出、『近世文学の交流―演劇と小説―』〈清文堂、二〇〇〇年〉収録）に詳しい。

（9）『日本古典文学大辞典』第一巻（岩波書店、一九八三年）の「絵入根本」の項目（土田衞氏解説）による。なお、『思花街容性』の根本は、管見の限り龍谷大学大宮キャンパス図書館にのみ現存し、奥付には「天明四年辰十月　大坂塩町心斎橋筋西へ入　書肆　稲葉嶋輔蔵」とある。口明中之巻を収録した「貳」以下の九冊を所蔵し、最初の一冊を欠く。同根本は享和三年（一八〇三）に『戯場言葉草（しばいことのはくさ）』と改題され、大坂の河内屋太助、塩屋長兵衛から再版されるが、この改題本は、天明四年本の舞台図のみの挿絵（役者が描かれていない）を松好斎半兵衛画の似顔の役者絵に差し換えている。絵入根本の要件の一つを役者似顔の挿絵を備えたものとするならば、天明四年本は正確には絵入根本と見なせないかもしれないが、ここではひとまず従来説に従っておく。

(10)　赤間亮氏『図説江戸の演劇書　歌舞伎篇』（八木書店、二〇〇三年）によれば、芝居絵本は享保十七年（一七三二）から元文（一七三六～四〇）末年頃まで、狂言絵尽は延享（一七四四～四七）初年から明和（一七六四～七一）末年頃まで、狂言絵本は安永・天明期（一七七二～八八）に刊行されたものを指す。

(11)　松葉涼子氏は、「演劇の『伊勢物語』享受―「桂川道行」を一例として」（『浮世絵芸術』一五六号、二〇〇八年）において、「治助は二つの道行を六人で演じる趣向をすでに明和八（一七七一）年中村座「朧月対染衣」で試みていて、本作ではそれが応用されていることになろう」と指摘している。

(12)　関根只誠編『東都劇場沿革誌料』の「九代目中村勘三郎」条によれば、天明三年四月七日には、町奉行の牧野大隅守から次のようなお達しが出されている（『歌舞伎資料選書・6』、国立劇場芸能調査室、一九八三年）。

歌舞伎狂言座並小芝居とも道行浄瑠理と唱へ、心中事或は猥ケ間敷所作仕間敷旨、前々より相触置候処、近来右様之振事致候由相聞、風俗にも拘り以之外之儀に有之、右は風聞而已にて候間、今般は吟味之不及沙汰に候間、以来はぬれ事と唱へ候所作は勿論、浄るり長唄総て音曲之類文談中に如何敷文句を書綴り申間敷候。若相背者於有之は、厳重之咎に可申付候間、心得違無之様申合、急度可申候事。

こうした禁令が出されるということは、当時いかに道行浄瑠璃が世間でもてはやされていたかを如実に示している。

(13)　三日のうち、「お半長右衛門」が最も好評を得たようである。山東京山は『蛛の糸巻』（弘化三年〈一八四六〉成立）下巻において、その様子を次のように伝えている（『燕石十種』第二巻、中央公論社、一九七九年）。

（前略）此時京山十三歳にて、おはん長右衛門を見物したるに、おはんが美容、猶今日にあり。長右衛門に扮し幸四郎は、近年うせたる幸四郎（注、五代目）が父也。踊りの手なかりしゆゑ、長右衛門の役をさせ、おはんがをどる間は、ただうでぐみして、おはんを殺す事のいたましきを心になげくさまみて妙也と人々いへり。か丶る事今はみず、戯場の盛なりしをしるべし。近来、鶴屋南北の後、狂言作者に桜田がやうなる上手もなく、役者も又然り、新作の狂言さらになし。

なお、『歌舞伎年表』によれば、天明元年七月、市村座において「時代と世話、二日替り」で上演された『室町殿栄花舞台』は、初日は権八小紫の世界、後日は「当春好評なりし「お半長右衛門 瀬川の仇浪」を役割まで其の通りにて、又々大当り」であったようである。また、本作は人形浄瑠璃の肥前座でも上演され、『万代曽我第二番目おはん長右衛門』の正本が現存する。

(14) 役割番付では二代目中村重助が立作者となっているが、絵本番付では作者として宝田寿来と斎馬雪の名が記され、重助は挙げられていない。なお、役割番付で寿来は二枚目の作者となっており、馬雪の名は見られない。ここでは絵本番付の記載に従った。

(15) 早稲田大学演劇博物館蔵の追番付（ロ二二―九―三）に記載された口上には、「中村仲蔵儀、正月中より病気ニ付、舞台相引罷在候。依之、仲蔵快気仕候迄、五日目狂言残し置、当三月節句より、右五節句の趣向を一日に取つばめ第壱番目ニ仕、わかやぎ曽我続狂言、冨士浅間荏柄天神利生鏡第弐ばんめ新狂言ニ取くみ、御覧ニ奉入候」とある。

(16) 役割番付には立作者として治助の名が記されている。ただし、抱谷文庫の後日の台帳の裏表紙には、当時二枚目の作者を勤めていた増山金八の名があり、実質的には、金八が二番目の二日替りを担当したと考えられる。本章第二節参照。

(17) 役割番付において立作者は瀬川如皐となっているが、「侠客形近江八景」「達模様吾妻八景」の稽古本内題下に二枚目の松井由輔の名があることから、由輔を作者とした。

(18) 引用は、鹿倉秀典氏「『秀鶴草子』―附「劇神僊筆記」―」による。

(19) 棚橋正博氏は『黄表紙総覧』前篇（青裳堂書店、一九八六年）において、本書の「こぞのはるふきや丁にてせし三日かわりのおちよを思ひ出し」という記述から、「これを頼りにすれば本書は天明二年に成立したことになる」と考証している。

(20) 棚橋氏は、『黄表紙総覧』中篇（青裳堂書店、一九八九年）において、本書の桜川杜芳の序文に「頭は申の年籠、尾は酉の年の新板」とあることから、「絵題簽の存在から、本書が本年寛政二年に刊行されたことは動かし難いが、成立は一年遡り天明八年（注、申年）中のこと、翌寛政元年（注、酉年）に刊行を予定していた作であった」と述べている。

(21) 大物は、本台帳以外にも『けいせい優曽我』の台帳を有していた。『大野屋惣兵衛蔵書目録』第十一冊には、「初日傾城優曽我／後日傾城優曽我／お染久松同　優曽我／（中略）傾城名取曽我」の書目が確認できる。傍線を引いたものが東大本に該当するが、それ以外は現存していない。

(22) これとは逆に、発話者に「一」を付けた正本風の体裁を採る洒落本もある。『蚊不喰呪咀曽我』（鳥亭焉馬作、安永八年刊）、『二日酔巵觶』（天明四年、万象亭自序）、『閨中狂言 廓大帳』（山東京伝作、天明九年刊）、『かしく六三良 見通三世相』（振鷺亭主人作、寛政八年刊ヵ）、『家満安楽志』（柳亭種彦作、文化五年刊）などがその例である。なお、安永三年刊の『蝶千鳥舞台鏡』について、赤間氏は「『歌舞伎図説』以来、安永三年正月中村座興行の「御誂染曽我雛形」の根本と認定され江戸根本の最初のものとされてきたが、配役からみて実際に上演されたものではない。書物の形態からいうと洒落本であり、（中略）内実は紙上茶番狂言ともいうべき書物群の一冊といえよう」（前掲『図説江戸の演劇書　歌舞伎篇』）と述べている。

(23) 各冊の本文の丁数は、初日序幕が十六丁、初日中幕が十二丁、二日目序幕が十六丁である。

(24) 引用は、国立国会図書館蔵本による。

(25) そのほか、『役者今文字摺』の奥付に「役者末広鏡　小本一冊　役者似顔彩色絵本、先達而出板仕候。御求御覧可被下候」の広告が載るが、この本は現在確認できない。

(26) 引用は、『日本庶民文化史料集成』第六巻（三一書房、一九七三年）による。

(27) 中野三敏氏編著『諸家人名 江戸方角分』（近世風俗研究会、一九七七年）解題による。

(28) 赤間氏は、『図説江戸の演劇書　歌舞伎篇』において当該箇所の図版を掲げ、「表紙に場立と作者名がある上、見返しには、役人替名があり、江戸式の正本になっていない」と述べている。

(29) 『戯場訓蒙図彙』に掲載される本文と、根本の本文は、表記や文言に若干の違いは見られるものの概ね一致する。ただし、根本が元にした正本を三馬も用いた可能性があるので、三馬が根本から引用したとは断定できない。

(30) 『東都劇場沿革誌料』市村座の部には「天明四辰年十月十八日、於御奉行所内寄合に、桐長桐仮芝居五ケ年之間願の通被仰付」とある。「五ケ年」とあるが、これは足かけ五年の意で実際の興行は賞味四年間であった。『戯場年表』天明八年の条には「十月十一日、桐座市村約定年限通り、当十一月より市村羽左衛門再興の儀、町奉行山村信濃守殿へ願候処、同十六日、御聞済」とある。

(31) 正本写については、佐藤悟氏「正本写略説」(『〈正本写合巻集・別冊〉正本写合巻年表』〈日本芸術文化振興会、二〇一一年〉収録)を参照した。なお、同論考で佐藤氏は、蔦屋吉蔵や山本屋平吉といった版元の刊行例から、「正本写の刊行に劇場が何らかの関与をし、権利化(株化)していた」との指摘をしている。

第二節　『春世界艶麗曽我』二番目後日考

はじめに

『春世界艶麗曽我』[1]は、寛政三年（一七九一）、中村座の初春狂言として上演された作品である。正月十五日付の役割番付の作者連名には、立作者に初代桜田治助、二枚目に初代増山金八、以下三枚目、四枚目に村岡幸次、木村園次、その他狂言方として、邑吾八、薗東八、武井藤吉、村松太左ヱ門の名が確認できる。[2]本作では、二月十七日から出された二番目において、初日「三勝半七」、後日「お花半七」の二日替りの興行が行なわれ（図12）、初日では三代目瀬川菊之丞が三勝、四代目岩井半四郎が半七を、後日では半四郎がお花、菊之丞が半七を演じている。[3]この二番目後日の「お花半七」の台帳が大久保忠国氏の抱谷文庫に残るが、管見の限り先行研究では扱われていない。そこで本節では、この台帳を分析し、書誌上の問題や作品の特徴等について考察していきたい。

一　抱谷文庫本の書誌

まず、本台帳の書誌情報を掲げる。なお、抱谷文庫は、所蔵者の大久保氏の没後散逸してしまい、現在、本台帳の原本の所在が知れない。本節では、国文学研究資料館所蔵のマイクロフィルム（ホ三一六〇一一）、および紙焼写真（H二六三七）を用いた。

〔体裁〕写本。半紙本。袋綴、三冊。縦本。

〔表紙〕原表紙。本文共紙か。外題、第一冊・第二冊「亥の春狂言／春世界花麗曽我／第二番目後日／お花半七序幕（中幕）」（直書）、第三冊「亥の春狂言／春世界花麗曽我／第二番目後日／浄留理／お花半七柳浮名春雨／常磐津連中」（直書）。下部に役者名の一覧を掲げる。

〔裏表紙〕第一冊「寛政三年／辛亥三月大吉祥日／帋員三十七葉／千穐万歳大々叶／作者増山金八」、第二冊「寛政三年辛亥／三月吉祥日／帋員三十五葉／千穐万歳大々叶／作者木村園次」、第三冊「寛政三年／辛亥三月大吉祥日／帋員十一葉／千穐万歳大々叶／作者増山金八」。

〔丁数〕第一冊・四十三丁（第十二丁・第二十三丁・第三十丁は表面のみ）、第二冊・三十七丁（第十一丁は裏面のみ）、第三冊・十一丁、総計九十一丁（表紙を含む墨付）。

〔行数〕第一冊・十七行～二十一行、第二冊・十五行～二十一行、第三冊・九行ないし十行（半丁全文が浄瑠璃の詞章である場合）。

〔筆跡〕第一冊と第三冊は同筆、第二冊はこれとは異なる別筆が二種、計三筆が確認できる。

〔その他〕印記なし。虫損がやや多い。貼紙訂正多数。

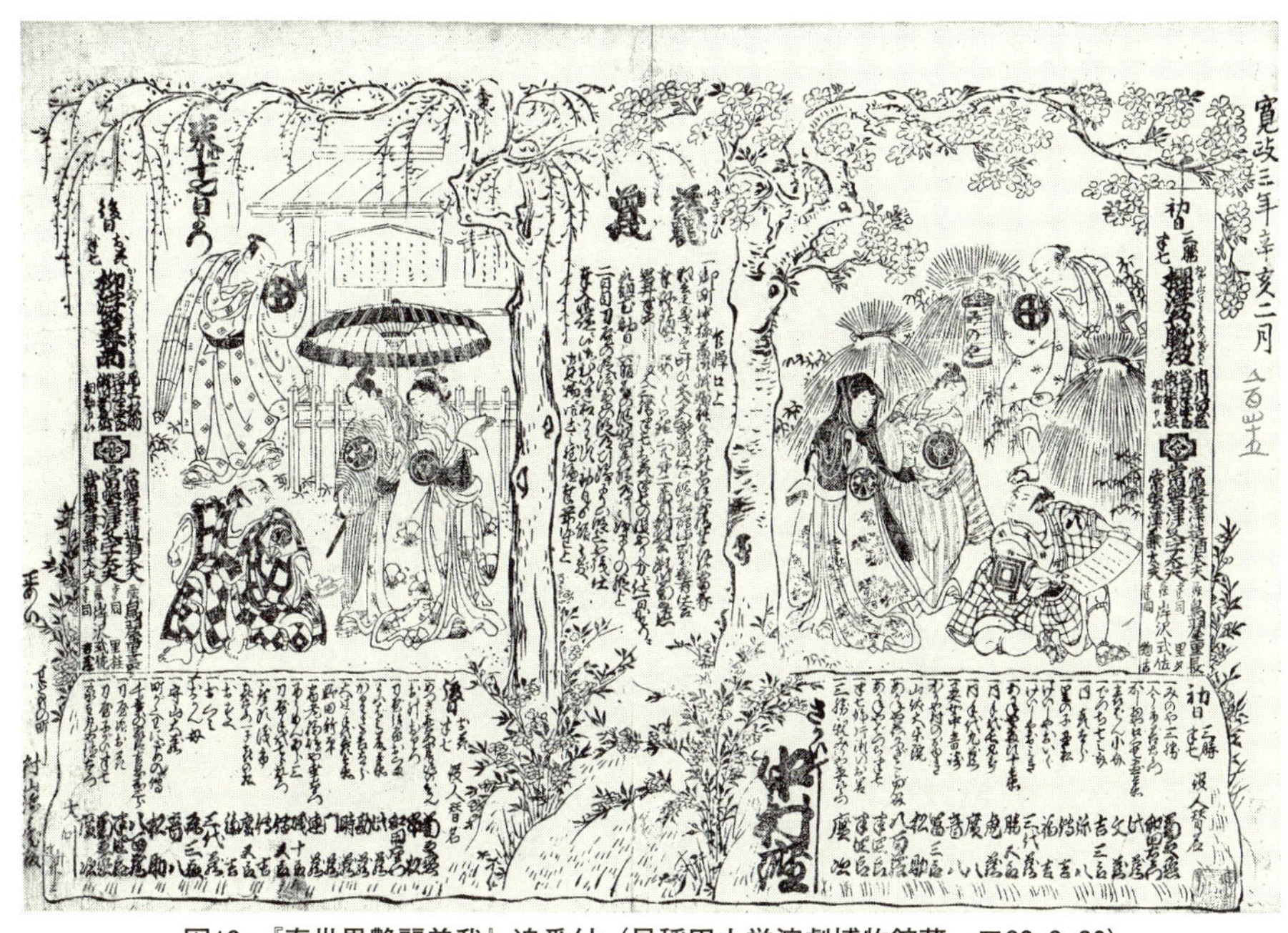

図12　『春世界艶麗曽我』追番付（早稲田大学演劇博物館蔵、ロ22-9-20）

表紙、裏表紙の形式や、貸本屋などの蔵書印が一切見られないことから、本台帳は幕内の正本であると考えられる。また、裏表紙の作者名から、本作の序幕と大切の浄瑠璃幕を増山金八、中幕を木村園次が担当したことが分かる。

増山金八（生没年未詳）は、金井三笑門下の狂言作者で、師三笑の活躍が下火になった安永、天明期において、それに代わるようにして頭角を現し、初代桜田治助に並ぶほどの名声を得た人物である。金八は、宝暦十二年（一七六二）十一月の中村座で初めて番付に登場し、明和五年（一七六八）十一月の同座で二枚目、安永三年（一七七四）十一月の森田座で立作者に昇進する。[4] 作品としては、本作の翌年の寛政四年（一七九二）十一月、河原崎座で上演された『大船盛鰕顔見世（おおふなもりえびのかおみせ）』[5]が特に有名で、この作で四代目岩井半四郎が演じた三日月おせんは、後の土手のお六といった「悪婆」の役柄の嚆矢とされ

図13　初代歌川豊国画「六代目市川団十郎のえびざこの十、四代目岩井半四郎の三日月おせん（『花三升吉野深雪』）」（早稲田大学演劇博物館蔵、201-5752）

る（図13）。近世中期のみならず、後世の歌舞伎にも大きな足跡を残した作者と言える。

木村園次（元文三年〈一七三八〉生まれ、没年未詳）は、後に木村紅粉助、木村園夫と改名した作者である。『作者店おろし』（三升屋二三治著、天保十四年〈一八四三〉成立）の「木村園治」の項には次のようにある。[6]

（注、村岡幸次と）同じ桜田の門にして、園夫といふ。俳諧を好み、松花堂を書。この人至てそ、くさしてせわしなき産れ、面体、口先、烏によく似て、仇名を烏といふ。浄瑠理の文よくして、歌道を学び、達作者勤て、常世（注、二代目小佐川常世）に付て、其後、団蔵（注、四代目市川団蔵）の下り年（注、寛政十年）より、三河屋付と成る。紅粉助と改名の年に、赤の□付、赤か羽織拵へて、新宿へ女郎買に行。道にて、人赤か形をみて、人々指さし笑ふ。赤イ姿は紅粉助の名故。実は六十一の賀といふ。

傍線部に「浄瑠理の文よくして」とあるが、園次の浄瑠璃の作品としては、「惹売」の現行曲である常磐津「両顔月姿絵（ふたおもてつきのすがたえ）」（寛政十年九月、森田座、『振袖隅田川』の大切で初演）が有名である。園次は、天明八年（一七八八）十一月の中村座の顔見世番付において、師の治助、兄弟子の村岡幸次とともに初めてその名を登場させる。翌寛政二年度も、治助、幸次に連なって中村座に重年し、本作の上演された寛政三年度に至る。

　二番目の世話狂言は立作者が担当するのが通例であるが、この興行で二枚目に座った金八は、既に何度も立作者を経験していた実力者であり、その腕を見込んで、立作者の治助が、自身の得意とする二番目の日替り狂言を金八に任せたということになろうか。あるいは、本作の一番目三建目において、作者連名に名前を出していないものの、金井三笑が常磐津「百千鳥子日初恋（ももちどりねのひのはつこい）」を手がけており、[7]三笑の意向が働いたのかもしれない。ただし治助は、中幕を弟子の園次に担当させている。この一座には、園次の兄弟子にあたる村岡幸次も三枚目として同座しており、作者の位の上では幸次に担当させるのが妥当である。つまり、四枚目の園次は本作において抜擢されたのである。推測の域を出ないが、治助は、二番目は門流の異なる金八に任せるが、その代わり中幕については自分の弟子の園次にやらせてみよう、というふうに考えたのかもしれない。

　書誌の〔その他〕の項目で示したが、本台帳には貼紙訂正が多く見られ、作者による推敲の形跡を窺うことができる。そしてそこからは、こうした書き場の問題との関連性を指摘できるのであるが、まずは、本作の梗概を掲げておく。

二　本作の梗概

梗概は次の通りである。登場人物名には、適宜、演じた役者の名前を括弧で補った。ゴチックで示した場面名は、台帳表紙の記載を基に、私に付けたものである。なお、各幕を担当した作者名も合わせて記した。

【序幕　刀屋の場】（増山金八）

刀屋は、取次で販売している瀬川艾を買い求める人々で賑わっている。刀屋の後家のお熊（中島和田右衛門）は、甥の浪人、守山大蔵（二代目嵐音八）に店を継がせるため、亡き主人刀屋石見の遺言状を偽造して、大蔵を娘のお花（四代目岩井半四郎）の聟にしようとする。宿老の福嶋屋幸右衛門（大谷連蔵）は、その偽の遺言状を承認してしまう。

吉岡甚三郎（三代目市川八百蔵）は、紛失した千葉家の重宝、三日月の短刀の詮議のため浪人となり、千葉家出入りの刀屋の居候となっていた。甚三郎が目障りなお熊と大蔵は、甚三郎に三太郎という名前をつけて辱める。実は、この大蔵こそが三日月の短刀を盗んだ犯人であった。大蔵はこの短刀を百両で大辻屋に質入れしていたが、その手代彦兵衛（坂田時蔵）が大蔵を訪ね、盗品の疑いのあるものは扱えないという理由で、貸した百両を返すように求める。

手代の七郎左衛門（中村伝五郎）が、誤ってとろろ汁を辺りにまき散らし、一同が滑るという大騒ぎの中、大蔵は、七郎左衛門が半七（三代目瀬川菊之丞）から預かっていた、仁田屋敷からの回収金の百両を盗み取る。大蔵にとって、お花と恋仲にある半七は邪魔な存在であった。大蔵らによる半七殺害の密談を耳にしてしまった七郎左衛門を、大蔵や軽業の善太郎（中島勘蔵）、ほうめん五郎三（中島磯十郎）が引き立てようとするが、めっき喜右衛門の妻、嶋のおかん（菊之丞、二役）が現れ、それを止める。おかんと善太郎、五郎三の立ち回りになるところ、鰐鮫の伝吉（初代尾上松助）が、その場を収める。

刀屋石見に金を貸したとする座頭達（四郎蔵、大吉、中村伝吉）が現れ、その証拠の証文を見せる。借金の覚えのないお熊は、首にかけた石見の直判を押して見せ、証文の判が石見のものではないことを証明する。座頭らは直判が押された紙を持って帰って行く。

お花が大蔵と祝言を挙げることに腹を立てた半七が、お花を責める。お花は、その気がないことを半七に弁明し、自分が半七の女房である証として、懐の腹帯に触らせ、半七の子を身ごもったことを明かす。お針のおりつ（三代目佐野川市松）は気を利かせ、二人を障子家体の中へといざなう。

彦兵衛に盗んだ百両を渡し、三日月の短刀を受け取った大蔵は、それを不動明王の掛物の箱の中に隠す。半七はお花との情事を見つけられ、不義者として、お熊から不動明王の掛軸の前で鉄火を握るよう責め立てられる。短刀の発見を恐れて慌てる大蔵を横目に、箱を明けて短刀を取り戻した甚三郎は、野田新平（初代大谷門蔵）にそれを渡し、千葉家への帰参が叶う。

大蔵は、七郎左衛門が預かっていた百両紛失の責任を半七になすりつける。半七は実は甚三郎の弟であり、剣難の病のため武士から町人となって、刀屋へ奉公に出ていたのである。甚三郎は、疑いのかかった半七に縄をかけるが、嶋のおかんがそれを止め、半七の請人が夫のめっき喜右衛門であることから、百両の返却を請け負い、半七の身柄を預けてくれるよう頼む。

金貸しの座頭らは、石見の直判を確かめるための甚三郎と伝吉による計略であった。判の相違から、お熊が提出した石見の遺言状が偽物であることが発覚する。甚三郎は、帰り際に、居候の礼として雛棚にある牡丹の石台をお熊に渡すが、中からは、お熊が隠していた本物の遺言状が出て来る。その遺言状には、お花が好む相手を聟にするようにと書かれていた。

【中幕　第一場　大辻屋黒塀の場】（木村園次）

盗賊に入られ大騒ぎの大辻屋に、家主丸屋徳右衛門（三代目大谷広次）がやって来る。手代の彦兵衛は、盗賊が蔵には入らず床の間の百両を盗み、菊蝶と扇蝶の紋のついた櫛を落としていったことを話す。徳右衛門は、盗賊詮議の手掛かりとなるこの櫛を預かる。

【中幕　第二場　喜右衛門内の場】（木村園次）

喜右衛門の母おこう（浅尾為三郎）が、孫の喜の松（初代大谷広五郎）をあやしているところに、預かりの半七に会うため刀屋を抜け出してきたお花がやって来る。

おこうが、家に帰ってきたおかんに髪を撫でつけてくれるように頼むが、大辻屋に盗みに入って櫛を無くしていたおかんは、櫛の紛失に気づかれないようにするため、やむなくわざと悪態をついてその頼みを断る。そこへ伝吉が、お花を捜しにやって来る。伝吉の前で嫁おかんの孝行ぶりを自慢するおこうに、おかんはなおも悪態をつき、自分を追い出せと愛想づかしをする。離縁させることで、盗みの咎が身内に及ばないようにするためであったが、それを知らない伝吉は腹を立てる。おかんと伝吉の達引になるが、それを奥の間でおかんの帰りを待っていた徳右衛門が止める。

伝吉は、お花に刀屋に戻るよう説得するが、泣き出すお花を慰める際にお花の腹帯に気づく。死を覚悟したおかんは、喜の松を寝かしつけながら述懐し、それと同時に二階では、お花が書置をしたためる（めりやす・割ゼリフ）。おかんの述懐を聞きつけ、盗みの犯人がおかんであることを知った軽業の善太郎は、密かにおかんを訴人しに走る。徳右衛門は、最前の櫛をおかんに見せて諭しつつ、内々に済ませるための相談を持ちかけるが、おかんは、この櫛が自分のものであることを頑として認めようとはしない。半七は、お花の覚悟を知って心中する決意を固め、二人は家を後にする。

善太郎の訴人を受け、吉岡甚三郎が捕り手を引き連れ現れる。おかんが罪を白状するが、伝吉はそれをかばって自分が犯人であると主張し、互いに譲らない。そこで伝吉は、証拠の櫛を徳右衛門に出させ、その櫛が自分のものであると言い張る。甚三郎は、おかん、伝吉のどちらが盗賊であるかの詮議を徳右衛門に託して、百両さえ返せば罪は赦すとし、証拠の櫛を預かる代金として百両を徳右衛門に渡す。

お花の書置を見つけ、それを持ち去ろうとする善太郎を徳右衛門が押さえ、おかんと伝吉はお花と半七の後を追う。

【大切　浄瑠璃「柳浮名春雨（かぞいぐさうきなのはるさめ）」】（増山金八）

頬被りに相合傘で現れたお花と半七は、二人を捜すおかん、伝吉の声を聞き、辻堂の中へ隠れる。お花の草履を見つけたおかんと伝吉は、二人が隅田川に身を投げたと思い、川岸を捜しに向かう。お花と半七が今にも自害しようとするところ、徳右衛門が現れてそれを止める。徳右衛門は、おかんの罪が甚三郎の情けで赦されたことを伝え、二人の仲人となることを請け負う。

三　中幕の推敲

本台帳に貼紙訂正が多く見られることは既に述べた。原本の所在が不明で、マイクロフィルムでの閲覧しかできないため、貼紙の下の語句を詳細に検討することは不可能であるが、以下、フィルムから分かる推敲上の問題について、台帳の筆跡と絡めて指摘しておきたい。

大きな推敲の形跡を窺うことができるのは、木村園次が担当した二冊目の中幕の台帳である。先に掲げた書誌

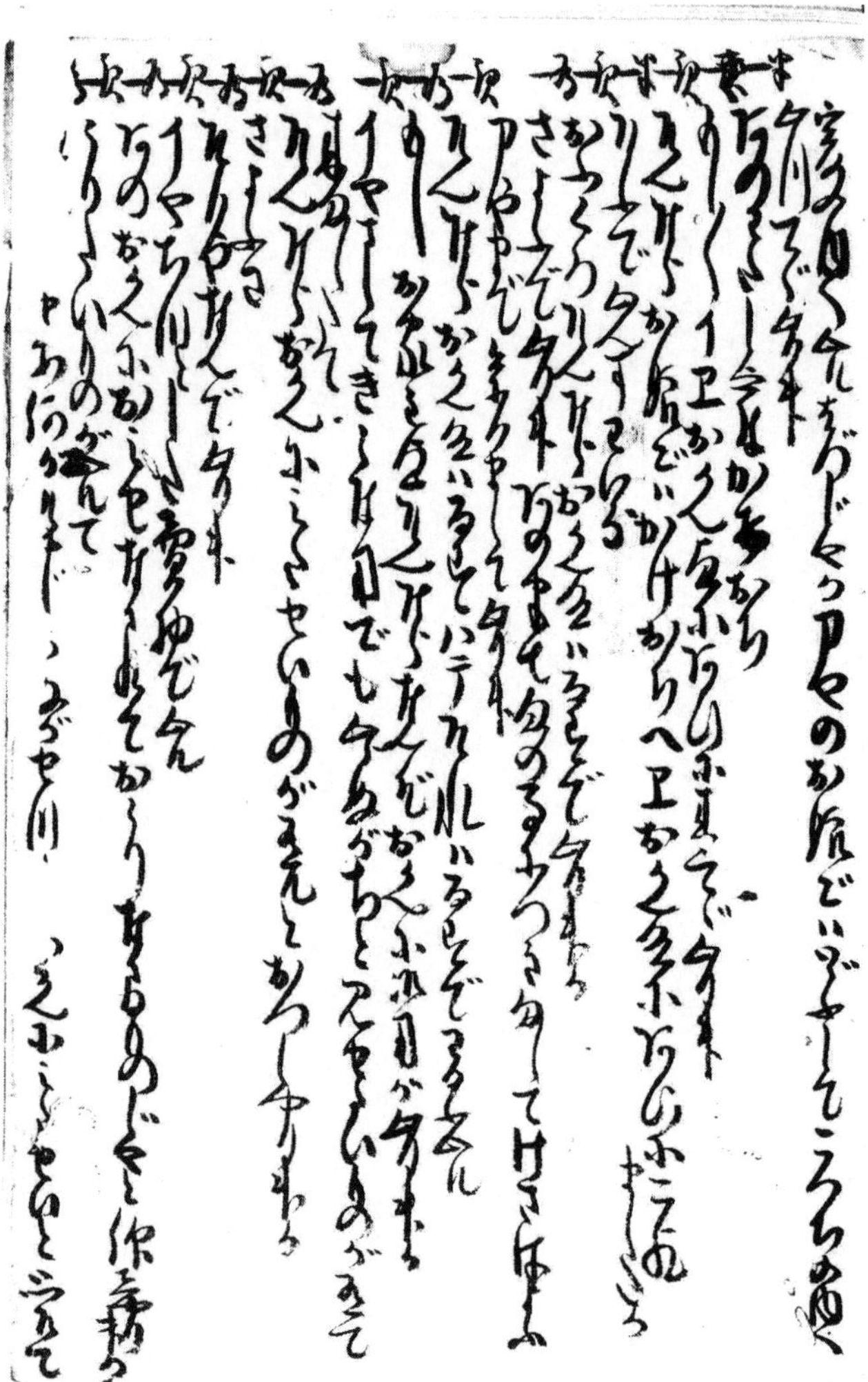

図14　『春世界艶麗曽我』台帳・第二冊八丁表（筆跡B）
（国文学研究資料館・ホ3-60-1）

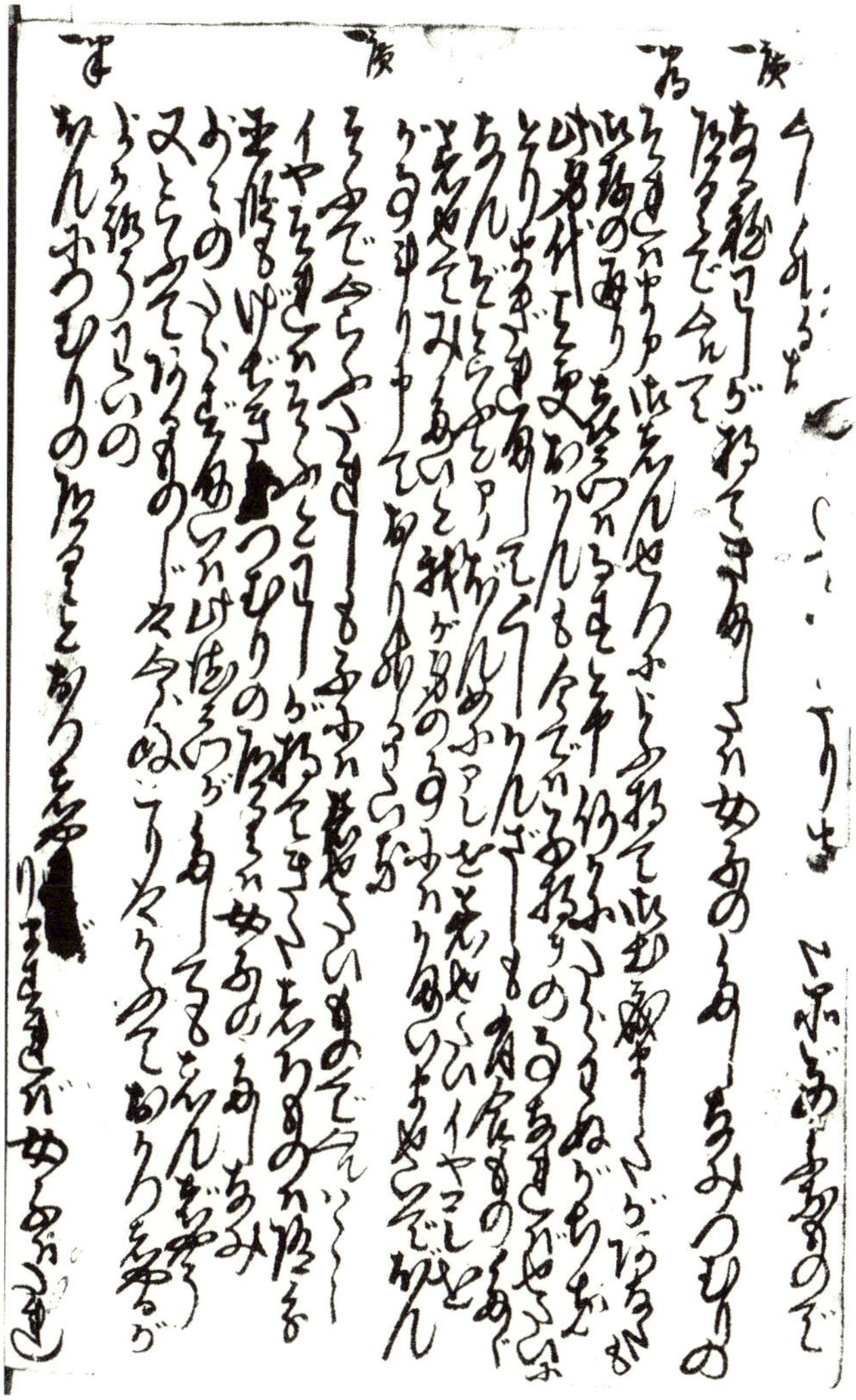

図15　『春世界艶麗曽我』台帳・第二冊八丁裏（筆跡Ｃ）
（国文学研究資料館・ホ3-60-1）

の〈筆跡〉の項目において、第二冊に二種の筆が確認できることに触れたが、それをより詳しく説明すると次のようになる。なお、以下の説明の都合上、第一冊・第三冊に見られる筆をA、第二冊の大部分に見られる筆をB、第二冊の一部にしか見られない筆をCとしておく。第二冊は八丁表までBの筆が確認できる（図14）が、八丁裏からはそれが明らかに別の筆、Cへと変わる（図15）。このCの筆は十丁裏まで続き、また元のBに戻るのであるが、その戻った箇所にいささか問題がある。すなわち、十一丁目は、表面全てと裏面の最初の半分が存在していないのである。マイクロフィルムでの判断ではあるが、貼紙で消したのではなく、どうやら切り取ったとおぼしい。つまり、袋綴じの半紙の左側四分の一を残して、あとの四分の三を切り離したのである(8)。

　では、このBからC、CからBへと移る部分の内容上のつながりはどのようなものであろうか。BからCへと移る八丁目の折り山周辺は虫損が激しく、その境目を判読することが難しい。おかんが大辻屋に盗みに入った証拠の品である櫛を持って、おかんの家を訪ねた徳右衛門が、「うりたいものがムルて」と言うのが、境目の前のBの筆の部分である（図14）。その後、Cの筆の部分は次のように展開する。徳右衛門が売りたい物が櫛であることを明かすと、お花が口を滑らせ、菊蝶と扇蝶の紋がついた櫛をおかんに譲ったことをしゃべってしまい、徳右衛門はこっそりと手元の櫛を確認する。おこうは、おかんが櫛を買わないであろうことを伝えるが、徳右衛門は一向に聞き入れず、おかんの帰りを待つため奥の間へ入る。お花、半七も、刀屋からお花を連れ戻しに来るのではないかと案じつつ、奥へ入る。このような展開を経て、CからBへと戻る。その移行部分である十丁裏から十一丁裏は次のようなものとなる。なお、役者名には〔　〕で適宜役名を付した。

　半〔お花〕　そんならお袋さん、奥へ参り升る。半七もおぢやいのう。
　きく〔半七〕アイ。ア、、此おかんさまの帰りのおそゐも心懸り。
　為〔こう〕　ハテマア、ムりませいの。
　　　ト歌に成、半四郎、菊の丞、のうれん口へはいる。為三残る。（10ウ）

（以下、11ウ）

ト歌に成り、為三郎、菊之丞、もしやといふ思入。半四郎は気もつかぬこなしにて、半四郎、菊之丞、のれんぐちへは入ル。為三郎、いろ〳〵かんがへる事あつて、奥へは入ル。やはり此歌の内、花道より二やくの菊之丞、おかんにて、（後略）

傍線部は、台帳において墨線で抹消されている箇所である。傍線部を除いて読むと、一同がおかんの帰宅が遅いのを案じているところへ、おかんが戻ってくるという自然な流れになっている。こうした訂正が施される前は、傍線部に「為三郎、菊之丞、もしやといふ思入」とあることから、おこうと半七が、徳右衛門の持ってきた櫛から、おかんが盗みに入ったことを悟るという展開であったことが推測できる。以上をまとめると次のようになろう。八丁裏から十一丁裏の半分までが、十丁裏まではCの筆で記された紙片に差し替えられ(9)、十一丁目については四分の三が切り離されるという形で、おこうと半七がおかんの盗みに気づくという展開が削除されたのである。

国立国会図書館には、『阿初徳兵衛 恋の玄曲輪雛形』と題する台帳（一一四―三六）が所蔵されている。上演年月や劇場を特定することはできないが、見返しの役人替名には、文七・国太郎・来助・あやめの名が確認でき、また、舞台書きの冒頭には「造り物」とあるので、上方で上演されたものと見て間違いない。注目すべきは奥書に「寛政四年子五月写之／大々叶／本主　木村園次」とあることで、古井戸秀夫氏は「江戸の並木五瓶」（『早稲田大学大学院文学研究科紀要』別冊三、一九七六年三月）において、「筆蹟も園次自筆か」としている。そこでBの筆跡についてであるが、これは、この『恋の玄曲輪雛形』に見られる筆跡に近い。最終的に完成された台帳は、狂言方によって清書される(10)が、本台帳は推敲段階のものであり、担当作者自らがしたためたと考えておかしくはない。これらのことを考え合わせると、Bの筆跡は中幕を担当した木村園次のものとしてよかろう。であるならば、第一冊と第三冊に見られるAの筆跡（図16）は、序幕と浄瑠璃幕を担当した増山金八のものである可能性が高い。そこで注目したいのが、第二冊の中幕の幕切近く、市川八百蔵演じる甚三郎が盗賊の詮議を行なう場面に見られる、二箇所の貼紙に、このAとおぼしき筆跡が確認できることである。

一つ目の貼紙は三十三丁表に見られるもの（図17）で、マイクロフィルムにはこの貼紙の下の部分も撮影され

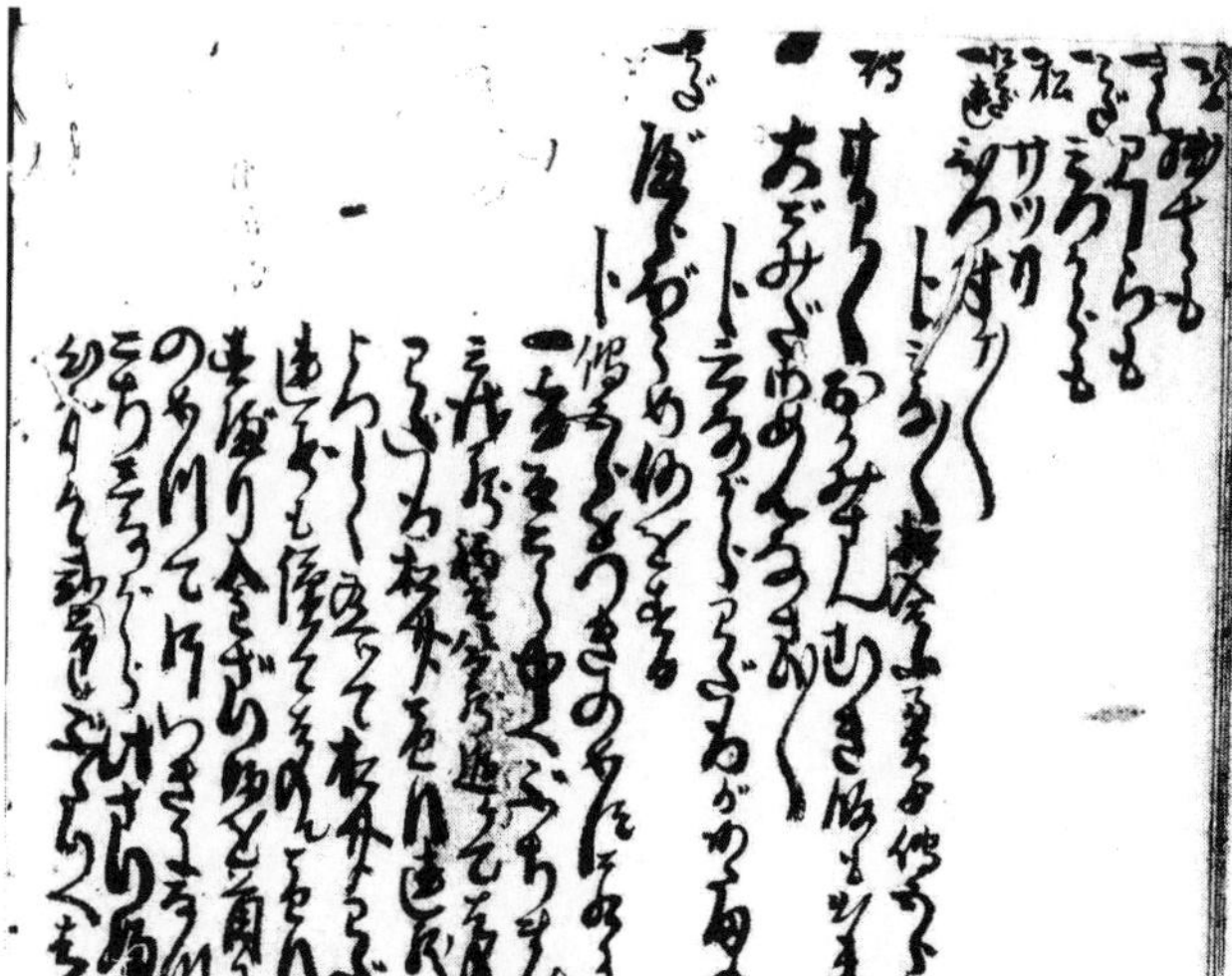

図16　『春世界艶麗曽我』台帳・第一冊八丁裏（筆跡Ａ）
（国文学研究資料館・ホ3-60-1）

図17　『春世界艶麗曽我』台帳・第二冊三十三丁表（筆跡B・筆跡A）（国文学研究資料館・ホ3-60-1）

ている。まず、貼紙訂正前のBの筆によるものを、その前後と合わせて翻刻する。線で囲んだ部分の上に貼紙が施されている。

三人　　だまりおらふ。ソレ、引たてい。

八〔甚三〕最前より承るに、両人共に自身の白状、せうこなければどちら共、きわめがたき金子のとうぞく、しんぎわからぬその内に、そこつになわはかけられまい。ハテ、なんとしたもので有ふ。

［この間の二行ほどは、貼紙の糊代となっているため見えない］

コレ。

　　ト思入あつて、

殿の御不興はかふむりて、しばらく町家に世をすぐせし此吉岡甚三郎、千葉家の家臣、則今日とりかたの役人、そさふな事をいふまいぞ。

松〔伝吉〕憚ながら、此伝がぬすんだと申にやア、きつとしたせうこがムり升。

八　　スリヤ、其方がぬすみしと申には、せうこが有ルと申のか。（33オ）

松　　さよふでムり升。きつとしたせうこがムり升。大屋さま、出さつしやりませ。

役　　ヤ、貴殿は何人でムル。

八〔甚三〕お尋なく共申ス所存、拙者は千葉の介常胤が家来、吉岡甚三郎と申ス者、主人千葉の介常胤、三老の次キに座シ、頼朝公の御内意を以て、非道の掟もあらば、早速かまくらへ注進致ん為、能〱捕〱を［　虫損　］わい仕ル。役義でムれば、此義は拙者におまかせ被成い。

次に、この線で囲んだ部分の上に貼られた、貼紙の記載を掲げる。なお、「役」とあるのは、「役人」の略である。

役　しからば、貴殿よろしう頼ぞんずる。

　　卜菊の丞〔かん〕、松介〔伝吉〕、八百蔵を見て、

きく松　ヤ、あなた様は。

既に甚三郎が登場しているにもかかわらず、「ヤ、貴殿は何人でムル」というセリフから窺えるように、この貼紙では、甚三郎がこの時初めて登場したかのように訂正されている。貼紙の記載を、先の線で囲んだ箇所に挿入して読んでみても、前後がつながっていないことは明白である。一見すると矛盾をきたしているかに思われるが、次のように考えれば辻褄が合う。園次によって書かれたこの一連の場面では、おかんの詮議に始めから甚三郎が登場しているが、そうするよりも、最初は下っ端の役人を出しておいて、しばらく経ってから、全てを解決する捌き役の甚三郎が現れた方が、甚三郎を演じる八百蔵が十二分に引き立つ。こう考えて、まずはこの箇所に貼紙訂正が行なわれた。しかし、この設定を活かす段取りを組むためには、前後の一連の場面を全面的に書き直さなければならない。その作業が、本台帳にはまだ施されていない、言い換えれば、本台帳はまだ推敲途中の段階のものであり、確定稿ではないと考えられるのである。

二つ目の貼紙は、三十四丁表の左端に付け足されているものである。証拠の櫛をめぐって、おかんと伝吉が互いに自分のものと言い合う場面であるが、元のBの筆では次のように展開している。なお、先の例と同じように、貼紙が貼られた部分を線で囲んだ。

きく〔かん〕　これな、わつちがくしじやわいな。

松〔伝吉〕　インにや、わにざめがくしだ。

きく　おかんがのじやわいな。

松　イヱ〳〵。
きく　イヱ〳〵。
〔この間の一行は、貼紙の糊代となっているため見えない〕（34オ）
八〔甚三〕　大辻の家じりを切、百両ぬすみしそのばしよに、おとしあつたる匕さしぐし、櫛は女の道具なれば、せんぎのすじはおかんにあれども、ぬす人のせうこは此くしなりと、おかんよりさきにほつごんなせしは、わにざめの伝。

八百蔵のセリフは三十四丁裏に記されているものである。次に貼紙の記載を掲げる。

松〔伝吉〕　イヱ〳〵。
きく〔かん〕　イヱ〳〵。
松　コレ〳〵〳〵〳〵おかんさん、そりやア、何をいふのだよ。おれが身から出したさびだから、おまへ方のせわにかけずに、おれが口からおれが名乗ッて出るのだ。（略）
きく　伝吉さん、おまへがそふいふ真実な人じやに依て、たとへわたしが死んだ跡でも、ナ、ソレお花さんの事も、半七さんのせわも、アノかゝさんや喜の松が事も、わたしになりかわつてのせわは、おまへに頼ミ升ぞへ。喜右衛門殿が帰ッて聞れ、わたしがかわりにおまへをやつたと、わたしが口からいわれるかへ。わたしじやといふて、どふしてそれがいわれる物でムんす。アイお役人様、そのとうぞくは、わたしに違ィムり升ぬ。

松　　イエ〳〵、おれだよ〳〵。
きく　イエ〳〵、わたしじゃ〳〵。
役人　　だまろふ。

この役人のセリフの後に、先の八百蔵のセリフへとつながっていく。かなり長いセリフとなるためここでは省略したが、松助のセリフでは、伝吉が喜右衛門に恩義を感じて弟分になったいきさつが語られている。また、菊之丞のセリフでは、おかんが後のことを伝吉に託そうとしていること、さらにはおかんの義侠心の一端が示されている。このようなセリフを新たに加えることによって、伝吉やおかんの人物像が、元のものよりも一層深められている。

先に述べたように、以上の二つの貼紙はAとおぼしき筆跡によって記されており、その筆跡は、金八の担当した第一冊の序幕と第三冊の浄瑠璃幕にも確認できるのである。Aを金八の筆跡とするならば、園次の中幕の台帳は、二枚目作者の金八の添削を受けたことになる。そこで気になるのは、第二冊の八丁裏から十丁裏にかけて見られるCの筆跡の持ち主についてである。

ただちに想起されるのは、本作の立作者として名を連ねている初代桜田治助であるが、たとえば、早稲田大学演劇博物館所蔵の『平家評判記（へいけひょうばんき）』（寛政元年〈一七八九〉七月、中村座所演）の台帳に見られるような治助の筆跡とは、(11)やや異なった印象を受ける。寛政三年二月七日初日の河原崎座の初春狂言は『初緑幸曽我（はつみどりさいわいそが）』であるが、演劇博物館蔵の辻番付（ロ二二―一三三―二）の書き入れには、「寛政三　当春　団十郎　甲刕へ趣（ママ）く　幸四郎　小次郎　高麗蔵　米三　四人スケニ入」とある。(12)寛政二年十一月の顔見世において三座に出勤のなかった四代目松本幸四郎、二代目松本小次郎、三代目市川高麗蔵、初代松本米三は、河原崎座の初春興行にスケとして出演した。古井戸氏は「三笑風と桜田風（下）」において、幸四郎との関係で、この時治助も河原崎座に移ったと推測している。無論、治助は、寛政三年の初春狂言の台帳執筆段階では、中村座に在籍していたとも考えられるが、仮にCの筆が治助のものではないとすれば、こうした訂正を行える権限を持った人物として、他に誰が想定できるであろうか。金八が担当した第一冊と第三冊の台帳には、Cの筆による大きな添削の跡は認められない。したがって、Cの筆の人物は金八よりも格下の作者ということになろう。そこで思い付くのは、この時三枚目の作者を勤めていた村岡幸次であるが、確証はないので、ここではひとまず措くことにする。いずれにせよ本台帳は、狂言作者による推敲がどのように行なわれたかを具体的に示す貴重な例と言える。

四　本作の趣向

本作が題材とする「お花半七」の情話については、関根只誠編『戯場年表』の元禄十二年（一六九九）の条に次のようにある[13]。

歌妓井筒屋かめ抱於半、情人道修町刀屋半七と云、此情死男は咽をつき死にきれずして三日目に死す。女は腹を切り後咽へつき立て即死す。此事を同年十二月竹本座にて、近松門左衛門作にて「長町女腹切」と名題して、翌年五月迄興行。

近松作の人形浄瑠璃『長町女腹切（ながまちおんなのはらきり）』の初演は、正徳二年（一七一二）の秋なので、「同年（元禄十二年）」とする只誠の記述は誤りなのであるが、いずれにせよ、この作品がお花半七物の嚆矢となった。近松は、実説の「於半」が腹を切って死んだことを踏まえてこの外題をつけ、作中では半七の叔母に腹を切らせている。この叔母は、半七の罪をかばって自ら死ぬのであるが、その役どころは、本作『春世界艶麗曽我』において、半七が無くした百両を請け負い、盗みまで犯してしまう嶋のおかんに通ずる。近松の作以降、お花半七物は芝居で頻繁に採り上げられ、本作以前の作品としては、歌舞伎では『双紋刀銘月』（享保十六年〈一七三一〉正月、大坂角の芝居・佐渡島長五郎座）、浄瑠璃では近松半二作の『京羽二重娘気質』（宝暦十四年〈一七六四〉四月、京都竹本座）が代表的である。江戸歌舞伎での状況については、渥美清太郎が「いつも狂言の中心にならず、ワキ役として多くの狂言に利用されていた。例えば「法界坊」にしても大阪脚本が移入されぬ前は、お組要助の代りにいつもお花半七が使われていた」と指摘している(14)。本作におけるお花半七について注目できるのは、梗概でも述べたように、お花の腹の中に半七との子供が宿っているという点であろう。二人の道ならぬ恋に深刻さが増し、心中を覚悟する必然性をより高める設定となっている。

さて、本作の趣向でまず指摘したいのが、序幕の舞台となる刀屋が、瀬川艾の取次を行なっているという設定についてである。これが、半七とおかんの二役を演じる三代目瀬川菊之丞を当て込んだ趣向であることは言うまでもない。三升屋二三治の『賀久屋寿々免』四には、「往古より役者名目の商見勢」と題して、役者が経営した商店について述べられているが、その中には「一、瀬川もぐさは、十軒店に有。元祖菊之丞か、王子路考かしらず」と記述されている。なお、日本橋の十軒店は雛人形の市が立つことで有名であり、劇中でも、お花が十軒店で雛人形を買って帰ってくるという設定が見られる。注目したいのは、序幕の幕が開く前に次のような演出が採られたことである。

> 二ばんめ後日の役触をしては入ルと、通り神楽になり、揚まくより菊の丞（半七）、若衆形、半七のこしらへにて瀬川艾の能書を持チ、跡より松介（伝吉）、だい紋付のはつぴ、釘貫の股引、日用取のなりにて、通ひ箱に真中へゆひ綿の紋を付ケ、両方へ瀬川艾と書たる黒ぬり、朱にて紋と文字を書たる箱を背負、これも同じ

く能書をもつて出て来り、仲の間のあゆみより東のあゆみを廻り、本ぶたいへ廻り、花道へかゝりて、両人此能書を左右へくばる。此艾の能書、後日狂言の役人替名付ヶなり。両人、元のあげまくへは入ル。すぐにてんつゝになり、幕明。

菊之丞、松助が、瀬川艾の宣伝の体で劇場内を一回りし、ビラに見立てた「役人替名付」を配る。客席内の盛り上がりは容易に想像がつく。幕が開く前の雰囲気を醸成する演出で、類似のものは今日も見られるが、古く寛政期にこうした演出が既にあったことは興味深い。また、序幕の松助演じる伝吉のセリフには、

大蔵様、此間はお目にかゝりませぬ。お聞なんし、けさから石町の瀬川艾の札くばり、爰の内で取次つしやるから、此半七殿と一所に両国から村松丁通り、堺丁、日本橋、きつて一ッぺん通り行申た。これから又神田の方をあるかざァなりやすまい。やぼに日が長ィやつさ。

というものが見られる。注目したいのは、傍線部に「堺丁」とあることである。堺丁（町）は、本作が上演された中村座のことである。つまり、幕開き前のこの演出は、既に劇の一部であったのである。主演役者によるサービスと見せかけつつ、実は観客を知らず知らずの内に作品世界の中に取り込んでいた。現実と虚構を交錯させる巧みな仕掛けと言えよう。

続いて注目したいのは、序幕の中盤に見られる一連のおかしみの場面である。守山大蔵（音八）が、嫌がるお花（半四郎）に無理矢理「ひっつく」のをきっかけとして、お熊（和田右衛門）は恋慕する伝吉（松助）を引き寄せ、お花の友人のおくみ（瀬川三代蔵）は半七（菊之丞）に寄り添う。これを見て羨ましがったお針のおりつ（市松）は吉岡甚三郎（八百蔵）に、負けじと宿老の幸右衛門（連蔵）もお花友人のおすへ（瀬川福吉）に抱きつく。舞台上の全ての役者が、何の脈略もなく唐突に引っ付き合うという、いわばナンセンスな展開は、道外形の中村伝五郎演

じる七郎左衛門(15)が、とろろ汁をぶちまけるというさらなる笑いへのお膳立てであった。台帳には次のようにある。

伝〔七郎〕サア〳〵おかみさん、むぎ飯も出来た。とろゝ汁も出来ましたよ。こりやァ、大ごみだ。御めんなさい〳〵。

わだ　べらぼうめ、何をする。

ト云ながら、わだ右衛門〔くま〕があたまの上をまたぐ。

ト伝五郎をつきのめす。これにて伝五郎、すり鉢をとり落シ、とろゝ汁を一盃、そこら中へぶちまけると、これにおどろき、菊の丞〔半七〕、半四郎〔お花〕、三代蔵〔くみ〕、福吉〔すへ〕、八百蔵〔甚三郎〕逃ヶては入ル。市松〔りつ〕も、とろゝにすべつて逃ヶては入ル。わだ右衛門、松介〔伝吉〕、音八〔大蔵〕、連蔵〔幸右〕、伝五郎、此とろゝにすべり、ころぶ事よろしく有ッて、松介、わだ右衛門をふみのめしては入ル。わだ右衛門、追ては入ル。連蔵も続ては入ル。音八、伝五郎のこる。伝五郎、大にすべりにすべり、金ざいふを首にかけたまゝ、ひも長くそこへおとしのめつて、片いきになつてゐる。（後略）

このおかしみの段取りを踏まえて、守山大蔵が七郎左衛門の財布を盗むという新たな展開が生じるのであるが、化政期における、たとえば南北の毒気のあるユーモアとは異なり、いかにも天明期らしい明るい笑いと言えよう。

このとろろ汁の場面から想起されるのが、十返舎一九作の『道中膝栗毛後編』坤（『東海道中膝栗毛』二編下、享和三年（一八〇三）刊）に描かれる有名な丸子（鞠子）宿の場面である。弥次、喜多は当地の名物であるとろろ汁を食べようと店に入るが、店の夫婦の大喧嘩が始まってしまう(16)。

「このやらうめは　トすりばちをとつてなげると、そこらあたりへとろゝがこぼれる　てい主「ヒヤアうぬ　トすりこ木をふりまはして、立かゝりしが、とろゝ汁にすべつて、どつさりところぶ　女房「こんたにまけているもんか（トつかみかゝりしが、これもとろゝにすべりこける。むかふのかみさまかけてきたり）「ヤレチヤ、又見たくでもないいさかいか。マアしづまりなさろ（トりやうほうをなだめにかゝり、是もすべりころんで）「コリヤハイ、あんたるこんだ（ト三人がからだ中、とろゝだらけに、ぬる〱してあつちへすべり、こつちへころげて、大さわぎとなる）

管見の限り、先行研究ではこの場面の典拠は指摘されていない。一九は『春世界艶麗曽我』のとろろ汁のおかしみの趣向を、自作に採り入れたのではなかろうか。

そこで気になるのが、一九が本作を見た可能性があるのかという点である。一九は、近松余（与）七の名で、大坂道頓堀の人形浄瑠璃の一座に合作者として参加し、『木下蔭狭間合戦』（寛政元年〈一七八九〉二月、大西芝居・豊竹此吉座）などを手がけた後、江戸に下る。この江戸下りの時期が問題であり、従来は、寛政六年三月、ないし四月刊の山東京伝作の合巻『初役金烏帽子魚』に一九が挿絵を描いていることから、寛政六年の正月、もしくは前年の秋頃とされてきた。それに対して中山尚夫氏は、『十返舎一九研究』（おうふう、二〇〇二年）所収の「十返舎一九年譜稿」において、江戸下りが寛政二年中のことであるという新説を提示している。[17]この説に従えば、一九が寛政三年所演の本作を見ていた可能性は十分にある。無論、本作の趣向を人づてに聞いたとも考えられるが、一九は寛政年間に江戸で上演された作品の役者絵をいくつか手がけており、[18]芝居小屋には足繁く通っていたはずである。本作のとろろ汁の趣向は、一九の経歴を考える上でも重要であると言えよう。

五　嶋のおかんと「悪婆」

本作において最も注目できる趣向は、菊之丞演じるめっき喜右衛門女房、嶋のおかんの人物造型である。おかんが劇中に初めて登場する序幕の場面には次のようにある。

ト音八〔守山大蔵〕、伝五郎〔七郎左衛門〕を引ッたて、勘蔵〔善太郎〕、磯十郎〔五郎三〕付て花道へ懸る。出のうたになり、向ふより菊の丞二役、嶋のおかんにて、まへ帯、嶋のやつしの上へ革羽織りを着て、引ずり下駄をはきさげ、かごにさゞいと蛤を入レて、これをさげて出て来り、花道にてゆきやい、伝五郎を見て、みなくを本舞台へ押戻シ、伝五郎をかこつてしやんととまる。

伝　こりやアおかんさんか、よい所へきくりんどう。

音　何ンだ、こりやア此やろうにいゝぶんがあつて、そびいて行向ふづらへ、美しいたぼがあらわれたが。

両人　なぜおいらがじやまをするのだ。

きく　ヲ、こわ、おまへ方がなぐさみのぼんごさを、あげるわつちでもないわな。此刀屋へ来ル向ふから、何ンの物い、かしらないが、こゝの若ィ衆をみんなの手ごめ、見ていられぬが出入りの旦那、六ヶしい咄しもムィすまい。兄さん達、わづかな事なら了簡して、此おかんにくんなさいしな。

守山大蔵らが七郎左衛門を引き立てようと花道へかかるところへ、おかんは颯爽と現れ、あたかも市川家の荒事の世話版であるかのように、敵役達を「押戻」し、江戸訛りの利いた啖呵を切ってみせる。その出で立ちは「嶋のやつしの上へ革羽織りを着て、引ずり下駄をはきさげ」というものであった。「革羽織り」は、「とくに鳶頭や職人の棟梁などが着用した」（『日本国語大辞典』）もので、おかんの勇み肌の気質を表わしている。また、「引ずり下駄」は引下駄とも言い、「桐や杉を前後の台にし、中間は皮でつなぎ合わせた粗末な下駄」（『角川古語大辞典』）である。

本作よりも前に、嶋のおかんという人物が登場する作品としては、管見の限り、寛延四年（宝暦元年、一七五一）

の市村座の初春狂言、『初花隅田川』（藤本斗文ほか作）が最も早い。同年五月に出された四番目の名題は『女俠東雛形』といい、初代中村喜代三郎演じる嶋のおかんと、初代中村助五郎演じる濡髪小しづかが、女伊達の達引を見せた。この時の「女俠かけあいせりふ」の正本表紙には、縞の着物に下駄履きで、傘を開いて持つおかんの姿が描かれており（図18）、小しづかの「髪づくしのせりふ」に対して、「嶋づくしのせりふ」を言い立てた。この女伊達のおかんの原型と考えられるのが、元文二年（一七三七）、市村座の初春狂言、『今昔俤曽我』（初代津打治兵衛ほか作）の二番目において、初代沢村宗十郎が演じた男伊達、島の勘左衛門である。『花江都歌舞妓年代記』（烏亭焉馬著、文化八年〈一八一一〉～十二年刊）には、「五月より（中略）男立嶋の勘左衛門に宗十郎。嶋づくしのせりふ大きにはやる」とあり、その「嶋づくしのせりふ」が宗十郎の挿絵とともに掲載されているが[19]、やはり宗十郎の扮装は縞の着物に下駄履きで

図18　せりふ正本「女俠かけあいせりふ　下」
（東京都立中央図書館特別文庫室所蔵
『浄瑠璃せりふ』〈加賀文庫5685〉所収）

あった。

本作『春世界艶麗曽我』において、おかんの経歴が唯一分かるのが、中幕における伝吉のセリフである。ただし、虫食いのため、肝心な部分が判読不能になってしまっている。

これ〳〵、こんたはそふいふ訳じやア有まいぞへ。こん［たヵ］□□□ん□あのやしきをおい出され、湯嶋の水［茶屋ヵ］［（七文字ほど虫損）］［喜右衛門ヵ］殿のどうらく最中、いろ事でくつついて、今じやアきの松といふ子までできて、しかも此福井町でも喜右衛門殿になりかわり、わかいもの、けんくわでも、のふてんをぶつさびたくらいな事はとりすましをして、そうわうに人にも立られ、くちをきいてあるくこんたの身の上、それでこなた様があの嶋の皮羽織ヲきてあるくと、あれ、ありやア、めつき喜右衛門が女房だが、元トはゆしまのおかんといふもの、嶋のおかんが通る〳〵とだれいふとなく、今じやア、しまのおかんといつて、もん〳〵をつけたどうらくものもしたがつているおかん殿、（後略）

嶋のおかんの名前が「湯島」から来ていること、そして元は湯島の水茶屋の看板娘であったらしいことが窺える。おかんは、夫の喜右衛門に成り代わって喧嘩の仲裁をするような、地域の顔役的な存在であった。であるからこそ、七郎左衛門を助けて立ち回りを演じ、また、半七の無くした百両を請け負って盗みまで犯してしまうのである。このように本作のおかんは、女伊達の系譜の上にある人物ではあるが、そこには、「悪婆」という新しい女性像の萌芽を見出すこともできる。

古井戸秀夫氏は「爛熟期の歌舞伎」(20)で、先に述べた金八作『大船盛鰕顔見世』の三日月おせんについて次のように述べている。

天明の飢饉から、寛政の改革にかけて、江戸に出奔した若者たちが、裏通りの新道などに蝟集する。その日暮しのなかで、男の世話などにならず、生計を独立させる強い女たちが生まれてくる。寛政四年（一七九二）十一月、河原崎座の顔見世狂言『大船盛鰕顔見世』で四代目岩井半四郎が扮した三ケ月おせんが、その（注、「悪婆」の）嚆矢とされた。切見世の女郎で〽宵にちらりと見たばかり」と唄われた売れっ子の三ケ月おせんは、鰕ざこの十という勢いの男を愛人にし、義侠心から勾当内侍に化けて、勅使と偽り新田義貞の館に乗り込む。女でありながら肝がすわり、それでいて溢れんばかりの愛敬をふりまいて、颯爽と立ち去ってゆく。この三ケ月おせんを原型に、南北は、四代目半四郎の子、五代目岩井半四郎のために、文化十年『お染久松色読販』、同十二年『杜若艶色染』で土手のお六という役を創り出すことになる。

訳あって悪事に手を染める女性像には先例があるが、[21]金八の新しさは、それを生世話で仕組んだことであろう。おせんの役作りの参考とするため、金八が半四郎を三田三角屋敷の切見世へ連れて行ったという逸話は有名である。[22]一般に悪婆の嚆矢とされる三日月おせんであるが、金八はそのおせんに先立って、既に本作のおかんで当世風の強い女性像を描き出していたのである。

本作でおかんを演じたのは、後に「おちゃっぴい」の仇名を取って悪婆を家の芸とした四代目半四郎ではなく、三代目菊之丞であった。翌寛政四年度、菊之丞は市村座へ、金八と半四郎は河原崎座へと移る。菊之丞と離れた金八は、今度は半四郎に当てて悪婆の役柄を仕組むことになる。三月三日から出された初春狂言[23]『けいせい金秤目』の三番目において、半四郎は甚五郎女房八重櫛のお六を演じた。お六という名は、土手のお六を連想させるものである。[24]国立国会図書館蔵の叢書『劇場大帳』にこの作品の台帳が現存し、[25]その三番目序幕「観音前山吹茶屋の場」において、お六が初登場する場面は次のように描写されている。

岩五郎〔伴助〕いま〳〵しい、一ぱいくつた。それ。

ト三つ五郎〔彦惣〕が跡を追かけ、あげ幕のきわへゆく。あげ幕より岩五郎がきゝうでをとる。是をきつかけに、高輪さわぎになり、花道より半四郎〔お六〕、半ゑりかけのきるもの、よこ帯、下駄がけにて、さげかごに肴、打かぎを入さげて、片手に岩五郎がうでをねぢ上ヶ出て来る。（後略）

敵役の尾上岩五郎の手を取って、揚幕から出て来る半四郎の登場の仕方は、先に引用したおかんの登場とよく似ている。また、このお六と、もう一人の敵役、三代目大谷鬼次演じる武兵衛とのやりとりには次のようにある。

半四郎〔お六〕こなさんわ、おり〳〵宿々で見かける、月の輪の武兵衛さんかへ。

鬼次〔武兵衛〕ヲ、サ、こんたも清水横町じやア小口も利く、肴やの甚五郎が女房の、八重ぐしのお六どんといふ事は、たいがいしゆくでもうれているよ。

半四郎　うれるのうれないのと、水をむける事もねへ。武兵衛さんとやら、こりやア何からおこつた物いひだへ。

鬼次のセリフにあるように、お六が気負い肌の亭主を持ち、世間に知られた存在であるという設定は、おかんと共通する。こうして、半四郎のお六は、江戸弁の啖呵を切りながら、芸者小吟（二代目瀬川富三郎）をめぐる、木屋彦惣（二代目坂東三津五郎）と武兵衛のいさかいに介入していくのである。

お六とおかんとの共通点は、さらに指摘できる。お六は、彦惣が鴛鴦の香炉を請け戻すために必要な、五十両の金の用立てを請け負い、奥女中の賤機（二代目小佐川常世）から五十両を騙り取る。おかんと同じく、金のために犯罪を犯すのであるが、「盗み」から「騙り」へと変更し、劇的な見せ場を設けたという点で、より後の悪婆の典型に近づいたと言える。お六は、その五十両を贋金とすり替えた武兵衛を追って、誤って伴助を殺してしまい、咎が及ぶのを避けるため、心ならずも亭主の甚五郎（三津五郎二役）に愛想づかしをする。これも、おかんが義母おこうに悪態をついたのと同じである。金八が『春世界艶麗曽我』のおかんを基にして、お六を創作したことは明らかであろう。なお、その後お六は、香炉を得るため武兵衛の女房になることを承諾し、怒った甚五郎によって手にかけられる。そして、その末期に全ての真相を明らかにするというのが、『けいせい金秤目』の結末である。

さらに金八は、この年度の九月に上演された『神明祭祀女団七』において、手習指南おかぢという「女団七」の役を半四郎に演じさせている。[26]「女団七」とは『夏祭浪花鑑』の団七九郎兵衛を女性に書き替えたものであるが、このような強い女性像は、悪婆というキャラクターの造型に影響を与えたと考えられる。こうして、翌年度も河原崎座に重年した金八と半四郎は、十一月の顔見世狂言において三日月おせんを手がける。三日月おせんは、金八の試行錯誤の結果生み出されたものであった。

嶋のおかんは、寛政十一年二月、中村座で上演された『大三浦達寿』二番目にも登場する。作者は村岡幸次、福森久助、柳川忠蔵らで、おかんを演じたのは四代目半四郎であった。この二番目の台帳の一部が、国立国会図書館蔵の『松島松作芝居台帳』の中に現存している。[27]半四郎演じる女髪結いの嶋のおかんは、悪党の弟、出来星の次郎吉（六代目市川団十郎）に頭を悩ませながら、主筋にあたる清十郎（初代坂東蓑助、後の三代目三津五郎）を様々に支援する。悪婆というより忠臣の設定である。

四代目半四郎から悪婆の芸を受け継いだ息子の初代岩井粂三郎（後の五代目半四郎）も、おかんを勤めた。享和三年（一八〇三）の市村座の初春狂言『歳男徳曽我』の二番目として、二月から上演された『江戸紫由縁十徳』では、粂三郎は芸者湯島のおかんを演じている。台帳は現存しないが、『日本戯曲全集　第六巻　並木五瓶世話狂言集』（春陽堂、一九二八年）に活字が残っている。この作品のおかんは、かつて契った藻屑の三平（初代市川男女蔵）に操を立てる男嫌いの芸者という設定であり、悪婆とは言い難い。同書の渥美清太郎の解説には、「おかんと三平が喧嘩をしながら昔契つた仲とわかる趣向は、大阪種の小三金五郎、「南詠恋抜萃（ところばいかいこいのぬきがき）」から取つたものである」とある。作者の並木五瓶は上方の趣向を用いるにあたって、江戸の観客に馴染みのある「湯島のおかん」という名を借りたに過ぎない。

悪婆の代名詞とも言うべき土手のお六を創り出した鶴屋南北も、作中におかんを登場させている。文化十三年（一八一六）正月、河原崎座で上演された二番目狂言『封文（ふうじぶみ）めでたくかしく』における、天神の水茶屋ゆしまのおかんである。この作品では三代目市川団之助が演じた。国立劇場所蔵の台帳によれば、おかんは発端に登場するが、悪婆の役柄ではない。また、初代歌川豊国画の役者絵に描かれたおかんも、水茶屋の店先でお盆を持ち、手拭いを腕にかけたいかにも看板娘らしき風体である（図19）。

悪婆としてのおかんの姿を窺うことができるのは、ずっと時代が下って、明治二年（一八六九）七月、中村座で上演された河竹黙阿弥作の『吉様参由縁音信（きちさままいるゆかりのおとずれ）』であ

図19　初代歌川豊国画「三代目市川団之助の水茶や湯しまのおかん」（『封文めでたくかしく』）（早稲田大学演劇博物館蔵、一〇一-二六四七）

る。この作品で、六代目坂東三津五郎が演じた湯島のおかんについては、『歌舞伎登場人物事典』（白水社、二〇〇六年）に吉田弥生氏の解説が備わる。以下引用する。

湯灌場吉三の情婦で女スリ湯島のおかんは、兄弁秀の世話で青山の旗本小堀家の養子弥平次の妾お光となる。お家乗っ取りの陰謀に荷担するが失敗し湯灌場吉三と縒りを戻す。釜屋武兵衛を相合傘に誘い込み、色仕掛けで金を奪い、「天人香」の白粉の看板の裏に隠れていた湯灌場吉三と再会する場面が見どころになる。

序幕「小堀家御殿の場」において、妾お光に化けたおかんが、その正体を明かすセリフには次のようにある。なお、引用は『黙阿弥全集』第八巻（春陽堂、一九二五年）によったが、適宜ルビを省略した。

何だ、わたしの身許が知れぬ、どうでそなたも死ぬ体、冥土の土産に聞いておきや。（ト合方きつぱりとなり、）元は湯島の天神前弁秀といふ門徒坊主、さる大寺をしくじつて、修行に歩く禅門の其妹のお転婆者、十五の年から天神の茶見世も丁度女坂、登り下りの参詣に弄らるゝのが習はうより、馴れろとやらの世の譬、軒を並べた其中で跡へは引かぬお先き者、黄楊の木櫛に洗ひ髪、湯島のお勘と名を取つた我儘育ちの姉さん株、今年で明くれば三年跡、然も祭りの其時に、此殿様のお目に留り、どこか秀佳（注、三津五郎の俳名）に似た所から、おみつと名を替へお妾さま、蟲も殺さぬ顔をして遊ばせ詞で三つ指突き、性を隠して居るとも知らず、こんな深みへはまるとは、お前もぼんやりした人だね。

『青砥稿花紅彩画』（文久二年〈一八六二〉三月、市村座）三幕目「浜松屋の場」における弁天小僧を連想させるもので、いかにも黙阿弥らしい七五調のセリフである。そこには、三日月おせんや土手のお六といった数々の悪婆を経由して、見事に黙阿弥の世界の住人となった嶋のおかんの姿を見ることができる。

まとめ

以上、寛政三年（一七九一）中村座の初春狂言『春世界艶麗曽我』の二番目後日の台帳をめぐって、書誌と内容の両面から考察を行なった。抱谷文庫に収まるこの台帳は、推敲段階のものであり、初代増山金八や木村園次の筆によるものと考えられる。特に園次が担当した中幕の台帳には、二枚目作者の金八によるとおぼしき添削の跡が確認でき、作者の推敲の過程を具体的に示すものとして貴重である。

内容の面では、序幕のとろろ汁によるおかしみの趣向が、十返舎一九作『東海道中膝栗毛』の鞠子宿の場面に先立つという点で注目できる。さらに、金八が仕組んだ三代目瀬川菊之丞演じる嶋のおかんという人物の造型には、本作の翌年十一月、河原崎座で上演された、同じく金八作『大船盛鰕顔見世』において、四代目岩井半四郎が演じた三日月おせんに通ずる要素が認められ、「悪婆」の役柄の原型としての意義を見出すことができる。

【注】

（1）台帳の記載書名は「春世界花麗曽我」であるが、役割番付の記載に従って「艶麗」とした。

（2）東京芸術大学所蔵『戯曲年浪草』所収の役割番付を用いた。なお、初日の日付について早稲田大学演劇博物館所蔵の辻番付（ロ二二―九―一九）には「来ル廿三日より」とあり、こちらの日付の方が正しいと考えられる。

（3）菊之丞と半四郎が、娘役と若衆役を一日置きに交互に演じるという配役は、天明八年（一七八八）二月、桐座所演の『けいせい優曽我（なとりそが）』二番目に先例がある。本章第一節参照。

（4）『日本古典文学大辞典』第五巻（岩波書店、一九八〇年）「増山金八」の項（古井戸秀夫氏解説）による。

（5）初演時の台帳は現存しないが、『花三升吉野深雪（はなとみますよしののみゆき）』（寛政十年十一月、中村座）の一番目四建目の台帳は、初演をなぞった「増補正本」である（古井戸秀夫氏校訂『叢書江戸文庫49　福森久助脚本集』、国書刊行会、二〇〇一年）。

(6) 引用は、『日本庶民文化史料集成』第六巻（三一書房、一九七三年）による。

(7) 第一部第一章第一節参照。

(8) 切り取ったことは、右側に十丁裏を置いて見開きにした時に、問題の十一丁目の紙面の文字が裏返って見えることからも明らかである。本台帳は、他の正本と同じように紙縒りで綴じられているので、切り取った不要な部分は、引っ張れば簡単に綴じ目から取り去ることができる。なお、書誌の〔丁数〕の項目で示した、第一冊の十二丁目・二十三丁目・三十丁目にも同様の処置が施されている。

(9) わずかではあるが、下の文字が透けて見えているとおぼしき部分があるので、新たな紙を綴じ直したというよりは、元の紙の上にそのまま訂正の紙を覆い被せたと考えられる。ただし、フィルムからの判断であるので、断定はできない。

(10) 三升屋二三治著、弘化二年（一八四五）成立の『賀久屋寿々免（がくやすずめ）』四には、「正本清書は、筆取狂言方の役也。作者によつて自筆に顕す」（『日本庶民文化史料集成』第六巻）とある。

(11) 『早稲田大学蔵　資料影印叢書　第十三巻　歌舞伎台帳集』（早稲田大学出版部、一九八六年）に影印が収録される。なお、この台帳の筆跡を治助の真筆と断定したのは、河竹繁俊『歌舞伎作者の研究』（東京堂、一九四〇年）である。

(12) 『江戸芝居番付朱筆書入れ集成』（早稲田大学演劇博物館、一九九〇年）による。

(13) 引用は、『日本庶民文化史料集成』別巻（三一書房、一九七八年）による。

(14) 「系統別　歌舞伎戯曲解題（三十九）」（『芸能』第四巻第七号、一九六二年六月）。

(15) 七郎左衛門の名前が長いことも、笑いのタネとして言及される。おかんのセリフには「アレ、アノ七郎左衛門さんを○　ばかに長ィ名だのふ」、伝吉のセリフには「アノ七郎左衛門が○　なる程、ばかに長ィ名だ」、そして当人七郎左衛門のセリフには「なる程、おれが名も長ィ名だ」とある。

(16) 引用は、『日本古典文学全集49　東海道中膝栗毛』（小学館、一九七五年）による。

(17) 中山氏は、滑稽本『紅毛影画　於都里岐（おつりき）』（一九作・喜多川月麿画、文化七年〈一八一〇〉刊）の巻末にある「岐蘇街道　続膝栗

毛二編　来未春出版」の広告文に「作者此街道を通行せしは二十ケ年以前の事にして」とあることから逆算して、寛政二年という年を割り出している。

(18) 中山氏によれば、三代目瀬川菊之丞の月小夜（寛政六年二月、都座、『初曙観曽我』）、二代目山下金作の安倍貞任女房岩手（寛政六年閏十一月、河原崎座、『男山御江戸盤石』）、七代目片岡仁左衛門の才原かげゆ（寛政七年七月、都座、『遊君操吉原養育』）などがある。

(19) 引用は、『歌舞伎年代記』（東陽堂、明治三十八年）による。なお、せりふ正本の原本は、ケンブリッジ大学の所蔵が確認されている（廣瀬千紗子氏「『花江都歌舞妓年代記』の成立」〈『近世文芸』四十二号、一九八五年五月〉）。

(20) 『岩波講座　日本文学史』10（岩波書店、一九九六年）初出、『歌舞伎　問いかけの文学』（ぺりかん社、一九九八年）改題収録。

(21) 『秋葉権現廻船語』（竹田治蔵・並木翁輔作、宝暦十一年〈一七五一〉十二月、大坂中の芝居・三枡大五郎座初演）において、二本駄右衛門の一味となって月元家に騙りに入る牙のお才など。

(22) 『三升屋二三治戯場書留』（天保八年〈一八三七〉成立か）の「三十一　三日月おせん」の項には次のようにある（『日本庶民文化史料集成』第六巻）。

　四代目岩井半四郎杜若、白銀の太夫といふ。三日月おせんの元祖にして、作者此時増山金八の狂言にして、切見せ女郎に杜若を見立、海老ざこの重団十郎と両人を見立る趣向は、初ての事故大当せしと云。金八此顔見せの狂言の相談に、杜若へ切見せ女郎すゝめしところ、杜若は、切見せの女のかたをも、思入と仕こなしもしらぬことゆへ、いかゞと断りしを、作者たつてすゝめしゆへ、よふ〳〵得心せしゆへ、金八にいざなはれ、三田の三角の切見せへ見物に行れしといふ。此はなし増山の門人、本屋宗七語りぬ。

(23) 演劇博物館所蔵の辻番付（ロ二二―二三―一三）の版面に「来ル三日より」、欄外の書入れに「寛政四年子三月」とあることによる。

(24) 三浦広子氏は「鶴屋南北における脚本構成法―綯交―」（『国語国文研究』第43号、一九六九年六月）において、南北作の『杜若艶色染』（文化十二年五月、河原崎座）の「土手のお六の一件は、「けいせい金秤目」（寛政四年）の八重櫛のお六の筋を使ったものである」との指摘をしている。
（25）『日本戯曲全集　第三十六巻　情話狂言集』（春陽堂、一九三二年）に活字化される。
（26）第一部第三章第三節参照。
（27）前掲『日本戯曲全集　第三十六巻　情話狂言集』に活字化される。

第三章　四代目鶴屋南北

第一節　『けいせい井堤蕳』考

はじめに

天明六年（一七八六）十一月、金井三笑は十年の沈黙を破り、中村座の立作者として劇界に公式に復帰する。[1]この時、三枚目の作者として同座したのが、三笑に入門して間もない三十三歳の勝俵蔵、すなわち後の四代目鶴屋南北である。[2]

同年度の翌天明七年四月六日より、中村座で上演された『けいせい井堤蕳（いでのやまぶき）』[3]は、寛延二年（一七四九）十二月、大坂大西の芝居・三枡大五郎座で初演された、泉屋正三（後の並木正三）作の『大和国井手下紐（やまとのくにいでのしたひも）』の再演である。[4]この『けいせい井堤蕳』の台帳は従来未紹介であったが、大久保忠国氏の抱谷文庫には四冊の台帳が現存している。第一冊は江戸での再演時に付け加えられた二建目・三建目にあたり、その扉には「勝俵蔵」の名が見られる。つまり、南北の初期作としては、為永春水作、天保九年（一八三八）刊の人情本『祝井風呂時雨傘（いわいぶろしぐれのからかさ）』巻之五・第十回所収の「鯨のだんまり」[5]が有名であるが、これが同書に引用という形で紹介されているのに対し、本作は台帳という形で現在確認できる、最も古い南北の作品ということになる。そこで本節では、この『けいせいい井堤蒲』の南北担当箇所を主に検討し、南北が得意とした「おかしみ」の場面[6]の特徴を指摘するほか、師の三笑の作風が、初期の南北にどのような影響を与えたのか考察してみたい。

一　抱谷文庫本について

『大和国井手下紐』は、寛延二年の初演後、明和三年（一七六六）二月には、大坂若太夫芝居・姉川菊八座において同外題で再演されている。これら初演・再演時の台帳はともに京都大学附属図書館に所蔵されているが[7]、その他に、天理大学附属天理図書館にも上演時不明の写本五冊が存在しており[8]、抱谷文庫の『けいせい井堤蒲』の台帳が拠ったのは、この天理図書館本である[9]。

そこで以下、この抱谷文庫旧蔵本の書誌情報を掲げる。なお、原本は現在早稲田大学演劇博物館に収められている[10]。

〔所蔵〕早稲田大学演劇博物館（特別本ロ一六―一二三二―一～四）

〔体裁〕写本。半紙本。袋綴、四冊。縦本（二六・五cm×一八・五cm）。

〔表紙〕原表紙。黄土色。無紋。

〔記載書名〕外題、第一冊「天明年間芝居代帳(ママ)／傾城井堤蒲　春」、第二冊～第四冊「傾城井堤蒲　夏（秋、冬）」（直書き、左肩）。扉題、第一冊「天明七未三月狂言／けいせい井堤蒲／第壱番目／弐建目／三建目」、第二冊・第三冊「未春三月狂言／筑波の横雲 東金の親里　けいせい井堤蒲／第三建目（第四建目）」。

〔丁数〕第一冊・五十丁、第二冊・五十六丁、第三冊・五十六丁、第四冊・七十七丁、総計二百三十九丁（表紙・遊紙・白紙を除いた墨付）。

〔行数〕おおよそ十一行。

〔筆跡〕四冊とも同一筆跡。

〔印記〕「養閒斎蔵書記」（四・二cm×二・三cm、朱文長方印、第一冊～第三冊は扉、第四冊は本文一丁表にあり。使用者不明）。

〔その他〕第四冊最終丁裏に、「天明七丁未歳三月吉日／千秋萬歳大々叶／座本　中村勘三郎」の墨書あり。第一冊十三丁裏に「廻し道具」、同じく四十一丁裏に「道具まはる」と書かれた紙片が挿入されている。第二冊の五十一丁は天地逆さまに綴じられている。廣田書林から大久保忠国宛の「入荷御案内」の葉書一通（ロ一六―一二二一付）を添える。


この台帳は、『大和国井手下紐』における「大切」の場面を欠いているが[11]、第四冊の末尾に「まづ今日は是切」とあることから、「大切」は上演されなかったものと考えられ、台帳としては完全なものと言える。第一冊～第三冊の扉は、上部に上演年次、大名題、場立、下部に出演役者を掲げるという、幕内正本の形式を採ってはいるが、筆跡が勘亭流ではなく本文と同一なので、正本そのものではない。また、「養閒斎蔵書記」以外の蔵書印が見られず、貸本屋の旧蔵でもなかろう。料紙は薄様であるが、透写したものでもない。正本を目にした何者かが、単独で写し取ったものと考えられる。なお、鈴木圭一氏の調査によれば、「養閒斎蔵書記」の印記を有する台帳は、国立国会図書館所蔵の『劇場台帳』と題する叢書において一群を成しており、同氏はこれらの多くを非貸本と判断している[12]。

さて、ここで注目したいのが、先にも述べたように、第一冊の扉、役者の連名の左に本文と同一の筆跡で「作者勝俵蔵」とあることである（図20）。正本の裏表紙には担当作者名が記されるが、本台帳の書写者が、それをこ

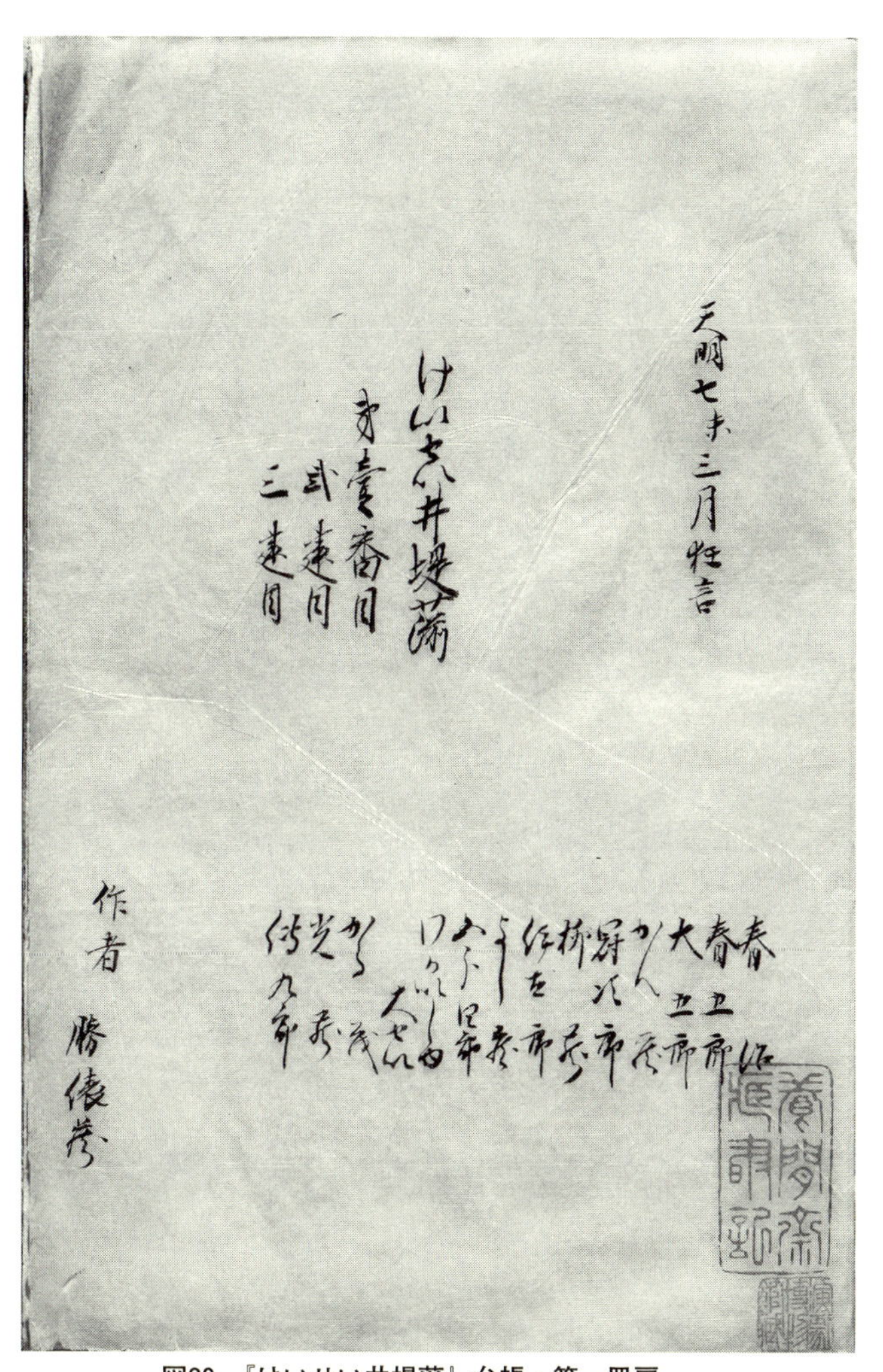
天明七未三月狂言
けいせい井堤蒲
第壱番目
弐建目
三建目
作者　勝俵蔵

図20　『けいせい井堤蒲』台帳・第一冊扉
（早稲田大学演劇博物館蔵、ロ16-1221）

の位置に写し取ったのであろう。第一冊記載の二建目・三建目の場面は、大坂上演の三種の台帳には見られず、江戸での再演にあたって付け加えられたものである。江戸における書き場の慣習からしても、これらの幕は、本作が上演された天明七年度において三枚目の作者を勤めていた南北が書き下ろしたものと考えて間違いない。そ

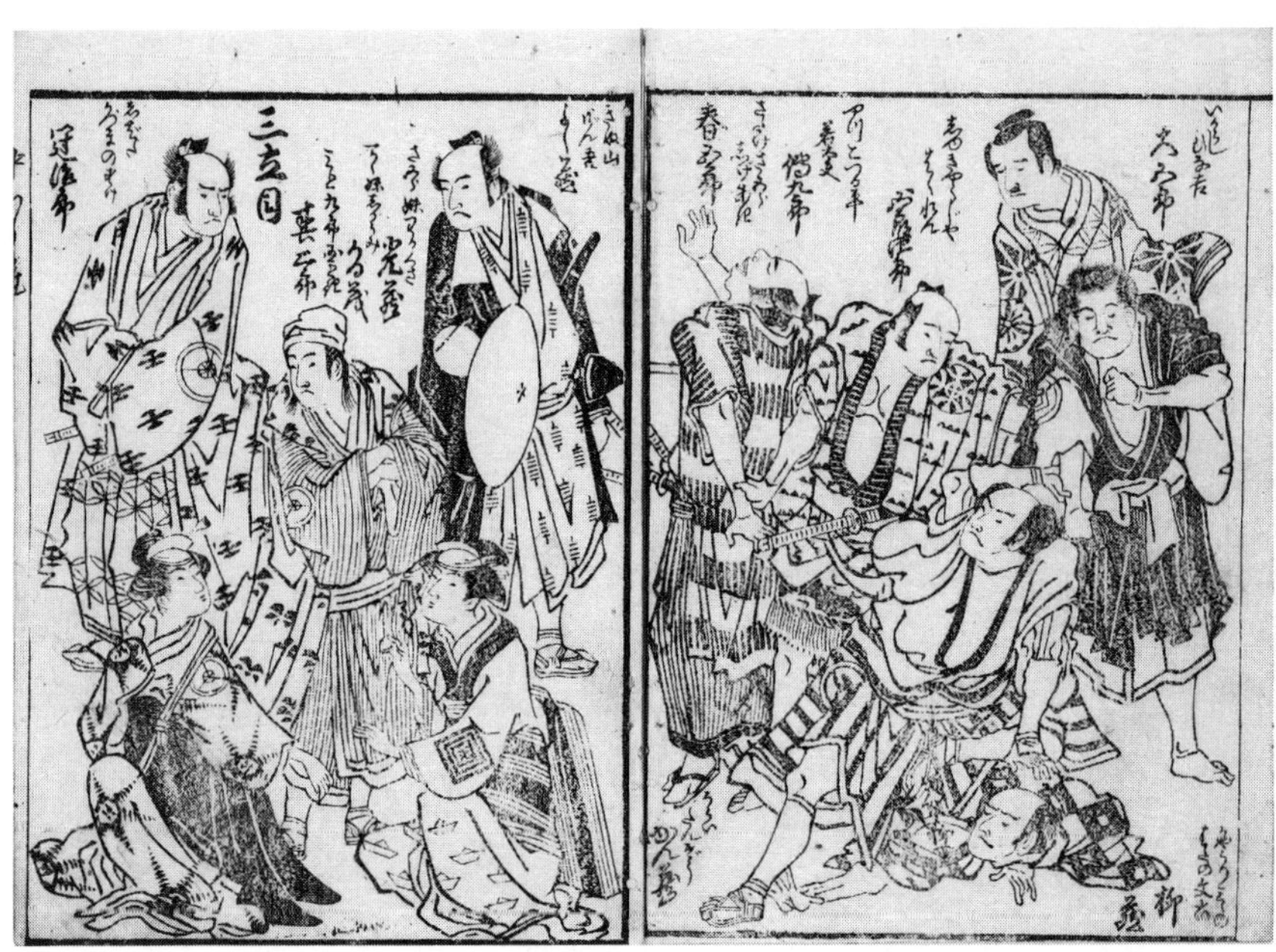

図21　『けいせい井堤蒲』絵本番付（早稲田大学演劇博物館蔵、ロ23-1-88）

こで以下、この二建目・三建目の梗概を掲げる。ゴチックで示した場面名は、私に付けたものである。なお、参考のため、本作の絵本番付の図版を図21として掲げた。

【二建目　京嵯峨野の場】

小田家の忠臣、複山源吾（中村芳蔵）は、若殿小田泉之助に廓通いを勧めたという讒言で暇を取らされ、船頭に身を落としている。石川丹下（沢村伊太郎）は、逆臣横雲大膳の命で小田家の重宝「系図の一巻」を手に入れるが、忠臣の芝田数馬之助（岩井冠次郎）と立ち回りの末、それを川へ投げ込む。苫舟の中で眠っていた源吾は、この騒ぎに目を覚まし、川に仕掛けていた四つ手網の中に「一巻」を見つける。

【三建目　第一場　祇園社門前水茶屋店先の場】

泉之助に輿入れした梅津宰相の息女、有琴姫に横恋慕する古手買いの十兵衛、実は近江国の山賊三上九郎国時（二代目大谷春次）は、横雲大膳からの密書によって、姫が祇園社内の茶屋で催される芸者踊りを見に来ることを知り、手下の文六（尾上柳蔵）らに命じて姫の乗物を襲わせる。立ち塞がった女馬子のおしづこと、梅津家の家臣佐竹左五郎重秋の妹若草（市川光蔵）が今にも斬られようとするところへ、乗物の中から泉之助に仕える奴鶴平（三代目中村伝九郎）が現われ、狼藉者達を追い散らす。

国時は、「系図の一巻」を有琴姫に届けようとしていた複山源吾を殺し、それを奪いとる。さらに国時は、有琴姫を守護するため、馬子の次郎蔵として身をやつしていた佐竹左五郎重秋（沢村春五郎）が置き忘れた鞭を利用し、源吾殺しの濡衣を重秋に着せる。逆臣浦井丹蔵（中島勘蔵）の命によって、国時とその手下である願人坊主の白蓮（鳴見五郎四郎）が重秋を痛めつけているところへ、鶴平が両人を止めに現われる。鶴平は、国時の刀の鞘の内側に血糊が残っていることから重秋の潔白を証明し、国時に詰め寄るが、丹蔵は国時を逃がしてしまう。

重秋は、若衆の五十嵐雛吉（松本大五郎）の報告によって、「一巻」が国時の手にあることを確認する。再び現れた丹蔵、白蓮、文六との立ち回りのさなか、雛吉は、白蓮の帯にこっそり馬の手綱を結び付け、白蓮は馬に引きずられて行く。

【三建目　第二場　祇園社内貸座敷の場】

女髪結のお露、実は小田家の家臣大道寺一角の妹しがらみ（岩井かるも）と、若草は、国時に酒を勧めつつ、「一巻」を取り返す隙を窺っている。奥座敷で行われている踊りの長唄（「教草吉原雀」）を借りて三人の所作事があるうち、国時の懐中から「一巻」と大膳からの密書が落ちる。立ち回りの末、二品を手に入れたしがらみと若草は、その場をいっさんに立ち去って行く。

二　おかしみの場面

この南北担当箇所の特徴の一つは、南北が得意とした「おかしみ」の場面が、随所に見られるということである。例えば、三建目冒頭には、雛吉がかつて男色関係にあった白蓮に出会い、驚いて落馬した後、白蓮の念仏で腰が立つという「おかしみ」がある。その場面は以下の通りである。

トいふ拍子ニ馬より落、気をうしなふ。おしづ、次郎蔵、かけ寄かいほうする。白蓮は、しやかのあま茶を口うつしニのませる。雛吉心づく。思入。

（中略）

雛吉　アノぢつなや〳〵。これまごどの、春ニなつてちやと馬から弐度落ます。三度めニはむまのくらといへど、かういとうてはもふかなわぬわいのふ。

白蓮　これ気をしつかりともて〳〵。

雛吉　気はたしかなれど、おいどをしたゝかぶつたゆへ、いきがはづんでくるしうござんす。もしも此手でしんだなら、わしが塚のしるしには、すぐなる柳をうへてたべ。行きの人のゐかふニも、これこそさまよがなき印と只一ぺんのきやうだらに、たゞし御家のいたこぶし、これがみらいのみやげぢやわいのふ。

白蓮　そのよふニ気をおとす事はない。おれがきとふで直してやる。わしがいふよふニねんぶつもふしや。なむあみだぶつ。

ト白蓮まじめニなり、

白蓮　なむあみ。
雛吉　なむあみ。
　　　トだん〲とこしのたつおもいれ。
白蓮　なんときめうか〱。

傍線部の「三度めᷓはむまのくら」とは諺で、『故事俗信ことわざ大辞典』（小学館、一九八二年）では「三度目には馬の鞍も置き合わされぬ」として立項され、「三度目の災難は思ったより早く来るので、逃れるために馬の鞍を置くひまもない。〔諺苑〕」と解説される。また、「わしが塚のしるしには、すぐなる柳をうへてたべ」は梅若伝説を踏まえたものであろう。なお、「さまよ」とは雛吉を演じる松本大五郎の異名である（大田南畝著『俗耳鼓吹』）。落馬程度のことで大騒ぎをする雛吉のセリフの面白みと、腰が立つ際の滑稽な動きが、この場の「おかしみ」を生んでいるのであるが、この例のように、本作における「おかしみ」の場面は、主として雛吉役の大五郎の仕内として用意されている。

三建目第一場の幕切れにも、この例と同様に馬が一役買った「おかしみ」が見られる。ト書きには次のようにある。

ト此内雛吉、白蓮が帯へ馬のたづなをむすび付る。見物の方へ見へるよふᷓする。（中略）ト白蓮かゝるを、雛吉棒ᷓて馬を打、馬は一さんᷓ揚まくのかたへかける。此馬ᷓ白蓮ひかれてむかふへはいる。雛吉棒をもちてたゝきたて〱。

「見物の方へ見へるよふᷓする」という注意書きからは、この「おかしみ」をより効果的にしようとする南北の意図が窺える。これと同趣向の「おかしみ」は、時代は下るが、同じく南北作の『菊月千種の夕暎』（文政十二年

〈一八二九〉九月、河原崎座初演）の中幕「三勝仮宅の場」にも見られる。「真ッはだか」になった岩沼徳平太が、「ゆぐ一ツ」になった下女おまると抱き合ったまま、馬に引っ張られるという場面であるが、そのト書きには次のようにある。(13)

半七、（注、徳平太を）どふして返そふと思入の内、門口へいぜんの馬出懸ル。半七、これを見て思入。たづなを延して三勝にあてがふ。三勝、心得てたづなの先キをわなにして、こちらへ来ル。（中略）三勝、徳平太の首へわなを掛る。（中略）この時、門口にて半七、真木ざつぱを持て馬の尻をした、かに打。曲擬になり、馬は一ツさんに向ふへ走りは入ル。この手縄に引ずられ、抱付し侭揚幕へは入ル。

『けいせい井堤蒲』のものと比べると、引きずられる人物が二人に増え、しかも両人ともあられもない姿であるという点において、この「おかしみ」はより過激なものとなっている。

この例のように、本作には後の「おかしみ」の趣向の原型を見出すことができるが、中でも注目したいのは、三建目第一場前半の、雛吉が十兵衛に言い寄る次のような場面である。

雛吉　扨は今の女（注、お露のこと）はいつの間ニかにげおつたか。シテ、貴様はだれだ。
十兵衛　わしかへ。わしは十兵衛といふ古手がいニてごんすが、見ればおまへは若衆ともみへ、女共みへるし、どふも合点の行かぬ人だわへ。
雛吉　何じや、合点がいかぬへ。其はづでござんす。女とも又男とも、引ばわづろう花あやめ、名もひな吉と言、ふたりまへの若衆じやわいな。
十兵衛　てもいやらしいばけものだわへ。
雛吉　何じや、ばけものじや。そふにくて口きかんに、おまへどふかすいたらしいわいなア。これ古手やさん、何とわたしがねんじやゞなつておくれんかいなア。
　　トだきつく。
十兵衛　これ若衆さん、わしやア衆道ぐるひはきらいでごんすよ。
雛吉　若衆がいやなら、そんなら女子であおふわいな。
十兵衛　なんと貴様は、女か男かわからぬわへ。
雛吉　されば今いふ通り、女半分男半分、上十五日下十五日わじ(ママ)やふたぢやわいなア〳〵。

十兵衛の「見ればおまへは若衆ともみへ、女共みへる」というセリフに対し、雛吉が「ふたりまへの若衆」と答えているように、雛吉は両性具有の人物として設定されている。(14)お露に振られてしまった雛吉は、その直後、十兵衛に「若衆」として言い寄るのであるが、それが拒絶されると、今度は「女子」として迫っている。つまり、松本大五郎という一人の役者が、男から女へと仕内の転換を見せているのである。

こうした性の仕内の転換による「おかしみ」の例は、本作以外の南北の初期作にも見られる。古井戸秀夫氏は、「鶴屋南北㈢」において、寛政元年（一七八九）八月、市村座上演の『姿伊達契情容儀（すがたのだてけいせいかたぎ）』の三建目が、南北の書き場であると推定しているが、大谷徳次演じる荒獅子男之助の仕内には、次のようなものがある。(15)

道柴　（前略）それはそふと軍次兵衛様へ、腰元衆、御茶もちやいなふ。
　　ト相方になり、荒獅子男之助、女のなりにて茶を汲んで出、山中軍次兵衛に出ス。
山中　貴殿はあらじ、男之助どのではござらぬか。
男之助　アイ、男之助じやわいなア。
道柴　その男之助様が、なんでまあ、其様な形でいさんすぞひなア。

男之助　されば聞て下さんせ。鬼つら様の御意にちがひ、けふ一日は女の手わざ、おもへば〳〵、くやしうてはづかしうて、わたしがめうじの荒獅子に、ぼたん〳〵となみだがこぼるゝ、わひなア。

山中　何をおいやる、ハヽヽヽヽ。

男之助　これみなさん、わたしやけふこふ中にかひ、アイ、おやまじやわいなア。

道柴　そりやなぜにへ。

男之助　ハテ、おやま、赤女がたじやわいな。

ト書きに「女のなりにて茶を汲んで出」とあるように、男之助は、大江鬼貫ら敵役によって女性の姿にさせられるのであるが、興味深いのは、女性への変化が、単に姿のみならずそのセリフまわしにも及んでいるということである。男之助のセリフにある「赤女がた」とは、男之助が荒事の「赤つら」であることを受けてのものであるが、本来剛勇の人物が女性になりきってしまっているところに、「おかしみ」が生じているのである。

諏訪春雄氏は、『近世戯曲史序説』（白水社、一九八六年）において、南北の作品に描かれている人間を捉えるための視点の一つとして「性の互換」を挙げ、次のように述べている。

> 性の互換とは男が女になり、女が男になるということ、ことばを換えれば、男女の区別を取りはずしてしまっているということである。（中略）この作（注、文化元年十一月、河原崎座『四天王楓江戸粧』）の第一番目五建目小幕の一条戻橋の場で、辰夜叉が花山の院を占拠したため、追い出された公卿たちが生活に窮して夜の街に夜鷹となって徘徊するという茶番めいたおかしみの趣向が展開する。（中略）男色をひさぐ若衆や野郎なら何の珍しさもない。男が、それも階層の高さを誇っている公家たちが夜の街に辻君として女色を売るというナンセンスがこの場のおかしみと皮肉を生んでいる。

性別というもっとも基本的な枠組みを壊すことで「おかしみ」を創出するという手法は、雛吉や男之助の例に通じるものがある。言い換えれば、南北の「性の互換」への着目は、『けいせい井堤蒲』のような初期作の段階から既に表れていたのである。

以上、本作における「おかしみ」の場面を検討してみた。それらは、南北の後の作品に継承されていく趣向であったが、『菊月千種の夕暎』のような過激さや、『四天王楓江戸粧』のような階層の落差という視点から生み出される皮肉は見られず、南北特有とされる毒のある笑いにまでは、いまだ昇華されていない。

三　南北の小道具の利用法

さて、この南北の担当箇所には、「おかしみ」の場面だけでなく、その他様々な趣向が盛り込まれている。たとえば、おしづの危機を救った奴鶴平の登場場面は次のようなものである。

鶴平　まちやアがれ、ヱ、。

　トながし[ニ]成、乗物の内より鶴平、奴の形[リ]まつか[ニ]ぬり、飛んで出、皆々をはりたをし、おしづをかこひ、きつと見へ。

浦井丹蔵　まて〳〵。ありこと姫と思ひの外、かごから飛でる赤がいるめ。うぬはまあ、なんといふ。

みな〳〵　やろうだ、ヱ、。

文六　いやさなんといふ。

みな〳〵　やろうだ、ヱ、。

鶴平　まかり出たる赤奴は、事もおろかや小田泉之助さまの御ぞうりつかみ、其名も千里ひとのしの鶴平といふ色やつこだ。まぢかくよつて、しやつらをおがみたてまつれ、ヱ、。

伝九郎演じる鶴平は顔を赤く塗っており、一見して「暫」の類型であることが分かる。(16) しかも鶴平は、後の場面で捌き役としても登場し、国時の源吾殺しをあばいて重秋の無実を証明している。つまり、伝九郎は実事も演じているのである。

また、鶴平の仕内には次のようなものもある。源吾殺しの疑いが晴れた重秋は、国時を追いかけようとするが、鶴平はそれを呼び止め、重秋の鬢のほつれを指摘する。

鶴平　（前略）左五郎様、見ぐるしいびんのほつれ。

　　トあたりを見廻し、さいぜんのびんだらいよりくしを一枚いだして、

鶴平　さいわい爰ニくし道具。髪なで上ヶてござりませ。

重秋　何から何までかたじけない。

鶴平の忠臣ぶりがさりげなく示された印象深い場面と言えよう。

さらに、三建目第二場の「祇園社内貸座敷の場」では、国時・若草・しがらみの三人による所作事が行われている。

国時　此手は。

若草　サア、其手は。

しがらみ　此手は。

　〽其手でふかみへはんま千鳥。

　　ト吉原すゞめの歌をかりて、三人所作ニ成。是よりおくの座しきの歌をかりて一くさりヅ、

の歌〽てよろしき所作ごとあるべし。

しがらみが「系図の一巻」を得るため、国時の懐中に手を入れると、「其手は」というセリフから、長唄「教草吉原雀」（明和五年〈一七六八〉十一月、市村座初演）の「其手でふかみへはんま千鳥」という一節が呼出され、奥座敷の芸者踊りの唄が聞えてくるという形で、所作事へと展開する。

このように南北は、自身の得意とする「おかしみ」の場面のほか、「暫」や忠臣の主人への情、所作事といった様々な見せ場を、「系図の一巻」を廻る争いという御家騒動物の典型的な大枠の中に破綻なく盛り込んでいるが、ここで注目したいのは、これら多様な要素を結びつけるものとして、小道具が効果的な役割を果していることである。

三建目第一場の前半、鬢を剃り落とされそうになって逃げる文六を雛吉が追うという場面には、小道具が二つ登場している。

お露　（前略）かさねてからてんがうい わぬよふ〽、此かみそりでかたびんおとしてやらしやんせいな。
　　トびんだらいよりかみそりを出す。
（中略）
文六　これさ、すられてたまるものか。
白蓮　はやくにげろ〳〵。
　　ト白蓮、文六をむり〽はなしてにがしてやる。雛吉、白蓮をおつかけ三人下座へはいる。此時
　　雛吉、長歌のばんぐみをおとしはいる。
次郎蔵　ても、にくいやつでござるわいの。

お露　とりわけ大てい悪いやつじやござんせぬわいなア。
トいふ内おしづ、ばんぐみをひろうて、
おしづ　これ見さんせ。こりやこれ、けふ社内の茶やで去ル御屋敷の奥様がおめし二成たおどりの番づけぢやないかいなア。

第一は、女髪結のお露が持って来た「びんだらい」である。お露は文六の鬢を落とそうとして、鬢盥から剃刀を取り出しているが、後半では、先に見たように、重秋の髪を梳くため、鶴平がこの鬢盥から櫛を取り出すことになる。第二は、雛吉が落す「長歌のばんぐみ」である。これは、祇園社内の貸座敷で催される芸者踊りの番付のことであり、つまり、先に見た、国時・若草・しがらみによる「吉原雀」の所作事の伏線となっているのである。

さらに、馬子の次郎蔵（実は佐竹左五郎重秋）の「鞭」も重要な小道具である。三建目第一場の前半、次郎蔵は、お露に自身の正体を明かす際に、この鞭を使って松の枝を打ち落とす。

お露　（前略）次郎蔵さんの御本名は。
次郎蔵　げにもつとも。其名をあかさぬそこもとへ、此場におゐてせつしやがせいこん〇
トあたりを見廻し、松の木をみつけ、こしのむちをもち行きて、
次郎蔵　御女中さま。むまかたそふおふ此むちで、まごそふおふの此場のきんてう。まつ此ごとく。
トむち二て松の枝を打落ス。草笛入の合かた二成、松の枝をお露がまへ二おく。
お露　これは。
次郎蔵　人にかたらぬ此場のせいし。

何気ない一場面であるが、後半、次郎蔵に源吾殺しの濡れ衣を着せるためにこの鞭が利用されることを考えると、

この馬子の金打の場面は、後半の伏線となっているのである。また、既に触れたように、雛吉が乗って来た「馬」も、雛吉の落馬という「おかしみ」の場面に用いられ、さらに幕切れでは、白蓮を引きずるという「おかしみ」に一役買っている。(17) なお、右の次郎蔵の金打と、幕切れの馬の趣向は、『仮名手本忠臣蔵』の二段目における、加古川本蔵が縁先の松の枝を切って落す場面、および本蔵が幕切れで馬に乗って退場する場面を踏まえたものと考えられる。

さて、小道具による伏線は、『姿伊達契情容儀』の南北の書き場にも見られる。荒獅子男之助が女性の姿になることは既に述べたが、それには次のような段取りがあった。

①荒獅子男之助（大谷徳次）の「大小」が、揚代三百両のかたとして取られる。
②敵役の毒薬の密談を聞いた糸萩（瀬川増吉）が口封じのため殺され、「簪」が落ちる。
③男之助に「大小」がないことから、敵役の大江鬼貫（松本鉄五郎）が、「たいとう（帯刀）なさねば女も同前、けふのきうじ（給仕）はなんじいたせ」と言って、関の井（二代目瀬川富三郎）の「結綿の紋のついた打掛」を着せた上、その場にあった「簪」を挿させて、男之助を女性の姿にする。
④「結綿の紋の打掛」を着た男之助が、揚代の三百両欲しさに、柄杓で手水鉢を打とうとする（瀬川家の御家芸「無間の鐘」のパロディー）。

このような段取りについて、古井戸氏は前掲の「鶴屋南北㈢」において「このあたりの律義な伏線の張り方が『会稽櫓錦木』でみた俵蔵のおかしみの特色である」と述べている。なお、『会稽櫓錦木』とは、寛政九年（一七九七）十一月、中村座所演の作品である。早稲田大学演劇博物館蔵の台帳の四建目には、南北自筆の書き込みが見られるが、古井戸氏はその台帳を分析し、書き込み前の福森久助のものよりも、段取りが詳しくなり理屈の通った筋展開になっていることを指摘している。

四　三笑の小道具の利用法

ここで想起されるのが、南北の師である金井三笑の作風について言及した『戯場年表』宝暦四年の条の記述である。その中には「たとへば初め出したる品を後々迄遣ひて役に立、三建目より筋をつなぎ六建目は大詰二番目へ持込」という記述がある。[18] 三笑が小道具を巧みに用いる作者であったことは、『役者清濁』（安永二年〈一七七三〉三月刊）の記述からも窺うことができる。初代桜田治助が立作者を勤めた『和田酒盛栄花鑑』（安永二年正月、中村座）の対面の場面について、工藤祐経を演じた二代目中村伝九郎評には次のようにある。[19]

> 頭取　対面の場、花道より遊君をともなひての出端、女形にて花をもたてたる（ママ）所、左交（注、治助の俳名）丈の御工夫。此度のしゆかうは曽我にすがはらの取組にて、祐経の藤原は時平の末葉、あいごの先祖はすがはらとはめづらしい。わる口　梅さくら松の三本の扇、もそつと趣向が有たい物だ。此やうな道具までくづにせぬは、三笑〳〵。

台帳が現存しないため詳細は不明であるが、「曽我にすがはら（菅原）の取組」とあるように、本作は曽我物に、菅原道真のいわゆる「北野御記」の世界を綯い交ぜにした趣向であった。[20] ここで注目すべきは傍線部の記述である。「梅さくら松の三本の扇」は、『菅原伝授手習鑑』（延享三年〈一七四六〉八月、竹本座初演）の三段目切「佐太村の段」において、松王丸・梅王丸・桜丸を象徴するものとして登場する三本の扇を踏まえたものであろう。この小道具について、もし三笑が筆を執っていたのなら、治助よりもうまく作中に利用していたであろうと評されているのである。三笑が小道具の使用に長けていたという認識が、当時の観客に浸透していたことを示す一例である。

台帳が現存する三笑の作品は、寛政二年（一七九〇）正月、市村座所演の『卯しく存曽我』のみであるが、二番目の台帳しか残っておらず、[21]『戯場年表』の記述が言うような、幕を超えた小道具の使い方を確認することはできない。しかしながら、『大和国井手下紐』の再演である本作『けいせい井堤蒲』には、大坂での上演には見られない改変箇所があり、その中にこの例を具体的に指摘することができる。

本作の四建目は、『大和国井手下紐』の「口明」に相当する部分である。小田泉之助（三代目沢村宗十郎）は、妾腹の兄、主税之助（二代目沢村淀五郎）に家督を継がせるため、執権職の横雲大膳（初代尾上松助）の協力を得て、父治部太夫（松本小次郎）の勘当を受けるが、その場面には、「勘当はしたものの親の情愛を捨てきれない治部太夫が、かねてから仕立てておいた素袍を、主税之助を通じて形見として与える」というくだりが付け加えられており、これは大坂での上演には全く見られないものとなっている。治部太夫のセリフには次のようにある。

> これ、是を見い。祝延（ママ）の賀儀ニ着せうと染させた此素袍大紋、われニ見せてよろこばそふと、わざ〳〵是迄持せて来たが、勘当すれば是もむだ事。なんの是がすおふ所か、住所もない浪人へさいわいの手のうち、イヤ、手打ニするやつなれど、刀のけがれ。命助りおるのをありがたいと思ひ、ずいぶんまめで○　サア、まめでおろうが死おろうが、今わかれてよりいつ逢ふかしれぬ。われへはかた身（ママ）の素袍○　イヤ、かたみがすぼまる不孝もの。すほふを見ても腹が、主税、すてさせて下され。

特に傍線部は、勘当をしたために、親の情愛を表立っては示せない治部太夫の苦しい胸のうちが表されており、この場面が治部太夫を演じる松本小次郎の見せ場になっていることが窺える。

そして、この「形見の素袍」は六建目において再び登場する。治部太夫の死を知った泉之助は、有琴姫（二代目瀬川富三郎）と傾城大淀（三代目佐野川市松）の制止を振り切り、「形見の素袍」を肩にかけて狂乱の体を見せる。

泉之助　なんじや、親人がお国入じや、さあ〳〵、いそがしうなつた〳〵。お供の用意〳〵、幸ひ爰に大紋すおふ。

トすおふを取あげ、

泉之助　サア、大紋じや〳〵。

両人　そりやまあ、なに事でござんすぞいなア。

泉之助　何事じや、なんの事とはお供にたつ二素袍をつけねばならぬ。サア、すおふをつけてたも〳〵。

ト大淀、有琴姫に素袍を付つけ、

ヱ、、もふ間ニ合ぬ。これでよい〳〵。

ト素袍をかたにかけて、

泉之助　みな、供せい。

トかけ出ス。大淀、有琴姫、さゝへるをふりはなし、むかふへはしりはいる。

この後、道具が変わると、常磐津節の所作事「乱咲花色衣（みだれざきはないろごろも）」となるが、泉之助の登場場面のト書きには次のようにある。

トいつせい二なる。又はなみち二てこへしてはやす。かけり二て和泉之助、糸ものちらしすほうはかま、さゝ二してきりかけ、これをかたげて花道へとまる。

泉之助のこうした扮装は、狂乱物の典型的なものと言える（図22）。「乱咲花色衣」は、三笑が本作上演のために書き下ろした新作である(22)。三笑は、四建目において「形見の素袍」という小道具を登場させることで、この浄瑠

図22　『けいせい井堤蒲』絵本番付（早稲田大学演劇博物館蔵、ロ23-1-88）

璃幕をより効果的に印象付けているのである。(23)まさに、「初め出したる品を後々迄遣ひて役に立」という『戯場年表』の記述の格好の例と言えよう。

『作者店おろし』の南北の項に、「勝俵蔵、見習に出た始めより追立に随ひ、金井三笑を師とたのみ、三笑風を専にして、出世立身して大作者と成る」とあるように、初期の南北は師の三笑の作風を積極的に習得した。したがって、本作『けいせい井堤蒲』や『姿伊達契情容儀』の南北担当箇所に見られる小道具の利用法は、三笑の教えのもとで培われたものと考えられる。(24)確かに、『戯場年表』に記述される三笑の小道具の用い方は、「形見の素袍」の例のように作品全体に及ぶものであり、南北が担当した二建目・三建目という狭い範囲内でのことを指しているわけではない。しかし、南北が小道具を効果的に用いていることは台帳から読み取れる事実であり、むしろ、その限られた執筆箇所の中で、師の作風を発揮しようとした南北の意識が表れていると言えるのではなかろうか。

まとめ

以上、抱谷文庫の台帳を用いて、『けいせい井堤蒲』における勝俵蔵時代の南北の担当箇所を検討した。そこからは、後の南北の作品にも通じる「おかしみ」の場面が見られるだけでなく、様々な趣向が小道具による伏線で緊密に結びつけられているという点において、師の金井三笑の影響を窺うこともできた。南北が三笑のもとで学び、そして体得した技術がどのようなものであったかを、南北の三笑入門の極めて初期の時点で、具体的に特定することのできる本作の存在は、南北研究の上で重要な意義を持っているのである。

【注】

（1）三笑は、安永五年（一七七六）五月の二度目の中村座乗っ取り失敗により、約十年間三座の番付から名目を消すものの、依然として市村座において影響力を行使していた。このことについては、古井戸秀夫氏「三笑風と桜田風（上）」に詳しい。第一部第一章第一節参照。

（2）俵蔵こと南北は、顔見世番付刊行の時点では、二枚目作者として記載されているが、顔見世狂言『雲井花芳野壮士（くもいのはなよしののわかむしゃ）』の役割番付では、理由は不明であるが、二代目中村重助が二枚目として新たに加わっており、結果として三枚目に落ちている。南北が番付の上で三笑と初めて同座したこの年度を、南北の三笑入門時期の下限とすることができるが、南北の当初の厚遇から考えると、三笑は南北の力量を高く買っていたものと思われる。

（3）大名題の表記、および初日の日付は役割番付による。なお、『花江都歌舞妓年代記』での表記は『けいせい井手の山吹』である。

（4）『日本古典文学大辞典』第六巻（岩波書店、一九八五年）の「大和国井手下紐」の項目（河合真澄氏解説）には、『大和国井手下紐』が「数度に渡って繰り返し上演され、江戸でも舞台にかけられた」との指摘がある。別外題として『傾城井手の山吹』の名も挙げられているが、これが江戸での上演時のものであるかについては言及されていない。なお、『役者新詠合』（寛延三年〈一七五〇〉正月刊）京之巻の開口部「狂言の高宮をくゝり頭巾」では、歌舞伎の舞台に立ってみたくなった主人公の長左衛門が、端役者や太鼓持ちを集めて自身で一座を組織するが、その興行で上演された作品の外題を「けいせい井手の山吹」としている。この評判記は、『大和国井手下紐』の初演（寛延二年十二月）直後の刊行であるので、初演時に、既にこの別外題での上演があったのかもしれない。

（5）古井戸秀夫氏は、「鶴屋南北(二)の下」において、南北が「鯨のだんまり」を書いたのが、天明二年（一七八二）から同六年までの間の森田座においてであると推測している。

（6）三升屋二三治著、天保十四年成立の『作者店おろし』の南北の項に「俵蔵の昔しはおかしみの狂言を書て」（『日本庶民文化史料集成』第六巻、三一書房、一九七三年）とあるほか、西沢一鳳著、天保十四年自序の『伝奇作書』初篇「鶴屋南北が伝」の項にも「四代目を勝俵蔵と呼び狂言道に入て後滑稽道化場を能書」（『新群書類従』第一、国書刊行会、一九〇六年）とある。

（7）それぞれ、『歌舞伎台帳集成』第七巻（勉誠社、一九八五年）、第十九巻（勉誠社、一九八八年）に活字化されている。

（8）台帳の役人替名の欄に、「座本中山与三郎」という記載があるので、与三郎が唯一座本を勤めていた明和七年（一七七〇）度の大坂中の芝居においての上演であると考えられる。

（9）明和三年再演の『大和国井手下紐』の「口明」には、若殿小田泉之助の放埒に異見をしに現れた石堂帯刀と松村千左衛門の裃が、傾城しが崎らに取られてしまうという場面があるが、天理図書館本では、このくだりが以下のように詳しくなっている。なお本節では、台帳からの引用にあたって、役者名を役名に改めた。

【京都大学本（明和三年再演）】

しが崎　　ヤア、窮屈な此上下から先へ取らんせ。
千左衛門　イヤ〳〵、是はどふもならぬ。許せ〳〵。
泉之助　　何の上下の千や弐千に構ふ事はない。サア〳〵、酒にせふ〳〵。

【天理図書館本（明和七年再演）】
志賀崎　　きうくつな此上下から、マア先へとらんせ。
泉之助　　それはとられぬ。
志賀崎　　なんの此やうな者（ママ）が何に成るもので。
　　　　　　トへしくしやにしてほる。
花園　　　おまへもこれとつて仕まわんせ。
　　　　　　トぬがす。
帯刀・千左　コリヤ、それはどふもならぬわいやい。
若竹　　　なんのどふもならぬ事が有ル。こんな物はこふしたがよい。
　　　　　　ト又へしくしやにする。
帯刀・千左　ア、コリヤ、大事の定紋の付た上下をそのやうにしては、後日にしれてやかましいわいやい。
泉之助　　コリヤ、まだ角な事が有ル。くだけい〳〵。
帯刀・千左　そんなら、それもそふかい。
泉之助　　なんのはかまの一ッや弐つ、かもふ事はない。いつそ酒にせふ。

煩瑣になるためここでは引用しないが、抱谷文庫本の当該場面は、役名に変更があるものの、セリフ、ト書きともにこの天理図書館本とほとんど同じであり、抱谷文庫本が京大本ではなく天理図書館本に拠ったことを示す一例となっている。

（10）　旧稿「勝俵蔵の初期作『けいせい井堤蒲』をめぐって」（『近世文芸』八十三号、二〇〇六年一月）では、原本の所在が不明であったため、国文学研究資料館所蔵のマイクロフィルム（ホ三-六一-二一〜五）、および紙焼写真（H二六四三〜H二六四六）を用いたが、その発表後、演劇博物館助手（当時）の金子健氏より、原本が、同館の未整理台帳の中から発見されたとのご教示を得た。同館には一九九九年四月十九日に収められたとのことである。なお、本台帳は、二〇〇八年十月一日から十一月三日まで同館で開催された、「演劇博物館80周年記念名品展」で展示され、その図録には図版が掲載されている。

(11)『大和国井手下紐』における二幕目と、三幕目（『けいせい井堤蒲』では五建目に相当）の「返し」も収録されていない。

(12)「国立国会図書館蔵・函架番号一一四番『劇場台帳』―読み物としての歌舞伎台帳　その二」（『鯉城往来』第8号、二〇〇五年十二月）。

(13) 引用は、『鶴屋南北全集』第十二巻（三一書房、一九七四年）による。

(14)「ふたりまへ」という語の用例は見出せないが、雛吉のセリフには、「女半分男半分、上十五日下十五日」とあり、これは、『和漢三才図会』巻十「人倫之用」の「半男女（ふたなり）」の項に、「上半月は男と為り、下半月は女と為る」とあるのを踏まえたものと思われる。なお、『只今御笑草（ただいまのおわらいぐさ）』（二代目瀬川如皐著・画、文化九年〈一八一二〉自序）によれば、宝暦年間（一七五一〜六三）の中頃に、体の左右の半身を、それぞれ女装、男装にした大道芸人が存在していたようである。同書の「ありやりんと」の項には、次のようにある（『続燕石十種』第三巻、中央公論社、一九八〇年）。

宝暦の中ごろにや覚ゆ、半身は女、半身は男の出たちにて、紙にてつくねたる島田髷と、いと剃り下げたる奴のかづらひとつにかむり、白きもの片頬にこと〴〵しくぬりたて、頬べにさして、何の物真似にやありけん、茜染のまへだれ半身かけ、団扇もちて拍子とり、門々に立ていへる事は、アリヤリントよい子め〳〵、品もの〳〵、とはやして、団扇手うち、腰をよじらせる身ぶりありて、一興なるものなりき。されど乳の母の懐に遊びし比にて、よく覚へず。

宝暦五年生まれの南北は、幼い時に目にした、こうした大道芸人の印象を基に、本作の雛吉を造型したのかもしれない。

(15) 引用は、国立国会図書館所蔵の台帳による。
(16)『姿伊達契情容儀』三建目の荒獅子男之助の登場の際にも、南北はやはり「暫」の類型を用いている。
(17) 推測の域を出ないが、雛吉が馬を打った「棒」とは、次郎蔵が鞭で打ち落とした「松の枝」と同じものかもしれない。
(18) 引用は、『日本庶民文化史料集成』別巻（三一書房、一九七八年）による。
(19) 引用は、早稲田大学演劇博物館所蔵本による。
(20)『世界綱目』（『歌舞伎の文献・6　狂言作者資料集（一）』、国立劇場調査養成部・芸能調査室、一九七四年）による。
(21) 第一部第一章第四節参照。
(22) 東京大学教養学部黒木文庫には、「乱咲花色衣」の現存唯一とされる青表紙正本が所蔵されている。その内題下には「与鳳亭述」とあり、三笑の別号が記載されている。
(23) 二建目・三建目の追加、「形見の素袍」以外の改変としては、第一に、四建目の初代尾上松助演じる横雲大膳の仕内が挙げられる。大膳が治部太夫を暗殺する際、『大和国井手下紐』では、一旦引込んでから再度登場して小柄を打ち掛けるのに対し、『けいせい井堤蒲』では、引込まずに花道に留まったまま小柄を投げる。忠臣の仕内を見せていた大膳が、突然「悪」としての本性を表すのがこの場面の見せ場だが、その変身の瞬間を花道の上で見せるという工夫が加えられている。第二には、五建目の廓場において、太鼓持の喜作の見せる芸が「善光寺の布渡り」から役者の声色芸になっていること、また、荷持瘤の伝兵衛と、ひでりの権吉という人物の設定が、寒垢離屋から、門付けの三味線弾きと浄瑠璃語りになっていることが挙げられる。
(24)『日本古典文学大辞典』第四巻（岩波書店、一九八四年）の「鶴屋南北」の項目（郡司正勝氏・古井戸秀夫氏解説）には、南北の作風について、「金井三笑譲りの緻密な仕組と十分な伏線、小道具の巧みな利用など、基本的な劇作の技術によって、筋立の破綻をまぬがれている」との指摘がある。

第二節　『曽我祭俠競』考

はじめに

『曽我祭俠競』は、文化十年（一八一三）五月七日[1]より、森田座において上演された作品である。立作者は当時五十九歳の四代目鶴屋南北、以下、二枚目に二代目桜田治助、三枚目に本屋宗七、その他、清水正七らが作者として名を連ねた。[2]本作は、延享二年（一七四五）七月、大坂竹本座で初演された人形浄瑠璃『夏祭浪花鑑』（並木千柳・三好松洛・竹田小出雲合作）の書替え狂言である。南北の夏祭物の作品としては、文化八年七月、市村座の興行の二番目として上演された『謎帯一寸徳兵衛』が有名であるが、[3]その他にも、文政七年（一八二四）には、文寿堂丸屋文右衛門から『曽我祭東鑑』という合巻が、「鶴屋南北口授、南北門亀東作」という形で出版されている。『鶴屋南北全集』第六巻（三一書房、一九七一年）の『曽我祭東鑑』の解説において、服部幸雄氏は本作『曽我祭俠競』について触れ、次のように述べている。

> もっとも、これ（注、『曽我祭東鑑』）に先立つ文化十年（一八一三）に、南北は「夏祭」を曽我祭に置きかえた書き替え狂言を書いている。これが、同年五月、森田座上演の『曽我祭俠競』である。「夏祭」とその書

き替え狂言『謎帯一寸徳兵衛』とを交ぜた再書き替え物らしく、一寸徳兵衛（新七）、団七（団十郎）、三ぶ、義平次（幸四郎）、琴浦（半四郎）、佐賀右衛門（四郎五郎）、玉嶋磯之丞（勘弥）、おかぢ（亀三郎）、お辰（妻花(ママ)）といった役名が見えている。残念ながら台帳を残していないので、具体的な内容は知り得ない。曽我祭のある五月の狂言で、初春狂言でないので、直接的には「曽我」の世界は入っていないと思われる。また、「泥場」の設定も、団七を団十郎、義平次を幸四郎が演じている配役から見て、「夏祭」に近いはずで、本作（注、『曽我祭東鑑』）ほどの変化はない作かと想像される。それにしても、曽我祭を背景にして、江戸の男達(だて)を並べてみようとする基本的な構想はこの作品から負うたといえよう。

服部氏は「残念ながら台帳を残していない」としているが、早稲田大学演劇博物館助手（当時）の金子健氏のご教示により、本作の台帳が同館に所蔵されていることが明らかになった(4)。そこで本節では、この新出の台帳を元に、本作の構想や趣向について考察していきたい。

なお、文化十一年正月刊の『役者繁栄話(はんえいばなし)』の評中に、本作に言及した箇所がわずかながら見られるので、主な配役の紹介も兼ねて、以下に抜粋しておく(5)。


五代目松本幸四郎……「曽我祭ニ三ぶ。団七徳兵衛へのゐけん、二役義平次当りました」

七代目市川団十郎……「曽我祭に団七。徳兵衛との立引、たての仕うち、男達と見へ」

五代目岩井半四郎……「曽我祭ニお中、二役琴浦、何をされてもはづれといふ事なく」

二代目沢村四郎五郎…「曽我祭の佐賀右衛門、何をされても悪なら得手もの」

四代目佐野川花妻……「曽我祭ニおたつを勤られ」

二代目尾上新七………「曽我祭ニ一寸徳兵衛、いづれもでかされ」

中山亀三郎…………「曽我祭ニお梶」
二代目松本米三郎(6)……「曽我祭ニお時」
四代目市川宗三郎……「曽我祭ニ伝八」
二代目市川門三郎……「曽我祭ニ兵太夫」
桐嶋儀右衛門…………「曽我祭ニはいかい師」
三枡大太郎…………「曽我祭ニ左近之介、二役喜三郎、評よく」

一　新出台帳の書誌

まず、本台帳の書誌情報を掲げる。

〔所蔵〕早稲田大学演劇博物館（特別本　ロ一六-一二六七-一～三）。

〔体裁〕写本。半紙本。縦本（二三・三cm×一六・六cm）。

〔合集状況〕原装の五冊を上中下の三冊に分け、保護表紙を付けて綴じ直す。上冊には、原装第一冊（序幕「濱田邸の場」「戸塚蔭取の場」）と第二冊（二幕目「金杉橋の場」「車屋の場」）を収録、中冊には、第三冊（三幕目「芝口の場」、四幕目「深川の場」、五幕目「永代橋の場」）を収録、下冊には、第四冊（六幕目「釣船の場」）と第五冊（七幕目「夏祭の場」、大切「舅殺の場」）を収録する。

〔袋〕表に「当ル酉の曽我きやうげん／曽我祭俠競／八幕続」、裏に「千穐万歳／大々叶」、小口に「そがまつり」と記された袋に納められている。

〔保護表紙〕黄土色。無紋。外題、「当ル酉の皐月狂言／曽我祭俠競　上（中）」「当ル酉の皐月きやうげん／曽

我祭俠競　下」（直書。中央）。

〔原表紙〕幕内正本の典型的な形式を取り、各冊上部に「当ル酉の皐月狂言（きやうげん）」の年時と大名題、および場立を、下部に出演役者名を掲げる。

〔原裏表紙〕表紙と同じく正本の典型的な形式を取り、「文化十酉年（文化十癸酉年）五月大吉日」の年時、紙数、「千穐万（萬）歳／大々叶」の定型句、および担当作者名を記す。作者名は、第一冊（序幕）が清水正七、第二冊（二幕目）が本屋宗七、第三冊（三幕目・四幕目・五幕目）が、桜田治助と鶴屋南北、第四冊（六幕目）と第五冊（七幕目・大切）が鶴屋南北である。

〔丁数〕原装の表紙、裏表紙を含む墨付で、上冊・七十丁（第一冊・三十二丁、第二冊・三十八丁）、中冊（第三冊）・五十九丁、下冊・六十一丁半（第四冊・四十四丁、第五冊・十七丁、後ろ見返し・半丁）、総計百九十丁半。なお、原装各冊の裏表紙には、それぞれ「紙員廿九葉」（第一冊）、「紙員三十七葉」（第二冊）、「紙数五十七枚」（第三冊）、「紙員四十二葉」（第四冊）、「紙員十三葉」（第五冊）の紙数が記載されている。

〔行数〕十三行。

〔筆跡〕原装の各冊はそれぞれ別筆によるものと判断できる。

〔蔵書印〕「演劇博物館図書」（四・五cm×四・五cm、朱文方印、上中下冊保護表紙見返し）。「昭和十六年／二月五日／収購」（三・〇cm×一・五cm、朱文長方印、ただし漢数字は墨筆、上中下冊保護表紙見返し）。「甲県社日亭蔵書之印」（三・五cm×二・七cm、朱文長方印、上中下冊保護表紙見返し、使用者不明）。上冊保護表紙見返しに貼付された紙片に、上から墨筆で「い壹番」と重ね書きされた「甲〈二　府／村田」（二・〇cm×一・〇cm、朱文長方印）の印あり。「演劇博物館」（一・五cm×一・四cm、朱文方印、第一冊・第三冊・第四冊本文冒頭）。

〔その他〕原装の各冊冒頭に初演時の役人替名を掲げる。第一冊（序幕）第十一丁表九行目の「けれとも」を「内意ムら」に貼紙訂正する。下冊の保護表紙の後ろ見返しに「天保二辛卯仲冬写之」の識語あり。判読しにくい文字には、ルビが付されている。

識語によれば、本台帳は天保二年の「仲冬」、すなわち十一月に筆写されたものである。歌舞伎の台帳は基本的には門外不出であったため、筆者は劇場内部の人間、しかも本台帳が幕内正本の典型的な形式であることから、天保二年（一八三一）当時の狂言作者、ないし狂言方に限定してよかろう。この識語が下冊の保護表紙の後ろ見返しにあることから、保護表紙は書写時に付されたものと考えられる。そして、詳細は明らかではないが、甲府の「村田」というおそらくは貸本屋や、「甲県社日亭蔵書」(7)を経て、昭和十六年二月五日に演劇博物館に収まったと推測する。

二　本作の梗概

次に、本作の梗概を掲げる。登場人物名には、適宜、演じた役者の名前を括弧で補った。ゴチックで示した場面名は、台帳表紙に書かれた場立を基に私に付けたものであり、各幕を担当した作者名も合わせて記した。なお、参考のため、次頁に本作の辻番付の図版を図23として掲げた。

【序幕　第一場　濱田邸座敷芝居の場】（清水正七）

濱田家では、当主の和泉之助（桐嶋儀右衛門）を始め、草履取りの伴介（二代目坂東善次）等の家来達によって、曽我狂言の「髪梳の場」が上演されている。曽我十郎を演じる伴介は、大磯の虎役の和泉之助を抱き上げるが、誤って落してしまい、家来達は目を回した和泉之助を介抱する。

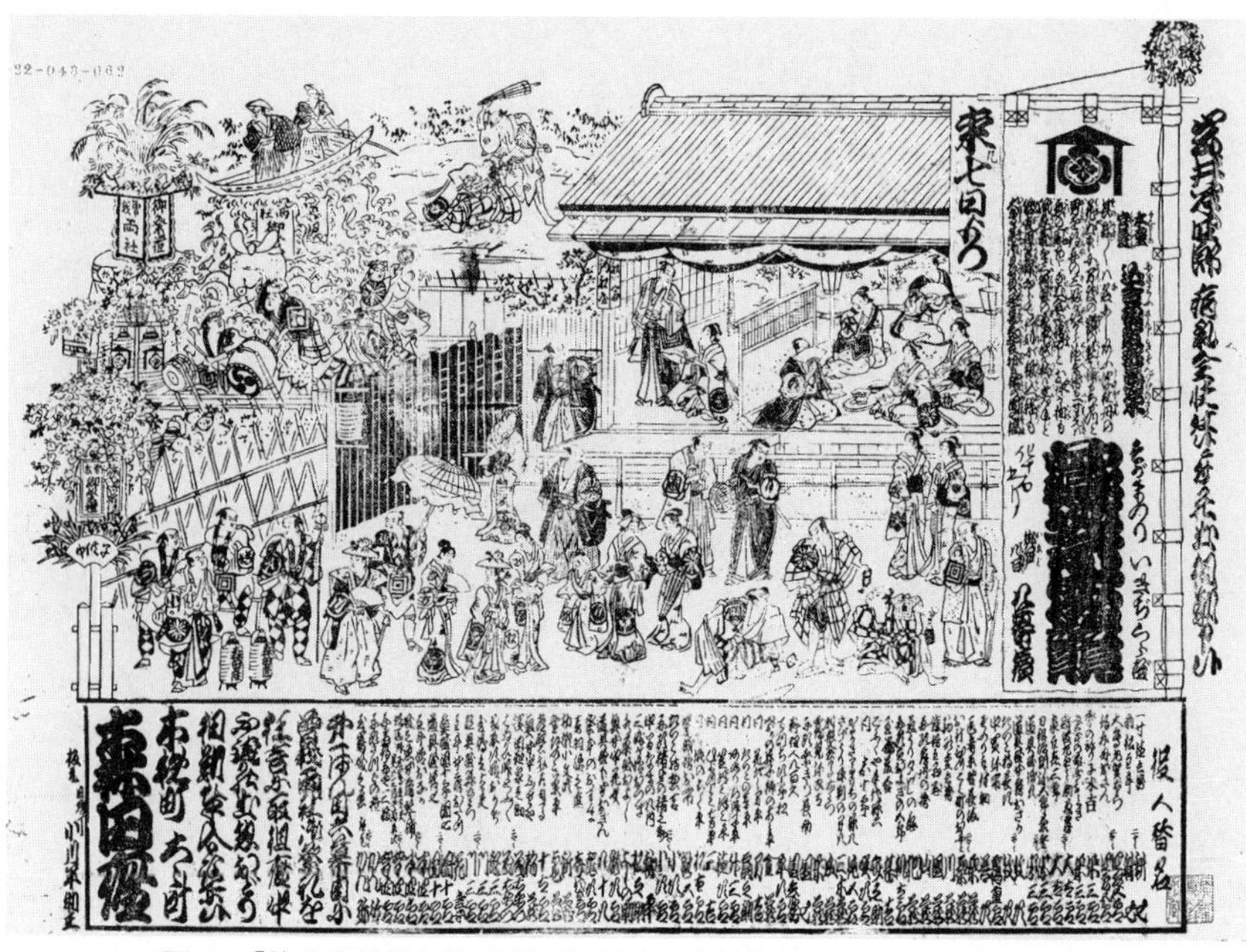

図23 『曽我祭侠競』辻番付（早稲田大学演劇博物館蔵、ロ22-43-62）

【序幕　第二場　濱田邸楽屋の場】（清水正七）

家来達が、息を吹き返した和泉之助ともども、「対面の場」の稽古をしているところ、将軍家からの使者として斯波左近之助（三枡大太郎）がやって来る。和泉之助は、山名家の息女千束姫と婚姻を結ぶことになっていたが、その証として、山名家の重宝「松蔭の硯」と、濱田家の重宝「浮牡丹の香炉」を取り替えるよう命じられる。

助松主計は、十八年前、先代の当主、濱田左衛門から預かっていた「千寿院力王の刀」をすり替えられ、その落度により浪人となっていた。いまだ刀を発見できず、貧苦に耐えかねた主計の妻、お辰（四代目佐野川花妻）は、和泉之助への取りなしを家中の大鳥佐賀右衛門（二代目沢村四郎五郎）に頼む。主計夫婦の娘、お仲に横恋慕する佐賀右衛門が、お仲との縁組をその条件にしたため、お辰はその場を立ち去る。

この様子を窺っていた伴介、腹の長万（市川栗蔵）、駒形杢兵衛（沢村川蔵）に、佐賀右衛門は、自分こそが「千寿院力王」を盗んだ張本人であることを明かす。家の横領を企む佐賀右衛門は、千年経った鉄で鍛えて、四月八日の酉の刻に懐妊した女の血潮に浸した偽物の刀とすり替え、その呪法によって、主君を狂乱させようとしたのである。しかも佐賀右衛門は、「浮牡丹の香炉」も盗み出していた。佐賀右衛門は伴介に香炉を預けるが、それを奪い返そうと、長万が伴介を追いかける。

【序幕　第三場　濱田邸広間の場】（清水正七）

玉島兵太夫（二代目市川門三郎）が、お預かりの香炉の箱を左近之助に差し出すが、中身は座敷芝居で狩場の切手として使った二枚の木札とすり替わっていた。その申し訳のため切腹した兵太夫の元に、奴のなまの八内（嵐新平）が現れ、香炉詮議の頼みの綱となる兵太夫の子息、磯之丞が病死したとの急報を告げる。兵太夫は失意の内に絶命する。

【序幕　第四場　戸塚蔭取の場】（清水正七）

夕立を凌ぐため、戸塚宿近くの辻堂に立ち寄った魚屋団七（七代目市川団十郎）は、暗闇の中、持病の癪に苦しむ順礼者（四代目市川宗三郎）を介抱する。順礼者は、元は関の弥五郎兼重と名乗る勢州の刀鍛冶であり、十八年前、千年の鉄で刀を打つように依頼されたが、悪事に荷担したことが明らかになって順礼に身をやつし、また、妻子とも生き別れたという。

この話のうち、一寸徳兵衛（二代目尾上新七）がやって来る。雨が小降りになり、三人が辻堂を後にしようとするところ、伴介、長万が香炉を奪い合いながら現れる。この争いにまきこまれ、団七は笈摺を仕立て直して作った徳兵衛の襦袢の片袖を、徳兵衛は団七の荷の中の笈摺を手に入れる。

【二幕目　第一場　金杉橋の場】（本屋宗七）

和泉之助の身持惰弱の責めを取らされ入牢していた佐賀右衛門が牢払いされ、同じく牢払いになった三河屋義平次（五代目松本幸四郎）と再会する。十八年前、弥五郎に刀を打たせた佐賀右衛門は、矢橋の渡しで会った義平次に、身ごもっていた順礼の女を殺させ、その血潮を刀に塗ったのである。義平次は、佐賀右衛門が伴介から受け取った「浮牡丹の香炉」に目をつけて悪事を思いつき、二人はその相談のため、車屋へと向かう。

親孝行の褒賞を受けたことで評判になっていた、深川引込町のお仲（五代目岩井半四郎）が、江の島参詣からの帰りがけの道具屋清七（団十郎、二役）に一目惚れする。息子清七の放蕩三昧に悩む道具屋孫右衛門（門三郎、二役）は、清七の身持を固めさせるために、お仲の父助松主計（新七、二役）に清七とお仲との縁談を申し入れる。主計は、仲買の弥市（坂東鶴重郎）が持つ刀が、探し求める「千寿院力王」であることに気づき、譲ってくれるように頼むが、弥市は百両の代金を要求する。お仲を嫁がせれば、支度金が手に入るであろうとの家主喜三郎（大太郎、二役）の勧めを受けて、主計は縁談の承諾を決め、清七を諫めに車屋へと向かった孫右衛門の跡を追う。

【二幕目　第二場　車屋の場】（本屋宗七）

車屋で遊興にふける清七は、孫右衛門を訪ねに来たお仲を見て、その美しさに改めて好意を抱く。二人の縁組の話がまとまり、主計はお仲の嫁入りの支度金として、孫右衛門から百両を受け取る。

父義平次を探しに来たお梶（中山亀三郎）が、俳諧師（儀右衛門、二役）に言い寄られる。それを見た義平次は、団七という亭主がある身のお梶に言い寄るのは間男だと因縁をつけ、小金を巻き上げる。お仲に横恋慕する佐賀右衛門は、清七とお仲の婚姻を妨げるための工夫を義平次と相談する。

【三幕目　芝口宇田川町道具屋の場】（桜田治助）

医者に化けた義平次が、深川引込町の浪人の子で、近い内に嫁ぐことになっている娘の轆轤首を治療するためとして、道具屋に薬を買い求めに来る。話の一致から、この轆轤首の娘がお仲のことであると思った孫右衛門は、妻のおさか（桐山紋次）や番頭の伝八（宗三郎、二役）の忠告を聞き入れ、清七とお仲の婚姻の破談を決める。お仲が轆轤首であるというのは全くの偽りであり、これは、義平次だけでなく、おさかや伝八まで荷担した佐賀右衛門の悪計であった。伝八は、主計に渡した支度金の百両を取り返すため、引込町へ向かう。

【四幕目　第一場　深川引込町おふと内の場】（桜田治助）

引込町の裏店に住むお針のおふと（栗蔵、二役）は、お仲と二人きりにしようと、清七を自分の家に連れて来る。清七を前にお仲が恥らうところへ、伝八が現れ、お仲が轆轤首であるという嘘の情報を清七に伝える。気味悪がった清七は、轆轤首の証拠となる首筋の痣を確認しようとするが、お仲の首にあるのは痣ではなく黒子であった。

【四幕目　第二場　同町助松主計内の場】（桜田治助）

仲買の弥市が、お仲の嫁入りの準備で浮き立つ主計の家を訪ね、手付金の二十五両を受け取って、「千寿院力王」を主計に渡す。これで濱田家への帰参が叶うと喜ぶ主計一家であったが、そこへ家主喜三郎が伝八を伴い現れる。伝八は、轆轤首の噂が立ったことでお仲の縁組が破談になったことを伝え、使い切ってしまった支度金の百両の代わりに、折角手に入れた「千寿院力王」を奪い去ってしまう。

縁組の破談を聞きつけ、跡金の七十五両を不安に思った弥市が、「千寿院力王」を返すように主計に求める。それを見かねた釣船の三ぶ（幸四郎、二役）が、船頭仲間から預かっていた祭の衣裳代の五十両を含む七十五両を弥市に渡し、先の二十五両と合わせて百両にして、弥市を追い返す。

団七が、戸塚での雨宿りの際に笈摺をなくしてしまったことを、お仲に侘びに現れる。お仲は、実は、矢橋の渡しで義平次に殺された、順礼の女の傷口から出生した子であり、通りかかった主計が拾い育てたのであった。「勢州の住関弥五郎妻国同行三人」と書かれたこの笈摺は、お仲が、本当の母親であるその順礼者の形見として大切にしていたもので、藤沢の遊行寺での回向を団七に頼んでいたのである。

縁組の破談と父主計の帰参が叶わなくなってしまったことを知ったお仲は、書置きを残して主計の家を抜け出す。

【五幕目　永代橋の場】（鶴屋南北）

永代橋で伝八と、道具屋からの帰りがけの義平次、伴介が出会う。伝八が持つ「千寿院力王の刀」に目をつけた義平次は、代金の百両を渡すまでの証文として、佐賀右衛門から届いた、偽医者の依頼状を伝八に預けるが、別れ際に隙をついて伝八を絞め殺し、永代橋の欄干に吊して首つりにみせかける。義平次、伴介は伝八の懐から依頼状を回収しようとするが、犬に追われてその場を後にする。

不運を歎き、橋から身を投げたお仲を、苫船に乗っていた三ぶが助ける。

【六幕目　釣船三ぶ内の場】（鶴屋南北）

三ぶの家では、三ぶの妻の一周忌のため、船頭ざっぱの権（九代目森田勘弥）や三ぶの母おさん（四郎五郎、二役）らが牡丹餅を作っている。なまの八内が仲人になって三ぶに縁談を勧めるが、三ぶは亡き妻の菩提を弔う証拠の数珠を見せ、かたくなにそれを拒む。

命を助けられ、三ぶの家にいるお仲を探しに、団七がやって来る。お仲が、轆轤首の悪名を立てた医者の正体を団七に問い詰め、団七が心当たりの義父の義平次の名を言い兼ねているところに、猪牙の猪之助（小次郎）ら船頭達がやって来る。船頭らは、祭の衣裳代として預けた五十両を使ってしまった三ぶを責める。その様子を窺っていた母おさんは、盗人呼ばわりは武士の先祖への恥と、家に伝わる「長船祐定」の刀を三ぶに渡し、船頭らを斬るように言うが、三ぶは目の見えない母に気づかれないようにしながら、船頭らに気の済むまで打擲させる。それでも腹の癒えない猪之助は、五十両の形として奥の間のお仲を連れ去ろうとするが、団七が留めに入り、五十両の用立てを代わりに請け負って船頭らを追い返す。

八内から三ぶの再縁の相談を受けた一寸徳兵衛が、縁組の相手として琴浦（半四郎、二役）を連れて来る。琴浦は、聟引き出として三ぶに五十両と「左文字」の一振りを差し出す。「長船祐定」と「左文字」は玉島家に伝わる揃いの二腰であり、琴浦は実は玉島磯之丞の妻、そして三ぶは、玉島家に仕えた若党文平の息子であった。琴浦は、紛失した「浮牡丹の香炉」を詮議して玉島家を再興するための助力を頼み、葛籠の中からまだ幼い娘のお市（桐山瀧五郎）を出して三ぶに嫁がせようとする。三ぶは、姑にあたる琴浦に色気があるため、世間の聞こえを憚って一旦は縁組を断るが、琴浦が、その色気を削ぐために火鉢の鉄弓で自分の顔に火傷の疵をつけたため、その心意気に免じて、妻を持たない証の数珠を切って承諾する。

一寸徳兵衛は、関の弥五郎の生き別れた息子であった。徳兵衛は、団七から戸塚の辻堂で出会った順礼の話を聞き、それが父弥五郎ではないかと思い当たる。折しも家の外に弥五郎が順礼の報謝を求めてやって来るが、二人は気がつかず、弥五郎は権吉に追い払われてしまう。団七、徳兵衛は、それぞれお互いが、戸塚の暗闇の中で笈摺を取り違えた相手であることを悟る。徳兵衛は、母の名が記された血のついた笈摺を団七が持っていたことから、団七を母殺しの犯人と疑い、また団七は、徳兵衛の笈摺に「三州岡崎横須賀義平次妻糸同行二人」と書いてあることから、徳兵衛と義平次との関係を問い詰める。二人の達引となるところ、三ぶが、外に落ちていた古葛籠の蓋で割って入り、二人を留める。この葛籠の蓋は、最前外に来た順礼の弥五郎が落としたものであり、裏張りにしてあった反古の手紙は、佐賀右衛門が弥五郎に刀の製作を依頼する内容のものであった。先ほどの順礼が父弥五郎であると知った徳兵衛は、その跡を追いかける。

権吉が、死んだ伝八の懐から出て来た、佐賀右衛門が義平次に宛てた偽医者の依頼状を持って、猪之助ら船頭と争いながら現れる。琴浦は、聟引き手として用意した五十両を猪之助に投げつける。佐賀右衛門の依頼状から、轆轤首の悪名を立てた医者が義平次であることを知ったお仲は、義平次にその意趣返しをするため、「長船祐定」の刀を抱え、三ぶの家を飛び出す。団七はその跡を追いかける。

【七幕目　第一場　深川正覚寺河岸通りの場】（鶴屋南北）

弥五郎に巡り会った佐賀右衛門が、十八年前の悪事の発覚を恐れ、弥五郎を殺そうとするところへ、徳兵衛が追いつき、佐賀右衛門はその場を逃げ去る。父との再会を果たした徳兵衛は、幼少の時に、朝夕回向せよとして弥五郎から渡された「三州岡崎横須賀義平次妻糸同行二人」の笈摺に、義平次の名があることの真相を尋ねる。弥五郎は、十八年前、打ち上げた刀に注ぐ生血のため、当初は、懐妊した自分の妻を佐賀右衛門に差し出すつもりであったが、連れの女順礼もまた偶然身ごもっていたため、笈摺をすり替えて自分の妻の身替りとしていたのである。つまり、矢橋の渡しで義平次は、暗闇の中、知らずのうちに自分の別れた妻を殺していたのであり、しかも、お仲は弥五郎の子ではなく、義平次の子であった。弥五郎は徳兵衛の腕の中で絶命する。

【七幕目　第二場　夏祭の場】（鶴屋南北）

深川富岡八幡宮の境内に建立された、曽我両社の宮の祭礼（曽我祭）が行なわれている中、お仲が義平次を尋ねる。

【七幕目　第三場　舅殺の場】（鶴屋南北）

お仲は義平次の乗る駕籠を見つけ、義平次に手傷を与えるが、逆に義平次は、手にする「千寿院力王」で返り討ちにする。そこへ団七が現れ、十八年前の真相を語る。お仲は義理の父、助松主計が見守るなか絶命し、団七は、お仲に親殺しの大罪を犯させないため、舅の義平次に止めを刺す。主計は「千寿院力王」を取り戻す。

【八幕目　魚屋団七内の場】（鶴屋南北）

濱田家の家臣、常盤井左司馬（小川重太郎）が、団七を縄にかける。佐賀右衛門が、「浮牡丹の香炉」を自分が見つけ出したと偽って左司馬に差し出し、濱田家への帰参を願う。そこへ伴介が、お梶を引き立てて現れる。お梶が持つ書状が、団七からの去状であると思った佐賀右衛門が、それを開くと、「濱田家の重宝を盗んだ罪は明白であり、玉島家の身寄りの者に討たれよ」とする、佐賀右衛門宛の和泉之助の書状であった。全ては佐賀右衛門を召し捕る計略であり、縄を引き切った団七が佐賀右衛門を、徳兵衛が伴介を引き据える。

三　本作の構成

以上の梗概から明らかなように、本作は、「曽我」の二字を大名題に含むものの、南北が得意とした綯い交ぜの手法は採られておらず、「夏祭」の世界一つのみで構想された作品である。本節冒頭に引用した、服部氏の「直接的には「曽我」の世界は入っていないと思われる」という推測は当たっていたのである。とはいえ、「曽我」の要素が皆無という訳ではない。

第一には、序幕第一場で描かれる濱田家の屋敷での座敷芝居が、曽我狂言となっていることが挙げられる。冒頭に劇中劇を持って来たのは、原作『夏祭浪花鑑』の初段「堺お鯛茶屋の段」(8)において、遊興にふける玉島磯之丞が、古浄瑠璃『頼光跡目論』を演じる場面を踏まえたのであろう。大名の邸宅内で行なわれた座敷芝居については、『松平大和守日記』や『鳥取池田藩芸能記録』、水戸藩の『日乗上人日記』をはじめとして、近年では武井協三氏の『弘前藩庁日記』の紹介や鈴木博子氏の諸論考など[9]によって、享保期（一七一六〜三五）ぐらいまでの実態が解明しつつある。それ以降の事例については、まだ研究が進んでいないところであるが、たとえば、『当代江戸百化物』（馬場文耕著、宝暦八年〈一七五八〉序）に見られる、松江藩主松平出羽守宗衍の逸話は有名であろう。邸内に舞台をしつらえ、役者だけでなく狂言作者の壕越二三次まで呼び、自らの指図で狂言を仕組んだという。また、安永・天明期（一七七二〜八八）になると、大和郡山藩主柳沢信鴻の芝居好きが知られ、信鴻自らが台帳を書き、屋敷で腰元らに芝居を演じさせたことが、その日記『宴遊日記』の記述から窺える。こうした大名屋敷での芝居の上演は、寛政の改革の取り締まりによって一旦は下火になったであろうが、お狂言師と呼ばれた座敷芝居を専門とする女性芸人の活動や、[10]大芝居の役者の出演を窺わせる錦絵の存在から、[11]その後も続いたものと考えられる。一方で、武家から庶民に目を移すと、寛政期（一七八九〜一八〇〇）以降、素人芝居の流行という現象が見られるようになり、たとえば、式亭三馬作『素人狂言紋切形』（文化十一年刊）や、滝亭鯉丈作『八笑人』四編（文政十一年刊）、同四編追加（天保五年〈一八三四〉刊）といった滑稽本では、素人芝居での失敗談が面白おかしく綴られている。[12]滑稽味を加えて描出された本作冒頭の曽我の劇中劇は、原作の趣向を踏まえつつも、当時の座敷芝居や素人芝居の流行を反映させたものと考えられる。

本作では、お仲の縁談を巡る「現在」の出来事が進行しながら、同時に、「千寿院力王の刀」の盗難と女順礼の殺害という「過去」の事件が背景として描かれる。この「過去」の事件が起こったのが、十八年前であるということが、第二の曽我の要素である。すなわち、父河津三郎が殺されてから曽我兄弟が仇を討つまでの年数が、

「十八年」であった。この十八年前の事件は、「現在」まで長く尾を引いて、登場人物達の運命を狂わせていくのであるが、その真相は徐々にしか明らかにされない。二幕目第一場には、義平次の次のようなセリフが見られる。

左様でムり升〳〵。得心づくとは申もの丶、矢橋の渡場にて千寿院の守刀にぬつた血しほは関の兼重が女房、落ぶれ果て順礼ニ成て居ルのに廻り合ひ、命をやつて命を貰ひ、みす〳〵はらんで居るものを、我手に掛ケて殺したからは、報ひは忽チ、やつぱりはらんで居るわしが女房も、剣難でしんだとは、こいらが因果の道理と言ふものでムり升ふて。

実は義平次は、暗闇の中、自分の妻のお糸をそれと知らずに殺していた訳であるが、この段階では、義平次が関の弥五郎の妻を殺したという、いわば偽の情報が観客に与えらる。なお、傍線部のセリフは後に明かされる真相を暗示している(13)。

続いて四幕目第二場では、主計のセリフに、

ハテ扨、そちはきどくな者じや。そりやてうど十八年いぜん、千手院紛失の落度に寄ッて浪人の、一先其品詮義の為、京都をさして夫婦連、所は江州矢橋の舩場、人手に懸りし順礼の、女が死骸の疵口より出生の女子、ヤレ不便と其侭ひろい、死がいの着たる勢州の住、関弥五郎妻国と有ルアノ笈摺をせめて筺と取上ル。

（後略）

とあることから、矢橋の渡しで殺された女順礼の子は生きており、それがお仲であったことが明らかになる。ただし、この段階でもまだ観客は、この女順礼が弥五郎の妻であると思わされている。序幕第四場のだんまりの幕で団七が持っていた笈摺、すなわち、お仲が母の形見として大切にしていた笈摺がどのようなものであったかは、この場面で初めて知らされるのであり、その笈摺に「関弥五郎妻国」とあることは、殺された女順礼が弥五郎の

妻であり、お仲はその娘であるという偽の情報を、観客により印象強く刷り込む役割をはたしている。なお、この幕では、徳兵衛の笈摺に「三州横須賀義平次妻糸」と書いてあることは言及されるものの、その真相はまだ謎のまま残されている。

この徳兵衛の笈摺も含め、全ての真相を明らかにするのは、七幕目第一場における、弥五郎の次のセリフである。

ヲ、、そのうたがいもみな尤、おれが打たる新身にて、孕(はら)める女ヲ切たのが、その笈摺にかからい(ママ)で、我女房のりんげつを、新身のためしに売渡し、折能連の女順礼、これも懐妊コレ幸ひ、笈摺着せかへ証拠をのこし、親子三人逸足出シ、夜早に紛れてその場を逐天。

ここに至って初めて観客は、義平次が自分の妻を殺し、お仲が義平次の子であるという意外な真実を知ることになる。南北は、十八年前の事件に関する情報を小出しにしていくことで、観客に巧妙なトリックを仕掛けたのである。そしてそこには、各幕を統一的に把握することのできる、南北の優れた構成力を見ることができる。

第三の曽我の要素は、七幕目第二場の曽我祭の場面であるが、これについては後述したい。

さて、『夏祭浪花鑑』といってまず想起するのが、団七による舅義平次殺しの場面であろう。南北が本作に先駆けて手がけた夏祭物である『謎帯一寸徳兵衛』では、この義平次殺しの場面は、五代目幸四郎演じる大島団七が、入谷の田圃で妻のお梶（五代目半四郎）を無惨に殺すという場面に書き替えられている。南北は、原作の男伊達の団七を、実悪の名優幸四郎に当てて極悪人へと改め、その悪の魅力を存分に発揮させた。対して本作『曽我祭侠競』では、この義平次殺しの場面は、七幕目第二場において半四郎演じるお仲が、幸四郎の義平次を殺そうとするという形で展開する。轆轤首の悪名を立てられたことを恨んだお仲が、義平次を刺し、傷を負いながらも義平次がお仲を返り討ちにする。二人が実の親子でありながら、それを知らないままに殺し合う結果になった悲劇を描くのが、本作における義平次殺しの眼目である。なお、義平次に止めを刺すのは、梗概でも触れたように団七であり、その部分には、

幸〔義平次〕お仲は実の親ごろし、掴みころして。

トよるを団十郎〔団七〕とらへ、半四郎〔お仲〕が持たる一腰にて、

団〔団七〕イ、ヤ、お仲は実の親、こなたは殺さぬ。団七が実の舅と世間でも、人のしつたる聟舅、舞たいの役なら悪もの、、舅殺は団七が、身に引受しお定り、舅のとゞめは団七だぞ。

とある。傍線部の団七のセリフにあるように、最後は団七が止めを刺す形にすることで、南北は、夏祭物の「舅殺し」という約束を維持させている。

本作のこのお仲を考えるにあたっては、『夏祭浪花鑑』の団七を女性に書き替えた「女団七」が重要になろう。歌舞伎では、「女鳴神」、「女助六」、「女暫」のように、本来立役が演じる男性の主人公を、女形が演じる女性に書き替えるという作劇がしばしば行なわれたが、「女団七」もその一つである。飯塚友一郎著『歌舞伎細見』（第一書房、一九二六年）の「団七九郎兵衛」の項には、「女団七」について次のようにある。

『夏祭浪花鑑』の団七九郎兵衛の書替え狂言『女団七』のはじめは寛政四年江戸河原崎座上演増山金八作の『神明祭(ママ)女団七』で五代目半四(四カ)郎の女団七お梶。ついで文政七年六月中村座で二代目瀬川如皐作の『江戸仕入団七縞』で門之助の団七女房お梶。

飯塚は、寛政四年（一七九二）九月、河原崎座所演の初代増山金八作『神明祭祀女団七(しんめいまつりおんなだんしち)』を挙げているが、金八はこれ以前にも「女団七」の作品を手がけていた。すなわち、安永九年（一七八〇）五月、中村座の初春狂言

『初紋日艶郷曽我』の三番目新狂言として上演された『曽我祭浪花閲』がそれである。役割番付のカタリには次のようにある。[14]

伊達を駿河の／二丁町夜宮の□も／手際よき彼釣舟の／花生に三ぶが生たる／浮牡丹の鏡に照す／五月闇一寸徳兵衛が恋中も／仇名にたてし女団七

役人替名には「一、団七妹お中　岩井半四郎」という配役が見られるが、傍線部の「女団七」とは、この四代目半四郎の役を指しているのであろう。辻番付には、初代尾上松助（後の松緑）演じる大鳥佐賀右衛門に向かって刀を突きつけるお中の姿が描かれている。[15]役割番付によれば、本作の上演は五月十五日からであるが、それに先駆けて五月五日からは、隣の市村座で『梅暦曙曽我』の跡狂言として『女伊達浪花帷子』（初代桜田治助作）の幕が開いた。この作品では、四代目半四郎と人気を二分した三代目瀬川菊之丞が奴の小万を演じており、つまり、中村座、市村座で当時を代表する若女形二人の女伊達対決となったのである。金八は「女団七」で治助に張り合おうとしたのかもしれない。[16]なお、天明三年（一七八三）の五月にも、中村座の初春狂言『江戸花三升曽我』の三番目として、この『曽我祭浪花閲』が上演されており、やはり四代目半四郎が団七妹おなかを勤めている。[17]寛政四年の『神明祭祀女団七』で「女団七」に当る「手習指南おかぢ」を演じた四代目半四郎は、ちょうどこの時期、『けいせい金秤目』（寛政四年三月、河原崎座）の八重櫛のお六や、『大船盛鰕顔見世』（同年十一月、河原崎座）の三日月おせんを演じて「悪婆」の芸を開拓しており、「女団七」の役も「悪婆」というキャラクターの造型に寄与したものと考えられる。[18]

「悪婆」の芸は四代目の息子、五代目半四郎にも継承された。粂三郎時代の享和三年（一八〇三）十一月、河原崎座の南北作『大和錦吉野内裡』では、父の当り役三日月おせんを初めて演じ、この役は、半四郎襲名後の文化七年（一八一〇）十一月、市村座の南北作『四天王櫓礕（してんのうやぐらのいしずえ）』でも勤めている。そして本作『曽我祭侠競』の直前、文化十年三月の森田座の興行では、『お染久松色読販（そめひさまつうきなのよみうり）』の七役の一つとして、「悪婆」の代名詞とも言える土手のお六の役を演じる。しかし、『曽我祭侠競』で描かれたお仲は、父四代目半四郎が得意とした女伊達の「女団七」ではなかった。むしろ、道具屋清七を一途に慕い、身投げまで図った無垢で純粋な娘である。お仲は、轆轤首の悪名を立てたのが義平次と知るやいなや、刀を持って三ぶの家を飛び出し、義平次に恨みの刃を突き立てる。その純粋さゆえに、一途な思いは強烈な殺意へと一転するのである。そしてそれは、知らぬこととはいえ、親を手にかけるという悲劇へとつながっていく。『謎帯一寸徳兵衛』の大島団七で極悪人による殺しを描いた南北は、この『曽我祭侠競』において、「女団七」の趣向を南北なりに換骨奪胎し、純粋な心が生み出す狂気と悲劇を描いたのである。

　南北の夏祭物の先行作『謎帯一寸徳兵衛』は、実際に起こった入谷田圃での女殺しの事件と、飯田橋辺であった蚊帳の事件を取り組んでいる[19]ためか、夏祭物の作品としては特異な印象を与えるものとなっている。それに対し、本作は、原作『夏祭浪花鑑』の大まかな筋の流れを比較的忠実に継承していると言えよう。先に述べたように序幕第一場は、初段の劇中劇を踏まえているし、二幕目第一場では、原作の三段目「住吉鳥居前の段」で団七が赦免されるのを、その人物を変えて佐賀右衛門と義平次が牢払いされることにしている。三幕目の道具屋の場面は、四段目「内本町道具屋の段」に相当し、五幕目の伝八殺害とお仲の身投げは、五段目「道行妹背の走書」での清七とお中の心中道行と、伝八の首吊りを元にしている。また、六幕目において琴浦が顔に鉄弓を当て三ぶが数珠を切るのは、六段目「釣船三婦内の段」の趣向を、七幕目の曽我祭と義平次殺しは、七段目「長町裏の段」の趣向を形を変えて採り入れたものである。さらに、八幕目大切が団七の家の場面であるのも、八段目が

「団七九郎兵衛内の段」であることを受けている。

　ここで注目したいのが、原作で一つの見せ場となっている三段目の団七と徳兵衛の達引が、本作では六幕目に移されているという点である。六幕目には、お辰が自ら火傷を負うという原作の見せ場も、琴浦に変えて採り入れられている。つまり、原作の演劇的に盛り上がる場面が、六幕目に集中しているのである。六幕目の担当作者は南北である。重要なところは二枚目以下の作者には任せず、立作者の南北自らが執筆した。南北が作者の書き場をどのように割り振ったかを考えるにあたって、興味深い事例である。

四　本作の趣向

　続いて、本作に見られる個々の趣向について分析してみたい。本作でもっとも南北らしい一幕となっているのが、五幕目「永代橋の場」である（図24）。この幕は、台帳の第三冊に三幕目、四幕目と共に収められており、裏表紙の作者名には、二枚目作者の桜田治助と南北が並記されているが、その筆致から本幕は南北の担当であると推定できる。幕開き冒頭部では、首吊り自殺をしようとする男とそれを止めようとする橋番とのおかしみが、仕出しの役者によって演じられるが、後になって義平次は、橋番が置き忘れた六尺棒を使って伝八を殴りつけ、男が

図24　『曽我祭侠競』絵本番付（早稲田大学演劇博物館蔵、ロ二三－一－三六八）

首吊りのために欄干に結び付けた帯を使って伝八を吊している。このように小道具を効果的に使うのが、金井三笑の作風を継いだ南北の作劇の特徴である。

また、幸四郎の実悪役者としての魅力が発揮されるのもこの幕においてである。絞め殺した伝八を欄干から吊す場面のセリフには、次のようにある。

幸〔義平次〕コレ〳〵伴公〳〵、どうで助ケて置れぬ伝八、殺(シ)てしまへば、佐賀右衛門さまも此儀平次も、寝覚がよいといふ物だ。其上にこいつが死がいは、欄檻にくゝつた此帯で咽を〆、首くゝりにして、橋から下へさげて置は、何(と)ときみやうか。

善〔伴介〕いかさま、奇妙といひたいが、橋から首をくゝつて死ぬ位なら、手軽く川へ行そふな物と、うたがいは有(ル)まいかの。

幸〔義平次〕アヽ、まだ貴様は、わるい事にがうじみない。此伝八が、身を投て死にそふな頬付か。身投は人にもよつた物だ。いつたい房州生れの伝八、およぎはきみやうよ。何川で死で、だれが誠(と)と思ふ物か。

善〔伴介〕いかさま、そこも有(ル)わへ。おれも築地生れだが、游をしつては身は投ケられぬて。

首吊りに見せかけるよりは、身投げにした方がよいという伴介の意見を、義平次は「悪いことに業じみがない」として否定し、その強悪さが示されている。なお、破線部の「おれも築地生れ」というセリフは、伴介を演じる坂東善次が「築地先生」と渾名されたことの楽屋落ちである。幸四郎の義平次は、二幕目と三幕目にも登場しているが、本屋宗七担当の二幕目では牢払いされて佐賀右衛門と悪事の相談をするほか、俳諧師を強請って小金を掠め取るだけである。また、桜田治助担当の三幕目では偽の医者に化けているのみで、これらの幕では、悪役としての凄みは見られない。南北担当の五幕目になって初めて、伝八殺しという形で、幸四郎は実悪役者としての本領を発揮する。先にも述べたが、こうしたところにも、南北の書き場の割り振りに関する方針が窺える。

さらに、五幕目の幕切れ、永代橋から身を投げたお仲を三ぶが助ける場面は、とりわけ南北らしい演出リズムが感じられるところである。以下、やや長くなるが引用する。

大ぜい　お仲ヤアイ。

　ト鉦、太鼓を打。半四郎〔お仲〕思入有ッて、

半〔お仲〕　わたしを尋ねに◯　南無あみだぶつ。

　ト思入。時の鐘の頭、はげ敷ク打つ。直に佃さわぎに成り、橋の下より猪牙舟一艘、団十郎の清七、客の見得、勘弥〔船頭ざつぱの権吉〕浴衣鉢巻、船頭の拵へ、ろを押て出、花道へ懸ル。此時、半四郎くわんねんして落ルと、小舩を除ケて水底へざんぶと落ル。舩の両人、きもヲをつぶし思入有ッて、

団十郎〔清七〕今のは何だ。

勘弥〔権吉〕身投でムりやす。

団十〔清七〕　こいつはきざだ。

　トふとんをかぶる。

勘〔権吉〕　いそぎやせう。

　トろを押切ッて向ふへは入ル。跡捨鐘、苫舩より二タ役幸四郎、釣舟の三ぶにて顔を出し、

　思入有ッて、

幸四郎〔三ぶ〕今の音は、ア、身投だな◯

ト思入。此内捨鐘、時鳥の声、誂の合方、おろして有ル四ッ手を引、重くてあがらぬこなし。幸四郎思入有ッて、綱を引、此四ッ手の先きに、女の振袖着たる手を少し出ス。

幸四郎よく〳〵ためらい見て、

ヤ、女の死がいが◯

ト思入。此とたんに宗三郎〔伝八〕が死がい、帯切れて川へどつさり落ル。幸四郎、また恟りして、

又身投ヶか◯

ト手を打。木の頭。

とんだ物がはやりだ。

ト四ッ手を引上ル。ひやうし木の刻ミ、捨鐘の送リにて、

ひやうし幕

ここでは引用しなかったが、この前にはお仲の長い述懐があり、念仏を連想させる「時の鐘」が「南無あみだぶつ」のセリフを引き立て、事態の深刻さが最高潮に達する。すると、すぐさま「佃さわぎ」の下座になり、団十郎の清七と、勘弥の権吉が乗った猪牙船が現れる。「さわぎ」は早間の明るめの合方であり、重苦しい雰囲気が瞬時に掻き消される。また、それまで橋の上で展開されていた劇が、ここに来て下方の川面へと視点が移ることにも注目できる。この猪牙船が、ダイナミックに劇場内を横断して花道奥に引っ込むと、舞台上手の苫船から(20)、幸四郎の三ぶが現れる。「時鳥の声」の指定があることからも窺えるように、ここでの幸四郎の演技は、やや悠

然としたもので、舞台にはゆったりとした空気が流れるが、「ヤ、女の死がいが」のセリフで四つ手網にお仲が

かかっていることに気がついた途端、伝八の死骸が落ちる音でその空気が引き締まり、そのまま幸四郎の「とん

だ物がはやりだ」という洒落めいたセリフで幕となる。こうした緩急取り混ぜたメリハリのある描写は、南北の

得意とするところである。

　この場面で、お仲と清七は、隅田川で図らずも互いが近くにいることを知らずにすれ違ってしまう訳であるが、こうした設定は、本作の翌年の文化十一年（一八一四）三月に市村座で上演された、南北作『隅田川花御所染（すみだがわはなのごしょぞめ）』二番目序幕の一場面を連想させる。隅田川の渡し船に乗った清玄尼（半四郎）は、川の途中で、恋い慕う松若丸（団十郎）とすれ違う。松若丸は叉手（さで）（掬網の一種）ですくった桜姫の小袖を篝火にかざし、その明かりに照らされた清玄尼の顔を目にする。清玄尼もまた松若丸の声を聞き、それと悟るが、二つの船は離れていってしまう。いわゆる船だんまりに類するものである。状況はやや異なるが、川面を巧みに使った設定という点で、『隅田川花御所染』のこの場面が、本作から着想を得たものである可能性を指摘しておく。

　また、川から身投げした人物を助けるという設定に関して触れておきたいのが、南北の随筆『吹寄草紙』(21)の巻之十に見られる「大川橋身投之事」という記事である。以下、全文を引く。

一、同年（注、文化九年）三月十日、大川橋より舩中いろ〳〵の雑談せし折ふし、舩人申やう、過しころ、日本橋より客をのせ向島へ行帰りは、夜ニ入、殊之外くらかりしが、大川橋の上より何ものかしらず、舩の内へ落たりしゆへ、皆々大におどろき、よく〳〵みれば人なり。舩中の人々、其故を問へば、無拠金子を十七両博奕にまけ、申訳なきゆへ、身を投死する也といふ。舩中の人是を聞、十七両と云金子なれば、是をかしてやらんといふ人もなく、いろ〳〵異見して一ッ目近所へ来り、岸へ舩をつけてあげける。

それより大橋を越行所に、又橋より川へ飛込し者あり。必定其者にあらん、死神のたかりし者ならんかと云かたりあへり。

一度助けた人物が再度身投げしてしまったことを指して、「死神のたかりし者ならんか」としているが、本作六幕目において、一度命を救われたお仲が、刀を抱えて義平次を殺しに飛び出したことを知った団七のセリフには、「ヤ、、まだ死神のはなれぬお仲」とある。この文言については、こういう状況を指す場合の定型句である可能性も否定はできないが、いずれにせよ、南北はこうした現実の出来事を念頭に置きながら、本作の構想を練ったと考えられる。

時事的な話題という点では、六幕目に登場する牡丹餅にも言及しておきたい。石塚豊芥子編『街談文々集要』巻十一、文化十年の記事の中には、「市中之浮説」と題して、次のようなものがある。[22]

一　五月中旬、南の方に悪星出現す。是を見るものは必ず死去すといふて、大に恐れける。又此災ひを除くには、家ごとに牡丹餅をこしらへて食する時は、まぬがるゝト云々。此節蕎麦を食すと死すト云事、巷説に喧し、この事日増に言罵り、六月中旬ニ至りては、そば屋には客すくなく、寂寞として商売を休まざる計り也。迷惑多方(大)ならざりけり。（後略）

同様の俗説は、『藤岡屋日記』の「文化十癸酉年六月」の項にさらに詳しく記されている。[23]

此節世上種々之異説ニ而、去年藤城宿ニ而男子出生之女子天上致して星となり、人の形より位牌の形ニなり幽霊星と申候。是を見る時は忽ち死す。流之呪ニ餅米八合ぼた餅ニなして家根へ備へ、残りを給候よし。左候へば難ニ合不申候由ニ而、江戸中は餅米売切候由。馬鹿が咄し也。（後略）

五月中旬、あるいは六月とあるが、俗説のことなので、実際に広まり始めた時期は多少は前後するであろう。そこで本作六幕目の記述であるが、たとえば、次のようなやりとりが見られる。

勘〔権吉〕まだ精進ものは出来升ぬが、コレ〳〵、ぼた餅が出来た。これを肴にはどうだ。

新平〔八内〕成程、かみ様の一周忌のたいやに女房を持くらいなら、雑煮の代りに牡丹餅がよかろう。迚もの事に、今夜長家の衆にも講中へも、百万扁と祝言とを、どんぐるみにやらかすがよい。

幸〔三ぶ〕しかし、牡丹餅で女房のひろめも出来まへかへ。こりや、いつそ引越女房といふから、そばを誂へるがよい。

「牡丹餅」だけでなく「そば」まで登場し、この俗説に関わるキーワードが確認できるが、本作に俗説のことが直接言及されている訳でもなく、また、南北が本作の執筆に取り掛かったのも、遅くとも四月中のことであろうから、偶然の一致と考えるのが妥当であろうか[24]。とはいえ、少なくとも、このくだりを見た観客が俗説を想起したであろうことは、想像に難くない。

さて、むしろここで注目したいのが、傍線部にあるような、一周忌の百万遍と祝言という吉凶相反する取り合わせである。服部幸雄氏は、『さかさまの幽霊―〈視〉の江戸文化論』（平凡社、一九八九年）収録の「南北劇の構図」において、南北作の『法懸松成田利剣』（文政六年〈一八二三〉六月、森田座所演）の第二番目大切「木下川村与右衛門内の場」を採り上げる。この場面では、与右衛門の老母の病気平癒を祈るための百万遍が行なわれる一方で、与右衛門の祝言の準備が進められており、葬礼が先か、婚礼が先かという不謹慎な会話が繰り広げられている。そして夕刻になり、花道からは婚礼と葬礼が入り交じった異様な嫁入り行列がやって来る。服部氏は、「このドラマの構図が〈逆転〉と〈混淆〉のもたらす哄笑と恐怖にある」ことを指摘し、南北の作劇の特徴の一つと位置付けている。本作『曽我祭侠競』の場合では、こうした〈逆転〉と〈混淆〉を示しているのが、傍線部のセリフのみであり、『法懸松成田利剣』ほどまでの際どいブラックユーモアにはなっていないが、後に深化していくことになる南北の発想の原型を見出せる。

その他、本作に用いられた趣向で注目すべきものとしては、「曽我祭の場」と「轆轤首の話題」とが指摘できる。これらについては、文化十年度の森田座の興行との関連性という観点から考察してみたい。

五　文化十年度の森田座

文化十年度の森田座の興行について述べる前に、南北の動向とも少し絡めて、それ以前の同座の状況を概観しておく。

文化五年四月より櫓を再開した森田座であったが、その経営は必ずしも順調なものではなかった。『戯場年表』の文化五年の条には、「森田座再興より打続き不入、殊に役者無人にて大困難の処、此度（注、九月『双蝶々曲輪日記』）も猶以見物無之」とある。資金難のためか役者の確保に苦労をし、顔見世狂言も満足に出せないような状況が続く。文化六年十一月の顔見世狂言『四天王嫩功』について、『戯場年表』には、

> 当顔見世大坂表より下り役者間に合兼候に付、仮狂言に致し是非にと呼下し候得共、当年の間には合不申候に付、来春早々より興行いたし候、夫迄取続きのため興行と申口上書出す。

とあり、これは「取続きのため」の「仮狂言」であった。幸いにして、翌文化七年十一月の『物見車雪高楼』は、「当顔見世は三座とも当り、中にも狂言は当座、一の評判」（『戯場年表』）であったが、この興行後、森田座は芝居小屋の普請に取り掛からなければならなかった。『戯場年表』には次のようにある。

> 〔普請沙汰〕文化三年寅芝居類焼後、普請成就いたし候所、同六巳年正月堺町吹屋町類焼致、以来三座并に

人形座とも芝居家作取縮め仰付られ、当座（注、森田座）は其節類焼不致興行致居取締方日延願致し、当顔見世舞納、芝居取崩し右同様普請に相掛、

文化六年、中村座、市村座の類焼を機に、幕府から芝居小屋の規模縮小工事の命令が下されたが、森田座には被害がなかったため、工事が先延ばしになっていたのである。

こうして思わぬ出費をした森田座であったが、普請が済んだ翌文化八年の興行も不入り続きで、借金は嵩む一方である。新年度を前にして、金主も離れ役者も確保できず、その後の興行の目途が立たなかった森田座は、ある奇策に打って出る。同年十月七日初日の『江戸紫流石男気（えどむらさきさすがおとこぎ）』について、『戯場年表』には次のようにある。

当年森田座手廻し悪しく、顔見世役者とも抱おくれ候に付、此節スケを頼み、顔見世の取越し致し候と口上書出す。

市村座休中に付、幸四郎、半四郎其外中役者五六人スケに来り、大入大当りに候へども、両座とも顔見世稽古にかゝり候に付、十月十七日千秋楽、其節のうはさに、

時分柄御取越とは森田座のお構芝居にてふど（注、丁度）相応

つまり、十一月の顔見世興行を打てる見込みのなくなった森田座は、新年度にそれぞれ市村座、中村座に出演予定の幸四郎、半四郎が、十月現在休みであることに目を付けて、彼らにスケとしての十日間の森田座出演を頼み、顔見世の「取越し」、すなわち繰り上げの興行を行なったのである。同じく『戯場年表』には、この交渉にあたった森田座の帳元、甲子屋藤七の逸話が掲載されている。やや長文なので、以下、要点をまとめる。

幸四郎の元を訪ねた藤七は、一晩泊りの「東の方」での十日間の出演を依頼する。「東の方」は小田原宿かと幸四郎が尋ねると、藤七は「左様に候」とごまかし、駕籠で森田座の楽屋へと連れて行く。驚いた幸四郎

に藤七が、自信ありげに「先爰にて一休み候へ」と言うと、幸四郎がいよいよ不審に思って腹を立てるので、実はと森田座への出演を頼む。相手役は誰かとの幸四郎の質問に、藤七は出まかせに半四郎と答えると、幸四郎は出演を承諾する。幸四郎の帰宅後、すぐさま半四郎の元を訪ねた藤七は、右の経緯を話して、半四郎出演の約束も取り付ける。翌日の六日に稽古をし、七日に初日となったので、藤七のはたらき、手回しの早さに一同は驚いたという。

『戯場年表』の当該記事には、「此十日芝居給金写帳元甲子屋藤七」と題して、この興行のために用いた諸経費の書き上げも写されている。総額は「惣〆金百七十八両弐朱」で、その内、幸四郎には「金四十両」、半四郎には「金四十五両」の給金が支払われた。その他、衣裳代や大小道具代など、一つの興行でどの程度の経費が必要とされたかが分かる興味深い資料ではあるが、中でも「一、金弐両　俵蔵」という一条には注目できる。「俵蔵」とは、当時勝俵蔵を名乗っていた鶴屋南北のことと考えて間違いなかろう。

そもそも、この興行で上演された『江戸紫流石男気』という作品は、南北が、文化六年の市村座の初春狂言で手がけた『霊験曽我籬（れいげんそがのかみがき）』の再演であった。[25]『戯場年表』には次のようにある。

> 此狂言三年已前、文化六巳年春狂言桐座（ママ）にて大当り、二番目五月出し候、赤堀水左衛門（右カ）（幸四郎）げいしやお松（半四郎）にて山谷堀の船中返り討の場、花川戸の幕、幸四郎・半四郎両人其侭いたし、此度も又々大当りなり。

先の藤七の逸話によれば、藤七が幸四郎、半四郎と交渉したのは、「翌日の六日に稽古」とあるので、十月五日ということになる。初日を迎えたのはそのわずか二日後の十月七日であり、このような短期間に幕を開けられるかについては疑問が残る。逸話に幾分かの尾ひれが付いているのであろうが、いずれにしろ、ほとんど準備期間がなかったのは間違いなかろう。自然と、主演の幸四郎、半四郎で過去に当りをとった狂言が選ばれることになり、『霊験曽我籬』に白刃の矢が立った。再演にあたっては細かな修正も必要なはずである。そこで、本作を書いた南北も「金弐両」で森田座に抱えられたのであろう。

さて、こうして文化八年十一月の顔見世興行、さらには明けて文化九年の初春興行も出来なかった森田座であったが、事態は好転のきざしを見せ始める。『戯場年表』文化九年の条には、次のようにある。

当年は森田座役者無人にて打続き不入の処、田之助、粂三郎出勤よりすこし景気に相成り候に付、顔見世入替りに金方無之処、団十郎の骨折にて座組も取極め、

文化九年八月の『其昔恋江戸染』では、二代目岩井粂三郎が、休みになった市村座から森田座へスケに回り、同年九月の『扇矢数四十七本』では、もめ事で市村座を退座した二代目沢村田之助がスケとなった。そして、七代目市川団十郎の尽力によって新年度の顔見世の座組を揃えた森田座は、南北を立作者として迎え、十一月の『雪芳野来人顔鏡』の幕を無事開けるのである。この作品で南北は、まだ若手だった七代目団十郎のために、三建目「暫」の篠塚伊賀守をはじめとして、五建目の海老ざこの十、六建目の畑六郎左衛門といった市川家の家の芸[26]を数多く仕組んだ。中でも一番目大詰の成田不動の役は、「成田講中より、日々見物にてさい銭を投する者多く、此収納七十九貫五十文ありしを、三升（注、団十郎）の計らひにて、座方出稼人に配当するといふ」（『歌舞伎年表』）ほどの評判を取る。幸四郎、半四郎という大立者、初代尾上松緑という老巧、団十郎という花形、そして南北という人気作者を得た森田座にとって、この文化十年度は、櫓再興以来初めての当り年であった。

文化十年正月の『例服曽我伊達染』を経て、三月に上演された『お染久松色読販』では、立女形の半四郎が、お染、久松、土手のお六等七役を早替りで演じ、古今の大当りを取った。この好評を受けて、『歌舞伎年表』に

よれば、四月六日より同作を一番目に、『五大力恋緘』を二番目にした興行が打たれたが、「不評につき、十日ばかり致し休」になったという。次いで四月十八日からは、一番目に義太夫狂言の『源平布引瀧』を、二番目に再演作の『新艘本朝丸』（享和二年〈一八〇二〉五月、市村座初演）を出したが、『戯場年表』には、「右布引の狂言評判あしく同月二十二日舞納め。幸四郎、半四郎不出、尤半四郎病気」とある。この半四郎の病気快復を待って、[27]五月七日から上演されたのが、本作『曽我祭俠競』であった。

本作の眼目の一つとなったのが、その大名題にも謳われている通り、台帳の七幕目「夏祭の場」において、「曽我祭」を再現して見せたことである。そのことは、本作の辻番付に「第一ばん目六（ママ）幕目に曽我両社御祭礼を狂言に取組、座中不残罷出、物おどり相勤奉入御覧に候」と明記されていることからも窺える。曽我祭については、佐藤知乃氏の論考「曽我祭―江戸歌舞伎の祭式」（『死生学研究』二〇〇六年秋号、東京大学大学院人文社会系研究科、二〇〇六年十一月）に詳しい。佐藤氏は、劇書の記述や番付を精査し、曽我祭の歴史を概観する。曽我祭は、江戸歌舞伎の初春興行の吉例となった曽我狂言が、五月までのロングランとなった時に、曽我兄弟の命日である五月二十八日に行なわれた祭礼のことであり、元は楽屋内のみのものであったが、宝暦期（一七五一～六三）になって舞台上で観客を前にして披露されるようになった。[28]佐藤氏によれば、天明年間（一七八一～八八）ぐらいまでは、「ロングランとなった初春興行の末尾を飾る祝祭としてのありようを維持していると見られる」が、「寛政期（一七八九―一八〇一）にさしかかると、初春興行のあと、ありものの義太夫狂言（浄瑠璃のために書きおろされた作品を歌舞伎化したもの）を曽我後日と銘うって五月初旬にだし、月末に曽我祭をそえることがある」ようである。つまり、本来の慣習が失われているのであるが、この傾向は、都座・桐座・河原崎座といった仮櫓で強く、佐藤氏は「仮櫓であればこそ、嘉例とされる曽我祭を、たとえ実質がともなわなくても執行したいという意識であろうか」と指摘している。化政期にも「こうした上演例は続く」とした上で、さらに、「曽我祭を趣向とした作品で、曽我祭が梨園の祭祀から作劇の一素材へと堕していく気配がただよう」ものの例として、本作『曽我祭俠競』や、嘉永四年（一八五一）五月、中村座で初演された常磐津節の所作事「勢獅子劇場花罾（きおいじしかぶきのはなかご）」が挙げられている。

本作では、深川の富岡八幡宮の境内に曽我両社の宮が建立され、その祭礼という設定で、この曽我祭が上演される。言うまでもなくこの場面は、原作『夏祭浪花鑑』の七段目「長町裏の段」において、義平次を殺害した団七が、なだれ込んでくる高津宵宮の神輿の群集に紛れて逃げるという場面を踏まえたものであり、三ぶの家を飛び出した半四郎演じるお仲が、義平次を尋ねて祭礼に紛れ込むという形に組み換えられている。ト書きには次のようにある。

（前略）ト向ふより女形、不残花笠の所作よろしく、能時分より東の方より半四郎、お仲の役にて一腰を隠し持、人数の内を義平次を尋るこなしにて出て来り、おどりの中へ中（ママ）へ交りじまにおつて、あちこちと尋る。思入にて揚まくへは入、跡は惣おどりよろしく有て、（後略）

花道から現れた大勢の女形が、本舞台で花笠踊を踊る。女形による花笠踊は「曽我祭」の番組の一つである。この間、東の仮花道から現れたお仲は、義平次を尋ねながら本舞台を上手から下手へと、花笠踊に交じりながら横切り、劇場内をぐるりと大きく回るような動線を描いて本花道の揚幕へと引っ込んで行く。このように曽我祭を夏祭物の劇中世界と巧みに融合させるという作劇は、先に挙げた安永九年（一七八〇）五月の増山金八作『曽我祭浪花閲』の例があるように、とりたてて目新しいものではない。むしろ、南北がこうした趣向を、文化十年（一八一三）という年に森田座という劇場で仕組んだことにこそ、意味があった。

本作『曽我祭俠競』の興行後、森田座では、五月二十日から森田座の創始百五十年の寿の興行が催された。ただし、森田座の創始は万治三年（一六六〇）であるので、正確には百五十四年目ということになる。この寿興行については、石塚豊芥子の『街談文々集要』の文化十年の巻に「森田寿永続」と題した詳細な記事が見られるが、そこに掲載された幟や引幕の図には、「万治三庚子年ヨリ文化十癸酉年迄凡百五拾余年相続仕候」とあり、「百五十年」と切りよく銘打てない苦境が感じられる。万治三年から百五十年目に当るのは、文化六年（一八〇九）であるが、この年に寿興行が打てなかった事情について、『街談文々集要』に引用されている七代目団十郎の口上には次のようにある。なお、寿興行で団十郎が口上を述べるのは吉例となっていた。

四ヶ年以前、芝居百五十年の寿キを御披露申上升る筈ニムり升たる所、其節は芝居普請等ニて、彼是延引仕ましてムり升る。

先に述べたように、森田座が小屋の普請をしたのは文化七年十一月の顔見世後のことであったが、本来は文化六年に普請をしなければならなかった。新しい小屋でないと寿興行を出しにくいという事情もあるのかもしれないが、実情は、文化五年四月に再興したばかりで、しかもその年の興行が不入り続きでは、翌文化六年に寿興行を行なうことは資金的に難しかったということであろう。寿興行は、座の伝統と格式を示す一大行事であるので、出演役者もそれなりの顔触れを揃えなければならないからである。小屋の普請が終わった文化八年も、顔見世の取越しをしなければならないという有様であったが、翌九年の秋以降、二代目条三郎、二代目田之助のスケによって景気が好転し始め、いよいよ興行側も文化十年度での寿興行に動き出していったと思われる。この年度の森田座が、櫓再興以来の恵まれない座組から打って変わったかのように、幸四郎、半四郎、松緑、団十郎といった人気役者や、南北という実力作者を抱えたことが、その証拠であろう。こうしてこの寿興行(29)は、当初の五日間の予定を六月七日まで延ばすほどの大入りとなり、大成功のうちに終わった。

南北が、本作『曽我祭侠競』において曽我祭の幕を仕組んだのは、この年に寿興行が催されたということに関係があろう。つまり、森田座にとって記念すべき年となる文化十年に曽我祭を上演することは、興行全体を盛り上げることにつながるのである。その背景には、先の佐藤氏の論考にあったような「嘉例とされる曽我祭を、たとえ実質がともなわなくても執行したいという」興行側の「意識」が、おそらく働いていたのであろう。南北は、こうした興行側の要請に応え、曽我祭を作中に上手く綯い交ぜることのできる題材として「夏祭」の世界を選び、本作を手がけたと考えられるのである。

次に、轆轤首の話題について、文化十年度の森田座との関係を述べたい。寿の興行後、六月二十日(30)からは初代尾上松緑主演の『尾上松緑洗濯談』が上演された。七十歳と高齢の松緑は、顔見世の『雪芳野来人顔鏡』以来の出勤である。この作品で松緑は、筑紫蔦が嶽の蝦蟇仙人、祇園町の仲居お梶、遠里姫の乳人岩橋の三役を勤めた。蝦蟇仙人は、松助時代の松緑が、南北と組んで演じた『天竺徳兵衛韓噺』（文化元年七月、河原崎座）の天竺徳兵衛に連なる役で、松緑の得意芸と言ってよかろう。しかし、むしろ本作で世間を驚嘆させたのは、乳人岩橋の役で見せた轆轤首の仕掛けであった（図25）。『役者繁栄話』（文化十一年正月刊）の松緑評には次のようにある。

> 若者（略）乳人岩橋、屏風のかげより首をのぞき、舌を出して一丈計のぬけ首と成、らんまをつたひ、二階をあゆみ、奇妙の仕うち。子供　もふ〳〵こわくて、天窓を抱て逃やうと出かけてみたが、桟敷も土間も引舟も、縄ばり迄も一ぱい込、人の山で出る事のならんにはこまつた。

この評文からも窺えるように、松緑の轆轤首の仕掛けは大評判となり、興行は八月上旬まで続く大当りとなった。さらに八月十五日からは、もめ事があって興行ができなかった市村座が、役者ごと本作を借り受け、九月の節句まで上演されている(31)。本作の好評は戯作にも波及し、山東京伝は合巻『会談三組盃』（勝川春扇画、文化十年八月成稿、同十一年刊）において、「音羽」という名の轆轤首の娘を登場させ、また、烏亭焉馬は合巻『古今化物評判』（歌川国貞画、文化十一年刊）において、見越入道に化けた酒呑童子が『尾上松緑洗濯談』を見物して驚くという筋を書いている。

『尾上松緑洗濯談』の上演に至った経緯について、役割番付に記された座元勘弥の口上には次のようにある。(32)

図25　初代歌川豊国画「初代尾上松緑の遠里姫のめのと岩橋（『尾上松緑洗濯談』）」（早稲田大学演劇博物館蔵、〇〇一-〇五二五）

（前略）当座百五拾年寿狂言、つゝがなく相勤候義、誠ニ御贔屓、御取立の御余光ゆへと、難有仕合ニ奉存候。右御礼之為、当時御贔屓、御取立被遊被下候市川団十郎、其外末芸之役者共打寄、土用芝居興行仕、奉入御覧ニ候様相談ニ及候処、去ル御贔屓の御方様より被仰下候は、近年夏狂言の義は、尾上松緑事、鐘（ママ）〳〵珍ら敷工風の狂言仕来リ候得ば、此者を差加へ、興行致候様御差図被下候ニ付、早速右之段、中聞せ候得共、老年ニおよび各〳〵様の思召もいかゞと、達而じたい仕候得共、尤一両年引こもり罷在候内、思案の工風致置候蝦蟇仙人三足の術、飛頭蛮俗ニろくろ首の女、右の狂言いまだ相勤不申、残念ニは存候得共、出勤之義ゆるし呉候様じたい仕候を、一座の者共達而相進メ候ニ付、老年の尾上松緑、夏狂言の間罷出相勤申候。（後略）

寿興行の成功の御礼のため、土用芝居が興行されるにあたって、「去ル御贔屓の御方様」（金主のことか）から尾上松緑を出演させるようにとの指示があり、松緑は老齢のため固辞するものの、周囲からのたっての勧めで、かねてから工夫を考えていた蝦蟇仙人の三足の術と、轆轤首の狂言を出すことになったというものである。ただし、こうした口上は、あくまでも対外的に示されるものなので、そのまま額面通りに受け取ることには慎重にならなければならない。からくりを得意とした松緑のことなので、前々から仕掛けの案を暖めていたということは事実であろうが、寿興行が終わった六月七日以後、急遽松緑の出演が決まって、それから台帳ができ、二十日に初日の幕が開くというのは、あまりに準備期間が短く現実味がない。やはり、松緑の夏狂言への出演は前もって決まっていたと考えるのが妥当であろう。とするならば、『曽我祭俠競』の三幕目において、轆轤首の話題が出て来ることは興味深い。すなわち、夏狂言で松緑の轆轤首の仕掛けを見せることとの予告のような意味合いがあったのではなかろうか(33)。

本作では、お仲が、佐賀右衛門と義平次の悪計によって轆轤首の噂を立てられ、道具屋清七との縁組が破談になるという筋書きであるが、近藤瑞木氏は、「鐘撞の娘轆轤首—近世奇談の世界—」（『日本文学』第四十四巻第二号、一九九五年二月）において、こうした「轆轤首の汚名を被せて婚姻を妨害する」という趣向の類話について言及し、その早いものとして、宝暦九年（一七五九）刊の談義本『医者談義』に収録される話を紹介している。同書の巻三「加持祈祷之談義」の該当部分について、近藤氏がまとめた梗概を以下引用する。

天文の頃であったか、江戸本丁筋の裏屋に住む浪人者に、大変美しい一人娘があった。家主はこの娘に思いをかけ妻にしようと思っていたが、彼女と芝筋の薬種屋の富家との間の縁談がまとまってしまう。家主はその妨害を日頃入魂にする医者に相談し、医者は金子二拾両でこれを引きうける。さて、医者はかの薬種屋の店に行き、「べいさらばさら」なる薬を買い求める。薬種屋の手代達が、この薬は渡来したばかりでまだ効能がよくわからないと、その用途を医者に尋ねると、医者は轆轤首の治療に用いるものであると答える。手代達が驚き問うには、異国に轆轤首島というものがあるとは聞いているが、我が国にもあるものかと。医者は、例の娘に治療を依頼されている旨を告げる。これによって、薬種屋は媒を介して浪人に婚約の破棄を申しでるが、浪人の方では納得が行かず、破棄の理由を追及したところ、かの医者の一件が明らかになる。この医者が家主に出入りするものであることが判明すると、浪人は家主の所為なることに思い至り、これを沙汰所へ訴訟する。吟味の結果、家主と医者とは白状に及び夫々罰せられる。

同様の話は、国立国会図書館所蔵の実録『実談耳底記（じつだんじていき）』巻六「浪人の娘汚名の仇を討事」にも見え、こちらは、青山辺りに住む軍学師の浪人の娘が、やはり芝の薬種屋の息子との婚姻を妨害した大家を殺害するという筋になっている。『曽我祭俠競』では薬種屋ではなく道具屋となっているが、その所在地が「芝」であるという共通点を鑑みても、南北がこうした巷説をほぼそのまま採り入れたことは明らかである。

『曽我祭俠競』の劇中では、轆轤首が話題には上るものの、実際にその姿を現す訳ではない。たとえば、医者に化けた義平次のセリフには、次のようにある。

> よふ轆轤首は首筋に筋が有ルと申が、其娘の首筋から咽へ懸ヶ、赤白黒の痣が三ッムル。是がかの筋のかわ、夜に入ルと、其痣の根より首が抜て出て、屏風或は鴨居の上なぞへとまつて、そのうつくしい顔でけらく／＼と笑ひ、

屏風や鴨居の上に止まるとあるが、これは、先に引用した『役者繁栄話』に「屏風のかげより首をのぞき、舌を出して一丈計のぬけ首と成、らんまをつたひ」とあるように、『尾上松緑洗濯談』で松緑が見せた轆轤首の仕掛

けと一致している。なお、「轆轤首は首筋に筋が有ル」とあるが、京伝の『会談三組盃』の音羽の口絵には、

> 南方異物志に云、嶺南の溪峒の中に飛頭蛮あり。項に赤痕あり。夜に至て耳を以て翼とし飛去、虫物を食。将に暁とするとき、復かへりて故のごとしと見えたり。太平広記に云、頸に痕ありて項にめぐる紅縷乃如し、云々〳〵と見えたり。今按に、ろくろくびは、つねにのんどにあかきすぢあり。夜いでゝ虫をくらふといひつたふるは、右の二書にもとづくならん。

という京伝の考証が記されている。(34)怪談作者とも異名される南北が、轆轤首ほどの化け物の姿を、何の理由もなく見せずにおくということがあるであろうか。『尾上松緑洗濯談』の構想が既にあったからこそ、『曽我祭俠競』では既存の巷説を利用して話題を出すだけに止め、次の夏狂言への期待を観客に持たせたと考えられるのである。

以上、文化十年度の森田座の興行という視点から、「曽我祭の場」と「轆轤首の話題」という二つの趣向について述べた。その関連性からは、座元の求めに応じながら、一年の興行全体を見渡して作劇しようとする南北の姿勢を窺うことができるのである。

まとめ

本節では、文化十年五月、森田座所演の『曽我祭俠競』をめぐって、早稲田大学演劇博物館所蔵の新出台帳を元に考察を行なった。南北は本作以前に、同じ『夏祭浪花鑑』を書き替えた狂言として『謎帯一寸徳兵衛』を手がけている。『謎帯一寸徳兵衛』が、五代目松本幸四郎演じる大島団七という強烈な悪人を登場させることで、極めて個性的な作品に仕上がっているのに対し、本作『曽我祭俠競』は、原作に比較的忠実な穏当なものとなっており、南北の作としては、相対的にやや平凡であるという印象は免れ得ないであろう。とはいえ、十八年前の

事件の真相の意外性、お仲という純粋な娘が親殺しを犯そうとする悲劇性には、やはり見るべきものがあり、また、後の南北の作品につながる趣向が見られるという点にも注目できる。さらには、書き場の割り振り方や、一年の興行全体を視野に入れた作劇姿勢には、南北の作者としての在り方を見出すことができるのである。

南北は、冒頭にも述べたように、文政七年（一八二四）には、「口授」という形で合巻『曽我祭東鑑』を手がけている。この作品では、曽我五郎を生け捕った御所の五郎丸が、後に団七となり、また、山神禅師坊から蝦蟇の術を伝授された仙一坊が、後に徳兵衛となることからも窺えるように、「曽我」「夏祭」「天竺徳兵衛」の三つの世界を縦横に綯い交ぜた、南北得意の構想が採られている。舞台で作品を上演する場合には、座組や興行の都合で様々な制約が加わり、狂言作者は必ずしも真に自分が書きたいものを書ける訳ではない。南北は、合巻という紙面の上で、自らが思い描く理想的な夏祭物に再挑戦したのかもしれない。

【注】

（1）初日の日付は、早稲田大学演劇博物館所蔵の辻番付（ロ二二―四三―六二）による。

（2）役割番付は現存を確認できないため、早稲田大学演劇博物館所蔵の絵本番付（ロ二三―一―三六八）末尾の作者連名によった。なお、その他作者連名には、出来嶌松鶴、槌井瓢七、成田屋助、勝浦周蔵、花笠魯助、松嶌陽助、増山良助の名が確認できる。

（3）南北が在籍した文化六年六月の市村座では、二番目の『御祭礼端午帷子（ごさいれいそろえのかたびら）』が夏祭物の狂言であった。配役を『花江都歌舞妓年代記続編』（石塚豊芥子編、安政六年〈一八五九〉成立）によって示すと、

魚屋団七に（五代目松本）幸四郎。手代清七と三河屋義平次に（初代沢村）源之助。助松主計、水売一寸徳兵衛に（七代目市川）団十郎。げいしや琴浦と磯之丞姉お辰、団七女房お梶、（二代目沢村）田之助。釣舟屋三ぶ、（二代

目沢村）四郎五郎。道具や孫右衛門、（二代目市川）門三郎。角力大鳥佐賀右衛門、坂東大五郎後に三代目大谷広右衛門。又改て四代目坂田半五郎となる（『新群書類従』第四、国書刊行会、一九〇七年）。また、『戯場年表』の文化六年の条には、「右狂言二番目は面白けれども一番目（注、『日本振袖始』）不評判に付、壱番目をぬき二番目夏祭を通しにいたし興行す」とある（『日本庶民文化史料集成』別巻、三一書房、一九七八年）。一寸徳兵衛を「水売」、お辰を「磯之丞姉」、大鳥佐賀右衛門を「角力」とする設定は、原作の『夏祭浪花鑑』には見られないものであり、本作も南北の新作と考えてよかろう。

（4）『国書総目録』および『日本古典籍総合目録』にも所蔵が記載されていない。なお、渥美清太郎は「系統別歌舞伎戯曲解題（一八八）」（『芸能』第二十巻五号、一九七八年五月）の「夏祭」の項において本作を採り上げ、次のように述べている。

ソガマツリ、イキジクラベ（曽我祭侠競）。一八一三（文化十年）五月、江戸森田座演。鶴屋南北作は、大鳥佐賀右衛門（沢村四郎五郎）のため、殿から預かった浮牡丹の香爐を奪われ、玉島兵太夫（市川門三郎）は切腹、妹お辰（佐野川花妻）に詮議をたのむ。お辰の夫助松主計（尾上新七）もその結果浪人し、貧に苦しんだが、魚屋団七（七代市川団十郎）に救われる。主計の娘お仲（五代岩井半四郎）は、佐賀右衛門に云い寄られ、川へ飛び込んで通具屋清七（二役団十郎）に助けられ、深い仲になったところから、団七と一寸徳兵衛（二役新七）の達引になる。三河屋義平次（五代松本幸四郎）は佐賀右衛門に頼まれ、お仲を誘拐しようとしたが、奥女中琴浦（二役半四郎）に観破され、その腹いせに香爐を盗んで逃げ出す。お仲は祭の中で義平次を殺して父のために宝を取返す。すべては釣船三婦（二役幸四郎）の義侠で解決する。南北としてもなかなかの力作であるが、半四郎が病気で休んだので失敗した。

このあらすじは、本台帳とは大きく異なり、渥美が実際に台帳を目にしていたとは考えにくい。また、傍線部についても、本作の辻番付の欄外右側に「岩井半四郎病気全快仕候ニ付、罷出相勤申候」とはあるものの、半四郎が再び病気になったとする根拠は不明であり、誤りの可能性が高い。

（5）引用は、東京大学国語研究室蔵本による。

（6）『役者繁栄話』には「松本米三」、また前年の文化十年正月に刊行された『役者出世噺』の目録には「徳之介事松本よね三」とあるが、台帳や番付類には「米三郎」とあるので、こちらの表記を採用した。なお、代数は『歌舞伎俳優名跡便覧［第三次修訂版］』（日本芸術文化振興会、二〇〇六年）による。

（7）同じ蔵書印は、東京大学国文学研究室蔵の『東海道四谷怪談』の台帳（近世二二・五・二五七）にも確認できる。

（8）以下、『夏祭浪花鑑』の段名は、国立劇場芸能調査室編『浄瑠璃作品要説〈5〉西沢一風・並木宗輔篇』（国立劇場、一九八八年）による。

（9）武井協三氏『若衆歌舞伎・野郎歌舞伎の研究』（八木書店、二〇〇〇年）、鈴木博子氏「加賀藩前田家記録にみる元禄～享保期江戸演劇界―土佐少掾活動時期・小山二郎三郎代替わりなど―」（『演劇研究会会報』第29号、二〇〇三年六月）、同氏「屋敷方における御出入り役者の動向―岡山藩池田家操・歌舞伎上演記事を中心に―」（『歌舞伎　研究と批評』31号、二〇〇三年八月）、同氏「享保期江戸歌舞伎における屋敷方と芝居町の一様相―加賀藩邸上演記録を中心に―」（『芸能史研究』174号、二〇〇六年七月」など。

（10）三代目坂東三津五郎の弟子であるお狂言師、二代目坂東三津江（文政四年〈一八二一〉～大正八年〈一九一九〉）の経歴が、近年、子孫の辻光子氏による私家版の資料集『千秋万歳大々叶』（二〇〇一年）によって明らかになった（『三代目坂東三津五郎展―その足跡と衣裳』図録〈早稲田大学演劇博物館、二〇〇八年〉所収、児玉竜一氏「坂東三津江関係資料をめぐって」）。

（11）歌川広重画「見立座敷狂言　三枚続」、歌川国貞画「御座敷狂言こしらゐの図　五番続」など。

（12）吉丸雄哉氏「素人狂言と滑稽本」（『国語と国文学』第八十三巻第五号〈二〇〇六年五月〉初出、『式亭三馬とその周辺』〈新典社、二〇一一年〉収録）に詳しい。

（13）引用部の直前では、市子を頼んで妻の霊を呼び寄せたと言う義平次に対して、佐賀右衛門が「慥か市子が唐の鏡と言ふは女の事、スリヤ、その時はらんで居たのは女の子、くれ〴〵頼ムと言ふからは、娘は生て居ると見へたわへ」と解説している。名前こそ明らかにされていないが、お仲が義平次の娘であることも暗示されている。

(14) 東京大学総合図書館秋葉文庫蔵『劇代集』所収のものを用いた。

(15) 早稲田大学演劇博物館蔵（ロ二二―七―六二）のものによる。

(16) 『女伊達浪花帷子』の上演中、初代尾上菊五郎による四代目松本幸四郎への刃傷未遂事件が起った。第一部第一章第三節参照。安永九年九月の序文を持つ刊本『響升尾上鐘』に、「女伊達難波帷子と名題を替て五月節句の初日より大入（中略）いか成事にや、同廿日音羽や（注、菊五郎のこと）舞台にて見物へ口上を述て其日より退座す」（東京都立中央図書館加賀文庫蔵本）とあるので、この事件が起ったのは、『曽我祭浪花閲』初日の五月十五日から数日経った、五月二十日ということになる。

(17) 『歌舞伎年表』による。

(18) 第一部第二章第二節参照。

(19) 『日本古典文学大辞典』第四巻（岩波書店、一九八四年）の「謎帯一寸徳兵衛」の古井戸秀夫氏解説による。

(20) 五幕目の舞台書には、「本舞台三間の間、後ロ黒幕、正面永代橋の欄檻を見せ、左右は川岸、蔵にて見切、舞台前より誂の浪板、上の方に四ッ手をおろせし苫舩懸り居ル。時の鐘、さんげ〳〵の声にて幕明く」とある。

(21) 国立国会図書館所蔵。五冊の稿本で、扉には「鶴屋南北遺稿／ふきよせ艸紙 下帙五巻／東叡山根岸　文海堂」とある。巻之六から巻之十までを収録し、「壬寅（注、天保十三年・一八四二）夏」の烏有山人の序文には、「此草紙や、さきに上帙五冊を出して、また爰に下帙の挙あり」とあるが、上帙、下帙ともに出版を確認できない。

(22) 引用は、『近世庶民生活史料　街談文々集要』（三一書房、一九九三年）による。

(23) 引用は、『近世庶民生活史料　藤岡屋日記』第一巻（三一書房、一九八七年）による。

(24) 本台帳は後年書写されたものであり、南北がこの俗説を踏まえて「牡丹餅」や「そば」の要素を随時書き加え、その増補された最終的な台帳が写されたという見方も、あるいは可能かもしれないが、あくまでも推測の域を出ない。

(25) 鵜飼伴子氏は、『四代目鶴屋南北論―悪人劇の系譜と趣向を中心に―』（風間書房、二〇〇五年）第四章第四節「『霊験曽我籬』論―南北の「亀山の仇討」物狂言―」において、『霊験曽我籬』は文化十年（一八一三）九月、森田座『男一疋達引安売』の題で再演、文政六年（一八二三）九月には、中村座『御注文高麗屋縞』と題して三演されている」と述べており、本作『江戸紫流石男気』については言及していない。

(26)『歌舞伎登場人物事典』（白水社、二〇〇六年）の「海老ざこの十」「畑六郎左衛門」の解説（いずれも古井戸秀夫氏執筆）による。

(27) 本作の四幕目第一場、団十郎演じる清七のセリフには、「おいらは又、杜若（注、半四郎の俳名）でなけりゃア、夜が明ない。はん月病気の時も、からア念仏だが、堀の内へ百度参りをしてやった」という楽屋落ちが見られる。

(28)「曽我祭」が舞台へ上がるきっかけになった作品としては、宝暦三年、中村座の『男伊達初買曽我』とする『役者全書』（安永三年〈一七七四〉刊）の説と、同六年、市村座の『梅若菜二葉曽我』とする『戯場訓蒙図彙』（享和三年〈一八〇三〉刊）の説がある。佐藤氏は、同四年、中村座の『百千鳥艶郷曽我』と同五年、市村座の『[禾+盡]愛護曽我』において行なわれた「曽我祭」の番付が現存するところから、前者の説を採っている。

(29) 座頭の幸四郎、吉例の団十郎、他座からは森田座の縁者である三代目坂東三津五郎、その他、座元や出演役者一同が居並ぶ口上の後、女形による舞踊を挟んで、森田座の寿狂言である『仏舎利』が上演された。本来ならば、寿狂言は太夫元の家の者が演じなければならないが、隠居していた先代勘弥こと坂東喜幸が高齢であったため、九代目勘弥と団十郎の二人で上演された。

(30) 初日の日付は、『劇代集』所収の役割番付、および早稲田大学演劇博物館蔵の辻番付（ロ二二―四三―六三）による。なお、『花江都歌舞妓年代記続編』には十七日、『歌舞伎年表』には二十七日とある。

(31)『尾上松助洗濯談』は一番目として上演され、二番目には『累渕扨其後』が出された。なお、『戯場年表』の文化十年の条には、「市村座入組候故障有之、兎角興行成兼、帳元茂兵衛の骨折にて、当時森田座休み居候に付頼合、右座夏狂言出勤の役者不残借受て、其時の狂言を出し取急ぎ八月十五日初日」とある。

(32) 辻番付にも、ほぼ同文の口上が掲げられている。

(33) 実際に三幕目を執筆したのは桜田治助であるが、南北による筋書きの指示を受けて担当したことは言うまでもない。

嘉永元年（一八四八）成立、三升屋二三治著の『作者年中行事』弐之巻には、「南北の作者の時は、此高下にかゝわらず、一日の狂言の筋立てせりふまでことぐ〳〵く書て渡ゆへ、骨おらず書物出来、又そのしさゐは、狂言に仕組有て、せりふにも誂へ有るゆへ、人に任せては我が心に合ぬゆへ、正本清書同様にして筋書を渡す」（『日本庶民文化史料集成』第六巻）とある。

（34）　引用は、東京都立中央図書館加賀文庫蔵本による。

第三節　『四天王楓江戸粧』考

はじめに

江戸の歌舞伎では、興行にあたって版行される役割番付や辻番付、あるいは劇場の外部に飾られた看板で示される大名題に、「カタリ」と呼ばれる文章が付された。上演される作品の内容が、掛詞や縁語等の修辞を用いた七五調の韻文で綴られたもので、立作者の責任において作成される。河竹繁俊は、『歌舞伎作者の研究』（東京堂、一九四〇年）において次のように述べている。

> 大名題というのは、狂言の題名である。今で言へば単に題（だい）である。大名題を大切にすることは当然で、必ず立作者が書くべきものになつてゐた。（中略）番附を見ると、名題の上に細字で「語り」といふものが、認められてゐる。語りはその狂言の筋を書いたもので、この語りを含めた場合にも大名題と呼ぶ。小名題といふのは、四枚の板に認めるから俗に四枚（よまい）とも呼ばれてゐた。これは狂言の段附（だんづけ）で、狂言の場割とその内容とを、簡明に書いた標題（みだし）である。小名題は二枚目の仕事になつてゐたが、併し立作者の書くこともあつた。いづれも立作者の職掌としては、極めて重要なもので、紋番附には大名題も四枚も掲げられる。

カタリは、脚本執筆前の段階において作成されるものであり、実際の上演内容を必ずしもそのまま反映していないが、作者の作品構想を窺うにあたって重要な手がかりとなるものである。しかしながら、たとえば『歌舞伎台帳集成』（勉誠社、一九八三年〜二〇〇三年）などの活字本において、その附録資料として翻字されることはあっても、その分析は、作品研究を行なう上での方法として、現在あまり定着を見ていない。(1)

そこで本節では、試みに四代目鶴屋南北作の『四天王楓江戸粧（してんのうもみじのえどぐま）』（文化元年〈一八〇四〉十一月、河原崎座所演）を採り上げ、その台帳とカタリを比較検討してみたい。なお、この作品を考察の対象としたのは、本作が、南北が立作者に就任して以来、まとまった台帳の残る最初の作品であることによる。(2)

一　カタリの先行研究

『四天王楓江戸粧』の分析に入る前に、カタリそのものの特徴等について扱った先行研究を概観しておく。管見の限り、カタリを中心に採り上げた論考として早いものは、法月敏彦氏の「歌舞伎番付のカタリ」（『論集近世文学』2、勉誠社、一九九一年）である。法月氏は、近代以降の事典類で示されるカタリの解説文を整理した上で、近世期の劇書の記述を調査し、「カタリは、江戸の歌舞伎に固有の呼称であり、三升屋二三治以降にその呼称としての使用例が認められる」としている。さらに、二三治著の『作者店おろし』（天保十四年〈一八四三〉成立）に見られる「江戸の作者は、名題の書物に流義有て、おもしろき作意を取交、かたりといふもの筆に顕す」という記述に着目し、カタリが、狂言作者の作業過程にどのように位置づけられるかを分析する。そして、次のように推論している。

カタリは、まず台帳があって、その要旨である粗筋が書かれ、さらにその要約ないしは宣伝用文案としてのカタリが作製される、という道筋を経て出来上がるものではない。つまり、台帳→粗筋→カタリという具合いに作製されるものではなく、これとは全く逆で、台帳という形式に至る出発点に位置するものであろう。つまり、（世界定め）→カタリと名題→台帳→（稽古）→（台帳訂正）→（興行）という芝居作りの段取り上に位置するものであろう。したがってカタリは、一方で、宣伝文案として一般観客に芝居の内容を伝達しつつ、その期待を高める役割を果しながら、また一方で、同時に、これから作られていく芝居の内容・枠取り（合作制における筋の統一制）を限定していく役割を果すものであったと考えられる。

この結論は、カタリが台帳執筆以前に作成されたと指摘した点で意義深い。

法月氏に続いてカタリについて考察したのが、加藤圭氏の一連の論考である。加藤氏は、番付に掲載されたカタリの文面を精査し、その形式の変遷を具体的にたどっている。「江戸芝居番付の「語り」」（『近世文芸』六十七号、一九九八年一月）では、まず『賀久屋寿々免』（三升屋二三治著、弘化二年〈一八四五〉成立）の説明に従いつつ、広義のカタリに見られる諸要素を、

「かたり（かけり）」（狭義）…仮名交じりの説明文。
「置物」…太字の縦書きで、中央又は右端に一行書きにされるもの。
「帯・横書」…横書きにされるもの。
「据物（すへもの）」…二、四字による数行の縦書きにされるもの。

に分類し、これらが、角書の上にさらに角書をつけたり、あるいは角書の記述を補ったりするという形で、享保期（一七一六〜三五）に派生していったと指摘する。加藤氏はこれらの要素の配列から、カタリを、

「分割型」…「置物」を中央にすえ、その左右が対称で、使用されている文字の太さが一定でないといった

複雑な形をしているもの。

「一括型」…右端に「置物」をすえ、残りをすべて仮名交じり文で書いた簡単な形をしているもの。

の二種に分類し、前者の例として初代桜田治助作の『御摂勧進帳』（安永二年〈一七七三〉十一月、中村座所演）、後者の例として河竹黙阿弥作の『鼠小紋東君新形』（安政四年〈一八五七〉正月、市村座所演）の台帳とカタリの内容を比較する。そして、作品の筋や内容だけでなく、作品の背景となる「世界」や、登場する役者の紹介なども含んでいた「分割型」のカタリが、寛政期（一七八九～一八〇〇）を境に、江戸歌舞伎の上演形態が二番続きから時代と世話の二本立てへと移行するに従って、作品内容の細部の情報を示す「一括型」へと変化していったと結論づけている。

「分割型」から「一括型」への移行期である寛政期のカタリをさらに詳細に検証したのが、同じく加藤氏の「歌舞伎「番付の語り」の変化　―江戸寛政期を中心に―」（『日本文学』第四十八巻第九号、一九九九年九月）である。加藤氏は、寛政期における「分割型」から「一括型」への変形が、顔見世狂言ではなく、初春狂言のカタリに先行して見られることに着目し、この時期の初春狂言の二番目に上方系の世話狂言が仕組まれていたこととの関連性を指摘している。

本節で考察する『四天王楓江戸粧』は顔見世狂言であるが、後に示すように、そのカタリの形式は「一括型」であり、加藤氏の言う寛政期以降のカタリの特徴を備えている。なお、加藤氏には右記のほかに、江戸のカタリに相当する上方の「脇付」について扱った「上方歌舞伎「番付の語り」――その形式と機能について――」（『歌舞伎研究と批評』24号、一九九九年十二月）の論考があるが、上方歌舞伎の例であるので、ここでは詳しく触れない。また、加藤氏は広義の場合は「語り」、狭義の場合は「かたり」と表記の使い分けをしているが、本節では特に両者の区別をせず、総称として「カタリ」と表記した。

二　『四天王楓江戸粧』概説

さて、本作『四天王楓江戸粧』の作者連名には、立作者に当時五十歳の勝俵蔵（四代目鶴屋南北）、二枚目に本屋宗七、三枚目に曽根正吉、狂言方に亀山為助、金麗助、江田幸策、葛飾泉次が座り、スケとして木村園夫（えんぷ）、烏亭焉馬が加わっている。(3) 以下、配役について述べる。座頭の初代市川男女蔵は、源頼光の四天王、すなわち、渡辺綱・坂田金時（図26）・碓井貞光・茨木五郎（実は卜部季武）の四役を一人で勤めている。前年度に上演された、南北作の『天竺徳兵衛韓噺（てんじくとくべえいこくばなし）』（文化元年七月、河原崎座）で大成功を収めた初代尾上松助（後の初代松緑）は、新年度も重年し、高明姉辰夜叉御前・古金買い七面の伝七（実は相馬太郎良門）を勤めた。特に辰夜叉は、女性の実悪という点で珍しく、松助の若女形としての経験が活かされている。また、この松助の息子、初代尾上栄三郎（後の三代目菊五郎）も源頼光・辻君袴垂れの安（実は平井安輔）の二役で出演している。主な若女形は、初代中山富三

図26　初代歌川豊国画「初代市川男女蔵の坂田金時（『四天王楓江戸粧』）」（早稲田大学演劇博物館蔵、〇〇一-〇九二一）

郎と二代目小佐川常世で、富三郎は足柄山の山姥・小女郎狐・高明息女花園姫・女郎上がりお綱（実は小女郎狐）を、常世は五郎女房お政（実は良門妹七綾）・保昌女房和泉式部を演じた。総じて無人の一座であったが、本作は好評を博した。

本作については、既に『鶴屋南北全集』第一巻（三一書房、一九七一年）の落合清彦氏による解説や、井草利夫氏の『鶴屋南北の研究』（桜楓社、一九九一年）等において、その構想や趣向について論じられている。落合氏は、本作の特色を以下の六点にまとめている。

一、評判記にもある通り(4)、座頭の男女蔵が四天王の四役を一人で演じた。

二、焉馬執筆の「雪振袖山姥」（注、四建目の常磐津節の所作事）では中山富三郎（通称ぐにゃ富）が、振袖姿の山姥を演じた。

三、松助が、得意のケレンで五輪砕の骨寄せ（注、三建目）や土蜘の変化（へんげ）の芸（注、六建目）を見せた。

四、小幕のチャリ場（注、五建目）で、公卿の男夜鷹が殿上の言葉と辻君のそれをこきまぜて使うおかしみ等は、のちの『桜姫東文章』などの先駆とみられる。

五、「暫」は三建目乃至はその返しに置かれるが、本作では六建目になり、ウケが十二単衣の辰夜叉御前なのが変っている。又「だんまり」が五建目小幕の幕切れに設けられている。

六、二番目は、当時流行した雑俳の「ものはづけ」の趣向が取り入れられている。

台帳は、国立国会図書館所蔵の十五冊本が残るが、これは、見習いの狂言方が執筆して下立役の役者が出演する「序開き」を有する点で珍しいものである。幕内の正本ではなく貸本屋系統の台帳であり、裏表紙の作者の署名がないため、各幕の担当作者を特定するには考証を要する。そのための手掛かりとなるのが、『作者年中行事』

（三升屋二三治著、嘉永元年〈一八四八〉成立）弐之巻「顔見勢狂言、作者書場」の次のような記述である。(5)

序びらき　狂言方の内、おかしみの趣向有る人、見立て書せる事。
三立目　しばらく前、三枚目に近き人。
同　しばらく。二枚目より落たる人。だんまり前持込みの時有。
同だんまり　だんまり前、三枚目の作者。四五枚有る狂言ならば、立作者。同立作者の書場。
四立目　浄瑠理。立作者・二枚目、又は客座の作者書事有。
五立目　狂言場ゆへ、二枚目・客座の人の持場。
六立目に　二枚目の作者。
大詰　口は二枚目の人、三枚目に書せる事有。
第二番目　立作者南北の狂言なら、おかしみの仕組ゆへ、自分一人持。
引返し大切　落合の有る時は、立作者引受る。

この記述に基づきつつ、井草氏は、前掲論考において本作の作者の書き場を次のように推測している。

一番目三建目　曽根正吉
一番目四建目　烏亭焉馬
一番目五建目小幕　勝俵蔵（鶴屋南北）
一番目五建目　木村園夫
一番目六建目　烏亭焉馬
二番目　勝俵蔵（鶴屋南北）

ここで問題となるのが、スケとして参加した焉馬と園夫についてである。井草氏は、焉馬が本作にスケとして参加した経緯について、三十三歳の若い座頭である男女蔵が、後ろ盾を求めていたことに触れた上で、次のように述べている。

焉馬は五世団十郎と義兄弟の約を結び団州楼と号して劇界に隠然たる勢力を保持し、五世の高弟である門之助（注、二代目。男女蔵の父）とも親交があった。文筆方面に達者で、浄瑠璃の作もあったから、男女蔵はそれに目をつけて、スケとして脚本の執筆を依頼したのである。焉馬本人が書いた「歌舞妓年代記」に、「狂言作者は、勝俵蔵。本屋宗七。予もスケに頼まれ。浄瑠理山姥の所。また六たて目しばらく大詰まで作る」と記述されている通りである。

また、園夫の参加について同氏は、園夫と小佐川常世の同座が多いことから[6]、常世の要請によるものではないかとの見解を示し、常世演じる和泉式部の活躍が描かれる一番目五建目の作者を園夫の担当と推測している。

このように、スケとして焉馬と園夫が加わった本作の執筆環境について、井草氏は次のように指摘する。

顔見世を迎えた俵蔵にしてみれば、せっかく名実ともに備わる立作者に納ったはずなのに、男女蔵と焉馬、常世と園夫という二組のコンビに足を引っぱられることになり、残念至極であったに相違ない。結局、松助・俵蔵組を加えて三者が鼎立したわけであり、この事態にいかに対処すべきか、大きな難関を迎えたと言ってよいであろう。

享和二年（一八〇二）度は、同じく三笑門下の二代目瀬川如皐との「立分れ」という状況であったし[7]、翌享和三年度は、千歳軒鶴姿という謎の人物が別格扱いで作者連名に加わり[8]、そして文化元年度は、上方作者の奈河七五三助が立作者となって南北は二枚目に降格してしまう[9]。南北は、先述の文化元年七月の『天竺徳兵衛韓噺』で、その実力を広く認められていながらも、それでもやはり、いまだ確固とした立作者にはなれずにいた。そうした事情を、立作者の南北が手がけたカタリと、実際に出来上がった台帳とを比較して検討するというのが、本論考が意図するところである。

三　『四天王楓江戸粧』のカタリの分析

以上を踏まえた上で、実際に本作のカタリの分析を行なっていきたい。まず、そのカタリの翻刻を掲げる。国立国会図書館所蔵の役割番付に記載されているものを基にし（図27）、その他、日本大学や東京大学国文学研究室所蔵本等を参照した。なお、スペースの都合上、【上部】【下部】の二つに分け、後の説明の便宜のため、語句には適宜丸数字を付した。また、ゴチックで示した部分は、原本において太字になっている箇所である。

【上部】

①**一陽**　　④花園后妃 操 輝 内侍所

③**三田八幡神楽月　謹　白**

②**南 当**　　⑤和泉式部探題鬼切丸

⑥大江山幾野の道の遠近に嬉しき鴈の便をぞまつ

⑦二代源氏の御大将⑧古郷へ餝る羅綾の袂⑨俤 写七綾が

⑩由縁の色の紫 式部⑪月の岬の銀世界⑫綱と其名も高縄に

仇な芸者の腕に残る命の文字を⑬身替と身売にかけし忠孝の

⑭美女を幸寿に継木の梅謎は金の札の辻⑮鬼童丸半兵衛が

牛町からの迎駕しかも⑯今宵は大尽の独武者⑰花山の院の御簾の隙
あれし軒端に笹蟹のくべき宵なり⑱辰夜叉御前が待かけの爪音は
⑲花めづらしき吉例の一声これぞ顔見勢歌舞妓の栄

【下部】

⑳頼
有
御　**四天王楓江戸粧**
寵
盃　剛山入　四番続

③の「三田八幡神楽月謹白」は、先の加藤氏の言う「置物」に当り、①②「一陽南当」はその角書である。また、④「花園后妃操輝内侍所」と⑤「和泉式部探題鬼切丸」は「据物」、⑳は「帯」で横に読み「頼有御寵盃」となる。なお、小名題の四枚は本節冒頭に引いた河竹繁俊の言葉にあるように、二枚目作者、すなわち本屋宗七が担当した可能性があるので、ここでは扱わない[10]。

①②「一陽南当」は、「一陽来復」に類する語で、旧暦十一月の冬至で一番弱まった太陽に、再び甦って欲しいという祈りを表わした顔見世のテーマである[11]。

③「三田八幡神楽月謹白」の「三田八幡」は、芝田町七丁目にあった三田の惣鎮守である。『江戸名所図会』巻之一（斎藤長秋著・長谷川雪旦画、天保五年〈一八三四〉刊）に、

按ずるに、窪三田に、綱生山当光寺といへる一向派の寺あり。渡辺の綱が出生の地なりと云ひ伝ふ。又三

田八幡宮の神体をも、渡辺の綱が守護神なりとし、すべてこの辺、綱に縁ある事のみ多し。

とある(12)ように、本作にも登場する渡辺綱に所縁のある神社である。また、本作の序開きは、この三田八幡を舞台

図27　『四天王楓江戸粧』役割番付（部分）（国立国会図書館蔵『江戸三芝居紋番附』より）

にしており、その舞台書には、

本舞台三間の間、正面黒まく、上のかた、片足の鳥居、これに三田八幡宮を書たる額をかけ、見付よき所に奉納の石の手水鉢、下の方に藪畳、この上に赤ぬりの開帳桃灯、真中に霊宝夜光明玉開帳と書たる木札、ここに白丁、烏ゑぼしの形にて居る。左右の畦、紅葉の立木、この枝を集め、竹熊手にてかいて居る。宮神楽なつて、幕明く。

とある[13]。「神楽月」とは十一月のことである。

④「花園后妃操輝内侍所」の「花園后妃」は、本作に登場する池田中納言の娘、花園姫（中山富三郎）のことである。花園姫は、許嫁の源頼光（尾上栄三郎）の跡を慕って、傾城錦木と姿を変え三島明神を訪れるが、辰夜叉（尾上松助）の命によって花山の古御所に拉致されてしまう（四建目）。そして、和泉式部（小佐川常世）が持参した頼光の首（実は安輔の身替り首）を見て悲嘆に暮れる（六建目）。「操」とはこうした花園姫の、恋人頼光への一途な思いのことを指すのであろう。また、「内侍所」は、三種の神器の八咫の鏡の異称であり、「輝く」ものとして導き出されているが、劇中には登場しない。

⑤「和泉式部探題鬼切丸」は④の対となる部分である。常世が演じる「和泉式部」は、五建目において、丹波守として任国に赴いた夫平井保昌の留守を預かり、主人頼光を助けるため、義弟にあたる安輔（尾上栄三郎）をその身替りとする。「探題」は、「作文会や歌会で、当日の題を紙に書いて畳み、文台などに置いて取らせたり、抽選をしたりして、人々に題を分かち与えて詩歌を詠ませること」（『角川古語大辞典』）であり、歌人和泉式部の縁語である。「鬼切丸」は、鬼丸と並ぶ源氏重代の名刀で、『太平記』巻三十二「直冬上洛ノ事付鬼丸鬼切事」には、渡辺綱が頼光からこの刀を賜って鬼の腕を切り落し、また多田満仲がこれで戸隠山の鬼を斬ったという逸話が記

されている。この「鬼切丸」も劇中には登場しないが、「探題」の語に、鬼切丸を「探す」という意も込められていると解釈すると、和泉式部が、紛失した鬼切丸を詮議するという筋の構想があったとも推測できる。

⑥「大江山幾野の道の遠近に嬉しき鴈の便をぞまつ」は、『百人一首』にも入る小式部内侍の有名な歌「大江山いく野の道の遠ければまだふみもみず天の橋立[14]」を踏まえたものである。「大江山」は、丹波国天田郡のものとする解釈と、山城・丹波国境の老坂のものとする解釈の二通りがあるが、前者の大江山は頼光の酒呑童子退治で有名な場所であり、ここでもその関係で用いられている[15]。「幾野」は、小式部内侍の歌にも詠われた歌枕の「生野」だけでなく、本作五建目小幕に登場する、平井保昌・安輔兄弟の母、幾野（山科四郎十郎）を掛けている。そもそもこの「幾野」という名が、この和歌からの発想であることは言うまでもない。勘当した安輔を頼光の身替りにすべく尋ね求める幾野は、一條戻橋で袴垂れの安と名乗り男惣嫁に出る安輔と再会し、屋敷へと連れ帰る（五建目小幕）。「嬉しき鴈の便りをぞまつ」は、母幾野が息子をあちこちと探す様子と、その再会の喜びが表わされている。この場面は南北の担当であり、その内容がカタリにも正確に反映されていると言える。

⑦「二代源氏の御大将」は源頼光のことで、父多田満仲から数えて頼光は二代目になる。劇中では栄三郎が演じ、四建目「三島明神の場」、六建目「暫の場」に登場する。なお、多田満仲の名は、役割番付の「第二」に山科四郎十郎の役として挙げられているが、劇中には登場せず、捨て役と考えられる。

⑧「古郷へ餝る羅綾の袂」は、四建目の浄瑠璃幕（常磐津「雪振袖山姥（むつのはなふりそでやまんば）」）において、頼光の命により故郷足柄山に戻った坂田金時（市川男女蔵）が、母の山姥（中山富三郎）に再会することを表わしている。「羅綾」は漢語で、美しい衣の総称であるが、その「袂」とあるように、山姥が振袖姿で登場するところにこの幕の趣向があった。

執筆を担当したのは、先に述べたように烏亭焉馬であるが、焉馬はこのカタリに見られるような南北の構想に正しく従ったことが窺える。

⑨「俤写七綾」であるが、これは劇中に登場する相馬太郎良門の妹七綾（小佐川常世）のことを指す。謀叛を企てているという設定であり、「俤写」とは、父将門の形見の旗を懐中している時に、七つの影が浮かび上がるという怪異のことを表わしている。五建目小幕のだんまりには次のようなト書きが見られる。

このとたんに七綾、懐中より相馬の幡を落す。季武とろうとする。七綾、がんどふを取て季武へさし付ル。薄どろ〳〵になり後ろのねり塀へ明り移り、七綾が影、七人にうつる。季武扨はと思入。七綾、がんどふを立廻りにて下へふせる。どろ〳〵うち上ゲ、姿消る。

これは、平将門に七人の影武者がいたという伝説を踏まえた趣向で、二番目「紅葉ヶ茶屋の場」では、茨木五郎（実は卜部季武）の女房お政に身をやつしていた七綾の、見顕わしのきっかけとなっている。

まさ　ヲ、いかふ寒ふなつて来たわひな。手元が見へぬ。ドレ、あかりを燈して。

ト相方にて、行燈へ火鉢の火にてあかりを燈し、そで頭巾取て油つぐ事。この時にどろ〳〵になる。おまさ、手の影七ッに移る（ママ）。この時上みの障子より伝七、明ヶかけ、おつな、あんどふの影を見て、

つな　ヲ、コハ。

⑩「由縁の色の紫式部」では、色彩の美しさを意味する前の「綾」を受けて「由縁の色」とし、その「色」から「紫」へとつなげる。本作に紫式部は登場しないが、役割番付の「第四」には、中山富三郎の捨て役としてこの役名が記載されている。実際に登場する和泉式部に対応させて、彩りを添える意図で盛り込まれたものであろうが、次の⑪「月の岬の銀世界」の「月」を導く役割も果たしていよう。紫式部には、石山寺で琵琶湖に映る十

五夜の「月」を眺めている時に、『源氏物語』の着想を得て、「今宵は十五夜なりけり」と書き始めたという伝説が残る。

さて、この「月の岬」であるが、これは月見の名所として知られていた高輪の高台のことを指しており、広重も『名所江戸百景』に「月の岬」と題して、料理茶屋から眺めた、品川沖に浮かぶ満月の景を描いている。「月の岬」は場面としては本作に登場しないが、役割番付の「第二」には、常世の「月の岬の女風雅師しぐれのみなせ」という役名が確認できる。常世は、二番目ではお政（実は七綾）を演じており、これも捨て役と考えるのが妥当であろう。なお、先に「三田八幡」が出て来たが、これ以後のカタリには、三田・高輪周辺の地名が多く織り込まれている。「銀世界」は雪景色のことで、顔見世狂言の二番目に雪の場面を入れることは江戸歌舞伎の慣習となっており、その舞台書には次のようにある。

本舞台三間の間、藁ぶきの世話場、二重舞台せうめん納戸暖簾、戸棚、上の方に九尺の障子家体、門口に葭づの風除き、紅葉がちや（や）と書たる行燈をかけ、雪をおひたる照葉の紅葉、（中略）都て白銀中道寺前、紅葉が茶屋日寄り場のもよふ、雪の景色、在所唄に冬至の通り神楽をかぶせたる鳴物にて、幕明

⑫「綱と其名も高縄に仇な芸者の腕に残る命の文字」の「綱と其名も高縄に」は、先に述べたように、この辺りが、渡辺綱に所縁の地として有名であることを示しているが、同時に、二番目に登場するお綱実は小女郎狐（中山富三郎）のことも掛けている。ただしお綱は、「高輪の芸者」ではなく品川の年明女郎[16]であり、「腕に残る命の文字」という設定も見られない。「…命」のように、恋人に操を立てる彫り物を効果的に用いる作劇は、南北の作品にしばしば見られ、初期のものでは『江の島奉納見台』（享和元年〈一八〇一〉春、河原崎座）における小梅の「甚五郎二世」の彫り物や、『誧競艶仲町』（享和二年正月、中村座）における南方与兵衛の「都命」、あるいは有

名な作品では『桜姫東文章』（文化十四年〈一八一七〉三月、河原崎座）における桜姫の「鐘に桜」の彫り物、『盟三五大切』（文政八年〈一八二五〉九月、中村座）における小万の「五大力（後に三五大切と彫り直す）」などが挙げられる。こうした例を考慮すると、お綱の「腕に残る命の文字」という設定が、南北の当初の構想であったとも推測できる[17]。

⑬「身替と身売にかけし忠孝の」は、平井安輔（尾上栄三郎）に関連する記述である。前の「命」を受けた「身替」は、安輔が頼光の身替りになって主君への「忠」、母への「孝」を立てること（五建目）を、また、「身売」は、安輔が男の夜鷹に身をやつしていること（五建目小幕）を表わしている。

⑭「美女を幸寿に継木の梅謎は金の札の辻」の「美女を幸寿に継木の梅」は、前の「身替」を受けている。謡曲「満仲」において、藤原仲光が、主人多田満仲の子の美女丸の身替りとして、我が子幸寿丸を手にかけることを踏まえた表現である。なお、役割番付の「第二」には、「藤原の仲光」（尾上松助）、「仲光一子孝寿丸（ママ）」（尾上栄三郎）、「藤原の仲光妻しがらみ」（中山富三郎）といった役名が確認できるが、本作にはこれらの人物は登場せず、捨て役と考えられる。

ここで謡曲「満仲」に関する表現を用いたのは、続く「謎は金の札の辻」との関連からである。五建目において、和泉式部の妹橋立（二代目小佐川七蔵）は、「金の短冊の付たる梅の折枝」を手にし、多田満仲の命を受けた上使として保昌の館にやって来る。「梅」の一枝につけられた「金の札」には、満仲からの次のような「謎」が記されていた。

幾野　満仲公より御上使の心を籠し梅の一ト枝。

　　ト見て、

結び付たる短冊は、ナニ〳〵、春の夜のやみはあやなし梅の花、

春町　色こそ見へね香やは隠るゝ。

幾野　コリヤこれ保昌がよめ和泉式部、いまだ大内に有し時のよみ哥。

ト思入有て、

春の夜のやみはあやなし梅の花。

トかんがへるこなし。

橋立　サア、春の夜のやみはあやなし、あやなくは恋路にうき名立染し、花は則花園さま、色こそ見へね香やは隠るゝ、慥にそれと見へねども、香やはかくるゝお二人リの、有家は慥にこの舘と、疑ひかゝりし上からは、満仲公にも是非に及ばず、頼光公のこの一トの枝、手折て出せよと仰を請ケ、上使に立たる橋立が口上、御合点がまいりましたか。

短冊に記された「春の夜の闇はあやなし梅の花色こそ見えね香やは隠るる」という歌は、『古今和歌集』巻第一「春歌上」に収録されるが[18]、詠者は和泉式部ではなく、正しくは凡河内躬恒である。「梅の花は闇夜の中でも隠しようのない香りでそのありかが知れる」という歌意と、梅の折枝が意味するものは、花園姫と頼光を差し出せという命令である[19]。この幕の担当作者は木村園夫である。躬恒の歌を式部の歌と間違えたのが園夫の誤りか、あるいは構想を示した南北の誤りなのかは不明であるが、いずれにせよ、この短冊の謎かけの趣向については、園夫も先の焉馬と同じように立作者南北の意向に添ったものと考えられる。なお、この札（短冊）を「金」とするのは、謡曲「羅生門」等で渡辺綱が羅生門に立てる「金札」を踏まえている。また、この札を受けての「札の辻」であるが、これは田町四丁目の三辻のことで、その地名は、天和二年（一六八二）まで高札場が設けられていた

ことに由来する。

⑮「鬼童丸半兵衛が牛町からの迎駕」は、役割番付「第二」に見られる嵐団八の役名、「牛町の駕かき鬼童丸半兵衛」と関係する。鬼童丸は、『古今著聞集』巻第九「源頼光鬼同丸を誅する事」において頼光を市原野で襲撃する盗賊として登場し、歌舞伎では「前太平記」の世界の敵役として描かれる人物である。この鬼童丸を踏まえた役名であるが、本作には登場していない。ここで注目したいのが、嵐団八が捨て役を与えられるほどの格の役者ではないということである。つまり、団八の「牛町の駕かき鬼童丸半兵衛」は、捨て役ではなく、作中に登場してもおかしくない役なのである。本作を評した『役者正札附（しょうふだつき）』（文化二年正月刊）の目録には、「未参着無之分」として団八の名が確認できる。団八は、この年度、上方から江戸に下って河原崎座に出演する予定であり、役割番付刊行の段階ではその出演を見越した記載がされていたが、実際の舞台には間に合わなかった。カタリにも明記されていることから、南北は、団八が演じる予定だった鬼童丸半兵衛に関して、何らかの構想を持っていたものの、団八の欠勤のためそれを実現させることができなかったのである。[20]なお、「牛町」は芝高輪の町名で、牛持ち達が多く居住することからこの名がついた。

このように本作のカタリには「三田八幡」から始まって、「月の岬」、「高縄（輪）」、「札の辻」、「牛町」と三田・高輪方面の地名が縁語のように散りばめられている。南北がこのような修辞を行なったのは、「前太平記」の世界の渡辺綱が、この辺りに所縁があるということだけが理由ではない。先に引用した二番目の舞台書に「都て白銀中道寺前、紅葉が茶屋日寄り場のもよふ」とあるように、二番目の舞台となる「紅葉が茶屋」は、「白銀（金）」にあるという設定が採られている。白金は、高輪の南西部、目黒へと至る途中の高台に位置する。つまり南北は、二番目の舞台となる白金に合わせて、この辺りの地名を織り込むことで、カタリに統一感を持たせているのである。

⑯「今宵は大尽の独武者」の「独武者」は平井保昌のことであり、劇中ではセリフにおいて名前が挙がるものの、実際には登場しない。ただし、役割番付の「第四」には、男女蔵の捨て役として掲げられている。「大尽」とあるのは、前の「迎駕」からのつながりであり、品川の岡場所で「今宵」遊ぶ大尽を、その近くの牛町から迎えに行ったという意になろうか。

⑰「花山の院の御簾の隙あれし軒端に笹蟹のくべき宵なり」は、謡曲「土蜘蛛」にも引かれる『古今和歌集』巻第十四の墨滅歌、衣通姫（そとほりひめ）の「わが背子が来べき宵なりささがにの蜘蛛のふるまひかねてしるしも」という歌を踏まえたものである。「笹蟹」は蜘蛛の異名であり、辰夜叉御前（尾上松助）は、六建目において葛城山の土蜘蛛という正体を顕わす。荒れた「花山の院」の妖しげな様子は、台帳で次のように描写されている。

花園　最早平井保昌出仕との知らせ、頼光公のお身の上。
　ト思入、又出仕と呼び有て、三弦入の楽に、うすどろ〱をかぶせたる誂の鳴物になりて、花道より和泉式部、襠いせう大小にて、首桶をかゝへ出て来り、この時嫐の文字の額蜘舞下ル。これを見て式部花道中程にて、花園姫こなし有て、
和泉　さゝがにの糸にかゝれる白露は、荒たる宿の花簾かな。誠にあれにし花山の御所。

⑱「辰夜叉御前が待かけの爪音」は、六建目における次のような場面を指している。許嫁の安輔の首を追って花山の院までやって来た橋立（小佐川七蔵）の正体を隠すため、和泉式部（小佐川常世）はとっさに橋立のことを「三保」という名の舞子であると偽る。疑いを持った辰夜叉は、それを確かめるため、橋立に舞を舞わせる。台帳には、

辰夜　イヤ、その俀の扇の手、幸ひ親王を慰さめの為、官女共が乱舞の楽器、たそ有か、これへ持て。

官一官二　畏りました。

ト管弦と、官女一、二、三、四、鼓太鼓持て出て来り、宜敷そこへ并ぶる事有り、四人ひかへ居る。

辰夜　三保といふ名も面白ひ、羽衣などもよかろうふ俀に、拍子をとり〳〵に謡ふも舞ふもこの座の興。太鼓は和泉式部、鼓の役は花園、地謡は自らが、聞おかしくも当座の間に合。

とあり、顔見世狂言の「暫」前に出される「今様の所作事」の類型となっている。今様の所作事は、「神社への奉納、即位の儀式などの余興、勅使への饗応を目的に、家臣、またはその子弟などが選ばれて勤めるもの」であり、「能の題材を当世風に歌舞伎化した長唄の所作事を出す」[21]のが通例となっていたが、本作では橋立が名乗った「三保」という名のつながりから、謡曲「羽衣」の一節が、能そのままに、橋立の舞、和泉式部の太鼓、花園姫（中山富三郎）の鼓、辰夜叉の地謡で演じられる。台帳には次のようにある。

辰夜　わがおつととは。

和泉　サ、我夫、あづま。

辰夜　吾妻、

和泉　サア。

ト思入。

〽あづま舞の

トこれより、は（注、破）の舞になり、何レも宜敷、橋立、首桶の傍へよらんとする。式部とゞむ

る事有て、

〽あづま遊びのかず〳〵に、その名も月の色人は、三五夜中のこれに又、まんぐわん真如の影となり、御願円満国土成就、七宝充満の宝をふらし、国土にこれをおどし給ふ。

「わがおつと（我夫）」は、別の言い方をすれば「あづま（吾妻）」であり、そこから、謡曲「羽衣」の「あづま遊び」という文句が導かれるが、台帳に記されたこの詞章は、謡曲「羽衣」そのものである。ト書きからは、橋立（七蔵）が舞を舞いながら、安輔の首の入った桶の傍に寄ろうとすると、和泉式部（常世）が太鼓のばちでそれを制すという動きになっていることが分かる。

一方、辰夜叉を演じる松助の演技については『花江都歌舞妓年代記』に詳しい。この幕を執筆した焉馬は、自身が編纂した同書の文化元年の条に、六建目の台帳を掲載している。当該箇所には次のようにある。(22)

七一 わが夫に。松一 我つまとは。常一 サアわがつまとは吾妻。松一 ム、あづま。七蔵謡「あづま遊びのかず〳〵に。トこれより松助謡にて、富三郎はつゞみ、常世は太鼓なり。七蔵舞のうちに首おけを見て、うれひのこなし。何れもよろしく、松助うたひを謡ふうち心をつける思入ありて、

「あづま遊びのかず〳〵」という最初の詞章は七蔵が謡い、後の詞章は松助が引き取ったことが分かる。しかも、松助は謡を謡いながら、橋立の動きに心をつけるという演技をしていた。松助は色子の出身であったためか、音曲に秀でており、(24)焉馬は松助の得意芸を仕組んだわけであるが、ここで注目したいのは、カタリには「辰夜叉御前が待かけの爪音」とある点である。「爪音」は、言うまでもなく琴の音のことである。南北が当初構想したのは、松助がこの場面で琴を弾くというものであった。南北としては、前作『天竺徳兵衛韓噺』で松助に行なわせた、越後節を歌いながら木琴を叩くという座頭の趣向を、楽器を変えて琴唄で再現しようと考えたのであろうか。(25)

それが楽器なしの謡へと変更になった。一見するとささやかな改変のように思われるが、その意味するところは大きい。能の一節を演じるということは、琴という楽器が全くそぐわないということである。言い換えれば、琴をやめて謡にするためには、能を演じるための段取り、すなわち、橋立に三保という名をつけて「羽衣」の曲を導き出すという流れを、新たに作らなければならない。さらに、能に変更するということは、常世に太鼓を担当させるという新たな発想を生み、その発想は、ばちで七蔵を制するという常世の動きへとつながる。こうしてこの場面は、松助単独の見せ場ではなくなってしまった。無論、この改変が、焉馬の考えによるものではなく、カタリ執筆後の南北自身の考えの変化によって行なわれた可能性は否定できない。確かなことは、この場面が南北の当初の想定とは大きく様相が変ってしまったということであり、少なくともそれは、松助の芸を見せるという点では、明らかにマイナスであるということである。松助と強力なコンビを組んだ南北が、自身の手で、そうした改変をはたして行なうであろうか。焉馬独自の判断によるものに思えてならない。

⑲「花めづらしき吉例の一声これぞ顔見勢歌舞妓の栄」の「吉例の一声」は、六建目において男女蔵が演じる碓井貞光の「しばらく」の一声のことである。「暫」の場が「顔見勢」の「吉例」であることは言うまでもない。

まとめ

以上、文化元年十一月、河原崎座所演の『四天王楓江戸粧』について、台帳と番付のカタリを比較検討した。立作者の南北が手がけたカタリには、二番目の舞台となる白金に合わせて、近辺の地名を縁語のように散りばめるという技巧を確認できるほか、初代中山富三郎演じるお綱の彫り物という設定や、実際には出演しなかった嵐団八の役割など、台帳では反映されなかった当初の構想を窺うことができる。また、六建目の「今様の所作事」

の場面において、カタリの段階では、初代尾上松助が、琴を演奏するという構想になっているのに対し、烏亭焉馬の担当した台帳では、謡を謡うという趣向に変更されていることを指摘した。このことは、本作に焉馬や木村園夫がスケとして参加したことと関連があると推定でき、立作者に昇格してまだ間もない南北が、その意向をスケの作者に徹底させる権威を持ち得ていなかったことの証左と考えられる。カタリの分析は、いまだ作品研究の上で定着していないが、南北を考えるにあたって有効な方法であると言えよう。

【注】

（1）吉田弥生氏は、『江戸歌舞伎の残照』（文芸社、二〇〇四年）所収の論考において、河竹黙阿弥の作品研究にカタリの分析を活かしている。

（2）南北の立作者昇進の時期については、享和三年（一八〇三）閏正月に上演された『世響音羽桜（よにひびけおとわのさくら）』とする説が長らく唱えられてきたが、『役者大福帳』（天保二年〈一八三一〉正月刊）には「此翁、勝兵蔵とて安永五申年、初て狂言作者の見習に出、追々出世なして享和元酉年より立作者となられ」という記述がある。古井戸秀夫氏は「鶴屋南北（三）」において、「「享和元酉年」」、すなわち享和元年十一月の顔見世に南北の勝俵蔵は堺町の中村座に出勤していた。顔見世番付をみると、中央の櫓の上段右脇に「河竹文治改瀬川如皐」が、同じく櫓の上段左脇に「勝俵蔵」が、一対の大きさで掲げられている。作者連名も筆頭に如皐筆留に俵蔵と同じ扱いで、いわば作者の「立分れ（たてわか）」の一座だが、三代目坂東彦三郎初座頭の付作者として勝俵蔵の「立作者」の印象が（注、評判記の作者に）強かったのかもしれない」と述べている。なお、この享和元年十一月から文化元年十一月までの間には、享和二年、中村座の初春興行の二番目として上演された『誧競艶仲町（いきじくらべはでななかちょう）』や、同じく三番目の『相妻袷小袖（おもいつまあわせこそで）』といった、台帳が残る南北の作品がある（いずれも『鶴屋南北全集』には未収録）が、これらは初春狂言の一部分であるため、本節では対象としなかった。

（3）国立国会図書館所蔵の役割番付による。なお、初日の日付は同番付から十一月九日と分かる。

（4）本作を評した『役者正札附』（文化二年正月刊）の初代市川男女蔵評には、「一人して四天王の役をつとめるは、きついぞ〳〵」とある（東京大学国語研究室蔵本）。

（5）引用は、『日本庶民文化史料集成』第六巻（三一書房、一九七三年）による。

（6）園夫が常世に随身したことは、三升屋二三治の著作にも記されている。第一部第二章第二節参照。

（7）注（2）参照。

（8）郡司正勝氏は『中公新書　鶴屋南北』（中央公論社、一九九四年）において、「いったいこれはだれなのか。これを解くには別の調査がいるのだが、いまは、座頭の坂東彦三郎（注、三代目）ではないかと憶測しておく。鶴姿が、彼の鶴の丸の紋所を想わせるからである」と述べている。『賀莚友鶴集』（文政元年〈一八一八〉刊）という狂歌集を編んだ千歳軒友鶴という人物と何らかの関係があるか。

（9）顔見世興行では、さらに初代桜田治助がスケとして加わっている。なお、年が明けて初春興行になると、村岡幸次が新たに二枚目に座って、南北は別格の扱いに昇格した。

（10）以下、参考のため翻刻を掲げておく。

第一／羅生門を曲輪と見て初会の座敷の蝶花形／最一ッ捻て幕明の早笛をすが〻きの色揃／〔傾城七綾／袴垂の安〕**名差　嬉　初御見**

第二／市原野を御所と見て祝言の夜は新枕の抱柏／最一ッ捻て幕明の辻打を琴唄の連弾／〔乙の侍従／七面伝七〕**和歌会　合　関**

第三／葛城山を舩渡と見て追手に隠る〻連退の桜川／最一ッ捻て幕明の本神楽を潮来節の宿這入／〔三星お綱／茨木五郎〕**隣同士茶振舞**

第四／千丈嶽を世話場と見て引越女房も盃は三組／最一ッ捻て幕明の管弦をてんつ〻の人の山／〔安部お清／栗木又次〕**中　睦　宴　楽屋入**

（11）古井戸秀夫氏「江戸の顔見世」（『叢書江戸文庫23　文化十二年十一月江戸三芝居顔見世狂言集』〈国書刊行会、一九

八九年）初出、『歌舞伎　問いかけの文学』（ぺりかん社、一九九八年）収録）。

(12) 引用は、鈴木棠三氏・朝倉治彦氏校注『角川文庫　江戸名所図会』第一巻（角川書店、一九六六年）による。

(13) 以下台帳からの引用は、『鶴屋南北全集』第一巻による。

(14) 引用は、鈴木日出男氏著『ちくま文庫　百人一首』（筑摩書房、一九九〇年）による。

(15) 大江山は、本作において場面としては登場しないが、一番目五建目の「平井保昌舘の場」に次のような会話が見られる。

和泉　それ〳〵、マアお聞遊ばしませ。丹波国大江山と申します所に、この間より鬼が出まするとの御咄し。なんとマア、こわいお咄ではござりませぬかな。

幾野　そんならアノ大江山へ鬼が出るとのお咄し、それをマアあのよふにけはたゞしくお召。ホ、、、わしやもふ大ていあんじましたはひの。

和泉　左様でござりませふとも。私も、なんぞむづかしい御用かとぞんじました所がそのお咄し。何がその鬼が、うつくしい女とさへ申ますれば、洛中洛外これを欠ヶ廻りとらへて参りまして、大勢ほらへ置まして、御酒の相手に致しまするとさ。

(16) 二番目のお政のセリフには、

まさ　イヱ〳〵、おまへ湯ではござんすまい、せんとふじやの髪じやのといふて、アノ吉川の伝吉さんのところへ、この頃こそ〳〵行事は知つていやんす。あそこの内には品川の年明ヶが来て居るげな。

とある。傍線部の「品川の年明ヶ」というのがお綱のことで、お政は、夫の茨木五郎が何かと理由をつけてお綱の元に通っていることを責めている。

(17) 役割番付に記された富三郎の役名には「宿場の□□□三ッ星のお綱」（□は判読不能な文字）とある。

(18) 引用は、『日本古典文学全集7　古今和歌集』（小学館、一九七一年）による。

(19) 花園姫は四建目において敵役に拉致されており、保昌の館にはいない。花園姫を差し出せというのは、敵側が仕掛けた無理難題である。

(20) 南北の執筆した五建目小幕には、安輔が幾野の用意した駕籠で保昌の館へと連れられて行くという場面がある。「迎駕」の構想が、この場面に転用されたと考えられなくもないが、推測の域を出ない。

(21)『新日本古典文学大系96　江戸歌舞伎集』（岩波書店、一九九七年）所収、『御摂勧進帳』の古井戸秀夫氏脚注による。なお同氏には、「今様の所作事」（『国語と国文学』第八十五巻第十二号、二〇〇八年十二月）の論考もある。

(22) 引用は、『歌舞伎年代記』（東陽堂、明治三十八年）による。

(23) 第一部第一章第二節参照。

(24) 松助の音曲の芸については、鵜飼伴子氏「『天竺徳兵衛韓噺』における趣向の考察—木琴を打つ座頭をめぐって—」（『語文論叢』24号〈一九九七年一月〉初出、『四代目鶴屋南北論—悪人劇の系譜と趣向を中心に—』〈風間書房、二〇〇五年〉収録）に言及がある。

(25) 松助は、天明七年（一七八七）十一月、森田座所演の『兄弟群高松（つらなるえだむれたかまつ）』において、玉虫御前と能登守教経の二役を勤めた。前者については、この作品を評した『役者五極成就（ごごくじょうじゅ）』（天明八年正月刊）の松助評に「玉虫ごぜんの悪女がた、しばらくの受よし〱」（引用は東京芸術大学附属図書館蔵本による）とあるように、『四天王楓江戸粧』の辰夜叉御前と同様、女性の実悪である。また、後者の教経については、「夫より琴を引聞かする所おもしろい事」との記述が見られる。立作者は三笑であり、南北は、中村重助、村岡幸次に次いで、四枚目の作者として名前を連ねていた。南北が『四天王楓江戸粧』において、松助に辰夜叉のような女性の実悪を演じさせ、かつ、琴を弾く趣向を設けようと発想したのも、この『兄弟群高松』に一座した経験に由来するかもしれない。

第四節　『東海道四谷怪談』考

はじめに

御贔屓よりの御好にまかせ、古き世界の民谷何某、妻のお岩は子の年度、妹の袖が祝言の、銚子にまとふ嫉妬の朽縄、それも巳年の男の縁切、然も媒に直助が、三下半の去状は、女の筆のいろは仮名、今も専流行の、出雲の作へ無躾も、御差図故に書そへし、新狂言は歌舞妓の栄

右に掲げたのは、鶴屋南北作『東海道四谷怪談』（以下、『四谷怪談』と略す）の、文政八年（一八二五）七月、中村座初演時における役割番付のカタリである。[1] 前節でも述べたように、カタリは台帳の執筆に先だち立作者の責任において作成されるが、役者の注文やその他の事情を経て仕上がった上演台帳と、その内容が相違する場合が多い。右の引用も、我々が知る『四谷怪談』の筋とやや異なっていることは一読して明らかであろう。

このカタリについては、『新潮日本古典集成　東海道四谷怪談』（新潮社、一九八一年）の郡司正勝氏による解説「『四谷怪談』の成立」において言及され、「この語りから、本作品が出来る以前の作者の構想をほぼ探ることが

できる」との発言もあるが、必ずしもその文面を十分に検証し尽くしたものとはなっていない。そこで本節では、多分に推測も交えつつ、カタリやその他の資料の分析を通じて『四谷怪談』の南北の初期構想を探ってみたい。

一　蛇のモチーフ

「古き世界の民谷何某」について、郡司氏は「すでに世間周知の民谷某にまつわる話柄があるということが匂わせてある」と述べている。この話柄が、当時流布していた巷説、直接的には実録体小説の『四谷雑談(ぞうだん)』であることは言うまでもない[2]。「妻のお岩は子の年度」は、お岩が子年生まれであることを指し、台帳にも反映されている設定である。ところが、「妹の袖が祝言の、銚子にまとふ嫉妬の朽縄」となると、台帳との齟齬が生じてくる。郡司氏は「三角屋敷のお袖の件りをさしているようではあっても印象がちょっとちがう。どうもこの光景は、やはり南北作の、お岩の前身を想わせる『阿国御前化粧鏡(おくにごぜんけしょうのすがたみ)』（文化六年、一八〇九）の、「重井筒の場」の阿国御前の霊が祝言の累(かさね)に乗り移って嫉妬事になり、小判が蛇になる趣向が基底にあるように思う」と指摘している。そもそもこの趣向は、『四谷雑談』の「伊右衛門婚礼する事并先妻の執心蛇と成る事」における次のような場面を基にしている[3]。

> 段々酒も積り夜半頃になり、一座の者共酔ひ伏すもあり。其比時行し碁盤忠信下り八島節こそ好けれと諷ひ舞ふ折節、行燈の脇より一尺ばかりもあらんと見ゆる、赤き小蛇一ッ這ひ出でたり。お花はじめ酌に出でたる小女驚き立騒ぎければ、伊右衛門火箸にて挟み庭へ刎ね落し捨たるに、暫らく過ぎて又今の蛇行燈の上へ入りけり。伊右衛門見て、今庭へ捨てたりと思ひけるが、火箸ゆゑ逃れたるものなり。蛇は酒を好くゆゑ来たるにや」と又火箸に挟み裏の藪へ投げ遣りける。（中略）皆々座敷を立んとする所に、何やらん天井より落

　つる音するに、煙草盆の中を見れば、先きに捨てたる小蛇なり。這は如何にと見る処に、伊右衛門むづと摑んで裏の方へ持ち行き、彼の蛇に向ひ言ひけるは「己卑怯なり。何とて執心を残すや。若し重ねて見ゆる時は頭を挫ぐべし」と怒り「生きながら蟲類と成りたる事己れが愚なる故なり。最早重ねて来るべからず」とて捨てけり。

文中の「お花」は、田宮伊右衛門の上司、伊東喜兵衛の妾であり、『四谷怪談』では伊藤喜兵衛の孫娘お梅に該当する役どころの人物である。[4] こうした蛇の怪異が、実録では、伊右衛門と新妻お花との婚礼の宴席において起きるのに対し、カタリでは、それが「（お岩の）妹の袖が祝言」へと変更されているのである。

　お袖の祝言の相手は明示されていない。台帳では、お袖は直助と仮の夫婦となるが、カタリに「媒に直助が」とあるので直助ではなかろう。ここでは、実録と同じく伊右衛門ととるべきか。とすれば、伊右衛門はお岩を裏切り、妹のお袖と婚姻を結ぶことになる。では、この怪異を起こしたのは果たしてお岩であろうか。そこで気になるのが、続く「それも巳年の男の縁切」という記述である。「それ」が指すのは蛇の怪異のことであるが、この怪異が「巳年の男の縁切」に起因することを匂わせる文脈となっている。

　この「巳年の男」とは誰を指すのか。「縁切」とあるので、一見すると、お岩を離縁した伊右衛門と解釈できそうなところではある。しかしながら、子年生まれのお岩が鼠の怪異を起こすこととの対応関係を踏まえると、「巳年の男」は蛇の怪異を起こす主体と捉える方が自然であろう。つまり、蛇の怪異の被害者である伊右衛門とは考えにくいのである。そもそも伊右衛門は、カタリにおいて「民谷何某」という形で既出しており、分量に制約のあるカタリの文面で、同じ人物が表現を変えて二度も出てくるということも想定しづらい。そこで浮かび上がってくるのが、『四谷怪談』に登場するもう一人の幽霊、小仏小平である。

台帳では、お岩の霊魂の化身として顕れるのは鼠であり蛇ではない。蛇の怪異を起こすのは、お岩ではなく小仏小平であった[5]。初日中幕「雑司谷四谷町の場」では、次のように描かれる[6]。

ト押入の枕戸をはづし、小平の死がいをくだんの枕戸へ、引ぱつて釘にて打付る。この時、うすどろ〳〵、あをむけに引ぱられし、小平の両手のゆび、へびのかたちとなり、うごめく。両人、見て、

官蔵　アレ〳〵、両手のゆびが残らず。

長兵　どふやらへびに。

伊右　何をたわけた。

高田衛氏は「伝奇主題の類型学草稿―京伝・種彦・馬琴の読本の展開に沿って」において同じ場面を引き、「この場に関していえば、十本の指の蛇化は、『復讐奇談 安積沼』（中略）にはじまって、小平次怪談に貫流して伝わる伝奇テーマである」と述べている[7]。小平のモデルが、山東京伝作の読本『復讐奇談安積沼』（享和三年〈一八〇三〉刊）を嚆矢とする小幡小平次の怨霊譚であり、南北もそれを基に『彩入御伽草』（文化五年〈一八〇八〉閏六月、市村座）を手がけたことは周知の通りである。高田氏も同論考で引用しているが、蛇の怪異は、同幕の幕切れ近くで伊右衛門が小平と思い、誤って伊藤喜兵衛の首を斬り落とす場面にも再度顕れ、

伊右　ヤ、おのれ、小平か。げんざい小児を。○

トいゝざま、ぬき討にくび討落す。よき所へ喜兵衛の本首、血に染て、おけずへより、頭のかたへ、へび一疋、本首にまとひうごめく。

とある。台帳では、小平が「巳年」生まれであるとは明示されていないが、これらの例から、「巳年の男」が小

平のことを指すと考えてよかろう。

では、その小平は、なぜ「嫉妬の朽縄」という怪異を起こしたのであろうか。台帳において小平は、お岩との密通の濡衣を着せられ惨殺されるが、本来の小平次怪談では、妻とその姦通者によって殺される設定となっている。それを踏まえると、お袖と夫婦仲であった小平が、「縁切」とあるように、何らかの理由でお袖に裏切られ、最終的に殺されてしまうという筋が想定できる。そこで注目したいのが、「媒に直助が、三下半の去状は、女の筆のいろは仮名」の記述である。

二　主殺しの男、直助

実録『四谷雑談』で、伊右衛門とお花の婚姻の仲人となったのは、秋山長右衛門である。この人物は、『四谷怪談』では秋山長兵衛と名を変えて、伊右衛門の取り巻きの浪人として登場し、初日中幕「伊藤喜兵衛内の場」のセリフに「まづ何よりはこれにて盃、なかうどは身共が」とあるように、やはり伊右衛門とお梅の仲人を務めている。対して、このカタリでは、「媒（仲人）」は直助であった。

「去状」、つまり離縁状は、夫が妻に一方的に渡すものと捉えがちであるが、高木侃氏『三くだり半―江戸の離婚と女性たち―』（平凡社、一九八七年）によれば、当時の離婚は「「夫の専権離婚」ではなく、親類・仲人等をまじえた夫婦（両家）間の協議による離婚、すなわち「熟談離婚」とでも称すべきものであった（注、傍点は私意）」。不法な夫に対し、舅、すなわち妻の父が離縁を請求する場合もあり、その例は、まさに『四谷怪談』において、舅の四谷左門がお岩を実家に引き取っている設定（伊右衛門はまだ去状を出していない）にも見られる。

以下は推測になるが、カタリの場合では、小平お袖夫婦の仲人を務めた直助が、何らかの理由から、仲人の権限をもってお袖を小平と離縁させ、今度は伊右衛門と結びつけるべく裏で画策したものと考えられる。どんな離縁であれ、去状は夫が書くのが通例であるので、それを「女の筆」、つまり妻のお袖が書いたとするところが、南北の趣向となる。直助にそそのかされたお袖が去状を偽造するかして、小平にお定まりの愛想尽かしをし、裏切られて死に至った小平が、お袖と新たな夫伊右衛門との祝言の場で、嫉妬の念から蛇の怪異を起こすというのが、カタリから読み取れる『四谷怪談』の初期構想となろうか。

ところで、直助ということで注目したいのが、五代目松本幸四郎演じる直助を描いた、初代歌川国貞の役者絵（図28）である。藤八五文の薬売りの扮装から、初演時の初日序幕「浅草境内の場」のものと考証される絵であるが、画中には「きめう藤八実は小山田直助」の役名が示されている。役割番付や台帳では「実は小山田直助」という設定が見られないので、この絵は上演前に刊行された、いわゆる予定稿と見なせる。つまり、直助は当初「小山田直助」であったのである。

直助が、『月堂見聞集（げつどうけんもんしゅう）』などが伝える実在の人物をモデルにしていることはよく知られている。討ち入り直前に逐電した赤穂浪人の小山田庄左衛門は、中島隆碩（りゅうせき）と名を変え医者になっていた。その隆碩に下男として仕え

図28　初代歌川国貞画「きめう藤八実は小山田直助　松本幸四郎」（早稲田大学演劇博物館蔵、〇〇二-〇六八七）

ていたのが直助である。主人隆碩を殺した直助は、権兵衛と名を改め逃亡するものの、結局捕らえられ処刑される。この実在の直助は、歌舞伎には寛延二年（一七四九）九月、市村座の『忠臣蔵後日難波かしく』において、主人太田了竹を殺す男として採り入れられた。了竹は、『仮名手本忠臣蔵』（以下、『忠臣蔵』と略す）十段目において、聟の天河屋義平から娘お園を引き取り、義平に去状を要求する人物である。役者絵の小山田直助の名は、実説の主人の前名が小山田庄左衛門であることを踏まえたものである。主殺しの男直助が『四谷怪談』の台帳で殺すのは、奥田庄三郎であり了竹ではないが、直助が仲人としてお袖の去状に関与するというカタリの設定は、『忠臣蔵』で了竹が義平に去状を求めることからの発想かもしれない。

小山田直助の名は、南北作の合巻にも見出すことができる。文寿堂丸屋文右衛門から刊行された『女扇忠臣要』（文政九年刊）とその続編『いろは演義』（文政十年刊）は、『忠臣蔵』の後日譚として構想された作品である。『忠臣要』の序文には次のようにある。(8)

> 文化十二年の頃、二ツ巴の縁により、河原崎座にて仕組置しが、時至らざるにや、年〳〵に一座の顔わかれて、今は不用なる種本ゆゑに、古屏風の下張ともなさんと、引ちらし有を、五渡亭主人（注、国貞）、其草稿を見て合巻に望む。安きことなり、然ば画面さへ見立なば、其俤の残る事あらんと、取あへず送りて、あらたに題。

南北が、スケとして参加した文化十二年（一八一五）度の河原崎座において、九月の『忠臣蔵』と共に上演するつもりで用意したものの、結局お蔵入りしてしまったのが本作である。(9) 国貞によって七代目市川団十郎の似顔で描かれた直助は、小山田丈左衛門の息子として設定され、討ち入り当日に逐電したいわゆる不義士である。この直助が、高師直の後室富の方を討って、由良之助の妻お石の敵討ちをするというのが本作の内容であり、不義士と見えた人物が実は忠臣であったとするところが趣向となる。[10]直助の医者殺しという約束も、女医者お礼を殺すという形で踏襲されているが、これはお礼が、塩冶判官の弟縫殿介の子を宿した浮橋に堕胎薬を飲ませたためであり、あくまでも忠義のための行動へと組み替えられている。

文化十二年度には上演に至らなかった『忠臣蔵』の後日譚の構想を基に、南北が改めて執筆したのが、文政四年（一八二一）九月、河原崎座所演の『菊宴月白浪』（きくのえんつきのしらなみ）である。不義士の代表格の斧定九郎が、盗賊暁星五郎に姿を変え、塩冶家再興に尽力する忠臣として描かれることで有名な作品であるが、この人物造型は先の合巻に見られた直助の設定を継承するものと言えよう。本作の特徴は、直助と権兵衛が別々の人物として登場することである。実説が伝えるところでは、権兵衛と改名した直助とはまた別に、主殺しの罪を犯したもう一人の権兵衛がいて、この二人の権兵衛が同時に処刑されたという。本来同一人物である直助と権兵衛を二つの人格に分けたという見方もできようが、むしろこの実説により忠実に従ったとした方が自然であろうか。初代嵐冠十郎（後に二代目嵐猪三郎）演じる直助は、元は与五郎と名乗る中間であり、斧九郎兵衛、定九郎親子に忠義を尽していたが、自分が高師直の落胤であることを知って悪に寝返り、主筋である定九郎の女房加古川を殺すなどの悪事を働く。一方、二代目関三十郎演じる石切り仏権兵衛は、元は垣坂三平と名乗る高家の武士であり、忠義のため、塩冶縫殿介の子を宿した妹の浮橋を手にかけるが、後に自分が実は九郎兵衛の子であったことを知る。知らぬこととはいえ、主筋の縫殿介の胤を絶やしたことの言い訳として、権兵衛は双子の兄弟の定九郎にわざと討たれる。塩冶側（善）から高家側（悪）へと寝返る直助と、高家側（悪）から塩冶側（善）へと「戻る」権兵衛を、対称的に描いているところが本作の趣向となるが、いずれも主殺しの罪を犯している点で約束事は押さえられている。[11]ところで、『四谷怪談』のカタリとの関連で興味深いのは、四段目「山谷新鳥越の段」において悪に目覚める前の直助（与五郎）が、縫殿介の身持惰弱を諌めるため、浮橋に縫殿介への切れ文を書くよう求める場面である。後に浮橋が書いたのは、実は切れ文ではなく書き置きであったことが判明するが、いずれにせよ、カタリの設定との類似を指摘できよう。

その後南北は、文政七年正月の市村座において、「曽我」と「忠臣蔵」を綯い交ぜた『仮名曽我当蓬莱』を手がけるが、この作品では、団十郎演じる閉坊直助が登場する。一番目四建目で主人太田了竹（元は進藤源四郎）を殺した際のセリフに、

おれも二才の時分には、河津が口とり十内とて、小藤太にたのまれて、赤沢山で手びきして、主の河津をころさせたが、こんな医者でも三月までは主の内だ。これで弐度めの主ころし。主もころすとくせになるものだ。

とあるように、赤沢十内という「曽我」の世界の人物と結びつけられたこの直助も、れっきとした悪人である。本作は鎌倉時代を背景とするので、高師直に相当する役が比企頼員、塩冶判官に相当する役が安達内匠之助宗茂となるが、直助の設定は前作『菊宴月白浪』と同工で、実は頼員の弟であることが発覚して安達家に敵対するものの、最後には女房の大野九郎兵衛娘定野（後におかる）に討たれることになる。

以上のように南北は、『忠臣蔵』物の作品を手がける際に必ず主殺しの男、直助を登場させた。そして、『仮名曽我当蓬莱』の上演から一年半経った文政八年七月、再び「出雲の作（注、『忠臣蔵』）へ無躾も、御差図故に書そへ」ることになった『四谷怪談』においても、やはり直助を登場させる。

そこで注目したいのが、『四谷怪談』初演の翌年、文政九年の春に文芳堂今利屋丑蔵から刊行された南北作の合巻『四十七手本裏張』である。本作は『忠臣蔵』の「本文に模索て、大序より十一段目迄、だんごとに大意

のうらを見立（みたて）[14]（序文）た作品であり、『忠臣蔵』の外伝という点でその発想は『四谷怪談』と同じである。ここでの直助の名が「小山田直助」であった。国貞によって幸四郎の似顔で描かれた直助は、実悪の名優幸四郎に相応しく不義士の悪人として登場し、斧定九郎の恋人よしのを殺すばかりか、権兵衛と改名して潜り込んだ奉公先では主人太田了竹を殺す。先に述べたように、同じく文政九年には、丸屋文右衛門から『女扇忠臣要』が刊行された。この作品での小山田直助は団十郎似顔の忠臣であり、『手本裏張』とはまさに好対照をなしている。おそらく南北は、『手本裏張』を上梓するにあたって、過去のお蔵入りの作品を引っ張り出し、善悪正反対の二人の小山田直助を同時に世に出すことで、その相乗効果を狙ったのであろう。

『忠臣要』と続編『いろは演義』が使い回しの作であることは、その序文から明らかであるが、『手本裏張』もまた同じような手法で書かれたものと考えられる。文政九年春にこの合巻を刊行するためには、少なくとも文政八年中には稿が成っている必要がある。とはいえ、狂言作者の本業として、次から次へと舞台用の新たな作品を生み出さなければならない南北のことである。合巻の原稿執筆に、はたしてどれくらいの時間的余裕があったであろうか。つまり本作は、合巻として世に出すために新たに書き下ろされたものというよりは、南北が手がけた過去の『忠臣蔵』物の作品において、上演台帳には採用しなかった腹案をもとに構成された、速成の作と見る方がより実情に近いと考えられるのである。言い換えれば、『手本裏張』の中に、過去の作品でボツになったアイディアが、形を変えて反映されている可能性を想定できるのではなかろうか。

例えば、『四谷怪談』の台帳の初日序幕「浅草境内の場」には、四谷左門のセリフとして次のようなものがある。

いまだ御主人（注、塩冶判官）御はんじやうのみぎり、御国もとにて御用金紛失、その預り主は早野勘平が親三太夫、おちど、相なり切腹いたしてあいはてた。

南北は、『忠臣蔵』六段目の勘平切腹と対応させるかのように、父三太夫の切腹を作品背景として盛り込んだ訳であるが、これは、近松半二作の人形浄瑠璃『太平記忠臣講釈』（明和三年〈一七六六〉十月、大坂竹本座初演）の筋を踏まえたものである。同作において、早野勘平の父、三左衛門は、御用金不足の責任をとって切腹するが、その金を盗んだのは斧九太夫であった。対して『四谷怪談』では、犯人は伊右衛門へと変更される。類似の設定は『手本裏張』にも見られ、その八段目には、直助のよしの殺しの現場となった蔵屋敷で当番を務めていた早野勘平の父三左衛門が、狼藉者の直助を取り逃がした申し訳のために切腹するという場面がある。幸四郎の予定稿の役者絵に見られる名前「小山田直助」で、『四谷怪談』と『四十七手本裏張』は符合する。『四谷怪談』の直助の実現しなかった一つの可能性を、この合巻に見るのは穿ち過ぎであろうか。

三　構想の変更——呪われた祝言から「戸板返し」へ——

役割番付に載るカタリは、先に見たように今日我々が知る『四谷怪談』の物語とは大きく異なっているが、それに対し、同じく役割番付に確認できる役名は、一部に表記の違いが見られるものの上演台帳とほぼ合致している[16]。それはすなわち、同じ役割番付の中であっても、カタリと役人替名の製作時期に大きな隔たりがあることを示していよう。役人替名は物語の筋立てが最終的に固まった段階で作られたのに対し、カタリは作品を構想したかなり早い段階で既に作られていたものということになる。初期の構想から大きな変更が生じた後も、南北はカタリは変えなかった、あるいは変えないことが江戸歌舞伎の慣習であったのかもしれない。

カタリにおける「子の年度」と「巳年の男」の語句の対応関係は、修辞とはいえ、『四谷怪談』が、お岩の怪談と小平次怪談とを綯い交ぜて構想されたことを一面でよく表している。この二つの怪談を結びつけるものとして用意されたのが、お岩を裏切った伊右衛門、小平を裏切った[17]お袖との呪われた祝言であったが、この構想は、台帳ではお岩と小平を戸板の表裏に打ち付けるという、象徴的な趣向に取って代わられた。この趣向の案出には、「ある旗本の妾が、中間と通じて露見し、男女は一枚の戸板に釘づけにされ、なぶり殺しにされて、神田川へ流された話」（『岩波文庫　東海道四谷怪談』〈岩波書店、一九五六年〉河竹繁俊解説）や、異形の嬰児の死骸が柳島に流れ着くという文政八年二月の事件（『吹寄草紙』巻之十、『兎園小説外集』第二）の影響が指摘されている[18]。こうした出来事を見聞きした南北は、構成や視覚の面でより印象的な、戸板の趣向を思いつき、当初の祝言の構想を捨てたということになろうか。

　ここで触れておきたいのが、「東海道四谷怪談」という大名題についての問題である。実説とされるお岩の怪談の舞台となったのは、改めて述べるまでもなく四谷左門町（現新宿区）であるが、台帳ではそれが雑司ケ谷の四家町へと移されている。この変更については、雑司ケ谷の四家町が神田川沿いであるため、先に見た「間男をした妾と中間を戸板に釘付けにして神田川に流したという当時のショッキングな事件に当て込んだ」（『新潮日本古典集成』郡司氏頭注）ものと考えられている。ただし、新宿区の四谷にしろ、雑司ケ谷の四家にしろ、これらはいずれも「東海道」沿いではない。南北はなぜ「東海道」としたのか、この疑問については様々な説が唱えられている。

　岩波文庫の河竹繁俊による解説には次のようにある。

　名題に〝東海道四谷怪談〟と据えたのは、実在の人物名、地名を用いられない当時の作劇上の制約のため、東海道、藤沢近辺の四谷に見せかけたとの説があるが、南北は判然と、雑司ヶ谷四谷町として、制約との牴

> 触を避けているので、その説は当らない。東海道ということについては、定説はないが、三世菊五郎が、東海道から、太宰府へ参詣に出るお名残狂言だったので、それに因んでつけたのではないかと考えられている。

対して、『新潮日本古典集成』の郡司氏の解説では、この河竹説を紹介しつつも、

> 外題の「四谷」には、甲州街道の「四谷」を、東海道に外らしたところに働きがみられ、同時にそれを、雑司ケ谷の「四ツ家」（高田千登世町。現新宿区）にもかけて、得意の二重構成としたとみる方がより真意に近いのではないか。

としている。実説の四谷が、「四谷見付から内藤新宿に至る甲州街道に当る」ため、その甲州街道を「東海道」に見立てたという解釈である。また、諏訪春雄氏は、『歌舞伎オン・ステージ18　東海道四谷怪談』（白水社、一九九九年）の解説において、『忠臣蔵』の五段目・六段目の舞台となる「山崎街道と対比させて、関東の四谷の怪談の意味でつけたもののようにうけとれる」との説を提示している。

あるいは、少し異色なところでは、国立劇場の一九七一年九月公演のプログラムにおいて、市川小太夫が「四谷怪談の演題」と題する文章の中で述べた説も興味深い。

> 源森川に添って登ると小梅から押上げ（ママ）、柳島へ掛かると川は北十間川と名が変る。程経て左手にこんもりと見える緑が吾嬬（あづま）の森と云う名所だ。（中略）吾嬬神社が緑の森の主である。これに至る川の北側に須崎村に続いて四谷村が確に在る。この社の参宮道を吾嬬街道と呼び足を伸ばせばこの道が下総成田を経て水戸に通じる控えの要路で、吾嬬街道と一級道路並の呼び方も然るべきものと云えよう。

現在の墨田区の業平橋付近に四谷村という地名があって、その近くの吾嬬神社への参道を吾嬬街道と称したらしい。『東海道四谷怪談』の初演時の絵本番付では、大名題の読みを「とうかいどう」ではなく「あづまかいどう」

とするが、この説は、そのことと符合するのである。高橋誠一郎氏は、「「四谷怪談」の怪談」（『三田評論』一九七一年十一月号初出、『芝居のうわさ』〈青蛙房、一九九八年〉収録）においてこの説に触れ(19)、次のように述べる。

> そこ（注、雑司ヶ谷）で殺したお岩と小仏小平の死骸をくくりつけた戸板が、どうして砂村（今の江東区南砂町）の隠亡堀へ流れ着いたのか、いくらフィクションでもあまりに「怪談」過ぎるのであるが、四谷を今の墨田区の業平橋近くの四谷村と解するならば、戸板が十間川に投げ込まれ、あちら、こちらと流れを変えて、やがて、江東区の砂町辺へ漂着しないものでもない。どうも、これで、故河竹繁俊博士以来の、なぜ四谷に東海道という文字が冠せられたかという疑問が解決された観がなくはない。

しかし、高橋氏はこうも述べる。

> さあ、こう道具が揃ってくると、どうしても、第三説、すなわち市川小太夫説を採らなければならぬことになりそうである。しかし、私はどうしても、第一説すなわち、東海道の間の宿、四ッ谷説を棄て難い心地がする。（中略）「忠臣蔵」と深い関係のある芝居だけに、大序の「兜改め」からして因縁の深い鎌倉から程遠くない東海道の四っ谷を選んだものではあるまいか。（中略）南北はあまりにこの芝居が「忠臣蔵」臭くなって、実際江戸にあった事件を種にしたところからくる興味を削ぐ恐れがあるとでも考えたか、四谷左門町で起きたものを「雑司ヶ谷四っ谷町」などとしたのではあるまいか。

つまり、問題の四谷を、そのまま素直に、東海道の藤沢宿と平塚宿の間にある立場「四ッ谷」（現神奈川県藤沢市）と採るべきとしているのである。

東海道の四ッ谷には、大山へと通じる道があり、今日もその付近に「大山道」の道標が残されている。近世期には、江戸の庶民の近場の小旅行として大山詣が流行するが、参詣者は、行きは玉川を渡って脇街道の大山街道

（現厚木街道）を利用し、帰りはこの四ッ谷を通って江の島や鎌倉で精進落としをするというのが、定番のコースであった。[20] 南北は、『四谷怪談』が初演されたまさに文政八年の森田座の初春狂言『御国入曽我中村（おくにいりそがなかむら）』において、この四ッ谷を舞台として登場させている。二番目大切で、笹野権三（団十郎）と白井権八（菊五郎）が、母の敵である赤沢十内（幸四郎）を討ち果たすのが、東海道の四ッ谷であった。台帳の舞台書きには次のようにある。[21]

本舞台、後ロ黒幕。上の方に石の不動尊。石塔に「大山道四ツ谷宿」と朱にて書〔き〕、所々に松の大樹。七ツの鐘、かすめて禅の勤〔め〕にて、道具留〔ま〕る。

『四谷怪談』の台帳において雑司ケ谷の四家となっているのは、あくまでも最終的な形である。南北がこの作品を構想した当初は、東海道の四ッ谷を舞台として考え、だからこそ、「東海道四谷怪談」と名付けたと見るのが自然であろう。その発想の背景には、盆狂言の時期が大山の山開きの時期と重なっていたこと、さらには、自身の初春狂言で四ッ谷を登場させたことによる連作の意識があったのかもしれない。ところが、この東海道の四ッ谷を舞台とするよりも、もっと良いアイディアを南北は思いついた。高橋氏が言うように、あまりに『忠臣蔵』臭くなったのを避けたということもあるかもしれないが、むしろ、神田川に戸板の死骸が流されるという事件を知り、それを踏まえて、神田川に近い雑司ケ谷の四家を舞台とした方が、時事的で面白いと判断したのであろう。このように構想が急遽変更されても、なおカタリと大名題は、古い構想のものが残ったということになるのではなかろうか。

このように見てくると、『四谷怪談』の新しい構想、つまり現在我々が知る『四谷怪談』の物語は、かなり急いでまとめられたものである可能性が高まってくる。三升屋二三治著、嘉永元年（一八四八）成立の『作者年中行事』五之巻には、「始てのお岩」と題し、『四谷怪談』の戸板返しの工夫について、南北が菊五郎に紙の模型を作って説明したという逸話が紹介されているが、その冒頭には「其年の七月十三日に、南北にいざなわれて、始て音羽やへ相談に行」とある。[22]『四谷怪談』の初日の日付は、役割番付では七月二十六日、絵本番付では同月二十七日なので、この記述を信じれば、戸板返しの演出方法が固まったのは、初日のわずか二週間ほど前ということになる。

戸板返しへの構想の変更は、小平にまつわる筋に波及したとおぼしい。台帳において蛇の怪異は、先の引用の二ヶ所のみにしか顕れず、趣向としては尻切れで終ってしまっている。後日序幕「小塩田又之丞隠家の場」での小平はいわば穏やかな幽霊であり、彼を突き動かすのは恨みではなく、主人又之丞への忠義の一念であった。ここで注目したいのが、赤間亮氏が「歌舞伎の出版物を読む—江戸の上演システム・「東海道四谷怪談」のことなど」（『江戸文学』十五号、一九九六年五月）で示した見解である。同氏は、「深川三角屋鋪の場」「小塩田又之丞隠家の場」「本望仇討の場」の追番付が九月九日付で出されたこと、正本写『名残花四家怪譚（なごりのはなよつやかいだん）』（文政八年初冬稿成）において「又之丞隠家の場」の描写が粗筋だけであることから、後日のこれらの場面が出るのが遅れていた可能性を指摘する。この説に従えば、南北は構想の変更に伴って、この場の筋立ての案出と台帳執筆に手間取ったとも考えられよう。

『四谷怪談』を指して、南北の作品の集大成といった言い方がよくされる。『阿国御前化粧鏡』での「髪梳き」をはじめとして、自身の先行作品の趣向との重複については、従来の研究で数多くが指摘されているところであるが、このことは、誤解を恐れずに言えば、『四谷怪談』が、過去の趣向の寄せ集めから成っているということでもある。それはつまり、時間をあまりかけなくても済む作劇方法である。しかしながら、そのようにして作られたにもかかわらず、『四谷怪談』が今日もなお精彩を放つほどの傑作たり得ていることこそ、南北の狂言作者としての腕前を示すものに他ならない。

まとめ

以上、『東海道四谷怪談』の初演時のカタリを中心にしながら、その初期構想について考察を加えた。カタリからは、南北が実録の『四谷雑談』の祝言の場面に基づきつつも、蛇の怪異の連想から、お岩の怪談と小幡小平次の怪談を結びつける構想を持っていたことを指摘した。東海道の四ッ谷を舞台として構想されたであろう、こうした当初の設定は、戸板に打ち付けられた男女の死骸が神田川に流されるという実際の事件をヒントとして、今日見られるような戸板返しの趣向へと変更され、それに伴い、舞台も雑司ケ谷の四家町へと移されることになったと考えられる。南北は、『四谷怪談』以外にも多くの『忠臣蔵』物の作品を手がけているが、その過程では、上演台帳には反映されなかった構想も多く生まれているはずである。文政九年春刊行の『四十七手本裏張』には、そうしたボツになったアイディアも含まれていると考えられ、特に同作の小山田直助については、幸四郎の役者絵との関連から、『四谷怪談』における直助のあり得べきもう一つの姿を見ることができるかもしれない。

当時の劇作では、役者からの要求で、作者の初期の構想が大きく崩れることがあった。そうした外部からの圧力が加わることなく執筆されるカタリは、それ自体が、狂言作者による一つの文芸作品であると言ってもよかろう。そこからは、台帳を読むだけでは分からなかった作者の姿が垣間見える。役者の希望に合わせて作品を執筆するのが作者の務めではあるが、はたして彼らはそれで満足していたのであろうか。表現者としての欲求のはけ口が、南北の場合であれば合巻執筆であったと思われる。こうした観点から、カタリや作者執筆の合巻を分析することは、狂言作者の在り方を研究する上で、新たな地平を開くものであろう。

【注】

（1）引用は、早稲田大学演劇博物館所蔵のもの（ロ二四-一-三一七）による。

（2）小二田誠二氏「矢口丹波記念文庫のこと」（『近世部会会報』10、一九九二年）により、矢口丹波記念文庫蔵の享保十二年（一七二七）の奥書を持つ写本の存在が報告され、少なくともこの時期にはこの巷説が流布していたことが明らかになった。小二田氏には「怪談物実録の位相―『四谷雑談』再考―」（長谷川強氏編『近世文学俯瞰』、汲古書院、一九九七年）の論考もある。なお、この実録を題材にした作品として、曲亭馬琴作『勧善常世物語（かんぜんつねよ）』（文化二年〈一八〇五〉成立、同三年刊）や柳亭種彦作『霜夜星（しもよのほし）』（文化三年成立、同四年刊）といった読本のほか、現存を確認できないが、尾上三朝（三代目菊五郎）名義の合巻『お岩喜平次復報四屋話（かたきうちよつやばなし）』（文化十一年刊）の存在（『日本小説年表』）が指摘されている。

（3）引用は、『近世実録全書』第四巻（早稲田大学出版部、一九二九年）により、ルビは省略した。

（4）実録では、喜兵衛のもう一人の妾の名として「お梅」が登場する。なお、『四谷怪談』の台帳では、「お花」は小仏小平の女房の名として転用されている。

（5）高田衛氏「『四谷怪談』の深層　三つの切り口」（『お岩と伊右衛門「四谷怪談」の深層』〈洋泉社、二〇〇二年〉収録）に、「もともと『四谷怪談』の原拠となった実録小説の段階で、お岩の怨念は、ある時は小蛇としての出現、またある時は鼠の怪異として書かれていた。芝居の方では、鼠の怪異はもっぱらお岩の怨霊がひきうけ、小平の幽霊は蛇をひきうけるという恰好になったのである」という指摘がある。

（6）引用は、『鶴屋南北全集』第十一巻（三一書房、一九七二年）による。なお、同書が底本とした阪急学園池田文庫蔵本は、浪宅の伊右衛門が提灯張りをしている点で、上演前の早い時期の台帳とされている。

（7）『日本文学』第二十六巻第十号（一九七七年十月）初出、『女と蛇　表徴の江戸文学誌』（筑摩書房、一九九九年）に「伝奇主題としての〈女〉と〈蛇〉」として改題収録。なお、高田氏の『四谷怪談』の引用は『日本戯曲全集』第十一巻（春陽堂、一九二八年）によっている。

(8) 引用は、『鶴屋南北全集』第九巻（三一書房、一九七四年）による。

(9) 実際には、『忠臣蔵』の二番目として『博多高麗名物噺』、切狂言に『嫗山姥』が上演された。

(10) この二作の合巻については、三浦広子氏「鶴屋南北の合巻について」（『近世文学研究』三号、一九六八年十二月）に詳しい考察がある。なお、南北の『忠臣蔵』物の作品については、服部幸雄氏編『歴史と古典　仮名手本忠臣蔵を読む』（吉川弘文館、二〇〇八年）収録の、犬丸治氏「南北・黙阿弥の『忠臣蔵』とその時代」に要領よくまとめられている。

(11) 本作の直助（与五郎）の造型について、大阪府立中之島図書館所蔵の台帳を用いながら詳細に分析した論考に、下田晴美氏の「四世鶴屋南北作『菊宴月白浪』と『猿曳門出諷』――「猿廻し与次郎」から「古骨買与五郎」へ――」（『国語教育研究』第四十四号、二〇〇一年三月）がある。

(12) 引用は、『鶴屋南北全集』第十一巻による。

(13) 南北作品における赤沢十内については、片龍雨氏「南北曾我狂言における鬼王と赤沢十内」（『国語と国文学』第八十七巻第四号、二〇一〇年四月）に詳しい。ただし、『仮名曽我当蓬莱』の直助についての言及はない。

(14) 引用は、『鶴屋南北全集』第十巻（三一書房、一九七三年）による。

(15) 『四谷怪談』の文政八年の初演時には、初日の一番目として『忠臣蔵』の大序から六段目までを上演しているので、観客は『四谷怪談』の「浅草境内の場」の直前に、勘平の切腹の場面を見ていることになる。

(16) 台帳では「伊藤喜兵衛」「秋山長兵衛」「民谷伊右衛門」「小塩田又之丞」「進藤源四郎」「赤垣源蔵」と表記されるこれらの役名が、役割番付ではそれぞれ「須藤工兵衛」「萩山藤兵衛」「神谷仁右衛門」「小汐田又之丞」「新藤源四郎」「青垣伝蔵」となっている。特に「神谷仁右衛門」の名については、『四谷怪談』の再演時にも使われており、実在の田宮家に配慮したものであると考えられている。

(17) お袖は、明和頃の浅草の美人「堺屋お袖」をモデルに、南北が創造した人物である（古井戸秀夫氏「直助の恋」〈『歌舞伎　問いかけの文学』ぺりかん社、一九九八年〉）。

(18) 古井戸秀夫氏「夏の名残りの四谷怪談」(『浄土』二〇〇八年九月号)など。

(19) 高橋氏は、この四谷が実在したことに関して次のように述べている。

一徳斎海老重蔵板の「隅田川独(ひとり)あゆみ」と題する刷り物に、小梅村の隣りに「四ッヤ」と極く小さく記された集落のあることが見出される。しかし、その出版年月の不明であることが遺憾である。なお、『新編武蔵国風土記稿』巻之二十二には、小梅村の小名(こな)に「四ッ谷」が見えている。

なお、天保十四年(一八四三)、須原屋茂兵衛刊の『懐宝御江戸絵図』においても、小梅村の付近に「四ヤ」の文字の記載が確認できる。

(20) 文政六年(一八二三)八月、森田座で初演された、清元節の五変化の舞踊「法花姿色全(のりのはなすがたのいろいろ)」の一コマに「山帰り」がある。大山詣帰りの男の様子を描写した内容であるが、その詞章には、新内の「蘭蝶(らんちょう)」から採った「四谷で初めて逢うた時」という文句が見られる。

(21) 引用は、『鶴屋南北全集』第十巻による。なお、『花江都歌舞妓年代記続編』(石塚豊芥子編、安政六年〈一八五九〉成立)によれば、前年文政七年の十二月十七日に、南北の趣向によって、『御国入曽我中村』の宣伝用の書付が市中で配布された。その書付には「母の敵十内、東海道藤沢の間四ッ谷村に石井屋といへる家にたばこ切となり至りしを」(『新群書類従』第四、国書刊行会、一九〇七年)という一節が確認できる。

(22) 引用は、『日本庶民文化史料集成』第六巻(三一書房、一九七三年)による。

第二部　資料編

（一）『卯しく存曽我』台帳翻刻

はじめに

東京大学国語研究室、および抱谷文庫に所蔵される『卯しく存曽我』（寛政二年〈一七九〇〉正月、市村座所演）二番目の台帳は、金井三笑の作品として唯一現存するものである。三笑を研究するにあたって極めて重要であることはもとより、寛政期の江戸歌舞伎を伝える貴重な資料であるため、ここに、その台帳を翻刻紹介する。両台帳の書誌や作品の詳細については、第一部「論文編」の第一章第四節「『卯しく存曽我』考」を参照頂きたい。

【凡例】

一、序幕は東京大学国語研究室蔵本（二八-五一）、中幕は抱谷文庫蔵本によった。なお、抱谷文庫本は現在散逸してしまっており、原本の行方が知れない。国文学研究資料館所蔵のマイクロフィルム（ホ三-六〇-五）、および紙焼写真（H二一六四一）を用いた。

一、中幕の第一場、および第二場の途中までについては、東大本との主な異同を翻刻末尾に注記した。注の対象とした異同は、作品の内容に関わるものや、語句に大幅な相違が見られるものにとどめ、表記や細かな表現の違いについては採用していない。

一、原則として通行の字体を用い、適宜句読点を施した。なお、清濁は原本通りとした。

一、通読の便を考慮し、平仮名には適宜漢字を当て、原本の表記をルビの位置に残した。原本に元から付されたルビについては、「*」を付して区別した。

一、本文に訂正が施されている場合、訂正後の文字を採用し、訂正前の文字はルビの位置に（　）で示した。

一、用字の誤りについては、その文字のルビの位置に適宜（ママ）を付した。

一、「ハ」「ミ」「ニ」は平仮名として扱った。また、文中の小字の片仮名については、捨仮名である場合は小字右寄せとし、送り仮名と判断できる場合は大字に改めた。助詞「江」は原本のままとし、小字で示した。

一、虫喰い等で判読が不能な箇所については、その字数分を□で表記した。

一、各幕冒頭に場割と役人替名を掲げた。場面名は私に付けたものである。役人替名は、辻番付、役割番付、および本文内の記載等を参考にして作成し、役者の登場順に配列した。なお、序幕の底本である東大本の第二丁に掲載された役人替名は、不十分なものであるためこれを省略した。

一、セリフの「一」（ひとつ書き）は省略した。

一、登場人物名は、底本にならって役者名での表記を基本としたが、通読の便を考慮して、舞台書き、ト書きでは、適宜〔　〕内に役名を略表記した。

一、丁数は墨付第一丁から数え始め、丁末に（1オ）（1ウ）の形で改丁を示した。

一、その他の注記については（　）で示した。

【翻刻】

序幕　第一場　浅草御蔵前八幡門前鹿茶屋店先の場
第二場　大川橋六地蔵の場

一、水茶屋の娘お槙　中村万代
一、野田金兵衛　嵐龍蔵
一、小嶋屋儀左衛門　松本鉄五郎
一、女衒のつて清介　沢村宗太郎
一、傾城八嶋　中山富三郎
一、三つ扇屋女房おふじ　岩井喜代太郎
一、狸大尽粂　市川和歌蔵
一、傾城染衣　瀬川増吉
一、傾城くれない　沢村菊太郎
一、遣手仰山の万　宮崎十四郎
一、若い者おぢぎ藤兵衛　沢村喜十郎
一、(役名不明)　嵐寅(虎)蔵
一、喜十郎　中村森五郎
一、(役名不明)　坂東大吉

一、丹波屋助太郎　市川団十郎
一、田町の清林比丘尼　市川富右衛門
一、まだら太兵衛　市川松蔵
一、仁田家息女みつ姫　坂東鯛蔵
一、奥女中竹川こと志賀之助女房おさよ　岩井半四郎
一、奥女中宮城　岩井春次郎
一、腰元若草　大谷瀧次郎
一、腰元　沢村伊三郎
一、奥村治部太夫　市川宗三郎
一、角文字屋伊之助　沢村春五郎
一、関取明石志賀之助　沢村宗十郎
一、角力取雲風林平　市川森蔵
一、角力取虎の尾忠治　中村芳蔵
一、小比丘尼小吟　岩井半四郎
一、小比丘尼小伝　大谷徳治

造物、東の見附柱へかけて九尺の屋体、庇つけ、簾折廻しにかけ、鹿茶屋と書たる行燈かけて有茶店の道具を錺り付、西の方、鳥居を建、八幡宮と書たる額を打、柱外には、名古屋の店のかゝりを見せ、人の出入、屋体柱の間也。床几三脚ならべ、万代〔お槙〕、前垂、駒下駄、置手拭ひにて茶をはこんでいる。色々の仕出し大勢、床几にかゝり、幕開。

ト庭神楽にて、向ふより龍蔵〔金兵〕羽織、一本差しにて出て来る。跡より鉄五郎〔儀左〕羽織、町人はつちのなり、宗太郎〔清助〕裏衿かけたるはつちのなりにて出、すぐに本ぶたいへ来て、床几にかゝる。万代、茶をはこぶ。

万代　金兵衛様、よふお出被成升た。

龍蔵　お槙坊、いつでも爰の店は賑やかだ。全体マア、茶がよい。(3オ)

鉄五郎　それさ、□うは水茶屋も茶をよくして呑ませにや、人がよらぬ。時に、爰の角力もあしたが初日だの。

宗太郎　なんでも、今での関取は明石志がの介。あいつは力も有し、きつい手取でこんす。

龍　成程清介がいふ通り、志賀之介はきつい物よ。時に、爰の店へ今日は志賀之介は来やしないか。

万　いへ〳〵、明石様はまだなれど、角力もあしたが初日なれば、大方見へるでムんせふわいな。

鉄　金兵衛様、お前は志がの介に用でもごんすか。此小嶋屋の義左衛門は、アノ男から拠なく預つて、金を貸た代ロ物がごんすが、約束の日限もきのふ切れたに(3ウ)よつて、志がの介に逢て埒を明けふと思ふて出かけて来升た。

龍　此金兵衛は、アノ男を世話をして、お出入をさせたお屋敷の御用で逢に来たが、いつも此鹿茶屋へ来るから、モウ来そふな物だが。

宗太　きけば、アノ志がの介は、吉原の三ッ扇屋のお職、八嶋といふ女郎と腐れ合ているといふ噂でごんすぞへ。

鉄　其八嶋はとんだ美しい物だ。アノ美しいやつを、志がの介が色をしているといふか。ハテ、きざなやつだ。

宗太　爰にいるも待遠ひから、親方、中嶋屋で一ぱい呑ふじやムり升ぬか。(4オ)

龍　そりやよかろふ。したが、お定りの鮭に独活の吸物じや呑めない。

鉄　そこは此義左衛門が献立を言ひ付るだ。是、姉、明石が来たら小島屋が待ていたと言つてくりやれ。

万　アイ〳〵、合点でムんす。

龍　おれが事も言つてくれろ。サア〱、中嶋屋で一ぱい呑も。
宗太　サア、ムりませ。
ト庭神楽にて三人、仕出しも一所に鳥井（ママ）へは入。
ト出の歌に成、向ふより富三郎〔八嶋〕傾城の形、喜代太郎〔ふじ〕前帯女房の形、和歌蔵〔粂〕羽織大小下駄かけ大尽の形、増吉〔染衣〕、菊太郎〔くれない〕傾城、みな〱よそ行の形、十四郎〔お万〕やりて、喜十郎〔藤兵〕若者の形にて付出る。
和歌蔵　これ〱八嶋、おぬしが無性に道急ギをするが、どこへ行気だ。手を引合て行ふと思つても、そふ急がれ（4ウ）ては、追付れる物じやない。静に歩びやれ〱。
富三　おまへもマア、よい加減なことを言わしやんせ。廓の内では有まいし、町なかゞ手を引合て歩かれる物かいな。
和歌　所を手を引合て歩行たいの。其美しい、かわゆらしい者の手を引て歩行たい計に、此大尽が手をひろげるのだ。なんとおふじ、そふじやないか。
喜代太郎　いやモウ、お前のおつしやるが御尤じやけれど、アノ子は何か願かけが有て、此お蔵前の八幡様へ参りたいと言ふたが、お前様への願ゝじやないかいなア。
喜十郎　成程、おかみ様のおつしやる通り、此お蔵前の八幡様へ願かけが有といつて、爰迄お出被成た八嶋様。ふだん（5オ）念比な観音様や因果地蔵様はのけて、八幡様とはひねりなさつたの。
十四郎　わしらはやつぱり観音様から向ふ島へ行つて、武蔵屋の放れ座敷であびるのがよい。ノウ、藤兵衛様。
増吉　本にお万殿は向ふ島がきつい好キさ。
菊太郎　此八幡様へ参るのも、気が替つてよいぞへ。
和歌　おらは其替るといふ事はきつい嫌ひ。いつ迄も替らずに引付ていて、呑かけ山じや。
喜代　きつい八嶋をかわゆがりよふ。そんならあそこへ。
富三　皆様、ムんせ。
皆々　サア、お出被成ませ。
トやはり歌にて皆々本ぶたいへ来り、床几にかゝる。（5ウ）
和歌　ヤア、、妻乞鹿茶屋とは有難い。姉、一ぱい汲でこい。
万　アイ〱。
喜代　今日はアノ、角力は始つたかへ。
万　いへ〱、初日は明日でムり升。

富三　わたしやモウ、初日は今日かと思ふて、いきせき爰迄来たのに、角力の初日はあしたでムんすかへ。
万　アイ、さやうでムり升。
和歌　おぬしは無性に角力の初日を聞が、女郎の際に、角力でも見物する気か。
富三　いゝへいなア、なんのマア。
和歌　それに又、角力の初日をけふかとは。（6オ）
富三　サア、あのそれはな。
喜代　大尽様、アノ子が角力の初日を聞たは何じやわいな、角力取衆といふ者は、どれも〳〵立派な大キな男揃へじやによつて、それを見よふと思ふてゞ有ふ。
和歌　其男揃へを見たがる八嶋がひいき、おれをどんな深みへ嵌めふもしれぬて。
喜十　そりや旦那、おつしやるが無駄でムり升。角力取衆が町ゥへムつても、女郎衆といちやつきはムり升ぬ。随分色気は放れた物でムり升。
十四　藤兵衛殿、そふも言われぬぞへ。アノ志がの介様は、角力取に似合ぬよい若衆振。わしや、ぬしに気が有ぞへ。（6ウ）
増　それいなア。志賀様のやうなよい男は、滅多にムんすまい。

菊太　それじやによつて、八嶋様が大体や大方のことかいな。
富三　是はしたり、滅多な事言わしやんすな。何のわたしが、アノ、志賀之介様がよい男じやといふて構ふ物かいな。
和歌　そふで有ふ。おれといふ大尽が付ている。八嶋、角力取ぐらいに心をかける女郎じやない。近ひ内に身請をすれば、すぐに奥様、女房共じや。ノウ、八島。
喜代　それはそふと、粂様をなぜに狸大尽といふぞいな。
和歌　おれが狸大尽といふは、はらふくれで、ふだん腹鼓を打つているといふ事さ。
喜十　いへ〳〵、そふじやムり升ぬ。お前を駄々羅大尽と見（7オ）かけて、太鼓衆が無心を言ふたり、お万殿や私共がなんぞおねだり申と、いつでもグウ〳〵といびきをかいて狸寝入を被成升。それでおまへを。
増菊太　狸大尽といふぞへ。
和歌　ヲヽ、笑止。
十四　途方もない。
　ト花道にて角力の太鼓の音して、寅蔵、森五郎〔喜十〕太鼓をにない、大吉、太鼓を打ながら出る。跡より団十郎〔助太〕きながしの上へ半纏をきて、帯をしめ、紺の股引裾をからげ、三尺手ぬぐいにて出。揚幕の際にて太鼓打切。

団十郎　所はお蔵前八幡宮の社内において、晴天十日、勧進角力。明日が初日じやア。

ト又太鼓打ながら、本ぶたいへ来て、

待て〳〵、此手合はどこ迄叩のだ。爰は八幡様だは。　（7ウ）

皆々　本になア。

喜十　皆、御太義でごんす。

団　こりや、三扇屋の若ひ衆藤兵衛殿。今日は女郎様方のお供で呑めるでごんせう。是はおかみ様、八島様、角力場の御見物かな。

富三　助様、此比は根つから廓へもムんせんが、なんぞ面白ひ事でも出来たと見へるわいなア。

団　何さお前、此比はモウ、此地内の角力の興行で歩いてばつかりおり升から、町へも参り升ぬが、八嶋様、いつも〳〵御盛んでおめでたふムり升。

喜代　本に此中こちの内へも、角力の札を持てムんしたと（8オ）内での噺。其時は、わたしや用が有て揚屋迄いたさかい、逢なんだわいな。

団　左様でムり升。其時も内方の旦那が、助、上らつしやい、マア一ぱい呑めとおつしやる内、此藤兵衛どのが二階へ出る。吸物や硯ぶたを突つけて強いさつしやるから、喰らふ程に〳〵てつちり弥左衛門、土手で三度ころぶ迄は覚升たが、どふ内へ帰つたやら、あんまり御機嫌で内へ帰ると夫婦喧嘩、おかげで鍋と擂鉢を叩割升た。

ア、、こまつた酒でムり升。

喜代　それでも、こな様の酒は癖のない酒じやと、ふだん内で噂していられ升。（8ウ）

団　そりや、わしもすつてん童子程呑だといつて、小二才共の様にさわぎも致さないが、初日が始まると呑ではいられぬ。きまじめに銭をもふけて、かゝに袷の一枚もひつぱらせにや成升ぬ。地味たやつさ。

富三　わたしや、今日が初日かと思ふて角力場の景気を見に参じたに、初日があしたじやと聞て、がつくりしたわいな。

団　そりやなぜへ。ア、聞へた、志がの介殿の事かへ。

和歌　志賀之介がどふした〳〵。

団　志がの介殿がどふしたとは、お前、吉原へお出なさるか知らぬが、廓一面に噂する志がの介殿と八嶋様の。　（9オ）

富三　ヱ、、いつとモウ助様、滅多な事言わしやんすないなア。

団　言ふては悪ひかへ。

和歌　これ〳〵若ひ者、今其方が言ふた志がの介と此八嶋が。

団　いへ〳〵、わしやそんな事は。

和歌　知らぬとはいわさぬ。武士の目を抜く女郎、真つ二ツに。

富三　ヱ、。

和歌　こわいか〳〵。

団　こわいと思やこわし、こわくないと思や何ともない。人を切といふた奴に、ついぞ切た例がない。お前のやうなお侍の切らつしやるは、豆腐やこんにやくがよい。

和歌　イヤこいつ、諸侍をばかにするな。

ト柄に手をかける。富三郎〔八嶋〕、喜代太郎〔ふじ〕留る。（9ウ）

喜代　是はしたり、お前も粋の様にもない。

富三　根掘り葉掘り、なんじやぞいなア。

和歌　君が留るなら、了簡してやらふ。カウ素直にするが、色男の性根さ。

団　なんだ色男、気が違つたそふさ。

喜十　サア、是から奥で鹿を見ながら、御酒を取に遣し升ふ。

和歌　そりやよからふ。

十四　そんなら鹿茶屋へ。

増菊太　たぬき様。

和歌　サア、皆来い。

ト庭神楽にて此一件、茶屋へは入。団十郎〔助太〕、若ひ衆残り、捨ぜりふにて煙草呑んでいる。向ふより富右衛門〔清林〕比丘尼御寮の形、跡より松蔵〔太兵〕裏衿、ぞうり、腰へ手ぬぐいを挟み出、すぐに本ぶたいへ来り、（10オ）

富右衛門　もし〳〵若ひ衆、ちつと尋たい事がムりやすよ。

団　お袋、なんでごんす。

富右衛門　外の事でもムりやせぬが、十三、四な二人連の小比丘尼は、爰らあたりへ勧進に参りは致しやせぬかへ。

団　イヤ、爰らでは見なんだわい。

富右衛門　太兵衛様、爰らでは見なんだといなア。

松蔵　いつも両国を渡ると、柳橋から蔵前通りを勧進に廻る餓鬼めら、モウ今時分は爰らへ失せる筈じやが。

富右衛門　是だは、見なさい。二人ながら朝飯の膳椀を洗へと言ふも聞ず、勧進に行〳〵と恩にかけ、鴈が芝の山へ泊りに行時分に戻ッた所が、米を壱合五勺に銭なら

(10ウ) たつた一、弐文。なんぼ、くれ手がないといふてあの筈じやないが、何をして遊んでけつかる。わしもモウ世話に飽き果たから、太兵衛様、見付次第にアノ餓鬼はお前に渡すから、わしが方の銭を立て連て去んでくんなさい。

松　アノ小吟めは、渋つ皮がむけているから、始終はこな様方の為にもならふと思ふて世話をやいたが、ろくだまに貰ふても失せず、こな様に苦労を掛ると聞ては、此太兵衛もだまつてはいられない。いふ事を聞ずは括し上て、ちつと小刀針でもやらつしやればよい。

富右衛門　それに如才が有物か。小伝めはべら坊だから追い遣ひもするが、小吟めがいけしぶとさ。ひつ縛つて一日ものを **(11オ)** 喰せずに置ても、まぢ〳〵として性根の太ひやつよ。

団　ハア、、二人連の小比丘尼といへば、独り（ママ）のやつはべら坊な頬だが、も一人の小比丘尼は中々きれいなあまつ子よ。

皆々　あいつはよつほど美しい頬さ。

団　それにきゝやれ。きのふもおとゝいも、角力場の事て志がの介殿が此店へ来ていると、渋り皮のむけた方の小比丘尼が、アノ人の側にくつ付ていて、銭をやつても行ず歌を歌ふていて、角力場を見にゆけばついて行、爰へ戻れば傍にいる。あいつは希有な小比丘尼だ。

皆々　どふでも関取に気が有かしらぬ。

富右衛門　太兵衛様、聞な。爰らへ失せあがると、遊んで計けつかるに **(11ウ)** よつて、貰ふ物も貰わずに内へ速く（ママ）帰り上る。ヱ、是、ひつ捕まへて思ふさまぶちのめしてこましたいわい。

団　そりやお袋、腹も立ふが、むごい事じや。年のゆかないやつらだ、了簡してやらつしやい。

富右衛門　いへモウ、了簡も堪忍もし尽し升たよ。

松　其あげくには、此寄親に迄難義をかける餓鬼め、是から並木あたり迄いて見升ふ。清林様、ムりませ。

団　おいらも是から下谷の方をぶち廻して帰らふ。

皆々　そふし升ふ〳〵。

卜森五郎〔喜十〕、寅蔵、太鼓を上る。大吉、打ながら、是に団十郎〔助太〕付て鳥井の方へは入。富右衛門〔清林〕、松蔵〔太兵〕もは入。卜歌に成、向ふより鯛蔵〔みつ姫〕襠、姫の形、半四郎〔竹川〕、春次郎〔宮城〕奥女中の形、瀧治郎〔若草〕、伊三郎、妣の形にて付て出る。跡より宗三郎〔治部〕親父方、鑓、上下、大小にて付出、

（12オ）春五郎〔伊之〕羽織袴、町人の形、絹花色の羽織の侍弐人付て出る。茶弁当、女乗物を舁(か)いて、六尺四人付出、すぐに本ぶたいへ通る。侍、上の床几へ毛氈かける。鯛蔵、此床几へかゝる。みな〳〵並よく控(ひか)へる。

春五郎　皆々、是にて往来の群集を御覧被成もお慰みでムり升ふ。

宗三郎　ハツ、姫君様へ申上升ル。今日は天気も快晴にて、浅草観音御参詣もことなふ相済、此所迄お供仕り升た。当社八幡宮の義は、殿仁田四郎忠常様、日比御信仰の御神でムれば、御参詣遊ばされ、別当方へお入有て御休息遊ばされ然るべう存升。

鯛蔵　是が父上の御信仰の八幡宮とや。参詣の後、別当方へ行ふわいのふ。

半四郎　今日は天気もよろしう、姫君様にも御機嫌よふ（12ウ）おひろい遊ばし升たれば、八幡様へ御参詣の後、別当方へお入遊ばすか、よふムり升ふ。

春(はる)次　此別当の庭の梅は、梅屋敷にも増って見事な盛りと、あれ成出入の角文字屋伊之介が申上て、御饗応致したいとのお願ひ。

瀧次郎　此上に梅を見ながら、又奥山の源水が独楽(こま)の曲。

伊三郎　御覧被成たら、猶よふムり升ふ。

ト宗三郎〔治部〕聾のこなし。

宗三　妣中何とお言(い)やる、此上に源翁和尚が談義が聞たい。姫君に左様な事申上る物でないぞ。

ト春五郎〔伊之〕、宗三〔治部〕が耳へ口をよせ、

春五　申、治部太夫様、さやうではムり升ぬ。

宗三　なんと〳〵。（13オ）

春五　梅の盛(さか)りを見ながら、源水が独楽(こま)の曲を御覧被成たらよからふとおつしやる事でムり升。

宗三　源水が独楽(こま)か、成程、御幼少な姫君方へは一ト入(しほ)なお慰み。なに竹川殿、あの様な物は、お屋敷へ召されて御見物有ても苦しうムらぬ義と存升。

半　左様でムり升。太神楽同前に手品を致し升ル物故、お姫様方にはよいお慰みでムり升ルわいなア。

ト又庭神楽に成、向ふより宗十郎〔志賀〕前髪角力取、一本差(ざ)し、裏付草履(つけぞうり)にて懐より両手を出し、文をひろげ読(よ)みながら出て来る。跡より森蔵〔雲風〕、芳(よし)蔵〔忠治〕前角力の形にて付て出、花道中程にて、

森蔵　親方、其文の返事をやらつしやり升ル三扇屋の八島殿は、今日(けふ)は観音参りに出かけるといふ事じや。（13ウ）

芳蔵　おいらが大橋や御旅へでも行と、無性に力が落ると叱らつしやる親方が、三扇屋の八島殿と羽交い締めのうまひ中（ママ）とは、ありや親方、かみ様にでも、

森芳　さつしやる気かへ。

宗十郎　ヤイ〳〵、門ト中で其様な事いふな。アノ八嶋とおれが念比にするは、ちつと訳の有ことだ。アノ女郎は一体おれが。

森芳　かみ様かへ。

宗十　まだぬかし上る。

トいひながら本ぶたいへ来て、春五郎〔伊之〕と顔見合せ、

春五　コリヤ関取、初日前だと思ふて皆引連て稽古でごんすな。

宗十　おまへの袴、搗栗はお礼の残と見へ升ルな。（14オ）

春五　イヤ、わしが此袴は、アレお屋敷のお姫様をお供した。

宗十　お屋敷のお姫様をお供した、ヤア、、治部太夫様もお供だ。

トうろたへ、下へさがり手を突、

是は奥村治部太夫様、姫君のお供御苦労に存升。

宗三　ヲ、、手前お屋敷のお抱へ角力明石志がの介、よふ参つたな。明日より当社において角力興行と有、定めて勝つゞけの手柄をするで有ふ。姫君様、お抱への角力取でムり升ル、お詞を遣され升ふ。

鯛　其方は父上のお気に入、志がの介といふ者か。

宗十　さやうでムり升。女中方にもお供御苦労に存升。

半　其方にもよい折柄のお目見へ、有難ふ思わつしやれ。（14ウ）

春次　本に、いつも御前角力の折柄、お御簾の隙から覗て見ると違ふて、近ふよつて見れば見る程。

瀧伊　よい男ぶりじやわいなア。

ト宗十郎〔志賀〕咳にまぎらし、

宗十　今日はよいお天気でムり升。ちとお帰りには芝居なぞの御見物もよふムり升ふ。

半　サア、芝居の御見物も随分よからふけれど、ナア宮城殿。

春次　何を言ふても、其様なことは毛虫殿が合点せぬゆへ、あく事ではないわいのふ。

宗十　それでもあなた方は、時折節の御見物はムり升ふな。

春五　芝居御見物でもあれば、御内証でわしに仰付られ升ル。又お年忘れ抔には役者を召れて、お館で狂（15オ）言の有事もごんすて。

宗十　それは御見物事でムり升ふ。
森　親方、今の文の返事を三扇屋（や）へやらつしやり升ルか。
よし　返事をやらずは、焼餅深ひ八島、やかましう言（い）ひ升ぞへ。
半　ヱ、、八嶋がなんとへ。
宗十　ヱ、やかましいやつら、あいつらが申事、何もお聞なさる、事ではムり升ぬ。私も色々な事て此間から苦労致して、それ故あなた迄、ナア、お願ひ申た事は。
半　サア、そりやモウ合点じやによつて、色々と苦労して、サア、気苦労なお屋敷勤の内にもほしい物は、ナア宮城様、櫛かんざしじやによつて、此伊之介様に頼んで**（15ウ）**おいた。それナア、金ンのいる蒔画の櫛、ナア合点でムんせう。
春五　成程、それは私が急度呑込でおり升。
宗十　それは有難ふムり升。
　　ト半四郎〔竹川〕と顔見合せ、思ひ入。
宗三　なんだ蟻がいる、そりや一大事だ。姫君を刺（さ）いて、お怪我（けが）が有ては此治部太夫、役目が立ぬ。イザ姫君様、八幡宮へ御参詣遊され御尤に存升。
鯛　そんならそふせふわいのふ。治部太夫、竹川、皆もおじや。
半皆々（みな〳〵）　畏り升た。
宗三　志がの介もお暇を給わつて、立（た）ちやれ〳〵。
宗十　畏つてムり升。
半　さやうならば姫君様、志賀之介、太義で有たの。**（16オ）**
宗三　イザ、お越あられ升ふ。
鯛　皆おじや。
半皆々（みな〳〵）　ハツ。
　　ト歌に成、此一件みな〳〵、半四郎〔竹川〕、宗十郎〔志賀〕へ心を残し奥へは入。宗十郎、森蔵〔雲風〕、芳（よし）蔵〔忠治〕、春五郎〔伊之〕残る。
宗十　何だかあいつは無性（むせう）にかたい事計いふて、お屋敷風を見しらせるが、もし伊之介様、お前に何か頼んで置たといふ五音だが、何ぞお前、頼れてムり升ルか。
春五　頼れている段じやない。関取、こな様の竹川様へ頼んで置しやつた事は、あつちに都合して有程に、その事をいふて呉と頼れ升た。
宗十　忝ない〳〵。此金がないと、どふもこふもならぬ。わしが方ゥにのつひきならぬ質〇　サア、しち難（むつか）しい出入**（16ウ）**があるに依て、是で片を付ケにやア、あいつが聞てもたいてい苦労（くろう）にするこつちやあるまいと、わしも此金のを案じで暮らし居升た。

春五　そりやモウ、アノ竹川殿も、たいてい苦労してこしらへた金じやナイといわれ升た。

宗十　そうでごんしやうとも。

森　おいらも親方、角力場へ行升せう。

芳　用があるなら呼ばつしやり升せ。

宗十　合点だ。モシ返事をやるなら、わゐらを頼まふ。部屋のこしらへでもしておけ。

両人　そんなら親かた。

春五　せきとり、のちに逢イ升せふ。(17オ)

ト合方に成、春五郎〔伊之〕先キに、森蔵〔雲風〕、芳蔵〔忠治〕付て奥へは入ル。跡に宗十郎〔志賀〕のこり、

宗十　女房が苦労して呉たアノ金、立催促にやかましうぬかすはイ。小嶋屋義左衛門にわたして、大切なアノ質物をうけ戻ス計、どふぞコレ、義左衛門に逢たい物じやが。

ト合方にて、茶屋の内より富三郎〔八嶋〕出、互に顔見合、

富三　志賀の介さんか。

宗十　八嶋か。

富三　逢たかつた〳〵はイなア。

ト取付て思入。

宗十　そりや、おれも同じ事。此比は角力の初日前で廓へしばらく行ぬゆへ、カノたぬきとやら、むじなとやらいふ大尽が揚詰で、だいぶお全盛だげな。(17ウ)今日も大方、その御侍が連て来たで有ふぞ。爰ら当り（ママ）にうろ付ていて、うたがいうけるとコレ、おためにならぬ。早ふいて、二本ぼう殿をかわゆがつてやりやれさ。

富三　知らぬわいなア。わたしが心を知らぬかなんぞの様に、そのよふな事をいふて下さんすな。何のまア、アノよふな憎てらしい侍イづらに、身を任ス心がある物かいなア。志賀さん、かならずうたがふて下さんすなへ。

宗十　それでもうたがわずにいられふか。なぜと言や、あつちは駄々羅大尽で、金で面をはり廻スから、端の這〳〵(18オ)めらが、いろ〳〵に目を付て抱れて寝るといふで有ふ。それじや、どこぞの掻曲りでナ、腹がたゝないで、サ、どふするものだ。

富三　ヱイ、モそんな事に気遣イして下さんすな。わたしも三ッ扇屋の八嶋、廓中におまへと訳のあることが、浮名が立たらまゝの皮、それにかまう事はムんせぬ。ガモシ、わたしや心に掛ることが有ルわいなア。

宗十　心に掛るとは、そりやマア、どんな事じや。

富三　サア、聞て下さんせ。アノ侍づらが、わたしを急に身うけすると言いくさるわいなア。
宗十　何だ、急ゥにそなたを身請する。（18ウ）
富三　サア、それじやに依て、どふも心がすまぬはイナ。
宗十　そりや、おれも心が済ない○　ムウ、こりやあつちの金の済まぬ内、おれが方から親方へ手附ケ金をぶつて日を延し、其内又角力がはじまれば、心当テの旦那衆から下さる花をかき集メても、こつちへ身請する算段の出来まいものでもないが、マア、何でも侍めに身請しられては、おれが面がたゝぬ程に、そつちもたましいを胃の腑へぐつと落シ付ていたがよい。
富三　そりやモウ合点でムんする。シテマアおまへ、其手附にやらしやんす金の心当テがムんすかへ。
ト宗十郎〔志賀〕、是にて思案し、（19オ）
宗十　サア、其心当の金がないでもナイ。
富三　そりや、嬉しうムんすはイなア。
宗十　サア、それだに依て、今夜にも其金を急に手附に親かたへ。
富三　それはアノ、ほんまにかへ。
宗十　やらにや、侍がうけ出スといふじやないか。
富三　サア、それじやに依て。
宗十　気遣イしやるな。
富三　かならず供に。
宗十　合点じや。
富三　志賀の介さん。
宗十　八しま。
富三　ヲ、嬉し。
ト抱付。奥より鉄五郎〔儀左〕出て来ルゆへ、両人びつくりして立チのく。（19ウ）
鉄　無性にヨイ匂ひがすると思ふたら、どふりで三ッ扇やのお職株八嶋先生、テモ味な所に御座被成るゝ。
宗十　コリヤ、小嶋屋の儀左衛門さまでムり升るか。
鉄　関取、貴さまは先にから待つて居たが、味いな所へこんな美しいものと噺をしているが、地取りの稽古でもおはじめ被成るゝのか。又此八嶋どのには、むつかしい侍客が付ているげな。どんな事を仕出して、コレ、きつぱぐられさつしやるな。
富三　儀左衛門さま、わたしじやといふて、ぬし達と咄をせぬものかいなア。角力の噺を聞て居たがどふしたヱ。
鉄　おまへアノ、関取に夜角力の噺でも聞なさるかイ。（20オ）志賀の介は角力ばかりじやないイ、色事にも大手とり、左ッをさし込れ、土俵の外へはおまいが夜着の内へ引ずり込れるで有ふ。それはそふと関取、貴さまに逢イたいといふは、アノ質物のことよ。約速(ママ)の日限ンは、ア、ソレ、きのふだ〳〵。貴さまがうけ戻さにや外に請る人も有ば、其相対をせうと思ふて来たのサ。

宗十　儀左衛門、其日限のきのふぎりといふ事も、随分〳〵合点じやに依て、金もこしらへて置升た。

鉄　そりやきついの。それでこそ日の本の関取、明石志賀之介殿。世間へひいきの顔がうれてあるから、五十両や百両の金はツイ出来そふな物だ。（20ウ）

宗十　なる程、おせわになる旦那衆へ無心をいふたら、五十や百の金は出来もしませうが、わしも面がはづかしい。そこでわしが女房が心遣イ。

富三　ヱイ。

トおもい入。

宗十　サア、女房子の厄介の有ルわしでもなし、壱人リ身のことなれば、あつちへし、こつちへし仕て、金は調へ升たが、シテ、其代ロ物は持ッてムり升たか。

鉄　その代ロ物も持ッて来たが、こりや、そつちの商売の伝授書じやげな。

ト蒔絵のけつこうな箱を出して見せる。

宗十　サア、その大切な物だに依て、請戻にやなり升せ（21オ）ぬわいの。

鉄　ムウ、心当テの金の出来た事も、今ちよつと角の文字屋の伊のぼうに聞たに依て、サア、金をわたしてこれをそつちへ請とらつしやれさ。

宗十　イヤ、其金といふても今宵はナイ。

鉄　又待てといふのか。

宗十　サア、それも長うとは申升まい。日の暮れ迄、どふぞ待つて下され升せ。

鉄　そりやモウ、今迄さへ待つた物、日の暮れ迄なら呑こんだ。其かわり、かならず其時違イまいぞや。

宗十　合点でムんす。かならず後まで。（21ウ）

富三　ア、申、おまへは外にも金の入ルことがあるかへ。

宗十　サアそれはの〇　イヤ〳〵、こんな事は、何も全盛な女郎衆の聞かつしやる事じやない。ナア、儀左衛門さま。

鉄　そうさ〳〵。

富三　じやといふて、どふも心が済ぬわいな。シテ、其様子はヱ。

宗十　サア、其様子といふは。

富三　どふじやぞいなア。

ト宗十郎〔志賀〕へ寄つて聞ク。奥にて、

和歌　八嶋はどれにいやる〳〵。

宗十　それ〳〵、呼ぶはイの〳〵。

富三　ヱ、、モあたいやらしい。

宗十　それではわるい○　ハテ、早う〳〵。（22オ）

鉄　そんならかならず、日の暮れまで。

富三　いてくる間、おまへも待つていやしやんせへ。

ト又奥にて呼たてるゆへ、富三郎〔八嶋〕是非なくは入ル。鉄五郎〔儀左〕も詞をきめて下座へは入ル。宗十郎〔志賀〕も思入にては入ル。あつらへの出の歌に成、向ふより半四郎〔小吟〕小比丘尼、好みのなり、徳次〔小伝〕同じく好みの比丘尼の形リにて、腰に柄杓をさし、びんさゝらを持て出て来ル。

徳次　これ〳〵小吟、待ちや〳〵。我身は此鹿茶屋の前へくると、いつでも足が早いの。見れば腰かけにお客も見へぬ。手の内のあてもないに、なんで其様にいそ〳〵するのじやぞいの。

半　此姉様とした事が、どこにわしが急いだぞいのふ。（22ウ）

徳　デモ、わしが先へ立てくるのに、此茶屋の前へ成と、足が早ふなるの。

半　さいなア、わしや此茶屋の鹿が見たふて。

徳　なんじや、鹿が見たい。鹿よりは志がの介が見たいであらふ。申お槙様、角力はあすが初日かへ。

万　そふじやわいなア。

徳　まづ〆子でムんす。併シ、角力見物のお客はそは〳〵して、わしらが銭になりやんせぬ。ア、、どふぞわしも比丘尼の取出来に成て、店に張らずとも、高瀬の客衆の泊りでも呼か、船でたびらの洗濯でもしてやりたふムんす。御免なんせ、お柄杓を借てお茶を一盃がぶ〳〵（23オ）しやんす。鑵子の内へ、ちと柄杓をカウ突込所が、ちとくわん〳〵ちとくわんすでムんす。

万　小吟は、今日はいつもの様に浮ん顔じやの。

半　い、へ、何共しませぬが、角力があすから始らば、いつもの前髪の関取様が、常住此店へ来てゞムんせふなア。

万　ヲ、そりや、明石志賀之介様の事か。

徳　何さ、今前髪だと言ふたから、若衆の志がの介様の事。

万　何を言やるぞいのふ。コレ、帰りの遅ひ時にと預けておかんす志がの介様の小提灯。

ト提灯を見せ、

鐶菊の替紋、嬉しいかいのふ。
半　アイ、けふはまだおいでんかへ。（23ウ）
万　とふに来て、近附のお客と地内へいてじやわいのふ。
半　ヱ、、そんなら来てかへ。嬉しいこつちやわいなア。
　ト思ひ入。
徳　ヲヤ〳〵、此子はおへない、はちけた子だよ。わが其いたいけな物で角力取を相手にしやう、そふして此比は拵も手に付ず、通り歌もおれにばつかりうたわせて、そわ〳〵ばつかり。それで一日に五合に三文といふ御了（ママ）の内入が拵れる物か。それでも二人づゝ組で出されるおれが迷惑、いつそてん〴〵拵になれば、おれは又勧進の有かないで、ころげ勝手な丸太橋をかせぐは。渋り皮のむけたをさいわいに、われをあてにする故、おれもツイ無精わざで引摺こまれる。マア、今日の袋をためて。
　ト米の袋を出し、にぎつて見て、（24オ）
是見や、漸二合にはならないによ。銑銭かたつた一文。是で帰ると又アノ御了の清林坊主めが、アいや、お嬶様が憶に焼ぎせるの折檻。コレ、おれが股を見や。
　ト腕まくり、
此通り、わがみはかわいがつて、おれ計が売られているこの雁首の焼がね。おれがすはだを見や、素肌を見やいのふ。
半　サア、見ているわいのふ。見ている物を。
徳　しつこく言ふのは、すはだ見せんべいといふ心さ。
万　何を言やるぞいのふ。
　ト下座より、富三〔八嶋〕、宗十郎〔志賀〕を追かけ出、
富三　これいなア、待たんせ〳〵。
宗十　いや〳〵、赦して貰をふ。
　ト半四郎〔小吟〕嬉しがる。
富三　何じやぞいなア。俄に腹を立て、どこへいきなんすへ。（24ウ）
宗十　なんの腹を立る物だ。アノ狸大尽に表向計でもなし、お床の上迄も秘術をつくしてよふお勤なさるゝ故、御意に叶ひ身請の沙汰、聞けばけふあすの内に手附が渡るとやら、古ひ持たせ振りながら、マアおめでたふムり升。
富三　何がめでたいことが有ぞいなア。アノいやらしい粂大尽、身請じやの手附のと、ひけらかして言ふさかい、廓中その沙汰。なんでわしが粂大尽の方へ行物じやぞいのふ。
宗十　イヱ、お出被成ませ。狸大尽に化されて、此胸は八人突し升わい。

徳　なんだ、狸に化されて八人突じゃ。狸なら八畳敷の筈じゃ。
宗十　こいつはなんだ。
徳　わしゃ、小伝といふ歌比丘尼(びくに)。ちとくわん〳〵、堪(くわん)忍(にん)してやらしやんせ。(25オ)
宗十　面白くもない、あつちへいけ。
徳　お前もきつう急(せ)きに関取様じゃな。
宗十　ヱ、、しつこいわい。

ト突飛す。

富(とみ)三　これいなア、其様に面当(つらあ)てさんす事はないわいな。
宗十　面当(つらあ)てゞもなんでもごんせぬ。どりや、お暇申そふ。
富(とみ)三　待(ま)たしやんせ、やるまいがどふさんす。
宗十　かふするは。

ト振切、立廻り。

徳　今が女角力じゃ〳〵。

トさわぐ。此中へ半四郎〔小吟〕は入。

富(とみ)三　ヤア、わがみは。
半　アイ、小吟と申升ル歌比丘尼(びくに)でムり升。
宗十　小吟か。よふかせぐなア。今日(けふ)はまだ逢なんだ。コリヤ悦べ、あす(25ウ)からは角力が始ると賑やかに成は。嬉しいか〳〵。

半　アイ、角力が始リさへすりや、毎日〳〵お前様のお顔を見升さかい、本に真実嬉しうムり升ルわいなア。
徳　ヲヤ〳〵、此子とした事が甘気(あまけ)づいた物のいひ様、本に此よな事いふてまで、此袋を五合にせにやならぬ。小吟、合点か。梅は匂ひよ桜花、人はみめより只心。チト勧、おやんなんし。
宗十　ヱ、、いま〳〵しい声じゃ。
徳　さして馳走はなけれ共、一ッ参れや菊の酒、おやんなんし。ヲ、此子としたことが、おれに計うたわせて、アノ関取様の顔を見て手をもぢ〳〵、ア、是、びんざゝらがねぢりきれるわな。
富(とみ)三　本に此子のそぶり、味(あぢ)いな目元、ませた子では有わいのふ。(26オ)
万　此小比丘尼(びくに)は関取様がきついひいき。わたしが所は関取様の寄附じゃ迚、毎日〳〵爰にじつと待ており升ルわいな。
宗十　此小吟めは角力が好キよ。いつでもおれが来るを爰に待(ま)つていをる。可愛そふにお槙、銭をたんとやつてたも〳〵。
万　アイ〳〵。是小吟、関取様から手の内が出たぞや。

ト小ぜにを百文出し、半四郎〔小吟〕にやる。半

四郎気の毒がり、かぶり振る。徳次〔小伝〕ちやつと取て、

徳　ホ、、、、まづ此百で五合に三文の口前を納め、跡の残りで腹ぶと、出かけふ。但し駒形のこぶに油あげもだんない物じや。だんない〳〵、大事ない。

ト勧進杓を振廻しさわぐ。

万　小伝たしなみや。モウわがみも色気づく筈、十六じやないか。

宗十　モウあんばいのつく時分じや。**(26ウ)**

徳　小でん、あんばいよし。

富三　是いなア、其様にひぞらずと、マアいふ事が有。爰へムんせ。

ト床几の上へ宗十郎〔志賀〕を引よせる。半四郎〔小吟〕むつとする。皆々捨ぜりふ有。此内下座より富右衛門〔清林〕、松蔵〔太兵〕捨せりふにて出、両人を見つけ、

富右衛門　爰にいたる。イヤ己は〳〵、てつきり此鹿茶屋におらふと思ふておれがお馬を乗出した。いかな日も〳〵、ろくな働キはして戻らず、折檻の焼ぎせるも懲りぬ餓鬼めら、合点がゆかぬと思ふて、今日は此太兵衛殿と連立て、うぬらがあとを付て来た。はたして此様に遊んで計けつかる程にの。サア、此十日程の未進、うぬらが口前働いたか、どふじや。

松　小伝も小吟もモウ餓鬼じやない。追付店を張らせるか、そふなけりや、立川口の高瀬で泊りを働かせるか、芝浦のか、**(27オ)**り船へうかせて挊がせる時分だ。それにマア、いつ迄勧進の歌比丘尼で馴レ、二人で五合に三文の仕似せが出来ないとは、どふした物だ。廿七で年明、廿八が礼奉公、廿九はすけ奉公と極つているわいらが身分、それに雨垂拍子な挊ざまじや、お袋が口が干上がる。サアマア、一所に寮へ帰れ〳〵。

富右衛門　なんでも引立て戻つて、例の焼ぎせるだ。うせ上れ。

ト出す。

徳　ア、もし〳〵、わしや随分挊やすけれど、アノ小吟が、アノ角力に気有さ。それでぢくねるから、毎日〳〵鹿茶屋で日を暮らし挊の邪魔に成やす。それでも嬶様、此小伝は弟子の内での白鼠、けいびん乍おあし百銅。

ト出す。

なんと五合に三文を二人挊、独りにわれば二合五勺、一文**(27ウ)**半銭、今の米相場で十五文、上れば二合五勺に一文半銭の勘定は、何と済でムんせふがな。

ト思ひ入にて言ふ。

富右衛門　ヱヽ、此餓鬼はいけない。
松　勘定高い女郎だ。
富右衛門　そんなら其百よこせ。
徳　此百は私着服。コレ、貰ひ溜た米がやがて小三合、弐合五勺に壱文半銭の勘定にすれば、まだそつらへ行過やす。御寮様、是で御了簡被成て下さんせ。
富右衛門　イヤならぬ。十日程の未進が有。こつちへよこせ。

　　トむりに引たくり、

百より外はモウないか。まだくすねていおらふがな。
徳　ヱヽ、疑ひ深ひ。ないと言ふ物出せ〳〵とは、お前比丘尼に何を（**28オ**）出せといふのじやへ。
松　サア、是からは小吟、われが拵はどふだ。
半　アイ、わたしがのも今ので厶んす。
富右衛門　イヤ、ありや小伝めが働キ。サア、われが働キはどふだ〳〵。
半　あれより外には厶んせぬ。
富右衛門　そんなら己はおしきせの焼ぎせる。太兵衛殿、其くわへぎせる貸さんせ。
松　合点だ〳〵。
富右衛門　サア己、不勤するがよいか、是がよいか。

　　ト立かゝる。宗十郎〔志賀〕、富三〔八嶋〕、万代〔お槇〕に呭、万代此中へは入留る。富右衛門〔清林〕うるさそふに其きせるをくわへている。

万　マア〳〵、堪忍してやらんせ。何かは知らぬが、こちの店へ毎日（**28ウ**）来て歌諷ふてよふ拵でじや程に、堪忍して下さんせいな。
松　ヱヽ、のかつしやれ。おれがふだん通つて見ている。此店に計へちまふて廻らないから、手の内がすくなふごんす。のかつしやれ〳〵。

　　ト留るを突のけ、

富右衛門　こいつが股臀へ当てやらふか。生中うぬが色の白ひのが思ひの種だ。太兵衛殿、うでをまくらしやれ。
松　合点だ〳〵。

　　ト左リの腕の二の腕迄まくる。富右衛門〔清林〕やけぎせるを持てかゝる。

待たつしやれ〳〵、こいつが腕には彫物が有。

　　ト半四郎〔小吟〕身をもがく。

富右衛門　ヤアヽ、鐶菊がべつたり彫て有。コリヤ、誰やらの紋だのふ。
松　こりや是、役者の沢村宗十郎が替紋だ。
徳　それでよめた。其宗十郎に、アノ関取様がよふ似た

との噂。（29オ）

松富　ヤア、扨は。

徳　コリヤ、相手は知れた。さわぐな〳〵、さわぐな宗十郎。

富右衛門　あきれて物がいわれぬ。

富三　志が様、ムんせ。

宗十　どこへ。

富三　どこへとはなんじやいなア。あのマア、年端もいかいでこましやくれた、道理こそ先にからお前への目遣ひ、そりやはや、立派なよい男じやと、子心にも思ふまい物でもないとかわゆらしう思ふていたに、何じや、お前の替紋をあのやうに彫物にして、年端も行ぬ小比丘尼の分際で、思へばあんまりで腹が立。爰には置ぬ、こつちへムんせ。（29ウ）

宗十　是はしたり、わがみもおとなげない。あれが腕におれが替紋が彫て有迚何の事、よし又子心におれに惚ていれば迚、おれも名を知られた関取が、小比丘尼相手は、ム、、、、よふ物をつもつてみたがよいわいの。捨ておきや〳〵。

富三　ハ、、、、何じや、捨ておけ。捨て置たらどの様なことがでけうやら知れぬ。是からは、又角力場に毎日〳〵ついている。

宗十　馬鹿をいへ、角力場に女は法度だ。

富三　法度なら、此鹿茶屋に番している。

宗十　ヌ、、いかに鹿茶屋じやといふて、角目立いでもよい事を。アレ、可愛や小吟が、今折檻に逢のを見捨ても行れまい。鳥渡わびして。（30オ）

富三　成升ぬ。ソレ、それがお前の得物じや。こつちへごんせ。

宗十　イヤ、そふでないて。

富三　ならぬ。ムんせ〳〵。

ト合方に成、むりに宗十郎〔志賀〕を連は入。

松　爰で折檻しては、茶屋のお嬶が取さへて面倒だ。寮へ連て去のふわい。

富右衛門　それがよい。失せい。

半　マア、待て下さんせ。今迄隠した此入墨、人様の手前、今の此場の恥よりも、此彫物のぬし様に◯　ヌ、はづかしい〳〵〳〵。それのみならず、今の女郎様、わたしが事を憎さげにいふてゞ有たが堪へられぬ。なんでも、ま一度逢て其上で。

ト行ふとするを富右衛門〔清林〕引ふせ、（30ウ）

富右衛門　イヤ、己は〳〵。太兵衛殿、聞かしつたか。

松　こいつは途方もなくはぢけた。なんでも連て戻らにやならぬ。失せ上れ。
ト勧進杓にて叩。
徳　無間の鐘ではない。邪見の姉様〳〵。
ト騒ぐ。団十郎〔助太〕出、両人を投のける。
富右衛門　ヤア、こなたはさつきに逢た角力の触頭。立派な男だが、物をもいわず、何で折檻の邪魔するのだ。
松　貴様はマア、なんといふ男だ。
団　おきやアがれ、べら坊野郎め。うぬらが様な虫たかりめらが知つたこつちやない。時にお比丘の親方、貴様も今は法印の女房にも成ていよふが、八百ぐらいで手放された小比丘尼から成上つた苦患に引競、ちつとは（31オ）餓鬼めらに情をかけて遣ふ物だ。そりや、はやそつちの法で焼ぎせるの折檻もしたがよいが、後ロで聞けば、五合に三文の報射(ママ)米さへ取て帰れば、一日の拵は済む掟たげな。見れば米が此袋に三合の余も有は。銭も百、そんなら二人が拵は余る程有。人中といひ、恥面あたへるお身達が仕かたでは、内での折檻は思ひやらる丶。それだによつて、見兼て此手めが罷り出た。よい加減に折檻をやめて、二人共に帰りやれ〳〵。
徳　親玉様、お前はいつそ有難い。

富右衛門　だまれ。ヲ丶、きついお世話でムんすの。わしが弟子の餓鬼めらを折檻するに、ちつとも構ふてお呉なへ。（31ウ）
団　お呉なへもすさましい、ふくれ頬めが。こちらの野郎も店先の邪魔に成は。どつちへでも失せ上れ。
松　イヤ行まい。横合から出やがつて、うぬはマアだれだ。
団　世には哀(ママ)な物も有(ママ)者だ、おれを知らないか。見附から吉原迄、通り筋は言ふ迄もない、浅草弓手馬手に小酒な上戸の茶碗もすげる、うぬらが非道の折檻に、しつぺいがへしに助けに出た、丹波屋の助太郎、此小比丘尼に手荒くあたると、うぬが其引包んだ坊主あたまを、宝引の分銅にくびりしめるが、古比丘尼の下馬ば丶め、御寮長屋へ帰りやがらぬか。
富右衛門　さりとはお世話の。サア、餓鬼めら失せろ。（32オ）
団　どつこい、此あまはやるまいは。
富右衛門　コリヤ、新しい。おれが抱への小比丘尼を、おれが連て行のに、やるまいとはなんの事だ。
団　抱へもすさましい。高で銭で抱へた餓鬼めら、此小吟とやらは渋り皮がむけているから、こつちもほしいが、うぬらも大方直売にする気で有ふ、買べいわい。

松　コリヤ面白ひ相談、そして金はどれ程つきやる。

団　小比丘尼（びくに）の買出し、高の知（し）れた物だ。

徳　それ〳〵、八ッでも九ッでも産れ子でも八百、今の銭で二本、それだから此比は小比丘尼（びくに）の種がつきやすはな。

富右衛門　だまり上れ。（32ウ）

徳　ちとくわん。

富右衛門　折角儲ふと思ふている代ロ物、滅多（めった）には手放されぬ。

松　マア、手放せば。

ト ゆびを二本出し、

こんな物かい。

富右衛門　ヲ、マア、廿両なら手放してもみよふか。

団　おき上れ。銭で買（か）つた餓鬼（がき）を廿両取か。

富右衛門　サア、そこが商ひ。こいつは有やうは、田舎廻りの山女衒（ぜげん）めが掘出しだとて連て来て、あちこちさげ競するから、二歩で仕切た餓鬼（がき）め、仕事にせふと思ふから、是見さつしやれ、まだ髪も剃（そ）らずにおいて有わいのふ。

ト半四郎〔小吟〕が頭巾を取と、乱（みだ）け髪をざつと結んで捏（つく）ねて有。此結び髪、ほつれてたれるしかけ。（33オ）

団　こりやよいわい。おらは又髪が切て有と思ふたが、猶（なを）かわゆらしう成た。

松　仕事にする気だから、如才はない。又役に立ずは此通り。

ト徳次〔小伝〕が頭巾を取。青坊主にかりがね、もみ上を墨にて書キ、此時はづかしそふな思ひ入。

団　きもがつぶれた。此あたまはなんだ。

徳　ア、嬉しや、かゆくて〳〵ならなんだ。

ト両手にて無性（むせう）にあたまをかいて、

ア、、爪がまつ黒になつた。

富右衛門　こな様、此餓鬼（がき）をなんぼに買気だ。

団　随分聞へた、ガ、しらざ半分直だ。十両にまけろ。

富右衛門　十両ではあんまり。

松　これ〳〵、長ひ目をおわずと、早く見切て〳〵。

富右衛門　ヲ、それ、十両ならやつてのきやうが、金は有かへ。（33ウ）

団　だいぶんおれを見くびつたな。おふじ様、待てムり升ルか。

喜代（きよ）　合点じや〳〵。

ト出ル。是に喜十郎〔藤兵〕、十四郎〔お万〕付て出る。

助太郎様、首尾したかへ。

団　サア、此餓鬼を十両に取ておやり被成、後生でムり升。

喜代　さいのふ。先にから見ているのに、アノ折檻のむごらしさ。見ればだんない代ロ物じや。旦那殿には聞かねども、今日の土産に連て去んでも大事有まいと、それでこな様を頼んだ所に、よふ首尾して下さんした。それ、十両の身の代ロ、ちやつと渡して下さんせ。

ト団十郎〔助太〕に十両渡ス。

喜十　ア、中々、代ロ物も改ずに、ひよつと旦那の気にいらぬ時、**(34オ)** 藤兵衛も万も何をしていたと言われては成升ぬ。マア、其代ロ物を改て見てからの事に被成ませ。ノウ、お万殿。

十四　それ〳〵、女郎衆の抱へ引は私等の改め、どの様な疵が有ふも知れぬ。

ト半四郎〔小吟〕が顔を見て、

コリヤ、掘出しでムんす。此位な玉が、どふして出て来る物じや。

喜十　何をお万言やる。そふじて抱引にはまつぱだかにして、内証から足の裏迄改にや。

トむりにまくる。二の腕に大キなあざ有。半四郎〔小吟〕ちやつと隠す。

ヤア、とんだあざが有。マア左リの方も。

ト十四郎〔お万〕手伝ひ、左リの手をまくり、

十四　ヤア、鐶菊の紋が彫て有。

ト団十郎〔助太〕取て突のけ、

団　藤兵衛、むだを言やんな。うでにあざが有ふが、またぐらにほくろが有ふが、見へない所にいみぶくはかゝらない。首さへ **(34ウ)** よけりや、言ひ分は有まいがな。

松　そりや、はやそんな物さ。

ト此内、和歌蔵〔粂〕、富三〔八嶋〕、増吉〔染衣〕、菊太郎〔くれない〕出て来て、

和歌　サア〳〵おふじ、八島の君が機嫌が悪ひ。お馬屋河岸から船に乗て帰らふかい。

喜代　それがよふムんせう。八島、うかぬ顔じやの。

富三　アイ、わたしや跡に残つて。

和歌　イヤ、そふはならの木〳〵。

増　そんならどふでも帰らしやんすか。

菊太　粂様も不粋じやなア。

喜代　ハテ、なにを言やる。サア藤兵衛、此子をかごにの

せて、わが身ついて先へゆきや。（35オ）
喜十　心得升た。サア、此かごにのらつしやれ。
半　段々のお情、ヱ、有難ふ厶り升ル。それのみか、アノ八嶋様の厶んす三扇屋とやらへ参り升れば、アノ志賀、サアわたしが願ひも叶ふ道理。
富三　なんとへ。
半　八嶋様、御免なさんせ。
　トひよいと四ッ手かごに乗、たれおろす。
和歌　サア是からは、舟で呑帰ルじや。
　トまた富三〔八嶋〕、思入。
喜代　これ〳〵、コレ八嶋どの。
富三　アイ、サアお出なさんせ。
　ト通り神楽に成、和歌蔵〔条〕、富三郎〔八嶋〕、増吉〔染衣〕、菊太郎〔くれない〕、喜十郎〔藤兵〕、十四郎〔お万〕四つ手かごを中へはさみ、賑やかに向ふへは入ル。（35ウ）
富右衛門　サア、此餓鬼が身の代ロは。
団　きわめの通り十両渡ス。それうけとれ。
富松　ヱ、、有がたい。
団　待ちやがれ、金を渡スまい。前に言ふ事が有ル。うぬらは此介太郎さまのおつしやる事、さつきにだいぶ渋くつたが、覚へてけつかるか。其返報を金より先キに見せるぞよ。
松　なんの、それには及び升せぬ。
富右　あまり御念が入すぎ升。それよりは、まづお金を。
　トとりに掛るを、柄杓にて両人をぶちのめし、
団　身の代ロの十両持て、失せやがれ。
　ト金を投出ス。
徳　人は見目よりただ心、かんにんしてやらんせ〳〵。（36オ）
富右　太兵衛殿、此金さへとれば、言ぶんはないのう。
松　ソレ〳〵、おれもそのうへに大きな目に逢はされた。早ふ行ふじや有ルまいか。
団　待ちやがれ。うぬらがよふな奴は、此意趣がへしに女郎衆やおかみさまの乗ラしやつた船へ石打でもする物じや。見付口迄はおれが送ッて行。此わる物共（ママ）が胸悪ゆへ。
徳　人は見目よりたゞ心。
富右　やかましいわへ、とち坊主め。
徳　アレ、あゝいふ所をたゝきのめしてやらしやんせ。
団　そんなら、しづかにおふじさま。（36ウ）
喜代　介太郎殿。

団　あゆみやがれ。

ト通り神楽にて、両人を先へおつたて、花道へ掛る。徳二〔小伝〕跡につく。

徳　人は見目よりたゞ心。

トこれにて団十郎〔助太〕、喜代太郎〔ふじ〕、富右衛門〔清林〕、松蔵〔太兵〕、徳二〔小伝〕向ふへは入ル。跡相方にて宗十郎〔志賀〕出て来ル。一寸思入。

宗十　何の事やら、あしたの取組のくばり相撲の中へ、アノ義左衛門めが失せおつての催促、それ計りか先に聞ば、アノ粂大尽より今宵中には八嶋が身請の手附金を渡スとの噂、僣上計り言いちらして手を切らさぬ、モウしほのからい客ゆへ、ヨモヤとは思へ共、ひよつと手附ぐらい（37オ）の金はうつまい物でもないと思へど、是もきづかい、此様なことも有、義左衛門が金の日限リ、かれこれと心掛り、やしきへ出して置た女房さよめに、五十両の金の無心、かわゆそうに難題ゆうてやつたが、今日は定めしお姫さまのお供して、観音から此八幡ゑ参るといふておこしたれど、先に逢た時は其よふな噺もならず、ア、、どふぞしてあいたい物じやが。

ト此時、宗三〔治部〕出掛、と、一寸見合せ、

宗三　これは関取志賀の介か。

宗十　ホイ、是は〳〵治部太夫様、今日は姫君さまの御参詣、ゑんろうの所御くろう様に厶り升。（37ウ）

宗三　何、回向院にお談義があると申しやるか。

宗十　お越しのお供は、御老人さまの御苦労じやと申ス事で厶り升。

宗三　ヤア、お腰の廻りを用心セイと言いたるか。成程〳〵、掏摸共が印籠巾着を目掛るで厶ろふ。

宗十　さやうでは厶り升せぬ。

宗三　イヤモ、茶湯よりは濃茶がよいと申さるゝか。左様〳〵、イヤモ、とかく濃茶がヨク厶る。サア〳〵、腰掛たれは、誰ぞ茶ヲ持テ〳〵。

トこしをかける。万代〔お槙〕茶をはこぶ。

宗三　ハテ、ヨイお茶だな。とし二十だに若くんば、君が花香（ママ）（38オ）に預りたい、ハ、、、、。イヤ関取、女といふ物は、テモヨキ花香を持た物じやテ。本にそれで思ひ出した。姫君さまの女中預りをして居る身共なれドモ、アノ新参の竹川には我折り申た。御奉公に参るやいな、お姫さまの御気に入、古参の女中方よりは御側をもはなされず、御乳の人の病気にても竹川さへお傍にいれば、今日のよふに御きげんよく、お供いたした身共迄が安堵

いたす。それゆへ、傍輩（ほうばい）はいふに及ばす、お局達、お中老迄竹川殿へともてはやさるゝは、其身も仕合。コリヤ是、両為（だめ）といふ物でムる。

宗十　それははや、御安堵（あんど）のすじでムる。奉公に上られ升ると、(38ウ)いまだ間ものふ御意に叶ひ申さるゝといふは、悦ばしい義でムり升る。町奉公と違ふて、御所向の事はみやるまいに、ハテ、気どくなやつ。

宗三　何、御所おこしをみやげにせよとか、いかさまナ、当所の名物でムルての。

宗十　何をお聞被成るゝやら、ハ、、、、。申、竹川は、ア、イヤ、竹川さまはお出入の町人、角の文字屋の伊之介が評判仕リ、さし上ケたのでムり升せふナ。

宗三　とんときこへ申さぬテ。

ト足にて宗十郎〔志賀〕砂へ書て見せる。

同　ウ、なる程〳〵、則文字屋が口入にてさしあげたる女中でムる。しかも、今日（けふ）角文字屋もお供して参ッた。(39オ)

ト此時、下座より屋鋪もの、半四郎〔竹川〕、中間壱人連レ出ル。

宗三　ヤア竹川殿か。今もいまとて貴殿のお噂。

ト此内、半四郎〔竹川〕、宗十郎〔志賀〕と顔見（かほ）合せ、

宗半　ヤア、。

ト両人、宗三〔治部〕へ思入して、

半　これは〳〵治部太夫さま、是にお出とはぞんじ升せず、案内（あない）も申さず、お尋申升たわいなア。

宗三　かない升せぬめくらを、おたすけと申たかや。

宗十　これは〳〵、あなたが承り及びましたる竹川さまでムり升るか。

ト仲間へ一寸思入レ。

半　是に治部太夫さまがムれば、そなたは溜りへいて休みや。(39ウ)

奴　畏り升てムり升。

宗三　ア、これ〳〵、可平はどれへ遣される。

ト半四郎〔竹川〕扇にて砂へかいて見せる。

いかさま〳〵、此所には拙者がおればくるしうムらぬ。御用もムろう、ホウ尤〳〵。

半　申、こちの人。

ト宗十郎〔志賀〕、宗三〔治部〕へ思入。

ヱ、、モ大事ムんせぬはイナ。此くらいのことの聞（き）こへる人じやムんせぬ。

宗十　本にのふ。そうじや、そなたに逢たふて〳〵待（ま）つて

いたわいのふ。

半　サアわたしも、今日のお供は願ふでも参りたいと（40オ）思ふた所、折節と御乳の人梅岡殿の病気、それのふても、お姫さまのお側はなされねば、ぜひお供と思ふていたに、本に〳〵ヨイ所で逢ウたナア。

宗十　マア聞てたも。それに付ても、とんとあわねばわからぬことだらけじやはイ○

卜さいぜんより宗三〔治部〕二人リのそぶりに目をつけていろ〳〵見るゆへ、両人心付、しやんと四角になつて、

半　是イナこちの人、わたしは此よふにしやんとして言ふ程に、おまへはやつぱり手を下ゲて言わしやんせ。

宗十　合点じや。コレ、こう手ヲ付てわが身に物を言ふ程に、合点か〳〵。（40ウ）

半　それ〳〵、また見くさるぞへ。

卜しやんと立て言ふ。

宗十　きよろ〳〵する、つらを見や。

卜手ヲつく。此時、半四郎〔竹川〕おかしがる。

宗三　ヤア、何か竹川どの、御意に入つた事を関取めが申スかして御きげんの様子、身共なぞは一向不通ゥにて、何を申スかわかり升ぬて。

宗十　これがわかつてたまるものカイ。死さかれめ。

宗三　テモかたい男じや。

宗十　どふつんぼうめ。時に何から言わふやら、びんぼう世帯の繰り回しは、苦労さした程有ッて慣れてもいやるが、思ひ掛ケナイ屋敷奉公、新参の又（ママ）物、殊に姫君さま付キなれば、モ何やかや心遣イ、殊に（41オ）別して物がたいお屋舗なれば、嘸かし気がいたむで有らふ。それも何ゆへ、みなおれがさすこと。もちつとの間じや、しんぼうしてつとめてたも。

半　なんのイナ、案じてばし下さる（ママ）すな。心づかいも気苦労も、みんなおまへゝする奉公じやもの、そんな事案じて下さんすな。モ仕合とお姫さまのお気に入り、御乳の人の病気でもおいとい被成ず、わたしをとかくお呼ビ遊ばしけふのお供、逢イたいと思ふた心がつうじて、おまへの顔を見ると嬉しうてならなんだわいなア。さりながら、げんざいの女房を奉公に出して置キ、おまへはやつぱり（41ウ）よいことにして、悪性計りしてムんしやう。

宗十　訳もないこと言やるな。其よふな事をしては、コレ、わが身にばちが当るわいのふ。

半　アレ又、いつものたらしことば、わたしや此中のお

まへの文のわけ、どふも合点が行ぬはイナ。

宗十　なる程〳〵、アノ金のことか。其無心といふのも段〳〵子細のある事じや。

トいつの間にか、両人我をわすれてむつまじく話しするゆへ、宗三郎〔治部〕中より首を出し、きよろ〳〵して見るゆへ、両人心付て飛のき、

宗十　ヱ、、いま〳〵しいどうつんぼめ。(42オ)

半　是、ヨイ智恵が有ルわいなア。わしが向ふへゆびさして歩くさかい、おまへは腰をかゞめて付てムんせ。その内、何もかも噺そふわいな。

宗十　是はきつゐ智恵〳〵。コウ手をこまぬいて、腰をかゞめて歩行て居れば、死さかれめは知りおらぬ。サア〳〵、そろ〳〵と歩行かけや。

半　コウかいなア。

宗十　時に、此中無心を言ふてやつた金は、気の毒じやが、出来るかや。

半　おまへマア、よふ思ふてみやしやんせ。御奉公に上ツてよりまだ間もないわたし、たとへなじみが出来(42ウ)たて、、かたいお屋敷の奥女中を勤る身で、どふして金の才覚が出来る物じや。それもおまへの身にかゝる大事の金なら、どふなとして調へまいものでもないが、五十両といふ金は、マア、何になる金でムんすへ。

宗十　サア其金は、アノ、それ何じや、物じやて。

半　ヱ、、言わしやんすな。又例の悪性か。

宗十　まつたくもつて。

半　イヱ〳〵、マア其金の入訳を聞升せふ。

ト又よろうとする。宗十郎〔志賀〕ちやつと飛のき、

宗十　それ〳〵、向ふへゆびさしながら、しやんとして〳〵。

ト半四郎〔竹川〕心つき、向ふへゆびさす。(43オ)

宗三　ヱ、聞へた〳〵、向ふの空のからす凧かな。あれも当所の名物、お庭鳥の凧と申て、何羽も〳〵つなゐで上ケ升。テモヨイおみやげじやてな。

宗十　何をぬかしやがる、へびぢゝめ。これからおれが先へ立つて腰をかゞめながら、向ふを教へる仕方じや。合点か〳〵。

半　合点じや〳〵。

宗十　時にアノ、無心言ふてやつた五十両は、まつたくもつて色事ではナイ。知つていやる通り、翌の初日の角力に付て観進元の苦労するを見てもいられず、知らぬ顔し

ている身分でもないから、はたらいて（43ウ）やる気じやはイノ。それ計りじやナイ。弟子めら大ぜいの初日前の仕掛がわかければ、関取〱と言われているおれが面がよごれるゆへ、かれこれ思ふて言ふてやつた金の無心、急な事じやが、出来ふかいのウ。

半　そう聞ケば、本々のよふにもあり、どふなとして急な間にはあわそうがな、おまへのそれにもとんと懲りはてた物じや。悪生(ママ)ぐるいが身の果は、関取の顔がたゝぬの、これ程なければ生るの死るのと言わしやんすたびごとに、わたしが身の廻り、つむりの道具、何もかもみな手ばなして、あまつさへ、ツイにし慣れぬ館奉公、ちつとは不便(ママ)と思ふてなら、どふぞ悪生やめて下さんせ。（44オ）こちの人、拝むわいなア〱。

ト手を合ス。

宗三　ヲ、コレ〱、どふでお帰りに観音さまへも参り升。爰から拝まつしやれずとよふムり升。

宗十　ヱ、、じやまになるどうつんぼめ。さりとはまたうたがい深イ。今迄とは違ふわいのう。そのよふに屋舗奉公までさせて苦労かけるこなたに、何ッのうそをいふ物じや。

半　アレ〱、間顔(ママ)でだまさんすか。こつちへムんせ。

ト両人、捨せりふに成、宗十郎〔志賀〕がむなぐらをとる。こつちも手をとらへる。宗三〔治部〕うろ〱のぞいて、

宗三　コリヤ何じや〱、尾籠千万。

ト両人こまるこなし。宗十郎〔志賀〕砂へ物をいゝながら字ヲ書。（44ウ）

宗十　只今のは、竹川さまが角力の手をおしへてくれいと御意でムり升るに依て、仕方でおしへて上ケ奉りましてムり升る。

宗三　いかさま、それなれば尤、今のよふにやわらかくおしへてたもらば、身も心掛ケに角力の手を稽古いたしたい。かならずやわらかく頼ぞんずる。

宗十　ヱ、いま〱しい、じやま親父め。

ト砂へ字ヲ書。

宗三　すりや、おしへて下さるゝか、忝イ。

ト今の様に一寸掛る。宗十郎〔志賀〕捨せりふにてほふり投る。半四郎〔竹川〕気の毒がり、引おこす。此内、みな〱捨せりふに成、侍あわたゞしく走りくる。是にて、みな〱心意気。（45オ）

侍　ハツ、御両所さま、只今お姫さまお召シでムり升ル。

宗三　ヤア、お姫さまが踏みのめされた。

侍　御両所さま、早ふお出被成升い。

宗三　御聊爾も叶わぬ、そりや大事だ〳〵。サ竹川殿、ムれ。

ト急きに急いて侍を連レ、一ッ散に下座へは入ル。

宗十　大きな円通寺の材木屋じやないか。

半　マア〳〵、こつちへムんせ。サその金の事、今言わしやんしたが本々の事ならナ、定て急な入用でムんせう。サア、金は調ふたわへ。

ト思入。

宗十　ヤア〳〵〳〵、そりやほんの事か〳〵。

半　うそなら袖から手を入て見やしやんせ。**（45ウ）**

ト左リの袖へ手を入レて、

宗十　ヤア〳〵、コリヤ絹包みに五十両。

半　こちの人、かなしい事して調へた五十両、悪生遣イの金ならば、どふぞ遣ふ事はやめにして下さんせ。

宗十　ハテ、訳もない。今言ふた通りに違イはない。ヨウ拵ヱてたもつて嬉しい。コレ、此金をかう握つてみれば、宝の山に入りながら、むなしうは引ぬ男、此手をすぐに。

半　ヱ、モ、わるい事さんすないな。

宗十　もそつとじや〳〵。

トおもい入。

半　ヱ、モ、とんと、こそばいわいなア。

宗十　こそばいはづじや。奉公に出ス其晩の置みやげ**（46オ）**の伜じや物、三ッ日向顔せざれば、その味測りがたし。コレ、久シぶりで一寸ばかり。

ト半四郎〔竹川〕に一寸模様有、いろ〳〵もがく。むりに手をやらんとする。いろ〳〵有つて、

半　ヱ、、モよいきげんじやナ、たしなましやんせ。人が見付たら、マどふせうと思わしやんす。

宗十　どふする物で、ハテ、女房の物はおれが物、ナ、其おれが物を久しう手ばなした物じやさかいに、塩梅がどのよふな物になつたやらと思ふ物じやに依て、そこで物をあらためかゝつてみた物じや。

半　何を言わしやんすやら、屋舗物（ママ）はみな堅いわいなア。**（46ウ）**まして四角な仁田さまのお屋舗、お錠口からは、モどのよふな役人衆でも通る事はなり升せぬ。ぴんと錠のおりた堅い（抹消）で身でムんす。

宗十　イヤお屋舗さま、おつしやり升たお錠口へは、錠がおり升せふが、おまへのそのお所持のお錠口は常にあけばなしであるゆへに、お屋敷はしまつていよふが、其お錠口はきつゐ不用心、何か中小姓や御近習やお傍役の二番生、茶宇の袴に筒永の足袋、イヤモ目礼づらでじろり

つと、尻目にてすれ違イさま、武士のあるまい匂イ袋の（を）風薫らし、そんな手合にお錠口をひねらせたもしれまい〳〵。（47オ）

半　ヱ、モこなさんは〳〵、言わしておけばあんまりじやはイナ。そのよふな猥らなわしじやと思はしやんすか。なぜに其心なら、手ばなして奉公にださんすぞ。真顔になつて悋気顔、嬉しがらそと思はんすが、モウ〳〵其手はたべ升せぬ。飽きも飽かれもせぬ中（ママ）を、しばしも別れて、しつけもせぬ館ものゝ詞つき、身のしなしなら奉公なら、賤しい此身でつとむる苦患、親類書も嘘八百、天道さまのお守りにて、古参衆よりお気に入リ、御乳の人につゞいては、お介添のこの竹川と、めさるゝ程有がたさ、もつたいないがお愛しうて、姫君大事の御奉公、お夜詰メがひけるやイナ、（47ウ）明ケまでとんとたつた一ト人リ、小奉傍衆の問はしやんすも耳へも入らず、おまへの事が案じられ、または逢イたい顔が見たいと思ひつゞけて幾夜半も、落ル涙に塗枕をふかぬ夜すがもなかつたわいなア。久しぶりで今日逢ふて、ヤレ嬉しやと思ひの外、今のよふな憎体らしい。あんまりじやこちの人、そりや聞へ升せぬ、胴欲じや、胴欲でムんすわいなア。

宗十　だん〳〵の恨み、あやまつた〳〵。なんのそなたにかぎつて、猥らな事がある物ぞ。おれが事をうたがいらしいしかけにのつて、こつちも同じよふにやらかしてみよふと思ふて、出ほうだいのあだ口が気にさわ（48オ）つて、さすがの関取も手を取つた〳〵、かんにんしやと言ふからは、わがみのかちじや。女子にまけては関取のはぢにならぬ。是もそなたの前頭からおこつた事じや、かんにんしや〳〵。

半　むりの有条言ふて人をなかし、本ン〳〵憎体らしい。そして其やうなあじやらばかり、ヱ、、あんまりじやはイナ。

ト一寸背中たゝく。

宗十　あいたゝゝゝ。

半　なんの痛かろ。

宗十　イヤ〳〵、関取の女房程あつて、こたへた〳〵。今のは是、出ぞこないじや。あやまつた〳〵。たゝいて腹が癒るならば、背中はおろか、此あたまでもぶちなり共、張りなりとも（48ウ）して、かんにんしてたも〳〵。

半　ヱ、、もつたいない。何いわんす〳〵。

宗十　イヤ〳〵、ぶつてたも、たゝいてたも。サア〳〵、張つてたも〳〵。

半　なんの事じやイナ。

宗十　イヤサ、わが身の此手で張(は)つて〳〵、はれ、益体(やくたい)もナイ。

半　何を言(い)わんす。

トわろふこと有り。

宗十　イヤ、御きげんが当つたな。まだ〳〵たんと噺が有ル。

半　サアイナ、わたしも言(い)いたい事もあれ共な、ひよつとたれぞかうかと思ふて。

宗十　それ〳〵、今のつんぼうめが来ては邪魔(じやま)になる。幸イアノ鹿茶屋の障子の内、妻乞鹿子に濁(にご)りを打チ、（49オ）志賀の介が夫婦中（ママ）、志賀を見せざる昼日中、カノ土俵入、鳥渡取組ふでは有まいか。

半　何を言(い)わんす、滅相(めつそう)な。

宗十　なんの滅相(めつそう)、ツイ取組(く)まるゝことじや。サア、ちやつとアノ障子の内の土俵へ直りや〳〵。

半　しやといふて、マアどふして。

宗十　さりとは長ひ立合、ドリヤ、まわしを取てやらふか。

ト帯の先を取て引ぱる。帯とける。半四郎〔竹川〕気の毒のこなし。捨ぜりふにて障子を明、帯を引ぱり、

半　ヱ、モウ、こちの人。

宗十　お角力始り。

ト仰向(あをむ)けにねさせ、口を吸て障子を立る。ト庭神楽に成、奥より龍蔵〔金兵〕、宗太郎〔清助〕出、

龍　清介、なんの用じや、せわしない。（49ウ）

宗太　モシ金兵衛さま、あそこで言(い)われぬ目算(もくさん)噺、晩(ばん)には田中の三婦がもくろみでやるつもりじや。これ見(み)やしやれ、しかも銅金、耳を揃へて丁度(てうど)百両。なんと、おまへも出てみる気はナイカ。

龍　なんと言(い)ふ、晩(ばん)には三ぶが土場(どば)ではじめるとか。そりやヨイは。なんでも此間は、急に金の入ル事が出来たに依て、其様ナことにでもかゝらにやならぬ所だ。よふ知(し)らせた。

宗太　向(むか)ふは腹(はら)つぷくれめらだ。一(ト)勝負(せうぶ)やつてみやんせ。

龍　そんなら其、われがもつている銅金(どうがね)を貸(か)してくれる気か。コリヤ、何事もむねに有ルは〳〵。

宗太　なる程、貸(か)しては進(しん)じやうが、わしも預り物の銅(どう)脈(みやく)。（50オ）

龍　こんごし半分でも大事ない。懐をおどす為だ、貸(か)せ〳〵。

宗太　五十両か（の）、はん分ならば貸(か)し升せふ。

龍　ヲ、サ、五十両でもだいじない。

ト捨せりふに成、さいふより銅脈の金出し、五十両ヅ、わけてさいふ共に龍蔵〔金兵〕にわたし、跡の五十両を内懐へ入。

宗太　そんなら、晩にムり升せ。

龍　ヲ、サ、かけ金をくめんして跡から行。まだそれ計りじやない。ちよつとおぬしにたのみが有ル。コレ。

トさゝやき、

ナ、のみこんだか。

宗太　のみこみ升た。そんなら後に。

龍　かならず共に、よい時分に。（50ウ）

宗太　心得升た。

トうなづき、宗太郎〔清助〕は向ふへは入ル。

龍　なんでも、此銅脈でひと仕事やらかすこんたん。ハテナ。

ト此時、奥にざわ〳〵する。龍蔵〔金兵〕ちやつとは入ル。姫、泣き〳〵出ル。是に春治郎〔宮城〕こし元つき、宗三郎〔治部〕付て、春五郎〔伊之〕も跡より、其外供まわり残らず出、宜舗。

春次　おむつかり遊ばし升るな〳〵。

鯛　竹川*がいやらぬ〳〵、竹川はどこへいた〳〵。

宗三　これ〳〵宮城どの、なぜに其よふにおむつかり升るぞ。

春次　竹川どのがいられ升せぬとて、おむつかり遊ばす。

宗三　何、竹のかわにつゝんだ幾世餅は、両国でムる。

春次　イ、ヱイナ、コレ。

ト砂へ書て見せる。（51オ）

宗三　ヤア〳〵、竹川殿が見へぬとかへ。それは珍事じや。さつきに爰に志賀の介と二タリいられたが、どこへもゆかるゝはづはナイ。

鯛　竹川ヤイ、竹川イノウ〳〵。

春五　ヘイ〳〵、只今参り升ル〳〵。

宗三　何にもせよ、心得ぬ。コリヤ〳〵、茶屋の女〳〵〳〵。

ト万代〔お槇〕出ル。

万　ハイ〳〵〳〵、モウお立チでムり升るか。

宗三　コリヤ、竹川どのゝ行衛を知らぬか。

万　イ、ヱ、ぞんじ升ぬ。

宗三　何を言ふかとんと聞ぬはイ。どこへ行れふはづがナイ。ハテ、合点の行ぬ。なんでも爰らに。（51ウ）

ト立かゝつてすだれを上ル。又こなたの障子を明ルと、両人うろたへて隠れんとするを、宗三郎〔治部〕一寸とらへて、

宗三　見付た〳〵。コリヤ、大事じや〳〵〳〵。

卜両人、帯をそこ〳〵に締めていろ〳〵思ひ入。

春五郎〔伊之〕、春治郎〔宮城〕心づかイあるべし。

宗三　イヤハヤ、あきれたと言わふか、何と言ふべい。イヤモ、大それた、ひる日中にあんまりじや。モはやとんと、何ともかとも言いよふがない仕合。

春五　申〳〵治部太夫さま、まつたくもつて怪しい事じやムり升ぬ。これは例の竹川さまに、癪がおこつたもので叶ムり升ふ。（52オ）

春二　ソレ〳〵、それを看病してやられた明石どのと見へ升ル。かならず粗相言わしやんすなへ。

鯛　竹川、爰へおじや〳〵。

宗三　こなた衆は何か口がうごくが、おれが耳へは一向通ぜぬ。おゝかたとりなしで有らふが、女中預りの此治部太夫、耳は遠いが目はちかい。マア、あろう事かあるまい事か、かゝる猥らな事があつては、お供先キとい、、此治部太夫め役目が立ぬ。やしきの名おれと申そうか、言語同断不埒の至り、片時もお姫さまのお傍は相叶わぬ。まつた、相手の男めも、申付やうあれども、屋舗の名の出ること（52ウ）をぞんじて、おんびんに計らふは治部太夫が老巧ゆへ、暇をくれるを有難イとぞんじ、立升せい。イヤハヤ、存外なやつら、あきれ果て物が言われぬはイ。

宗十　角文字屋どの。

半　宮城どの。

宗十半　めんぼく次第もムり升ぬ。

春次　何の、そこ所かゐのふ。ない事にして幾重にも治部太夫さまへおんびんの御沙汰あらば、たれがなんと申升せふ。コレ申、治部太夫さま。

春五　ア、コレ〳〵宮城さま、其よふな事では届き升ぬ。まだ其上にとりのぼしてムれば、猶聞へぬはイナ。（53オ）

宗三　何だか角文字屋めが言い合スと見へたな。其手ではゆかぬ〳〵。さいわいそちが口入で、親類書も談判もして居る。其方居合せたがさいわい〳〵、すぐに是より竹川にはお暇が出ル身か、情ケには無難に暇を遣ス。又は屋舗の名も出るゆへ、サア引渡ス。連テ行きやれ。サア女中方、お供〳〵。お姫さまには、イザお立被成升せふ。

鯛　イヤ〳〵、わしや竹川と一つ所でなければイヤ〳〵。

半　ヲ、、よふ言ふて下さり升た。ヲ、、有難ふムり升る。

宗三　ヲ、、なんの吠面。此一張裏もお上ミより下された衣服なれ共、お家の外分には、サ（53ウ）代へられぬ。どりや。

ト立掛る。春二郎〔宮城〕、春五郎〔伊之〕留るを聞ず、着付をはぐ。みな〳〵思入有。

ハテ、よいざまナ。こんな所に長居はおそれ。サア宮城どの、お供〳〵。

鯛　わしや、いやじや〳〵。竹川イの〳〵。

宗三　ヤレ、お乗物よ。

トのり物を据へさせ、むりに姫をのせ、かき上ケさす。

春五　コレ御両所共、言訳たゝぬ計りか、耳遠ゥければ聞わけなし。此侭お供し屋舗へ上り、みやぎさま諸共に。（54オ）

春次　又取なしの思案も有ル。ハテ、案じる事はナイはイナ。

宗三　角の文字屋は、どふしめさる。

ト春五〔伊之〕書て見せる。

お供するとか。ハテ、きどく〳〵。ヤレ、お乗物早たてイ。

供皆々　ハア、。

ト三重にて此人数残らズ、宗三郎〔治部〕捨せりふにて乗物を追立テ、花道へみな〳〵思入しては入ル。跡相方、森蔵〔雲風〕、芳蔵〔忠治〕出て来ル。

宗十　何のことじや、どうつんぼめ。とは言ふ物の、あまりこちもヨウもない。みんな親仁が尤じやナ。ヨウ思ふてみれば、アノ親仁が胸のわるいやつでみたがよい、どんな目に合はしよろもしれぬはイ。やつぱりあいつが皆尤じや。（54ウ）

半　それ計りかいなア。姫君さまのアノよふにも思召て下された物、もつたいない。ばちで叶（ママ）ムんせう。

宗十　ばちからおこつた事じやけれど、言ふてみよふなら、げんざいおれが女房と寝たとて股を割らるゝ物、間男したら、どのよふな目に合しおろも知れぬ。ヤレ〳〵、コハヤ〳〵。

森　親方、様子は聞升た。お家さま、おまへもそれじやお寒ふムんしやう。

芳　何ぞこれ、きせて進ぜたい。

宗十　コレ雲風、わが其どてらぬいで、か、にきせてくれ。（55オ）

森　アノ、わしが此布子ヲかへ。

宗十　ヲ、サ、本の寒さ凌きじや。

芳　ぬげ〳〵。

ト森蔵〔雲風〕、布子をぬいで半四郎〔さよ〕にきせる。

半　是はマア、嬉しうムんす。

宗十　どてらを着て居る名に、竹川といふ名が有ふ。が、やつぱり元トのおさよ〳〵。昼中のころび合イも女ゴだてらではのふて、女子どてらじや。

森芳　親かた、何を言わしやるぞい。

宗十　時に、わいらは是から内へいて、何ぞうまいものをこしらへて置てくれ。久しぶりでかゝ、と二タりならんで楽しまにやならん。

森芳　合点でごんす。そんなら、わしらは先キへ行升。（55ウ）

ト合方に成、森蔵〔雲風〕、芳蔵〔忠治〕捨せりふに成、向ふへ見得よくは入ル。

宗十　是おさよ、今小袖をはがれた時、懐の五十両ヲ落しはせぬかや。

半　イヱ〳〵、大事にして持ており升ル。

宗十　それでよし〳〵。跡金は地内に来て居ル、アノ野田金兵衛に。

ト思入レ有ル。

半　こちの人、顔見せて下さんせ。

宗十　そりや、見せたは。何とぞしたか。

半　ヱ、、こなさんはのう。わしが何にも知るまいと思ふてか。先に弟子衆の言ふ事聞けば、（56オ）こなさんは、アノ三つ扇屋の八嶋とやらいふ女郎にうちこんでいやしやんすげな。

宗十　ヤア、何の其よふなこと。

半　イヱ〳〵、言わしやんすな〳〵。道理こそ金の無心、今のそぶりはまだ此五十両が足らいで、アノ金兵衛殿に借る了簡、そのおまへの悪性がつもつて、なんぎの上のやしき奉公、わづかの間にどふしてマア、五十両といふ金、何としてこしらへたと思わしやんす。其金を傾城づらに入レ上るのかいのう。女房の身には何がなると思ふていさんす。こちの人、そりや胴欲じや〳〵わいのふ。（56ウ）

宗十　いやモウ、そふ思やるは尤じやが、なんの此金を仇おろそかにする物ぞ。是には長ひ噺があれど、どふも爰では噺されぬ程に、必疑ひをはらしてたもや。

半　いへ〳〵、それ聞ぬ内は、此金は渡す事は成升ぬ。

宗十　サア、それはどふ成と。

ト言ふ内、万代〔お槙〕出、

万　中々明石様、金兵衛様がお前に逢たいと言ふてゞムんす。
宗十　なんだ、金兵衛どのが逢たい。どりや、鳥渡行てかふ。
半　是、待たんせ。
ト留る。鉄五郎〔儀左〕出、
鉄　コリヤ志がの介、サア、質物の日が切た。金をかへせ〳〵。
宗十　ヱ、、めんどうな。
ト投て、
おまき、おじや〳〵。
ト万代〔お槙〕連、は入。(57オ)
鉄　おきやがれ大泥坊め、金もかへさず投上つたな。うぬ、代官所へ断つてくれう。待つてけつかれ。
半　ア、是、待つて下さんせ。アリヤ今、出合頭の悪ひのじや。わたしがわびる。
鉄　なんだ、お前は志がの介がかみ様。なんだかそごわぬ形だ。コレ、此箱の内は角力の秘書、是を質に取て五十両といふ金を貸た所が、月が切れた。よつて催促すれば今の通り。是で済世の中か。代官所へ行てしらべて貰をふ。
半　サア〳〵〳〵、尤でムんすが、其勢ひで代官所へうつたへられては。(57ウ)
鉄　貴さまの夫トは凶状着るよ。あすの角力も心元ナイ。
半　サア、それじやに依て。
鉄　了簡せよといふ事か。
半　かんにんして下さんせいなア。
鉄　かんにんするも金づく。夫トの難義になる五十両を、女房の身で知つて居ながら、のめ〳〵見てもいられまい。コレ、こなさんの懐に五十両あるは、おれがあそこから見て置た。サア、其五十両をつきやれ。夫のなんぎはたすけてやろう。
半　どうしてアノ、わたしが五十両といふ金を。
鉄　やぼらしい、あらそふ事はナイ。たつた今聞た五十両、(58オ)どてらの懐に。
ト引出ス。その手を一寸とらへ、
半　義左衛門殿、こりや、理不尽に何とするのじや。
鉄　ヲヽ、われが夫トの志賀の介に貸した五十両、女房の手からうけとるに子細はナイ。サア、わたせ。
ト引たくる。やるまいとする。立廻り。龍蔵〔金兵〕出て、此金をとつて茶店の火吹竹にて鉄五郎〔儀左〕を散々にぶつ。
（鉄）〽　アイタ〳〵。何だ、ねちみやくの野田金兵衛、わりや何で女ごの腰押して、おれをぶちのめした。ハア、、コリヤうぬも一つじやヤナ。ヱイは、なんでなぐつた〱。

龍　ハテ、質物をとつてわが貸した金五十両、かへすまいといわゞ尤、金をかへしたら言分はあるまいがな。(58ウ)

鉄　ハテ、金さへとりや言ぶんはないが、われ又、なんでぶちのめした。

龍　金銀づくの事ゆへ、一時や半時はのびまい物でもないが、なぜ女を手ごめにして、此金をひつたくりに掛つた。

鉄　サア、それは。

龍　それはとは。コレ関取のお内儀、志賀之介とは知つてムる通りの念比、此金はわしがすまします。

半　ア、、それでは。

龍　ハテ、此五十両をすまさねば、吉田清林よりの一味清風の伝授の秘書をまきあげられる。この五十両のかわりは聞てもムろう、わしが外に心当が(59オ)ごんす程、よいか〱。

　トむりに半四郎〔さよ〕をのみこますこなし。懐中よりさいふをほどき、出ス心にて、宗太郎〔清助〕がわたせし金ヲ投出ス。

龍　ソレ、五十両渡ス。その質物、おさよ殿へ改メて渡せ。

　トきつと言ふ。鉄五郎〔儀左〕ふせう〴〵にさいふをとり上ケる。此時、宗太郎〔清助〕走つて来ル。

宗太　コレ〱金兵衛さま〱、一遍さがしました。サア〱、ムレ〱。

龍　ハテ、何の用じやイ〱。

　ト宗太郎〔清助〕さゝやくたびに、龍蔵〔金兵〕おもい入。

宗太　何でも急な用じや。わしと一つ所にムり升せ。

龍　そりや、そうしてはおかれまい。何にもせよ、コイ。

　ト一ッさんに向ふへ走りは入ル。(59ウ)

宗太　ア、コレ〱、まつくらになつて来たのふ。是〱おまきぼう、翌迄提灯貸してくりやれ。

万　志賀の介さまの預ケさんした小丁燈計りじや。

宗太　それでもだいじない。

　ト捨せりふにて、真鍮の小提灯、鐶菊の紋付たるをともし、行んとするを鉄五郎〔儀左〕待かね、

鉄　ア、待つていた。ちつと提灯を貸てくりやれ。

宗太　聞通りのいそぎだ。
鉄　それでも金を改にゃ成ぬ。
　ト宗太郎〔清助〕捨せりふ言ひ〱、向ふへ走りは入。
半　ぶたれても金さへ取かへせば。
　ト言ひ〱、改見て驚、
鉄　サア、其質物をかへさんせ。
半　こりや贋金だ。扨は志がの介は銅脈を遣ふか。（60オ）
鉄　ヤア〱〱、なに其金が。
　ト見て恟り。
半　そんなら、今の間に金兵衛が、それ。
　ト行ふとする。
鉄　どつこい、にせ金を授け逃ふとはふといやつ。
　ト半四郎〔さよ〕を留、立廻りの所へ、宗十郎〔志賀〕出、
宗十　コリヤ義左衛門、何をする。
半　ヤアこちの人、わたしが懐中の金を金兵衛が、コレ、此贋金とすりかへて義左衛門殿に渡し、どつちへやら。
宗十　ヤア、そふして行衛は。
半　此道筋。

宗十　大川橋か、花川戸。何にもせよ、それ。
　ト尻引からげ行ふとする。鉄五郎〔儀左〕さゝへる。半四郎〔さよ〕引戻ス。宗十郎〔志賀〕向ふへ走りは入。半四郎、鉄五郎、茶店のやたいの上にて立廻りしながら、（60ウ）
かへし
造物、大川橋六地蔵の行堂、捨鐘の音、忍び三重。向ふより龍蔵〔金兵〕頬被りにて尻からげ、跡より宗太郎〔清助〕今の小提灯をさげ、酔乍出る。但し、くらかり也。
宗太　ヲ、イ〱金兵衛さま、待たつしやれ〱。
龍　何じや、金兵衛〱とやかましい。しづかに〱。
宗太　モシ金兵衛さま、うまい仕事をヨウいき升たナ。それもだれがかげじやイ、此清介がやつたぞや。さすがは女ゴじや、うま〱とくらつたかわいさ。シテ、約速（ママ）の分口せうかい。
龍　分口とは、何のことじやイ。（61オ）
宗太　それいのふ、銅脈の五十両貸した時、おれがむねにあると言わつしやつたではナイカ。それに、其ようにそらとぼけせずと、是、うまふやつたおれがはたらき、

ひといきに五十両とはよつほどむまいヱイ仕事、せめてひと口はのせて貰にやなるまいかイ。

龍　何をたわけめが。いつおれがそんな事、おりや知らん。覚へはない。かさねてからそんな事言い出スな。ヤア、それはそうと、庄六が所へもちよつとよらずばなるまい。新十の太右衛門にもはなしがあるし、ナニ清介、かさねて逢はふ。（61ウ）

ト行ふとする。一寸引留メ、

宗太　ハテ、とぼけさんすなイの。ハテ、きたない人じや。おれも其金には及ばずながらはたらいた。此懐にもつて居る五十両の銅脈、貴さまにわけてやつた五十両、その金を玉につかうてしおうせた分口、みとむない事いわんすなイ。

龍　ヱ、、知らぬと言ふのに。

宗太　すりや、どのように言ふても知らぬか。よごんす。そんなら、さいぜんの貸した銅脈の五十両、今かへして貰わふかい。

龍　べらぼうめ、三州の火入でも喰たかして、（62オ）覚へもないことぬかすはイ。

宗太　覚へナイとは言わさぬ。コレ、みやんせ。

ト首に掛たるさいふを出してみせる。

コレ此半金は、貴様に貸した残り金に違イない。サア、爰でかへして貰わふ。又、かへさぬがさいごじや、野田の金兵衛であろうが、あだ名のねちみやくであろうが、目を割つてみせるぞよ。

龍　こいつが〳〵、ふとい事ぬかしおる。うぬがよふなべらぼうに掛つていては、はてがつかぬ。どりや、行ふはイ。

ト行ウとする。宗太郎〔清助〕、此時有り合ウ薪（62ウ）ざつぱて叩かけるを潜つて、

こいつが〳〵、うぬ、是でおれをどうせふと思ひおる。

宗太　カウするは。

ト又打てくるを引たくり、散々に打すへたる所をあて、行ふとして思ひ入。

龍　いや〳〵、かふしておいては跡がむつかしい。殊更此金の入訳も知つている野郎め。

ト脇ざし抜かふとする所へ、花道人音して、

宗十　ヲ、イ〳〵。

ト龍蔵〔金兵〕提灯吹消し、闇の思ひ入。宗十郎〔志賀〕走り出、龍蔵に行当り、逃ふとするをとらへて、

待て〳〵、逃ても逃さぬ。今吹消した提灯の紋所、

金兵衛、われには用が有。

龍　けた、ましい。おれに用が有とはなんの用だ。

宗十　外でもない、出せ。**（63オ）**

龍　出せとは何を。

宗十　女房が五十両、すりかへた金を出せ。

龍　ハ、、、、ねとぼけて来たそふな。此金兵衛、金摺かへた覚はないわい。

宗十　しら〳〵しいことぬかせ。誰だと思ふ、明石志がの介だ。うぬ、血へどを吐かせても出させずにはおかぬが、それでもうぬ、出さないか。

龍　知らぬと言ふたら、どこ迄も知らぬ。用が有、のけ。

宗十　そふぬかしや、いつそかふして。

ト立廻り。龍蔵〔金兵〕が懐へ一寸かゝる。つきのける。宗十郎〔志賀〕ぬいて切りつける。闇のこなし。無性に切立られ、**（63ウ）**ぬけつ潜りつする拍子、龍蔵、宗太郎〔清助〕をふむ。宗太郎、おき上ル。龍蔵、入かわる。宗十郎、宗太郎に切付ケ、龍蔵と思ひ、切たおし、すぐにゑぐりとゞめさす。龍蔵は此音トにびつくりして、ぐはた〳〵ふるふ。ふるいながら伺ふ。宗十郎、死がいの懐中へ手を入レ、五十両のさいふを引出ス。うなづきて此金をいたゞき思入。龍蔵は側に落てある提灯にゆきあたり、是をとつて思入して東の花道へ掛る。うしろへ夜番、拍子木と丁燈をもつて出掛ケ、死がいヲ見てびつくり。

番人　ヤア、、人殺し。

ト此とたんにて、丁ちん切落す。夜番、拍子木を滅多にうつ。左右方、宜舗とたんに思入。**（64オ）**

チヨン〳〵〳〵。

ト幕の外、捨鐘、宗十郎〔志賀〕は西の花道、龍蔵〔金兵〕は東の通い道、思入しては入ル

（64ウ　※65オは白紙）

七五三**（65ウ）**

図29　『卯しく存曽我』絵本番付
（早稲田大学演劇博物館蔵、ロ23-2-17）

図30 『卯しく存曽我』台帳表紙
（抱谷文庫本、国文学研究資料館マイクロフィルム〈ホ三-六〇-五〉より）

中幕　第一場　吉原仲の町茶屋店先の場
第二場　三つ扇屋二階八嶋座敷の場
第三場　浅草中田圃の場
第四場　屋根上の場

一、狸大尽粂、実は伊沢久馬　市川和歌蔵
一、傾城染衣　瀬川増吉

一、傾城くれない　沢村菊太郎
一、遣手仰山の万　宮崎十四郎
一、角力取虎の尾忠治　中村芳蔵
一、茶屋亭主　坂東大吉
一、清水の華蔵院　市川宗三郎
一、清水の松月坊、実は景清子ふもん丸(1)　浅尾奥次郎
一、鈍月　市川森蔵
一、丁稚伊太郎　浅尾為三郎
一、野田金兵衛　嵐龍蔵
一、肴売りぶゑんの八　中島和田右衛門
一、若い者　中島百右衛門(2)
一、傾城八嶋、実は能登守教経娘玉綾姫(3)　中山富三郎
一、禿うらの　沢村槌之助
一、禿なみち　坂東梅吉
一、遣手　里右衛門
一、百姓縁日の十七兵衛、実は悪七兵衛景清　市川団十郎(4)
一、姉輪平次景次　沢村喜十郎(5)
一、志賀之助女房おさよ　岩井半四郎
一、関取明石志賀之助、実は三保谷四郎国俊(6)　沢村宗十郎
一、比丘尼小吟改め新造歌里、実は景清子人丸(7)　岩井半四郎
一、小嶋屋儀左衛門　松本鉄五郎

本舞台三間の間、吉原中の町、茶屋のかゝり。庇付、暖簾、すだれ、揚椽（ママ）のかざり付ケ、(8)天水桶、たそや行燈有り、床几二脚ならべ、和歌蔵〔粂〕大尽の形ﾘにて盃を持ツて居ル。増吉〔染衣〕、菊太郎〔くれない〕女郎の形にて腰をかけて居ル。十四郎〔お万〕遣手、芳蔵〔忠治〕序まくの形ﾘ、大吉、茶屋の亭主にて銚子を持チ、皆々酒を呑ンで居る見得。清掻にて賑やかに幕明。

和歌　コレ〳〵おまん、間をしてくれい〳〵。

十四　アイ〳〵、畏りやした。大尽さんのお盃はいつでもお肴がしつかりだから、よく呑めるやつさ。

大吉　ほんにおまんどのは酒が達者だ。サア〳〵お酌だ〳〵。

　　　ト注いでやる。

十四　染きぬさん、一ツお上りなんし。（1オ）

□□(9)　おまんどん、わしやさつきにから、大尽さんの無理強いで、たんと酔ツて居ルわいな。

大吉　そんなら、くれないさんわへ。

菊　御亭さん、かんにんして下さんせ。わたしも染きぬさんと同じ様に、たんと過ぎているわいなア。

芳　こりやアどふだ。女郎様達、だいぶ小酒でごんすの。妛じやア、虎の尾が一盃やらずば、さばけまい。時に大尽様、此八しま殿はなぜ出かけては来升ぬな。

和歌　サア、此くめ大尽もさつきにから、大事の首を長くしたり短くしたりして待つているのに、八しまが今まで来ぬとは何か怪しい事が出来たとはへ。おまん、こりやアどふだ、いつ迄待たせるのだ。

十四　大尽さん、聞ておくんなんし。(10)わつちも八しまさんのせいとふに駒形の観音さ、蔵前の角力がはじまると、関取の志賀の介どのにわけが出来たそふで、いつそ、うわ〳〵ものでムりやすわの。

増　コレ〳〵おまんどん、滅多な事を言わしやんすな。関取の志賀の介さんには、此染きぬが逢ふてゐやんす。その様に名立かましう言わぬがよいわいなア。

菊　それ〳〵、大尽さんもムんすのに、八しまさんの事悪ふ言ふて、ほんにぬしが腹を立たしやんせうぞへ。

十四　なんほおまへ方が二階のやりくりを隠しなすつても、そこはわつちだ、（1ウ）やる物ではムりやせぬ。女郎衆に地色をかせがれて、此おまんが立つものかな、途方もない。(11)

　ト清掻、通り神楽になり、花道より宗十郎（ママ）〔華蔵〕中老坊主、衣、輪袈裟にて出て来ル。跡より奥次郎〔松月〕小坊主、輪袈裟、腰衣、森蔵〔鈍月〕同しく腰衣同宿のなり、為三郎〔伊太〕角前髪、木綿やつし、浅黄の棒股引、草鞋かけにて建立の箱を背負出て来ル。

奥　モシ〳〵お師匠様、おまへはなぜにその様にお急キ被成升るぞいのう。

宗三　サア、おれが此様にいそぐのは、繁華の曲輪といゝ、いつと今時分は、茶屋の見世先へ傾城達が出て花をかざつてムルゆへ、抹香くさひ坊主が通ルと、人がいやがるものじやに依て、急で帰ルのじやわいやい。

森　御尤でムり升る。此ばくれんなぞは、一日お供をして歩ひても、かたい餅の雑煮にさへ有り付ねば、大きに腹が跡へより升たに依て、早ふ帰りとふムり升。

為三　又嘘をついた物だ。

森　なせ〳〵(12)。

為三　おまへ、さつき腹太餅を三ツしてやらしつたじやアないか。わしこそ何ッにも。

奥　喰わんとは言わせぬぞ。お師匠様の屋敷にムルうち、さつまいもを買ふて、ほふばつたではないかいのう。

為三　又つげ口か(13)。

宗三　こりや〳〵、道中で何もあらそふ事はない。サア〳〵、早くこい〳〵。（2オ）

　トやはり清掻にて、本ぶたいへ来ル。

十四　華蔵院様、今お帰りなんしたかへ。

宗三　これは、おまんどのでムルか。女郎様方の、早ふお茶屋へ出さつしやり升たな。

和歌　コレ〳〵染きぬぼう、アノ和尚が、此頃内で噂をする清水の御坊だな。おれはくめといつて三ツ扇屋の八しまが一チ客、おつ付ケ身うけをする駄々羅大尽、金もち様だ。建立事なら相応に承知の筋だ。よいよふに付ケて置たがよい。

宗三　それは忝なふムり升。愚僧義は、京都清水寺の役僧、華蔵院と申ス貧道でムル。毎年在鎌倉の諸大名様方へ御祈願のお札を差上ケ、施物をいたゞいて帰京致ス役目で、何も建立事はいたし升ぬが、御祈祷料の御寄進とムらば、申うけるでムり升ふ。

芳　なる程、尊い御出家様だ。そのふつこつない所が、出家容気で有難ひ(14)。

増　それいなア。ことに清水の観音様は御利生が深ふて、女子の信心する仏さんじやといなア。

菊　清水の観音さんと、浅草の観音さんとは、観音さんか違ふているかいナア。

奥　イヱ〳〵、観音様は一ツじやけれど、三十三身に御身をわけこれたも御方便、衆生済度のためとあつて、そが福寿皆無量でムり升るわいの。

芳　イヤア、此小僧はとんだ(15)むつかしい事を言い出したが、そつちの坊様も、何ッぞ有難い事を言つて聞て下さい。

森　愚僧なぞは、八万諸聖経を腹中に納メムれば、急に出して有難い事がちよ（2ウ）つとには聞せられ升ぬ。

為三　どふして又、京都のお山に居られる時は、いつも芋計り掘つていられ升。

宗三　こいつ、何を言いおる(16)。

ト通り神楽、清掻になり、花道より龍蔵〔金兵〕羽織、序まくの形、下駄がけ、跡より和田右衛門〔八〕肴売の形りにて、魚の入ッたる馬入駕籠を両がけにかつぎ、打鉤をもち、付て出て来ル。

和田　金兵衛さんじやアムり升せぬか。

龍　こりやア八坊か。精が出るな。

和田　おまへは今夜はお茂りかへ。

龍(17)　何さ、おいらは当なしといふものだから、上かればいつも初会で冴へぬやつよ。

和田　サア、そふいふ事も聞升たよ。アノ関取めが女房も美しいもの。わしやあ、アノ嬶にはりかけてみたが、いけないやつよ。

龍　どこもそんなものだが、マアむだと見てはつてみるのさ。

和田　そんなら三ツ扇屋へムり升か。

龍　又御来臨とやつてみるのよ。

和田　そんなら御一所に。

龍　サア、来やれ〳〵。

ト清掻にて、本ふたいへ来ル。（3オ）

増菊　金兵衛さん、ムんしたか。

龍　こりや色達、大尽様もお早ふムり升たな。

芳　八ぼう、商売に身を入ルな(18)。

和田　こう稼いでおかにやア、一晩ヅ、も上られないわな(19)。時に大分坊様達の居る所へ、おらア、すこし差合たの。

宗三　イヤ〳〵、ちつ共くるしうムらぬ。たとへ臭気にまみれても、六根さへ清浄にいたしておれは、随分出家の掟は立チ升る義でムル。爰がかの神道に申ス、和合同塵と同し様なものでムルて。

龍　これはなる程、尤な事だ。どんなけがれた所へ行つても、その身さへ清浄ならすむとはいふものゝ、五町まちへ来ルとそふはならない。美しいものや、かわゆらしいやつを見ると、ついそいつに染まりたくなるだて。

和歌　それよ、此大尽なぞはアノ八しまに染まり過ぎて、おつ(20)付ケ身うけとまではこぎ付ケたが、是からが金の事だて。

奥　そこが欲ある煩悩、仏様のきらいな所でムり升るて。

和田　何ゝだ、此小僧はおつな事を言い出した。

龍　大尽様、おまへのお連被成た御出家かへ。

和歌　いんにや、こりやア、京の清水から見へた和尚達よ。

宗三　愚僧事は清水の役僧、花蔵院と申スものでムル。以後はお見知り下さり升ふ。

龍(21)　わしやア、野田金兵衛といつて、諸大名方へお出入リをする町人、何ぞ用があらば、（3ウ）言つてムりませ。時に此小僧は中〳〵発明らしい小僧だが、名はなんと言ふ。

奥　アイ、私は松月坊と申シ升る。

龍　何ゝだ、松月坊だ、こましやくれた名を付たが、松月とは何ぞいわれでもあつて付ケた名か。

奥　アイ、松月とは松の月と書升る。

龍　松の月と書く心は。

奥　みちのくの阿古屋の松にこがくれて出ツべき月のいてやらぬかはといふ古歌の心、それゆへに松に月、又宝晋斎の発句にも、名月や畳の上に松のかげと申ス秀逸*もあると聞升たが、そのよな事で親達が付ケられた名とみへ升るわいのう。

宗三　かれが申スに違ひものふ、松月とは親共が付てこし升た名でムり升るて。

和田　なる程、此小僧はむづかしく、ちくねた事計り言ふが、坊主にでもならふと思ふものは、その心がけでなくはいけまい。何わしらが商売でもその通りだ。中途半途から棒手に出るやつは、何を売つても呼び様がぬるくつて、魚が一チばい古く見へるだ。鰹はいさぎよく跳ね返るよふによびかけ、夕鰺は乙声でやりかけ、した物はした物、魚の口は魚の口のよふによばにやア、なりやしない。マア、初鰹なんぞはこうよびかけにやア、人がとび付て買わないね。

ト是より、和田右衛門〔八〕、肴売りのいろ〳〵なよび声を言ふ事よろしくあるべし。

和歌(22)　いか様、肴売の八が呼声はきついものだ。時に今、アノ小僧が松月と付たはなしを聞けは、陸奥の阿古屋の松にこがくれて出ツべき月の出やらぬかはと（4オ）いふ古歌の心で付たといふが、その阿古屋といふは、平家の侍上総の景清が隠し妻と聞及ぶ。残党せんぎの最中とい丶、金兵衛、アノ小僧めは怪しいぞよ。

龍　大尽様のおつしやる通り、心を付て見れは、捿外れとい丶、アノ小僧め、どふか残党くさいやつでムり升るて。

和田　モシ残党にきわまれば、手もぬらさずに金儲け、和尚も一ト口乗せて進ぜる。どれ、その餓鬼めを。

ト奥二郎〔松月〕へか丶るを、宗三郎〔華蔵〕隔て、、

宗三　モシ〳〵、聊爾な事をおつしやり升るな。此松月はそんな物じや(ママ)アムり升ぬて。二タ親も歴とムルその小人ン、大尽様、かならずおうたがひ下さり升るな。

和歌　いんにや御坊、そふでない。ひつとらへてせんぎの上、事が分かればその身の仕合、慥にそれときわまれば、某が出世の種。

龍　此金兵衛も御ほうびのわけとり。小僧め、来ひ。

トうしろより為三〔伊太〕出て、

為三　そふはならない。

ト隔てる。

和田　こいつは何ンだ、大津馬の追い枯らしめ、じやませずとすつこみやあかれ。

為三　それ、すつこんだ。

和歌　金兵衛様、どふか面白そふなその小僧め。

奥　おゆるし被成て下さりませ。

和歌　いんにや、ならない。身共屋敷へ、金兵衛、合点か。

龍　心得升た。

宗三　コレ、待つた。

ト立廻り。

和田　和尚、じやまになる。のかつしやい。

龍　めんどふな、小僧め、おれと一所に。

皆々　失しやアかれ、ヱ丶。（4ウ）

ト向ふまくの内にて、

富三　待つた。

皆々　待てとは。

富三　三ツ扇屋の八しまがとめ升てムんす。皆さん、待つて下さんせいなア。

ト太鼓、摺鉦入りのぬめりになり、花道より百右衛門、若者の形りにて富三が定紋の付た大提灯をさげて出ル。跡より富三郎〔八嶋〕打掛衣裳、駒下駄、傾城のなりにて出て来ル。槌之助〔うらの〕、梅吉〔なみち〕禿の形リ(23)、里右衛門、遣手にて付て出て、花道中程に留ル。

龍　待て〳〵、こりやアだれかと思ツたら、今五町まち

のぼつとりもの、三ツ扇屋の八嶋殿、此野田金兵衛が詮義の有ル小僧め[24]を引立てる向ふ面へ。

和田　待てとかわゆらしい初音を上ケ、のめくりつん出た御洒落さん[25]、此場の諸訳を付ル気で。

皆々　こんすかな。

富三　あけばまた、ねななん事を忘れしも、うき川竹にかぎる身すがら、余所ながらあれから見れば金兵衛さん、かわゆらしい坊さんを、荒げなふ連てゆかしやむすゆへ、ちよつとわたしがとめたのじやわいなア。

槌　わたしらを嬲るよふに、其坊さんに悪じやれせずと。

梅　八しまさんのおしやんす通り、モウかんにんしてやらしやんせいなア。

里　コレ、滅多な事に口出スまいぞ。

百右衛門　テモ、コリヤア、子供衆の言ふのが尤だ。

富三　なにはともあれそこへ行て、わたしがその子は貰ふわいなア。（5オ）

□四　早くこつちへお出なんしよ[26]。

富三　そんならそこへ。子供、来や。

子供　アイ丶丶丶。

ト清掻にて本ふたいへ来り、ちよつと立廻りにて奥二郎〔松月〕をかこつてとまる。

増菊　八しまさん、ムんしたかいなア。

富三　これは皆さん、早かつたなア。

和歌　此大尽も待つていたわな[27]。

富三　金兵衛さん、此幼いは、いつぞやよりこちの内へ来てムんす、都清水の御出家さん、なんでおまへは手ごめにして、どこへ連て行ふと思わしやんすのじやそいなア。

龍[28]　その連*て行ふといふ所は、アレアノ、大尽様のお屋敷へさ。

富三　そりや、なぜへ。

龍　今鎌倉の御せんぎ有ル、残党くさい小僧と見たゆへ、くめ大尽の仰をうけ、此金兵衛が引ツ立てるのだ。

和田　八しまさん、座敷の貰ひ引きとは違ふよ。悪く邪魔をさつしやると、こな様にもなんぎがかゝる。そつちへ退てムイませよ。

富三　イヽヱ、退くまいわいなア。怪しひ事のないわけは、此八しまがよふ知ツていやんす。そしてマア見れば、お役僧さんもそこにじやないかいなア。なぜに言訳をしてやらしやんせぬぞいなア。

宗三　これは八しま様でムルか。さいぜんより愚僧も申わけいたせと、聞入のないがさつなわろたち[29]、出家の身の口論にもおよばれず、さし控へておつた所へ、（5ウ）よふこそムツテ下さり升た。

増　八しまさん、その子の事も、アノくめさんがとやかう言ふてじやに依て、それからおこつてのそのせんぎ、おまへの言わしやんす事はなんなりと聞かしやんす大尽さん、よいよふに言訳してやらしやんせいなア。

菊　そふでムんす共。染きぬさんの言わしやんす通り、茶屋の見世先でなんでムんす。モウよいかげんにしたがよいわいなア。

富三(30)　それで聞へたわいなア。くめさん、此子のせんぎもおまへの言出しなさんした事かいなア。そんな無粋な事じやに依て、わたしや、おまへの座敷へ出とものふなるわいなア。

和歌　ア丶、埒もない。なにおれが、そんな野暮な事を言ふものだ。みんなアノ金兵衛や肴売めが、やかましく言つて。

和田　そりやア、どふでムり升、大尽様。おまへのお目を下さる丶私ゆへ、ちよつと四文と出た計さ。

龍　なる程、八が言ふ通りだ。大尽様が目をくつ付ケさつしやらにやア、何もおいらが構ふ事はないその小僧め、八しまさん、おまへの勝手にしなんしよ。(31)

富三　そんなら、わたしが貰ふたぞへ。

和歌　おだまき〳〵。

富三　サア坊さん、おまへに構ふものは、たれもないぞへ。

奥　八しま様、有難ふムり升る。（6オ）

宗三　サア〳〵、此よな所に長居をしたら、どの様な目に逢ふも知れぬ。これじやに依て、愚僧が早ふ帰りたいと言ふたは爰じやて。

為森　御尤でムり升。

宗三　左様なら八しま様、これでお別れ申升ふ。

富三　おまんどん、付てゆかんせ。

十四　花蔵院さん、サア、お出なんし。

ト通り神楽になり、宗三郎〔華蔵〕、奥二郎〔松月〕、森蔵〔鈍月〕、為三郎〔伊太〕、十四郎〔お万〕付て下座の方へは入ル。向ふまくの内にて、

団十(32)　サア〳〵同行衆、早くムりませよ。

ト通り神楽、清掻になり、花道より団十郎〔七兵〕田舎もの丶形リ、若衆大ぜい、同しく田舎もの丶なりにて出て来り、

団　コレ〳〵、皆の衆や。

皆々　何でごんす〳〵。

団　見なさろな、吉原といふ所はとこを見ても、てかは

ちない家体骨ばつかり、格子の内にべんなご計り大ぜいならんでいるが、とれも〳〵美いものだてな。

皆々　それ〳〵、国さアへのよひ土産だ。

団　とても事に、モウ一ぺん見物して帰り升べい。

皆々　ソレ〳〵。

団　サア、来なさろ〳〵。

ト清掻にて本ぶたいへ来ル。（6ウ）

和田　サア〳〵、椋鳥がだいぶん飛んで来たは。生た観音様がこれにムル。近ふ寄つて、はいあかられ升ふ。

団　ヲヤ、生た観音様があるとよ。みんな来なさろ、拝み升べい。

ト皆々、富三〔八嶋〕を見てひつくりし、

皆々　イヤア。

龍　こりやア、何を囀る。

団　たまげ申たよ。扨も〳〵、美いあねいどのだなア。あれさあも一ト夜ぶつきりになる事なら、田地でんばたをひちうつても、一夜さべいは御洒落をやつて見申たい。

和田　何だ、此お椋は田地でんばたをしちうつても、一ト夜さべいは御洒落をやりたい。ア、こいつ、八しまさんに気があるの。

龍　そこが田舎に京ありだ。あんなやつにとんだ金持チがあるものよ。八しまさん、あんなものでも、おまへ、客に来たなら逢ふ気かへ。

富三　そりやモウ、どのよふなお方がムんしたといふて、身をまかすのが勤めのならい、夕部は筑紫、今日はあづまの人さんにも、お目に掛ルが川竹のつらい勤といふのじやわいなア。

団　皆聞しつたかよ。美しい御洒落どのが、筑紫のものにも、あづまのものにも逢べいとよ。

皆々　そりやア、はあ、とんだ事たな。（7オ）

和歌　時に椋先生、アノよふな美しいものをだいて寝よふと思ふと、たんとお金が出る事だよ。

団　そりやア、はあ、今言ふ通り、田地でんはたをしちうつてなりと、求メてみたい気もムり升だて。

龍和田　こいつはひどいは。

ト清掻になり、花道より喜十郎〔姉輪〕大小、打裂羽織、股引、草鞋にて侍を連出て来ル。是に庄屋、月行事付て出る。お触れが有ル〳〵と云ながら、本ぶたいへ来ル。和歌蔵〔粂〕ちよつとすだれのかげへ小隠れする。喜十郎、上へ通ル。皆々〳〵、下に居ル。

喜十　五町まちの役人共は罷出たか。

町人　左様でムり升る。

喜十　忝なくも源三位頼朝公、平家の大敵、木曽の残党悉くうちたいらげ、四海おだやかなりといへ共、いまだ所〳〵に平家の残党徘徊なすよし、草をわかつてせんぎ最中、怪しいものあらば、からめとつて早速に訴へ来れ。かく申スは梶原が昵近、姉輪平治景次といふもの。きつと申わたしたぞ。

町人　ハア、。

ト是にて富三郎〔八嶋〕思入。

喜十　まつた、夜前浅草花川戸六地蔵のかたわらに於て、人をころして立退たるくせもの、これまつたく盗賊のたぐいにあらず、数ケ所の手疵は、意趣斬りと見へたる死がいの容体、こいつまさに怪しきゑせ（7ウ）もの、たしかに残党余類のたぐい、ずいぶんと有家をさがし、からめとつて連来れ。両様共にきつと申シ渡たぞ。

皆々　畏り升た。

和田　金兵衛さん、聞かつしやり升たか。六地蔵の人ころし、斬られたやつは、たしか女衒の清介だといふ噂でごんすて。

龍　何にもしろ、あすこらで人をおつ殺すとは、野太いやつもあるものだな。

団　皆聞かしつたか。平家の残米とやらを御せんぎだとよ。

百姓　その残米は、おらがお地頭屋敷の米蔵なぞには。

ゝ　大ぶんこぼれて居升よ。

団　ハテ、味な物を御せんぎだナモシ。

芳　平家のせんぎがむつかしいわへ。

喜十　町人共、両様とも、ゆだんいたすな。

町人　ハア、。

ト和歌蔵〔粂〕出て来り、

和歌　こりやア、姉輪平次殿、お役目御くろう千萬に存じ升る。

喜十　ヤア、そこ元は北条家の昵近伊沢久馬殿。曲輪通ひのその体は。

和歌　不審は尤。此伊沢久馬が傾城買となつて入込みおるも、此よし原に平家の余類、能登守教経が娘玉綾、傾城に姿をやつしおるとの風聞、その姫をからめんため、さてこそかくの姿でムルて。

富三　くめさんは、そんならアノ。

ト思入。

喜十　平家のせんぎが肝要でムれば、何事も御ゆだんなく。（8オ）

和歌　兼ては申合せた通り、姉輪どの。
喜十　久馬殿。
和歌　これでおわかれ申スでムろう。
喜十　町人共、隣町へ案内いたせ。
町人　畏り升た。
喜十　皆参れ。
侍　ハア、。
　ト通り神楽にて、喜十郎〔姉輪〕、町人付て下座の方へは入ル。
和歌　此くめ大尽も、三ツ扇屋へ鳴り込まふ。金兵衛も一所に来やれ。
龍　畏り升た。八チはどふする。
和田　わしもお供をいたし升ふ。
和歌　そんなら、君たち。
女形　大尽さん。
皆々　サア、お出被成ませ。
　トさわぎ唄になり、和歌蔵〔粂〕先に女形、龍蔵〔金兵〕、和田右衛門〔八〕、皆々付て下座の方へは入ル。団十郎〔七兵〕、富三郎〔八嶋〕のこる。合方。
団　モシ、じよなめき様、おまへのお名は何ッと申升へ。

富三　アイ、わたしや、三ツ扇屋の八しまといふわいなア。
団　何とへ、三ツ扇屋の八しま様とかへ。
富三　アイ。
団　フウ、八しま様とは、ハテ、面白ひよいお名でムり升るな。
富三　なんのマア、そのよに褒めなさしやんす。わたしが名でもあるまいぞへ。（8ウ）
団　イヱ、おもしろいお名でムり升。その八しまは四国の内、八栗につゞく旗の手も、ついに源氏の。
富三　ヱ、何ッと。
団　サア、今も聞かつしやる通り、源氏方から平家のものを御せんぎだとよ。わしらがよふな田舎ものゝ、何も知つた事じやアなし。時にわしが連どもは、みんな押走につたそふな。ヱ、コレ、帰りに一盃も引かけ様と思つたに、銭惜しみなやつらでムルわへ。
富三　アノ、おまへは御酒を上ルかへ。
団　此左リのきくのでこまり升て。赤イは酒のとがだといふが、赤イ盃に一盃注いで引かけた所といふものは、なんにもたとへられたものじやアムり升ぬて。
富三　なにか奥ゆかしそふな田舎のお方、御酒がおすきとある事なら、是から一所にわたしが所へ。

団　お供をしても大事ムり升ぬかへ。
富三　ハテ知れた事、おまへはお客。
団　おまへは名うてのお女郎様。
富三　一チ河の流。
団　一枡のかげ。
富三　袖振合せも。
団　他生の縁か。（9オ）
富三　お客さん。
団　八しま様。
富三　爰からすぐに。
団　おまへと一所に。
富三　早ふムんせ。
団　サア、参り升ふか。
　トさわぎ唄になり、富三〔八嶋〕先に、団十郎〔七兵〕付て下座の方へは入ル。やはり清掻にて、此道具を引て取ルと、女郎屋の二階、八しまが座敷の飾り付に成る。(33)（9ウ）
　ト和歌蔵〔粂〕先キに、増吉〔染衣〕、菊太郎〔くれない〕、芳蔵〔忠治〕、十四郎〔お万〕出て来たる。

和歌　サア〳〵、皆こい〳〵。何でもこれからは、弟子の小ざけめらをあいてに、たぬき大じんと異名をとつた腹つゞみの腹つ膨れだ。屋骸中の女郎を惣仕舞にする。やり手め〳〵、肝かつぶれるか。
十四　もし久米さんへ、おまへがその贅沢のたびに、わたしや、途方に暮れやすぞへ。
和歌　おきやあがれ。何で途方に暮れるのだ。
芳　もし旦那、おまへの事を狸大じんの久米様と言ふは、どふいふわけとおぼしめします。
和歌　此小角力めは、此大じんのおそばをはなれず、ゆすり掠りで喰らつて居ながら、何をぬかしやあがる。おれが本の名は久馬と言ふ。久馬と書いて久米とよむは。よし原へ行ふが、さかい丁(34)へ行ふが、久米〳〵と言はれて名の通つた大じん株だは。
芳　その事でムり升ル。くめさまといふお客と言へば、茶屋でも女郎屋でも、身ぶるいをいたし升る。
和歌　そりや又、なぜに。
芳　ハテ、鉄(ママ)もつかはず、つきあいがひろさに人の座敷へ端張りこんで、人のあげた女郎や女げいしやをいつぱいにして、あはよくは〳〵と念掛けても、ぜいたくばかりの提灯もちで、すつきりと出来かねる御相談、きつねは小利口（10オ）だが、老い込んだ古ばけものじやと言ふて、それで狸大じんとおまへの事を申升る。

和歌　おきやアがれ、そふではないは。茶屋、舟宿、若イ者、げいしや、やり手、内証おんな、いたまへ、お針、寝ず、めしたきまで、かねをぴら〳〵まきちらすから、たぬき大じんと異名をとつたは。

十四　かねをぴら〳〵まきなんせば、なぜ狸と言ふぞいなア。

和歌　ハテ、たぬきの金比羅じや。

増菊　ヲ、、笑止。

和歌　まだあるは。此くめ大じんに松屋の庄五郎がめりやす、櫛笥、鏡台取そろへといふ所がいきうつしだが、ア、いまはたれも知るまいな。

菊　たれがそのよふなむかしの事を、知るのじやそいなア。

増　そのよふな事おしやんせずと、酒にしよふじやないかいなア。

和歌　この又おらが御敵、八しまの君は何をしている。こふ言はせておくも久しいものだ。よんでかふ〳〵。(35)

十四　アイ〳〵、こりや〳〵、八しまさんをよんで下んせ。大方紅梅さんの座敷にいて、やすさんとむだを話してゞムんせふ。

和歌　何だ、むだな事を話している。それは大方小田原であらふ。よんでこい〳〵。

十四　やしまさん〳〵。

ト富三郎〔八嶋〕出て来て、

富三　ヲ、おまんどの、きやうとい。何じやそいのう。

増菊　デモ、大じん様のよべとじやわいなア。

富三　どりや、ちよつと居てこふか。（10ウ）

和歌　ア、これ八しまの君、八しま、壇のうらみをうける覚へがない。それにそのよふに、八しまに座敷を蹴立てるは、おれが身になつてみやれ。ほんに〳〵、くやしまでおじやるて。

富三　ヱ、、つんともふ気がもめてならぬ。そめぎぬさん、壱ツ呑まふじやないかいなア。

増　よふムんせう。くれないさん、爰へムんせ。

菊　ほんにそれ〳〵、おまんどのも爰へムんせ。

十四　アイ〳〵、どりや、わしが注ぎかけふか。

ト捨ぜりふにて四人さけ呑む。和歌蔵〔粂〕もてぬこなしにて、芳蔵〔忠治〕か袖を引、いろ〳〵こなしあるべし。清掻にて向ふより、半四郎〔さよ〕女房のなり、いで、来り、

半　これじや〳〵、これがその三ツ扇屋とやらいふうちじや。何でも、とがめらるゝまで、此あたりに待っていましせう。（ママ）

ト こちらへ来て、よふすを聞いている。

和歌　おきやあがれ、ヱ、うぬら計酒を呑んで、此くめ大じんには酒を酌めともぬかさぬな。

十四　おまへのよふな、ぜいたく計辛いお客は、照坊にしんすはいなア。

芳　もし〳〵旦那、おまへの素破の皮は、いろざとでは通りきりやした。こふ白けて来ては、何と紅梅さんの座敷で呑み直しはどふでござます。

和歌　こりやあ、おもろからふ。わかづるやと、洒落くらべをすべい。サア、八しまもあよべ。

富三　いやでムんす。

半　ヤア、扨は八しま。

ト口をふさぐ。（11オ）

増菊　たれじや〳〵。

半　アイ、ヲ、それ、堀のかながはやのぜん二郎をたづねて参りました。

増　御母さんかへ。

半　ヱ、あいなア。

和歌　ハ、ア、くわんうめが女房か。きやつもよつほどよいたまだ。こりや、この大じんにひつそふて、サア、皆こい〳〵。

ト これより捨ぜりふにて、十四郎〔お万〕、芳蔵〔忠治〕、和歌蔵〔粂〕をおだて、増吉〔染衣〕も菊二郎（ママ）〔くれない〕もおくへは入ル。

富三　もし、かながはやの、こつちへムんせ。

半　ハイ〳〵、お構い被成升な。はじめてお目にかゝり升る。おまへがやしまさんでムんすかへ。どふりこそ、お物腰なら御器量なら、こちの夫が、サア、つねにお噂申升て、五丁まちにはあるまい女郎さんじやと申升ルわいなア。

富三　アノまあ、気のどくな事言ふて下さんす。はじめてお目にかゝつたが、おまへこそ、ほんにまあ、尋常な御母さん。

ト すいつけて出す。

半　ハイ〳〵、このすいつけたばこをこちの人が、サア、ホ、、、、、。

富三　ホ、、、おまへも殿御おもいじやなア。

半　ハ、イヤ、ほんにあなたの所へ関取の志賀の介どのか、イヱ、さんが参られ升るげにムり升るが、左様でムり升かへ。
富三　ほんによふ知つてじやなア。高ふは言はれぬぞへ。内証でも目をつけて、わかいものや遣り手のまんが、それは〳〵塞きくつさつて、まあ、推量して下さんせ。それでもナ、神さんの守り目があるかして、たがいの心が*通ふじている（11ウ）さかい、いろ〳〵に手管して、ヲ、辛気。
半　ヱ、それはまあ、聞けば聞くほどあまりといへば、ハイ、ホ、、、、おめでたふムり升す。そして今宵なども見へ升ルかへ。
富　相撲の初日か、今日あすとやらいふ事で、せはしなふもムんせふが、たしかに今宵もござんすわいなア。
半　それはまあ、あまりといへば、おめでたふムり升ル。
富　何を言はしやんすぞいなア。志かの介さんと近付きかへ。
半　ホ、、、、、、近付き所かわたしは、サア、おめでたふムり升ル。
富　何を言はんす。やんがて見へたら知らそふほどに、そこらに待つていやんせや。
半　そんなら志賀の介どのが、ヤ、さんが見へられましたなら、おまへの御用より先にわたしにあはせて、物言わせて下さりませ。
富　ホ、、、、、、おかしい事おしやんすおかたじや。
半　サア、いまのはな。
富　いまのわへ。
半　ハイ、おめでたふムり升る。(36)
富　何を言はんすやら。
ト半四郎〔さよ〕陰をする。(37)十四郎〔お万〕わかいしゆをつれていで、
十四　サア〳〵、久米大じんさんがやかましうてならぬ。早ふねかすがよい。喜兵衛どの、床とつて下さんせ。
若い衆　合点でごんす〳〵。
ト十四郎〔お万〕も手伝い、床を取ル。捨せりふにておくへ両人は入ル。富三〔八嶋〕文かいてゐると、向ふより宗十郎〔志賀〕息急き出て来り、富三と見合、（12オ）
富　ヤア、志賀の介さんか。
宗十　八しまか。
富　待つていたはいなア。
ト床のうへ、つれて来る。
宗十　そふであらうと思つたが、久米大じんは来たか。
富　とふから来てな、身請の手付をうつと言ふて、ひけ

らかしてならぬはいなア。

宗十　そりやあ大事だ。おぬしをあつちへわたしては、志賀の介が面が立たないよつて、いろ〳〵さま〳〵苦労しての。(38)

富　そして、かねは調ふたかへ。

宗十　ヲ、さ、これ見や、五十両は出来たて。

トさいふをみせる。半四郎〔さよ〕床よりうかゞい居る。

富　それはうれしうムんす。

宗十　したが、五十両ではおいつかぬ。そなたの身請の手付計でない。知りやる通り、カノ吉田追風よりおらが師匠、志賀清林へ伝はつたる大切な秘書、五十両の日限ゆへ、義左衛門めが立催促、これにもかねがなければならず。

富　わたしが身受の手附の金も、今宵といふ沙汰じやによつて、おまへのござんすを待あかしていたはいなア。志賀の介さん、何としたものでムんせうぞいなア。どふぞよい智恵出して下さんせ(39)、拝み升ル〳〵。

トもたれかゝつて泣く。

宗十(40)　ア、、とふするものじや、案じやるな。おれも志賀の介じや、旦那衆へ無心言ふても、五十や百は調ふけれども、今日あすの相撲の初日に切掛けて、みれんらしい事も言はれず。

富　じやと言ふて、今宵にかぎる身請の手つけ。(12ウ)

宗十　ハテ、しよふ事がない。此かね成共、そなたの手付の間にあはそふはいの。

富　志賀の介さん、ヱ、うれしうムんする。

トしがみつく。半四郎〔さよ〕引のけ、床へ上かり、

半　イヱ、そりやまあ、なりませぬ(41)。

宗十　ヤア、女房共か。

半　左様、そふにムり升ル。

富　そんならアノ、おまへさんが、関取さんのおかみさんか。

半　左様、そふにムり升ル。こちの人、さつきにからの床の上でのお睦まじき、よふ聞いていたはいな。

宗十(42)　左様、そふにムり升ル。

半　だまらんせ。こなさんは〳〵、あろふ事かあるまい事か、苦労をして此身にかへ、御奉公にかへてまでこしらへた其かねを、何と言はしやんす、アノやしまどのを身受する手附かねにうつとかへ。こなさんは〳〵、ほんにあきれてものが言はれぬ。こちらの又お傾城様も、

おまり(ママ)と言へば、女房のある男にほれるとは、女郎にあるまい、ほんに機転のきかぬといふもの。ゆふべおまへにわかれてから、そのかねの事、どふなつた事じややらと案じていても、もどらしやんせぬさかい、てつきりと此三ツ扇屋にムんすと思ふたゆへ、案じ過ごして来たものを、何じや、そのかねを今宵中に身うけの手付にうつとかへ。傾城にたらしこまれ、おまへは天魔が見いれたか。そしてまあ、何じやなう、今のふたりのした丶るさ、あまりの事に腹が立つ。爰へはおかぬ、こつちへムんせ。

（13オ）

宗　こりや、屋敷さがりのきまじめを、爰でならべてうつる物か。何もかもおれがむねにある。あつたら男をじみさせる(43)、行かないと引ずるだす(ママ)が。

半　わしが去んだら、そつちのためにはよからうが、まア、そふはせまいわいの。

宗十　そふでれば、猶おれが又、仕方があるは。

ト立かゝるを、富三〔八嶋〕隔て丶、

富　これ中関取さん、そりやおまへのがみんな無理、連れ添ふお身の一ト筋に、おまへをいとしがらしやんすに、名もうかれめの心中が、何しにおよぶものぞいのう。つとめの身でさへ悋気はする。おまへさんといふおかたのあるを知りつ丶いとしうて、久米大じんに身請され奥様とよばるる(れ)共、いつかな〳〵行気はない。たとへ妾、下女になりと関取さんには離れまいと、是ほどに思江ども、女房になろとは申升せぬ(44)。どふぞかんにんして、*中よふ被成て下さんせ。おさよさん、拝み升る〳〵。

半　あやまりました、八しまさん。そのお言葉に恥つかしい、今のさがないわたしが詞、めんぼくなふムんする。わが夫のみか世界の人、おやのいさめも世の誹りも、構はずまよふは女郎さん方、その誠よりおこる事、今日といふ今日恨もはれた。こちの人、きげん直して下さんせ。

宗十　わが身がそふ丸ふ出やつては、こつちは猶更いびつになる。まあ〳〵、きげんが直つてうれしい〳〵。

半　サア、それについて、わたしが廓へ来たわけは、本々に悋気じやムんせぬ。（13ウ）夕部わかれてそれから後、戻らしやんせぬにつけても、金の事も案じられ、もしや金兵衛と出合でもさしやんしたかと、それか苦になつて来たのでムんすはいなア。

宗　尤じや〳〵、案じやんな〳〵。金兵衛めにでつくはせて、こりや、金は此通り取り戻した。

半　うれしや〳〵、でかさんした。それでまあ、おちついた。ありよふはな、夕部六地蔵で人を切たとて、其人ごろしの詮義で、こつちの町内は煮へかへる。
宗　ヱ、なんと。
富　それいなア、廓へもそのお触れが廻ツて、客吟味でムんすわいなア。
宗　ヤアなんと、はや人ころしの詮義とや。
　　ト思入。
　ハテサテ、さはがしい事じやのう。(45)
富　アノ又ねちみやくの金兵衛づらが、宵から失せて、二階中を廻つて人ごろしの話するはいなア。
宗　ヤ、アノねちみやくの金兵衛めが生きている。
富　金兵衛めがな、宵から来て、ねすりこと言ふているはいなア。
宗　ヤ、そんなら、夕部大川橋で。
　　トあとを言はずに、手で仕方して思入。二人もじつと顔みている。
半　申〱、これ申。
　　ト宗十郎〔志賀〕きよつとする。
　おまへ、何とぞさんしたかへ。
　　ト宗十郎〔志賀〕しあんして、懐中より財布を出シ、金ヲ改メ、
宗　ヤア〱〱〱、これもにせがね。（14オ）

半　そんなら夕部、金兵衛が手から。
宗十　とりかへしたと思ふた金も、是此通り。
半(46)　此にせがね。
　　ト宗十郎〔志賀〕思入して、おくへ行んとする。
　　立廻りにて両人とめ、
半　是待つた、こちの人。気色ぼうて行んすは。
富　もしやは、アノ金兵衛に。
宗十　いかにもアノ金兵衛めに、一度ならず二度ならず、手盛りを食つたるそのうつぷん。
半　是、待*たしやんせ、こちの人。所もあしく何もかも、あつちにたくみのある仕方、(47)金兵衛にであわしやんしては、大事になる其気相、そこは女の口さきで、ちよつぽくさだましかけ。ハテ、わたしを騙つてとつた金。どちらにしても、わたしが逢ふて口むしつたそのあとで、あわしやんすのがよかろぞへ。
富　成程、そふでムんする。関取さん、おまへは何ッと思はしやんす。
宗十　なるほど〱、それがよい。でつくはせたる手詰の上で、もしや夕部の人、サア、ひと思案して気をしづめ、柔和にあふが上分別。それまでは。
半　わたしが行て、だまして聞干す金の行端、それ迄は

短気な夫トヲ、側はなして下さんすな。女房がお預ケ申升ル。

富　案じさんすな。わたしがじつと側はなれずについている。

半　ア、、思へばそれも気つかい。

富(48)　おくも気つかい。

半　こちの人、八しまさん、行てこふぞへ。

トの合かたにて、半四郎〔さよ〕つか〳〵とは入ル。宗十郎〔志賀〕手をくんでじつと思案している。

(14ウ)

富三(49)　ヱ、、つんと何じややら、案じらるゝ事であるぞ。

トおくより、十四郎〔お万〕捨せりふにて、団十郎〔七兵〕をつれていで、

十四　おまへは爰に待つていて下さんせ。

団　合点じや〳〵、迚も八しまどのはお障りとあれば、どこにねても大事ムらぬ。しかし、いまの名代とやらいふ女郎衆は、かあいらしいよい子だの。そして、アノ子とねるのかへ。

十四　そふでムんす。今宵はわけてお客（ママ）ざんが混みやすによつて、御不承ながら割床でありいすよ。爰に待つていんしよ。

ト駆けは入ル。合かた。

団　何の事だ。ア、、いまいた部屋の隣の客めは、わるふざけにふざけおつて、やかましくつてならなんだ。どりや、ちつと爰で気をすまそふか。

トさいぜんより、富三郎〔八嶋〕床の上にて香炉に木をたいて、何やら拝むこなし。

宗十　わが身は何じや、何を拝む。

富三　アイ、わたしや、今宵は心ざすほとけの逮夜じやさかい。

宗十　それで香をたきやるのか。

富三　さいなア。

宗十　ハテ、此木のかほりは何とやら。

団　屏風を漏るゝかほりこそ、きゝ覚へある名香にて、これこそ西海の船の内裏の夜遊の折柄、常に聞いたるあまの薫差、その一トたきを(15オ)心得ぬ、此青楼にくゆらすは何人なるぞ、たれなるぞ。あら〳〵、昔偲ばしいなア。

宗十　たれじや〳〵。

ト団十郎〔七兵〕こなしあつて、

団　大事ムり升ぬ。

ト宗十郎〔志賀〕屏風をあけて、

宗十　ほんに見れは、いなかのお客そふなが、つくねんとしてお寂しうごんせふ。どふして、そこに壱人リござりました。

　　ト富三〔八嶋〕は、東をむいて拝んでいる。

団　さればでムり升ル。わたしには、いたいけな新造を名代にだして、おつつけ床をもつて来ると言放しにして、やり手ばゞあが出ていつたまゝ。成程こんな所へ来ては、手をきらさにやあ、験著しく取扱ひ升るてな、ハ、、、。シテ、おまへは見ました所がお相撲さんかへ。

宗十　アイ、明石志賀の介といふ。

団　関取さんか。道理こそ〳〵、聞及びました。今度の相撲に横綱のゆるしをうけられたるその沙汰、わしらが在郷なぞへもとふに通りました。その横綱のお手捌で、定メて女郎衆の横にくるのを、おたのしみでムり升ふな。

宗　イヤ、いなか客とおつしやれども、女郎屋の二階のこなし、粋の骨頂、のぼりつめたる直の手取と聞こへ升ルはへ。

団　のぼりつめた直は、此野郎が替紋さ。ときに、関取のお相方のお名文字が、聞きとふムり升ス。(15ウ)

宗十　イヤモ、旦那衆について来る身分だから、爰らの内にきまりはないのさ。お客は今夜名代だと言はつしやるが、合方はだれでムル。

団　合方は、今日はじめて中の町で見立てた所が、おさかりとあつて初会の名代、此しんぼうがおもしろいものさ。

宗十　ムウ、そして何といふ女郎でごんす。

団　爰の内の白鼠、八しまさま〳〵さまさ。

宗十　ハテナア。

富三　そふ言はしやんすは、先のいなかのお客かへ。

団　イヤア、八しまさん、そこにか。おまへ、てが悪ふごんすぞへ。あんないと〳〵を名代にあげて待つているのに、横にも縦にも来てくれないで、見りやア、関取さんの床の上に。ハ、ア、扨は奥座敷の大じんを放らかして、横綱の関取に横にきてムり升ルな。せめてそのお余りなと、手の窪がいたしたい。

富三　何を言はしやんす、そのよな事じやムんせぬ。わたしや、心ざす日の逮夜じやさかい、香をたむけて回向しているものを。

宗十　何と、さびた床入リでごんせうが。

団　何と言はつせいす、八しまさん、心ざすおかたの逮夜。

　　ト思入。

そりやまあ、おまへのためにはどふいふおかたの逮夜でございすね。（16オ）

富三　サイナア、わたしがとゝさんの逮夜じやさかい。

団　扨こそ御命日の逮夜といゝ、中の町で見そめたる八しまどのゝ、そのおもかげ、そのまゝの門脇どのの。

富　ヱ。

宗十　お百姓は何を言はつしやる。

団　サア、門掃きの姥にも用があるといふ譬へ。わしらがよふなすかんぴんと、じやうのおりたてのない客でも、物日の壱ツ弐ツはくうつけなんし。関取さんに腹を知られて面目なふムり升ル。

宗十　成程、腹を見ぬきました。胸中をはや見ぬいたる此関取、おもしろいお百姓、かりそめのお出合に、割床の一座客、とてもの事のおついでに、本名あかしてもらいたい。

団　ハ、、、、、、木更津の百姓で、月々の十七日、浅草参りの帰りがけ、素見になれたいなかもの、近在はこゝらがしあわせ、それで縁日十七兵衛、ほかに本名もち申さぬ。

宗十　そのかたいぢなも田舎人の、律儀一偏おもしろい。迚もの事に名をあかして。

団　名をあかしてとは、ハ、、、、、名をばあかしの志賀の介、関取どのもどこやらが、おもへばそれよ、西国にて。

宗十　サア、西国の浪の上、船の内裏の空薫を、きゝ覚へたと言つたもことはり、八しまの一トたき、あまの薫差。（16ウ）

　ト香炉をつきつけ、

団　土百姓に香炉とは伽羅くさい。お物好キな。

　トおくより、芳蔵〔忠治〕走ツていで、

芳蔵　これ親方、狸大じん殿が身請の手付金のわたす相談、よんでこいとでムり升ル。

宗十　ヤア〳〵〳〵。

富三　早ふおまへおくへ行て、見受の相談どふなと言ふて、のばして下さんせ。拝むはいな〳〵。

宗十　それのみならず、女房さよが返事もおそし。一寸おくへ行てこふが、お百姓はやつぱり爰に。

団　新造子の来る迄は、まじ〳〵と煙草のんで。

宗十　待つてムルか。

団　関取さん。

宗十　いなかのお客。

団　のちにしつぽり。

ト思入。

宗十　話(はな)さふかいのう。

ト唄になり、芳蔵(よし)〔忠治〕を目(め)で入レ、思入して心をのこし、宗十郎〔志賀〕は入ル。

富三　どりや、わしもおくへゐて。

ト行んとする。

団　これはどふでごんす、八しまさん。おまへの名代(めう)さへまだこず、見なさる通り照(て)らされているのに、邪魔なお角力も行(い)つたあと、ちつとは堪能(たんのふ)するもの、言(い)いよふもあらふに、まあ、下(した)に居(い)なさいし。**(17オ)**

富三　サア、それじやけれども、ちつと用があるさかいで。

ト行んとするを引とめ、きつと見得(みへ)。

富三　ヲ、こは。どふさんしたへ。

団　おつゝみあるな、玉綾(あや)姫様。

富　ヱ、。

ト思入。わつけもない。

団　イヤ〱〱〱、御面体(めんてい)ならお物腰(ものごし)、そのまゝの亡君能登(のと)殿の御わすれかたみ、玉綾(あや)様でムり升ふがな。

富三　ア、これ、構(かんま)へて滅多(めつた)な事を言(い)はしやんすな〱。

団　おつゝみあるは御尤、明日こそは亡君門脇(かとはき)どのゝ御命日、御逮夜(たいや)とてたむけられし、たゞ今の一ト(ト)たきこそ、西国に名たゝるあまの薫差(たきさし)の名香(めいかう)、かく申スそれがしは、御代盛りの侍大将、七兵衛尉(のぜう)。

富三　景清(かげきよ)か。

団　まだも御うたがひ候(さむら)はゞ、是こそは小松殿の御自筆の古歌一首、御手跡(しゆせき)は御見覚へ御座あるべし。まだも証(せう)拠(こ)は西海にて、御父のみふねの汀(みぎは)にて、三保谷(のや)にでつくはし、引ちぎつたるかぶとの錣(しころ)。

ト扇と錣(しころ)をいだし見せる。

富三　誠にうたがふ所もない小松殿の御手跡(しゆせき)、聞つたへたるかぶとの錣(しころ)、そんならそなたが聞およぶ、父うへの御寵臣(てうしん)。

団　七兵衛景清(かげきよ)がなり果(は)つる身は数ならず、誰ござらう能登(のと)殿の**(17ウ)**姫君、いかなればその御(み)ありさま、よつく仏神三宝(さんぼう)も、すてさせ給ふ平家の成り行、さぞ、御ざんねんでムり升ふナア。

富三　一ツ騎当千(とうせん)のそなたさへ、そのよふに思ふてじやもの、須磨(すま)のみやこを落(お)ちかたの、夫より後(のち)はちり〲に、爰やかしこのうき世わたり、此廓(くるは)へしづみしも、語(かた)ればながい物語、悪性(あくしやふ)ならぬ身の言訳(いゝわけ)、ゆる〱そなたに話(はな)しませふ。何はともあれふしぎにも、めぐりあふたは此身の力、さはさりながら、雲井を出、かくあさましき身の成ルはて昔。
団　是が平家の御嫡流、門脇どの丶姫君の御ありさまにてましますか。
富三　侍大将景清の、なり果てたりし其姿。
団　とにも。
富　かくにも。
団　御代盛りの。
富　ありし。
団　むかしが。
富三　したわしうムルわいのう。
団　イヤ〳〵〳〵、か丶る素振りをもしそれと、人目にか丶らば御身の上、何とぞして、今宵中に廓をおとし参らせん。七兵衛景清、さとくも君と見奉りしより、御傍らにあらんため、扨こそ今宵のいなか（18オ）客、くわしい密事は。
富　夜いたく更けて。
団　名代の新造をまいてしまふか。
富　ねせつけるか。
団　そのとき。
富　何かの。

団　お物語り。
富三　まづそれまでは。
団　姫君さま。
富三　景清。
団　これ、やしまどの。
富三　お客さん。
団　呑み直さふかいのう。
　ト唄になり、思入して両人おくへは入ル。こなたより為三郎〔伊太〕、生酔いの和歌蔵〔粂〕をつれて出て来る。
為三　まあ〳〵、ちつとおやすみなされませ。
和歌　寝るにもねないにも、肝心の御敵めが、面出しもしないから。
為三　それで御心が揉めて、あがつたのでムりませうな。おしつけムるでムりませう(50)。まあ〳〵、床へおは入りなされませ。
　ト寝せる。
和歌　こりや〳〵伊太郎とやら、はやく御敵を。（18ウ）
為三　たゞ今〳〵。
　トこなたより、森蔵(51)〔鈍月〕、酔ふたる十四郎〔お万〕を肩にかけ出、為三〔伊太〕とさゝやく。

森　これおまん女郎、こなたの此中うちから頼ましつたおらが丁稚の伊太郎に、今夜首尾してあわせ升ル。
十四　そりやほんの事かへ。わつちやア、うれしうありんす。
森　これはしたり、そのよふに声が高くては、前髪だけに恥づかしがるて。
十四　そんなら、そつと言おふかへ。
森　なんとへ。
十四　そんなら、そつと言おふかへ。
森　あんまり低うて聞こへない。
十四　たいがいな、声のもちあわせはムんせぬ。
為三　ヤア、その声はおまんどのではないか。
森　ありや〳〵、聞き覚へてムらふ。
十四　伊太郎どのゝ声じや〳〵。
森　これはしたり、さ、そのよふに高い声をすると、あれがいやがり升。もふ口をきく事なりませぬぞ。
十四　もふ無言でムんす。
　ト森蔵〔鈍月〕、火をふきけす。
為三　ヤア〳〵、これは暗ふなつたわへ。あかりをとつて参らふ。もふし〳〵。
　トゆりおこす。

和歌　ウ、、、、。
　ト和歌蔵〔条〕こちらへねがへりをうつ。為三〔伊太〕さぐりながら、屏風の（19オ）内にて、
為三　これはくらいぞ。
　ト此声を森蔵〔鈍月〕さゝやく。嬉しかる十四郎〔お万〕をつれてそろ〳〵と二人行。為三〔伊太〕は暗闇にてすりちがふ。十四郎、床へは入ル。和歌蔵〔条〕が上へこける。和歌蔵、目の覚めたるこなしにて、すぐに乗つかゝり抱き付き、屏風を廻ス。[52]此時、為三、森蔵に行あたる。
為三　たれじや。
森　ヤア、その声は伊太郎か。
為三　なむさんぼう、鈍月どのか。
森　どこへやらぬ〳〵。元服せぬ前にたつた一チ度と、幾度言つてもあんまり吝い若衆だ。道中中若衆をたのしんだくせがやまないで、下りの時のおれが心、せめて御推文字あらば、此よふな首尾に、拝むはな〳〵。
為三　どつこい〳〵、貴僧と一緒におるからは、ゆだんはいたさぬ。寝る間もはなさぬ此股引キ、なんと機転がきいておらふが。
森　大キな形リをしてそのよふにこわがるとは、道理で

名を伊太郎と付たぞ。

為三　貴様も又味なものずき、人間ッのからだのしめくゝりといふものを、御ぞんじないか。ヱヽ、お情ない鈍月どの。

森　アヽ、しかも貴様を見そめたは、鈍月のけふにあたつた。ひらに頼ム。（19ウ）

為三　ヱヽうるさい、のかつしやれ。女郎屋の二階であらふ事か、あるまい事か。

森　イヤ、愚僧が方にはある事じや。拝む〳〵（53）。

ト捨ぜりふにて追かけ廻る。とゞ、屏風へ行あたるゆへ、屏風こける。これにて十四郎〔お万〕は、裸湯文字一ツに、帯と着物をかゝへ、さぐり出る。和歌蔵〔粂〕も、帯広解けにて口へ紙をくわへ、帯を片手にそこら中をさがす。此四人、むづかしく入かわつて、和歌蔵を森蔵〔鈍月〕、後だきにだく。ぞんぶんのおかしみの所へ、宗十郎〔志賀〕行灯（ママ）のさげ出て来り、びつくりする。此四人もひつくりして、西東の口へ逃けは入る。

宗十　合点の行ぬは、アノ金兵衛めがまめでけつかるといゝ、夕部六地蔵てのしだらといゝ、女房を女と侮り、正しく金兵衛めがすりかへた銅脈の五十両、差当ツて此金がにせものじやア、師匠志賀の清林より譲りうけたる本願、角力の伝授の一巻、急々にうけ戻さねば、ほかにほしがる物（ママ）があると、小嶋屋の義左衛門が詞工みも、金がいわせる質物の切羽、何にもせよ、金兵衛めに逢ツて誠の金をとりかへさにやア、儀左衛門にも逢ひにくいが、小嶋屋めに逢ぬ先に金兵衛にでつくわして、金のいきさつ、大事の秘書をうけ戻さねば、師匠志賀の清林どのへ云わけのない此志賀の介。いわば五、六十のはした金で、女房迄にくろうさせる、思へばしがない志賀の介、ハテ、こぢれつてへ世の中だなア（54）。

トやはり合方にて（55）、奥より新造の半四郎〔歌里〕出て来り、宗十郎〔志賀〕を見（20オ）て思入。うれしきこなしにて側へ来て、

半　関取さん、爰にお出てなさんすかへ。

宗十　フウ、手まへはいつも鹿茶屋へ来ル小比丘尼。勧進に来ル時分と違ツて、いつの間にか髪も立派に、大分美しくなつたの。しかし、どふして爰の内へ来て居る。

半　わたしかへ、わたしや、アノナ、きのふ此内方へ売られて来升たわいな。

宗十　何だ、きのふ此内へ売られて来た。ハアヽ、御寮めがあの様にやかましくぬかして、手まへ、仕替へられ

たな。同じ事じやア、仕合せだ。よい客衆でも付ケば、どんな仕合せで、どこの奥様になろうも知れない。やり手やわかいものにしかられない様に、大事に勤メたがよいぞよ。

半　アイ、よふ言ふておくれなさんした。*サ 下タのおかみさんも、まだ見世へも出ルなと言ふてじやあつたけれどな、おまへさんが、あの、こちの内へ毎晩お出なさんすといふ噂じやに依て、わたしや願ふて、今日から見世へ出升てムんす。ほんにおまへさん、よふお出なさんしたなア。

宗　なる程、アノ、八しまにわけあつて、ほんに野暮なせりふだが(56)、烏のなかぬ日は有ル共、おれが曲輪へこない事は、元日から大晦日までない。

半　関取さんも、きつい八しまさんを可愛がりよふでムんすなア。

宗　モウ女郎じみて、味な事を言つてみるよ。そして手まへ、今夜は初々しく、だれぞが名代のぶにとられたか(57)。

(20ウ)

半　アイ、田舎の客衆の座敷へ、八しまさんの名代に出升たが、染ぎぬさんが言わしやんすには、くめ大尽さんの座敷にわしは用が有つている程に、おまへの座敷へ行て、酒でも上ケてくれと言わしやんしたに依て、わたしやモウ、おまへさんのお顔を見るが嬉しさに、アイ〳〵と言ふて、早ふ爰へ来たわいナア。

宗　そふ言つてくれるも、お比丘からのなじみだなア。

ト半四郎〔歌里〕銚子盃を持て来て、

半　関取さん、酒上らぬかへ。

宗十　酒か○　いんにや呑まい。

半　なぜにへ。

宗十　ちつと、酒ものどへ通らないわけがあるよ。

ト手を組で思案する思入。半四郎〔歌里〕顔を見て、

半　モシ関取さん。

宗十　ヱ。

半　おまへは大ぶん、お色が悪ふムんすが、どこぞお悪いかへ。お気合イでも悪ふムんすかへ。

宗十　いんにや、どこも悪くはない。

半　それでも、お顔持が、いつもの様にうき〳〵となさんせぬわいなア。

宗　それはちつとそんな事も有ふよ。いろ〳〵な事があつてな(58)、人は気苦労があると、われ知らずツイ顔へあらわれる物よ。

半　それも大方、八しまさんの事でムんしやう。（21オ）
宗十　ばかを言ふな、そんなうわ気な事じやアない。
　ト半四郎〔歌里〕、そこに敷いてある床を直して、
半　モシ、お休みなんせんか。
宗十　おれか。
半　アイ。
宗十　おれに構わずと、手まへ先へ寝や。なる程、新なぞといふものは不便（ママ）な物だ。年端も行ないものに客の気兼をさせて、手まへマア、是から気のよい客やきれいなやつに揚げられゝば仕合、座頭や屋敷の若党に揚げられた晩にやア、夜一むごいめに逢うで有ふ。何ッでも、こゝろなくいじるやつがあるものだよ。(59) 今夜分はマア、らく〱と思入寝るがよひ。サア〱、先へ寝や〱。
半　サア、わたしや先へ寝升るに依て、おまへさんもお休みなさんせ。
宗十　いんにや、おらア、まだちつと用があつて、今ツからは寝られないよ。
半　それでもアノ、ちよつとモシ。
　ト手を取。
宗十　ハテ、おれに構わずと先へ寝やよ。
　ト手を組ンで思案をする。半四郎〔歌里〕もじ〱して、
半　なんぞ御用はムんせんかへ。
宗　いんにや、何も用はない。先へ寝たがよい〱。
(60)半　サア、わたしや寝升がな、なんぞ御用はムんせんかへ。（21ウ）
宗　用は*ないから寝てくりや。ちつと思案をせにやならぬ事があるから。
　ト半四郎〔歌里〕、宗十郎〔志賀〕が顔を見い〱、
半　おゆるしなさんせ。わたしや先へ寝升ぞへ。
　ト床へ上り、夜着を着て寝ころび、
なんぞ御用はムんせぬかへ。
宗　何も用はないよ。ハテ、心遣ひをするものだな。やり手や若ものに手まへがしかられる様な事はしない。構わずに寝や〱○　時に、義左衛門に逢先に、金兵衛めに逢いたいものだが、どこの座敷にけつかるか、滅多に人の座敷へもゆかれず、義左衛門にあつちやア、金の事が。
　ト思入。*夜着の内より半四郎〔歌里〕手を出して、
　宗十郎〔志賀〕が袖をとらへ、
半　モシ。

宗　なんだよ。
半　御用はムんせんかへ。
宗　ハテ、構わずに寝やよ。
半　おまへもお休みなさんせ。
　　トおき直ル。
宗十　そのよふに手まへは、心節（ママ）に寝ろ〱と言つてくれるが、滅多に今夜は寝られない晩だ。
　　ト立チ上ル(61)。
半　それでもちよつと。
　　トやりともなき、ついした立廻り。
宗　どふでも金兵衛めに、早く逢にやアならぬわへ。
　　ト行ふとする。（22オ）
半(62)　モシコレ。
宗　ちよつと逢ツてこよふ。
　　ト合方になり、宗十郎〔志賀〕思入にて東の方へは入ル。半四郎〔歌里〕見送ツて、本意なき思入。
半　ほんに御寮さんの所に居て、勧進に歩く内から、アノ関取の志賀の介さんは、いとしらしいお若衆さんと思ひめて（ママ）も、はかない身の上、心の丈を言ふたとて、とり上ケて下さんすまいと思え（*エ）ば、ほんに此身がうらめしい。此様に思ふたとて、ぬしさんはなんとも思やさしやんすまいが、せめて一ト言なりと、我身はかわゆひものじやと言われたら、さぞうれしいこつちや有ふ物のを（ママ）。ちつとなりと、志賀の介さんの嬉しがらしやんす事が。
　　ト思案をして、
今聞ケば、何か金の事でいこう苦労さしやんすと見へて、顔色も悪し、屈託らしう、ろく〱にものも言わしやんせぬは、のつぴきならぬ金事で、きつう苦労をさしやんすと思わるゝわいのう。その苦労にさしやんす金を、ちつとなとこしらへて上ケたなら、何とか思ふて下さんすじや有ふに、ほんに大たんな事して（*テ）なりと、こしらへたいと思ふても、滅多に金があるものじやなし、ア、、よい思案はない事かいのう。
　　ト合方にて、のれん口より奥二郎〔松月〕出て来ル。
奥　歌里さん、おまへ爰に何してじやへ。
半　ホウ、コリヤ松月坊さん、まだ寝ずかいなア。お師匠さんわへ。（22ウ）
奥　お師匠様は、下タに酒呑んでムり升わいのう。
半　それじやおまへもまだ寝られまい。禿衆を相手に、また遊ばふと思ふてムんしたのじやな。
奥　イ、ヱ、わしや、今日おまへに貰ふた、芥子人形や錦絵の礼言(れいい)いに来升たわいのう。歌里様、忝なふムり升。

半　ほんにモウ、その様に礼を言(い)わしやんすと、なんなりと上ケたい様に思ふわいなア。

奥　爰の内に姉様達は大ぜい有ルけれど、おまへが、いつちかわゆがつて下さる様にわしや思ひ升に依て、何ぞおまへの用があるなら、遣ふて下さりませへ。

半　ほんにマア、此子とした事が、よふマア、かわゆらしい事を言(い)ふて下さんしたなア。どふいふ事にか、わしもまた、なじみのないおまへを見ると、かわゆらしい坊さんじやが、どふいふ事でお出家にならしやんしたと思へは、猶更(なをさら)いとしさが増わいのう。わしにこそ用が有ルなら、なんなりと遠慮なしに言(い)わしやんせや。

奥　モシ、歌里さまへ。

半　何ンでムんす。

奥　今あそこで聞ていれば、おまへは大ぶん金のほしい様に言(い)わつしやるが、それはアノ、小判の金がほしいのかへ。

半　ヱ、、そんなら今わしが言(い)ふた壱人リごとを聞てかいのう。恥(はづか)しらしい。コレ、かならず外の人さんに言(い)ふて下さんすなへ。

奥　何ンの外の者に言(い)い升ふ。したが、それ程小判の金がほしくば、ツイあるぞへ。

半　ヱ、ついあるとは、その小判の金がツイどこにあるへ。

ト思入(63)。

奥　アノナ、おらが師匠様の首にかけてムルさいふの中に、大ぶん小判がいれてある（23オ）わいの。

半　お師匠さんの襟(ゑり)のさいふに、小判が大ぶん入レてあるへ(64)。

奥　アイ。今日(けふ)、方々(ほう〴〵)のお屋敷から貰ふてムツた大ぶんの金、大方(おふ)こん夜も酒に酔(よ)ふて、今時分は下タの小座敷によく寝ていさつしやるで有ふから、わしが行(い)て、ちよつと取(と)つて来てやり升ふか。

半(65)　ヱ、、滅相(めつそふ)な。マア、その様な大たんなこわい事がなるものかいなア。ひよつとマア、お師匠さんのお目が明てみやしやんせ、おまへがマア、大抵(たひてい)や大方(おふ)のこわいめに逢しやんす事じやないわいなア。コレ、かならずそんな事をせんもんじやぞへ。

奥　何ンの、わしがためにその様な事をしませうそいのう。おまへがいとしいに依て、金がほしいと言(い)わつしやるなら、わしが取(と)つて来て進(しん)せ升ふかといふ事じやわいのう。

半　そりやモウ、その金のほしいは、大抵ほしいこつちやなけれどな、おまへを頼んで、その様なこわい事を◯とはいふもの丶、なじみもないこの歌里がほしいと言わば、恐しい事してなりと、その金を取つて来てやろうと言ふて下さんす。松月坊さん、そふいふ事を言ふて下さんすも、縁でがな有ふけれど、かならず共に、滅相な事して下さんすなへ。

奥　おまへがその様に言わしやる物を、何ンのこわい事をしませうぞいのう。

半　ほんに、金といふ物はいぢわるふ、有ル所にはたんと有ツて、ない所にはわづかな事にも困るがうき世。その様なこわい金ほしうない。とはいふもの丶、その身に逼つた事があるなら、ツイ邪な。

奥　歌里様。**(23ウ)**

半　ヱ。

奥　おまへは金がほしいかへ。

半　なんの[66]◯ほしかろうぞいなア。

　ト奥にて人音する。これにて半四郎〔歌里〕思入して、

半　ムんせ。

　ト奥二郎〔松月〕が手を引キ、下座の方へは入ル。

のれん口より鉄五郎〔儀左〕声して、宗十郎〔志賀〕をとらへ出て来ル。和田右衛門〔八〕、和歌蔵〔粂〕、跡より龍蔵〔金兵〕出て来ル。

鉄　志賀の介、われに逢ひたくつて、此小嶋屋の義左衛門は、此三ツ扇屋に昼から網を張つていたは。わりやア、よく女房を玉に使つて、此義左衛門に銅脈をにぎらせ、質に取つた伝授書の一巻をまき上ケよふとは、甘口な事をするな。[67]わりや、にせ金遣ひだぞ。

和田　コレ関取、おぬしやあ、立派な顔をして、此義左衛門様に銅脈を授けよふとは、け太ひ男でムルわへ。

宗十　コレ〳〵ふゑんの八、滅多な事を言ふな。此志賀の介は角力取リこそすれ、そんな後ろ暗い事をする男じやアない。どふしておれがにせ金を。

鉄[68]　つかわないとは言わせない。わが女房を出しに、コレ見ろ。

　ト紙入より序まくのにせ小判を出して、鹿茶屋の見世先で、こんなものをおれにつかませ、代物を取りにか丶れば、にせ金遣ひの盗人だ。

和歌　その盗人にあんまり違ひもない。おれがあげ詰にして置くアノ八しまを、横番をきる横道もの、にせ金遣ひなら、ひ丶括しやれ〳〵。

鉄　サア志賀の介、正真の小判を五十両、耳をそろへて今かへせば、此銅脈（24オ）を沙汰なしにして、まだその上に此義左衛門様のお情ケに、質に取た巻物もかへしてやる。たつた今金を戻スか、但し此巻物をほかの望人にうつてやるべいか、志賀の介、此場て早く返事をしろ。
宗十　儀左衛門殿、気遣ひさつしやるな。今言ふ通り、五十両といふ金をかりて、それを銅脈で済ス様な志賀の介でもない。そりやア、人が違ツて居る。たつた今金をかへして、大切な一巻はうけ戻ス。
和田(69)　おぬしがそふ立派な口をきいても、金といふものが、取り出来を相手にする様に、心安く行物じやアない。それだに依て此八が、金が入ルなら、おれに相談しやれ。金は十千万両でも、おれが口をきいてかりてやろう。そのかわりにおぬしが女房、アノ、かわゆらしいおさよを書入レやれ。直に借りてやろうといつたじやアないか。聞けば、屋敷もお払箱をくらつて内へ帰ツて居るげな。あいつは、はや美しいやつだよ。おれが大抵気が有ルこつちやア○　サア、気兼をせずにおれに言やれな。金をかりてやろう。
和歌　なんだ、女房も美しい。その上にアノ八しま迄、ハテ、きざに餌の付くやつだの。

鉄　サア志賀の介、金の埒道はどふ付ル。此銅脈で物を言ふべいか。
宗十　ハテ、そふやかましく物を言わぬ物でごんす。爰は女郎屋の座敷、貰ひ引きの云上りで客同士の喧嘩かと、やり手、若イものが来て、下タからもとやこう言ふと、第一マア、わしが外聞が悪ひ。しづかに言つても事か済む。たつた今金を返ス程に、せかずと下タにムりませ。さ、八もその（24ウ）通りだ、何も肴売リの知つた事じやアない。四文と出ずに、ちよ〳〵こなつていろ。
　　ト此内、龍蔵〔金兵〕上の方に煙草をのんでいる。
　　宗十郎〔志賀〕是に目を付ケ、
宗十　金兵衛殿。
龍　何ンだ。
宗十　イヤサ金兵衛、お身様が此三ツ扇屋にいるといふ事を聞て、さつきから廊下を一ぺん尋歩いても、うかつに人の座敷へもは入られず、逢ひたくつて〳〵待チに待つていた所へ、よく出て来たな。さつきからのあらましを、たばこを呑みながら聞て居たで有ふ。モウたばこにも酔時分だ。唐人じやアあるまいし、おれが逢たい、たばこをやめて爰へ出やれ。此志賀の介が、ちつと、手の窪程、ちよつとお目にか丶りたいは。

龍　なんだ、大分しよむづかしくせりふを並へるが、此金兵衛にあいたひ。

宗十　ヲ、よ。

龍　逢イたくばあつてやろうわさ。心安イ中（ママ）でその様に物を言ふと、どふか角がある様で悪い物だ。どれ〱〱。

ト宗十郎〔志賀〕が側へ来て、

関取、おれに逢いたいといふは何ンの用だ〱。

宗十　いんにや、おち付くな。此志賀の介は途方もなく心がせくは。金兵衛、出しやれよ。

龍　何ンだ、出しやれとは。

宗十　夕部の金を。

龍　なにを。**(25オ)**

宗十　イヤサ、とぼけるなよ。夕部、首ねつこをおさへても、わがすりかへた正真の小判を取りかへそふと思ツた所を、よく切リぬけて逃ケたな。その時は暗闇で逃ケもしたろうが、昼の様に輝く女郎屋の座敷で、モウおぬしも未練に逃られもしまい。爰じやア、貧乏揺るきもさせない程に、尋常にわが懐にある金をそこへ出せ。

龍　コレコレ志賀の介、おぬしは大分せいて物を言ふが、せいては得て粗相なるを言ふものだ。マア〱、気をしづめてしづかに言やれ。何ンだ、おれに金を出せ、そりや、はやおぬしが花角力でもするか、または掛け捨ての無尽でもするといふ事なら、たとへ一タ口、三口おれが名をいれたればとて、それを跡へ引ク金兵衛でもない。その時は合点だが、今おれに金を出せと言ふは。

ト宗十郎〔志賀〕、序まくのにせ金を出して、

宗十　知れた事だ。おぬしが是とすりかへた、正真の小判を出せといふ事よ。

龍　ハテ、一チ円に合点の行ぬ事を言ふが、金をすりかへたとは。

宗十　わがにせ金とすりかへた、正真の小判を出せといふ事だは。

龍　そりや大それた事だが、誰がマア、そんな事をしたのだ。

宗十　ハ、、、、、そんな白化けを言つても、それを喰ふ志賀の介じやアないぞ。此金を出さにやア、金兵衛、わりやア盗人だぞ。

龍　イヤア、そんなら、われが最前から金を出せ〱と言つたは、おれが事か。**(25ウ)**

宗十　覚がないとは言われまいか。

龍　いんにや、知らない。

宗十　なんと。
龍　どふしてマア、その様な恐ろしい事を此金兵衛が知るものか。にせ金の銅脈のと、此金兵衛、微塵毛頭覚ない事だ。そりやア、大方人違ひで有ふ。金兵衛といふ名は、八百八町に八百万人も有ふ、外を尋てみやれ。なにおれが、そんな事を知るものか。アヽ、小機転もきいた様な関取だが、前々髪だけに、馬鹿な事を言ふ男でムルわへ。
宗　そんならおぬしやア、女房を女と侮り、にせ金をすりかへた覚はないと言ふか(70)。
龍　知らぬ事だよ。
宗　しかとおぬしやア、知らぬと言ふな。
龍　ハテ扨しつこい、知らぬと言ふに。
宗　よいは、金兵衛が知らぬと言へば、知らせる所で知らせてみせう。
鉄　志賀の介、おれが金はどふ(ママ)方を付ルのだ。
和田　所詮一文も出来ないと見へるな。
和歌(71)　扨もはかなきお身の上な。
宗　義左衛門殿、金さへ返せば、そつちに云分ッはないはづ。金兵衛がたつて知らぬと**(26オ)**四の五の言へば、是から代官所へ行つて、恐れなから申シ上升と、白い黒イの埒道を付る。金兵衛、待つていろ。
ト行ふとする。
龍　コレ〳〵関取、イヤサ志賀の介、おぬしやあ、どこへ行クのだ。
宗　知れた事、代官所へ。
龍　そりやア、なんで。
宗　わがすりかへた金の事で(72)。
龍　ハテ、味な事を言ふが、わが代官所へ行くなら、どれ〳〵、此金兵衛も御一所に参ろう。
宗　そりやア、ちつと出かしたわへ。所詮叶わぬ事とあきらめ、おれと一所に代官所へ。サア、歩みやれ。
龍　いんにや、おれが代官所へ行くのは、そのにせ金の事じやア行ない。外に行つて申上る事があるだて。
宗　そりやア、なんで。
龍　これでと。
ト懐中より、鐶菊の紋付たる真鍮の小挑灯を出シて、ひろけて見せる。此挑灯に血汐かゝつている。宗十郎〔志賀〕是を見るより、きよつと思入。
なんと此挑灯の事で、代官所へ行にやアならぬ。定めておぬしも聞たで有ふ、六地蔵の人ころし、そのころしたやつをお尋もの、味な所に此挑灯、落てあつたが慥かな証拠○　志賀の介、おぬしが代官所へゆくなら、おれも（26ウ）一所に。サア、行へいは。

宗　サアそれは。

龍　とふだ、此挑灯をもつて代官所へ行ふか、但し、わがにせ金をつかつて、その義左衛門どのにつき付ケたか。

鉄　それに違ひのない証拠は、今あれが出した金も銅脈。にせ金遣ひの大盗人。

宗　なに、此志賀の介を盗人だ。

和田(73)　盗人だは騙りだは。にせ金つかいは、三尺高く磔がお定り。いけつ太いやつでムルは。

和歌　太い共〳〵、小鮒町のしめときている。

鉄　コレヱ、、いけあつかましくにせ金で、大金になる此巻物をとるべいとは、あんまり肝の太い丁稚めだな。たつた今金をかへさにやア、その立派な面をこう。

ト宗十郎〔志賀〕が胸ぐらをとりながら、顔をくらわせる。

宗十　こりやア義左衛門殿、此志賀の介がしやつ額を。

鉄　なんだ〳〵、くやしくば金をかへせ。

宗　サア、その金は。

トのれん口より、新造の半四郎〔歌里〕金ざいふをもつて出て来り、此体を見るより宗十郎〔志賀〕が側へ、外のものに見へぬ様に金ざいふをそつと置て、袖を引ても、宗十郎、鉄五郎〔儀左〕、龍蔵〔金兵〕か顔を見つめて心付ぬ内、龍蔵、さいふを見て、ちやつと取りにかゝる。半四郎、手早く取りあげ、のれん口へは入ル。

和田　小嶋屋さん、おまへあんまりお心よしだ。こんな太いやつに、美しい女めらが無性にほれて、アノまた女房めが、かわゆがるといふものがいま〳〵しく、かわゆらしい女だから口説かけたら、とんだ目にあわしあがつた。それも何ゆへ、こいつがあるから。そこで（27オ）わしも意趣があるだて、こんな序にこんな*盗人めは、手にかけるよりおみ足にかけて。(74)

ト踏みにかゝる。かひ潜つて和田右衛門〔八〕が足首をとらへ、

宗十　こりやアぶゑんの八、棒手振りの泥脛をもつて、此志賀の介を。

和田　踏みのめすのだは。

宗　何を。

ト思入。(75)

和田　ヲイタ〳〵〳〵、わりやア、角力取で力ラがあるから、力一ツぱいおれを痛めろ。おらア肴売だから、下衆

ばつた力ラはない。その力で追落でもしやあがれ、にせ
金遣ひめ。

トひるむ宗十郎〔志賀〕を蹴のめす。宗十郎思入。

宗十　うぬア。

和田　にせ金遣イめ、くやしくば、本ンの金を義左衛門殿にかへしやアがれ。

鉄　大どろぼうめ。

宗　ヱ、。

ト思入。半四郎〔歌里〕のれん口より出て来り、また金ざいふを宗十郎〔志賀〕が側へおけ共、気の付ぬゆへ、龍蔵〔金兵〕見付ケて取りにかゝる手先をたゝいて、ちやつとさいふを取りあげ、のれん口へは入ル。龍蔵、跡を見送ツて思入(76)。

龍(77)　なんだかアノ新造めは、乙な事をするやつたが、大尽様、お覧しませ、何を言われてもうぬが身にあやまりがあるから、まぢ〳〵としたあの面はへ。

和歌　いか様、町方はにせ金つかいに宥免があるの、早く代官所へ誘くがよかろう。

和田　それも思ふしなぶんのめした上ェで、代官所へ誘くがよい。

鉄　金をかへさにやア。(27ウ)

両人　こうするは。

ト両方より、宗十郎〔志賀〕を蹴たり踏んだりする。和田右衛門〔八〕、鉄五郎〔儀左〕が足をとらへて、

宗十(78)　身にあやまりがあればこそ、じつと無念をこらへている志賀の介を、か程まで。

和田　踏みのめされたが。

和歌　腹がたつか。

宗十　サア。

鉄　金をかへすか。

龍　代官所か。

皆々　サア〳〵〳〵、どふだ。

宗十　ヱ、。

ト思入。

和田　ぶんのめせ。

鉄　合点だ。

ト和田右衛門〔八〕、鉄五郎〔儀左〕、又宗十郎〔志賀〕をぶちにかゝる。立廻りにて両方へつきのける。

両人　こりやア、手むかいか。

宗十　ヱ、、口おしいなア。身に覚なきにせ金の悪名も、

のつぴきならぬ。

　ト龍蔵〔金兵〕へ目を付ケ、

サアコレ、まざ〳〵それとは知りながら、言ふに言われぬ此身の浮沈、それのみならず、差当ツて金の云わけぜひもなく、片やの関とたてられて、人に知られた志賀の介が、わづかの金ゆへ此ざまは、師匠志賀の清林より譲りうけたる**（28オ）**角力の秘書、一味清風の伝授の一巻、麁末に人手へ渡したる、家業の罪か、元祖吉田追風の咎か祟りか浅ましい。思へば〳〵、ヱヽ、口おしいなア(79)。

　ト思入。

龍(80)　きいた風な事をぬかしやアがる。代官所へ誘いて、

　金の道行を付ル。

和田　めんどふな、誘かつしやい。

鉄　合点だ。

　ト和田右衛門〔八〕、鉄五郎〔儀左〕、宗十郎〔志賀〕へかゝる。立廻り、宗十郎両人を左右にとらへて引すへる。龍蔵〔金兵〕、和歌蔵〔粂〕立かゝる。のれん口より半四郎〔歌里〕出て、さいふを宗十郎が前へなげて、ついとのれん口へは入ル。和田右衛門、鉄五郎、和歌蔵、それを見て、

三人　そのさいふは。

　ト宗十郎〔志賀〕両方へつきのけ、さいふを取つて見て、

宗十(81)　ヤアヽ、こりや金の入たる此さいふ、天から降ツたか、地からわいたか、忝ない〳〵。かゝる手詰の此場に於て、か程な金をお貸し下さる有難さ、死んでも忘れぬ此御恩ゝ、去ルにても、此金を御恩借下されしそのお方は。

龍　おれだよ。

宗十　ヱ。

龍　此野田金兵衛が用立ツのた。

宗　何ゝと。

龍　志賀の介、今おぬしが泣き事を聞いて、日頃から涙もろい此金兵衛、ほろりときたは。かわいや、われも明石志賀の介と、人に知られた名うての関取、女郎**（28ウ）**屋の二階といゝ(ママ)、その様に打擲されちやあ、その面も立ツまい。不便な事だと思ふから、お慈悲深イお情ケ深イ此金兵衛様が、貸して遣されたは。有難ひと三太をして、小嶋屋の義左衛門殿にかへして、質物に入レた伝授書とやらの巻物を取戻しやれ。

宗十　フウ、そんなら此金は、金兵衛、お身様が貸した金

か。

龍　あんまり不便(ママ)だから、貸してやるのだ。

宗十　こりやア、そふ有りそふな事だ。モウ出さゞあなるまい。爰を図太くすれば、いや共に命づく。金兵衛、おぬしやア、中〳〵発明ものだ。

龍　ヱヽ、むだ言わずと、金をあらためて戻しやれな。

ト宗十郎〔志賀〕金を改める。*箱をよこしやれ　五十両有ル。さいふを懐中して、金計持。

宗十　サア、小嶋屋の義左衛門殿、志賀の介がたつた今と言つた金が出来たよ。ちつとの間の了簡をしないで、金轡をはませて、よく打擲したな。ぶゑんの八、われもよく手伝てくれた、忝ない。礼から先へ言つて置くぞ。義左衛門殿、金をうけとらつしやい。

ト鉄五郎〔儀左〕おづ〳〵する。

コレサ、何も今更跡しさりをする事はない。早く金を取つて、大事の一巻をこつちへ戻して貰わふ。

鉄　合点だよ。又銅脈じやアないか、よくあらためて見て、*跡で代物(29オ)をわたさにやアならぬ。

和田　そふでごんす。なんぼ金兵衛殿が貸したと言わしつても、よく改めて見るがよひ。アノ人だといつても、まんざら〇　サア、まづよく改めて見さつしやるがよひ。

和歌　ゆだんをしたら、何をつかまふも知れない。大抵太い関取めじやアないぞ。

鉄　サア、そこだに依て、改めて。

ト金を見て読んで、

丁度五十両、こりやア、ほんの金だ。ヤレ〳〵、有難ひ。サア、金をうけとるからには、質物はそつちへおかへし申ス。

ト箱をそこへ置く。

宗十　正真の小判を返すからにやア、何もこな様の云ぶんはあるまいな。

鉄　なに云ぶんがあるものだ。

宗十　八、いま見ている通り新吹の山吹色、しやり〳〵する小判を五十両、返すのを見ていたろうの。志賀の介はにせ金遣ひじやアないぞ。

和田　あゝいふほんの物をかへせば、にせ金遣イじやアないわさ。

宗十　そんなら、おぬし達は何も云ぶんはあるまいな。

和田　云ぶんはなしさ。

宗十　おれが方ゥにあるは。

和鉄　ヱヽ。

宗十　うごきやあがるな。(29ウ)

両人　うごきやアしないよ。
和歌　味な風が吹て来たぞよ。
宗十　かりた金を返したからは、今わいらに打擲されただけ、これもぶちかへしてやらずは了簡がなるまい。義左衛門殿、八、なんとそうじやアあるまいか。
両人　イヤモウ、それは食べた同前（ママ）だ。
宗十　それでも、箸は取らせにやあならぬ。相伴がしたけりやあ、相伴もさせてやる。
和歌　お辞儀は申升ぬ。
両人　そんなら、どふでも。
宗十　是から、栄螺の壺焼をふるまふのだ。
両人　所をこうだは。

ト和田右衛門〔八〕、鉄五郎〔儀左〕か丶るを、宗十郎〔志賀〕そこにある棕櫚箒を取て、両人をさん〴〵にぶちのめす。和歌蔵〔条〕ふるへて思入。

宗十　うごき廻ルとぶちころすぞ。
和歌　コレ〳〵関取、モウよい〳〵、了簡しやれ〳〵。
鉄　ヲ丶、イタイ〳〵〳〵。腰骨がおれる様だ。八、手前はどふだ。
和田　知れた事さ、煤掃きの畳のよふな目にあつたものを。

鉄　ぶたれた所で、こうも有ふか○　催促に金を松本手伝つて。（30オ）
和田　こうぶたれては命チ中嶋。
和歌　こいつは出来た。
龍　ぶちた丶きの勘定が済ンだら、どれ、おれも此質物を。

ト巻物の箱を取りにか丶る。宗十郎〔志賀〕しやんととめて、

宗十　こりやア金兵衛、何をするのだ。
龍　何をするとは、五十両といふ大まいの金を貸して、おぬしが顔は此金兵衛が洗ツてやつたぞ。おぬしも関取の志賀の介、只五十両かりちやア、心持が悪そふなものだ。聞こへたか。そこでおれも恩にかけぬ様に、此伝授の巻物はおれが預ルのだ。ハテ、そつちの金の出来た時、いつでも取りに来やれ。長くおれが待つてやる。金兵衛に渡しやれ。
宗十　ならぬは。
龍　そりやア、なぜ。
宗十　女房が、女業に苦労辛苦でこしらへた今＊の金、お身様が、すりかへても寝覚が悪いと思ツて、出したぢやアないか。そんならやつぱり、今の金はおれが金。それに

此大切なものを質に取ろうとは、あんまり出来すぎる。
モウ金兵衛、よしにして、その手を放しやれ。(82)

龍　いんにや、質に取る。何もわれに金を只借ス(ママ)いわれがない。それだに依て質に取る。たつてわれが渡さにやア。

宗十　どふせうと思ふのだ。（30ウ）

龍　外によいうけとりてがあるよ。

宗十　そりやア、何もの。

龍　此ものだ。

ト又最前の挑灯を出して見せる。宗十郎〔志賀〕思入。

宗十　アノ、それで。

龍　渡さずばなるまいが。

宗十　ヱ、。

龍　ハテ、未練な男でムルわへ。おれに預ケて置くは、おぬしが懐にあるも同前(ママ)だ。こつちへわたしやれ。

トむりにひつたくる。

宗十　なる程、預ケろなら預もせうが、今にも金が短息したら、きつとこつちへうけ取ルぞよ。

龍　そりやア、知れた事さ。元金に利が付てくれば、何時でも返してやる。おぬしも一はたらき工面をして、波風た丶ずに此挑灯のナ、此挑灯を逆様に畳んで仕まへば、ちんてうてうちん、あかるみへ出られぬ事は、そりやア、おぬしも合点で有ふ。ろうそくの火のきへぬ様にするが肝心だぞ、志賀の介。

宗十　いかにも、その箱挑灯を預ケルからは、弓張の気も長く、ぶら提灯のぶら付て、金の工面の出来ぬを、待兼挑灯の皮の破レかぶれと、もし人手へ渡ス気があると、それじやア相談も、小田原挑灯。**（31オ　※31ウ・32オは白紙）**

龍　金高挑灯の括めを合せ、持てくれば何事も、丸提灯の角もなく、団子提灯が当世風。

宗十　その詞の小提灯も、畳み付ケよふが間違ふと、いや共真つ赤なほうづき挑灯。

龍　此提灯の出所へ出ぬ様、けさぬが明石志賀の介。

宗　そんなら金兵衛、その箱は。

龍　おれがしつかと預ツた。

和歌(83)　これから奥で酒にせう。

鉄　八も一所に、こつちへ来やれな。

和田　おらアモウ、ばれた海鼠で動かれない。

龍　からだに似合ぬ埒あかずめ。そんなら奥へ。

宗十　金兵衛殿。

龍　志賀の介、その内逢わふ。

ト唄になり、龍蔵〔金兵〕巻物の箱を持チ、和歌蔵〔粂〕、鉄五郎〔儀左〕付て、のれん口へは入ル。和田右衛門〔八〕はからだの痛ムこなしにて、そこへたをれている。宗十郎〔志賀〕跡を見送り、

宗十[84] 天に口なし、人を以て言わしむるか。思ひもよらぬアノ挑灯、慥に○ やつたと思ひの外、息才なアノ金兵衛、そんならいよ〳〵人違い、どふで逃れぬ○ それに付ケても伝授の一巻、金兵衛が手にもたせて置ては○ それ。

⊠ [85]ト一ツさんに、のれん口へは入ル。合方にて下座の方より富三郎〔八嶋〕、為三郎〔伊太〕出て来ル。**(32ウ)**

為三 モシ〳〵八しま様、おまへ、先おいらが供をして来た花蔵院様に、回向してくれと頼みなすつた戒名の書付を見て、アノ役僧様が味な事を言い升たよ。

富三 コレ伊太郎殿、そりやマア、どの様な事を言わしやんしたぞいのう。

為三 こんな事を言い升た。アノ戒名の書付を見て、何かむづかしい事を言つた。何さ、ヲ、それ〳〵、真覚院浄海禅定大居士、伝通院有智大居士、モシ、こうでムり升ふが。

富 ソレ〳〵、そうじやわいのう。

為三 此戒名は、上総の景清殿が回向を頼しつたかう名（ママ）に、文字もかわらず同じ様な戒名だが、アノ八しまといふ女郎は、平家にゆかりでもある女じやアないか、八しまと付たも味な事だと、したへ皺をよせて言つて居升たよ。

富三 待たしやんせ、そんならアノ、下タに逗留してムんす花蔵院さんが、わしが御回向頼んだ戒名見て、上総の景清が回向を頼んだ戒名と同じ事じやと言わしやんしたかや。

為三 そんな事じやと言つて居升たて。

富三 滅相な、マアなんのわしや、そんなものじやないに依て、なんにも構ふ事はなけれど、伊太郎殿、かならず共に、人にその様な事を言わんもんじやぞや。

ト和田右衛門〔八〕寝返りをして、

和田 おらあ、聞たよ。

ト富三郎〔八嶋〕びつくりして、**(33オ)**

富三 ヲ、ハ。

和田 八しまさん、わつちやア聞やしたよ。

富三 ヲ、、八さんとした事が、何ンじやぞいなア。何を聞たと言わしやんすのじやぞいなア。

為三　聞いた〳〵と、おまへ、辛子でも嗅きなすつたか。

和田　おきやあがれ、今わが言つた事をみんな聞たは。何ンたか無性にむづかしい戒名だから、お家のものでそれは覚ないが、上総の景清がもつて来た戒名と同じ事だから、アノ八しまといふ女郎は平家にゆかりの女かと、われを連て京の清水から来た坊主か言つたじやアないか。

為三　イ、ヱ。

和田　嘘をつきやあがれ。

為三　何ンの、その様な事を言ふてじやなかつたなア。

和田　なにさ〳〵、此ぢごく耳へよく聞て置たよ。おまへ、腹を立チなさんな。こいつはマア、よい金の蔓だ。今にも代官所へ訴ればよい金の蔓だが、そふ野暮な事を言ふわしでもない。八しまさん、おまへにわしやア、ちつと無心があるよ。

富　ヱ。

和田　ひつくりしなさるな。（33ウ）

為三　その無心に、わしも度〳〵なんぎをするものよ。

和田　モシ、わしが無心といふは、わしがおまへにほれた、と言つても聞てくれる気もあるまいわさ。そんな事じやアない。おちつきなさい。わしが頼みといふは、おまへなぜ、志賀の介が女房にならない。

富三　そりやモウ、ぬしのかみさんになりたいは大体（ママ）や大方の事じやなけれど。

為三　なけれどなら、なぜムツた。

和田　おきやあがれ。そんならおまへ、早くなつたがよいわさ。

富三　サア、なりたいはなりたいけれど、ぬしには歴としたおかみさんがあるに依て。

和田　去らせなさいな。

富三　たれをへ。

和田　志賀の介が嬶をよ。おまへが関取に嘱賂を養つて、突つ張つてみなさい。あいつはおまへにほれているわな、おまへにむつとされると、アノ嬶を去ツてしまいやすは。去ツた跡へ、おまへがぐす〳〵とおかみさんになりやすは。此点はどふだへ。志賀の介が去つたその嬶は、ぐす〳〵とおれが又女房に持だ。うまい仕事か。

為三　まずかろう。

和田　何を。（34オ）

富三　八さん、おまへはアノ、志賀さんのおかみさんにほれていやしやんすかへ。

和田　おはもじいが首ツたけ、くされはない。

為三　又さかなの味噌を上げるな。

富三　そんならアノ、おまへは、わたしにとやこう言わして、志賀さんのおかみさんを、去らしやんす様にせいと言わしやんすのじやな。
和田　御推文字とは、いやなやつよ。
為三　何だ、御推文字、おひもじいが聞いてあきれる。
富三　八さん、わたしやそんな事はいやでムんす。やつぱりおかみさんと一所に、中よ（ママ）ふかわゆがられていたいわいなア。
和田　そんならおまへ、嬶を姤いて去らせる事はならないかへ。
富三　サア、そんな事はどふも。
和田　ヱ、、気のない女郎だな。よしなさい、よしやあがりなさい。モウ頼まないは。そのかわりに是から又、お代官様へ行つて申上ケ升とさ、向ふで何ッだと聞クわさ。新吉原三ツ扇屋の八しまと申ス女郎は、平家方のものでムルと訴人をするよ。
富三　ヱ、。
和田　但し志賀の介をしやくつて、嬶を去らせてくれるか。
富三　サア。
和田　いやなら訴人だよ。
　ト為三郎〔伊太〕銚子盃をもつて来て、

為三　訴人の口へ一ツ上れ。（34ウ）
和田　一ツ呑め、こいつは面白イ。おれも今、意趣の有ル志賀の介につつかゝつて大きな目にあつて、腰骨がひつたゝぬ所へ、瓢箪酒のかわりに一ツ呑めとは。
　ト盃を取りあげ、
注いでくれろ。
　ト為三郎〔伊太〕銚子の口を持チかへて、注ぐまねをする。
コレ、ヱ、、何をしあがる。早く注がないか。
為三　これが瓢箪酒のかわりの、冗談酒でムル。
和田　われもいつの間にか、こぢ付ケならつたな。こんな物じやア、埒が明ない。
　ト茶わんを取つて、無性に呑む。
為三　ちよつとお間じや。
　ト注いで呑む。
和田　なる程、酒といふものは有難ひものだ。今まで痛んだ体が、さつぱりとよくなつて大丈夫だ。是からお代官様へ。
富三　ヱ、、コレ待たしやんせ。八さん、おまへの言わしやんす事を聞クぞへ。
和田　おれが言ふ事を聞くへ。

富三　サア、わしがためにもよい事じや物を、聞(き)かいでわいなア。
和田　そこだわな。おまへ豪気(こうぎ)に焼(や)き餅を焼(や)いて、志賀の介に嬶(かヽア)を去(さ)らせてくれさへすりやア、千秋万歳だ。
為三　マア、一ツ呑(の)ましやんせ。
和田　呑(の)みやせう。
為三　喰ひたがるは。(35オ)
和田　おきやあがれ。
富三　肴をせうかへ。
和田　ちよびといきたいね。
　ト富三郎〔八嶋〕あたりを見ると、弐重ぶたいにある八寸に乗せた硯(すゞり)ぶたを取(と)つて来り、箸(はし)を取(と)つて下の方へすて、
富三　モシ〳〵、よい肴が有ルわいなア。
和田　硯(すゞり)ぶたかな。ぞんざいなやつらだ。是にやア、箸(はし)がない。
為三　二本ゆびのちよひつまみなぞは、先生いかに。
和田　女郎衆の座敷で、そりやあ雑(ざつ)だ。
富三　それ〳〵やつぱり、わたしらがいつもの是がよいわいなア。
　トつむりにさした、長イ銀のかんざしをぬいて見せる。
和田　律儀(りちぎ)に箸(はし)で喰ふより、その方がありがたいの。小串にせうか。
富三　此あわびがよかろうぞへ。
和田　かた思ひで気になるね。
為三　わしやあ、又思ひに玉子が喰ひたいね。
富三　そんなら、おまへのすきな此鯛の切身になんせ。
　トかんざしへさす。
和田　爰へおくれ。
富三　わたしが上(あ)げるわいなア。
和田　そんなら、すぐに口へかへ。こいつはよい。(35ウ)
富三　サア、口を明んせ。
和田　そりや、ア、、。
　ト和田右衛門〔八〕口を明て出ス。富三郎〔八嶋〕かんざしの肴を口へあてがい、見すまして、くつとかんざしを喉(のと)へつき込む。和田(わだ)右衛門、ウントたをれる。為三郎〔伊太〕ひつくりしてとびのく。富三郎も退てふるへ、奥は獅子のさわぎになる。和田(わだ)右衛門、おき上り、喉(のど)のかんざしをぬかんとしても、ぬかれぬこなしにて、富三郎、為三郎を捕(と)らゑんとおひまわす。とゞ、和田右衛門、

喉のかんざしを引ぬき、物を言わんとしても言われぬこなしにて、無性にわからぬ捨ぜりふを言ふ。為三郎、足を取つて引きこかす。和田右衛門、あをむけになる。富三郎、こんどは煙管を取つて、和田右衛門が口へつゝこむ。さわぎ早めになる。これにまぎれて和田右衛門をしとめる。奥より芳蔵〔忠治〕出て来り、これを見るより、

芳　ヤア、これは。

トびつくりする。

富三　コレ忠次さん、さわがしやんすな。

為三　無言で〳〵。

芳　おきやあがれ、これが無言でいられる物か。かわゆそふに、ふゑんの八をやらかしたな〳〵。

富三　これはしたり、滅相な。おまへも知つての通り、常から気嵩な八さん、どの様な事があつたればとて、どふしてマア、わたしらが。

為三　それ〳〵、此豪勢な肴売殿が、わしらが手ぐさいにいける物でごんすかいの。

富三（ママ）　そして此八ぼうは、□ふして手こねたな。（36オ）

富三　聞かしやんせ、あるこ□□やわいな。

芳　どふしました〳〵。

為三　サア、此人は常から大酒かして、今爰で酒を弐三盃呑まつしやると、その侭ずんど立つたが、杉の木といふ身で口から血をはく程に〳〵、半挿に百盃計、これを升目に積もつたら、一石六斗弐升八合。

芳　そりやア、牛の講釈じやアないか。

為三　牛の講釈か馬の内羅か知らないが、つい此様に鯱張られ升た。

富三　ほんに、気の毒な事じやわいなア。

芳　そりやア、大方吐血をしたので有ふ。

為三　モシ、吐血をしたとはあまり雑だね。時に、かうしては置れ升まいが、八しま様、どふした物でムり升ふ。

芳　お定りの通り、大屋へ人をやつて、店うけに引とらせるか、それじやア爰の内に難義もかゝらないが、店うけがなんとぬかそふも知れない。

為三　それでは、どふむづかしくなろうも知れぬに依て、物言いなしに爰の内を出ス工面はあるまいかな。

富三　ソレ〳〵、どふぞ仕様はないかいのう。

ト為三郎〔伊太〕思案をして、

為三　あるぞ〳〵。

芳　思案があるか。

為三　八しまさん、虎の尾さん、モシ、コレこう〳〵。

ト両人へさゝやく。

芳　こりやア出来たは。(36ウ)

富三　それでよいかへ。

為三　合点なら、どりや、支度じや〳〵。

ト紙にて和田右衛門〔八〕が口の端をふいて、芳蔵〔忠治〕と二人リして立たせる。富三郎〔八嶋〕、和歌蔵〔粂〕が置ては入リし羽織を、和田右衛門にきせる。芳蔵、袂より錏頭巾を出してかぶせる。

為三　サア〳〵、大尽様の形リは出来たが、八しま様、そこらに茶屋の挑灯はムり升ぬか。

富三　コレ〳〵、爰に松屋の挑灯があるわいなア。

為三　よし〳〵、是から、からくりをせねばならぬ。

ト為三郎〔伊太〕腰の三尺手拭をほどき、中より二ツに引さき、一筋ヅヽ、和田右衛門〔八〕が両方の足へ結ひ付ケ、その端を為三郎、わが足の両方江結ひ付ル。

芳　こいつはどふも言へない。おぬしが一人リあくせくするに、おれが見てもいられまい。共々に手伝ツて送ツてやるべい。

為三　そんならおまへ、跡の方をお頼み申升。

芳　合点だ〳〵。そろ〳〵やりかけよふではあるまいか。

ト為三郎〔伊太〕茶屋の挑灯をさげて、

為三　サア〳〵大尽様、お出被成ませ。今宵はきついお酔被成様、御酒が過ぎると、いつもお足がよろつき升から、そりやお跡を。

芳　合点だぞ。

□和田右衛門〔八〕がうしろより帯をとらへる。(37オ)

富三　ほんによい大尽さ□□見へるわいなア。そんならお近ひ内に。

芳　大門まで送りやせう。

為三　大門より、肛門の入ルお客だ。

芳　コレ、何をゆふれい。

為三　亡者、お帰り。

富三　コレ。

ト思入する。清掻になり、富三郎〔八嶋〕行ケと手でおしへる。為三郎〔伊太〕一ト足づゝ行ク。和田右衛門〔八〕同じ様に行く。芳蔵〔忠治〕跡よりおして行ク。為三郎、花道にてけつまづく。和田右衛門よろつく。両人よろしく介抱して、向へは入ル。富三郎、これを見送り、のれん口へは

入ル(86)。下座より宗十郎〔志賀〕、思ひあるかたちにて唄をかり、出て来たり、

宗十　はて扨、いづれにしても、身の上の大事を知られた金兵衛め、六地蔵に落しあつた、生ゝ血の付た小提灯は、鹿茶屋へ預ケて置たおれが紋付キ、ぬすまれた金の五十両は儀左衛門に渡しても、血だらけな小提灯を枷に、大事の秘書を金兵衛が手へ渡して置れぬ計りか、人ごろしをかれが口より。

☒　ト思入。

とふでも生ケちやア、置れないわへ。

ト新造の半四郎〔歌里〕出て来て、

半　関取さん。

宗十　ホウ歌ざとか、さつきには苦労してたもつたが、マアよろこんでたも、五十両金が出来たわいのう。**(37ウ)**

半　アイ、嬉しいと思ふて下さんすか。

宗十　サア、うれしいは嬉しいがの、やつぱり大事の秘書の一チ巻は、その五十両の形に、あのいぢわるの金兵衛めが方へ取られたわいのう。

半　ヱ、、そりや又なぜにへ。

宗十　なぜにとて、儀左衛門が立催促、肴売の八めが高声の真ン中へほふり出した才布(ママ)、金兵衛めがおれに貸したのは、女房をちよろまかしてぬすんだ五十両、耳になるがいやさに、貸した面でなげ出した才布、太いやつじやアないか(87)。

半　何を言わしやんすぞいのう。あの金は、おまへのなんぎを救おふと思ふてな、わたしがおまへ、なげていた金でムんすわいな。

宗十　ヤ、そふ言やればいかさま、おれが前へ、ばつたりと、上から落た金才布。

半　しかも白金巾、紺嶋(ママ)の才布であつたであらふがの。

宗十　いかにも。

ト懐中より出して見て、

これ〳〵、白金巾に紺地の格子嶋。

半　ソレ〳〵、その才布中に、五十両の金があつたてムんせうがの。

宗十　いかにも五十両、扨はさつきの金は。

半　サア、おまへがあのよに苦労なさんすさかいでな、どふもそれが苦になつて、ほんにまあ恐ろしい、サア、後チの事はともあれ、おまへのなんぎにはかへられ**(38オ)**ぬと拵へたあの金が、お役に立つてほんにまあ、このよな嬉しひ事はムんせぬわいな。おまへも嬉しう思ふて下さんすかへ。

宗十　なる程〳〵、嬉しいはやま〳〵じやが、扨はそなたの調へてたもつた五十両、覚のある此才布。
　　ト思入レ。
それをおれが貸したるていにて、金の形に秘書の一チ巻をうばい、女房が心ざしの五十両も先達て騙り取り、あまつさへ人ごろしの。
半　ヱ、(88)。
宗十　サア、いづれにしても金兵衛めを。
　　トおくへ行んとするを留メて、
半　これ関取さん、待つて下さんせ。おまへのなんぎと思ふて拵へた、アノ金が、おやくに立たんとおしやんすかへ。
　　ト宗十郎〔志賀〕思入レ(89)。
宗十　歌ざと、ア、そなたは不憫なものじやのう。年端も行かいで、此よふな荒くましい、此志賀の介が事をそのよふにも思ふてたもるかいのう。どふしてまあ、まだ二階のわけも知らいで、五十両といふ金を調へてくれた事じや。マ、これが先キへ案じられる。わけを言や〳〵(90)。
半　イヱ〳〵〳〵、わたしが方のわけよりは、今おしやんした何とやら、その金もアノ、おまへのなんぎのおやくには立たぬとかへ。

宗十　サア、わが身のなげていた金を、金兵衛がおれにその場で貸したる金といふには、こつちに覚のある、女房が騙られたる金をもどすと推した（38ウ）ゆへ、此才布の五十両は金兵衛が金と思ひ、質にわたせし大事の一チ巻。今聞ケば、そなたのおれになげたる金、そふとは知らで金兵衛めに。何はともあれ、おのれ(91)。
半　これいなア、そのよふにおしやんしても、なんの事か、わたしには知れぬわいなア。おまへ様ンを大事に思ひ、折角な事して、又おまへになんぎの上に御難義をかけたかいなア。あやまりました。腹立つて下さんすな、わたしが粗相じや、どふぞ〳〵、かんにんして下さんせいなア(92)。
　　トしがみ付キ泣く。宗十郎〔志賀〕顔を見つめて涙ぐみ、
宗十　歌ざと、なんのこれが腹が立とう、どふしてわが身の粗相で有ふ。粗相といふは此志賀の介、年端も行カぬその心で、わけ言ふた迚合点も行まい。こなたの心ざしは礼の言いよふもなけれ共、その金にてこちらは済んでも、金兵衛めが仕方が悪しいゆへ、今のよふに言ふたのじや。誓文〳〵、心ざし忝い〳〵(93)。
半　それでも、おまへさんのすまぬお顔が、どふもわた

しや苦になり升る。ひよんな事しましたのう〳〵。

宗十　い丶やいのう、そふいふ事ではないといふのに。

半　かんにんして〳〵下さりませいなア。

　ト泣く。宗十郎〔志賀〕いだき上ケ(94)、

宗十(95)　こりや歌ざと、そのよふに苦にしやんな。そなたの心ざし、死ンでもわすれぬ。うれしいぞや〳〵。

　トいだきしめる。半四郎〔歌里〕こなしあつて、

(39オ)

半　関取さん、ありがたうムり升る。

　ト(96)だきしめる。おくより十四郎〔お万〕走(ママ)つ出て、

十四　ヤア〳〵関取さん、今日つき出しの新造衆を相手に取り組むとは、途方も内証に、大キな騒動がてきんしたによ。

半　おまんどのへ、内證に騒動が出来たとは、もしやなんの事でムんすへ。

十四　おまへかたの知りんしたこつちやムんせん。五十両といふ金が見へんしないによ。

宗十　何、金が。

十四　サア、此中、うちから内證に泊まつて居なんす、京の清水の花蔵院さんの五十両の金がないと言つて、茶臼ならどふしんせう、下タを上へかへしやす。

宗　ヤア〳〵、アノ、五十両の金が。

　トおくより、増吉〔染衣〕、菊太郎〔くれない〕声して、

菊増　まあ〳〵、お待なさんせいなア。

　ト宗三郎〔華蔵〕、奥二郎〔松月〕を追ふて出る。両人これに付キ、鉄五郎〔儀左〕、森蔵〔鈍月〕出る。

鉄　モシ〳〵下タのお客様、まあ〳〵、御了簡なされませ。

菊増　あの子も、ちやつと逃ケさんせ〳〵。

　ト半四郎〔歌里〕は奥二郎〔松月〕に思入レ。宗十郎〔志賀〕こなし有へし。

宗三　にげた迚にがそふか、小坊主め。サア、おのれより外知るものはない。出さぬか〳〵。

増　これいなア、わたしらは二階に居て、なんにも知らぬがな、なぜにそのお子を、そのよふに折檻なさんすぞいなア。

半　さやうでムり升る。年シも行ぬ此子、かんにんしてやらしやんせいなア。

宗三　イヤ、そもじは今日はじめての奉公人どの、此三ツ

扇屋を旅宿にして、(39ウ)春毎に下たる(ママ)此華蔵院、よくぞんじておるぞ。此坊主めは、親しらずで四年ンあとに身が弟子に致いて、当春はじめてつれて下だつた所に、さつきにわしが内證の、蔵のまへの離れ座敷に、置き炬燵をしてもらつて、とろりとやつた所に、こいつがそつと枕元をさぐるゆへ、何をすると言つたれば、お足をもんであげよふとぬかしたから、イヤ〳〵と言いしなに、とろ〳〵寝入ツたは覚へて居るが、それから跡はしら川の、夜見世がでたも見世引けも、大いびきのくせ、目がさめて見れば、旅行李、大胴乱、挟箱の置どころも違つたは合点が行ぬと、あらためて見た所に(が)、秩父どのからうけ取ツた祠堂金の五十両、嶋の才布のまゝ紛失、なんぼ出入りの多ひ遊女屋でも、金の有所を知つたは、此鈍月坊と此小坊主ばかり、それゆへのせんぎてムる。お構へなさるな〳〵。

森　申〳〵師の御坊、此鈍月は、離れ座敷の事は扨おき、お枕元トへもお足元トへも、まかり寄つた覚はムらぬ。よし原の御旅宿さへ、女ぎらいのわたくし、女計ある所ゆへ、知りもしないおうたがいを請ケ、ほんに穴へもは入りとふムり升る。

宗三　なんでもうたがいは小坊主めだ。サア、ありよふに抜かさぬと、偸盗降伏の法をおこなひ懺悔させるが、白状せまいか。

奥　モシ師の坊様、御□なされて下されませい。ありよふは。(40オ)

半　これ〳〵〳〵、染きぬさん、くれない様ン、おわびをな〳〵。

増　そふでムんす、華蔵院様、よもやちいさいあの子のわざでもムんすまい。外をもせんぎして御覧じませい。なア、関取さん。

宗十　さやう〳〵、どふ致いて、あの小法師のわざとは見へませぬ。今宵は悪い、ナア、いろ〳〵なやつが来て居升れば、ナア、女郎さん方。

増　それ〳〵、七日尋ねて人をうたがへといふじやないかへ。そのよふに荒立てずと、かんにんしてやらしやんせいなア。

宗三　なり申さない。とゞろぎ坊の御本坊へ、拙僧が立ち申さぬ。それ計かたつた今、ありよふはと抜かしたからには、サア小坊主め、此ぬすみてはおのれに極ツた。白状せまいか。

奥　サア、人にだまされて、偸盗戒は破りましたが、此上に嘘ついて、妄語戒は破られませぬ。アノ、五十両の祠堂金(しどうきん)は。
半　これいなア、ぼんさん、こなさんは知(し)らさんすまいナ〳〵。
奥(おく)　歌ざと様、かくごでぬすんだあの金。
半　これいなア。
奥(おく)　イヱ〳〵〳〵、嘘(うそ)をついては未来(みらい)がこわい。わたしがぬすんだに違(ちが)いムりませぬ。
皆々　ヤア。（40ウ）
森蔵　扨こそなア。
宗三　あきれはてる小僧めだ。肝(きも)がつぶれる。うぬは〳〵。
半　ア、これ、待(ま)つて下さんせ。此子じやない。その五十両は此歌ざとが。
十四　おや〳〵、おまへの知(し)りんしたこつちや、ありんせん。遠(とふ)くへ退(の)いて居て、高(たか)みでみやざきでありんすへ。
宗三　何にもせよ、此小坊主め。ひつたつて、お針(はり)部屋へつれて行(い)つて、金の行端(ゆきは)を問(と)はにやアならない。
鉄(てつ)　それ〳〵、居合せたわしらも身晴(ば)れだ。
宗三　小僧め、失(う)せろ。
半　ア、、これ。

ト立かゝる。鉄五郎〔儀左〕、森蔵〔鈍月〕にて隔(へだ)てる。宗三〔華蔵〕、奥二郎〔松月〕を手ごめにするを、団十郎〔七兵〕出て後へかこひ、会(ゑ)釈(しやく)して思入。

森(もり)　ヤア、こりやア。
鉄(てつ)　さいぜんの田舎もの。
半奥(おく)　ヤア、おまへは。
団　御縁(ゑん)日の十七兵衛といふ、土ツぽじりでごんすはなア。

ト四人、物言(い)わず思入レ。

鉄(てつ)　その田舎者が、なぜ爰へ出しやばつたのだ。
団　清水寺(きよみづでら)の華蔵院(けぞういん)様、わたくしをお見覚なさつてムり升か。
宗三　いかさま、お手まへ□年跡に、此小坊主をつれてムツた。（41オ）
団　へゝゝゝゝ、その時のやとい□てムり升る。此子はたしか五条坂のソレ、おどけた坊様がムりました。ヲ、それ〳〵、その時清水(きよみづ)の十四ケ寺の坊院、華蔵院(けぞういん)様へ此ふもん丸を御弟子(みでし)にあげる約束(やくそく)をして来たによつて、おくり届(とゞ)けてくれろと言(い)われましたによつて、五条坂からあなたの所へたつた四五丁のおくり賃(ちん)、一ツぱい酒にもなる事か、あつちのくにで尊(とふと)がる、潤目(うるめ)の干物(ひもの)たつた一(チ)まいで茶づけ、さ、その手違(ちが)いて、それでおまへのお名をもよく覚へており升るて。
宗三　ハテなア。
鉄　道理こそ、此小僧めが今、ヤア、おまへはと言つたつけの。
団　それでさ。
宗三　ふしぎな所でそちにあつたが、その時の形りと違つて、今は田舎者か。
団　さやうでムる。人の行衛と水呑百姓にならふとは、わたくしもぞんじませぬ。若イ時から観音信仰で、それであの時は清水参りのかた稼ぎで、五条坂におりました。それから生国の上総の木更津へ帰りまして、月〳〵の十七日はかゝさずに此浅草の観音参り、戻り足にはいけないやつさ、素見をして帰らないければ、何かわすれたよふで、国者と同じよふに宿引を先達にして昼見世の椋鳥、(41ウ)格子〳〵をのぞきこんだ所が、田舎の女郎才と違つて、綺羅をかざつてけたゝましいで、目をうれしからせて帰る計、いろけも未練もない男でムりましたが、今日中の町で爰のお職の八しまといふお傾城を見て、肝の束ねがでんぐりがゑつて、爰の二階へあがろふとしたれば、茶屋はどこだの、船宿はどこだのと言ふによつて、木更津の船宿は江戸橋のさつまや、茶屋じやアないが、宿屋は馬喰丁のかりまめやだと言つて、二階へあがつたまゝさ。今にお女郎もでつくわせませぬ。此二階に居り合せた謂れは、だん〳〵だん〳〵団十郎、角のとふた定紋でムり升る。
宗三　幸い〳〵。よい時に居あわせてくれたで、京都清水寺の本坊へも、愚僧が言訳があるといふもの。聞きやる通りの、秩父どのからうけとつた祠堂金の五十両、せんぎするまでもなく、ぬすんだとありよふに申も不憫。五十両の金の行端さへ知れて、戻りさへすれば、又愚僧が了簡がある。それが知れねば、不憫ながらも。
団　よふムり升る。田舎者でムれ共、百姓は律儀いつぺん。此七兵衛が此所に居合セたのも。
ト思入レ。
サア、縁でかなムりませう。ちつとの内、わたくしにお預ケなされい。五十両の行端をせんぎいたして、お手渡しいたしませう。それまで、勝手しりの蔵のまへの離れ座敷とやらで、(42オ)まあ、ゆるりつと御□なつて、お待なされませ。
増　ほんに、それがよふムんせう。
菊　これぼんさん、おまへも一緒におやすみなさんせ。
宗三　いかさま、これは幸いな百姓七兵衛、かれにあづけてしばしの間タ。

森(もり)　師の御坊もおやすみなされい。

宗三　いかにも〳〵。思へば不憫(ふびん)な小坊主め、金の行端(ゆきは)さへ知(し)れゝば、人をたすくる行法の身の上(うへ)、とくとせんぎを預るあいだ、よきよふに図(はか)らふてよかろう。

団　かしこまりました。

鉄(てつ)十四　華蔵院(けぞういん)様。

菊増　サア、ムんせ。

ト唄に成り、此五人、のれん口へは入ル。

半　ヤア、おなつかしや、これ申。

団　ア、これ〳〵お女郎様、何をおつしやり升る。ハ、ア、扨は月〳〵の十七日の観音参りに、江戸へ出るついでに昼見世をのぞきこむと、百姓の面(つら)に目角(かど)が付たかして、ハ、、、、。

半　い、ゑいなア、情ない。扨は、あの五条坂の弟。

団　ア、これさア、五条坂、さでもかけらるゝ高僧知識(ちしき)にする心で、清(きよ)水寺へ登□□させたる親心、サア、此子の親御のお心、それに（42ウ）引キかへて武士(ぶし)も武士、何(ママ)おふ平家に、サア、平生の侍の子とは違う陸沈(りくちん)の親なれ共、大望ある身の足手まとひ、二ツには落胤なり、その身の堅固(けんご)を思ふゆへ、おさなきより清水寺の僧侶となして、御門ンの、サア、一家(いつけ)の跡をも弔(とむら)はせんと、此子の親御が登山させしに、親に似ぬ子は鬼子とやら、武士の忰にあるまじき、うぬれ(ママ)はぬすみをしおつたな。小坊主の身をもつて、五十両といふ金子何にした、なぜぬすんだ。

ト懐中へ手を入る。両人、いろ〳〵心づかひ。

これ〳〵、懐中にも金子がないのは、どこへこかした。たれに渡した、畜生(ちくせう)め。サア、いよ〳〵おのれがぬすんだに違(ちが)いはないか。

奥(おく)　かんにんして下されませ。ぬすんだに違(ちが)いはムりませぬ。

団　ヱ、、おのれはなア。見るも汚(けが)れと今日前(衛)ン、首はねるは易(やす)けれ共、わづかなれ共、金子の行方。ヱ、、それもまゝよ。

ト苞をほぐして小太刀を出し、抜かけんとする。半四郎〔歌里〕慌(あわ)てとゞめる。これをつきのけ、又抜(ぬ)かんとするを、宗十郎〔志賀〕しやんととめる。

宗十　お百姓、まづ〳〵お待なされて下されい。

団　さいぜんから見て居升るが、江戸の名取(とり)のお角力、聞かつしやる通(とほ)りのわけ、ぬすつと根性(こんぜう)の此餓鬼(がき)め、見るも汚(けが)れ、いま〳〵しさにぶつた切ル柄の手を、なぜお□□□召されたな。

宗十　士農工商の四ツ□内、士は法権(*けん)をつかさどり、農はたがやす百姓の、律儀(りちぎ)（43オ）いつぺんとばかり□□たは、不知不覚、農業よりも武の道に、廉直(れんちよく)なるお百姓、感(かん)ずるにあまりあつて、おとゞめ申も慮外にあたれど、やむ事をゑぬ此ばのの（ママ）仕儀(しぎ)、拙者(せつしや)は明石志賀の介と申ス、小兵(ひやう)なれども角力取、以後(いご)は見知(し)らつしやれて下されい。

団　角力の元祖、志賀清林より相伝の、日の下開山明石志賀の介どのといふ、横綱(よこづな)ゆるしの関取とは、在郷者の耳(み)の穴へも、とつくに通ふじてござ升が、聞る丶通(とふ)りの餓鬼(かき)めがしわざ、それだによつて。

ト又当て、

宗十　サ、所をおわび申升る。わたくし計かさいぜんより、それと言(い)わねど申(もふ)さねど、アレ、あの新造(しんぞう)の歌ざとも、たしかにそれと。

半　これ申。

宗十　サア、明石潟。

団　何が、なんと。

宗十　サア、明石の浦や人丸の。

半　これ関取さん、めつたな事を言(い)わしやんすな、とふぞ此場は。

団　ハ、、、、とく気取(けど)られて物(もの)ありげに、預ケことばて別(わか)る丶よふな、ありふれた出合でない。角力も目早(めばや)い男にて。

半　はや身の上を。

宗十　明石潟。（43ウ）

団　あかしの浦の朝霧(きり)に、ほの〴〵見ゆる懐(ふところ)の、それ、その才布は。

ト宗十郎〔志賀〕ちやつと懐へおしこむ。その手をちやつととらへ、

ハ、、、、才布は白地に紺糸の縞(しま)、隠(かく)れ行懐(ふところ)の、内こそ金のせんぎの種(たね)。

ト立廻りにて嶋(ママ)の才布を引出ス。此紐切(き)れて、団十郎〔七兵〕が手へ才布とまる。両人は面目なき思入レ。

団　うごくな、わつぱめ、小めろうめ。小坊主めがぬすんだ金才布こそ慥な証拠(せうこ)、金の行き端(は)は、うぬらが智恵(ちへ)付ケくされあつたと見てとつた。入レ知恵(ぢへ)かつてげんざいの、腹(はら)はかわれど、サア、此所で血で血を洗ツて言(い)われぬわけ、くされあまめ、とち女郎(めろう)め、年も行かざる小

女郎、小坊主、たらしこんでの金の横どり、それでも関かお角力か、両人ともに返答ぶて、サア。

三人　サア〳〵〳〵〳〵。

団　どふだ。

　ト宗十郎〔志賀〕はへイと思入。

半　ハア〳〵〳〵〳〵〳〵ハア。

　ト泣き伏す。宗十郎〔志賀〕思入して、

宗十　その嶋の才布のわけ、一句一統此場におゐて、申わけ立ちがたし。只今金子を此場にて、調達せん事又かたし。かさね〴〵の不義をも恥ぢず、此場の節義にさしあたる、あの小法師が命計りは、拙者が身に代へ助くる義理。金子の調達、後刻迄頼存る。お百姓、松月坊、イザ。

　ト小脇にひんだき、つれて退かんとかけ出るヲ、

　団十郎〔七兵〕飛かゝつて襟髪つかみ、（44オ）

団　待つてもらおふ□い。関取、なんとのたまふ、金は後刻と此せがれをつれて退かれたその跡で、道の付かぬ金計か、知音のある此せがれを、相対づくでこかしたと、言われて武士が、サア、田舎つぽうの百姓、どこで一分立つものだ。やる事ならぬ、まあ、待ちやれ。

宗十　理の当然は知りながら、即時にかへす金子もなし。さすれば此子の命の際、察する所に此年シ月キ、尋ね求めしおことこそ、サア、此場の混義にからまれて、此子をたすくる計が恩報、とつてかへしてお身様にも、ちつと、そつと、用がある。まあ見苦しい、爰はなせやい。

団　ハ、、、、小節を恥づるものは、英名をなす事なく、すこし恥を憎ムものは、大切をあらわす事あたはずと言へり。小せがれ一ツの命をかばふて、見苦しい此場の逃足、やる事ならぬ。お角力、待ちやれさ。

宗十　なんとお言やるお百姓、義を思ふゆへ此年シ月キ、あいたい見たい、いづくでか出つくわしたいと、金鉄に心をかためしその敵と、まんざら知つても義にせまり、法師が命をたすけんと、義心シをはこぶをにげ足とて、おこがましい引キとめだて。思ひまわせば八しまの昔シ、ハ、、、おもしろくなつて来たわへ。小節を恥づる諫めに、お坊はつれて退くまいが、首のほねのつよひ関取、田舎角力の細腕でとめだてしたら、フ、ハ、、、〳〵〳〵、おくれをとるべい。爰放せ。（44ウ）

団　関取の志賀の介、脳頭から蹠まで、ちからじこみの首のほね、つよひはそつちの得手だんべい。四十八手は知らねども、土百姓細腕は、鋤鍬や藁槌に、たこの入ツたる金拳、うでのほねのつよい男だ。やる事ならぬ、関取待ちやれさ。

宗十　おもしろい、それこそこつちにのぞむ所だ。法師をかばふは当座の義理、戦場のうつぷんを晴らさんために、爰かしこ、かたちをやつし心をゆだね、尋ね求めしかいあつて、めぐりあふたるおことこそ、侍大将七兵衛。
団　景清と見た汝こそ、八しまの磯にて出つくわせし。
宗十　三保の谷の四郎。
団　国俊なるか。
宗十　景清。
団　三保の谷。
宗十　ハテ。
団　めづらしい。
両人　参会じやなア。
宗十　サア、かく名乗りおふ上からは、錣を渡スか、首を渡スか、サ、、、、、(45オ) 景清、なんと〳〵。
団　こざかしや、待ち設けたるおことが首。
宗十　のぞむ所の汝が首。
団　イザ〳〵〳〵〳〵。
　ト立かゝる。半四郎〔歌里〕とめて、つきのけらるゝ。立廻り二ツ三ツあるべし。とゞ、打合せる柄元トを中にて両方とめて、我が横腹へつらぬく。これにて両人手ばなし、肝をつぶす。奥二郎〔松月〕立より、かなしむ仕組よろしく有べし。
宗十　ヤア〳〵、こりや何ゆへの。
団　生害じや。
半　これ申、父上様。
団　ヤ、これ。
半　イヱ〳〵、大事ムんせん。これ申、我がつま。
宗十　ヤア。
半　よふ返事して下さんした、我が夫、ありがたふ〳〵ムんするわいなア。
　トこれにて両人見合イ、思入レしてなみだぐむこなし有べし。
半　申し、と丶さん、景清。
　ト思入レ。
　様、久しぶりでのお目見へに、親子のことばもかわさばこそ、あまつさへ、目のまへでおなげきかける此(45ウ) さいご、元トはといへば恥づかしい、面目ないが関取の、此志賀の介さんについほれましてムり升る。かさね〳〵の御身の御難義、今宵中に五十両金調はねばならぬ仕儀、かわいやな、これ此子をたらしこんでぬすませて、役に立てた金ゆへに、此子の命の際となり、いとしと思ふ殿御の、その本名を今聞けば、三保の谷さんであつたかいなア。親と夫は敵同士、金ぬすんでと智恵かふた此子は、わたしが腹がはりの義理ある弟と知らいでな、ぬすみをすゝめあまつさへ、金がなければ命の際、それも何ゆへ、みなわたしが悪性ゆへにほれこんで、悪事をすゝめて此子の身の上、親と夫は刃のあらそい、とてもそわれぬ因果と思ひ、あきらめての此生害、父上様、我が夫、遺恨の刃は左右より、つらぬかしやんした此刀で、これぎりに中直つて、婿よ舅とむつましう、死ンだ跡でも御回向をおたのみ申ス。これ父上、これ申シ志賀の介さん、わたしや死ンでもおまへの事、なんの忘りやう、どふ忘れう。迷い迷ふていつまでも、浮かむ心はムんせぬわいなア。

　ト□泣きおとし、(46オ)

宗十　お□聞へたか、景清、いかなる薄き奇縁にや、年端も行かぬその息女の、われを慕ふてあまつさへ、はてはわれゆへ此生害、いたましいとも残念とも、のぶべきことばもムらぬわいのう。

団　つゝむは無益の此場の仕儀、かれこそは我が本妻、熱田の末則が娘しらゆふが腹に宿せし人丸、あざ丸のふたりの我が胤、惣領娘人丸でムるわいのう。寿永の戦ひに景清がゆかりとて、熱田の舅末則も、源氏武士に生ケどらる、その折柄ちり〳〵に、母しらゆうも病死と聞く。姉に人丸、弟にあざ丸、その行方も知れされば、五条坂の阿古屋に宿せし別腹の末子、此ふもん丸、清水へ登山ンさせしに、めぐり〳〵てしかも今日、此所にて兄弟親子、名乗りも得せで娘がさいご、七兵衛景清と、言われし武士の子供らが、かくなりはつると思へば〳〵、山をつんざく景清も、子ゆへの闇に気おくれしを、敵ながらも三保の谷国俊、必つ笑ふておくりやるなや。

奥　扨は、おまへが腹かわりの姉様でムりましたか。道理こそはじめから、いとしうて〳〵、それゆへのあのぬすみ、とゝ様、こらへて(46ウ)下さりませいナア。

半　ヲゝ、よふ言ふてたもつたのう。わしもそなたに逢ふと早、かわいらしい愛しいと、思ひこんだは血筋の縁、それとは知らず恋ゆへに、げんざい義理ある弟に、ぬすみをすゝめた恥づかしさ、かんしてたも〳〵〳〵。

　ト泣きおとす。宗十郎〔志賀〕立かゝり見て、

宗十　とても覚悟でつらぬきし左右の刃、此世ははかなき縁ながら、未来永劫かわらぬ契り、せめてもの思ひ出に、成仏してたも、これ人丸。

半　ヱゝ、かたじけなふムり升る。千万部のお経より、今の仰せがあの世へ土産、言い置く事はこれ計、苦痛を

かけずと、とゝさん、我がつま、おふたり様の敵と思ひ、両方の此剣、早く引イて下さんせ。お和睦なされて下さんせ。早う〳〵、拝み升わいなア。

両人　尤。

ト左右方、思入レ。つか〳〵と寄つて、半四郎〔歌里〕が顔を見る。奥二郎〔松月〕すがつて居ル。

団　娘人丸。

宗十　来世の我がつま。(47オ)

半　未来の夫、必ずへ。

宗十　ことば金鉄。

団　いさぎよふ。

半　父上、弟。

奥　姉様。

ト四人、思入レ。

半　さらばや。

両人　なむあみだぶつ〳〵〳〵〳〵。

ト半四郎〔歌里〕、思入レにてよろぼい立つを、此念仏の内こなしあつて、左右より刃を抜くと、思入レにてかつぱと倒るゝ。三人、どうと泣き落ス。こなたより鉄五郎〔儀左〕出、

鉄　ヤア、扨は七兵衛といふ百姓は、お尋ねもの、景清。此通り訴人して、ほうびの金にあたゝまる。待つてけつかれ。

ト両人、思入レ。

団　こりや〳〵国俊、娘がさいごの義心をかんじ、追善と思われなば、今下郎が注進にて景清(の)が身はあやうし。心かゝりは(47ウ)傾城八しま、真事は能登どの、御息女にて。

宗十　玉綾姫と悟せしゆへ、おことが行衛も知らんために、かくなれたる廓がよひ、たがいの遺恨は戦場にて、此場は此まゝ人丸が、縁に引るゝたがいの義心。

団　景清訴人の上からは、姫君の御身の上。

宗十　金ぬす人のふもん丸、その子と共に此廓を。

団　おとし申さん、玉綾姫。

宗十　つとめのその名は傾城八しま、女房合点か。

半　心得ました。

ト半四郎〔さよ〕女房にて、富三〔八嶋〕を伴い、つか〳〵と出る。

半　ヤア、こちの人。

富三　こりや、歌ざと。

団　こりやそこでない、御身の上。

宗十　法師も共々つれだつて、廓を落よ。女房合点か。

半　シテ、又おまへは。

宗十　跡に残りて、これ此法師がなんぎの金、金兵衛にでつくわし、うばい（48オ）取られた一チ巻も、取り戻して跡から行く。

半　そんなら此場は、おふたりをつれだち申て立退かんが、もし姫君の身の上を。

団　せんぎの時は、まつ此ことく。

　ト人丸が首をおとし、片手にひつ提け、

団　時にとつての御身がわり。

宗十　それこそ屈強。

富三　そんなら此まゝ。

宗十　女房合点か。

半　心得ました。

団　待つた、お内義。

半　御用かな。

団　その両人を預ケる返礼。

　トかぶとの錣をなげてやる。

半宗　ヤア、これは。

宗十　取り戻さんと、心をゆだねし。

団　八しまのわかれのかぶとの錣。（48ウ）

宗十　女房、いそきやれ。

団　姫君様。

富　景清。

三人　これ。

四人　さらば。

　ト早三重にて、奥二郎〔松月〕を先に、富三郎〔八嶋〕、半四郎〔さよ〕向ふへ走る。

（49オ　※49ウは白紙）

引返す。本舞台三間の間、正面黒塀、忍ひ返シ。下座の方、松柳の立木。下の方、辻行灯、用水桶。舞台先キ、泥舟。すべて中田甫の懸り。幕の内より、かすめたるどん〳〵、時の鐘、雨風の音にて幕明。

　ト向ふより、龍蔵〔金兵〕序幕のなり、足駄、傘をさし、尻をからげて、跡先に心をつけて走り出て来る。跡より、鉄五郎〔儀左〕尻をからげ、同足駄、傘にて出て来り、

鉄　金兵衛どん、ヲ、イ〳〵、金兵衛どん。

龍　やかましいわへ、おれを呼たてるはだれだ。

鉄　わしでごんす、義左衛門てごんす。

龍　なんた、義左衛門だ。おらあ、また志賀の介めかと

思つて、ひつくりするやつよ。

鉄 そりやアモウ、気遣ひはごんしない。五町丁は景清せんぎ（50オ）で乱騒(らんさわ)ぎさ。わしが出た跡で、すぐに大門はじめ木戸〳〵を打(ぶ)つたから、志賀の介めは、帰りたくつても帰ル事はなりませぬ。気遣ひなしにしづかに帰らつしやりませ。

龍 そんならアノ、志賀の介が跡にまごついて居ル内に、景清がせんぎがやかましくあつて、大門を打(ぶ)つたか。

鉄 アノ一件(いつけん)の済(す)む迄は、みんなかへる事はなり升ぬよ。

龍 そりやア、よい時分においらは帰ツたわへ。

ト言(い)ふ内、宗十郎〔志賀〕後の塀の上へ出来り、両人を見(み)つけ、思入にて伺ツて居ル。

鉄 いひ段じやア、ムらなひ。モちつと、づるけると、いつ迄置(お)かりやうも知(し)れ升ぬよ。わしが爰へ来たとは知(し)らずに、志賀の介めは、跡で尋(たづ)ねて居るでごんしよう、ハ、、、、。時に金兵衛殿、さつきの一巻はそこに持(も)つてムり升か。

龍 そりやアモウ、おれが御内陣へ、よつくおさめて置たが、思ひがけ（50ウ）ないアノ歌里めが、ほうり出した金を引ずりこんで、手もぬらさず、志賀の介に否応言(いやあふい)わさず、此一巻をまき上(あ)げるまで、とん〳〵とうまくいつたしやアないか。

鉄 それさいわひに、迎酒(むかひ)と出よふしやアこんせぬか。

龍 そりやア、よかろう。

鉄 南一、おごらつしやいませ。

龍 そんなら義左衛門、来(き)やれ。

ト行ふとする。宗十郎〔志賀〕塀の上より飛おり、龍蔵〔金兵〕が鐺(こじり)を取(と)つて、

宗十 金兵衛、待(ま)て。

龍 ヤア、わりやア。

両人 志賀之助か。

宗十 いかにも志賀の介だ。金兵衛、用が有ル、まア待(ま)て。

龍 さつきにもこりずに、又爰へ失(う)せたか。

宗十 おぬしが工みに、ふか〳〵乗(の)つて、大切な一巻を渡したが、（51オ）今後ロで何もかも残(のこ)らず聞た。サア、その一巻を返せ。

両人 そんなら、今のを。

トたがいに思入。

宗十 何もかも立聞た。その金ゆへに不便(ママ)や、歌里がさいごといひ、満(まん)座の中で此志賀の介を、ヨウ打擲(てうちやく)ひろいだな。

龍 フウ、わりやア、その意趣返しに失(う)せたのか。

宗十　うぬらが工みを聞からは、そのまゝ、じやア、帰されない。覚悟ひろけ。
鉄　イヤア。
　ト龍蔵〔金兵〕か方へ逃ル。
龍　ハ、、、、覚悟ひろげもすさまじい。ウヌ、じたばたひろぐとコレ○　此一巻をふん裂くぞよ。
宗十　ヤ、、、、、それを。
　ト思入。
龍　引裂いても、大事ないか。
宗十　サ、それは。
龍　指でもつけると、ふん裂くぞよ。
鉄　こいつは、おつりきなものが有ツたわへ。ヤイ、うぬがちからが（51ウ）有ルと思ツて、おいらをいぢめると、直に引裂いてしまふよ。
宗十　サ、それは。
龍　それ共、此一巻がほしくは、おれに踏まれろ。
宗十　何を。
龍　じたばたすると、ふん裂くぞよ〳〵。
　ト宗十〔志賀〕を蹴ル。ムウと思入。
　なんだ、その面はなんだよ。
　ト蹴る。

鉄　ヱ、、いけつ太ひやつでムルわへ。いつその事に、ふん裂くがよふムル。
宗十　サア、それは。
龍　そんならだまつて、ちよ〳〵こなつて失しやアがれ。
　ト蹴倒す。宗十郎〔志賀〕思入。鉄五郎〔儀左〕引つけて小突きまわし、これより一巻を枷に、両人して宗十郎をぞんぶんにいぢめ、と、宗十郎、ウムと倒れる。
龍　ハ、、、、こいつはくたばつたそうた。ハテ、もろいやつじやアないか。（52オ）したが、大骨をおらしやアがつた。サア義左衛門、来やれ。
　ト行ふとする。
鉄　コレ〳〵金兵衛どん〳〵、こいつをコウふちばなしにして置ちやア、又跡でどんな目に逢ふも知れない。暗いを幸、やらかしてしまふ方がよふごんしやうぞへ。
龍　なるほど、こりやア、よい所へ気がついた。ドレ、おれが引導わたしてくれべい。どれ〳〵〳〵。
　ト立戻りて、宗十郎〔志賀〕が上へまたがり、刀を逆手にもち、
　如是畜生発菩提心南無。
　ト突きにかゝる。宗十郎〔志賀〕、ねたまゝ、足蹴

にちよつとあてる。龍蔵〔金兵〕、是にて飛のき、前をおさへせつなき思入。鉄五郎〔儀左〕、それとかゝるを美事に取つてなげのけ、

宗十　うぬにやア用はない。金兵衛、さいぜんの一巻を。

ト龍蔵〔金兵〕が懐中より引す。

龍　それを。

トかゝるを引すへ、(52ウ)

宗十　此一巻を無傷に取戻そうはつかりに、手をこまぬいて、うぬらにぞんぶんになつて居た。これさへ手にいりやア、モウ千人力だ。うごきやアかるな。

龍　面倒な、それ。

鉄　合点だ。

ト宗十郎〔志賀〕へかゝる。美事になげのけ、是よりはな〳〵しき立てのなりものにて、面白き事いろ〳〵有ツて、とゞ下の方の辻行灯の火をけす。これよりしのび三重、ごん〳〵にて、闇の仕組よろしく有ツて、とゞ龍蔵〔金兵〕を泥舟へ気味よくなげ込、鉄五郎〔儀左〕にも一ト太刀浴ひせる。うんと倒れる。龍蔵、宗十郎、両人にていろ〳〵有りて、とゞ龍蔵を切りころし、ぞんぶんにゑぐりころし、一巻をおしいたゞき、

宗十　ヱヽ、忝ない。この上は、今一度景清の安否、それ。

ト行ふとする。かたわらに、手を負ふたる鉄五郎〔儀左〕心づき、

鉄　その一巻を。(53オ)

トかゝる。美事になげ、起キかへつて来る所を抜き打に斬り倒し、ごん〳〵にて、いつさんに向ふへ走りはいる。すぐにどん〳〵にて、此塀を引て取る。

正面いつはい誂の屋根になる。真中に団十郎〔景清〕好みの通りの形りにて、切首をくわへ、抜身をかついでしやんと見得。上の方に喜十郎〔姉輪〕股引、たすき、りゝしき形り、眼平、森蔵、芳蔵、門蔵、白襦袢、りゝしきなりにて、突棒、錑を団十郎へつつかけ、詰寄て居ル。若ひ衆大ぜひ、高提灯、弓張提灯を持つて、後に取巻て居ル。此見得、ありや〳〵のかけ声にて、舞台先へおし出す。

喜十　景清をやるな。(53ウ)

皆々　うごくな。

団十　ハ、、、、こしやくなる蝿虫めら。此景清をからめんとは、しほらしい。ならは手がらに、からめてみろ。

喜十　それやるな。
皆（みな）　やらぬは。
ト立廻り。皆々（みなみな）、団十郎〔景清〕をとりまき、
うごくな。
ト宗十郎〔三保〕出て、
宗十　景清、捕（と）つた。
トかゝる。立廻り。
団　どつこい。
ト皆々（みなみな）、見得（へ）よく居ならび、
まづ今日は是切。（54オ）

図31　『卯しく存曽我』絵本番付
（早稲田大学演劇博物館蔵、ロ23-2-17）

【東大本との主な異同（中幕　第一場・第二場）】

1　東大本では「実は景清子ふもん丸」の設定が見られない。
2　百右衛門は、東大本では役名不明の侍の役としても登場する。
3　東大本では「実は林道広娘おちへ」。
4　団十郎の東大本での役割は、「丹波屋助太郎」と「三つ扇屋亭主三郎兵衛」。
5　喜十郎の東大本での役割は、「若い者おぢぎ藤兵衛」。
6　東大本では「実は三保谷四郎国俊」の設定が見られない。
7　東大本では「実は景清子人丸」の設定が見られない。
8　東大本「あげ椽（ママ）のかゝり」。以下、東大本と逐一明示しない。
9　東大本では瀬川増吉（傾城染衣）のセリフ。
10　「大尽さま、御尤でムり升」。
11　「あほうらしい」。
12　この為三郎と森蔵のやりとりが、東大本では次の通りとなる。

為三　またうそをつきおるな。

森　なぜ啌とは言わる、ぞ。

13　「又悪口言わる、かイ」。
14　「其無骨な所が、カノ出家容気」。
15　「滅相な」。
16　「こいつ、何をさま〲のことを言いおる」。
17　以下の龍蔵と和田右衛門のやりとりに、抱谷文庫本では脱落が見られる。東大本では次の通り。

龍　サイノ、おいらは当なしといふ物、イヤモ上かればいつも初会で、とんと冴へぬじやて。

和田　また、そん事ばかり言わしやり升。おまへ、三ツ扇屋の八しまに何やらあるといふ人のうわさ。

龍　何を言ふやら、アノ女郎がくさり付て居るは、角力取の明石志賀の介。

和田　サア、そういふ噂も聞升た。アノ又関取めの女房も、ナント美しい物じやないかゐな。おれも一寸はり掛ケてみたが、中〲いけるやつではムり升せ。

18　「八ぼう、商売に手ひどう身が入な」。
19　「時に、見れば坊さま達チが大ぜい、どふやらおれはさし合ィじや」。
20　「是から上ェが金づくじやテ」。
21　以下の龍蔵と奥次郎のやりとりが、東大本では次の通りとなる。

*金(朱)龍　時に、お小僧が名はなんと云升ぞ。

奥　アイ、わたくしは松月坊と申升る。

龍　ヱ、、松月坊とナ。

奥　アイ、松月とはまつのつきと書升る。あなた方は定し御存じでもムり升せふ、宝晋(ママ)才の発句にも、名月や*畳の上ェに松の陰と申ス秀逸がムり升とうけ給はり升たが、大方其やうな事で親達がつけられた名とみへ升る。

宗三　かれが申に違イなく、松月とは…。

22 以下、和歌蔵、龍蔵らが奥次郎にかかり、富三郎が止めに現れるまでの段取りが、東大本では次の通りとなる。

和歌　イかさま、八が肴売はきつゐ物じや、ノウ金兵衛。

*金兵衛(朱)龍　さやうでムり升。肴売になつても、坊さまになつても、大抵の事ではいき升せぬ。時に御坊さま、わたくしは野田の金兵衛といふて、銭金子をたんと持ツて、多クの諸大名へお出入をする町人でムり升。建立事かなんぞ用意があるならば被仰付、モきつと立テ引をする男でムり升ル。

*松(朱)おく　ア、申〳〵金兵衛さまとやら、私共のお師匠さまもナ、方〳〵のお大名方へお出なされて、御祈祷のお礼をさし上ケ升れば、そこ元がたに用無心をおつしやるよふなお師匠さまではムり升せぬ。

為三　そうじや〳〵。松月さまが言わしやる通り、人の物をかりたがるよふな、賎しいおいらがお和尚さまではナイ。

奥　あんまり不作法な挨拶でムり升ふ。

*金(朱)龍　ヱ、、此小僧めもアノ調市めも、味いな事を気に掛ケて、つべこべ〳〵とよふじや(ママ)べるやつらじや。

宗三　イヤ、コリヤあいらが申スのが尤でムル。はじめてお目に掛ツた其元、用無心があるならば、金兵衛が所へコイとは、ちとお詞が過ぎるかと愚僧はぞんじられ升。

和田　さればイの、無心でも聞てやらふと言ふのに、腹をたてるといふは、モきつゐ点違ヱ。

宗三　サア、そこが出家侍、ひれつな心は持チ升せぬ。

和歌　その出家をこんな所に置クと、抹香くさくて酒も呑めぬはイ。ずくにう供を、とこぞへ早ふやつてしまへ。

龍　コリヤ、大尽さまの思し召がいつちヨイ。マア、此餓鬼めからつまみ出そ。

ト奥治郎〔松月〕へ掛る。為三郎〔伊太〕一寸隔てる。

為三　そうはならん。

和田　此大津馬の追い枯らしめ、じやませずとすつこみや。

為三　ソレ、すつこんだ。

＊大尽（朱）わか　かたつぱしから土手へぼつぱらへ。

＊金（朱）龍　心得ました。和尚、来やれ。

宗三　コレ、聊爾せまいぞ。

ト立廻りに成。

龍　ヱ、めんどうな、おれと一所に。

皆々　失せやがれ。

ト引立る。此時、向ふ幕の内より、

富三　待つた。

23 「次第に槌之助〔うらの〕、梅吉〔なみち〕禿にて段々」。

24 「此野田金兵衛がじやまになるずくにうめ」。

25 「の、めかしたるお傾城」。

26 「十四　ヲ、サ、早く爰へ来てくれめせ」。

27 「此大尽も大抵の待ちかね」。

28 以下の龍蔵、和田右衛門と富三郎のやりとりが、東大本では次の通りとなる。

龍　どこへと言ふたら、全盛な此場、席が抹香くさくなるに依て、土手へ連レて居てぶちのめす。

富三　そりや又、なぜにへ。

龍　ハテ、花をかざつた女郎衆の中へ、抹香くさい此ぼうず、精進もので酒が呑めぬに依て、粂の仰をうけて此金兵衛が引立るのさ。

和田　八嶋さん、座敷の貰イ引とは違ふほどに、そちらへ退いてムり升せ。

富三　イヱ、退クまいわいなア。何もかも、用子（ママ）はあそこでのこらず聞ました。お役僧さま、皆さまに構わずと、早ふお出なされ升せ。

29 「最前より、あまりぶしつけなあいさつな申かたとい、、がさつなわろ達チゆへ」。

30 以下の富三郎と和歌蔵のやりとりが、東大本では次の通りとなる。

富三　フウ、此子の事も、粂さまが云出しなさんした事かいなア。そういふ不粋なお方じやに依て、おまへの座敷は出とむのふなるわいなア。

和歌　ヱ、、藹次もナイ。なんの、おれがそんな野暮なこと言ふ物で、みんなアノ金兵衛や肴屋の八めが、悪くおだてるのじや。おりや、知らん〱。

31「そうじや〳〵、八が言ふ通り、大尽さまがなんのかのと言わつしやらにや、何もおいらが構ふ事はナイ其小僧、八嶋さま、おまへの勝手にしなされ升せ」。

32 以下、第一場の終わりまでが、東大本では次の通りとなる。

町人　サア〳〵、コウ御出なされ升せ。

ト始終通りかぐら、清掻にて、花道より百右衛門(ママ)、大小、打裂羽織、黒股引、草鞋掛ケにて侍ヲ連出ル。是に庄屋、月行事、町人大ぜい付キ、此中へ団十郎〔助太〕序幕の形リにて付て出ル。皆〳〵、お触れが有ル〳〵〳〵と言いながら、本ぶたいへ掛る。是ヲ見て和歌蔵〔条〕奥へは入ル。百右衛門上ミへ通ル。皆々、下に居ル。

百　五丁町の役人共は罷出たか。

丁人　さやうでムり升。

百　忝なくも、我君の御仁政四海に溢れ、万民大平をうたふの折から、怪しいかな、夜前浅草花川戸六地蔵のかたはらに置て(ママ)、人を殺して立退イたる曲もの、是まつたく盗賊のたぐいにあらず、数ケ所の手疵は、意趣切リと相見へる死がいの容体、正に怪し

きゑせものにきわまる。ずいぶんと有家をさがし、からめ捕つてつれ来れとの厳命、急度申渡シたぞ。

皆々　かしこまり升た。

和田　金兵衛さま、聞ツしやりましたか。六地蔵での人殺し、切られたやつは、たしか女衒の清介とやらいふうわさ。

龍　何にせよ、あの当りで(ママ)人を殺スとは、テモ野太いやつもある物じやナ。

団　さやうでムり升。アノ女衒の清介殿が、滅多に懐に金子のある手合でもないが、何にもせよ、手ひどい事し升たナ。

龍　そう言ふそちは、丹波屋の介太郎じやないか。

団　ヱ、、誠に金兵衛さまでムり升か◯　いつも〳〵御さかんなお顔つき、久しぶりで一ツ下さり升せふか。

和田　イヤ、丹波屋の兄はどふでムんす。此頃は角力で、ゑろうなぐりこむであろうな。

団　何の〳〵、其よふにむまい事の有ル物じやごんせぬ。モほんの立前とりじやて。

富三　介さん、ムんしたかへ。

団　これは八嶋さま、わたしも角力に掛ツてとんと

忘れており升たが、ちとおまへに噺シたい事有レど。
富三　ムウ、気遣イな事じゃムんせぬかへ。
団　ア、イヤ、何も気遣イな事じゃムり升せぬ。
富三　それでも花川戸の人殺し○
団　アノ清介は、かわいゝ事をいたし升た。
百　其人殺のせんぎが第一（代壱）。ナニ町人共、隣町へ
案内いたせ。
皆々　かしこまり升た。
龍　おいらも、お役人さまのお供をして。
和田　八嶋さまの座敷へ鳴り込まふか。
富三　介さんもこつちへムんせ。
団　御いつしよに参り升ふ。
百　町人ども、参れ。
皆々　コウお出なされ升せ。
トさわぎ歌になり、百右衛門、町人皆々、富三郎〔八嶋〕、団十郎〔助太〕、龍蔵〔金兵〕、和田右衛門〔八〕、皆々下座の方へは入ル。
始終清掻にて、此道具を引て取る。返し

---

33 東大本では、第二場の舞台書き、及び最初のト書きを次のように記載する。
三間の間二重舞台*、上の方に床之間、違棚、黒ぬりのたんす、正面暖簾、すべて女郎屋の二階*、八嶋が部屋の掛り。宜舗、チヨン〳〵にて道具留ル。

ト和歌蔵〔粂〕、十四郎〔お万〕先に、増吉〔染衣〕、菊太郎〔くれない〕、芳蔵〔忠治〕出来り、

34 「二丁町」。

35 「此又おらが御敵、八しまの君は何をしている。早ふよんで来い〳〵」。

36 「サア、今のはアノ、おめでたふムり升ス」。

37 「ト此時、奥にて音トする。是にて半四郎〔さよ〕陰する」。

38 「そりや一大事。そなたをあつちへわたしては、此志賀の介が面が立たぬ」。

39 「…待ちあかしていたわいな。志賀の介さま、どうせうぞいな〳〵。どふぞヨイ思案して下さんせ」。

40 以下の宗十郎と富三郎のやりとりが、東大本では次のように簡略化されている。
宗十　ハテ、何も其様に案じる事はナイ。マア此金なりと、そなたの手附に間に合はそうはイ。
富三　志賀の介さま、ヱ、嬉しうムんすぞへ。
ト宜舗有て一寸だきつく。半四郎〔さよ〕引

のけて、

41 東大本では、このセリフの後「ト是にてびつくり」のト書きが入る。

42 東大本では、宗十郎のこのセリフと、それを受けての半四郎の「だまらんせ」というセリフが省略されている。

43 「…何もかも胸に有。早く去にやれ」。

44 東大本ではセリフが簡略化される。「…勤の身でさへ悋気はする、それでもわたしや、なん〱の誓文、女房になろとは申升ぬ」。

45 「スリヤ、人殺しの○　ハテ、騒がしいことじやのふ」。

46 以下のやりとりが、東大本では、次のように富三郎のセリフが省略される。

半　此贋金。

　ト宗十郎〔志賀〕思ひ入して、奥へ行ふとする。両人留、

是待つた、こちの人。お前はどこへ。

宗十　一度ならず二度ならず、手盛りを食ふた金兵衛め。

47 この「所もあしく…ある仕方」のセリフは東大本にない。

48 東大本には、この富三郎のセリフがない。

---

49 以下、（18ウ）の為三郎、和歌蔵の出までが、東大本では次の通りとなる。

富三　ヱ、モ、とんとなんじややら、案じらるゝ事では有ル。

団　モウ〱酒は御めんだ〱。

　ト奥より出、

ヤア関取様、八嶋様と煮凝りかへ。

富三　又悪口かいなア。

団　時に関取様、今奥で小嶋屋の義左衛門殿がな。

宗十　おれに逢たいとか。

団　蚤取眼で女郎衆の座敷を覗歩行ながら、廊下で顔を見合せると、下座敷にいるなら、おまへにそふ言ふてくれろと言われ升た。

宗十　サア、おれも小嶋やに逢のに困つているて。

富三　そりやアノ、かの一品でかへ。どふぞマア、よい様に言ひのばしておいたがよいわいなア。

団　なにゝしても、お前、逢わつしやらずは済升まい。

宗十　そんなら鳥渡逢て来る程に、八嶋、爰にいやれ。助ぼう、後に一ぱい呑ふぞへ。

団　待つて居るぞや。

宗十　どりや、逢ふて来よふか。
　ト合方に成、宗十郎〔志賀〕奥へは入ル。富三郎〔八嶋〕思案する。思入。
団　モシ八嶋さま、何がおまへ、屈託なお顔じや。気分の悪い事でもムり升か。
富三　サイナ、志賀の介さまの言わしやんす、大切な伝授の秘書とやらの事が、心にかゝるさかいで。
団　そりや、おまへも外ならず思ひ被成るゝからじや。ずいぶん御尤でムり升、モシおちへさま。
富三　ヤア。
　トおもい入。
団　今月は親旦那、林道広さまの七回忌の御年忌、則御命日は十八日、もふあさつてゞムり升る。ヨモヤお忘れはなされ升まいがな。
富三　ヲヽ、ほんにそうじやあつたのふ。浅ましい身の上になつて居ル公界の内にも、たのしみと思ひ染た男のこと、苦になつたゆへ勿体ない、とゝさまの御年忌も◯　サア、なんの忘れう助太郎、今月じや有たのふ。しかも御命日は十八日、よふ覚ているわいのふ。
　ト団十郎〔助太〕、富三〔八嶋〕が顔を見て、

団　どのやうな事にかゝつてムらふとも、是はお忘れ被成ぬ筈、林道広様といふては、方々のお大名方から請待して、生薬師のやうに敬れさしやつた大旦那が、不慮な事故長々の御逼塞にて、お嬢様と、乳母や妣がお育た（ママ）申たお前様を、是非なく此吉原へ傾城奉公、嘸御残念でムり升ふ。
富三　勤の身の憂苦労、推量してたもいのふ。
団　御推量申さいで、なんといたそう。わたくしが親共は、介右衛門と申升て大旦那の若党、久敷御恩ゝに預ツた物（ママ）でムり升。其御恩のあまりで育ちしわたくし、末子の小坊主めは、親仁が菩提の為に京の清水へ弟子坊主に遣し升る。モ壱人リ身の此介太郎、せめておまへさまの御用でも承り、何卒してお身の上を片付とふ存升。
富三　ヨウそのよふにやさしい事言ふてたもるのふ。とゝさまの恩をうけた、若党の介右衛門が物領のそなた、此身になつた此おちへ、たのみにするはそなた計り、とゝさまの法事の事も。
団　お寺への付ケ届け。
富三　何かの事も相談し升せふ。
団　さやうなら、おちへ様◯　ジヤナイ、八嶋さん。

富三　そんなら、助さん。
団　然らば奥で、万事の噺しも。
富三　マア、ムんせ。
　　ト歌に成、思入有て両人は入ル。こなたより為三〔伊太〕酒きげんにて、和歌蔵〔粂〕をつれ出来ル。

50 「ムウ、それでお心が揉め升か。御酒きげんで暫しの間お待ち被成、おつ付ケ見へるでムり升せふ」。

51 「ト言ふ内、こなたより森蔵〔鈍月〕酔ふたるこなし、十四郎〔お万〕を肩にかけ出」。

52 「ト此声を聞、森蔵〔鈍月〕囁、十四郎〔お万〕嬉しがり、そろ〱床へ行。為三〔伊太〕すり違ふ。十四郎床へは入。和歌蔵〔粂〕が上へ乗つてこなし。和歌蔵、目をさまし、すぐに乗つかゝり抱付。屏風を廻す」。

53 このセリフの後、東大本では為三郎、森蔵の次のようなセリフが続く。
為三　ナニ、唐のせめがあるものじや。
森　ハテ、両国にあるはイノ。
為三　そりや、唐の開帳じや。

54 「…義左衛門にも逢イにくい。まアそれよりは、金兵衛めにでつくわし金子の行端(ママ)、太切(ママ)なき秘書をうけ戻さねば、師匠へどふも云わけなし。おれゆへに女房にまで苦労をさせる、ヱ、、思へばしがない志賀の介、ハテ、あさましき世の中じやナ」。

55 「ト始終合方にて」。

56 「…訳あつて、本にあほらしいせりふじやが」。

57 「イヤモウ、女郎じみてとんとおもしろないわいの。そしてそなたは、今夜はだれぞ客衆が有のか」。

58 「…そんな事も有ふかイ。モいろ〱さま〲の心遣イ」。

59 この「何ッでも…ものだよ」のセリフは東大本にない。

60 このセリフの後、東大本では次のようにト書きが入る。
半　サア、わたしや寝升さかいで、何ぞ用が有なら。
　　ト此内、半四郎〔歌里〕たばこ盆をはこび、又茶をはこび、いろ〱思ひ入あり。
宗十　何にも用はないさかい、早ふ寝やイノ。おりや、ちつと思案をせにやならぬ事がある。

61 このト書きは東大本にない。

62 以下、東大本では、ト書きや半四郎の長ゼリフに若干の違いが見られる。
半　申、コレ。
　　ト留ル。宜舗ふりはなし、

宗十　ちよつと逢ふて来ルぞや。

　ト合方になり、宗十郎〔志賀〕思入して奥へは入ル。半四郎〔歌里〕見おくりて、本意なきこなし。

半　ヱ、モ、新造女郎には何がなるぞいなア。ほんに御寮さまの所に居て、勧進に歩く内から、アノ関取の志賀の介さまは、いとしらしいお方じやと思い染めても、はかない身の上、心の丈を言ふたとて、どのよふに思ふたとて、なんとも思ふて下さんせぬ。せめて一事(ママ)、かわい、物(ママ)じやと言われたら、わたしや本望でムんする。どふぞしてなりと、志賀の介さまの気に入ルよふに。

　ト一寸しあんして、
ムウ、今聞ば、何やら金の事できつふ苦労をしていやしやんす。顔色も悪し、ろく〳〵に物も言わしやんせぬは、金の事で苦労をしていやしやんす。どふぞ其金を、ちつとなとして上ゲたら、何とぞ思ふて下さんすまい物でもない。どふぞ其金をこしらへたいと思ふても、滅多に金がある物でもなし、ア、、ヨイ思案はない事カイナア。

63　このト書きは東大本にない。

64　「アノ、お師匠さまのお首のさいふに、アノ、小判が」。

65　以下、東大本では、この半四郎と次の奥次郎のセリフに若干の違いが見られる。
半　イヱ〳〵、滅相な。マア、其様な大たんなこわい事がなる物かいナア。ひよつとお師匠さまのお目が明イてみやしやんせ、おまへがマア、大抵や大方のなんぎ、こわいことじやムんせぬ依て、やめにして下さんせ〳〵。
奥　おまへがいとしいに依て、其金をわしが取つて来てやり升ふかといふ事じやわいのふ。

66　この思い入れの印「〇」は東大本にない。

67　「…女房を玉につかふて、ヨウマア銅脈をにぎらせたナ。質に取つた伝授の一巻せしめうとは、野太いやつじや」。

68　以下の鉄五郎と和歌蔵のセリフが、東大本では次のように一つになっている。
鉄　ハテ、遣はぬ物が女房をだしに、コ、、是見よ。
　ト紙入より序まくのにせ小判を出し、
鹿茶屋の店先キで、ヨウまあ、こんな物つかましたなア。にせ金遣イの大盗人、あんまり違イも有まい。おれがあげ詰メにして置くアノ八しまを、横番を切ル、コナ大ゥ(ママ)道物、にせ金遣イのぬす人め、ウ、。

69 以下の和田右衛門、和歌蔵、鉄五郎、宗十郎のセリフは東大本にはなく、宗十郎が龍蔵に詰め寄る場面の段取りも、次のように簡略化されている。

宗十 …たつた今金もかへし、大切な一巻もうけ戻して見せう○ 金兵衛殿。

龍 なんだ。

宗十 さつきにからのあらまし、聞てゞ有ふ。モウたばこにも酔時分、おれが逢たい、たばこをやめて爰へ出やれ。

龍 何だ、大分小むつかしくせりふをならべるが、此金兵衛に逢たい、逢たくば逢てやらふ○ おれに逢たいとは何の用だ。

宗十 金兵衛、出せ。

龍 出せとは何を。

宗十 ゆうべの金を。イヤサとぼけな。首筋をおさへても、すりかへた正真の小判を…未練に逃られもせまい。サア、懐に有金を、尋常にそこへ出せ。

70 「すりや、真実覚へないと言ふのか」。

71 和歌蔵のこのセリフは東大本にない。

72 「すりかへられた金の訳立テ」。

73 以下の和田右衛門、和歌蔵のセリフが、東大本では次のように発話者が異なっている。

鉄 盗人じや騙りじや、テモ、けち太い奴郎じや。

和田 テモ、野太いやつじや。小鮒町のしめときている。

74 「小嶋さま、おまへあんまり了簡がおつよい。イヤ又、こんな太いやつに、美しい女共が無性にほれくさる、其いま〳〵しさ。此よふな大盗人め、手に掛ふよりいつそおみ足に掛て」。

75 このト書きと次の和田右衛門のセリフは、東大本では次の通りとなる。

ト宜舗思入にて、いためる。

和田 アイタ〳〵、わりや、角力取で力ラがつよいナ。にせ金遣イの大ずりめ。

76 「龍蔵、跡を見送りおかしみ」。

77 以下、龍蔵、和歌蔵、和田右衛門のセリフが続くが、東大本では次のように和歌蔵のセリフがない。

龍 テモけたいな新造め、最前といゝ、今といゝ。皆さまご覧じ升せ、何を言われても、身に覚へが有ルからまじ〳〵と、ハテ小気味のヨイ。

和田 ソレ〳〵、いつそぶちのめした上ェで、代官所へ。

鉄　金をかへさにや。

78 宗十郎のこのセリフから、和田右衛門、鉄五郎両人の「こりやア、手むかいか」までのやりとりが、東大本では次のように省略されている。

ト両方より、宗十郎〔志賀〕を蹴たり踏んだりする。和田右衛門〔八〕、鉄五郎〔儀左〕の足首をとらへ、

宗十　ヱ、是、身に覚へなきにせ金の悪名も、のつひきならぬ。

79「…さし当ツて金の云わけ、人に知られた志賀の介が、…家業の罪か、元祖吉田追風の咎かと、思へば〳〵、セヱ、、浅ましい身の上じやナ」。

80 以下の龍蔵、和田右衛門、鉄五郎のセリフが東大本にはない。

81 以下、(30ウ) の龍蔵のセリフまで、東大本では次のように段取りが異なっている。

宗十　ヤア、、コリヤ是金子、天から降ツたか、地からわいたか、手詰メの難義を救はんと、御借用下されしその御方は。

ト思入有り、

何にもせよ、当座の急難ンかたじけない。サア小嶋屋義左衛門殿、志賀の介がたつた今と言ふた金、ちつとの間の了簡もせず、よふ打擲したな。ヤイぶゑんの八、われもヨウ手伝てくれたナア、まづ礼から言ふて置ふわい。サア義左衛門殿、金うけ取らつしやれ。

ト鉄五郎〔儀左〕おづ〳〵する。

是、何もいまさら跡じさりする事はナイ。早く金を取つて其一チ巻、こつちへ戻して貰ふかい。

鉄　ヲ、サ、合点じや。又銅脈じやないかよ。代ロ物を改メて、跡で一巻ン渡そふはイ。

ト金を見て読んで、

丁度五十両、コリヤ、本の金じや。ヤレ〳〵、有難い。サア、金を請取からは、質物はそつちへ帰し申ス。

ト箱を向ふへ出し、

宗十　正真の金をかへすからは、何も云ぶんはあるまい。

鉄　なんの言いぶんがある物じや。

宗十　ヤイ八、今見ている通り新吹の山吹色、しやり〳〵する小判五十両、ナント志賀の介は、にせ金

遣イじやナイぞよ。
鉄　ア、いふ本ンの物をかへせば、にせ金遣イではナイ。
宗十　そんなら、貴さま達チは云分ンは有まい。
和田　なんの言いぶんがあろうぞい。
宗十　われが方に云分がなけりや、おれが方にちつと申分がある。
両人　ヱ、。
宗十　うごきやがるな。
　ト思入。宗十郎〔志賀〕も一寸こなし。
両人　ヱ、ハイ、うごきはいたさぬ。
宗十　素人を相手にはおとなげナイ、二人リ供（ママ）に了簡のならぬ所なれどゆるしてやる。とつと、爰を出て失せふ。
両人　イヤモそれは、食べた同然。
宗十　失せふてや。
　ト左右駈る。龍蔵〔金兵〕巻物の箱を持て立上ル。宗十郎〔志賀〕一寸留て、
宗十　コリヤ金兵衛、何とするのじや。
龍　イヤ何ともせぬ、五十両の金の片（ママ）に取るのじや。
宗十　ナニ、五十両の金の形とは。

龍　志賀の介、今あたまの上へ、ポイと投た金は、サどこから出た。
宗十　ヤ。
　ト思イ入。
龍　おれじや〳〵、此野田の金兵衛さまが用立たのじや。
宗　何ンと。
龍　志賀の介、今貴さまが泣き事を聞て、日比から涙もろい此金兵衛、ア、かわいや、われも明石志賀之介、人に知られた名うての関、女郎屋の二階といゝ、其様に打擲しられては、顔も立つまいと思ふから、おじひ深ひこの金兵衛さま、貸してやつた五十両、貴さまの顔の汚れたを、金兵衛が洗ツてやつたのじや。貴さまも関取じや、五十両の金借つて心持が悪からふ依て、おれも恩にきせぬよふに、此伝授の巻物を預ツたのじや。ハテ、貴さまの金の出来た時、いつでも取りに来やれさ。

82
宗十郎と次の龍蔵のセリフが、東大本では若干異なる。
宗十　…あんまり出来過ぎ。金兵衛、マアよしにして貰ふかイ。
龍　うまい事言ふなイ。何もわれに金を…。

83 以下の和歌蔵、鉄五郎、和田右衛門、龍蔵のやりとりが、東大本では次の通りとなる。なお、頭書に「宗十」とあるのは、和歌蔵、ないし鉄五郎の誤りであろう。

宗十　是から奥で酒にせう。八も一緒に。

龍　そんなら、わたしも。

84 抱谷文庫本では、この後、八嶋（富三郎）のぶゐんの八（和田右衛門）殺しの場面へと続くのに対し、東大本では、抱谷文庫本において**（37ウ）**以降に描かれる、志賀之助（宗十郎）と歌里（半四郎）のやりとりの場面が、次のように先に来る。注86参照。

宗十　天に口なし、人を以て言わしむる。思ひよらぬアノ丁燈、慥に○　やつたと思ひの外、息才なアノ金兵衛、そんならいよ〳〵人違ヱ、六地蔵に落してあつた、生〔ママ〕血の付た小丁燈は、鹿茶屋へ預ケて置たるおれが紋付、盗まれた金の五十両は義左衛門に渡しても、血だらけな小丁燈を枷に、大事の秘書を金兵衛が手へわたして置れず、二ツには、人殺しをかれが口から。

ト思イ入。

どふでも生ケては、置れぬはイノ。

ト奥より、新造の半四郎〔歌里〕出来り、

半　申、関取さん。

85 東大本では、志賀之助（宗十郎）と歌里（半四郎）のやりとりの場面の後、次のように八嶋（富三郎）のぶゐんの八（和田右衛門）殺しの場面へと展開する。ただし、抱谷文庫本の為三郎の役割を、喜十郎演じる「若い物おぢぎ藤兵衛」が果たしているほか、内容にも違いが見られ、抱谷文庫本のものを短くまとめたような形になっている。なお、この場面に限り、ト書きが役者名ではなく、「八しま」「八」のように役名で表記されている。

ト歌に成、半四郎〔歌里〕が手を引て、両人思入にて奥へは入ル。

ト奥より八しま、若イ者壱人リ出て来て、

喜十　モシ八しまさま、一大事がムり升ル。

富三　一チ大事とは、何事でムんす。

喜十　イヤ、外の事でもムんせぬが、常住おまへさまのおせわに成り升るわたくしでムり升るから、申あげ升ル。

トさゝやく。びつくり。

富三　ヱイ、そんなら、此八嶋が身の上のせんぎ。

喜十　モシ、ちつ共早ふ此廓を抜ケて出るのが、コレ、おまへのおため。わたくしめがお供いたし升ふ。

富三　段々の心ざし、嬉しうムんす。それに付ても志賀の介さま、ちよつと逢ふて何かの噺を。

喜十　御尤ではムり升るが、ちつと間も心元トナイ。

富三　そんなら此まゝ。

喜十　サア、お早ふ。

ト両人、花道へ掛る。奥より肴売出、

和田　待ちやがれ、やることはならぬはイ。何もかも様子は聞た。八しまといふ女郎は、お尋でムり升るとおれが祈人(ママ)する間、ソコうごきおるまいぞ。

喜十　ヤア、シテこなたは。

富三　肴売の八さま、滅多な事言わしやんすなヱ。

和田　ア、コレ、何もびつくりする事はナイ。高がこうじや、わしが皆をよび留めたは、あながち八しまの祈人しやうではナイ◯　是、そこが相談づくといふ物じやはイノ。

富三　シテ、其相談と言わしやんすのわへ。

和田　サア、おれは今迄こんな事言ふた事がナイから、いきにくい。どふぞおまへに無心があるはサ。

喜十　なんだ、八嶋様に無心が有。

富三　其無心と言わしやんすのは。

和田　サア其無心は、何ソレ、なぜお前、志がの介か女房にならぬ。

富三　そりやモウ、ぬしの女房に成たいは成たいけれど。

和田　そんならお前、成たがよいわさ。

富三　でも、ぬしには歴としたおかみ様が有によつて。

和田　去らせなさい。

富三　誰をへ。

和田　志がの介に嘱賂を養つて突つ張りなさい。そふすると、お前に惚ているから、お前にむつとされると、アノ嬶を去つてしまふは。其跡へお前がぐすとは入。此幕はどふじやへ。志がの介が去つた其嬶は、ぐすとおれが女房に持つだ。うまい仕事か。

喜十　イヤ、まずからふ。

和田　何ぬかす。

富三　八様、そんならお前は、アノ、志がの介様のおかみ様にほれていやしやんすかへ。

和田　おはもじいが、首だけじや。

喜十　なんだ、おはもじい。おひもじいが聞てあきれるわい。

富三　八様、わたしやいやでムんす。アイ、いやじやわいな。

和田　そんなら、嬶を去らす事はならんかへ。
富三　やつぱりお家さんと、中(ママ)よふかわゆがられる心じやはイナ。
和田　ヱ、、気のない女郎じや。いやならよしにしやがれ、おれも了簡が有ル。サア、コイ。
富三　ムウ、どこにじやヱ。
和田　どこにじや。ア、、三ツ扇屋の八嶋は、おたづね物でムルと訴人するのじや。
富三　ヱ、。
　　ト大キにびつくり。
和田　それがイヤなら、志賀の介をしやくつて、嬶を去らせるか。
富三　サア、それは。
和田　イヤならすぐに訴人せうか。
　　ト此時若イ者、銚子盃ヲ持出て、
喜十　モシ、訴人の口へ、マア一ツ上れ。
和田　イヤじやはイ。
喜十　ハテ、気のみじかい。今爰で腹を立てると、頼んだ恋は叶わぬぞへ。
和田　ヤア。
喜十　サそれじやに依て、マ酒にして其上ェで、又手段も有ふ。ハテ、ほれたが高じや。サア、一ツ呑被成。
和田　そんなら一ツ、呑掛ふか。
　　ト茶わんを取て呑む。
喜十　ちよつとお間じや。
　　ト引たくりて呑む。
和田　かたじけない。
富三　八さま、肴をせうかへ。
和田　いきたいなア〳〵。
　　ト此時、八しま、硯ぶたを取つて来り、箸をすてゝかんざしにさし、
富三　モシ、箸が見へぬさかい、かんざしに差て上るぞヱ。
喜十　かんざしとは、色けが有ツて有難イ。八さまと八嶋さま、どふやらおかしな塩梅じやナ。
和田　ヲ、、鱧じやノ。
富三　サア、上かれイナ。
和田　すぐに口へかゑ。是は有難イ。
富三　サア、上がらんせ。
和田　ア、、、、。
　　ト肴うり、口を明く。八しま、かんざしにて

肴をさし、口へあてがい、見すまして、ぐつと喉へつき込ム。八、ウンと倒れる。若イ者、びつくりする。八しまも退て震ふて居る。奥は師々（ママ）のさわぎになり、いろ〳〵こなし有て追掛る事有り。宜舗ありて、八を死留（ママ）る。獅子のさわぎ、段々早める。此時立廻りにて、奥より角力とり出て来ル。

芳　ヤア、これは。

　　トびつくりする。

富三　コレ雲風さま、さわがしやんすな。

喜十　コレ、必ず物を言ふまいぞ。

芳　じやと言ふて、是が、物が言わずにいられる物かい。かわいそうに、ぶゑんの八を。

富三　是はしたり、滅相な。どのよふな事があれば迚、どふしてわたしらがしらうぞいなア。

芳　それにまた此八は、どふして手こねた。

富三　サイナ、あるこちやはイナ〳〵。

喜十　此男は常から大酒呑みかして、今こゝで、さけを茶わんで弐三盃呑まつしやると、そのまゝずんど立つたが、杉の木といふ身で口から血をはいて、其血の仰山サ、半挿に百盃計り、これを升目に積もると、丁度壱石六斗弐升八合。

芳　ハテ、丑の子じやあるまいし。

喜十　丑か馬か知らぬが、ツイ此通りになられ升た。

富三　本に、気の毒なことじやはイナ。

芳　それでも、こうしては置れまい。

喜十　店さきへ引わたして貰ふ。コレ。

　　トさゝやく。

芳　出来た〳〵。

富三　アノ、それでヨイかへ。

喜十　合点なら、どりや、こしらへせう。

　　ト紙で八が口をふき、若イ者と角力取として、八を立たせる。大尽がぬぎすてし羽織を八にきせる。頭巾をきせ、

喜十　サア〳〵、大尽さまの形は出来たが、八しまさま、コレ、そこらに茶屋の丁燈はムり升ぬかへ。

富三　ソレ、提灯。

喜十　よし〳〵、是からちつと、からくりをせねばならぬ。

　　トこれより、そこにある扱きを取て二ツに引さき、八が両方の足へ結わい付ケ、其端をわが足ゑ両方ながら結い付る。

芳　ヤア、こいつはどふも言へぬ。貴さま壱人リがしているを、只見てもいられまい。おれも手伝イ升せふ。

喜十　そんなら、跡の方をお頼申升ふ。

芳　合点じや〳〵。そろ〳〵やり掛ふ。

　ト若イ物、丁燈を下ゲて、

喜十　サア〳〵大尽さま、今宵はきつう御酒が過ぎたそふな、きつふお足がひよろ付ク。どふぞお跡を。

芳　合点じや〳〵。

　ト後ロから帯をとらへる。

富三　たのんだぞへ、お二タリさん。

芳　合点じや〳〵。イヤモ、喰らい酔ふた大尽さま。

喜十　コリヤ、加茂川で水雑炊を喰らわせよ。

芳　ハア、、チ、、、チン〳〵〳〵。

　ト清掻に成、八しまは奥へ、三人向ふへは入ル。

86　これ以降の志賀之助（宗十郎）と歌里（半四郎）のやりとりの場面は、東大本では、八嶋（富三郎）のぶゑんの八（和田右衛門）殺しの場面よりも前に来る。

87　「…耳になるがいやさに投出した材布（ママ）、ナント、おそろしいやつらじやナイカイノ」。

88　このセリフの後、東大本では「トびつくり」のト書きが入る。

89　このト書きは東大本にない。

90　「コレ歌里、ア、、そなたは年端も行ぬに、此よふなふがいないおれを、その様に迄思ふてたもの心ざし、わすれは置ぬ、かたじけない。まだ二階のわけも知らいで、マア五十両といふ金を、わがみはどうして拵へたぞ。定めし様子が有ふ、サアどふしや」。

91　「…金を戻スと推量したが、扨はそなたの投たる金、そうとは知らいで、太切（ママ）な一チ巻迄金兵衛めにばいとられ、何はともあれ、それ」。このセリフの後、「ト血相する。宜舗留メ」のト書きが入る。

92　「…大事に思ひ、ひよんなことして、またおまへになんぎをかけたかいなア。申シ、腹ラ立て、下さんすなへ、かんにんして下さんせ〳〵」。

93　「…そなたの心ざし、礼は心で拝んでいるはイノ〳〵。その金でこちらは済ンでも、金兵衛めが仕方が悪いゆへ、今のよふに言ふたのじや。是、そなたの心ざしはわすれは置升せぬ、かたじけない〳〵」。

94　「ト泣く。宗十郎〔志賀〕もだきしめ」。

95　以下、東大本では次のような展開となり、八嶋（富三郎）のぶゑんの八（和田右衛門）殺しの場面へと至る。
注85参照。

宗十　コレ歌里、そのよふにおれが事を苦にやんでたもる心ざし、死ンでもわすれぬ、忝イ〳〵。

ト思入。半四郎〔歌里〕、宗十郎〔志賀〕が顔を見つめてこなし。

半　関取さん○　モシ、どふぞかわいがつて。

ト恥づかしき思入。宗十郎〔志賀〕思入して涙ぐみ、

宗十　歌里。

ト宜舖思入。

半　アイ。

宗十　ア、、そなたは不便（ママ）な物じやなア。

ト歌に成、半四郎〔歌里〕が手を引て、両人思入にて奥へは入ル。

ト奥より八しま、若イ者壱人リ出て来て、

喜十　モシ八しまさま、一大事がムり升ル。

96 以下、東大本の末尾（途中で終っている）までは次の通りとなる。

ト清掻に成、八しまは奥へ、三人向ふへは入ル。ばた〳〵にて、奥より大じん、半四郎〔歌里〕が襟髪を取り、ひつ立て、出て来ル。跡より遣手、新造、わかいもの付て出ル。

皆々　モシ〳〵大尽さま、マア〳〵お待ち被成升せ〳〵。

十四　申、どふゆうわけで、その歌里さまを手ごめにはなされ升る。

里右衛門　わけをうけたまわり升ふカイ。

増菊太　ヱ、モ、ちやつと逃げさんせいなア。

和歌　ヤイ、逃ゲたとて逃がそうか、比丘尼上りの踏張め。おのれより外にだれも知つた物（ママ）はナイ。サア、出さぬか〳〵。

十四　モシ〳〵、無性やたらに出さぬか〳〵と言わしやんす。何を出スのか、とんと訳が知れ升せぬ。

里　遣手、若イ者の役でムり升れば、一ト通り其訳をお聞し被成て下さり升せ。

和歌　ホヲ、、訳を聞たら、わいらは肝をつぶすであろう。此新造の歌里めが、此粂さまの身請の金、五十両といふ物を盗み取つたに違イなし。

皆々　ヱ、イ。

和歌　此三ツ扇屋の*二階に、盗をする女郎があつても、遣手、若イ者の役目が立つか。訳を言へ〳〵と言ふ

が、訳ヶを聞てどふする。見事わいらが弁へて、その五十両の金を出スか、但し親方へ断つて、此歌里を会所へ引こふか、但しわいらが弁へるか、サア、返事はどふじや〳〵。

里　なる程〳〵、御尤でムり升れど、どふもアノ新造衆が、五十両といふ金をとらつしやる筈がナイ。ノウ、おちよこどの。

十四　それ〳〵、待たしやんせ。わたしがたづねてみ升ふ○　モシ歌里さまへ、よもやおまへが此よふなこと、知らしやんせう筈のないこと、コリヤマア、どふいふわけでムんすへ。モシ、だまつてムんしてはわかり升ぬ。其訳はどふじや。サア、言ふて聞カさんせいなア。

　ト半四郎〔歌里〕だまつてうぢ〳〵している。

和歌　イヤ〳〵、訳ヶは言われまい。子供衆〳〵と、名立がましう子供ごかしに此場を言い抜けよふとしても、其手を食べるよふな条さまじやナイ。いとしかわいゝの味を覚へて、欲といふ事を知つては、モウ子供とは言わさぬぞよ○　コリヤ歌里、勧進柄杓を腰にさして、びんざゝらをふり廻して、人中を修行し歩く歌比丘尼とは、訳ヶが違ふぞよ。此吉原の門並に、一チといふて二ノない三ツ扇屋の抱への女郎座敷、一巻の事なら、きせる筒は扨置キ、楊枝壱本なくなつても済ぬぞよ。それになんじや、口で言ふさへ頬張るはイ。手附の金の五十両、材布（ママ）ぐるみにしてやるとは、今日も翌、おもさめはてゝ、かわゆらしい其顔が、鬼のよふに見へるわへ。サきり〳〵金を出しやがれ。

半　それでも、どふぞかんにんして下さんせいなア。

和歌　かんにんがなるくらいなら、このように気は揉まぬ。何かのせんぎも会所でする。失せやがれ。

　ト引立る。此時亭主出て来て、

団　大尽さま、まづ〳〵お待ち被成升せ。

和歌　コリヤ、此家の亭主、三ツ扇屋の三郎兵衛。

団　サア、わたくしが留メて出升たは、外でもムり升せぬ。たとへ歌里が、誠あなたの金を盗升てからが、会所へすぐに遣し升ては、此家の掟てが立チ升せぬ。幾重にもせんぎいたしその上ェにて、万一チかれが取つたに違イなくば、その五十両は、此三郎兵衛が立テ升る程に、此せんぎは三郎兵衛めにしばらくお預ケ下され升イ。

和歌　なる程、コリヤ、そうありそうな物。そんなら、此場の入訳も、ちつとの間は亭主の三ぶ。

団　きつと預り、せんぎしてお目(め)に掛ケ升ふ。

和歌(わか)　然らば、われらは見物いたそう。

ト大じん、上ノ方へすわる。合方に成、

団　イヤ何歌里、今大じんさまのお詞を、のこらず奥にて聞て居て、

七五三

（二）西尾市岩瀬文庫所蔵『柳島浄瑠理塚奇話』

はじめに

初代桜田治助は、近世中期の江戸歌舞伎にあって、戯作が流行した当時の時代感覚を鋭く捉え、庶民の圧倒的な支持を得た狂言作者である。浄瑠璃所作事の作詞にも優れた能力を発揮して数多くの作品を手掛け、今日でも、富本節「花川戸身替の段」[1]（通称「身替お俊」、天明三年〈一七八三〉正月、中村座初演）、常磐津節「戻駕色相肩」（通称「戻駕」、天明八年十一月、中村座初演）などが有名である。この浄瑠璃作詞の業績を讃えたものが、東京柳島の妙見山法性寺の境内に今も残る浄瑠璃塚であり、治助の一周忌にあたる文化四年（一八〇七）六月二十七日、治助の遺命によってその門人らが建立した[2]（図32）。

本節で紹介する西尾市岩瀬文庫所蔵の写本『柳島浄瑠理塚奇話』は、この柳島妙見を舞台にした小説仕立ての作品で、弘化五年（嘉永元年、一八四八）二月、半化通主人によって執筆された。その概要は次の通りである。

待乳山の辺りに住む「好者の畸人」が、早朝柳島の妙見に参詣し、境内でとある老人に出会う。老人は浄瑠璃塚を前にして、当時の劇界で重きをなす三代目桜田治助の批判をする。好者は始めは反発するものの、次第に老

図32　柳島妙見山法性寺浄瑠璃塚

人の意見に共感を覚えるが、老人の姿は塚の影に消え去ってしまう。実はこの老人こそ、初代治助が現状を憂いて仮に顕した姿であり、それに気づいた好者、つまりは半化通主人が、家に帰って綴ったのが本書であるという構成になる。

「奇話」の体裁をとってはいるが、実質的には、老人（初代治助）の言という設定を借りた、著者自身による三代目治助批判の書と言えよう。その批判の対象は幅広く、三代目の性行に始まり、脚色の特徴、浄瑠璃の作詞法、名題の付け方にまで及ぶ。詳細については解題で述べることとし、以下、本書の翻刻・書誌・解題を掲げる。

一　翻刻

翻刻にあたっての凡例は次の通りである。

〔凡例〕

一、原則として通行の字体を用い、適宜句読点を施した。なお、清濁は原本通りとした。

一、「ハ」「ミ」「ニ」は平仮名として扱った。また、文中の小字の片仮名については、捨仮名である場合は小字右寄せとし、送り仮名の場合は平仮名に直し大字に改めた。助詞「江」は原本のままとし、小字で示した。

一、本文に訂正が施されている場合、訂正後の文字を採用し、訂正前の文字はルビの位置に（　）で示した。

一、用字の誤りについては、その文字のルビの位置に（ママ）を付した。

一、原本では大名題が太字で記されている。本稿では太字のゴチック体を用いて表記した。

一、丁数は本文第一丁から数え始め、丁末に**（1オ）（1ウ）**の形で改丁を示した。

一、原本では、識語の狂歌を除き、全て追込みで表記されている。通読の便を考慮し、適宜改行を施した。

一、その他の注記については（　）で示した。

〔表紙〕

柳島浄瑠理冢奇話

〔扉〕

柳島浄瑠理冢奇話

〔本文〕

柳島浄瑠理塚奇話

哀れとは夕越て行人も見よと戸田茂睡入道のつらねたる、待乳の山の辺りに住む好者の畸人有けり。ひと日、つとに目さめ浅草の鐘を聞つゝ、亀井戸の天神へ朝参りをし、臥龍梅の香もきかんものと、独吾妻橋より柳島へとあゆみ行に、まだ春風の身にしみながら、さすがに春の景色の心はれやかになりけるよと独ごちつゝ、妙見宮の前に行に、今門を開きしと見へ、参詣人も一人二人にて静なること得もいはれす。

頓て拝み終りて寺内の碑など詠めありきしに、茶店の簾片寄せし床几のはしに（1オ）年の頃六十計りの老人、摺火打にて烟草を呑居たりければ、此火をからんついせうに、朝まだきによく参詣有しなと詞をかけ、頓て巽（本ノマヽ）（巽カ）隅なる浄瑠理塚の前に立、初代桜田左交の頃は富本も盛んなりしに、今は清元など一流出て世にすたり、色かへぬ常盤（ママ）津の家のいさをし抔と独りうなづき、碑に刻める連名を読下し居たりしを、かの老人、きせるを提つゝ傍により、

足下は桜田か浄るり塚を詠おはすからは、此業にも知る人有とみへたり。そも、此初代治助左交は堀越菜陽の門人にして、中興此道の名誉とも称すべし。その身は柳巷花街に遊ふ事を好み、女郎の癪情を（1ウ）うがち、

年七十に及ひぬれど、一夜にても大門をくゞらずは寝付事を得ずと、我口よりいへる程の男にて、放蕩なる身持を知るべし。さればこそ、浄るりの文談にも、口につのたまる計りの名文を書つらね、数年立ども、今にその浄るりのすたらぬ処感ずへし。

この二代目を継しは松島半治、俳名をてうふといひしもの、師の名を譲り受、治助左交と名のりしが、よく師の風を呑込みて、浄るり又名題にも今に残れるあり。されど、初代には及ふべからす。今又、半治の門人なるが、三代目桜田と名乗る者も有よし。嗚呼、世の末になり、諸芸皆地に落たり。三代、五代と名のみ継、皆故人のつらに泥を（2オ）塗るに至るべし。悲しき哉と嘆息しつゝ、火打取出し烟りの輪を吹ゐたるにぞ。

好者の若者、今の世のものをいやしめらるゝを心中に怒りいれは、共に煙草に火皿を合せつゝいふやう、

老人の詞にも一理あれど、今の世のものとても、そふひとつらにいやしむるのみにはあらじかし。既に俳優者流の似顔にても、勝川春章等の頃は古風にて、見るによしなし。近くは槙町の一陽斎、此道に妙を得たりしも、今五渡亭二代の豊国となり、又々新奇妙〳〵を画く。是におとらしと、国芳さま〳〵の工夫をこらして、日〳〵に新し。

今老人のなじらるゝ三代桜田左交といふは、始音助と呼で半治左交の門人（2ウ）なりしが、当時猿若町三座の作者に於ては、是に並ぶもの一人もあらず。其上、当時三都（の）に一人の親玉と賞じる中村歌右衛門翫雀の心に叶ひ、今年々、坐頭始名題の顔は、割振をもつて三座に廻り住む事也。左交身は、二町目市村座に住で立作りの坐におり、翫雀、一丁目三丁目の座に行時は、桜田も同しく行。是にて両座掛持なり。

門弟には松嶋、梅沢の二派有て、何作角治と呼るもの数多、皆師匠〳〵と尊敬して広大なる勢也。又、浄瑠理とても替り毎に、翫雀、家橘と所作事名誉の俳優家ゆへ、新作出て薄物出板数多也。必しも当時の人を易く見お

とし給ふ事なかれと、まの（3オ）あたり見るが如くに述けれは、老人あざ笑て、

世に盲千人目明千人とはよく叶ひし詞なり。足下、戯場の事をくはしく知り給ふに似合す、皆無素人（ママ）の骨張也。始めにいはれし画師の事にも論あれ共、此事に預からざれば言す。当時三代目左交は、今両座掛持の作者にて、空飛鳥も落る勢ひとの事、是歎かはしき事の第一なり。翁、ほのかに聞ば、此程胡麻摺と呼で、以前の通音ヲべツカの改名せしよし。その胡麻摺世に行れて、我も〳〵と摺子木の先をもつてすりかちの世の中とや。その胡麻より起つて、両座掛持と成なり。

今三都の惣親玉翫雀、桜田を贔屓するは兼てきく。以前翫雀（3ウ）先師梅玉に呼れ上方へ趣し頃、今の左交、名題役者は追々故人となり時におくれ、頼む方なき身なりければ、冬品川の新海苔の走りを求め翫雀のもとへ送りしに、翫雀、東都より捨ず、深切を尽すものは治助也とて、江戸に帰りて後も取立て、立作者とはなしたる也。故に今にて思へば、胡麻に海苔を送りしゆへ、成駒の腹心となりたるなれば、是なんのりごまやとも名乗るべし。

又、翁の思ふには、俳名左交は先祖の名をけがすに至れは、向後、脱江（ダツ）（ママ）とかゆべし。博（バク）好ならば、故福森吉助の別名なれど、桜田だつかうと改名せんには其謂あり。門弟には何ものにもせよ、皆梅沢、松島（4オ）を名乗らせ、いぼ治、穴治、切れ治、走り治、内治抔と、何の字の下にても治を附て遣ふがゆへ、是五痔の其師匠なれば、脱江と付る事、似合しき名といふべし。

その上、年〻に作者の給金いくらと定め、渡し普請を受取たれば、能下職の二枚目三枚目と行儀正しき者を抱入るには、我身上の減しる事なれば、只何の能もなきものを寄せ、人数さへ八人とか十人とか楽屋に置のみにて、その不行義なる事言語に絶たり。近くいへば、ガエンの折助都屋の如く、風流風雅は扠置、滑稽なる事もなく、行末作者にならん所存なければ、女郎屋の居残りになり（4ウ）たらん心なるべし。是皆、上〻を学ふの習ひなれ

ば、当時の桜田、弟子共に向つて其異見も得せず、おめ〳〵と詠めゐるのみなり。

その始、狂言方の折より、赤き襦袢の袖口をひらめかし、余所目には牽頭抔かとも言はるゝを是として、緋縮緬の袖口にのみ身上を入れ込しは、虚名を売ん下工みなれども、衣体に清きを尽し吟じだてする共、永く続くべからす。髪かたちを異よふにすとも、其身に備はる風韻なくてはうつらず。それを思ひ是を案じて、緋ちりめんの袖口とは勘略なる考へなり。新らたに切たてとり共(ママ)、価は知れたるもの、上に着（5オ）古したり共、古ぎれ女房の不断の下着には間に合ふ事あるへし。一ヶ月に一度づゝ、着かへたり共、すこしの費にて事足りぬ。中には所がらなれば、仮宅抔立帰りの節は、女郎芸者の長襦袢、一、二度着たる着古しを求めて間にあふ事も有べし。此男に此病ありと、馬鹿な所に見識を張るは此赤襦袢計り也。頓て還暦にもなりなば、小紋か縞の襦袢になるべし。

又、近頃浄瑠理の薄物に、狂言堂左交としるせしもの数多出るよし。これらは、誠に聞もうるさき事也かし。初代の作文はいふもさらなり、二代目にすら、よする渚に世をいたふと、汐汲の（5ウ）文句ひとくだりにても、相応のものはよみたるにてしるゝなり。今や浄瑠理の文句、市中には、是は誰〳〵が踊りし時の文句といふ事を聞ず。所作事、踊り一変して、大方は豆蔵、おでゝ子、お万が飴売、やとゝんとろつく大神楽、ジヤンケンにすこしの当りをとれば、次は何けん、その次は何拳ととなへの替るのみにして、トヾは、高砂の〳〵と菓子売のつらねに習ひ、跡先は乞食つぎに継合して、狂言のつまりは夢にする事、当時の桜田大得手也。

夢も狂言の一の道具にて、一年に一度位はあるべし。一日の狂言の内に、頼政紫宸殿にて鵺を射る、引ぬきになつて大神楽を踊り、（6オ）夫が皆船中にて佐藤朝清が夢を見しとは何の事ぞや。いかに夢に疵をひるような狂言たりとて、すこしは理屈も有べき筈。替り毎、二軒の座に夢〳〵といへば、六替りづゝ十二替り、壱番目、二番目とわかるれば、廿四幕の夢也けり。何事も夢の世の中とは昔よりいへども、実は当時の桜田よりいひ始るならん。

尤、浄るりの文談に花車風流あるは、古言ッ枕詞抔を用ひねば、注解なく共婦女小児の耳へも能通じ、豆蔵、菓子売の口真似をする事になん、いと浅まし。その余の所付の文句は、自ら筆をとらず式佐へ渡す。式佐、手を付るに勝手よき様に拵へ、文句（6ウ）始に終り連続せず、その時〳〵切にて済事也。是がゆへに、新浄るりは勿論、踊稽古等にするもの一人もなし。薄もの、本は、猶更うれる事なし。

狂言堂とは、河竹文治、後瀬川如皐といひし老人の号なり。死後、いはゆる胡麻を摺て其名を取込み、今桜田の名を継なから、別号は如皐の狂言堂也。

元来、狂言道に入て執行浅く、外に人なきによつて、いはゆる不尽の流れ込みを取り、誰もゆるさぬ建（ママ）作者と成りしゆへ、狂言の数すくなし。その上、二座掛持をするゆへ、又しても〳〵同じ世界の物をいひ出し、たま〳〵上方狂言の正本をかりる時は、それをはめんとす。もし、其座に（7オ）故障有て土蔵となる時は、隣の座にて直にはめる。世にはめ物とはいへ共、はめものほどむづかしく、小面倒なる物はなし。それを論する事なく、菅原にはまらねば一の谷にはめん、お染久松にはまらぬ時は先代萩にはめんと、むりやりに名のみ直している、事ゆへ、初日より終る日迄、首尾連続する事なし。継ぎれを当るを上手の手にてする時は、継目余所めにつかず。今する所は乞食継とて、縞目、小紋目も構はず、焼穴をふさぐのみ也。これ等のわけ有ゆへに、足下を盲千人の数に入れし也。こは、翁がひがことかは知らねど、いはで過んも腹ふくる、に似たれば（7ウ）申なれ。ゆるさせ給へと老人の詞、一々理にふくせば、好者の畸人感じ入、

なる程、その源をしらずして、誉そしるは是我好者のひがこと也。我迚も、その桜田に親類にもあらず、朋友にてもなけねど、此頃一丁目の浄るりに松鶴亀の拳有て、歌右衛門、三十郎、九蔵の似顔出たり。上には梅の屋

とかいへる狂歌の大人の歌也とて、桜田をほめたるあり。今、翁の詞にては、あれらも所謂胡麻摺のたぐひなるべしと笑ひければ、翁重て云ふ。

名題を附ヶ、浄るりの文句を書並べて、昔は建作りの役目済し事も有けり。その時には、二枚め、三枚めに直りたるもの、建作りにもおさ〳〵劣らぬ手合（8オ）揃ひしゆへ也。今、狂言の書入さへむづかしきに、名題と浄るりにて書すませ、跡は逃ふ〳〵と逃支度をするがゆへに、五日の稽古が七日に成り、七日が十日に延るその内、誂へもの、多そふなる日には、深川へとぢ籠り、行ずにしまふ。二枚め、三枚めもなき芝居ゆへ、諸事役者が勝手のよきよふに口だてとなり、その場の稽古するもの、よふ〳〵飛〳〵にせりふ書入置程の事也。よつて、後日に取出し読下すによみ下らず、正本の表と舞台（衆）とは、不残違ひ有が如し。三町目の町界に大きなる穴を掘らせ、入定したる心にて隠れ居て、稽古は済て出揃の済などせし時計り顔を出して（8ウ）、金とろふ〳〵とのみ考へる仕方也。

中興、役者の俳名を名題に読入る事、書入る事を仕出せしが、夫とてもまれ〳〵にて、四季とか五節句とか、或は七化の類ひの折は、その仕手方を顕はさんがため附し事あり。今は替り目毎に歌右衛門の座には、歌、成、雀、翫の字のなき事はなし。宗十郎なれば、丸にいの字、訥子など書入ねばならぬ事のように心得しこそ情なき。名題、小名題、段書抔は、今時いか程に妙案を述る共、誰か一人も是を読む者なし。なれ共、古くより書来る事なれば、狂言書終る迄の間〳〵に、たはむれて書並べ、気をやる事也。されば、うがちし事より、その世界の能わかり（9オ）、文字、文談に書損なきよふにありたし。

去冬顔見勢の名題、一丁目、**八嶋裏梅競**（やしまのうらむめのかほみせ）とか聞しが、是は裏梅、翫雀の紋を書入しものと聞ゆ。二丁目、**源家八代恵剛者**（げんけはちだいめぐみのつはもの）、是団十郎にて、八代目と書入れしと思はる。一替り〳〵、地口、もぢり、冠附の名題聞もうるさし。此春、一丁目の小書に、**玉櫛 娰 曽我**とあり。玉の櫛と書て、玉くしげとは読べからず。櫛も匣も同じよふに心得しものか。古き文句にも、誰あるか、くしげ鏡だいを持ちや抔とあり。玉くしげを枕詞に遣はんには、箱根の山の花すみれとか、二見の浦にどふしてとか、是も匣をあけるくしげの蓋と身をいひしもの也。是等さへ心得ずして、**（9ウ）**名題を附る事、恥を知らぬといふなるへし。

又、二番目の名題に、是は浪花の聚楽町に有し昔の胡椒頭巾を、江戸紫に染かへて仕立直せし手ぎはの拙作とか書て、**褄二重梅 由兵衛**とあり。昔の川柳点に、拝領の頭巾梶原縫ちゞめと有とはかはり、此こせう頭巾といふは、いかなる大きなる頭に冠りしものか。江戸紫に染かへてつまがさねといへば、着物の裾廻し計りにても、二枚重ねずは、つまがさねとは言べからす。そのつまがさねに頭巾をつぶして、紫に染かへる位ならば、こせう頭巾は一反あまりも裂のあるものとみゆ。いかなる頼朝公にても、そふ大騒（ママ）なる頭巾はめされまじ。大仏の頭巾**（10オ）**とも思はるべし。

二丁目の名題、かしくの世界をきかせたさにか、**初春の御寿曽我**も情なき事ならすや。**初春寿曽我**にて事たりなん。**三升独鈷博多襠**もおたやかならず。所謂胡麻の摺すごしにやあらん。あらよしなの人の評判記にて、憎まれ口をきくもよしなしと、にが笑ひして述けるにぞ。好者はほと〳〵感じ入、

実に老翁は俳優の識者也。今の桜田とてもいまだ壮年の事なれば、人づてもあらは、先キよりのお物語いち〳〵語り聞せなば、誤（ママ）ッて非を改むべしといへば、老人かしらをふり、

イヤ〳〵、それこそ誠に大きなお世話なるべし。もし、彼ものに聞せなば、それらはとくより**（10ウ）**承知なれど、まづ金もふけが肝心なれば、力のあらんかぎり逃歩行、胡麻摺が第一の職分なりと逃口いふに極りぬ。彼是との長物語に日も高く昇りぬ。いざ、と暇を告ると思へば、かの碑の影へ老人はかき消す如く失にけり。

好者は、あまり噺の面白さに名残をしげに見送る内、姿はみへずなりければ、是なん初代の桜田左交、かりに姿をあらはして、いはれざる贔屓の引だをし、我名を後にけがされしを言とかんとて出たるかと、独こたへ独りうなづきて我家にかへり、翁がいひし物語をその侭書つけ置事になむ。（11オ）

旹弘化五とせ申の如月　金龍山下に住　半化通主人誌

右　花升君の需め給へるに応して、時に文久三戌年やよひの花朝　遊中逸史写（花押）（11ウ）

〔識語〕

柳嶌の奇話によせて、三世左交ぬしは其業拙しといへとも、一時の英名、他の及ふところにあらす、

深山木の其さくら田も時を得てゆかみし枝も匂ふひとかふ

此大人は、常に緋ちりめんの濡伴（マヽ）の袖、世の人知る処なれは、

あかねさす濡伴の袖は立昇る朝日に匂ふ御代（三世）のさくらた

三世左交子は、深川仲町見板、山城屋達磨平吉か聟なれとも、泰山の業を受す、狂言著述に眼をさらす。されとも、新奇妙案は見へす、故人の足跡を追ふのみ。

深川の濁りにしまぬこゝろもて故人のさくを見れとあさむく

右三首狂歌は、義兄狂言堂老爺寄、平生詠之。巳月閑人酔中吟。（12オ）

旧友河竹其水子は、当時市中之人気をのみ作文の滑落、故人之衣鉢を尊しとせす、さらに一家の風調仰へし。是、歌沢の声曲に比すへし。且、市川米升のちからを得る。錦の袖に花を添、月に霞はとてこんすとやいわむ。

河竹の浮名にあらて世のうわさかふきの中にたつ立作者哉

三世如皐子は、故五世南北師之門に入、予河竹と蛍雪の窓に向ふ。

河竹とおなし流れにしつめともうかむ瀬川の水わにこさし

詠巴月酔中 (12ウ)

〔貼紙〕

○宮古路加賀太夫は故豊後掾高弟にて、小松川文字太夫よりは兄弟子なりき。文字太夫、豊後養子と成り、実は豊後之相続を望みしが、文字太夫に越られ、独立して富士松薩摩掾と改名。其比名高し門人の和国太夫は鶴賀若狭掾是なり。志賀太夫は改名して、豊嶋国太夫是なり。后職業をはいして、神田永富町なるよし。藤田屋とよぶ質屋渡世をなせり。此人の門人なるや、(13オ) 盲人の女房に三弦を弾せ、富士松銀蝶斎と云人、文化のはじめにや、所々之席抔[江]勤めし由。此銀蝶斎の所持する処富士松薩摩の景図、(ママ)後に露木妙之輔と呼易者、所持致せしをば、天保年中、二代目鶴賀加賀八太夫、本町鶴賀三世家元鶴吉と不和に相成り、独立の時、妙之輔所持之景図を恋、絶たる富士松を起し、加賀太夫と名号剃髪して、魯中改。去文久弐年秋、此魯中も六拾有余才にて卒ス。

春富士紫玉記之 (13ウ)

二　書誌

本書の書誌は次の通りである。

〔底本〕西尾市岩瀬文庫蔵本（一一六─六一）。

〔書型〕写本。半紙本。袋綴、一冊。縦本（二三・八cm×一六・二cm）。

〔表紙〕原表紙。菜の花色。蜀江錦紋空押。

〔記載書名〕外題、「柳島浄瑠理冢奇話」（原題簽。墨書。左肩。白色無地短冊形）。扉題、「柳島浄瑠理冢奇話」。巻首題、「柳島浄瑠理塚奇話」。

〔匡郭〕なし。字高、一九・二cm×一三・〇cm。

〔柱刻〕なし。

〔丁数〕丁付なし。十三丁半（扉、半丁。本文・奥書、十一丁。識語、一丁。貼紙、一丁）(3)。

〔行数〕本文、九行。識語、十二行・十一行。貼紙、九行・十行。

〔蔵書印〕本文第一丁表に、「岩瀬文庫」（四・〇cm×一・三cm、朱文長方印）、「かながきぶんこ」（三・〇cm×二一・〇cm、朱文楕円印）。

〔挿絵〕なし。

〔諸本〕なし。

三　解題

三代目治助は、三代目瀬川如皐や河竹黙阿弥とほぼ同時代に活動した狂言作者である。享和二年（一八〇二）に生れ、文政七年（一八二四）十一月、葛飾音助の名で河原崎座に初出勤し、二代目桜田治助の門下となる。この二代目治助は、前名を松島半二と言い、師の初代治助の没後、初代の後家おりせを養って、文化五年（一八〇八）十一月に二代目を襲名するが、文政十年十一月より、そのおりせとの不和から治助の名を返還し、松島てうふと名乗った。(4) この二代目の下で、葛飾音助（三代目治助）は、文政九年十一月に師の前名、松島半二を三代目として襲名し、さらに文政十二年の師の没後、天保三年（一八三二）十一月には二代目松島てうふと改め、そして翌四年十一月に三代目治助を継ぐ。(5) 三代目襲名後、治助は同六年四月に中村座で立作者に就任し、同九年三月から、大坂下りの四代目中村歌右衛門と提携して自身の地位を固め、嘉永二年（一八四九）冬の歌右衛門帰坂後は主に市村座に出勤した。安政三年（一八五六）五月以降は、中村座の立作者を勤めつつ、狂言堂、あるいは狂言堂左交と名乗って、森田座（守田座、新富座）の立作者も兼ねた。この間、文久二年（一八六二）正月には、桜田治助の名跡を弟子の二代目木村園次に譲っており、中村座出勤の際には中村左交を名乗っている。中村座には明治七年（一八七四）まで、新富座には同九年まで続けて在籍し、同十年八月七日、七十六歳で没した。(6)

三代目治助の作品の特色については、渥美清太郎が『江戸時代文化』第一巻第四号（一九二七年五月）所収の「三代目桜田治助」と題する短い文章において、「彼れの作には、古い脚本の作りかへ、又は剽窃が実に多い。全部がさうでなくとも、一部は必らず古人の作を借用してゐる」と述べ、治助の作品にどのような「借用」が見られるのか、その具体例として十八の作品を分析している。ただし、渥美は「斯ういふ風に並べ立て丶見ると、彼れの純創作といつては殆んど無いやうにも見えるが、それ程でもない。創作で中々巧いものもある。殊に浄瑠璃所作事の作となると、初代と三代目の治助に及ぶ者はない位である」とも述べている。現在でも、「乗合船恵方万歳」（通称「乗合船」、天保十四年正月、市村座初演）、「時翫雛浅草八景」（通称「京人形」、弘化四年〈一八四七〉五月、河原崎座初演）といった三代目作の常磐津節の所作事はしばしば上演されており、脚本に見るべきものは少ないが、浄瑠璃の作詞に関しては優れていたというのが、今日の三代目治助に対する評価であろう。

本書の著者、半化通主人は未詳の人物である。本書の内容から察するに、劇界の内情、特に作者の式法に通じ、かつ初代治助の頃の芝居もよく知っていることから、ある程度年齢の行った幕内関係者、おそらくは狂言作者を経験したことのある人物と推定できる。(7)

また、奥書には「右　花升君の需め給へるに応して、時に文久三戌年やよひの花朝　遊中逸史写（花押）」とあるが、書写者の遊中逸史についても未詳である。「花升」は役者の俳名と考えられ、この俳名を使った役者として、初代市川左団次、三代目沢村国太郎の二人が挙げられる。(8)ただし、文久三年（一八六三）当時、左団次は市川升若を、国太郎は初代市川寿美之丞を名乗り、両者共に大坂で活動をしていた。左団次はこの時二十一歳で、元治元年（一八六四）十二月に四代目市川小団次の養子となって江戸へ下る。一方、国太郎は生没年未詳のため、年齢を特定できないが、天保三年（一八三二）三月刊の評判記『役者花位種』に初出することから、当時四十歳前後であったと考えられる。年齢に伴う人脈の幅を考慮すると、二人のうちでは国太郎である可能性が高いが、江戸で成立した本書の存在を、大坂在の人物がどのような経緯で知り得たかについて疑問が残り、断定することはできない。

（二）西尾市岩瀬文庫所蔵『柳島浄瑠理塚奇話』

識語・貼紙は本文とは別筆である。識語の文中に「巴月閑人酔中吟」「詠巴月酔中」、貼紙の末尾に「春富士紫玉記之」とあることから、幇間の巴月庵紫玉によるものであることが分かる。識語に「義兄狂言堂老爺」「旧友河竹其水」という表現が見られるが、狂言堂（三代目瀬川如皐）、河竹其水（河竹黙阿弥）と同じく、紫玉は当時流行した興画合の同人であり[9]、咬々舎梅崕編、慶応三年（一八六七）刊の『くまなき影』に次のように記述されている[10]。

> 若年の頃、五世南北の門に入て狂言作者となりしが、後此界を見破て音曲の徒に入り、今山谷堀に居を卜て巴月庵と号す。性種僻ありて、行状頗る奇なり。多能にして風流、一切人に対して答ざる事なし。半世の珍説、世以て知るところなり。

「狂言作者となりし」とあるが、森鷗外著の『細木香以』（大正六年九月・十月発表）では、「取巻は河原崎座の作者祝井紫玉、（中略）紫玉は後の正伝節家元春富士」と記され[11]、紫玉は当時の文人のパトロン的存在であった香以の取巻として登場している。

本書には、仮名垣魯文が用いた「かながきぶんこ」の蔵書印が見られる。魯文は興画合等での親交により、紫玉から本書を譲り受けたのであろう。末尾の貼紙については、三代目治助との関連性が全くないため、紫玉自身が貼付したとは考えにくい。本書を譲られた魯文が、紫玉に関係する書類ということで、手元に有していた紫玉筆の紙片を貼り付けたものと推測する。以上述べた本書の成立、譲渡の経緯を整理すると、次のようになる。弘化五年（一八四八）二月に、芝居関係者である半化通主人が本書を執筆し、それを遊中逸史という人物が、文久三年（一八六三）三月に転写、沢村国太郎、もしくは市川左団次に渡す。経緯は不明であるが、それが紫玉の手に入り、識語が書き加えられた後、魯文に譲渡されて紙片が貼り付けられ、現在岩瀬文庫に納ったということになる。

この識語と貼紙からは、それぞれ新たな情報を得ることができる。識語からは、前述したように当時の文人の交流の一端が窺えるほか、三代目治助が、深川仲町の山城屋の聟であったことが判明する。(12)

貼紙の記載事項については、信頼に足るものかどうか今後の検討が必要であろうが、新内節の研究に有益な情報をもたらすものである。鶴賀若狭掾は、鶴賀本家の始祖で新内節の基礎を作った人物であり、『声曲類纂』（斎藤月岑編、天保十年〈一八三九〉成稿・弘化四年〈一八四七〉刊）巻之三「鶴賀若狭掾」の項には、

宮古路加賀太夫の門人にして、高弟なり。始は宮古路敦賀(つるが)太夫と号せしが、師加賀太夫・富士松薩摩と改し時、ともに富士松敦賀太夫といふ。後年師と絶して苗字を改め、朝日敦賀(あさひつるが)太夫といふ。朝日の苗字公(おほやけ)より禁し給ふにより、宝暦八寅年改めて敦賀と号し、若狭掾といふ。

とある。(13)本貼紙には「其比名高し門人の和国太夫は鶴賀若狭掾是なり」とあり、若狭掾が和国太夫を名乗っていたことが知られるが、このことは竹内道敬氏「鶴賀若狭掾研究」（『国立音楽大学研究紀要』第26集、一九九二年三月）などの先行研究では言及されていない。また、事跡がほとんど不明である豊嶋国太夫についても、若狭掾と同じく富士松薩摩掾の門人で志賀太夫を名乗っていたこと、藤田屋という質屋渡世を行っていたことなどが分かる。さらに、新内節の中興の祖と言われる富士松魯中が、富士松の家を再興するにあたって、薩摩掾の系図を手に入れたという逸話も記載されている。

（二）西尾市岩瀬文庫所蔵『柳島浄瑠理塚奇話』

さて、本書を仮名垣魯文が旧蔵していたことは既に述べた。魯文は、『歌舞伎新報』の五二八号（明治十八年〈一八八五〉四月二日刊）から五九〇号（同年十月九日刊）までの「仮文記珍報(かぶきちんぽう)」の欄において、十五回に渡って不定期で「狂言作者滑稽伝」という記事を掲載している。(14)そのうち、終りの二回（五八九号〈同年十月六日刊〉、五九〇号所収）では三代目桜田治助が採り上げられており、本書『柳島浄瑠理塚奇話』が紹介されている。ただし、正確

な翻刻紹介とはとても言い難く、魯文によって大幅に手が加えられている。五八九号所収、三代目治助伝の初回冒頭部には次のようにある。(15)

柳島浄瑠璃塚奇話　一名 桜田治助三代記

補綴者魯文曰、此原稿紙尾に弘化五（改元嘉永）戊申二月日、金龍山下の住、半化通人誌とありて、実名何者の著書なるを知らず。巻中の寓話、狂言作者桜田治助が三世の緈に係ると雖も、殊に三代目狂言堂左交が事跡を専らとす。其文、多く褒貶の贈答に渉るを以て、当時現在の門葉二三の人に憚りて原文を取捨しゝは、即ち補綴者の用心なり。偶々原書を得て披閲す人、其文辞彼此と大同小異あるを訝りたまふ事なかれ。

この記述から、魯文が本書を元にして、この稿を成したことは明白である。魯文は、本書における三代目治助批判があまりに痛烈であるため、関係者を憚って手を加えたのである。

それでは、魯文は一体どのような改変を施したのであろうか。紙幅の都合上、その全てを示すことはできないが、以下、本書の内容に順に触れながら、その主要な例を確認していきたい。

冒頭、「好者の畸人」が柳島妙見へと向う場面において、魯文はその描写を原本よりも丁寧に記している。例えば、

浅草寺の鐘の音聞つゝ、指かゞなふれば、けふは如月の廿日余り五日なれば、常に硯を研ぎ、筆に親む冥利、亀戸の天満宮に朝詣なし、その帰るさ臥龍梅の香もきかん者をとて、家を立出、旭まばゆく海面をはなるゝ頃、吾妻橋を打渡り柳島へとたどる程に、朝風の身に染みながら、有繋に春の中旬も過ぎ、あけぼのゝ空長閑く、心地晴やかに足も進み、そゞろたどりて逸くも妙見の社を過るに…

図33 『歌舞伎新報』589号（明治18年10月６日刊、白百合女子大学蔵）

のごとくである。原本のあっさりとした記述に、このような修辞を加える手法はしばしば見られ、戯作者としての魯文ならではの筆致と言えよう。

参詣の済んだ好者が浄瑠璃塚を眺めていると、好者が芝居に関心があると見た老人（実は初代治助）が話しかける（図33）。老人はまず初代治助について言及し、三升屋二三治の『作者店おろし』にも紹介される、有名な吉原通いの逸話に触れる。この部分は、魯文の稿では表現の違いがあるものの内容に変りはないが、続く二代目、三代目について言及した箇所では、原本に「嗚呼、世の末になり、諸芸皆地に落たり。三代、五代と名のみ継、皆故人のつらに泥を塗るに至るべし。悲しき哉と嘆息して」とあるのを、魯文は「二代目すら先師に劣るを、況哉三代目に於てをやと冷笑ひ」と書き換えている。このように、魯文の稿では過激な表現を和らげようとする傾向が見られる。

当世の人物をけなす老人の発言を不快に思った好者は、浮世絵師の例を出して反論するが、この部分で魯文は、次のように説明的な補足を加えている。

> 近頃槙町の一陽斎豊国、ます〳〵此道に妙を得、続いて門人五渡亭国貞、師名を嗣て二代の豊国（其実三世）と改め、いよ〳〵舞台面の新奇を画き、之に続きて玄冶店の国芳、似顔素顔（ママ）の虚実を画分、その外種々の新図を工風し、才筆を揮ふた手際を、春章、春好の頃の古風なる絵に比競、彫摺の精工迄むかしに勝る共劣らじとこそ看認たれ。

『歌舞伎新報』の読者を意識した配慮と言える。

続いて好者は三代目治助擁護の発言をする。魯文稿では、治助と四代目歌右衛門との関係を「高祖の張良、玄徳の孔明」に譬えており、中国の引言を加えるあたりが戯作者らしい。また、治助の薄物出版のくだりでは、「其文章いづれも新奇の句調に綴り、世の劇場好も作者といへば先桜田を指す程の名誉あり。何ぞ元祖、二代目に勝るとも劣る者ならん」という文章を補い、三代目を持ち上げる工夫を施している。

好者の発言を受けて老人は、以下、悪口を交えながら本格的に三代目批判を繰り広げて行く。老人はまず、三代目を「胡麻摺」と断ずるが、この部分に魯文は大幅な加筆を行っている。ここでは引用しないが、その趣意は、「劇界に発言力を持つ大立者の役者に睨まれてしまうと出世が難しく、作者道の下落の証拠ではあるが、追従、胡麻摺りはやむを得ない」というものである。当時の狂言作者の立場を理解した加筆であり、そこには、狂言作者出身で、三代目尾上菊五郎の怒りを買った経験もある、師の花笠文京からの伝聞が反映されているかもしれない。

次いで老人は、三代目治助が歌右衛門に新海苔を送った逸話を紹介する。魯文の稿では、この部分に関しての大幅な改変は見られないが、続く「桜田脱肛」の悪口のくだり、不行儀な弟子を批判するくだりが全面的に削除されている。その代りに、原本には見られない好者の発言が挿入されている。長文なのでやはり引用は避けるが、その要点をまとめると、「今の見物は役者の姿ばかりを見て、狂言の筋立てに着目し作者の筆の手柄を賞するものはほとんどいない。今の作者に求められる能力は、筆先よりも役者を丸め込むことのできる口先である」となる。過激な表現を削り、三代目を擁護する姿勢がここにも窺える。なおこの挿入部以降、魯文の稿は治助伝の二回目、すなわち『歌舞伎新報』五九〇号所収分となる。

さて、その後老人は、緋縮緬の襦袢の逸話に触れ、三代目の浄瑠璃批判へと移る。三代目は、「花暦色所八景(はなごよみいろのしょわけ)」（天保十年〈一八三九〉三月、中村座初演）におけるお万が飴売、「神楽諷雲井曲毬(かぐらうたくもいのきょくまり)」（弘化三年〈一八四六〉正月、市村座初演）における太神楽、「舞奏色種蒔(もうておりそえいろのたねまき)」（天保十二年閏正月、市村座初演）や「笑門俄七福(わらうかどにわかのしちふく)」（弘化四年正月、河原崎座初演）におけるジャンケンなど、当時の流行風俗を採り入れた浄瑠璃で成功した。老人は、古言や枕詞を使わず、女性や子供に馴染みやすい物売りやジャンケンの文句ばかりを利用して当りをとったことを批判している。さらに、夢の趣向が多いことも皮肉っており、本文中で例示する「頼政紫宸殿にて鵺を射る、引ぬきになつて大神楽を踊り、夫が皆船中にて佐藤朝清が夢を見し」とは、前掲「神楽諷雲井曲毬」のことを指す(16)。なお、魯文の稿にもこの浄瑠璃批判のくだりは見られるが、その調子は和らげられている。

続く老人の批判は、三代目の特徴でもある狂言の「はめ物」についてである。魯文は、

> 総(すべ)て狂言(きやうげん)の作(さく)に限(かぎ)らず、稗史(はいし)、よみ本(ほん)、合巻(がふくわん)、草双紙(くさざうし)の戯作(げさく)でも、むづかしくいへば換骨奪体(かんこつだつたい)、俗(ぞく)にはめ物(もの)、焼直(やきなほ)しとて古来(こらい)より作例(さくれい)もあり。唐土(もろこし)の小説(せうせつ)を我国風(わがくにぶり)に書換(かきかへ)たり、他(た)の趣向(しゆかう)を彼(あれ)に摸(うつ)すは稗官者流(はいくわんしやりう)の得意(とくい)…

として、三代目を擁護する論調に書き改めている。原本では、この後に好者の発言が挿入され、さらに、三代目が稽古に出席しないことが言及されるが、魯文の稿ではそれらが削られており、そのまま名題批判のくだりへと移る。ここでは、『八嶋裏梅鑑』（弘化四年十一月、中村座）、『源家八代恵剛者』（同年同月、市村座）、『棲二重梅由兵衛』（嘉永元年〈一八四八〉正月、中村座）、『初春寿曽我』（同年同月、市村座）、『三升独鈷博多襠』（同年同月、同座）が採り上げられている。原本では、役者の名前や俳号を毎度のように織り込むことが批判されているが、魯文の稿では、それが、「座頭を転がす手段」によるものであるとし、やはり三代目を擁護する姿勢を見せている。

以上で老人の批判は終り、好者は、浄瑠璃塚の影へと姿を消した老人が初代治助であったことを悟るというのが原本の結末であるが、魯文の稿の末尾は大きく異なっている。

嗚呼、老人の憎まれ口、思はずお足を止ましたと、杖突そらして立あがり、へイお先へと、門外に出かける姿を見送りながら、「唯者ならぬ劇場の古実家、まだ聞洩した作者の内幕、遠くは行まい、跡おッかけて、さうダ〳〵。宮神楽の太鼓、テケテッテ〳〵ドヾンードンードン〳〵〳〵（結局）

つまり、老人の正体を初代治助とする原本の設定は採られていないのである。このように、『歌舞伎新報』掲載の魯文稿は、関係者に配慮したため、原本が主眼とする痛烈な批判性が弱められてはいるが、その一方で、当時の狂言作者の立場に対する同情的な理解が表れているという点で、魯文自身の狂言作者観を示すものとなっている。

まとめ

最後に、本書『柳島浄瑠理塚奇話』の価値についてまとめる。第一に、三代目桜田治助を批判した同時代の書であるということ。一般に、評判記のある役者とは異なり、狂言作者の評は残りにくい。三代目治助がどのような作者として捉えられていたか、その一端を示すこの同時代評は、いまだ研究が進んでいない三代目治助を考えるにあたって重要な資料であることはもとより、黙阿弥や三代目如皐を相対的に捉える手掛かりにもなり得るものである。また、狂言方の不行状など作者部屋の内情に言及している点も興味深い。第二に、仮名垣魯文の研究に資するものであるということ。本稿でも試みたが、『歌舞伎新報』掲載の稿との比較によって、魯文の編集意識を知ることができるとともに、識語からは、紫玉との交友関係を窺うことができる。第三に、新内節の研究に新たな情報を与えるものであるということ。この点に関しては前述した通りである。

末筆ながら、『柳島浄瑠理塚奇話』全文の翻刻掲載を許可下さいました、西尾市岩瀬文庫に深謝申し上げます。なお、旧稿発表後、本書収録に際し、同文庫のホームページにて公開中の「古典籍書誌データベース（試運転）」から多くの示唆を得たことを付記しておきたい。

【注】

（1）富本節の作品として初演された本作は、文政八年（一八二五）三月、中村座での上演時に「其噂桜色時」の名題で清元節に直されて以来、清元節の作品として今日に伝わっている。

（2）浄瑠璃塚建立の経緯については、国立国会図書館所蔵の写本『狂言作者左交一代戯浄瑠理記』（文化四年五月、知足菴李岱ほか跋）の跋文に詳しい。また、四代目鶴屋南北作『お染久松色読販』（文化十年三月、森田座初演）の序幕「柳嶌百度参の場」では、舞台書きに「よき処に故人桜田の浄留理塚」（『鶴屋南北全集』第五巻、三一書房、一九七一年）とあるように浄瑠璃塚が大道具として登場し、居合抜きの見世物や参詣客で賑わう当時の柳島妙見の様子が活写されている。

（3）末尾の一丁分の遊紙に、袋綴の折山を覆う形で、一枚の紙片が貼付されている。

（4）『作者店おろし』（三升屋二三治著、天保十四年〈一八四三〉成立）の「松島半治　後ニ桜田治助」の項には、「桜田年老て、始終苗跡は半治に譲ると言伝ふ。後、其名を継て、桜田死後は後家おりせを引受て老母とする。（中略）亡師の後家引受て、送り物して届かざる故、後々桜田の後家と不和に成、桜田治助の名をかへして、松島てうふと改る」（『日本庶民文化史料集成』第六巻）とある。

（5）『作者名目』（三升屋二三治著、天保十五年成立）の「三代目治助」の項には、「半二、師匠二代目死後に、元祖桜田の後家を養生して、治助と改、三代目と成る」（『日本庶民文化史料集成』第六巻）とある。

（6）以上、三代目治助の経歴については、伊原敏郎著『近世日本演劇史』（早稲田大学出版部、一九一三年）と『日本古典文学大辞典』第三巻（岩波書店、一九八四年）の「桜田治助」の項目（古井戸秀夫氏解説）を参照した。

（7）三升屋二三治の随筆には、たとえば『賀久屋寿々免』（弘化二年九月脱稿）に「今、位下りて、至て取扱あしく、しかし高名・手柄をしたる作者きうに絶たり。昔の風義残して業を勤度ものか」（『日本庶民文化史料集成』第六巻）とあるように、狂言作者の現状を憂う記述が散見する。二三治は初代桜田治助の門人を自称してもおり、本書の作者としてこの二三治を想定することもあるいは可能かもしれないが、確証がないためあくまでも推測の域を出ない。

（8）国立劇場調査養成部調査資料課編『歌舞伎俳優名跡便覧［第三次修訂版］』（日本芸術文化振興会、二〇〇六年）による。

（9）佐藤悟氏が、『実践女子大学文芸資料研究所年報』第16号（一九九七年三月）において影印と解題を紹介した『十六画漢悪縁起』（仮名垣魯文作・落合芳幾画、慶応元年〈一八六五〉十月以降・明治元年〈一八六八〉八月以前成立）は、興画合の作者を十六羅漢に見立てた悪摺であるが、同書において紫玉は「驕慢選者」として採り上げられている。なお、如皐は「破那阿迦選者」、黙阿弥は「新羅婆袈選者」とされている。

（10）引用は、国立国会図書館蔵本による。

（11）引用は、『ちくま文庫　森鷗外全集6　栗山大膳　渋江抽斎』（筑摩書房、一九九六年）による。

（12）前掲『作者店おろし』の「松島半治　後ニ桜田治助」の項には「三代目の半二音助、今三代目桜田治助左交と名乗る。深川仲町山城屋なり」とあり、関根只誠編・関根正直校正『名人忌辰録』（明治二十七年〈一八九四〉刊）の「桜田治助三世」の項には「深川仲町に住す家号山城屋といふ」とあって、三代目治助と山城屋との関係が明確ではなく、前掲『日本古典文学大辞典』の「桜田治助」の項目では「江戸深川仲町の山城屋といわれるが、くわしいことは不明」とされている。

（13）引用は、藤田徳太郎校訂『岩波文庫　声曲類纂』（岩波書店、一九四一年）による。

（14）最初の二回は「狂言作者店魯誌（たなおろし）」という題名で掲載され、第三回より「狂言作者滑稽伝」と改められる。全十五回の所収号数と刊行年月日、および見出しは次の通りである。

五二八号（明治十八年四月二日刊）「戯序」
五三一号（同年四月十三日刊）「第一章　元祖桜田治助の伝」
五三四号（同年四月二十日刊）「第二章　元祖桜田治助の伝（前章の続き）」
五三九号（同年五月五日刊）「第三章　鶴屋南北の伝」
五四二号（同年五月十二日刊）「第四章　元祖並木五瓶の伝」
五四四号（同年五月十六日刊）「第五章　花笠魯介の伝（前編）」
五四七号（同年五月二十二日刊）「第六章　花笠魯介（ママ）の伝（前編）」
五四九号（同年五月二十七日刊）「第七章　三世瀬川如皐の伝」
五五一号（同年六月三日刊）「第八章　瀬川如皐の伝（前章の続き）」
五五四号（同年六月十一日刊）「第九章　瀬川如皐の伝（前章の続き）」
五五七号（同年六月二十日刊）「第十章　篠田金治の伝（二代目並木五瓶）」
五五九号（同年六月二十七日刊）「第十一章　清水正七の伝」
五八五号（同年九月十九日刊）「第十二章　奈川七五三助の伝」

五八九号（同年十月六日刊）　「第十三章　柳島浄瑠璃塚奇話　一名桜田治助三代記」

五九〇号（同年十月九日刊）　「第十三〔ママ〕章　柳島浄瑠璃塚の次回　一名桜田治助三代記」

（15）引用は、白百合女子大学蔵本による。

（16）夢の趣向が用いられた浄瑠璃には、他に『青砥稿』（弘化三年八月、市村座初演）の一番目五幕目に上演された「邯鄲」が挙げられる。

（三）歌舞伎役者の墳墓資料

はじめに

一九六八年に国立劇場から発行された『歌舞伎俳優名跡便覧』（服部幸雄氏監修）は、二〇〇六年三月の第三次修訂版から、備考欄に記載事項の典拠が示されるようになった。役者評判記を中心に、各種番付、劇書等、多種多様な資料が利用されており、本書編纂の労力のほどが窺えるが、そうした典拠の中に『役者墳墓詣（やくしゃはかもうで）』[1]という一書の名を見出すことができる。

詳細は後述するが、同書は、歌舞伎役者の戒名や没年月日、享年、墓所、略歴を各役者の没年月日順に掲げた写本資料で、役者名鑑の一種として分類できるものである。現在、早稲田大学演劇博物館、西尾市岩瀬文庫、国立国会図書館、東京大学国文学研究室所蔵の四本が確認できるが、岩瀬文庫には、この『役者墳墓詣』以外にも同種の資料が他に数点収められており、管見の限り先行研究では採り上げられていない。

そこで本稿では、岩瀬文庫所蔵のものを中心に、この種の資料について整理してみたい。なお、これらの資料の多くが、書名に「墳墓」の二字を含んでいるため、「役者墳墓資料」という呼称を仮に用いることとした。また、採り上げた墳墓資料に掲載されている情報は、別冊の付録に表の形でまとめた。合わせて参照頂きたい。

一　刊本の役者墳墓資料

岩瀬文庫所蔵の資料について述べる前に、まず、この種の趣向を持つ先行する劇書について触れておく。

父、初代市川団十郎の二十七回忌追善のため、二代目団十郎が編集し、享保十五年（一七三〇）に刊行された『父の恩』は、色摺りの絵俳書の早い例として有名である。『新訂増補　歌舞伎事典』（平凡社、二〇〇〇年）の林京平氏の解説に、「本書の中核は当時の物故俳優六五人の舞台姿、追善句、戒名、菩提寺、没年月日、特色などを記した部分で、当時の忌辰録的価値がある」とあるように、役者墳墓資料の嚆矢として位置付けることもできる。右側の丁に、没年月日と戒名、俗名、墓所、および江戸座俳人の発句が記され、左側の丁には、その句にちなんだ英一蜂の絵を掲げるという体裁が採られている。

『父の恩』における、こうした物故役者の名鑑の趣向は、安永三年（一七七四）四月刊の『古今役者名取艸（なとりぐさ）』に踏襲された。本書については、立川洋氏が『芸能史研究』第四十七号（一九七四年十月）所収の「江戸の劇書―書誌と書肆―」という論考において言及している。やや長くなるが、その説明を次に引用する。

> これら（注、『明和伎鑑』、『役者今文字摺』、『役者新東名鑑』などのこと）は、当代の役者の名鑑であるが、また一方故人の名鑑という趣向もあった。安永三年（一七七四）四月刊の『古今役者名取艸』がそれである。（中略）本書は、前年閏三月十二日に没した二世瀬川菊之丞追善をうたっており、同三年は、三月には一周忌追善興行が市村座で打たれ、また十一月には同座で瀬川富三郎が三世を襲名している年である。さて内容だが、上巻は二世を中心にした瀬川家の年代記とし、上巻後半から中巻には二世の追善のために、まずは『父の恩』（享保15年

2月刊）より、元禄十七年（一七〇四）から享保十四年（一七二九）に至る間の没人役者で、ことに名人の名をとった十五人の役者の戒名・没年月日・菩提寺などを抜粋し、つづいて「父の恩の跡を追ひ」、「享保九辰年（一七二四）ゟ今安永巳年（一七七三）ニ至て五十年が間の亡人」で、「立者はもちろん中小詰に至るまで」の百六人を、役柄によって部立てをし、それぞれの俗名・戒名・俳号・評言・没年月日・菩提寺・辞世の句などを記して、合わせて江戸役者の没人名鑑としている。なお、下巻は二世追善句集と家の芸の「石橋」「無間の鐘」の伝からなっている。上巻十九丁、中巻十八丁、下巻八丁。（後略）

傍線部「父の恩の跡を追ひ」とは序文中の記述であるが、ここに明確に謳われているように、本書は『父の恩』の続編として企画されたものである。(2) 立川氏の解説にもあるように、『父の恩』掲載の役者六十五人のうち、十五人を抜粋した上で、さらに『父の恩』刊行以後の百六人の物故役者についての情報が記されている。なお、本書の版元は本屋清七、通称「本清」である。本清は後に江戸版の評判記の版元としても名前を残している。

『父の恩』と本書の記載事項の相違については、傍線を付したように、評判記のように役柄によって分類されていること、俳号や辞世の句、短いながらも評言が添えられていること、また、立川氏は触れていないが、役者の紋が掲げられていることが指摘できる。さらに、部立てについて付け加えると、狂言作者の部を設けて、津打英子、すなわち二代目津打治兵衛と、早川伝四郎を採り上げており、作者への関心が高まった当時の状況を示す一例として注目できよう。

さて、本書『古今役者名取艸』以降の、刊本の役者墳墓資料については、立川氏が次のように述べている。

この種の名鑑はその後見られず、管見の限りでは、安永三年九月刊の評判記『役者名取艸追加』に、同月三日没の二世中村七三郎（少長）の評伝を「名取艸追加」として載せるのを知るのみであり、(3) このような形で評判記の中に解消されていったものと考えられる。

ここで指摘されるように、本書以降、評判記において物故役者の情報は逐次示されはするものの、まとまった一覧の形式を取った出版物を確認することはできない。こうした資料が刊行されなくなった理由としては、劇書の方向性の変化が考えられる。

物故役者への興味は、二代目市川八百蔵を追善した安永六年刊の『市川八百蔵筐(かたみ)の写絵』や、初代坂東三津五郎を追善した天明二年（一七八二）刊の『追善その俤』のように、一代記の形で表れるようになるが、さらに注目したいのは、この時期頻繁に刊行された、物故役者が冥土の舞台で活躍するという趣向の際物の草双紙である。二代目市川団十郎七回忌追善の『七廻(ななめぐり)五関破(ごかんやぶり)』（宝暦十四年〈一七六四〉刊）をはじめとして、二代目瀬川菊之丞一周忌追善の『盆踊籠の菊』（安永三年刊）、八百蔵の『市川八百蔵得脱記 中凋花小車(なかにしぼむはなのおぐるま)』（安永六年刊）・『江戸贔屓八百八町』（同年刊）・『中車光隠(ちゅうしゃこういん)』（同年刊）、四代目団十郎・市川桃太郎の『祖父は海老蔵孫は桃太郎 三歳繰数珠親玉(さんさいぐりじゅずのおやだま)』（安永七年刊）、三津五郎の『蜀魂三津啼(ほととぎすみつのさえずり)』（天明二年刊）、六代目団十郎の『東発名皐月落際(あずまそだちさつきのおちぎわ)』（寛政十一年〈一七九九〉刊）・『市川団十郎極楽実記』（同年刊）、四代目中村伝九郎の『中村伝九郎追善極楽実記』（同年刊）などが挙げられる。(4) 享和三年（一八〇三）刊、式亭三馬著の『戯場訓蒙図彙』が代表的であるが、芝居の幕内を紹介するにも「見立」という遊びの要素が盛り込まれた。(5) 戯作全盛の時流にあって、劇書もまた一ひねりした趣向が必要とされた。単なる物故役者の一覧の形式では、売り上げが見込めないため、刊行されなかったのであろう。

とはいえ、『古今役者名取艸』刊行後も、当然のことながら物故役者は年々増えていく訳であるから、ある段階まで至ると、新たな物故役者一覧作成の欲求が生じてくるのが自然の成り行きである。そこで、近世中期以降に生まれたのが、好事家達が自らの手によって編纂した私的な墳墓資料である。趣味的な興味から作成されたものであるので、現在、この種の墳墓資料は写本の形で伝わっている。

二　写本の役者墳墓資料

写本の役者墳墓資料として、まず初めに採り上げたいのが瀬名貞雄編の『俳優墳墓志』である。これは『国書総目録』等に掲載されておらず、現在散逸してしまったと考えられる資料であるが、『南畝文庫蔵書目』巻三（国立国会図書館蔵本）に、

俳優墳墓志　一巻　写　瀬名亀文

とあることから、その存在が確認できる。「亀文」とは貞雄の号のことである。旗本の瀬名貞雄は、享保元年（一七一六）に生まれ、寛政八年（一七九六）に八十一歳で没した。大番組、小普請組を経て、寛政元年、奥右筆組頭となって将軍への御目見得が許されている。武家の故実に通じ、諸家の写本を収集した[6]。その博覧強記ぶりは、大田南畝との間に交わされた問答書である『瀬田問答』からも窺える。『大田南畝全集』第十七巻（岩波書店、一九八八年）所収『瀬田問答』の中野三敏氏による解説では、貞雄は次のように紹介されている。

瀬名貞雄、通称を源五郎、狐歼軒と号し、後亀文とも号した。五百石どりの幕臣で、故実家を以てしられ、寛政元年『藩翰譜』続編の編纂に当っては表右筆組頭格としてそれに携った。『改撰江戸志』を初めとする江戸地誌・故実に関する著書は極めて多いが、皆写本を以て行なわれる中で、宝暦五年から明和七年にかけて江戸吉文字屋から板行された最初の江戸切絵図六種が貞雄の編になるものであることはあまり知られていないようである。

この『瀬田問答』の中には、貞雄が、墓や役者にも興味を持っていたことを窺わせる記述が見られる。南畝の、

今の講釈師を、むかしは太平記読と申候て、太平記古戦物がたりをのみ講釈致し候処、享保の頃瑞竜軒、志道軒など願ひ候て、今の三河御風土記などよみ候事始り候由承り伝候。左様に候哉。

という問いに対する答えの中で、貞雄は、

右志道軒墓は浅草聖師堂金剛院に有之、墓の写も致し置候と覚へ申候。

と述べている。貞雄が、近世中期の講釈師、志道軒の墓を訪れ、傍線部のようにその墓の図まで描き残していたことが分かる。また、四代目市村宇左衛門として数える初代市村竹之丞は、若くして出家し、亀戸の自性院、通称竹之丞寺に入るが、南畝がその「竹之丞寺の由来いかゞ」と尋ねると、

右は安永の昔しの頃、自性院の和尚と心安くて度々まいり、直にものがたりを承り記置候まゝ、則右一帖懸御目ニ候。

とした上で、

抑当寺はもと境内に鎮座ある処の稲荷の別当職也。しかるに吹屋(フキヤ)町歌舞伎狂言太夫元市村竹之丞、若年にして太夫元となり、幼少より仏乗に入て自性院の弟子となり、頻に天台学をなせり。十八九歳の頃は狂言も上手ながら手につかず、唯自性院へのみ通ひて、類族の輩へも両度まで出家得度の願ひありけるゆへ、(後略)

と、初代竹之丞が自性院の住職になった経緯が述べられている。こうした事例を考えると、貞雄が『俳優墳墓志』を作成する必然性は十分にあると言える。

『俳優墳墓志』は先に述べた通り、現在散逸してしまっているが、その面影をわずかながら、南畝の随筆から窺うことができる。天明八年(一七八八)成立の『俗耳鼓吹(ぞくじこすい)』巻之一には、役者寺として有名な大雲寺[7]について記述されている。「本庄押上村、長行山大雲寺に古き石塔あり」として境内の中村長十郎の墓を紹介するほか、

「此寺に役者の墓多し。瀬川菊之丞代々の墓あり」として、初代菊之丞、初代菊次郎、二代目菊之丞の没年、戒名が記されているが、後者の欄外には「委くは瀬名氏の役者墓誌にみへたり」という南畝の書き入れが見られる。[8]書名が『役者墓誌』となっているが、おそらく『俳優墳墓志』と同一のものであろう。

前者の長十郎の石塔については、刻まれている印しも模写されているが、注目したいのは、その欄外の南畝の書き入れに「寛政十一年己未九月一日、大雲（音）寺へ立よりみるに此墓みえず。可惜、々々」とあることである。つまり、南畝自身は石塔の現物を見ていないのであり、したがって、図示された印しは、南畝自身の調査によって記されたのではなく、その情報源、すなわち『役者墓誌』（『俳優墳墓志』）に記されていたものを南畝が写し取ったということになる。このことは、貞雄の墳墓資料が、単に役者の戒名や、没年月日、墓所等を一覧の形式にして羅列した従来のようなものではなく、先の志道軒の例のように、適宜、役者の墓の図も掲げたものであったことを想像させる。『俳優墳墓志』は、貞雄の地道な調査が結実したものであったのであろう。なお、その成立年時は、『俗耳鼓吹』成立の天明八年以前であると考えられる。

次に採り上げる役者墳墓資料は、西尾市岩瀬文庫所蔵の『歌舞伎役者墳墓方角附』である。編者は老樗軒（ろうちょけん）、すなわち中尾樗軒（生年未詳、文政四年〈一八二一〉没）である。岡田氏とする説が関根只誠の『名人忌辰録』にあるが、三村竹清の「老樗軒伝の研究」（『集古』、大正九年十月）によって否定されている。江戸本郷の質屋、伊勢屋三右衛門の息として生まれたが、家業を義弟に譲り、古書の売買を生業とした。鑑定を能くし、探墓の癖があり、また俳諧を好んだ人物でもある。[9]

本書の書誌は次の通りである。

〔所蔵〕西尾市岩瀬文庫（一六二一―二七一）

〔書型〕写本。半紙本。袋綴、一冊。縦本（二三・八cm×一六・二cm）。

〔表紙〕覆表紙、茶色格子文様。原表紙、茶色無紋、中央に題簽剥落の跡、左下に貼紙（汚れのため判読不能）あり。

〔記載書名〕巻首題、「歌舞伎役者墳墓方角附」。

〔匡郭〕なし。

〔柱刻〕なし。

〔丁数〕丁付なし。墨付十四丁半（見返し識語、半丁。本文、十四丁）。

〔行数〕概ね八行。

〔蔵書印〕一丁表に、「清水晴風」（二・〇cm×二・〇cm、朱文方印）、「岩瀬文庫」（四・〇cm×一・五cm、朱文長方印）、「愛蔵　伴雨」（二・七cm×一・二cm、朱文印）、「伴雨文庫」（三・五cm×三・五cm、朱文印）、「清水晴風之印」（二・八cm×三・五cm、朱文長方印）。

〔諸本〕なし。


蔵書印の項目に見られる「伴雨」とは兼子伴雨のことであり、図34に示したような、「愛蔵　伴雨」と「伴雨文庫」の二種類の印が本書に確認できる。この人物については後述する。また、清水晴風（嘉永四年〈一八五一〉～大正二年〈一九一三〉）は、大名の人夫請負を業とする神田旅籠町の旧家に生まれ、郷土玩具の収集と研究に邁進して、「玩具博士」とも呼ばれた人物である。[10]見返しには、この晴風による次のような識語が見られる。

迂生、頃日、古本屋の肆をあさり、能珍本を掘出さんと、あれこれと手にふるゝに任せ寄取たるに、老樗軒の自筆なる古俳優墳墓方角附となんいえる写本を得たり。樗軒、通称を伊勢屋平次郎といふ。姓は岡田氏、号を老樗軒、又読老庵と云。文政七申年八月十四日没す。下谷池の端、宗賢寺に葬る。同寺に墓名(ママ)有。老樗の墓所を探ぬるに就いては、種々なる奇談、又面白き珍談多し。此如き反古も心を留て保存せば、世を益するの栞りともなるべしと、わが思ふ事を其侭如斯。

清水晴風しるす（印）

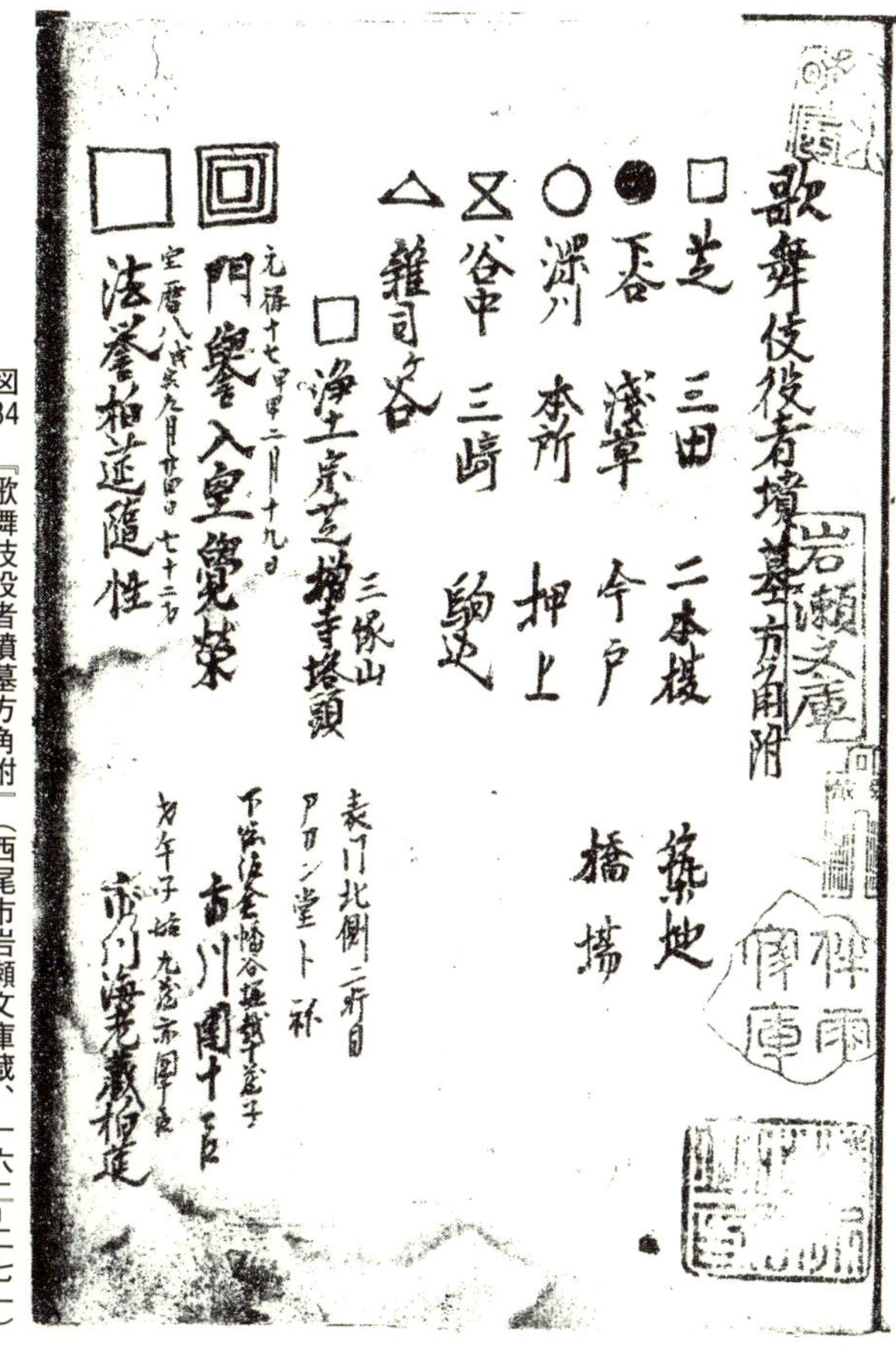

図34『歌舞伎役者墳墓方角附』（西尾市岩瀬文庫蔵、一六二‐二七一）

姓を岡田氏、没年月日を文政七年（一八二四）八月十四日、墓所を宗賢寺としているのは『名人忌辰録』の記述に拠ったためであり、これらは先述したように間違いである。この識語でも言及されているように、本書は老樗軒の自筆によるものであるが、十四丁の表と裏のみ本文と別筆になっている。本文冒頭に掲げられた初代市川団十郎から、小川善五郎までの十二人分の記事が清書されたもので、この清書の部分には、さらに別筆による書入れが施されている。晴風が清書し、伴雨が訂正の書入れをしたのであろうか。なお、森銑三は「老樗軒とその墓石(11)」において、本書について次のように言及している。

老樗軒の編著では、なほ『歌舞伎役者墳墓方角附』と題する一冊が、三河の岩瀬文庫に所蔵せられてゐることをその後同館の目録に據つて知つた。或はこれも自筆の稿本であらうかと思はれる。

本書には、百四十三人の役者の没年月日、戒名、紋、享年などの情報が記されているが、一番の特徴は役者が墓所毎に分類されているという点である。巻頭には、

□　芝　三田　二本榎　築地
●　下谷　浅草　今戸　橋場
○　深川　本所　押上
⊠　谷中　三崎　駒込
△　雑司ヶ谷

とした地名一覧が掲げられ、以下、例えば「□浄土宗芝増寺(ママ)三縁山塔頭」として、芝の増上寺に墓がある役者をまとめるという形式を採る。増上寺の場合であれば、「花岳院」「浄運院」「観智院」「昌泉院」「源寿院」のように、塔頭毎の下位分類を設けて整理している点も注目できる。先の『古今役者名取艸』では役柄で分類されていたが、それは評判記の例にならったものと考えられ、役者名鑑の延長線上にある編集方針と言えよう。それに対して、本書のように墓所によって分類する方法は、実際に墓巡りをする人にとって大変都合のよいものとなる。というのも、例えば、今日は江戸の南方の墓巡りをしようと思った場合、こうした編集方法であれば、増上寺では一体

誰の墓を見ればよいのか、一目瞭然となるからである。

著者の老樗軒は、探墓の癖があった人物で、文化十五年（文政元年、一八一八）刊行の『江都名家墓所一覧』という書も手がけている。同書は儒家、国学者、医者、書家、俳人といった文化人の号や没年月日、墓所を一覧にしたものであるが、ここでも、「浅草」「下谷」等、四十二の地域によって分類するという編集方法が採られている。[12] 掃墓を趣味とする人が求めるものをよく理解した上での構成と言えよう。「方角附」という書名にはこうした編集意識が如実に反映されているのである。なお、『歌舞伎役者墳墓方角附』には成立年時が明記されていない。掲載されている役者の没年月日は、三代目嵐雛助の文化十年九月二十三日が下限であるので、本書の成立は文化十年から、老樗軒の没年である文政四年（一八二一）までの間と考えられる。『江都名家墓所一覧』のように、出版することを想定していたと推測できるが、刊本のものが確認されていないため、実現されなかったものと思われる。

三　『役者墳墓誌』

続いて採り上げるのは冒頭にも触れた『役者墳墓誌』である。現在確認できる四本のうち、早稲田大学演劇博物館、西尾市岩瀬文庫、国立国会図書館所蔵の三本の写本（以下、演博本・岩瀬本・国会本と略す）には、冒頭に「屋代輪池翁輯／豊芥子補／只誠翁増注」と編者の名前が掲げられている。

屋代輪池とは幕臣で国学者の屋代弘賢のことである。宝暦八年（一七五八）に生まれ、天保十二年（一八四一）、八十四歳で没した。国学を塙保己一・松岡辰方に、漢学を山本北山に、故実を伊勢貞春に学び、和歌を冷泉為村・為泰に学ぶ。安永八年（一七七九）に家督を相続して、寛政二年（一七九〇）、柴野栗山の下で『国鑑』の編纂に関与、以後『寛政重修諸家譜』、『藩翰譜続編』、『古今要覧』、『干城録』の編纂に従事し、師塙保己一の『群書類従』の校刊にも参加する。成島司直（東岳）・大田南畝・狩谷棭斎・小山田与清・曲亭馬琴ら交友関係が広く、書籍の蒐集に努め、書庫を不忍文庫と称した人物である。[13] 石塚豊芥子（寛政十一年〜文久元年〈一八六一〉）、関根只誠（文政八年〜明治二十六年〈一八九三〉）については、改めて述べる必要もなかろう。

本書は承応元年（慶安五年、一六五二）三月六日没の初代村山又三郎から、明治十五年二月十九日没の八代目岩井半四郎まで、約五百人の戒名と没年月日、享年、墓所、略歴等を一覧にしたものである。屋代弘賢は天保十二年、豊芥子は文久元年に没しているので、まず弘賢が本書の原型となるものを編纂し、その没後、豊芥子によって書き継がれ、さらにその豊芥子の没後は、只誠が幕末、明治の人物を書き足したということになる。本書の特徴は次の通りである。

第一に、没年月日の順に配列されているということ。「承応年間」「万治年間」のような小見出しも設けられている。

第二に、全ての人物についてではないが、家系や改名などに言及したやや詳しい略歴が付されているということ。この略歴は演博本、国会本、および東京大学国文学研究室本（以下、東大本と略す）では朱で、岩瀬本では頭注の形で記されているが、先に述べたように「只誠翁増注」とあるで、関根只誠によって施されたものと考えられる。只誠の没後、明治二十七年（一八九四）に刊行された『名人忌辰録』には、付録として『俳優忌辰録』が収録されている。『役者墳墓誌』と『俳優忌辰録』を比較してみると、採り上げられている人物については取捨選択が見られるが、略歴の文面は似通っている箇所が多く、この『役者墳墓誌』が『俳優忌辰録』の原型になった可能性を指摘できる。

第三に、役者だけでなく狂言作者や音曲の演奏者なども多く採り上げているということ。一覧にすると次の通りとなる。

〔作者〕二代目津打治兵衛、壕越二三次、瀬川如皐（初代・三代目）、桜田治助（初代・二代目・三代目）、並木五瓶（初代・二代目・三代目）、辰岡万作、近松徳三、奈河七五三助、福森久助、二代目松島半二、初代奈河晴助、勝井源八、松井幸三（初代・二代目）、鶴屋南北（四代目・五代目）、二代目勝俵蔵、四代目中村重助、三升屋二三治、花笠文京

〔音曲〕坂田兵四郎、富本豊前太夫（初代・二代目）、富士田吉治[14]、常磐津文字太夫（初代・二代目・三代目・四代目）、初代富本斎宮太夫、常磐津兼太夫（二代目・三代目）、清元延寿太夫（初代・二代目）、二代目杵屋勝五郎、四代目杵屋六三郎、十代目杵屋六左衛門、望月太左衛門（四代目・五代目・六代目）、五代目岸沢式佐、岸沢三蔵、三代目杵屋勘五郎

〔その他〕二代目辰松八郎兵衛（人形遣い）、烏亭焉馬（戯作者）、二代目鳥居清満（浮世絵師）

第四に、これまでの墳墓資料が江戸役者を対象としていたのに対し、本書では上方の役者も採り上げられているということ。ただし、墓所まで記されている役者はあまり多くない。

次に、諸本の書誌について述べる。

（三）　歌舞伎役者の墳墓資料

①早稲田大学演劇博物館蔵本

〔函架番号〕和ロ三-四〇四-一～三

〔書型〕写本。大本。袋綴、三巻三冊。縦本（二六・三cm×一八・七cm）。

〔表紙〕原表紙。茶色無紋。

〔記載書名〕外題、「役者墳墓誌　巻上（巻中、巻下止）」（原題簽。墨書。左肩。子持枠）。巻首題、「役者墳墓誌」。

〔匡郭〕なし。

〔柱刻〕なし。

〔丁数〕丁付なし。巻上・二十八丁、巻中・三十二丁、巻下・二十四丁、計八十四丁（墨付）。

〔蔵書印〕各冊見返しに、「演劇博物館図書」（四・五㎝×四・五㎝、朱文方印）、各冊第一丁表に、「伊原氏印」（三・〇㎝×三・〇㎝、朱文方印）。

〔その他〕小口に「役者墳墓誌」と書いた紙片を貼付。年号の小見出し、略歴は朱筆。昭和二十年三月廿四日、伊原栄氏寄贈。

「伊原氏印」の蔵書印から、伊原敏郎の旧蔵であることが分かる。巻上には明和七年（一七七〇）没の三代目沢村宗十郎まで、巻中には天保三年（一八三二）没の中村十蔵までを記載し、巻下では明治十五年（一八八二）没の八代目岩井半四郎の後ろに、洩れてしまった十五名の人物が補足されている。

②西尾市岩瀬文庫蔵本

〔函架番号〕七八-六七
〔書型〕写本。半紙本。袋綴、二巻二冊。縦本（二三・二㎝×一五・五㎝）。

〔表紙〕原表紙。水色無紋。

〔記載書名〕外題、「役者墳墓誌　上（下）」（原題簽。墨書。左肩。無枠）。巻首題、「役者墳墓誌」。

〔匡郭〕双郭。二一・二㎝×二七・〇㎝。

〔柱刻〕「類書纂要　芙蓉楼蔵」。

〔丁数〕丁付なし。上巻・四十八丁（遊紙前二丁）、下巻・十八丁（遊紙後三十二丁）、計六十六丁（墨付）。

〔蔵書印〕各冊第一丁表に「岩瀬文庫」（四・〇cm×一・五cm、朱文長方印）、「紫香蔵」（四・三cm×一・五cm、朱文長方印）、「小仁蔵本」（一・八cm×〇・五cm、朱文長方印）。

〔その他〕頭注欄に朱筆で略歴を掲げる。

柱刻に「類書纂要　芙蓉楼蔵」とあるが、本書は一冊が五十丁のいわばノートのようなものに記載されている。上巻は遊紙が前に二丁あって、墨付四十八丁の計五十丁、下巻は墨付が十八丁あって、残り三十二丁が無記入となっている。「紫香蔵」、「小仁蔵本」の蔵書印があるように、大久保紫香、小栗仁平の旧蔵書である。上巻には天保三年没の中村十蔵までが記載されており、演博本の巻上・巻中の二冊の所収分が、岩瀬本では上巻一冊にまとめて収録されていることになる。演博本と同じく八代目岩井半四郎の後ろには、十五名分の補足があるが、演博本とはその順序が若干異なっている。

③国立国会図書館蔵本

〔函架番号〕一〇二一―一五〇

〔書型〕写本。半紙本。袋綴。一冊。縦本（二六・七cm×一八・八cm）。

〔表紙〕後表紙。紺色無紋。

〔記載書名〕巻首題、「役者墳墓誌」。

〔匡郭〕なし。

〔柱刻〕なし。

〔丁数〕丁付なし。墨付六十丁。

〔蔵書印〕第一丁表に「帝国図書館蔵」（四・七cm×四・七cm、朱文方印）。

〔その他〕年号・略歴は朱筆。明治四十四年十月二十三日、購求。


「明治44、10、23購求」の印から、本書の成立が明治四十四年（一九一一）以前であることが分かる。この国会本には、天保三年没の中村十蔵まで、すなわち演博本の巻上・巻中、岩瀬本の上巻までしか記載されていない。演博本、岩瀬本の下巻に相当する部分が欠けてしまっている訳であるが、そこで注目したいのは次に挙げる東大本である。

④東京大学国文学研究室蔵本
〔函架番号〕近世二二一-三-五八
〔書型〕写本。大本。袋綴。一冊。縦本（二六・六cm×一八・七cm）。

〔表紙〕後表紙。黒色無紋。

〔記載書名〕なし。

〔匡郭〕なし。

〔柱刻〕なし。

〔丁数〕丁付なし。墨付二十四丁。

〔蔵書印〕「東京帝国大学図書印」（八・〇cm×八・〇cm、朱文方印、見返し・第一丁表）[15]、「佐々氏」（二・五cm×一・四cm、朱文長印、見返し）。

〔その他〕年号・略歴は朱筆。大正十一年五月三十一日に東京帝国大学附属図書館に収まる（後ろ見返しの貼紙による）。帙題「役者過去帳」。

本それ自体に書名が一切記されていないためか、帙題にもある通り、同研究室の目録には「役者過去帳」の名で登録されてはいるものの、内容は他本の下巻と全く同じものである。そこで考えられるのは、下巻相当部を欠く国会本とこの東大本が、本来組になっていたものではないかということである。国会本と東大本は表紙の色こそ違うが、その寸法はほぼ等しく、何よりも筆跡が同じであると判断できる。両者は、何らかの理由で別々になってしまったものと推測する。なお、蔵書印の「佐々氏」は佐々醒雪のこと、また、演博本、岩瀬本と同様、八代目岩井半四郎の後ろには十五名分の補足があり、その順序は岩瀬本と同じものとなっている。

以上、『役者墳墓誌』の四本の写本の書誌を掲げたが、これらは、天保三年といういわば中途半端な年時で区切られているという点で共通する。このことから想定できるのは、諸本の原型となった屋代弘賢の稿本が、中村十蔵の記事までしか収録されていなかった、言い換えれば、この記事までが天保十二年に没した屋代弘賢の執筆部分であり、後に続く天保四年六月七日没の市川男女蔵の記事以降は豊芥子による執筆であるということである。

そこで気になるのは、これら諸本に転写の関係があるのかという問題である。以下、諸本の異同について、いくつか例を挙げたい。なお、先に述べたように国会本と東大本は本来組になっていたものと考えられるので、ここでは、両者を一つのものとして扱うことにする。演博本では、正徳五年（一七一五）没の「瀧川幸平次」の「幸」を「吉」に、文化二年（一八〇五）没の「中山重助」の「山」を「村」に正すというような、後人の手によるとおぼしき見せ消ちが数例確認できる。岩瀬本と国会本では、「瀧川吉平次」「中村重助」のように全て正しい記載になっているが、これをもって演博本が他の本の元になったとは必ずしも言えない。瀬川仙女の没年、および享年について、岩瀬本では「文化七年~~五月廿六日行年五十六才於大坂没~~」のごとく抹消線が施され、「十二月四日」「年六十一才」と直されているが、演博本と国会本では、この訂正の通り「文化七年十二月四日年六十一才」

と記されている。また、国会本では、二代目中村大吉の「初名山下菊之丞後嵐と改」という略歴が、「菊」を見せ消ちで「亀」と改められているが、演博本と岩瀬本では、「亀之丞」という正しい名前が記載されている。つまり、演博本は、岩瀬本・国会本（東大本）とは転写関係がなく、別の経緯で書写されたと考えられるのである。(16)では、岩瀬本と国会本とにはどのような関係があるのであろうか。例えば、岩瀬本にある安永九年（一七八〇）五月十五日没の初代三枡大五郎と、同年十二月六日没の初代嵐吉三郎の記事が、国会本では抜けてしまっている。国会本の筆者が、岩瀬本の記事を写し漏らしたとの想定は可能であるが、岩瀬本の筆者が欠を補いつつ国会本を写したとするのは難しい。つまり、国会本（東大本）が岩瀬本を参考にした可能性はあるが、その逆はあり得ないということになる。以上の諸本を比較すると、岩瀬本が最も記事の遺漏が少ない本と判断できる。

ここまで、近世期における役者墳墓資料を概観した。屋代弘賢が編集した『役者墳墓誌』は、石塚豊芥子や関根只誠といった考証家の手を経て、過去に類のない大部なものとなった。そしてその成果は、只誠の『俳優忌辰録』に活かされることになる。一旦は趣味人の手に委ねられた役者墳墓資料は、近代に至り、再び出版という形で公にされるのである。

四 『俳優忌辰録』以降の役者墳墓資料――兼子伴雨旧蔵書を中心に――

『俳優忌辰録』は、関根只誠編の『名人忌辰録』（明治二十七年〈一八九四〉初版、大正十四年〈一九二五〉訂正改版）下巻末に添付された歌舞伎役者の人名録である。『演劇百科大事典』第五巻（平凡社、一九六一年）の「名人忌辰録」の解説（藤田洋氏執筆）には次のようにある。

（前略）下巻末に俳優忌辰録が添付され、総数三二一名の歌舞伎俳優名・俳名・幼名・略歴・葬所が記されてある。寛永（1624～43）の猿若勘三郎あたりから収められており、坂田藤十郎・水木辰之助・芳沢あやめら京阪で活躍した俳優も含まれているが、江戸俳優が中心。右近源左衛門・村山左近・玉川千之丞らが脱落している欠陥もある。編者が心覚えに書きとめたメモを没後刊行したためである。近世の俳優を知る手がかりとして貴重な資料といえる。大正一四年（1925）に訂正改版本が発行された。

本書が屋代弘賢の『役者墳墓誌』を参考にした可能性があることは既に指摘した。脱落している右近源左衛門・村山左近・玉川千之丞の三人は、その『役者墳墓誌』にも記載されていない。解説では、メモを没後刊行したためであるとしているが、同書に記事がないため、只誠が採り上げなかったとも考えられよう。ただ、そもそも歌舞伎草創期の人物については不明な点が多く、『役者墳墓誌』に掲載されていないのも、尤もなことではある。

さて、この『俳優忌辰録』を基にしたのが、岩瀬文庫所蔵の『俳優墳墓誌』である。瀬名貞雄編の『俳優墳墓志』と書名が極似するが、別の資料である。書誌は次の通りである。

〔所蔵〕西尾市岩瀬文庫所蔵（一六六－三六）

〔書型〕写本。半紙本。袋綴、一冊。縦本（二三・九cm×一六・五cm）

〔表紙〕原表紙。浅葱色流水紋空押。

〔記載書名〕外題、「俳優墳墓誌」（原題簽。刷。左肩。子持枠）。扉題、「俳優の墳墓」。

〔匡郭〕なし。

〔柱刻〕なし。

〔丁数〕丁付なし。墨付二十二丁。

〔蔵書印〕第一丁表に、「岩瀬文庫」（四・〇cm×一・五cm、朱文長方印）、「伴雨文庫」（三・五cm×三・五cm、朱文印）。

書名は題簽から採ったが、扉題には「俳優の墳墓」とある。また、先の『歌舞伎役者墳墓方角附』にも見られた「伴雨文庫」の蔵書印が確認できる。旧蔵者の兼子伴雨は、巻末に次のような識語を残している。

此の冊子旧題名なく、幻花庵主、無意味にも俳優の墳墓と題す。余、又一字を加へて俳優墳墓誌と、読んで字の如はとなすも私の名なり。著者不詳ざるが、恐くは故関根只誠翁の輯せし俳優忌辰録の原本に拠りて、謄写する処なるべし。夫は何より云ふに、編中個人の小伝、同書と同一にして、只だ違なるは梓に在りし方はいろは訳にして、本編は区訳なると、二三の増加あるとの相違あるのみなればなり。後世、題名の不風流なるを笑ひ、著者を知らんと欲する者の為に斯くはしるしぬ。

明治三十三年六月中旬　不音庵主（印「伴雨」）

「幻花庵主」とは、水谷幻花のことである。幻花は、本名を乙次郎（おと）といい、慶応元年（一八六五）七月十七日、深川御船蔵前町に生まれた。中和という代用学校を出て、独学、寸鉄、絵入自由新聞、万朝報を経て、東京朝日新聞に入社する。朝日新聞社では演芸記者を務め、明治三十年代から紙上に毎日「演芸風聞録」(17)という記事を連載している。骨董のほか、掃苔の趣味も持ち、明治三十年代に活動した掃苔家達のサークル、東都掃墓会の幹事も務めた人物である(18)。この識語の左側の丁に別筆で「金子伴雨氏（ママ）におくる／明治卅三年六月初旬　芝浦の水谷幻花庵」とあることから、本書は、幻花から伴雨に贈られたものであることが分かる。扉題の「俳優の墳墓」は幻花が付けた書名であり、外題の「俳優墳墓誌」は伴雨自身が付けたものである。

識語にあるように、本書は、只誠の『俳優忌辰録』所載の記事を「区訳」、すなわち墓所の地域によって分類し直したものであり、芝・築地・下谷・浅草・本所・深川・駒込・雑司ヶ谷の各部に分けられている。著者は不明であるが、『歌舞伎役者墳墓方角附』の老樗軒と同じように、実際に墓を巡って歩く時に便利なものを欲し、本書を編集したのであろう。実用的な役割を果たすためには、『俳優忌辰録』のような、役者の名前による「いろは訳」では不便である。また、各部と部の間には、半丁程度の空白が作られている。調査した情報を書き足していくつもりであったことが窺われる。

ここで、本書の旧蔵者、兼子伴雨のことについて述べておきたい（図35）。大正十三年（一九二四）二月二十八日に没した伴雨を追悼し、『演芸画報』の同年四月号には「兼子伴雨氏逝く」という記事が掲載された。長文なので一部を省略し、以下引用する[19]。

梨花庵主人、又は倒扇子、雨の舎主人等の名で、創刊当時から演芸画報と関係深く、殆んど毎月のやうに俳優の談話を紹介してゐられた兼子伴雨氏は、昨年震災前から健康を害されてゐましたが、本年（注、大正十三年）二月廿八日、遂に易簀されました。

伴雨氏は本名善次郎と云つて、明治九年六月二十四日芝口一丁目で生れました。神田で育ちこそしなかつたが、芝で産湯を使つたチヤキ〱の江戸ツ子で、一生を徹頭徹尾江戸ツ子気質で終りました。家は米屋で何不足もなかつたが、子供の時から芝居に入り浸りで、画を描くといつては芝居の絵、遊びといつては芝居の真似ばかりでしだ（ママ）。（中略）

一時、朝日新聞や国民新聞の演芸欄に、籍を置いてゐた時代もありましたが、窮屈な時間勤めは出来

図35　兼子伴雨肖像
（『演芸画報』大正13年４月号より）

ない人でしたから、間もなくやめてしまつたやうです。雑誌では主として本誌のみに執筆されてゐました。前にいつたやうに、子供の時分から芝居の内外へ入り浸つてゐた位ですから、劇場には随分小さな所まで精通してゐました。劇書を渉る方でしたから、古実にも可なり詳しうございました。一時鳥居清忠氏の所に居た事のある関係から、鳥居派の画にかけては、中々の通でした。一時は盛んにあの画を描いた事もあるのです。著書には『踊の秘決』『演芸問答五百題』等があります。芝居以外掃墓に非常に趣味を持つて東都掃墓会を設立し、その探究の結果を詳しい記録にとゞめてゐられましたが、これは未完稿のまゝで終りました。

行年四十九歳、寺は赤坂の円通寺で、法名は『梨花庵好雨日間居士』であります。

幻花や伴雨もメンバーだった東都掃墓会は、『見ぬ世の友』という機関誌を発行していた[20]。この雑誌の第六号（明治三十四年〈一九〇一〉一月発行）所収の「廃墓録（其貳）」という記事において、伴雨は初代荻野沢之丞の墓について次のように記している。

単に捜墓と云へ共、其内に忠臣、孝子、儒者、国学者、俳家、歌学者、医家、画伯、書家、名誉家、沙門、武人、俳優、遊女等自然の区別ありて、其内最も困難なる者三ッあり。曰く遊女、曰く狂歌師、曰く俳優、之れなり。最も子孫連綿たり、或は近世の衆に至りては然らざるも、遠く無縁となりし俳優墳墓は過半廃墓にして、其所在に苦しむは往々の事とす。沢之丞の如きも同一の者なり。嘗て歌舞伎役者方角附（又、後者（役カ）墓詣で記と題す）を見て、浅草の部に、沢之丞墳墓は新寺町（今の名、北清島町なり）唯念寺向ふ日蓮宗恩田山常林寺にあり、法名、宗順院日耀、宝永元甲申年八月十九日歿す。家紋、五七の桐と依りて、其墳墓を訪へば、幾春秋を経て無縁となりし為め、今は全く廃墓せしのみならず、当寺過去帳に所見なし。（後略）

荻野沢之丞の例を用いて、役者の墓を探す時の苦労が述べられているが、傍線部のように、伴雨が老樗軒の『歌舞伎役者墳墓方角附』を愛用していたことが、よく分かる。

さて、伴雨が旧蔵した役者墳墓資料は、岩瀬文庫にさらにもう二点確認できる。一点目は『梨園名家 掃墓誌』という資料で、小野甲子、別名市川升代という役者が、明治三十四年七月に編纂したものである。(21) 書誌は次の通りである。

〔所蔵〕西尾市岩瀬文庫（一六六―二九）

〔書型〕写本。半紙本。袋綴、一冊。縦本（二三・五cm×一五・九cm）

〔表紙〕原表紙。鳥の子色弁慶格子紋。

〔記載書名〕外題、「梨園名家 掃墓誌」（原題簽。刷。左肩。子持枠）。巻首題、「梨園名家 掃墓誌」。

〔匡郭〕双郭。一九・二cm×二六・八cm。「箸屋製」の半丁八行の原稿用紙。

〔柱刻〕なし。

〔丁数〕丁付なし。墨付九丁。

〔蔵書印〕第一丁表に、「岩瀬文庫」（四・〇cm×一・五cm、朱文長方印）、「愛蔵　伴雨」（二・七cm×一・二cm、朱文印）。


蔵書印の「愛蔵　伴雨」は、先の『歌舞伎役者墳墓方角附』にも見られたものである。巻末には伴雨の次のような識語が記されている。

本編の著者、小野甲子と云へるは、通称を子之助と呼び、父は紀伊家の御用家根職にして七右ヱ門と称し、四ッ谷天王横町に住せり。甲子の生まれしは元治元年甲子の年に当るを以て、子之助と名づく。幼少より演劇を好み、俳優たらんと欲し、屢々父に逼る。其望む処せつにして曲ぐるべからざるを知り、遂に許容す。

茲に至り、市川仲蔵を義兄となし、同じく九世市川団十郎の門に入り、市川升代と呼びて女形を精勤す。性、温和沈着、考古の癖あり。暇ある毎に必ず机に凭りて、芸苑に関する記録の価値ある者を蒐集、筆録して、自ら楽しむ。其稿綿密にして杜撰の罫なく、此小冊子の如き、其が余滴に成るものを、虫も些の誤謬なく整正されしを見ても、一斑を伺ふに足るべし。吁、世上梨園の徒の多くは、酒色に耽り奢侈に流れて、文事の如き省みるものすくなき中に、斯く著述の志あるは、実に鶏群中の一鶴とやいふべからん。現今京橋加賀町に住ひ、齢三十九なりといふ。

時于明治三十五年八月下旬、同癖家、兼子伴雨誌（印、「兼子」）

なお、この識語の欄外には、同じく伴雨によって「著者市川升代は、明治卅九年六月四日歿す。行年四十二才。赤坂台町道教寺に葬る」と記されている。

本書は、明治期に亡くなった人物を中心に、計六十五人の役者ないしは狂言作者[22]の、屋号と俳名、墓所を没年月日順に配列した一覧である。まず、明治六年（一八七三）九月一日没の瀬川路之丞から、明治三十六年四月三十日没の尾上菊十郎までの五十三人を掲げるが、本書の成立は明治三十四年七月なので、それ以降に没した人物、すなわち三升稲丸（明治三十四年八月二十二日没）、市川雷蔵（同年九月二十三日没）、坂東秀調（同年九月二十九日没）、坂東喜知六（同年十月十二日没）、尾上菊十郎については、伴雨が書き足したということになる。次いで、「追加」として中村相蔵（明治十八年十二月没）以下十二人を挙げるが、配列は必ずしも没年月日順ではない。いずれも明治三十四年以前の故人の記事なので、この「追加」が、小野甲子によるものなのか、伴雨が書き足したものなのかは判別できない。なお、数行空けて市川小団次（慶応二年五月八日没）の記事が載る。これが、本書掲載の唯一の江戸期に亡くなった人物である。

伴雨は、『演芸画報』誌上に楽屋訪問の記事を頻繁に寄せているが、取材のために訪れた楽屋で、他の役者と異なり真摯に勉強する小野甲子こと、市川升代の姿はとりわけ彼の目を引いたことであろう。伴雨は本書を手にした明治三十五年、数え年で二十七歳という若さであった。伴雨と同じ趣味を持った升代は、伴雨から見てちょうど一回り年の離れた先輩となり、識語の「同癖家」という表現からは、伴雨の升代に対する格別な想いが感じられる。それからわずか四年後の明治三十九年、升代は四十二歳で世を去るが、その訃報に接した時の伴雨の落胆ぶりは容易に想像ができる。

伴雨旧蔵のもう一点の役者墳墓資料は『名優墓所一覧』である。書誌は次の通りである。

〔所蔵〕西尾市岩瀬文庫（一六六―二三）

〔書型〕写本。半紙本。袋綴、一冊。縦本（二五・〇㎝×一六・一㎝）。

〔表紙〕原表紙。縹色流水紋空押。

〔記載書名〕外題、「名優墓所一覧」（原題簽。墨書。左肩。子持枠）。

〔匡郭〕なし。

〔柱刻〕なし。

〔丁数〕丁付なし。墨付十丁。

〔蔵書印〕第一丁表に、「岩瀬文庫」（四・〇㎝×一・五㎝、朱文長方印）、「伴雨文庫」（三・五㎝×三・五㎝、朱文印）。

本書は百十三人の役者について、その戒名、没年月日、墓所、辞世、および簡単な説明を記したものである。ただし、そのうちの大部分、冒頭の初代市川団十郎から二代目瀬川菊之丞までの百三人については、掲載順もほぼそのままに、安永三年刊の『古今役者名取艸』の情報を写しとったものである。その後に、『古今役者名取艸』刊行後に没した十人の役者の情報が掲げられる。本所押上の大雲寺に眠る役者八人を先に挙げ、深川浄心寺の六代目岩井半四郎（天保七年四月八日没）、本所石原妙玄寺の初代河原崎国太郎（慶応三年四月二十一日没）の二人を挙げる。編者自身による調査に基づくものであろうか。岩瀬文庫の目録では、編者として水谷幻花の名を掲げるが、本書の記述にその名を見出せず、根拠は不明である。また、成立年時も明記されていない。五代目坂東彦三郎の明治十年十月十三日が、没年月日の下限であるため、成立はそれ以降ということになろう。[23]

以上、本稿で扱った岩瀬文庫の伴雨旧蔵資料は、『歌舞伎役者墳墓方角附』、『俳優墳墓誌』、『梨園名家 掃墓誌』、『名優墓所一覧』の四種であるが、ここで注目したいのは、伴雨の蔵書印である。伴雨は、先に述べたように、「伴雨文庫」と「愛蔵　伴雨」の二種類の印を使っているが、後者の「愛蔵　伴雨」の印は、老樗軒の『歌舞伎役者墳墓方角附』と小野甲子の『梨園名家 掃墓誌』のみに確認できる。実際の墓巡りの参考とした『歌舞伎役者墳墓方角附』、編者に思い入れのあった『梨園名家 掃墓誌』は、まさに文字通り伴雨の「愛蔵」の書であった。

近代の役者墳墓資料として、最後にもう一つ触れておきたいのが、伴雨や幻花と同じく東都掃墓会の一員であった山口豊山による『夢跡集』である。[24]本書は二十八冊から成る写本で、約千四百人の人物について、「武家」「義士」「国学者」「儒者」「医家」「書家」「画家」「俳諧」「狂言」「戯作」「音曲」「浄るり」「軍談　落語」「俳優」「相撲」「雑伎」「名婦」「諸国」「雑」の各部に分けて、墓碑の図、故人の肖像、伝記等を掲載した大部の資料である。特に墓碑の図については、現在失われてしまっているものの場合、昔の姿を窺えるという点で大変貴重である。[25]たとえば、押上の春慶寺にある四代目鶴屋南北の有名な墓石も、現在では大部分が欠けてしまっており、碑銘もほとんど読めないが、『夢跡集』から昔の姿を知ることができるのである。[26]

まとめ

以上、歌舞伎役者の没年月日や戒名、墓所等を記した「役者墳墓資料」をめぐって、近世期における諸資料を概観し、明治期のものについては兼子伴雨旧蔵の資料を中心に考察した。享保十五年（一七三〇）に刊行された『父の恩』に掲載された鬼籍簿は、役者墳墓資料の嚆矢として位置付けることができ、その趣向は、安永三年刊の劇書『古今役者名取艸』に継承された。しかし、戯作が流行するようになると、物故役者への興味は冥土物の草双紙などの形で表れるようになり、見た目にも面白みに欠ける名鑑の出版は行なわれなくなってしまう。その一方、こうした資料の必要性を感じる好事家達は、自らの欲求を満たすため、独自に墳墓資料を編纂するようになる。そうして生れたのが、瀬名貞雄の『俳優墳墓志』であり、老樗軒の『歌舞伎役者墳墓方角附』であり、屋代弘賢の『役者墳墓誌』である。貞雄の『俳優墳墓志』は散逸してしまった資料であるが、自らの実地調査が図の形で表れており、また老樗軒の『歌舞伎役者墳墓方角附』は墓所による分類方法を採ることで、墓巡りを実際に行なう人にとって利便性の高いものとなっている。また、弘賢の『役者墳墓誌』は、石塚豊芥子の増補を経て関根只誠の手に渡り、その成果は『俳優忌辰録』という出版物として実を結ぶ。

近代に入ると、明治三十年代に東都掃墓会という好事家のグループが、積極的に活動を行なったが、その一員でもある兼子伴雨が旧蔵した役者墳墓資料からは、趣味を同じくする者同士の交流や友情の一端が窺える。こうした交流のありさまは、例えば瀬名貞雄と大田南畝の関係と同じであり、時代を問わないものである。そして、伴雨が老樗軒に抱いたであろう親しみの念は、時代を超越するものであった。

【注】

（1）書名の読みは『国書総目録』による。

（2）本書の編者については、中之巻の凡例末尾に「撰者　亡人　釈浄応／現世　三千丈」とある。「浄応」は未詳の人物、「三千丈」は本書のほか、安永五年正月刊の『新板細見 歌舞妓三丁伝』や同六年三月刊の『功慶子（こうけいし）』も編述している。

（3）抱谷文庫蔵本によれば、本書の刊記の前には、安永三年八月二十四日に没した三代目坂田藤十郎の死亡記事も掲げられている。

（4）齊藤千恵氏「二代目市川団十郎追善草双紙『七廻五関破』について—描かれた荒事、「暫」「関羽」「押戻」「不動」のことなど—」（『芸能史研究』第一八五号、二〇〇九年四月）による。

（5）三馬は、幕内の秘密をそのまま公開することに慎重な姿勢を見せており、遊びの要素を盛り込んだのもその反映であろうか。第一部第二章第一節参照。

（6）略歴は、『国書人名辞典』第三巻（岩波書店、一九九六年）による。

（7）大雲寺は現在東京都江戸川区にあるが、当時は本所押上にあった。

（8）引用は『大田南畝全集』第十巻（岩波書店、一九八六年）による。

（9）略歴は、『国書人名辞典』第三巻による。

（10）略歴は、晴風の遺稿を中村薫が編集した『神田の伝説』（神田公論社、一九一三年）に収録される「清水晴風翁小伝」による。

（11）『掃苔』昭和十二年六月号初出。引用は、『森銑三著作集』第九巻（中央公論社、一九七一年）による。

（12）本書とほぼ同時期の文化十四年～文政元年に、江戸の文化人をその居住地によって分類した人名録『書家人名 江戸方角分』（三代目瀬川富三郎編）が成立している。中野三敏氏は、『写楽』（中央公論新社、二〇〇七年）において、「江戸を四十八の区画に区分して各区画ごとに人名を収録したのも、この書（注、『書家人名 江戸方角分』）の他には例を見ないところであった」と述べている。

⒀　略歴は、『国書人名辞典』第四巻（岩波書店、一九九八年）による。
⒁　佐野川千蔵という役者の出身であり、『古今役者　名取艸』でも佐野川千蔵として掲出される。
⒂　下半分のみの印が押されている。
⒃　その他、岩瀬本と国会本に見られる亀谷十次郎の記事が、演博本で抜けてしまっているという例等も指摘できる。
⒄　昭和五年六月、朝日新聞社から、明治四十一年十一月から同四十四年十二月までの記事をまとめた本が刊行された。口絵と装本は鏑木清方で、序文を親交のあった幸田露伴が寄せている。
⒅　略歴は、戸板康二著『演芸畫報・人物誌』（青蛙房、一九七〇年）による。
⒆　引用は、『復刻版　演芸画報　大正篇』（不二出版、一九八九年）により、ルビは省略した。
⒇　赤沼伍八郎を編輯人とし、第一号（明治三十三年六月刊）から第二十一号（明治三十五年十月刊）まで刊行された。『日本人物情報大系』第55巻（皓星社、二〇〇〇年）に複製が備わる。
(21)　「時于明治三十四年辛丑七月／小野甲子調」と成立年時が示される。
(22)　河竹黙阿弥（「古河黙阿弥」で掲載）、三代目河竹新七（初代竹柴金作）、三代目瀬川如皐（「四世」とされる）が掲載されている。
(23)　『歌舞伎俳優名跡便覧』によれば、三代目坂東彦三郎は、幼名を市村吉五郎といい、文政十一年二月十八日に没した。『名優墓所一覧』では、三代目坂東彦三郎（安永六年六月二十六日没とする）と市村吉五郎（文政十一年二月十八日没）の項が別々に設けられている。戒名は彦三郎を「浄教院正誉諦受信士」とし、吉五郎を「願生院極誉楽善法子」としている。『名跡便覧』に記載される戒名は後者である。『名優墓所一覧』の彦三郎の項に記される情報は、他の役者と混同されたものであろうか。なお、本稿ではこの二人を同一人物と仮にみなして、一人として数えている。
(24)　『日本人物情報大系』第59巻（皓星社、二〇〇〇年）に複製が備わる。
(25)　「俳優之部」では五十三の図が掲載されている。
(26)　狂言作者の墓は「戯作之部」に掲載されている。

あとがき

本書では、狂言作者の活動を中心にしながら、近世中期、後期の江戸歌舞伎について考察した。各論考のまとめは、それぞれの末尾に述べたので、ここでは繰り返さず、総括を兼ねて次のような言説を紹介しておきたい。中期の狂言作者、二代目中村重助は、その著書『芝居乗合話（しばいのりあいばなし）』（寛政十二年〈一八〇〇〉成立）の巻五において、狂言作者の行く末を次のように悲観している。

狂言作者も堀越・金井までは、少しは昔のかたち残りて作者らしくもありしに、いつかしら時として、狂言作者、立もの役者の筆取同様になり行し。しかれば、昔の体に打過（うちすぎ）なば時代につれて芝居を浪人するよふに成べき事、ぜひもなき次第也とはいへ、業さへよくば人もうち捨てまじや。ア、おしひかな、時節いたらずば秀才の作者隠れて、此末名人の狂言作者出来まじきや、はかりがたし。

狂言作者はいつの間にか、立物役者の言いなりになってしまったが、だからといって、役者との提携を拒めば、自らの身の置き場がなくなってしまう。結局のところ、作品さえ良ければ作者として生きていけるというのである。ここで重助が述べているのは、作者の権威の問題についてである。役者が兼ねていた作者業が専業化されるようになると、作者は、一座内において狂言を書ける唯一の存在となり、そのことが作者に権威を与えた。こうした「昔のかたち」が、壕越二三次、金井三笑までは残っていたというのである。

第一部第一章で述べたように、三笑は、宝暦年間に四代目市川団十郎に随身し、「立もの役者の筆取同様に」なっていた時期があった。中村座の乗っ取りに失敗して「芝居を浪人するよふに成」るものの、「業さへよくば人もうち捨てまじや」、その才能を新天地の市村座で十分に発揮して、作者としての権威を獲得する。三笑はまさに「秀才の作者」であった。「隠れて」とあるが、三笑は寛政九年に没しており、重助は三笑のことを念頭に置いて、この記事を書いたのかもしれない。

重助は「此末名人の狂言作者出来まじきや」と嘆くが、本書の成立した寛政十二年の翌年、享和元年（一八〇一）の十一月に、立作者の地位に登りつめた勝俵蔵こと後の四代目鶴屋南北は、師匠金井三笑の衣鉢を継いで、文化文政期という新たな時代の歌舞伎を切り開いて行く。ただし、たとえ「名人」の南北であっても、必ずしも自分の思うように作品を手がけられた訳ではない。興行側の要求に従い、出演役者に合わせて書くことは、無論狂言作者の務めではあるが、それは制約でもある。その反動が、姥尉輔という名での合巻執筆へと表れたのかもしれない。つまり南北は、自らが本当に書きたかった理想の台帳を、誌上再現しようと試みたのではなかろうか。そして幕末に至り、重助の不安は、『柳島浄瑠理塚奇話』で批判されるような三代目桜田治助の姿となって現実のものとなる。重助は五十年先の未来を言い当てていた。

『柳島浄瑠理塚奇話』の成立とほぼ同時期に多くの随筆を残した三升屋二三治の言説には、狂言作者の現状を憂う記述が散見する。例えば、『賀久屋寿々免（がくやすずめ）』巻四（弘化二年〈一八四五〉成立）には、

> 作者を昔の仕切場など作りさんなど、唱へる。
> 金井三笑・元祖治助に、近くは鶴屋の南北迄也。今、位下りて、至て取扱あしく、しかし高名・手柄をしたる作者きうに絶たり。昔の風義残して業を勤度ものか。

とあり、『芝居秘伝集』（成立年未詳）の序文には、

> 江戸歌舞伎芝居は往昔より悉く秘伝あり。楽屋内表方に至る迄心得ざる者多し。近来は金井三笑より鶴屋南

北作る者の業道守りたり。

とある。二三治は「作る者の業道」を守った作者として、常に三笑と南北の名を挙げた。ただし二三治は、後に坪内逍遙をして「江戸歌舞伎の大問屋」と言わしめた河竹黙阿弥の活躍を見ることなく、安政三年（一八五六）に世を去ってしまう。

その黙阿弥は、『狂言作者心得書』（成立年未詳）と題する自筆の小冊子を残した。立作者から二枚目、三枚日、狂言方、見習いの作者までの職掌を箇条書きに記したもので、その末尾には「右は故人三升屋二三治、中村重助、並木五瓶、五代目南北等の教示なり」と記されている。若き日の黙阿弥が、先輩作者である二三治や四代目重助、三代目五瓶、五代目南北（鶴屋孫太郎）らから教わった「作る者の業道」を、自身の弟子達のためにまとめたものである。純粋に職務内容を書き上げた性格のものなので当然かもしれないが、その条目には「立物役者の筆取同様にはなるな」という趣旨の記載は見られない。しかし、少し穿った見方をすれば、かかる作者としての矜恃は、もはや黙阿弥の時代には「心得」るべきものではなかったということになろうか。黙阿弥の言説としては、「役者に深切、見物に深切、座元に深切」のいわゆる「三深（親）切」が有名であるが、黙阿弥はまさにその点に狂言作者としての価値を見出したのであり、目指すべき方向性、すなわち「作る者の業道」の内実が、いつの頃からか三笑の時代とは大きく異なってしまっている気がしてならない。

本書の目的は、「まえがき」で述べたように、中期の「黄金時代」の歌舞伎の具体的様相を解明し、そしてそれが、四代目鶴屋南北など後期の歌舞伎にどのような影響を与えたかを明らかにするということであった。その目的は、たとえば、第一部第一章第四節で扱った金井三笑作の『卯しく存曽我』に、南北へとつながる作劇術が見られること、あるいは、第三章第一節で扱った『けいせい井堤蒲』の南北担当箇所に、三笑の作風が確認できること、そして、第二章第三節で扱った『春世界艶麗曽我』の嶋のおかんが、「悪婆」の原型として南北、黙阿弥へと継承されていったことなど、ごく部分的ではあるが、果たせたように思う。

ただし、今後の課題とすべき点も多い。まず何よりも、三笑と同じく中期の江戸歌舞伎において重要な存在である、初代桜田治助と初代並木五瓶を大きく扱えなかったことが挙げられる。本書では、二番目狂言の日替り興行について言及したが、天明・寛政期にこうした興行方法が流行したことは、この時期の作劇が、一番目の「時代」と二番目の「世話」に関連性を持たせるという従来の慣習から脱却して、一番目と二番目を分離独立させるという新たな傾向を見せ始めたことと、決して無関係ではないと考える。二番目の「世話」の独立は、次代の化政期における「生世話」の確立に影響を与えるが、この新たな傾向を牽引したのが、治助と五瓶であった。三笑が『卯しく存曽我』において、一番目と二番目を結びつけるという旧来の作劇法を行なったことは、三笑が昔からのしきたりを頑なに守ろうとする古いタイプの作者であったことを示しているとも言えよう。

その三笑については、現存が極めて少ない台帳に対して、音曲やせりふの正本は無数に残っており、それらの分析という点で研究の余地が残されている。三笑の弟子である増山金八や初代松井由輔の作品分析もまだ不十分であり、彼らの研究を進めることによって、三笑から鶴屋南北へとつながる道筋をより鮮明にすることができよう。また、その南北についても、活字化、未活字化に関わらず、いまだ十分に分析されていない作品が、実は意外なほどに多い。

本書では『柳島浄瑠理塚奇話』という資料を翻刻紹介したが、これは、三代目桜田治助を研究するための糸口に過ぎず、実際の作品分析を通じて同書に記された内容を検証する必要がある。本資料に関連させつつ、この「あとがき」の冒頭では、狂言作者のあり方がどのように変容していったのかという問題について少し考察してみた。総合的な狂言作者の研究書としては、河竹繁俊の『歌舞伎作者の研究』（東京堂、一九四〇年）があるが、それ以降、南北や黙阿弥など個別に作者を扱った研究は多く見られるものの、近世期全体を視野に入れた作者研究は、まだ十分に行なわれていないのが現状であろう。この大著には遠く及ばないが、本書が、今後の「歌舞伎作者の研究」に少しでも寄与するものであることを願ってやまない。

本書は、二〇〇八年度、東京大学大学院において学位を取得した論文、『近世中後期江戸歌舞伎の研究』をもとに、新たな論考や『卯しく存曽我』の台帳翻刻などを加えて再構成したものである。各論考の初出は次の通りであるが、いずれも大幅な加筆訂正を施している。

第一部　論文編

第一章　金井三笑

第一節　金井三笑の事績――中村座との関わりを中心に――　『国語と国文学』第八十四巻第一号（二〇〇七年一月）
原題「金井三笑と中村座」

第二節　市村座時代の金井三笑　『歌舞伎　研究と批評』三十九号（二〇〇七年十一月）

第三節　金井三笑の狂言作者論――『神代相眛論』と『祝井風呂時雨傘』――　『日本文学』第五十五巻第二号（二〇〇六年二月）

第四節　『卯しく存曽我』考　『国語と国文学』第八十五巻第一号（二〇〇八年一月）
原題「金井三笑作『卯しく存曽我』をめぐって」

第二章　天明・寛政期の江戸歌舞伎の諸相

第一節　江戸歌舞伎における台帳出版——初代瀬川如皐作『けいせい優曽我』をめぐって——
『日本文学』第五十七巻第十号（二〇〇八年十月）

第二節『春世界艶麗曽我』二番目後日考
『国語と国文学』第八十六巻第六号（二〇〇九年六月）

第三章　四代目鶴屋南北

第一節『けいせい井堤蒲』考
『近世文芸』八十三号（二〇〇六年一月）
原題「勝俵蔵の初期作『けいせい井堤蒲』をめぐって」

第二節『曽我祭俠競』考　書き下ろし

第三節『四天王楓江戸粧』考　書き下ろし

第四節『東海道四谷怪談』考
『日本文学』第五十九巻第十一号（二〇一〇年十一月）
原題「『東海道四谷怪談』の初期構想——番付のカタリを読む——」

第二部　資料編

一『卯しく存曽我』台帳翻刻　未発表

二　西尾市岩瀬文庫所蔵『柳島浄瑠理塚奇話』
『東京大学国文学論集』第三号（二〇〇八年五月）

三　歌舞伎役者の墳墓資料
『演劇研究会会報』第三十五号（二〇〇九年六月）

私が歌舞伎を観るようになったきっかけは、高校三年生の時、母校浅野高校の国語の先生がおっしゃった一言であった。「一度でもいいから、坂東玉三郎は観ておきなさい。」漠然と日本文化に興味はあったものの、具体的に何を勉強したいのか分からないまま大学に進んだ私は、先生の言葉を思い出し、玉三郎を観に行った。平成十年六月、歌舞伎座の夜の部の公演である。玉三郎は、夜の部最後の演目『日本振袖始』で岩長姫を演じていた。歌舞伎座を出て、夜の銀座の街を歩きながら、私は「これだ」と思った。あの時のネオンの輝きは、生涯忘れないであろう。これが私の歌舞伎との出会いである。

あれから十数年の月日が経ち、研究者のはしくれとして、歌舞伎の本を書かせて頂けるまでになれたのも、多くの方々との出会いがあればこそである。近世文学の分野に進んだ私は、長島弘明先生のご指導を受ける幸運に恵まれた。時には厳しく、しかし常に温かい眼差しで、親身になって今もなお私を導いて下さる長島先生への感謝の気持ちは、とても言葉では言い表せない。大学院に進学し、私が研究対象としてまず出会ったのが金井三笑である。そこで、本書でも度々お名前を出させて頂いたように、古井戸秀夫先生の学恩に大いに与ることになった。論文でしか存じ上げなかったその古井戸先生には、日本学術振興会特別研究員の受け入れ教員になって頂き、直接お教えを受ける機会に恵まれた。望外の喜びであり、ここに改めて御礼申し上げたい。

両先生と共に博士論文の審査をして下さり、専攻する時代が異なる私をいつも温かく見守って適切なアドバイスを下さった、東京大学国文学研究室の多田一臣先生、渡部泰明先生、安藤宏先生、そして、今回の論文の審査員ではなかったが、藤原克己先生の諸先生方にも御礼申し上げる。

旧稿、および本書の執筆に際しては、多くの方々から貴重なご教示を賜った。特に高橋則子先生には、近松の会で初めてお会いして以来、大変お世話になっており、国文学研究資料館の「近世文芸の表現技法〈見立て・やつし〉の総合研究」プロジェクトのリサーチアシスタントを務めさせて頂いたほか、平成十八年度歌舞伎学会秋季大会でのコメンテーターもお引き受け頂いた。また、金子健氏には、同氏が早稲田大学演劇博物館の助手の任にあった際に、『けいせい井堤蒲』や『曽我祭俠競』等の台帳の閲覧で便宜を図って頂いた。さらに、岩切友里子先生からは、図版掲載のことで大変丁寧なアドバイスを頂戴した。ここに記して篤く謝意を表したい。他にも、お名前を挙げることはできないが、学会や研究会でご一緒した先生方、共に学んだ研究室の先輩後輩の皆様、同年代の仲間達など、私を育てて下さっている全ての方々に心より感謝申し上げたい。

貴重な資料の閲覧や使用をご許可下さった、國學院大學図書館、国文学研究資料館、国立国会図書館、白百合女子大学、東京国立博物館、東京大学国語研究室、東京大学国文学研究室、東京大学総合図書館、東京都立中央図書館特別文庫室、西尾市岩瀬文庫、日本芸術文化振興会、日本大学総合学術情報センター、早稲田大学演劇博物館等の各所蔵機関、ならびに吉丸雄哉氏に深謝申し上げる。

最後に、本書の出版をお引き受け下さった笠間書院の代表取締役池田つや子氏、編集長橋本孝氏、編集部岡田圭介氏、そして、本書を刊行するに際し、多大なるご尽力を賜った担当編集者の重光徹氏に篤く御礼申し上げたい。

なお、出版にあたっては、日本学術振興会平成二十三年度科学研究費補助金（研究成果公開促進費）の交付を受けた。合わせて感謝申し上げる。

平成二十四年一月

光延真哉

著者略歴

光 延 真 哉（みつのぶ・しんや）

1979年東京生まれ。東京大学文学部卒業。同大学院人文社会系研究科修士・博士課程修了。博士（文学）。

日本学術振興会特別研究員（PD）を経て、現在、白百合女子大学文学部講師。

〔著書〕『江戸の声—黒木文庫でみる音楽と演劇の世界—』（東京大学出版会、2006年、共著）、『日本文学検定公式問題集〔古典〕2級』（新典社、2011年、執筆協力）など。


本書は別冊『江戸・明治 歌舞伎役者墳墓一覧』との２冊セットです

江戸歌舞伎作者の研究（えどかぶきさくしゃのけんきゅう） 金井三笑から鶴屋南北へ（かないさんしょうからつるやなんぼくへ）

平成24（2012）年２月29日　初版第１刷発行Ⓒ

著者　光 延 真 哉

装幀　笠間書院装幀室

発行者　池 田 つ や 子

発行所　有限会社笠間書院

東京都千代田区猿楽町2-2-3［〒101-0064］

NDC分類：912.5　電話　03-3295-1331　fax　03-3294-0996

ISBN978-4-305-70583-9

藤原印刷

出版目録は上記住所までご請求下さい。
http://kasamashoin.jp

人物名・作品名索引

1．この索引は、本書に掲載される主要な人物名、作品名を五十音順に配列したものである。ただし、第二部「(一)『卯しく存曽我』台帳翻刻」(305頁〜430頁) については、収録の対象としていない。
2．作品名には、『　』ないし「　」を付して人物名と区別した。また、角書が付されている作品については、原則として角書を除いた形で採用した。
3．役者等の代数は、名前の後に丸数字で示した。また、同一人物が複数の名前（改名や号等）で掲載されている場合、それぞれの名前を別々に掲出した。
4．人物名のうち、頻出する「金井三笑」と「四代目鶴屋南北」については、前者は「まえがき」と第一部第一章を、後者は同じく「まえがき」と第一部第三章を収録の対象から外している。

●あ

●い

●か

●き

●さ

●す

●せ

●て

●と

●な

●ひ

●ふ

●む

●め

●も

●や

●ゆ

●よ

●ら

●り

●れ

●ろ

●わ

目　次

この表は、第二部資料編（三）「歌舞伎役者の墳墓資料」で採り上げた墳墓資料に掲載される人物（狂言作者、音曲演奏者等を含む）の諸情報と各資料の掲載の有無をまとめ、没年月日順に並べたものである（資料における掲載順ではない）。凡例は次の通りである。

1．没年月日、享年、法名、墓所の情報は、収録者数の最も多い『役者墳墓詣』（西尾市岩瀬文庫本）の記述を基本とし、同書に記載がない場合には他の資料から補って、適宜その旨を備考欄に断った。また、他の資料に同書と異なる情報が見られる場合は、備考欄にその情報を記した。どの資料にも情報の記載がない項目については空欄とした。各情報はあくまでも資料上の記載に基づくものであり、特に墓所については現在の状況を示しているとは限らない。

2．人物名の表記は、『役者墳墓詣』（岩瀬本）ほか、墳墓資料に掲載されているものに基本的に従った。ただし代数については、役者は『歌舞伎俳優名跡便覧［第三次修訂版］』、その他の人物は『演劇百科大事典』（平凡社）や『日本古典文学大辞典』（岩波書店）等に基づき、名前の後に丸数字で示した。

3．各資料は下記の略号で表し、掲載がある場合は「○」、ない場合は「－」を記入した。なお、『役者墳墓詣』（「詣」の略号を用いる）に限り、略伝が並記されている場合は「◎」を記入した。また、『俳優忌辰録』および『名人忌辰録』については、前者に掲載されている場合（役者）は「○」、後者に掲載されている場合（狂言作者、音曲演奏者等）は「△」を記入して両者を区別した。

詣岩：『役者墳墓詣』西尾市岩瀬文庫本、**詣演**：『役者墳墓詣』早稲田大学演劇博物館本、**詣国**：『役者墳墓詣』国立国会図書館本、**詣東**：『役者墳墓詣』東京大学国文学研究室本（『役者過去帳』）、**父恩**：『父の恩』、**名取**：『古今役者　名取艸』、**方角**：『歌舞伎役者墳墓方角附』、**忌辰**：『俳優忌辰録』および『名人忌辰録』、**墓誌**：『俳優墳墓誌』、**掃墓**：『梨園名家　掃墓誌』、**名優**：『名優墓所一覧』

4．掲載の有無欄の末尾に、各資料の収録人物数を示した。なお、「忌辰」の場合は『俳優忌辰録』と『名人忌辰録』の人数を「○」と「△」で区別して表した。

5．各人物名の冒頭には通し番号を付した。また、見やすさを考慮し、罫線は実線と破線を交互に配した。その他の注記は備考欄に示した。

6．本別冊の末尾には、表に掲載される人物名、墓所名の索引をそれぞれ設けた。

7．山口豊山編の『夢跡集』は、資料の特性上、各人物の情報を個別に抽出することが困難なため、本表では対象としていない。参考のため、「戯作者之部」「俳優之部　一・二」「諸国之部」に掲載される狂言作者、歌舞伎役者等の墓碑の図の一覧を掲げておく。

戯作者之部：寿阿弥曇奝墓、三升屋二三次・清元栄寿太夫墓、並木五瓶墓、柳川忠蔵墓、鶴屋南北墓（２図)、桜田左交墓、初代河竹能進墓、竹柴銀蔵墓、中村重助墓、四代目中村重助墓、三代目瀬川如皐墓

俳優之部一：市川家歴代墓、東都古墳志に所載の市川団十郎墓、坂東三ッ五郎墓、市川団蔵・市川団之助墓、元祖大谷広次墓、鶴屋南北墓、嵐音八墓、都伝内墓、初代松本幸四郎墓、元祖尾上菊五郎墓、大谷馬十墓、関三十郎墓、沢村訥子墓、二代目中嶋勘左衛門墓

俳優之部二：中村富道墓、中村伝次郎墓、三代目三升大五郎墓、嵐雛助墓、中村東蔵墓、浅尾与六墓、尾上菊次郎墓、尾上芙雀墓、尾上松助墓、四代目尾上菊五郎墓、猿若道順墓、二世中村勘三郎墓、中村伝九郎墓、中村七三郎墓、三條勘太郎墓、中村芝翫墓、市川門之助墓、中村勘三郎墓、元祖中村仲蔵墓、桐長桐墓、瀬川歴代墓、歌舞伎伝介墓、二代目坂東しうか墓、川原崎権之助墓、坂東又九郎墓、市村竹之丞墓、尾上梅三墓、二代目惣領甚六墓、九代目片岡仁左衛門墓、坂東彦三郎墓、大谷広右衛門墓、坂東亀蔵・仝彦三郎・仝家橘墓、中村歌右衛門墓、市川小団次墓、水木歌仙墓、四代目藤間勘左衛門墓、西川扇造墓、市山七十郎墓、市山升国墓

諸国之部：初代尾上菊五郎墓、中村歌六・仝芝琴墓

	名前	没年月日	享年	法名	墓所（地名）	墓所（寺名）
1	杵屋勘五郎①	寛永20年9月11日	70		深川	本誓寺中勝徳院
2	村山又三郎①	承応元年3月6日		昌山寿栄		
3	村田九郎右衛門	承応元年8月2日		秋覚宗寿		
4	猿若勘三郎①	万治元年2月9日	62	教誉道順	本所押上	大雲寺
5	森田太郎兵衛①	寛文4年12月29日	49	宝山院玄秀日実	本所番場	妙源寺
6	中村長十郎	寛文12年10月25日		宝安林清	本所押上	大雲寺
7	猿若勘三郎②	延宝2年8月26日	28	心誉宗月	本所押上	大雲寺
8	中村勘三郎③	延宝6年8月11日	30	穐屋天栄	本所押上	大雲寺
9	森田勘弥①	延宝7年2月25日	57			
10	藤川武十郎	天和元年7月14日				
11	村山平太郎	天和3年2月28日				
12	袖崎勝世	貞享2年9月1日	37		深川	清心院
13	荻野仙之丞	貞享2年11月21日	41	観月泰順	三田	薬王寺
14	市村宇左衛門③	貞享3年7月24日	52	顕松院覚入浄心	本所押上	大雲寺
15	市村竹之丞②	貞享3年12月24日		松巌院貞響童子		
16	出来嶋半助	貞享4年1月9日				
17	嵐三右衛門①	元禄3年10月18日	56	嵐寿照		
18	市村宇左衛門⑤	元禄4年8月8日		釈永久		
19	森田勘弥③	元禄4年8月27日	28		本所番場	妙源寺
20	岩井半四郎①	元禄8年3月2日		浄誉院日実		
21	市村長太郎	元禄11年4月21日	18	成覚院祇誉宗厭		
22	坂東又九郎①	元禄13年4月10日				
23	嵐三右衛門②	元禄14年11月7日	41	源誉了信		
24	中村勘三郎⑤	元禄14年12月4日	55	昭誉光清安覚	本所番場	妙源寺
25	杵屋勘五郎②	元禄16年10月21日	61		深川	本誓寺中勝徳院
26	市川団十郎①	元禄17年2月19日	45	門誉入室覚栄	芝	増上寺塔頭常照院
27	坂東又太郎①	元禄17年2月28日	43	正心院宗慶日浄	下谷	宗延寺中正理院
28	荻野沢之丞①	宝永元年8月19日		宗順院日耀	浅草新寺町	浄林寺

掲載の有無											備考
詣岩	詣演	詣国	詣東	父恩	名取	方角	忌辰	墓誌	掃墓	名優	
—	—	—	—	—	—	—	△	—	—	—	
◎	◎	◎	—	—	—	—	—	—	—	—	市村宇左衛門①
◎	◎	◎	—	—	—	—	—	—	—	—	市村宇左衛門②
◎	◎	◎	—	—	—	○	○	○	—	—	「元祖中村勘三郎」「明暦4年6月9日」「歳六十一」（忌辰・墓誌）、「道順」（方角）、方角には月日が未記入。
◎	◎	◎	—	—	—	—	○	○	—	—	墓所は忌辰による。忌辰・墓誌では「元禄13年4月10日」「歳六十七」とするが、坂東又九郎①と混同するか。
—	—	—	—	—	—	○	—	—	—	—	
◎	◎	◎	—	—	—	○	○	○	—	—	「二代目中村勘三郎」（忌辰・墓誌）、「宗月」（方角）、方角には月日が未記入。
◎	◎	◎	—	—	—	○	○	○	—	—	享年は忌辰による。方角には月日が未記入。
◎	◎	◎	—	—	—	—	—	—	—	—	
◎	◎	◎	—	—	—	—	—	—	—	—	
○	○	○	—	—	—	—	—	—	—	—	
○	○	○	—	—	—	—	○	○	—	—	「深川清心寺」（忌辰・墓誌）
○	○	○	—	—	—	—	—	—	—	—	
◎	◎	◎	—	—	—	—	○	○	—	—	享年・墓所は忌辰による。
◎	◎	◎	—	—	—	—	—	—	—	—	市村宇左衛門⑥
○	○	○	—	—	—	—	—	—	—	—	
◎	◎	◎	—	—	—	—	○	—	—	—	享年は忌辰による。「於大坂」（詣岩・詣演・詣国）
◎	◎	◎	—	—	—	—	—	—	—	—	
◎	◎	◎	—	—	—	—	○	○	—	—	享年・墓所は忌辰による。「正徳2年2月24日」「二代目勘弥兄又次郎又吉寛文八年より太夫役元禄十二年三代目相続」（忌辰・墓誌）、「幼名福松後坂東又九郎」（詣岩・詣演・詣国）
◎	◎	◎	—	—	—	—	—	—	—	—	「於大坂」（詣岩・詣演・詣国）
◎	◎	◎	—	—	—	—	—	—	—	—	市村宇左衛門⑦
◎	◎	◎	—	—	—	—	—	—	—	—	
◎	◎	◎	—	—	—	—	○	—	—	—	享年は忌辰による。
◎	◎	◎	—	—	—	○	○	○	—	—	享年は忌辰による。「元禄14年9月19日」（忌辰・墓誌）、方角では押上大雲寺の項に掲げる（月日は未記入）。
—	—	—	—	—	—	—	△	—	—	—	
○	○	○	—	○	○	○	○	○	—	○	「歳五十四」（忌辰・墓誌）、「表門北側二軒目アカン堂ト称」（方角）
◎	◎	◎	—	○	○	○	○	○	—	○	享年は忌辰による。「元禄7年6月28日」「本所妙源寺」（忌辰・墓誌）
◎	◎	◎	—	○	○	○	—	—	—	○	墓所は父恩による。「萩野沢之丞」（父恩・名取・方角）、「浅草寺丁唯念寺向北カハ　恩田山常林寺」（方角）

	名前	没年月日	享年	法名	墓所（地名）	墓所（寺名）
29	小嶋平七	宝永2年7月13日		妙荘院普観日門	三田台町	薬王寺
30	西国兵五郎①	宝永2年12月9日	50	岸誉助給	伊皿子	長安寺
31	生嶋大吉①	宝永3年4月24日		長阿宗林	浅草北寺町	宝珠院
32	中村清五郎①	宝永4年1月24日	44		本所馬場	妙源寺
33	出来嶋小晒②	宝永4年1月27日		浄誉念求	浅草	誓願寺塔頭快楽院
34	中村七三郎①	宝永5年2月3日	47	心鏡院杏実日映	本所柳島	法泉院
35	上村花右衛門	宝永6年1月20日		通照院道入日念	谷中	長運寺
36	坂田藤十郎①	宝永6年11月1日	63	重誉一室		
37	三尾木難波	宝永7年2月6日	59	花容院清林日香	三田魚藍	薬王寺
38	葉山岡右衛門	宝永7年5月22日	43	広受院宗林日記	浅草新鳥越	円常寺
39	横山六郎次	宝永7年6月20日		義山全勇	芝	青松寺塔頭忠岸院
40	宮崎伝吉①	宝永7年9月25日	59	智信是了浄円	深川	常龍院
41	出来嶋吉弥	宝永7年11月21日		芝風柳岸	深川	本誓寺齢閑院
42	小勘太郎次	正徳元年10月19日		願誉順誓信入	芝	増上寺地中観智院
43	小野川千寿	正徳元年11月15日		明宗光還	芝	増上寺中花岳院
44	久松多三太	正徳2年6月1日		智宗明光	芝	増上寺浄運院
45	市川若松	正徳2年11月24日		深性理還	芝	増上寺観智院
46	村山四郎次	正徳3年1月12日		林翁浄清	今戸	慶養寺
47	嵐喜代三郎①	正徳3年閏5月15日		円宝院玉山日登	下谷	宗延寺
48	中村伝九郎①	正徳3年10月25日	52	本住院道観日法	本所荒井町	妙源寺
49	中村竹三郎	正徳4年6月7日	48		本所馬場	妙源寺
50	今村七三郎①	正徳4年11月23日	47			
51	出来嶋半弥	正徳5年4月29日		智山常光	浅草八軒寺町	東陽寺
52	杵屋喜三郎③	正徳5年5月12日	67			

掲載の有無											備考
誹岩	誹演	誹国	誹東	父恩	名取	方角	忌辰	墓誌	掃墓	名優	
○	○	○	—	○	—	○	—	—	—	—	「宝永２年７月17日」（方角）
○	○	○	—	○	○	○	○	○	—	○	「宝永２年２月９日」（方角）、「岸誉明給」（名取・名優）
○	○	○	—	○	○	—	—	—	—	○	「浅草日輪寺中宝珠院」（父恩・名取・名優）
—	—	—	—	—	—	—	△	—	—	—	
○	○	○	—	○	—	—	—	—	—	—	「浅草」は父恩による。
◎	◎	◎	—	○	○	○	○	○	—	○	「歳四十四」「本所法恩寺中宝泉寺」（忌辰・墓誌）、「本所法恩寺中宝泉院」（父恩・名取・方角・名優）
○	○	○	—	○	—	—	—	—	—	—	誹演に墓所の記載なし。
◎	◎	◎	—	—	—	—	○	—	—	—	「於大坂死」（誹岩・誹演・誹国）
○	○	○	○	○	—	○	○	○	—	—	「三保木難波」「歳四十五」（忌辰・墓誌）、「三田魚覧」（誹岩）、「於難波死」（誹末尾追加分）
○	○	○	—	○	—	—	—	—	—	—	「宝永７年７月22日」（誹国）
○	○	○	—	○	—	○	—	—	—	—	「横山六郎治」（父恩・方角）、「儀山全勇」「愛宕後通忠岸院」（父恩）
◎	◎	◎	—	—	—	—	○	○	—	—	誹演に墓所の記載なし。「深川雲光院中常龍院」（忌辰・墓誌）
○	○	○	—	○	—	○	—	—	—	—	「正徳５年７月19日」（父恩・方角）
○	○	○	—	○	○	○	—	—	—	○	「小勘太郎治」（父恩・名取・名優）、「願誉順哲信入」「同所（増上寺）松原向東側昌泉院」（方角）、「願興順誓信入」「芝増上寺中唱泉院」（名優）、「増上寺中昌泉院」（父恩）、「芝三縁山中唱泉院」（名取）、誹演に墓所の記載なし。
○	○	○	—	○	—	○	—	—	—	—	「増上寺中浄運院」（父恩）、「同所（増上寺）表門南側入口浄運院」（方角）
○	○	○	—	○	—	○	—	—	—	—	「智相明光」（父恩・方角）、「同所（増上寺）寺門南側入口浄運院」（方角）
○	○	○	—	○	—	○	—	—	—	—	「同所（増上寺）表門南側三軒目観智院」（方角）
◎	◎	◎	—	○	—	—	—	—	—	—	「村山四郎治」（父恩）
◎	◎	◎	—	○	○	○	—	—	—	○	「嵐喜世三郎」（父恩・名取・名優）、名優には法名の「宝」の脇に「イ珠」、没年月日の「十五日」の脇に「イ三」の書入れあり。
◎	◎	◎	—	○	○	○	○	○	—	○	「四代目中村勘三郎」（忌辰・墓誌）、「牛島妙玄寺」（父恩）、「北本所荒井町妙玄寺」（名取）、「本所荒井丁妙玄寺」（名優）。方角では押上大雲寺の項にも「四代目同（中村勘三郎）」の名が掲げられている（没年月日、法名は未記入）。
—	—	—	—	—	—	—	○	○	—	—	代数不明。
—	—	—	—	—	—	—	○	—	—	—	
○	○	○	—	○	—	—	—	—	—	—	「宝永５年４月22日」（父恩）
—	—	—	—	—	—	—	△	—	—	—	

	名前	没年月日	享年	法名	墓所（地名）	墓所（寺名）
53	花井源左衛門	正徳５年５月18日		正等院宗覚日成	三田	薬王寺
54	中村峰之助	正徳５年７月４日	39	円心院宗寿日量	谷中三崎	一乗院
55	左近伊兵衛	正徳５年11月23日		実相院日了	谷中	長運寺
56	瀧川吉平次	正徳５年12月19日	47	映誉飾運	芝	増上寺観智院
57	片岡仁左衛門①	享保元年２月３日	44			
58	中島勘左衛門①	享保元年４月21日	55	真光院了智日信	下谷坂本入谷	感応寺
59	中村源之助	享保元年４月24日	51	玄浄院義進日妙	雑司谷	本能寺
60	出来嶋庄五郎	享保元年５月19日		玄休院日温	本所	法恩寺地中正運院
61	濱崎礒五郎	享保元年６月13日	49	苔岸蓮暉	浅草寺町	盛泰寺
62	藤田長左衛門	享保元年６月14日	48	誓誉本哲霊残	深川	深松院
63	吾妻東蔵①	享保元年９月５日	52	学陽善智	谷中三崎	一乗院
64	西村弥平次	享保元年９月５日		真行院浄立日信	本所	法恩寺塔千林坊
65	山下京右衛門①	享保２年１月18日	68	貞誉白応		
66	市川団四郎①	享保２年５月２日	67	性誉真了	深川富吉町	正源寺
67	中村清五郎②	享保２年９月18日	39			
68	鈴木平吉	享保２年10月11日		観誉量喜	深川	霊巌寺中正覚院
69	村山平右衛門③	享保３年６月５日		浄心院善教日順	谷中	妙福寺
70	市村竹之丞①	享保３年10月10日	65	大阿梨法印安住誠阿大和尚	本所	自性院
71	鎌倉平九郎	享保３年11月21日		実教院永遠日恩	谷中	長運寺
72	山下窕藻	享保３年12月８日	33	梅誉証山	浅草北寺町	栄林院
73	坂田衛門	享保４年１月28日		声誉良薫	浅草鳥越	隆崇院
74	竹田源助	享保４年６月６日		心誉助給	橋場	法源寺
75	山村惣左衛門	享保４年８月８日	44	華屋順栄	浅草北寺町	天嶽院
76	早川伝五郎	享保４年11月20日	50	真如院伝齊日教	本所押上	春慶寺
77	市川九蔵	享保５年７月27日		速誉得生	浅草北寺町	天嶽院
78	大谷広右衛門①	享保６年２月19日	56	本住院円理日了	芝金杉	正伝寺
79	金沢平六	享保６年２月19日		常信院了体	三田	薬王寺
80	大熊宇田右衛門	享保６年６月22日		檉寿院宝栄	本所	妙源寺

掲載の有無											備考
詣岩	詣演	詣国	詣東	父恩	名取	方角	忌辰	墓誌	掃墓	名優	
○	○	○	—	○	—	○	—	—	—	—	方角では「享保六辛丑二月十九日」を抹消し「正徳五乙未五月十八日」に訂正する。
○	○	○	—	○	—	—	○	—	—	—	「４日」の日付は父恩による。「正徳５年７月26日」（忌辰）、「谷中三崎妙円寺中一乗院」（父恩）
○	○	○	—	○	—	—	—	—	—	—	
○	○	○	—	○	—	○	○	○	—	—	享年は忌辰による。詣演では「幸」をミセケチで「吉」とする。「同所（増上寺）表門南側三軒目観智院」（方角）
—	—	—	—	—	—	—	○	—	—	—	
○	○	○	—	○	○	○	○	○	—	○	享年は忌辰による。「真光院了智日清」「坂本入江感応寺」（名取・名優）、「坂本入屋感応寺」（父恩）
○	○	○	—	○	—	○	○	○	—	—	享年は忌辰による。
○	○	○	—	○	—	○	—	—	—	—	
○	○	○	—	○	—	○	○	○	—	—	享年は忌辰による。「谷中盛泰寺」（父恩）
○	○	○	—	○	—	—	○	—	—	—	享年は忌辰による。「深川霊巌寺中深照院」（父恩）
◎	◎	◎	—	○	—	○	○	○	—	—	享年は忌辰による。「学陽善知」（父恩・方角）、「谷中妙円寺中一乗院」（父恩）、「谷中三崎円住山　妙円寺」（方角）
○	○	○	—	○	—	—	—	—	—	—	「享保元年12月17日」「法恩寺中千林房」（父恩）
◎	◎	◎	—	—	—	—	○	—	—	—	山下半左衛門①、「於大坂没」（詣岩・詣演・詣国）
◎	◎	◎	—	○	○	○	○	○	—	○	享年は忌辰による。
—	—	—	—	—	—	—	△	—	—	—	
—	—	—	—	○	—	—	—	—	—	—	
○	○	○	—	○	○	—	—	—	—	○	
◎	◎	◎	—	—	—	—	○	○	—	—	市村宇左衛門④、「安住誠阿」「本所白性院」（忌辰・墓誌）
○	○	○	—	○	—	—	—	—	—	—	「鎌倉長九郎」「実教院永遠日感」（父恩）
○	○	○	—	○	—	—	○	○	—	—	享年は忌辰による。「山下軽藻」「浅草寺町光感寺中栄林院」（父恩）、「山下苅橘」（忌辰・墓誌）
○	○	○	—	○	—	—	—	—	—	—	「鳥越寿松院中隆崇院」（父恩）
○	○	○	—	○	—	—	—	—	—	—	
○	○	○	—	○	—	—	○	○	—	—	享年は忌辰による。「村山惣左衛門」（詣演）
○	○	○	—	○	○	—	○	○	—	○	享年は忌辰による。「早川伝四郎」（名優）
○	○	○	—	○	—	—	—	—	—	—	代数に数えず（名跡便覧）
◎	◎	◎	—	○	○	○	○	○	—	○	享年は忌辰による。「享保６年２月15日」（名取・名優）、「享保７年２月19日」「正伝院」（方角）、「享保５年７月27日」（忌辰・墓誌）、詣演に寺名の記載なし。
○	○	○	—	○	—	○	—	—	—	—	「享保６年８月23日」（父恩）
○	○	○	—	○	○	—	—	—	—	○	「禅寿院宝永」「本所石原妙玄寺」（名優）、「牛嶋妙玄寺」（父恩）、「石原妙玄寺」（名取）

	名前	没年月日	享年	法名	墓所（地名）	墓所（寺名）
81	水木竹十郎	享保6年9月17日	48	艶月院浄慶	下谷竹町	常在寺
82	久松友右衛門	享保8年1月25日		清山観栄	下谷竹町	常在寺
83	宮崎十四郎①	享保8年2月25日	57	直到是心	深川	常龍院
84	中川半三郎	享保8年3月17日		覚誉理頓	浅草北寺町	栄林院
85	山中平九郎①	享保9年5月15日	63	冷山院寿仙	下谷竹町	常在寺
86	袖岡政之助②	享保9年9月15日	54	心誉深空	浅草山の宿	九品寺
87	坂田藤十郎②	享保9年9月27日	56			
88	中村竹三郎	享保9年10月24日		智照院蓮心日境	本所荒井町	妙源寺
89	染川小晒	享保10年1月9日		法山了水	浅草北寺町	良梗院
90	三升屋介十郎①	享保10年3月26日	57	相誉一応理円	深川	本誓寺塔頭清心院
91	西国兵助	享保10年6月10日		聞法院宗信日受	谷中	長久寺
92	中村伝八	享保10年12月5日	40	心光院顕理日耀	浅草新寺町	盛泰寺
93	市川子団次①	享保11年11月12日	51	証誉哲吟	浅草田原町	清光寺
94	筒井吉十郎	享保12年3月25日		覚誉成安	芝	増上寺花岳院
95	市野川彦四郎①	享保12年7月23日	49	開楽院宗入日悟		
96	水木冨之助	享保13年5月11日		釈玄覚	浅草	東本願寺塔中厳念寺
97	嵐和歌野	享保13年5月20日		喜見日顔	谷中	瑞林寺塔中玄妙院
98	片山小左衛門	享保13年6月20日		本立院道源	谷中	瑞林寺塔中是立坊
99	市川門之助①	享保14年1月25日	48	曜誉義顕	深川	齢閑院
100	山本京三郎	享保14年1月25日		至岸院松縁	浅草新寺町	本立寺
101	中村伝次郎①	享保14年2月28日	57			
102	藤川平九郎①	享保14年3月3日	112	称慶院禅信日行		
103	村山十平次	享保14年5月5日		了外宗智	今戸	慶養寺
104	出来嶋大助	享保14年7月12日		秋月光運	芝裏門	威徳院
105	芳沢あやめ①	享保14年7月15日	57	覚月院宗顕	大阪谷町	本照寺
106	松本幸四郎①	享保15年3月25日	57	白誉単然直道大徳	駒込寺町	栄松院

掲載の有無											備考
詣岩	詣演	詣国	詣東	父恩	名取	方角	忌辰	墓誌	掃墓	名優	
○	○	○	—	○	○	○	○	○	—	○	享年は忌辰による。「水本竹十郎」（方角）
○	○	○	—	○	—	○	—	—	—	—	「清山」（父恩・方角）
◎	◎	◎	—	○	—	—	○	○	—	—	享年は忌辰による。「深川雲光院中常龍院」（父恩・墓誌）
○	○	○	—	○	—	—	○	○	—	—	「中村半三郎」「栄林寺」（忌辰・墓誌）、「浅草光感寺中栄林院」（父恩）
◎	◎	◎	—	○	○	○	○	○	—	○	「歳八十三」（忌辰・墓誌）
○	○	○	—	○	○	—	○	○	—	○	墓所は忌辰による。
—	—	—	—	—	—	—	○	—	—	—	
○	○	○	—	○	○	—	○	○	—	○	代数不明。「牛嶋妙玄寺」（父恩）、「本所石原妙玄寺」（名取・名優）、墓誌では「半三郎」として「半」を「竹」に訂正する。
○	○	○	—	○	—	—	—	—	—	—	「浅草称往院中良狭庵」（父恩）
◎	◎	◎	—	○	○	○	○	○	—	○	「三升屋助十郎」（父恩・名取）、「市川介十郎」（忌辰・墓誌）、「三枡屋助十郎」（名優）、「相誉応理円」（名取・名優）、「深川本誓寺」（名取・名優）
○	○	○	—	○	○	—	—	—	—	○	「谷中三崎長久寺」（父恩・名取・名優）
○	○	○	—	○	○	○	○	○	—	○	享年は忌辰による。「谷中盛泰寺」（父恩・名取・名優）
○	○	○	—	○	○	—	○	○	—	○	享年は忌辰による。「市川小団治」（名取・名優）、「浅草田原町清覚寺」（忌辰）
○	○	○	—	○	○	○	—	—	—	○	「同所（増上寺）表門北側入口花岳院」（方角）
○	○	—	○	—	—	—	○	—	—	—	名跡便覧に未掲載。代数は詣の略伝による。
○	○	○	—	○	○	—	○	○	—	○	「浅草」は父恩による。「浅草門跡寺中敬覚寺」（父恩）、「浅草門跡地中教覚寺」（名取）、「浅草本願寺中教覚寺」（名優）
○	○	○	—	○	○	○	○	○	—	○	「嵐若野」（父恩）、「嵐和哥野」（名取・名優）、「享保12年5月20日」（方角）、「谷中瑞林寺中円融房」（父恩）、「円融坊」（名取・方角・名優）、「谷中瑞林寺塔中厳念寺」（詣国）
○	○	○	—	○	○	○	—	—	—	○	「谷中瑞林寺中是立房」（父恩）
◎	◎	◎	—	○	○	○	○	○	—	○	享年は忌辰による。「享保14年1月29日」（忌辰・墓誌）、「深川本誓寺中齢閑院」（父恩・名取・忌辰・墓誌・名優）
○	○	○	—	○	—	—	○	○	—	—	「山本松三郎」（父恩）、「山本京十郎」（詣演）、「享保14年8月17日」（父恩）
—	—	—	—	—	—	—	○	—	—	—	
◎	◎	◎	—	—	—	—	○	—	—	—	「藤川武左衛門」（忌辰）、「於大坂没」（詣岩・詣演・詣国）、享年に不審あり。
○	○	○	—	○	○	—	—	—	—	○	
○	○	○	—	○	—	○	—	—	—	—	「増上寺中威徳院」（父恩）、「同（増上寺）裏門東側三軒目威徳院」（方角）
◎	◎	◎	—	—	—	—	○	—	—	—	享年・墓所は忌辰による。「於大坂没」（詣岩・詣演・詣国）
◎	◎	◎	—	—	○	○	○	○	—	○	享年は忌辰による。「享保15年3月29日」（忌辰・墓誌）、「白誉単然真大徳」（方角）

	名前	没年月日	享年	法名	墓所（地名）	墓所（寺名）
107	生嶋新五郎①	享保18年1月5日	64			
108	沢村長十郎①	享保19年1月24日	55	澄心院貞誉宗慶		
109	杵屋六三郎①	享保19年3月18日				
110	近松門左衛門	享保19年11月21日	72		大坂寺町	法妙寺
111	袖崎伊勢野①	享保20年2月2日	39	幽峯玄悦	本所出村	永隆寺
112	坂田半五郎①	享保20年4月25日	53	丹信院日亮	谷中	瑞林寺
113	森田勘弥②	享保20年4月29日	58		本所番場	妙源寺
114	袖崎三輪野①	享保21年2月26日	47	随香院融清	深川	浄心寺
115	山下又四郎①	元文元年8月9日	51			
116	南北孫太郎	元文元年9月9日		浄誉道生	深川	正光院
117	河原崎国次	元文2年7月5日		是法院正縁日住	本所馬場	妙源寺
118	岩井染松	元文2年9月21日		色香院通照	深川	浄心寺
119	小川善五郎	元文2年11月6日	56	清誉観光浄運	芝	増上寺源寿院
120	沢村長十郎②	元文4年1月13日		覚誉良慶		
121	中村吉蔵	元文4年4月24日	39	光岸院円玉	谷中	常在寺
122	嵐三五郎①	元文4年7月12日	53	本誉良誓		
123	市川団蔵①	元文5年4月5日	57	釈浄誓	築地	門跡内法照寺
124	仙石彦助①	元文5年4月26日	57	諸法院宗真日実	深川	浄心寺中善応院
125	市川団十郎③	寛保2年2月27日	21	随誉覚応	芝	増上寺常照院
126	森田勘弥④	寛保3年9月17日	62	宝泉院常伝日在	本所	妙源寺
127	市川団五郎	寛保3年10月28日		慈孝蓮成	深川	本誓寺
128	藤村半太夫	延享2年8月23日		慈孝院藤円日随	番場	妙源寺
129	水木辰之助①	延享2年9月23日	73			
130	市川団蔵②	延享3年6月9日		釈道円	難波新地	竹林寺
131	市山助五郎①	延享4年5月10日	54	山誉良智		
132	大谷広治①	延享4年5月25日	49	円頓院顕理日証	浅草	大専寺

掲載の有無											備考
諧岩	諧演	諧国	諧東	父恩	名取	方角	忌辰	墓誌	掃墓	名優	
—	—	—	—	—	—	—	○	—	—	—	没年月日・享年は忌辰による。
◎	◎	◎	—	—	—	—	○	—	—	—	享年は忌辰による。「於大坂没」（諧岩・諧演・諧国）
—	—	—	—	—	—	—	△	—	—	—	
—	—	—	—	—	—	—	△	—	—	—	
○	○	○	—	—	○	—	○	○	—	○	享年は忌辰による。
◎	◎	◎	—	—	○	○	○	○	—	○	享年は忌辰による。「享保20年4月23日」（名取・名優）、「享保9年5月25日」「瑞輪寺」（忌辰・墓誌）、「円信院日亮」（方角）
◎	◎	◎	—	—	—	—	○	○	—	—	享年・墓所は忌辰による。「享保19年6月19日」（忌辰・墓誌）
○	○	○	—	—	○	○	○	○	—	○	享年は忌辰による。「随香院融晴」（名取）
—	—	—	—	—	—	—	○	—	—	—	
○	○	○	—	—	○	—	○	○	—	○	「深川雲光院中正光院」（名取・名優）
○	○	○	—	—	○	○	—	—	—	○	「河原崎国治」「元文2年7月」（名取・方角・名優）、「北本所あらい町（荒井丁）妙玄寺」（名取・名優）
○	○	○	—	—	○	○	—	—	—	○	
○	○	○	—	—	○	○	○	○	—	○	享年は忌辰による。「同（増上寺）三嶋谷橋南源寿院」（方角）
◎	◎	◎	—	—	—	—	○	—	—	—	「元文4年1月23日」（忌辰）、「於大坂没」（諧岩・諧演・諧国）
◎	◎	◎	—	—	○	—	○	○	—	○	享年は忌辰による。
◎	◎	—	◎	—	—	—	○	—	—	—	「本誉良哲」（諧東）
◎	◎	◎	—	—	○	○	○	○	—	○	「歳六十二」（忌辰・墓誌）、「釈浄哲」（方角・諧国）、「築地本願寺地中法照寺」（方角・名優）、「西本願寺地中法照寺」（名取・忌辰・墓誌）
◎	◎	◎	—	—	○	○	○	—	—	○	享年は忌辰による。「仙国彦助」（名取・名優）
◎	◎	◎	—	—	○	○	○	○	—	○	「延享元年2月27日」（忌辰・墓誌）、「三縁山寺あかんどう」（名取）、名優には法名の脇に「定縁」の書入れあり。
◎	◎	◎	—	—	○	○	○	○	—	○	享年は忌辰による。「北本所あら井町妙玄寺」（名取）、「本所荒井丁妙玄寺」（名優）
◎	◎	◎	—	—	—	—	—	—	—	—	
○	○	○	—	—	○	—	—	—	—	○	「慈光院藤円日随」「本所石原妙玄寺」（名優）、「北本所あらい町妙玄寺」（名取）、諧国では「妙法寺」とし「法」をミセケチで「源」に訂正。
—	—	—	—	—	—	—	○	—	—	—	
◎	◎	◎	—	—	—	—	○	○	—	—	「於大坂没」（諧岩・諧演・諧国）、「元文5年10月20日」「歳三十一」「西本願寺中法照寺」（忌辰・墓誌）
○	○	○	—	—	—	—	○	—	—	—	享年は忌辰による。
◎	◎	◎	—	—	○	○	○	○	—	○	享年は忌辰による。「大谷広次」（方角・忌辰・墓誌）、名優では「丹頓院顕理日証」とするが、「丹」の脇に「円か」の書入れあり。

	名前	没年月日	享年	法名	墓所（地名）	墓所（寺名）
133	榊山小四郎①	延享４年６月15日	77	由慶院智道月弁	京	妙伝寺
134	大谷広右衛門②	延享４年12月25日		視順院道稟日喜	深川	浄心寺
135	中村伝五郎	寛延元年２月４日	46		本所	妙源寺
136	荻野伊三郎①	寛延元年２月６日	55	視聴院信乗日敬	谷中	瑞林寺
137	佐の川万菊①	寛延元年７月19日	58	永昌院久信日行	洛東	妙伝寺
138	沢村宗十郎	寛延元年閏11月21日		常信院宗沢日恩	谷中	大行院
139	早川伝四郎	寛延２年５月４日	52	真如院常照日観	浅草田甫	幸龍寺
140	坂田兵四郎	寛延２年６月21日	47	清信宗樹	深川	浄心寺
141	瀬川菊之丞①	寛延２年９月２日	57	円覚院即誉源阿是空	本所押上	大雲寺
142	大谷龍左衛門②	寛延２年10月26日		稟承院道順日信	深川	浄心寺
143	山下金作①	寛延３年７月２日		一乗院宗和日観		
144	並木宗輔	寛延３年９月７日	57			
145	坂東彦三郎①	宝暦元年１月１日	41	鶴樹院常栄日芳	深川	霊巌寺塔頭深松院
146	市川宗三郎①	宝暦２年５月11日	66	釈了覚	浅草	門跡内巌念寺
147	瀬川菊之江	宝暦２年７月22日		穐山浄香	深川	浄心寺
148	沢村源次郎	宝暦３年４月25日		源心院常久日如	下谷わら店	法要寺
149	吉住小三郎①	宝暦３年７月16日	55			
150	津山友蔵①	宝暦３年９月２日	51	智月院随波日皎	浅草寺町	蓮光寺
151	市川和十郎	宝暦３年９月17日		智翁院舎梅	深川	浄心寺
152	早川新勝	宝暦３年12月27日		尭妙寿体	下谷竹町	常在寺
153	中山小十郎	宝暦３年　月21日	49			
154	嵐三右衛門③	宝暦４年７月10日		普門院祐讃日浄		
155	芳沢あやめ②	宝暦４年７月18日	53	観月院宗覚日心	深川	浄心寺
156	中村重助①	宝暦５年８月晦日	58		本所	妙源寺

掲載の有無											備考
詣岩	詣演	詣国	詣東	父恩	名取	方角	忌辰	墓誌	掃墓	名優	
◎	◎	◎	—	—	—	—	○	—	—	—	「於大坂死」（詣岩・詣演・詣国）
◎	◎	◎	—	—	○	○	○	○	—	○	「随順院道稟日喜」（名取・方角・名優）、「深川浄心寺本院」（名取・名優）
—	—	—	—	—	—	—	○	○	—	—	
◎	◎	◎	—	—	○	○	—	—	—	○	「萩野伊三郎」（方角）
◎	◎	◎	—	—	—	—	○	—	—	—	「佐野川万菊」（忌辰）、「妙源寺」（詣国）
◎	◎	◎	—	—	○	○	○	○	—	○	代数に数えず（名跡便覧）、「沢村惣十郎」（忌辰・墓誌）、「寛延元年閏11月25日」「谷中大行寺」（名取・名優）
○	○	○	—	—	○	○	○	○	—	○	享年は忌辰による。
◎	◎	◎	◎	—	—	—	△	—	—	—	詣岩・詣演・詣東の末尾追加分の記事を採用（詣演では「坂田藤十郎」で掲載）、ただし墓所は忌辰による。詣岩・詣演・詣国の本編にも掲載されるが、没年月日を「享保2年6月11日」とする（忌辰も同様）。「歳四十八」（忌辰）
◎	◎	◎	—	—	○	○	○	○	—	○	享年は忌辰による。「寛延2年9月3日」（名取・方角・名優）、「円学院即誉源阿是空」（名取）
◎	◎	◎	—	—	○	○	—	—	—	○	「寛延2年11月26日」「深川浄心寺本院」（名取・名優）
◎	◎	◎	—	—	—	—	○	—	—	—	「於大坂没」（詣岩・詣演・詣国）
—	—	—	—	—	—	—	△	—	—	—	並木千柳
◎	◎	◎	—	—	○	○	○	○	—	○	享年は忌辰による。「鶴寿院常栄日芳」（名優）、「深川浄心寺本院」（名取）、「深川浄心寺」（方角・忌辰・墓誌・名優）
◎	◎	◎	—	—	○	—	○	○	—	○	「宝暦2年11月7日」（名取・名優）、「浅草本願寺中厳念寺」（名優）
○	○	○	—	—	○	○	—	—	—	○	「宝暦2年7月21日」（名取・方角・名優）、「瀬川菊の江」「穐山院浄香」（名取・名優）
◎	◎	◎	—	—	○	○	—	—	—	○	「宝暦3年4月23日」「下谷寺町稿店天の長次郎殿向　勧明山法要寺」（方角）、「源心院常久日証」「浅草わら店法養寺」（名取・名優）
—	—	—	—	—	—	—	△	—	—	—	
◎	◎	◎	—	—	○	—	○	—	—	○	享年は忌辰、「浅草寺町」は名取による。津打門三郎①、「智月院瑞波日皎」（名取・名優）
○	○	○	—	—	○	○	—	—	—	○	「知翁院舎梅」（名取・名優）
○	○	○	—	—	○	○	—	—	—	○	
—	—	—	—	—	—	—	○	—	—	—	忌辰に月の記入なし。
○	○	○	—	—	—	—	○	—	—	—	「宝暦4年10月10日」（忌辰）、「於大坂没」（詣岩・詣演・詣国）
◎	◎	◎	—	—	○	○	○	—	—	○	享年は忌辰、墓所は名取・方角による。「芳沢菖蒲」（方角）、「大阪谷町本照寺」（忌辰）、「於京地没」（詣岩・詣演・詣国）
—	—	—	—	—	—	—	○	○	—	—	

	名前	没年月日	享年	法名	墓所（地名）	墓所（寺名）
157	助高屋高助①	宝暦６年１月３日	73	高龍院一徳日助	浅草新寺町	長遠寺
158	瀬川菊次郎①	宝暦６年11月13日	42	功徳院淵誉水阿仙魚	本所押上	大雲寺
159	大谷才蔵	宝暦７年５月17日		顕証院峯善	浅草	大専寺
160	大谷広治②	宝暦７年６月２日		円信院泰然日了	深川	浄心寺塔頭正行院
161	佐渡嶋長五郎①	宝暦７年７月13日	58		大坂中寺町	薬王寺
162	中村勘三郎⑥	宝暦７年11月25日	66	然誉光阿善空	押上	大雲寺
163	市川海老蔵②	宝暦８年５月24日	71	法誉柏莚随性	芝	増上寺内常照院
164	鳴見五郎四郎	宝暦８年11月18日	67	智照院道本日諦	谷中	信行寺
165	市川八百蔵①	宝暦９年10月19日	30	全冬成果	深川寺町	法乗院
166	岩井半四郎③	宝暦９年11月26日		善種院了縁日因	深川	浄心寺
167	藤村半十郎	宝暦10年１月13日		慈妙院道応	本所	妙源寺
168	津打治兵衛②	宝暦10年１月20日	78	勇健院英子日雄	谷中	蓮光寺
169	瀬川三五郎	宝暦11年５月24日		一空浄向	雑司ヶ谷	本能寺
170	藤川平九郎②	宝暦11年７月４日	64	心了院玄性日縁		
171	仙石彦十郎	宝暦11年10月25日		法性院尋山日行	深川	浄心寺
172	中村権蔵	宝暦12年３月15日		寛山了道	深川	増林寺
173	中嶋三甫右衛門①	宝暦12年３月23日	61	見誉道智	浅草鳥越	源寿院
174	今村七三郎②	宝暦12年３月29日	49	滋誉道岳遙元		
175	市村羽左衛門⑧	宝暦12年５月５日	65	松雲院観誉宗寿居	押上	大雲寺
176	中嶋勘左衛門②	宝暦12年８月５日	56	玄理院要智丹信	本所	法恩寺内吉祥坊
177	山下又太郎①	宝暦12年８月15日		信善院宗玄		
178	市川勘十郎	宝暦12年８月28日		不染院法蓮日華	深川	浄心寺内善応院
179	佐野川市松①	宝暦12年12月５日	41	盛府院普聞日信	谷中	瑞林寺塔頭玄妙院
180	花井才三郎③	宝暦13年４月３日	62	鶴寿院宗栄日昌	芝金杉	正伝院

掲載の有無											備考
諧岩	諧演	諧国	諧東	父恩	名取	方角	忌辰	墓誌	掃墓	名優	
◎	◎	◎	—	—	○	○	○	○	—	○	「元祖沢村宗十郎」（忌辰・墓誌）、沢村長十郎③
◎	◎	◎	—	—	○	○	○	○	—	○	「宝暦６年閏11月13日」（名取・方角・忌辰・墓誌・名優）、「年六十一」（名優）、「功徳院洌誉木阿仙魚」（名取・名優）、「功徳院渕誉水阿仙魚」（方角・諧演・諧国）、なお方角では「同名（瀬川菊之丞）仙魚」の名で掲載する。
○	○	○	—	—	○	○	—	—	—	○	
◎	◎	◎	—	—	○	○	○	○	—	○	「二代目大谷広次」（忌辰・墓誌）、「宝暦７年６月28日」「丹信院泰然日了」（名取・方角・名優）
—	—	—	—	—	—	—	○	—	—	—	
◎	◎	◎	—	—	○	○	○	○	—	○	享年は忌辰による。中村勘九郎②、「宝暦８年11月25日」（名取・名優）、「宝暦７年11月27日」（方角）
◎	◎	◎	—	—	○	○	○	○	—	○	「二代目市川団十郎」（忌辰・墓誌）、「宝暦８年９月24日」（名取・方角・忌辰・墓誌・名優）、「七十二才」（方角）、「法誉栢莚随性」「芝三縁山中常照院世ニあかん堂ト云」（名取）
◎	◎	◎	—	—	○	—	—	—	—	○	
◎	◎	◎	—	—	○	○	○	○	—	○	「深川寺町法乗院ゑんま堂」（名取・名優）、「深川寺町法乗寺」（忌辰・墓誌）
◎	◎	◎	—	—	○	○	○	○	—	○	
○	○	○	—	—	○	—	—	—	—	○	「宝暦10年８月12日」「北本所あらひ町（荒井丁）妙玄寺」（名取・名優）
◎	◎	◎	—	—	○	—	△	—	—	○	「津打英子」「浅草寺町（丁）運光寺」（名取・名優）、「勇健院英子日雄」（諧演・名優）
○	○	○	—	—	○	○	—	—	—	○	名取・名優に墓所の記載なし。
◎	◎	◎	—	—	—	—	○	—	—	—	「於大坂没」（諧岩・諧演・諧国）
○	○	○	—	—	○	○	—	—	—	○	「宝暦11年10月24日」（方角）
○	○	○	—	—	○	—	—	—	—	○	「宝暦12年３月25日」「実山了道」（名取・名優）
◎	◎	◎	—	—	○	—	○	○	—	○	享年は忌辰による。諧国に人物名の記載なし。
◎	◎	◎	—	—	—	—	○	—	—	—	「宝暦12年３月20日」（忌辰）、「於大坂没」（諧岩・諧演・諧国）
◎	◎	◎	—	—	○	○	○	○	—	○	「宝暦12年５月６日」（名取・方角・名優）、「歳六十六」（忌辰・墓誌）、「松雲院観誉宗寺」（諧演・名取・方角・名優）
◎	◎	◎	—	—	○	○	○	○	—	○	享年は忌辰による。「玄理院要知日丹」（名取・名優）、「玄理院要智丹」（方角）
◎	◎	◎	—	—	—	—	○	—	—	—	山下京右衛門②、「宝暦12年８月16日」（忌辰）、「於大坂没」（諧岩・諧演・諧国）
○	○	○	—	—	○	○	—	—	—	○	「宝暦12年８月26日」（名取・名優）
◎	◎	◎	—	—	○	○	○	○	—	○	享年は忌辰、「谷中」は名取による。「宝暦12年12月11日」（名取・方角・名優）、「瑞輪寺塔中玄妙院」（忌辰・墓誌）、「雑司谷にも墓あり」（名取・名優）
◎	◎	◎	—	—	○	○	○	○	—	○	享年は忌辰による。三条勘太郎②、「芝金杉正伝寺」（名取・名優）

	名前	没年月日	享年	法名	墓所（地名）	墓所（寺名）
181	荻野八重桐②	宝暦13年6月15日	38	釈義善	浅草	常林寺
182	中村助五郎①	宝暦13年7月13日	40	勇猛院魚楽日涼	深川	浄心寺内善応院
183	鶴屋南北③	宝暦13年12月23日	56	性岸禅門	深川	雲光院塔頭正光院
184	岩田染松	宝暦13年8月9日	33	能博院固心日法		法泉寺
185	山本京四郎①	明和元年10月20日	54	心行院宗縁日長	深川	浄心寺
186	富本豊前太夫①	明和元年10月20日	49	栄広院覚誉良声流音	浅草	専修院
187	嵐三右衛門④	明和2年7月8日	26			
188	中村吉兵衛①	明和2年8月17日	82	深入院宗禅日定	谷中	常在寺
189	松嶋茂平次	明和2年10月6日	66	観翁瑞昌	深川	法乗院
190	沢村宇十郎①	明和3年4月16日	44		本所	妙源寺
191	小佐川常世①	明和3年5月12日	43	常世院巨心日撰	本所	法恩寺内常運寺
192	嵐富之助	明和3年6月9日	47	境智院了宣日法		
193	鳥羽屋三右衛門①	明和4年2月27日	56			
194	笠屋又九郎①	明和4年3月18日	56	覚成院栄昌日久		
195	市川雷蔵①	明和4年4月12日	44	蓮華院詠行	浅草	常林寺
196	榊山小四郎③	明和4年7月2日	45	到岸院垂蓮日教		
197	鎌倉平九郎②	明和4年10月24日		説誉道栄	押上	大雲寺
198	桐の谷権十郎③	明和4年11月14日	28	唯善常信		
199	榊山小四郎②	明和5年1月5日	72	風是院勇信日行	洛東	妙伝寺
200	榊山小四郎④	明和5年3月7日	29	智顕院良運日定		
201	坂東彦三郎②	明和5年5月24日	28	妙泉院薪水日成	深川	浄心寺
202	宮崎重四郎②	明和6年1月9日	62	念誉巴十浄因	深川	雲光院中常龍院
203	嵐音八①	明和6年3月25日	72	得如院和孝日慶	深川	浄心寺
204	嵐松之丞③	明和6年7月8日	26	顕誉祐岳智寮		
205	中村吉十郎①	明和6年10月9日	27	冬岸宗節		
206	山本平十郎②	明和6年11月10日	38	一空了順		

掲載の有無											備考
詣岩	詣演	詣国	詣東	父恩	名取	方角	忌辰	墓誌	掃墓	名優	
◎	◎	◎	—	—	○	○	—	—	—	○	名取・方角に墓所の記載なし。「萩野八重桐」(方角)、「雑司ヶ谷本能寺」(名優)
◎	◎	◎	—	—	○	○	○	○	—	○	享年は名優による。「宝暦12年7月13日」(名取・名優)
○	○	○	—	—	○	—	○	○	—	○	享年は忌辰、「深川」は名取による。「宝暦12年12月23日」(名取・名優)
○	○	○	—	—	—	—	—	—	—	—	
○	○	○	—	—	○	○	○	—	—	○	「信行院宗遠日長」(名取・名優)、「心行院宗遠日長」(方角)、「六十五才」(名取・方角・名優)
◎	◎	◎	—	—	—	—	△	—	—	—	富本豊前掾①、「明和元年10月22日」(忌辰)
—	—	—	—	—	—	—	○	—	—	—	
◎	◎	◎	—	—	○	—	○	○	—	○	二朱判吉兵衛、「深入院宗禅一其日定」(名取・名優)
◎	○	◎	—	—	○	○	○	○	—	○	
—	—	—	—	—	—	—	○	○	—	—	代数は忌辰による。
◎	◎	◎	—	—	○	○	○	○	—	○	「法恩寺中常運坊」(名取・名優)、「常運院」(方角)
○	○	—	○	—	○	—	—	—	—	○	「於大坂没」(詣岩・詣演)、「京ニて死去」(名取・名優)
—	—	—	—	—	—	—	△	—	—	—	
○	○	○	—	—	—	—	—	—	—	—	「於京地没」(詣岩・詣演・詣国)
◎	◎	◎	—	—	○	○	○	○	—	○	「明和4年4月11日」(方角)、「妙法蓮花(華)院詠行」「下谷長林寺」(名取・名優)、名優では寺名「長」に抹消線を引き「常」と訂正する。
◎	◎	◎	—	—	—	—	○	—	—	—	「四十二才」(詣演)、「歳四十四」(忌辰)、「於大坂没」(詣岩・詣演・詣国)
○	○	○	—	—	○	○	—	—	—	○	「明和4年10月14日」(方角)、詣演に墓所の記載なし。
○	○	○	—	—	—	—	—	—	—	—	桐野谷権十郎③、「於大坂没」(詣岩・詣演・詣国)
◎	◎	◎	—	—	—	—	○	—	—	—	墓所は忌辰による。「明和5年1月9日」(忌辰)、「於大坂没」(詣岩・詣演・詣国)
◎	◎	◎	—	—	—	—	○	—	—	—	「於大坂没」(詣岩・詣演・詣国)
◎	○	◎	—	—	○	○	○	○	—	○	「明和5年5月4日」(名取・方角・名優)、「妙果院薪水日成」「深川浄心寺本院」(名取・名優)
○	○	○	—	—	○	—	○	○	—	○	享年は忌辰、「深川」は名取による。「宮崎十四郎」(名取・忌辰・墓誌・名優)、「年六十八」(名優)
◎	◎	◎	—	—	○	○	○	○	—	○	「得妙院和孝日慶」(名取・方角)、「得如院和光日慶」(詣演)、「得妙院和考日慶」(名優)
○	○	○	—	—	—	—	—	—	—	—	「於大坂没(死)」(詣岩・詣演・詣国)
○	○	—	○	—	—	—	○	—	—	—	「中山吉十郎」(詣演)、「明和6年10月19日」(忌辰)、「於大坂没」(詣岩・詣演)
○	○	—	○	—	—	—	—	—	—	—	正しくは山中平十郎②(名跡便覧)、「於大坂没」(詣岩・詣演)、「一空万順」(詣演)

	名前	没年月日	享年	法名	墓所（地名）	墓所（寺名）
207	坂東三八①	明和7年1月11日		専誉平久日重	今戸	瑞泉寺
208	坂田佐十郎	明和7年5月3日	41	円得院宗順日喜	深川	浄心寺
209	中村吉右衛門①	明和7年6月17日	77	間義院永持日妙		
210	沢村宗十郎②	明和7年8月晦日	51	宝林院得誉宗空	浅草	誓願寺自玉院
211	冨士田吉治	明和8年3月29日	58	修善楓江日忍	芝金杉	正伝院
212	市川伊達蔵	明和8年5月15日		実相院宗真日如	芝二本榎	朗性寺
213	岸田東太郎	明和8年6月2日		本明宗全	浅草新寺町	妙経寺
214	坂東定十郎	明和8年6月10日		栄伝	浅草	宝寿院
215	市川団蔵③	明和9年6月24日	54	円珠浄鑑	築地	西門跡内法照寺
216	堀越二三治	明和9年8月12日	58			
217	沢村宇十郎②	安永2年1月16日			本所	妙源寺
218	並木正三	安永2年2月17日	52	常誉達雪	大坂	法善寺
219	瀬川菊之丞②	安永2年閏3月13日	33	正覚院知誉十阿方順	押上村	大雲寺
220	亀谷十次郎	安永2年11月14日	28	任力院所能	浅草新寺町	正学寺
221		安永2年11月19日		寿真	下谷竹町	常在寺
222	坂田藤十郎③	安永3年8月24日	74	本行院常念		
223	中村七三郎②	安永3年9月3日	72	勇猛院宗感日持	本所	法恩寺中宝泉院
224	芳沢あやめ③	安永3年10月18日	55	一乗院宗芳日円	大阪谷町	本照寺
225	中村勘三郎⑦	安永4年2月28日	53	行誉正阿雀童	押上	大雲寺
226	中山新九郎①	安永4年4月3日	52	釈宗山		
227	吾妻藤蔵②	安永4年4月11日	53	円教院常心日持	谷中三崎	妙円寺
228	市川桃太郎	安永5年10月5日	8	琳光鸞円童子	芝	増上寺常照院
229	中村喜代三①	安永6年6月18日	57	光空院暁圭		
230	市川八百蔵②	安永6年7月3日	43	実応中車真解浄士	浅草新寺町	観蔵院

掲載の有無											備考
諧岩	諧演	諧国	諧東	父恩	名取	方角	忌辰	墓誌	掃墓	名優	
◎	◎	◎	—	—	○	—	—	—	—	○	「専誉平久量観」「浅草新鳥越瑞泉寺」（名取・名優）
◎	◎	◎	—	—	○	○	○	○	—	○	享年は忌辰による。「円徳院宗順日喜」（名優）、「深川浄心寺地中正行院」（忌辰・墓誌）
◎	◎	○	◎	—	—	—	○	—	—	—	中村十蔵①、「於京地没」（諧岩・諧演・諧国）、諧岩・諧演・諧東の末尾追加分では「間義院永寿日妙」とする。
◎	◎	◎	—	—	○	○	○	—	—	○	墓所は方角による。「歳五十八」（忌辰）、「浅草誓願寺」（名取・名優）、「京都智恩院内松宿庵葬」（諧岩・諧演・諧国・忌辰）、「京都ニて死去故ニ智恩院中松宿庵ニ墓有り」（名取・名優）
◎	◎	◎	—	—	○	○	△	—	—	○	享年は忌辰による。「冨士田吉次」（諧国・忌辰）、「佐野川千蔵」「芝金杉正伝寺」（名取・名優）、「修善院楓江日忍」（名取・方角・名優）
◎	◎	◎	—	—	○	○	—	—	—	○	「実相院宗真日和」（諧演）、「二本榎朗惺寺」（名取・名優）
○	○	○	—	—	○	○	—	—	—	○	「浅草新寺町妙教寺」（名取・名優）
◎	◎	◎	—	—	○	—	—	—	—	○	沢村小伝次③、「浅草かや（榧）寺中宝寿院」（名取・名優）
◎	◎	◎	—	—	○	○	○	○	—	○	「明和元年6月24日」（方角・忌辰・墓誌）、「築地本願寺（地）中法照寺」（方角・名優）、「西本願寺地中法照寺」（名取・忌辰・墓誌）
◎	◎	◎	—	—	—	—	△	—	—	—	享年は忌辰による。「壕越二三治」「安永7年2月18日」（忌辰）
—	—	—	—	—	—	—	○	○	—	—	代数は忌辰による。
—	—	—	—	—	—	—	△	—	—	—	
◎	◎	◎	—	—	○	○	○	○	—	○	「安永3年閏3月13日」（方角）、「歳三十六」（忌辰・墓誌）、「正覚院響誉十阿方順」（名取・方角・名優）
○	—	○	—	—	○	—	—	—	—	—	享年・法名・墓所は名取による。
—	—	—	—	—	—	○	—	—	—	—	人物名の記載なし。
◎	◎	◎	—	—	—	—	○	—	—	—	「安永3年8月16日」（忌辰）、「於仙台没」（諧岩・諧演・諧国）。『役者　名取艸追加』に死亡記事あり。
◎	◎	◎	—	—	—	○	○	○	—	—	「安永3年9月2日」（忌辰・墓誌）、『役者　名取艸追加』に死亡記事（「安永3年9月2日」「本所亀戸通り法恩寺地中一解院」とする）あり。
◎	◎	◎	—	—	—	—	○	—	—	—	墓所は忌辰による。「於大坂没」（諧岩・諧演・諧国）
◎	◎	◎	—	—	—	○	○	○	—	—	享年は忌辰による。
◎	◎	◎	—	—	—	—	○	—	—	—	享年は忌辰による。「於大坂没」（諧岩・諧演・諧国）
◎	◎	◎	—	—	—	○	○	○	—	—	「安永5年4月5日」（方角）、「妙圓寺」（忌辰・墓誌）
◎	◎	◎	—	—	—	○	—	—	—	—	「珠光驚円童子」（諧演）、「表門北側二軒目アカン堂ト称」（方角）
◎	◎	◎	—	—	—	—	○	—	—	—	享年は忌辰による。中村喜代三郎①、「於大坂終（死）」（諧岩・諧演・諧国）
◎	◎	◎	—	—	—	○	○	○	—	—	「浅草」は方角による。「四十四才」（方角）、「浅草観龍院」（忌辰・墓誌）

	名前	没年月日	享年	法名	墓所（地名）	墓所（寺名）
231	中村久米太郎①	安永6年7月15日	54	寂誉海印浄晃禅定門		
232	冨沢辰十郎	安永6年8月19日	52	情存院冨豊日妙	浅草田甫	幸龍寺
233	中村野塩①	安永6年11月19日	26	隆顔院宗融日暉	深川	浄心寺
234	中村新五郎②	安永6年11月19日	37	真乗院宗本日慶	深川	浄心寺
235	中村勘三郎⑧	安永6年11月25日	55	真誉清阿冠子	本所押上	大雲寺
236	藤川八蔵①	安永6年12月29日	41	修性院了縁日輝		
237	市川雷蔵②	安永7年1月7日	25	花落院実乗	浅草	常林寺
238	市川海老蔵③	安永7年2月25日	70	廓誉伍粒随念法子	芝	増上寺常照院
239	惣領甚六①	安永9年2月7日			奥州桑折	法円寺
240	三枡大五郎①	安永9年5月15日	58	玲光院良誉昇准		
241	森田勘弥⑥	安永9年5月19日	57	清樹院残杏日栄	本所	妙源寺
242	仙石彦助②	安永9年10月1日				
243	嵐吉三郎①	安永9年12月6日	44	賢誉現道里環	大坂寺町	法蔵院
244	常磐津文字太夫①	安永10年1月晦日	73	通寂了玄	渋谷	祥雲寺
245	小川吉太郎①	安永10年2月19日	45	春月院了相日仙	大坂	法善寺
246	大谷友右衛門①	天明元年8月16日	38	秋誉了月	深川	本誓寺
247	坂東三津五郎①	天明2年4月10日	38	営功院是葉観通	芝	増上寺月界院
248	坂田半五郎②	天明2年7月17日	59	円心院杉暁日順	深川	浄心寺地中正行院
249	中嶋三甫右衛門②	天明2年12月17日	59	満誉天幸至道	新鳥越	源寿院
250	中山新九郎②	天明3年3月19日	46	了智院宗観日中		
251	市野川彦四郎②	天明3年7月8日	47			
252	森田勘弥⑦	天明3年8月10日		清山院受光日龍	本所	妙源寺
253	中嶋三甫右衛門③	天明3年12月4日	48	一法良知	新鳥越	源寿院
254	尾上菊五郎①	天明3年12月晦日	67	解脱院清誉浄薫	浅草	大専寺
255	中村勘三郎⑨	天明5年7月29日	21	照誉連阿倬珠	本所押上	大雲寺
256	市村羽左衛門⑨	天明5年8月25日	61	致興院譲誉保寿	本所押上	大雲寺

掲載の有無											備考
諧岩	諧演	諧国	諧東	父恩	名取	方角	忌辰	墓誌	掃墓	名優	
◎	◎	◎	—	—	—	—	○	—	—	—	享年は忌辰による。「於大坂没」（諧岩・諧演・諧国）、「中村粂太郎」（諧演・諧国・忌辰）
◎	◎	◎	—	—	—	○	○	○	—	—	享年は忌辰による。「安永6年9月9日」（忌辰・墓誌）
◎	◎	◎	—	—	—	○	○	○	—	—	「隥顔院宗融日暉」（方角）
◎	◎	◎	—	—	—	○	○	○	—	—	「二十二才」（方角）、「歳三十二」（忌辰・墓誌）
◎	◎	◎	—	—	—	○	○	○	—	—	中村伝九郎②、「安永6年10月25日」「歳五十九」（忌辰・墓誌）
○	○	○	—	—	—	—	○	—	—	—	享年は忌辰による。「於大坂没」（諧岩・諧演・諧国）。諧演では「廿六日」の「六」をミセケチで「九」に訂正する。
◎	◎	◎	—	—	—	○	—	—	—	—	「二十一才」「華落院実乗信士」（方角）
◎	◎	◎	—	—	—	○	○	○	—	—	「四代目市川団十郎」（忌辰・墓誌）、「廓誉伍粒随然法子」「表門北側二軒目アカン堂ト称」（方角）
—	—	—	—	—	—	—	○	—	—	—	
◎	◎	—	—	—	—	—	○	—	—	—	享年は忌辰による。「安永9年9月15日」（忌辰）、「於大坂没」（諧岩・諧演）
◎	◎	◎	—	—	—	○	○	○	—	—	享年は忌辰による。「森田八十助」「清樹院残杏日英」（方角）、「安永9年9月19日」（諧国）
○	○	○	—	—	—	—	—	—	—	—	「安政9年10月10日」（諧国）
◎	◎	—	—	—	—	—	○	—	—	—	墓所は忌辰による。「於大坂没」（諧岩・諧演）
◎	◎	◎	—	—	—	○	△	—	—	—	「安永10年12月1日」「麻布広尾祥雲寺」（忌辰）
○	○	○	—	—	—	—	○	—	—	—	墓所は忌辰による。「小川吉五郎」（諧演）、「於大坂没」（諧岩・諧演）
◎	◎	◎	—	—	—	○	○	○	—	—	「秋誉涼風澄信士」（方角）
◎	◎	◎	—	—	—	○	○	○	—	—	「営功院是業観通信士」（方角）
◎	◎	◎	—	—	—	○	○	○	—	—	
◎	◎	◎	—	—	—	—	○	○	—	—	「天明2年4月10日」（忌辰・墓誌）
◎	◎	◎	—	—	—	—	○	—	—	—	中山来助①、「於大坂没」（諧岩・諧演・諧国）
◎	◎	◎	—	—	—	—	○	—	—	—	名跡便覧に未掲載。代数は諧の略伝による。「市野彦四郎」（諧演）、「於大坂没」（諧岩・諧演・諧国）
◎	◎	◎	—	—	—	○	○	○	—	—	
◎	◎	◎	—	—	—	—	○	○	—	—	「天明2年12月4日」（忌辰・墓誌）
◎	◎	◎	—	—	—	○	○	—	—	—	「大坂ニテ没」「江戸の戒名は運廃院永持日実」（諧岩・諧演・諧国）、「天明3年12月29日」「解脱院染誉梅幸無心信士」「本所押上大雲寺」（方角）
◎	◎	◎	—	—	—	○	○	○	—	—	
◎	◎	◎	—	—	—	○	○	○	—	—	「致与院譲誉保寿」（方角）、「歳六十二」（忌辰・墓誌）

	名前	没年月日	享年	法名	墓所（地名）	墓所（寺名）
257	松本三十郎	天明５年８月26日	41	清誉浄雲	深川	念仏堂
258	嵐三右衛門⑥	天明５年８月26日				
259	嵐小六①	天明６年７月26日	71	花月庵是心日扇	大坂谷町一丁目	法妙寺
260	中村富十郎①	天明６年８月３日	71	蓮華院慶子日栄	深川	浄心寺
261	中村里好①	天明６年10月11日	45	一誉心称名観	芝	増上寺普光院
262	尾上菊五郎②	天明７年８月21日	19	玄理逆行		
263	瀬川菊三郎	天明８年３月29日	30	高菊院薫良日長	本所中の郷	妙縁寺
264	嵐七五郎②	天明８年５月28日	56	凉清院宗林日真		
265	中村十蔵②	天明８年６月13日		本住院虎盾		
266	三尾木儀左衛門②	寛政元年９月15日	59			
267	中村仲蔵①	寛政２年４月23日	55	浄華院秀伯善量	下谷竹町	常在寺
268	岩井春次郎	寛政２年５月９日	26	顔誉輝月	駒込	浄心寺
269	大谷広右衛門③	寛政２年９月14日	67	顕寿院道遠日幽	大坂今宮	
270	杵屋六三郎②	寛政３年３月28日	82		芝	光円寺
271	山下万菊①	寛政３年５月13日	29	芦水院里舟日浮	深川	浄心寺
272	中村歌右衛門①	寛政３年10月29日	78	凉地院蓮浄日清	大坂中寺町	浄国寺
273	芳沢あやめ④	寛政４年９月28日		順信院円理日丁	大坂谷町	本照寺
274	三枡大五郎②	寛政５年４月26日				
275	中嶋勘左衛門③	寛政５年５月19日				
276	瀬川如皐①	寛政６年１月23日	56	春皐院静心	本所押上	大雲寺
277	小川吉太郎②	寛政６年６月15日	35	釈超善	大坂	法善寺
278	市川門之助②	寛政６年10月19日	52	千松院龍車日勇	浅草田甫	幸龍寺
279	河竹新七①	寛政７年３月14日	49		浅草	雄念寺地中南松寺
280	坂田半五郎③	寛政７年６月６日	40	夏月院誓誉三暁		霊岸寺中万福寺
281	芳沢五郎市	寛政７年７月６日	28	開権院円至	大坂谷町	本照寺
282	坂東岩五郎	寛政７年８月７日	48	心性院仍貞日如		
283	嵐小六③	寛政８年３月29日	56	瑞応院普悦	大坂谷町一丁目	法妙寺
284	宝田寿莱	寛政８年８月17日	57			

掲載の有無											備考
詣岩	詣演	詣国	詣東	父恩	名取	方角	忌辰	墓誌	掃墓	名優	
○	○	○	○	—	—	—	○	○	—	—	松本山十郎・坂東愛蔵。詣岩・詣演・詣東の末尾追加分では「坂東愛蔵」として再掲載され、「青誉照雲」「39才」とする。忌辰では「二代目佐野川市松」の項目でも再掲載される。
—	—	—	—	—	—	—	○	—	—	—	
◎	◎	◎	—	—	—	—	○	—	—	—	「年七十七」（忌辰）
◎	◎	◎	—	—	—	○	○	—	—	—	墓所は方角による。「歳六十八」「大坂一心寺」（忌辰）、「於大坂没」（詣岩・詣演・詣国）、「於京都死江戸ノ寺ハ深川浄心寺也」（方角）
◎	◎	◎	—	—	—	○	○	○	—	—	「中村松江」（忌辰・墓誌）
◎	◎	◎	—	—	—	—	○	—	—	—	「天明７年８月18日」（忌辰）、「防州三田尻興行の途中舩中にて急病発シ死」（詣岩・詣演・詣国）
○	○	○	—	—	—	○	—	—	—	—	「高菊院良薫日長信士」（方角）
◎	◎	◎	—	—	—	—	○	—	—	—	「歳五十八」（忌辰）、「於大坂没」（詣岩・詣演・詣国）
○	○	○	—	—	—	—	○	—	—	—	「於大坂没」（詣岩・詣演・詣国）
○	○	○	—	—	—	—	—	—	—	—	三保木儀左衛門②、「於大坂没（ス）」（詣岩・詣演・詣国）
◎	◎	◎	—	—	—	○	○	○	—	—	「寛政２年４月22日」（方角）
○	○	○	—	—	—	—	—	—	—	—	
◎	◎	◎	—	—	—	—	○	—	—	—	享年・墓所は忌辰による。「於大坂没」（詣岩・詣演・詣国）
—	—	—	—	—	—	—	△	—	—	—	
◎	◎	◎	—	—	—	○	○	○	—	—	
◎	◎	◎	—	—	—	—	○	—	—	—	墓所は忌辰による。「於大坂没」（詣岩・詣演・詣国）
◎	◎	◎	—	—	—	—	—	—	—	—	芳沢崎之助③、「於大坂没」（詣岩・詣演・詣国）、詣国に人物名の記載なし。
◎	◎	◎	—	—	—	—	○	—	—	—	「於大坂没」（詣岩・詣演・詣国）
○	○	○	—	—	—	—	—	—	—	—	
◎	◎	◎	—	—	—	—	△	—	—	—	墓所は忌辰による。詣演に人物名の記載なし。
◎	◎	◎	—	—	—	—	○	—	—	—	墓所は忌辰による。「於大坂没」（詣岩・詣演・詣国）
◎	◎	◎	—	—	—	○	○	○	—	—	
—	—	—	—	—	—	—	△	—	—	—	
◎	◎	◎	—	—	—	○	○	○	—	—	「寛政７年10月19日」（忌辰・墓誌）、「三十九才」「浄心寺塔頭正行院」（方角・忌辰・墓誌）、「秀達院杉暁日円」（方角）
◎	○	◎	—	—	—	—	—	—	—	—	
○	○	○	—	—	—	—	○	—	—	—	享年は忌辰による。「寛政７年８月17日」（忌辰）、詣国では「七月」の「七」をミセケチで「八」に訂正。
◎	◎	◎	—	—	—	—	○	—	—	—	墓所は忌辰による。「於大坂没」（詣岩・詣演・詣国）
—	—	—	—	—	—	—	△	—	—	—	劇神仙①

	名前	没年月日	享年	法名	墓所（地名）	墓所（寺名）
285	中村仲蔵②	寛政８年11月７日	38	洞齊了仲	浅草	法恩寺中広徳寺
286	中山文七②	寛政10年２月19日	49	釈鶴翁		
287	中村東蔵①	寛政10年３月22日		高凉院得善日松		
288	市川幾蔵①	寛政10年６月７日				
289	吾妻藤蔵③	寛政10年６月19日	43	釈遊薗		
290	嵐七五郎③	寛政10年11月５日	38	安辞院円智日妙	深川	浄心寺内玉泉院
291	市村羽左衛門⑩	寛政11年２月15日	52	己心院在誉浄利	本所押上	大雲寺
292	市川団十郎⑥	寛政11年５月13日	22	皆誉自到木利	芝	増上寺常照院
293	常磐津文字太夫②	寛政11年７月８日	44		浅草	称念寺
294	中村伝九郎④	寛政11年８月28日	28	雲誉樹鶴雙林	本所押上	大雲寺
295	山下金作②	寛政11年９月13日	67	実教院宗理日乗		
296	中村野塩②	寛政12年３月20日	42	瑶林院常楽日住	大坂	薬王寺
297	岩井半四郎④	寛政12年３月28日	51	天意院智泉日耀	深川	浄心寺
298	小出市十郎①	寛政12年９月12日	54	自然院一声日動	谷中	妙福寺
299	嵐雛助②	寛政13年２月４日	28	心学院眠獅日詠	深川	浄心寺内善応院
300	沢村宗十郎③	寛政13年３月27日	49	遊心院順誉西天	浅草	誓願寺内受用院
301	坂東又太郎④	享和元年９月13日		栄樹院東山日品	深川	浄心寺内正行院
302	大谷広治③	享和２年５月11日	57	徳誉道本広寿法子	深川	浄心寺内正行院
303	清水延寿斎	享和２年５月18日	76	奏岳延寿	本所中の郷	成就寺
304	常磐津兼太夫②	享和２年６月16日	48	常楽院連遊恩清		
305	松本幸四郎④	享和２年６月27日	66	旋誉錦紅郷山	押上	大雲寺
306	森田勘弥⑤	享和２年10月２日	47		本所番場	妙源寺
307	山村儀右衛門②	享和３年１月５日	68	堅寿院儀本五登		
308	嵐三五郎②	享和３年６月８日	72			
309	小出市十郎②	享和３年９月12日	57		谷中	妙福寺
310	中村重助②	享和３年９月20日	55		本所	妙源寺

掲載の有無											備考
諧岩	諧演	諧国	諧東	父恩	名取	方角	忌辰	墓誌	掃墓	名優	
◎	◎	◎	—	—	—	○	○	○	—	—	大谷鬼次③、「浅草」は方角による。「寛政８年11月17日」「一洞齊了仲信士」「法恩寺」（方角）
◎	◎	◎	—	—	—	—	○	—	—	—	「於大坂（没）」（諧岩・諧演・諧国）
◎	◎	◎	—	—	—	—	○	—	—	—	「二代目中村歌右衛門」（忌辰）、「於大坂（没）」（諧岩・諧演・諧国）、「寛政10年10月22日」（諧国）
○	○	○	—	—	—	—	—	—	—	—	
◎	◎	◎	—	—	—	—	○	—	—	—	「寛政10年11月５日」「歳三十八」（忌辰、嵐七五郎③と混同したか）、「於大坂没」（諧岩・諧演・諧国）
◎	◎	◎	—	—	—	○	○	○	—	—	「嵐三五郎」（諧演）
◎	◎	◎	—	—	—	—	—		—	—	
◎	◎	◎	—	—	—	○	○	○	—	—	「表門北側二軒目アカン堂ト称」（方角）
○	○	○	—	—	—	—	△	—	—	—	享年は忌辰による。「寛政11年７月10日」（諧国）、諧では「常盤津」とする。
◎	◎	◎	—	—	—	○	—	—	—	—	「霊巌寺地中大龍寮」（方角）
◎	◎	◎	—	—	—	—	○	—	—	—	「於大坂没」（諧岩・諧演・諧国）、諧では「宝暦11年９月12日」の項にも掲げられるが「寛政十一年の（ノ）誤」と注記される。
◎	◎	◎	—	—	—	—	○	—	—	—	墓所は忌辰による。「二代目中村のしほ」（忌辰）、「於大坂没」（諧岩・諧演・諧国）
◎	◎	◎	—	—	—	○	○	○	—	—	「寛政12年３月29日」「歳五十六」（忌辰・墓誌）、「五十九才」（方角）
◎	◎	◎	—	—	—	—	—	—	—	—	湖出市十郎①、「小出市九郎」（諧演）
◎	◎	◎	—	—	—	○	○	—	—	—	諧国に人物名の記載なし。
◎	◎	◎	—	—	—	○	○	○	—	—	「遊心院慎誉西天」（諧演・諧国）、「享和元年３月29日」「誓願寺自玉院」（方角）
○	○	○	—	—	—	○	—	—	—	—	
◎	◎	◎	—	—	—	○	○	○	—	—	享年は忌辰による。「三代目大谷広次」「享和２年５月12日」（忌辰・墓誌）、「徳誉道木広寿法子」「霊巌寺地中大龍寮」（方角）
◎	◎	◎	—	—	—	—	—	—	—	—	富本斎宮太夫①
◎	◎	◎	—	—	—	—	△	—	—	—	享年は忌辰による。吾妻国太夫。諧では「常盤津」とする。諧国に没年月日の記載なし。「子細有て横死」（忌辰）
◎	◎	◎	—	—	—	○	○	○	—	—	「旋誉錦紅郷信士」（方角）
◎	◎	◎	—	—	—	—	○	○	—	—	享年・墓所は忌辰による。「寛延３年10月23日」（忌辰・墓誌）
◎	◎	◎	—	—	—	—	○	—	—	—	「於大坂没」（諧岩・諧演・諧国）
◎	◎	◎	—	—	—	—	○	—	—	—	享年は忌辰による。「享和２年５月６日」（忌辰）、「於大坂没」（諧岩・諧演・諧国）
○	○	○	—	—	—	—	—	—	—	—	湖出市十郎②
—	—	—	—	—	—	—	○	○	—	—	

	名前	没年月日	享年	法名	墓所（地名）	墓所（寺名）
311	瀬川富三郎②	文化元年３月11日				
312	浅尾為十郎①	文化元年４月７日	70	釈浄山		
313	岡崎屋勘六	文化２年２月３日	60		浅草田原町	清光寺
314	松本よね三①	文化２年６月11日	31	浄誉取妙文車	深川	本誓寺内乗性院
315	中村重助③	文化２年12月12日		妓全院武仁善栄	本所	報恩寺
316	桜田治助①	文化３年６月27日	73	黙了院左交日念	下谷藁店	法養寺
317	浅尾為十郎②	文化３年７月25日	28			
318	中村助五郎②	文化３年10月29日	62	以真院法智解	深川	浄心寺中善応院
319	市川団十郎⑤	文化３年10月29日	66	還誉浄本台遊法子	芝	増上寺常照院
320	大谷徳次①	文化４年７月17日	52	倣徳俊芸	大坂生玉寺町	西照寺
321	中村粂太郎②	文化４年９月23日	49			
322	並木吾瓶①	文化５年２月２日	61	彩嶽英藻	深川	霊巌寺中正覚院
323	小佐川常世②	文化５年８月16日	56	面貌院常遊日勝	下谷仏店	玉光寺
324	市川団蔵④	文化５年10月９日	64	釈了西	大坂寺町	遊行寺
325	中村冨瀧	文化５年12月25日		常桟院冨善	下谷	常在寺
326	辰岡万作	文化６年９月３日	68			
327	芳沢崎之助④	文化６年12月25日	25		大阪谷町	本照寺
328	中村勘三郎⑩	文化７年５月３日				
329	近松徳三	文化７年８月26日	59			
330	芳沢あやめ⑤	文化７年８月26日	56		大阪谷町	本照寺
331	瀬川仙女	文化７年12月４日	61	常篤院信誉道阿慈生	押上村	大雲寺
332	瀬川亀三郎	文化８年５月18日	26	専誉教道	本所押上	大雲寺
333	市川瀧之助	文化８年５月27日	21	智泉院恵明日光	浅草	幸龍寺
334	瀬川路考④	文化９年11月29日	31	循定院環誉光阿禅昇	本所押上	大雲寺
335	沢村宗十郎④	文化９年12月８日	39	艶誉寒莟妙香	浅草	誓願寺受用院
336	沢村其答①	文化９年３月７日	36			
337	辰松八郎兵衛②	文化９年５月９日	67			
338	尾上雷助	文化10年８月10日				

掲載の有無											備考
詣岩	詣演	詣国	詣東	父恩	名取	方角	忌辰	墓誌	掃墓	名優	
—	—	—	—	—	—	—	○	—	—	—	
◎	◎	◎	—	—	—	—	○	—	—	—	「於大坂没」（詣岩・詣演・詣国）
—	—	—	—	—	—	—	△	—	—	—	勘亭流の創始者。
○	○	○	—	—	—	○	○	○	—	—	松本米三①、「歳三十二」（忌辰・墓誌）
○	○	○	—	—	—	—	○	○	—	—	墓所は忌辰による。「中山重助」（詣岩・詣国）、詣演では「山」をミセケチで「村」に訂正。「法恩寺」（墓誌）
◎	◎	◎	—	—	—	—	△	—	—	—	
—	—	—	—	—	—	—	○	—	—	—	
◎	◎	◎	—	—	—	○	○	○	—	—	享年は忌辰による。
◎	◎	◎	—	—	—	○	○	○	—	—	「表門北側二軒目アカン堂ト称」（方角）
◎	◎	◎	—	—	—	—	—	—	—	—	
—	—	—	—	—	—	—	○	—	—	—	
◎	◎	◎	—	—	—	—	△	—	—	—	並木五瓶①、「歳六十二」「彩獄院英藻」（忌辰）
◎	◎	◎	—	—	—	○	○	○	—	—	「五十五才」「下谷教運寺」（方角）
◎	◎	◎	—	—	—	—	○	—	—	—	「文化５年10月５日」「大坂中仕町明円寺」（忌辰）、詣演では「文政」の「政」をミセケチで「化」に訂正。
○	○	○	—	—	—	—	—	—	—	—	「中村冨蔵」（詣演）
○	○	○	—	—	—	—	△	—	—	—	
○	○	○	—	—	—	—	○	—	—	—	墓所は忌辰による。「五代目芳沢あやめ」（忌辰）、「於大坂没」（詣岩・詣演・詣国）
—	—	—	—	—	—	—	○	○	—	—	
○	○	○	—	—	—	—	△	—	—	—	「近松徳叟」「文化７年12月26日」（忌辰）
◎	◎	◎	—	—	—	—	○	—	—	—	墓所は忌辰による。「六十六才」（詣演）、「於大坂没」（詣岩・詣演・詣国）
◎	◎	◎	—	—	—	○	○	○	—	○	「三代目瀬川菊之丞」（忌辰・墓誌・名優）、「文化３年12月４日」（忌辰・墓誌）、「常篤院信誉阿慈士」（名優）、「六十才」（方角）、詣岩では「五月廿六日」「五十六才於大坂没」を抹消し「十二月四日」「年六十一才」と訂正される。
◎	◎	◎	—	—	—	○	○	○	—	—	「文化８年５月27日」（忌辰・墓誌）、「三十六才」（方角）
◎	◎	◎	—	—	—	○	—	—	—	—	「浅草」は方角による。
◎	◎	◎	—	—	—	○	○	○	—	○	「四代目瀬川菊之丞」（忌辰・墓誌・名優）、「戒誉南嶽彭霜」（方角）、詣国に墓所の記載なし。
◎	◎	◎	—	—	—	○	○	○	—	—	享年は忌辰による。「文化元年12月８日」（忌辰・墓誌）、「誓願寺自玉院」（方角）
◎	◎	○	—	—	—	—	○	—	—	—	「沢松其答」（詣岩）、「於大坂没」（詣岩・詣演・詣国）。忌辰では「三代目沢村国太郎」として掲げるが、名跡便覧によれば国太郎を名乗った記録なし。
○	○	○	—	—	—	—	△	—	—	—	
○	○	○	—	—	—	—	—	—	—	—	

	名前	没年月日	享年	法名	墓所（地名）	墓所（寺名）
339	中山文七①	文化10年９月６日	83	釈浄光		黒谷真如堂
340	市川荒五郎①	文化10年11月13日	53			
341	森田勘弥⑧	文化11年２月24日	55		本所	妙源寺
342	常磐津兼太夫③	文化11年７月27日	54	常津院兼香日秀		
343	中山文五郎①	文化11年８月19日	54			
344	嵐雛助③	文化11年９月23日	22	貞岳院冨山日秀	深川	浄心寺中善応院
345	尾上松緑①	文化11年10月16日	72	伝翁院松緑恵琳	今戸	広楽寺
346	奈河七五三助	文化11年10月20日	61		大坂今宮	海泉寺
347	中山来助④	文化12年８月23日	48			
348	市川宗三郎④	文化12年10月16日			今戸	広楽寺
349	市川平次郎	文化13年２月17日		釈道観善		
350	中村歌蔵	文化13年４月８日	28	法縁宗受	押上	春慶寺
351	中村東蔵②	文化13年７月８日		常聞院法悦		
352	沢村田之助②	文化14年１月28日	33	麗香院映誉梅雪	浅草	誓願寺受用院
353	市川団之助③	文化14年11月２日	32	智幻西順	築地	門跡内法照寺
354	惣領甚六②	文化14年				
355	中山よしを①	文化15年１月23日	43			
356	尾上新七②	文政元年６月18日	39			
357	沢村国太郎①	文政元年７月２日	80	釈浄秀	大坂寺町	日融寺
358	福森久助	文政元年９月８日	52	感有院徳誉応善	小松川	源法寺
359	助高屋高助②	文政元年12月13日	72	嶺松院高誉凌寒	浅草	受用院
360	中村友三①	文政２年１月８日	58			
361	並木五瓶②	文政２年７月７日	52	善岳浄功	池の端	正光院
362	中山冨三郎①	文政２年９月10日	60	瓊樹院法誉花香	深川	雲光院
363	常磐津文字太夫③	文政２年11月１日	28	常楽院釈文僊光徳	浅草	正念寺中願心寺
364	松本よね三②	文政３年７月11日	25		深川	本誓寺
365	市村羽左衛門⑪	文政３年７月11日	64	正定院住誉訖道	本所押上	大雲寺
366	杵屋正次郎②	文政３年９月１日				

掲載の有無											備考
諳岩	諳演	諳国	諳東	父恩	名取	方角	忌辰	墓誌	掃墓	名優	
◎	◎	◎	—	—	—	—	○	—	—	—	
◎	◎	◎	—	—	—	—	—	—	—	—	
◎	◎	◎	—	—	—	—	○	○	—	—	享年は忌辰による。諳演に墓所の記載なし。諳岩・諳演・諳国では別に「坂東喜幸」の項を設け「文化12年2月18日」「五十六才」とし、忌辰・墓誌では別に「坂東八十助」の項を設け「歳五十六」とする。
◎	◎	◎	—	—	—	—	△	—	—	—	「蟹を食して夫か為に死す」(忌辰)、諳では「常盤津」とする。
○	○	○	—	—	—	—	—	—	—	—	「於大坂没」(諳岩・諳演・諳国)、「文化3年8月19日」(諳演)
○	○	○	—	—	—	○	○	○	—	—	「文化10年9月23日」(方角)、「文化10年9月17日」(忌辰・墓誌)
◎	◎	◎	—	—	—	—	○	○	—	—	「尾上松助」「文化12年9月16日」「歳七十一」(忌辰・墓誌)、「広東寺」(諳演・諳国)
○	○	○	—	—	—	—	△	—	—	—	墓所は忌辰による。「奈川七五三助」(諳演)
○	○	○	—	—	—	—	—	—	—	—	「於大坂没」(諳岩・諳国)
○	○	○	—	—	—	—	—	—	—	—	「広東寺」(諳演)、諳国に墓所の記載なし。
○	○	○	—	—	—	—	—	—	—	—	
◎	◎	◎	—	—	—	—	—	—	—	—	
◎	◎	◎	—	—	—	—	—	—	—	—	
◎	◎	◎	—	—	—	—	○	○	—	—	
◎	◎	◎	—	—	—	—	○	○	—	—	「築地」は墓誌による。忌辰・墓誌に日付の記載なし。「自殺」(諳岩・諳演・諳国)
○	○	○	—	—	—	—	—	—	—	—	
○	○	○	—	—	—	—	—	—	—	—	「於大坂没」(諳岩・諳演・諳国)
○	○	○	—	—	—	—	—	—	—	—	「於大坂没」(諳岩・諳演・諳国)
◎	◎	◎	—	—	—	—	○	—	—	—	「大坂寺町」は忌辰による。「円融寺」(忌辰)
◎	◎	◎	—	—	—	—	△	—	—	—	忌辰では「福森一雄」で立項。
◎	◎	◎	—	—	—	—	○	—	—	—	市川八百蔵③、「文政元年12月6日」「奥州福嶋にて興行中病死」「福嶋東岩寺」(忌辰)
○	○	○	—	—	—	—	—	—	—	—	「於大坂没」(諳岩・諳演・諳国)
◎	◎	◎	—	—	—	—	△	—	—	—	篠田金治①、「深川霊岸寺地中正覚院」(忌辰)
◎	◎	◎	—	—	—	—	—	—	—	—	諳演では「冨山富三郎」とし、「冨」をミセケチで「中」に訂正。
◎	◎	◎	—	—	—	—	△	—	—	—	「文政3年11月1日」「正念寺」(忌辰)、諳では「常盤津」とする。
○	○	○	—	—	—	—	○	○	—	—	松本米三②、「深川本誓寺中乗性院」(忌辰・墓誌)
◎	◎	◎	—	—	—	—	—	—	—	—	
—	—	—	—	—	—	—	△	—	—	—	

	名前	没年月日	享年	法名	墓所（地名）	墓所（寺名）
367	市山七蔵②	文政４年５月１日	53	野持日経		
368	嵐吉三郎②	文政４年９月27日	53	顕覚院相順璃寛	大坂寺町	宝蔵院
369	談州楼焉馬	文政５年６月２日	80	三楽院寿徳焉馬	本所表町	最勝寺
370	富本豊前掾②	文政５年７月17日	69	栄豊院量誉寿松道薫	浅草	専修院
371	中山南枝②	文政５年７月23日	69			
372	中嶋三甫右衛門④	文政５年11月13日				
373	中村大吉①	文政６年３月22日	51	天龍院明誉浄光巴丈	浅草新堀	浄念寺
374	富士田千蔵①	文政６年12月９日	67			
375	市川門之助③	文政７年７月27日	31	光陽院新車日流	浅草田甫	幸龍寺
376	大谷馬十②	文政７年７月29日	57	耀谷院釈姿賢	築地	門跡法心寺
377	片岡あやめ	文政７年４月18日	41	光顔得悟	千日	法善寺
378	中村大吉②	文政７年８月22日				
379	浅尾工左衛門①	文政７年８月22日	67	大円院一妙日道	城洲	宝塔寺
380	三枡大五郎③	文政７年10月17日				
381	嵐猪三郎①	文政８年５月13日	60	現刹離道環子	大坂寺町	法蔵院
382	清元延寿斎①	文政８年５月26日	49	妙声院誓音日延	深川	浄心寺
383	松島半二②	文政８年６月23日		釈純峯	麻布六本木	真教寺
384	奈河晴助①	文政９年１月19日	45		大坂四軒町	浄円寺
385	嵐小六④	文政９年11月15日	44		大坂中寺町	薬王寺
386	浜松歌国	文政10年２月19日	52		大坂谷町筋	天龍寺
387	市川鰕十郎①	文政10年７月16日	51	蘭有秀山	大坂嶋の内	大江院
388	中山喜楽①	文政10年10月25日	67		大坂北久宝寺町	玉泉寺
389	勝井源八	文政11年１月21日	50		浅草	日輪寺地中安称寺
390	坂東彦三郎③	文政11年２月18日	75	願生院極誉楽善法子	本所押上	大雲寺
391	松本染五郎	文政11年５月25日	47	除障明仙	深川	焔魔堂
392	松井幸三①	文政11年８月21日	51			

掲載の有無											備考
詣岩	詣演	詣国	詣東	父恩	名取	方角	忌辰	墓誌	掃墓	名優	
○	○	—	○	—	—	—	—	—	—	—	「中山七蔵」（詣東）
◎	◎	◎	—	—	—	—	○	—	—	—	「大坂寺町」は忌辰による。「歳五十六」「法蔵院」（忌辰）、「於大坂没」（詣岩・詣演）、詣国に墓所の記載なし。
○	○	○	—	—	—	—	△	—	—	—	烏亭焉馬、「談川楼焉馬」（詣演・詣国）、「立川焉馬」（忌辰）、「天楽院寿徳焉馬」（詣演）
◎	◎	◎	—	—	—	—	△	—	—	—	墓所は忌辰による。「富本豊前太夫」（忌辰）、「栄豊院量誉寿松道繁」（詣国）。詣演では「栄豊院豊…」とし、２字目の「豊」をミセケチで「量」に訂正。
○	○	○	—	—	—	—	—	—	—	—	「於大坂没」（詣岩・詣演・詣国）、「安政５年」の誤りか。
◎	◎	◎	—	—	—	—	○	—	—	—	「文政５年12月13日」（忌辰）
◎	◎	◎	—	—	—	—	○	○	—	—	「文政６年７月22日」（詣国）
—	—	—	—	—	—	—	△	—	—	—	
◎	◎	◎	—	—	—	—	○	○	—	—	「変死」（忌辰・墓誌）
○	○	○	—	—	—	—	—	—	—	—	「廿七才」（詣国）
○	○	○	—	—	—	—	—	—	—	—	
◎	◎	◎	—	—	—	—	—	—	—	—	
◎	◎	—	◎	—	—	—	○	—	—	—	「城州深草宝堂寺」（忌辰）
◎	◎	◎	—	—	—	—	○	—	—	—	「江戸に歿す」（忌辰）
◎	◎	◎	—	—	—	—	○	—	—	—	没年月日、墓所は忌辰による。「文政８年」「宝蔵寺」（詣岩・詣演・詣国）
◎	◎	◎	—	—	—	—	△	—	—	—	「清元延寿太夫」（忌辰）、「横死」（詣岩・詣演・詣国）
◎	◎	◎	—	—	—	—	△	—	—	—	「麻布三本木真教寺」（詣演）
○	○	○	—	—	—	—	△	—	—	—	墓所は忌辰による。「奈河清助」（詣国）、詣演では「清」をミセケチで「晴」に訂正。「文化９年１月19日」（忌辰）
◎	◎	◎	—	—	—	—	○	—	—	—	墓所は忌辰による。忌辰では「七代目嵐三右衛門」として掲載するが、名跡便覧では八代目とする（実際には名乗っていない）。
—	—	—	—	—	—	—	△	—	—	—	
◎	◎	◎	—	—	—	—	○	—	—	—	「歳四十七」（忌辰）
○	○	○	—	—	—	—	○	—	—	—	墓所は忌辰による。「中山善楽」（忌辰）
◎	◎	◎	—	—	—	—	△	—	—	—	墓所は忌辰による。「勝井源八郎」「文政11年８月21日」「歳五十一」（忌辰）
◎	◎	◎	—	—	—	—	○	○	—	○	「市村吉五郎」（名優）。名優では、他に「三代目坂東彦三郎」の項を設け、「安永６年６月26日」「浄教院正誉諦受信士」とするが、他の役者と混同するか。
○	○	○	—	—	—	—	—	—	—	—	「ゑんま堂」（詣国）
◎	◎	◎	—	—	—	—	—	—	—	—	

	名前	没年月日	享年	法名	墓所（地名）	墓所（寺名）
393	勝兵助	文政11年8月21日	42		深川寺町	信行寺
394	萩野伊三郎③	文政11年12月9日	43	清心院好誉知道		
395	市川市鶴	文政12年1月29日	41	華岳宗薫	高津中寺町	恵黒寺
396	片岡蝶十郎	文政12年4月4日	43			西光寺
397	桜田治助②	文政12年4月14日	62	速成院法就日身	谷中	瑞林寺
398	中村勘三郎⑪	文政12年8月4日	64			
399	萩野伊三郎②	文政12年10月2日	80	瑞班院政誉群好		
400	中村芝猿	文政12年11月20日	40	浄雲院宗潤	大坂中寺町	妙徳寺
401	市川鰕十郎②	文政12年11月24日	24	蘭山義芳	嶋の内	大福院
402	鶴屋南北④	文政12年11月27日	75	一心院法念日遍	本所押上	春慶寺
403	大谷友右衛門②	天保元年閏3月24日	62	釈善友	大坂下寺町	
404	中村元朝	天保元年4月8日	47	雲誉元朝		
405	松井幸三②	天保元年4月11日	38			
406	市川おの江	天保元年7月23日	40			
407	嵐富三郎	天保元年8月16日	40	釈了誉		
408	勝俵蔵②	天保元年12月17日	50	実夢院楽心日祐	本所押上	春慶寺
409	尾上芙雀③	天保2年1月5日	39			
410	中村のしほ③	天保2年4月13日	50	釈善教	大坂	薬王寺
411	坂東三津五郎③	天保2年12月27日	57	清尊院実誉秀佳	芝	月界院
412	市川門三郎	天保2年				
413	瀬川菊之丞⑤	天保3年1月6日	31	高照院勇誉才阿哲芸	本所押上	大雲寺
414	中村十蔵⑤	天保3年2月21日	53	途道観雲		
415	沢村しやばく①	天保3年7月6日				
416	市川男女蔵①	天保4年6月7日	53	久松院瀧野日恵	浅草	幸龍寺
417	瀬川如皐②	天保4年11月4日	77		本所石原	普賢寺
418	浅尾国五郎	天保6年1月19日	67	開権院顕実日相	大坂中寺町	正法寺
419	中村松江④	天保6年2月15日	22	梅園院秀芳日艶	大坂中寺町	法泉寺
420	市川虎蔵	天保6年6月23日	59	大鼓院自鳴日遠	中寺町	浄国寺
421	実川額十郎①	天保6年11月4日	54	額妙院延若日寿	谷町八丁目	本照寺
422	岩井半四郎⑥	天保7年4月8日	38	深窓院梅我日鮮	深川	浄心寺
423	市川鰕十郎③	天保7年9月12日	50	霊雲軒龍山日騰		
424	市川寿美蔵③	天保8年2月	42			

掲載の有無											備考
詣岩	詣演	詣国	詣東	父恩	名取	方角	忌辰	墓誌	掃墓	名優	
—	—	—	—	—	—	—	△	—	—	—	
◎	◎	◎	—	—	—	—	—	—	—	—	「荻野伊三郎」（詣演・詣国）、詣国では荻野伊三郎②の記事と混同している。
◎	◎	◎	—	—	—	—	—	—	—	—	
◎	◎	◎	—	—	—	—	—	—	—	—	
◎	◎	◎	—	—	—	—	△	—	—	—	墓所は忌辰による。松島てうふ①、「松嶋半二」「歳五十七」（忌辰）
—	—	—	—	—	—	—	○	○	—	—	
◎	◎	◎	—	—	—	—	○	○	—	—	「二代目坂東三津五郎」（忌辰・墓誌）、「荻野伊三郎」（詣演）。詣国では荻野伊三郎③の記事と混同し、略伝のみを掲げる（没年月日・享年・法名の記載なし）。
◎	◎	◎	—	—	—	—	○	—	—	—	
◎	◎	◎	—	—	—	—	—	—	—	—	詣演に享年の記載なし。
◎	◎	◎	—	—	—	—	△	—	—	—	「一心院法念一遍」（詣国）
◎	◎	◎	—	—	—	—	○	—	—	—	墓所は忌辰による。「歳六十三」（忌辰）、「於大坂没」（詣岩・詣演・詣国）
○	○	○	—	—	—	—	—	—	—	—	「於大坂没」（詣岩・詣演・詣国）
◎	◎	◎	—	—	—	—	—	—	—	—	
◎	◎	◎	—	—	—	—	—	—	—	—	
◎	◎	◎	—	—	—	—	—	—	—	—	
◎	◎	◎	—	—	—	—	△	—	—	—	直江屋重兵衛。墓所は忌辰による。
○	○	○	—	—	—	—	—	—	—	—	「於大坂没」（詣岩・詣演・詣国）
◎	◎	◎	—	—	—	—	○	—	—	—	墓所は忌辰による。「歳五十一」（忌辰）、「於大坂没」（詣岩・詣演・詣国）
◎	◎	◎	—	—	—	—	○	○	—	—	
◎	◎	◎	—	—	—	—	—	—	—	—	詣国では「紋三郎」の「紋」をミセケチで「門」に訂正。
◎	◎	◎	—	—	—	—	○	○	—	○	「天保３年１月７日」「高照院勇誉才阿誓芸信士」（名優）
◎	◎	◎	—	—	—	—	○	—	—	—	「江州街道山中ニテ雪ノ為メ死」（詣岩・詣演・詣国）
◎	◎	—	◎	—	—	—	○	—	—	—	「沢村藤蔵」（忌辰）、沢村四郎五郎②
◎	◎	—	◎	—	—	—	○	—	—	—	享年・墓所は忌辰による。
—	—	—	—	—	—	—	△	—	—	—	
○	○	—	○	—	—	—	—	—	—	—	
◎	◎	—	◎	—	—	—	—	—	—	—	
◎	◎	—	◎	—	—	—	—	—	—	—	
◎	◎	—	◎	—	—	—	—	—	—	—	
◎	◎	—	◎	—	—	—	○	○	—	○	「六代目（ママ）岩井粂三郎」「源窓院梅我日鱗信士」（名優）
◎	◎	—	◎	—	—	—	—	—	—	—	「於大坂没」（詣岩・詣演・詣東）
◎	◎	—	◎	—	—	—	—	—	—	—	

	名前	没年月日	享年	法名	墓所（地名）	墓所（寺名）
425	片岡仁左衛門⑦	天保8年3月1日	83	快翁院義教日耀	大坂中寺町	薬王寺
426	三升屋四郎	天保8年5月28日			深川寺町	正行寺
427	嵐璃寛②	天保8年6月13日	50	釈教順	大坂靱	常源寺
428	嵐三五郎④	天保8年6月29日	34	良山眠清	大坂下寺町	源聖寺
429	宝田寿助	天保9年2月19日	42			
430	松本幸四郎⑤	天保9年5月10日	75	猛誉勇山寛問	押上	大雲寺
431	森田勘弥⑩	天保9年7月11日			本所番場	妙源寺
432	中村玉助①	天保9年7月25日	61	歌唄院宗讃日徳	大坂中寺町	正法寺
433	嵐璃光	天保9年9月26日	56	純雄璃光		
434	関三十郎②	天保10年9月28日	54	釈歌山是證		西門跡法重寺
435	嵐冠之助①	天保10年10月26日		聞妙院歌声日慶	聖坂下	蓮乗寺
436	大谷広右衛門④	天保10年11月7日	47	釈全伏	大坂蟹座	連生寺
437	藤間勘十郎②	天保11年12月23日				
438	坂東寿太郎①	天保11年12月24日	72	本性院宗貞日寿	大坂中寺町	本覚寺
439	中村重助④	天保12年7月29日	35	故説院日乗日法	本所	法恩寺
440	長谷川勘兵衛⑪	天保12年8月	63		浅草橋場	保元寺
441	奈河亀助②	天保13年2月3日	79		大坂西寺町	大林寺
442	市川団三郎⑤	弘化元年3月8日		釈浄讃	大坂尾屋町	妙円寺
443	市川八百蔵④	弘化元年7月3日	73	聴誉知足了締		鼻カケ地蔵
444	岩井半四郎⑦	弘化2年4月1日	42	瓔晃観喜紫若日声	深川	浄心寺
445	浅尾工左衛門②	弘化2年9月11日				
446	市川団蔵⑤	弘化2年10月6日	58	釈了団	大坂尾屋町	妙円寺
447	坂東三津右衛門	弘化3年4月4日	59	釈旭山		東本願寺地中満照寺
448	嵐猪三郎②	弘化3年7月27日	73	慶香院徳善日大	芝三田三丁目	蓮光寺
449	坂東三八④	弘化3年7月				
450	坂東村助	弘化3年7月				
451	岩井杜若①	弘化4年4月6日	72	天慈院永久日受	深川	浄心寺
452	中村芝十郎①	弘化4年8月24日	49	浄説得聞	深川	本誓寺中霊閑院
453	嵐団八	弘化4年9月19日				
454	叶雛助③	弘化4年7月3日	26	梅形院清顔日示	大坂中寺町	正法寺
455	中山みよし	弘化4年5月19日	52	三好日成	谷中	本照寺
456	中村巴丈	弘化4年7月20日	33	直形院宗巴日円	中寺町	正法寺
457	中村芝翫③	弘化4年11月2日	38	梅龍院玩玉日輝	寺町	浄国寺
458	中村歌寿郎	嘉永元年4月4日	44	釈浄教	鰻谷	法泉寺

掲載の有無												備考
諧岩	諧演	諧国	諧東	父恩	名取	方角	忌辰	墓誌	掃墓	名優		
◎	◎	—	◎	—	—	—	○	—	—	—	享年は忌辰による。
—	—	—	—	—	—	—	△	—	—	—	
◎	◎	—	◎	—	—	—	○	—	—	—	
◎	◎	—	◎	—	—	—	○	—	—	—	
—	—	—	—	—	—	—	△	—	—	—	
◎	◎	—	◎	—	—	—	○	○	—	—	
—	—	—	—	—	—	—	○	○	—	—	忌辰・墓誌に記される略歴は森田勘弥⑨のものか。
◎	◎	—	◎	—	—	—	○	—	—	—	「三代目中村歌右衛門」「天保9年7月13日」「大坂中寺町浄国寺」（忌辰）
○	○	—	○	—	—	—	○	—	—	—	「於大坂没」（諧岩・諧演・諧東）、「天保元年9月26日」（諧東）
◎	◎	—	◎	—	—	—	○	—	—	—	
◎	◎	—	◎	—	—	—	—	—	—	—	嵐徳三郎②・歌川国春①
◎	◎	—	◎	—	—	—	○	—	—	—	坂田半五郎④
○	○	—	○	—	—	—	—	—	—	—	
◎	◎	—	◎	—	—	—	○	—	—	—	「坂東寿三郎」（諧東）
○	○	—	○	—	—	—	○	○	—	—	
—	—	—	—	—	—	—	△	—	—	—	
—	—	—	—	—	—	—	△	—	—	—	奈河一洗・奈河篤助①
◎	◎	—	◎	—	—	—	—	—	—	—	
◎	◎	—	◎	—	—	—	○	—	—	—	岩井喜代太郎②、諧東・忌辰に墓所の記載なし。
◎	◎	—	◎	—	—	—	○	○	—	—	
◎	◎	—	◎	—	—	—	○	—	—	—	「於大坂没」（諧岩・諧演・諧東）
◎	◎	—	◎	—	—	—	○	—	—	—	「弘化2年6月6日」「大坂中仕町明円寺」（忌辰）
◎	◎	—	◎	—	—	—	○	—	—	—	享年は忌辰による。
◎	◎	—	◎	—	—	—	○	○	—	—	「弘化3年7月晦日」（忌辰・墓誌）
◎	◎	—	◎	—	—	—	—	—	—	—	「水死」（諧岩・諧演・諧東）、坂東村助と並記
◎	◎	—	◎	—	—	—	—	—	—	—	「水死」（諧岩・諧演・諧東）、坂東三八④と並記
◎	◎	—	◎	—	—	—	○	○	—	—	「五代目岩井半四郎」（忌辰・墓誌）
◎	◎	—	◎	—	—	—	—	—	—	—	
○	○	—	○	—	—	—	—	—	—	—	
◎	◎	—	◎	—	—	—	—	—	—	—	
○	○	—	○	—	—	—	—	—	—	—	
○	○	—	○	—	—	—	—	—	—	—	姉川源之助①
◎	◎	—	◎	—	—	—	—	—	—	—	
◎	◎	—	◎	—	—	—	—	—	—	—	

	名前	没年月日	享年	法名	墓所（地名）	墓所（寺名）
459	中村東蔵③	嘉永元年6月11日	55	香取院宗心日篤	中寺町	正法寺
460	寿阿弥曇斎	嘉永元年8月29日	80	東陽院寿阿弥陀仏曇斎和尚	小石川	伝通院寺中林昌院
461	中村三光③	嘉永元年11月19日				
462	尾上梅寿	嘉永2年4月24日	66	松誉院釈栄室梅寿	遠州掛川	法大久寺
463	松本錦升①	嘉永2年11月3日	37	寛誉芳山哲雄	押上	大雲寺
464	沢村国太郎	嘉永2年11月16日	36		大坂中寺町	円妙寺
465	坂東善次	嘉永2年4月24日				
466	中村鶴助③	嘉永4年2月5日	41	鶴鳴院法成日清	中寺町	浄国寺
467	森田勘弥⑨	嘉永4年5月22日	45		本所番場	妙源寺
468	尾上松助③	嘉永4年7月2日	45	釈曜松信	今戸	広楽寺
469	坂東佳朝	嘉永4年8月4日		栄寿院佳朝	深川	浄心寺
470	市村竹之丞⑤	嘉永4年8月20日	40	祥運院賢誉竹栄	押上	大雲寺
471	小川吉太郎③	嘉永4年9月18日	67	芳顔英子	大坂中寺町	正法寺
472	中村勘三郎⑫	嘉永4年10月11日	52	柄誉玉道舞鶴	押上	大雲寺
473	浅尾与六①	嘉永4年12月9日	55	了義院貫道日久	大坂中寺町	本行寺
474	鶴屋南北⑤	嘉永5年1月21日	57		深川寺町	信行寺
475	中村歌右衛門④	嘉永5年2月17日	57	歌成院翫雀日龍	大坂中寺町	浄国寺
476	西沢一鳳	嘉永5年12月22日	51			
477	中山百花①	嘉永6年2月15日	90		大坂嶋之内	万福寺
478	中村鷺助	嘉永6年10月10日	37	歓学浄喜		浄国寺
479	助高屋高助③	嘉永6年11月15日	53	高雲院賀源道寿	熱田	法持寺
480	杵屋勝五郎②	嘉永6年1月19日	56	春岳要勝	下谷竹町	常在寺
481	市川団十郎⑧	安政元年8月6日	32	篤誉浄莚実忍	大坂天王寺村	一心寺
482	嵐音八③	安政元年12月8日	69	嵐松法音		
483	中村富十郎②	安政2年2月13日	70		大坂中寺	正法寺
484	坂東しうか①	安政2年3月6日	43	秀誉実山	芝	月界院
485	瀬川路山	安政2年7月14日		当岳路山		桜木坊
486	中村芝雀①	安政2年8月	37			
487	大谷広右衛門⑤	安政2年9月13日	52	花光日定	大坂下寺町	妙蔵寺
488	清元太兵衛	安政2年9月21日	54	尋声院栄寿日理	深川	浄心寺

掲載の有無											備考
諳岩	諳演	諳国	諳東	父恩	名取	方角	忌辰	墓誌	掃墓	名優	
◎	◎	—	◎	—	—	—	—	—	—	—	「五十七才」(諳演)
—	—	—	—	—	—	—	△	—	—	—	劇神仙②
○	○	—	○	—	—	—	—	—	—	—	
◎	◎	—	◎	—	—	—	○	○	—	—	「三代目尾上菊五郎」「嘉永2年閏4月24日」「浅草今戸広楽寺」「同所(掛川宿)大久寺に葬る」(忌辰・墓誌)
◎	◎	—	◎	—	—	—	○	○	—	—	「六代目松本幸四郎」(忌辰・墓誌)
—	—	—	—	—	—	—	○	—	—	—	忌辰では代数を「四代目」とするが不詳。「幼名仙之助」(忌辰)
○	○	—	○	—	—	—	—	—	—	—	「鰒に当りて死ス」(諳岩・諳演・諳東)
○	○	—	○	—	—	—	—	—	—	—	
—	—	—	—	—	—	—	○	○	—	—	忌辰・墓誌に記される略歴は森田勘弥⑩のものか。
◎	◎	—	◎	—	—	—	—	—	—	—	
○	○	—	○	—	—	—	—	—	—	—	
◎	◎	—	◎	—	—	—	○	○	—	○	「(十二代目)市村羽左衛門」(忌辰・墓誌・名優)、「澄水院青誉橘香信士」(名優)
◎	◎	—	◎	—	—	—	○	—	—	—	
◎	◎	—	◎	—	—	—	○	○	—	—	享年は忌辰による。
◎	◎	—	◎	—	—	—	○	—	—	—	「三州吉田ニテ死ス」(諳岩・諳演・諳東)
○	○	—	○	—	—	—	△	—	—	—	鶴屋孫太郎。諳では俳名の「可祐」を法名として掲げる。「心行寺」(忌辰の正誤表)
◎	◎	—	◎	—	—	—	○	—	—	—	
—	—	—	—	—	—	—	△	—	—	—	
—	—	—	—	—	—	—	○	—	—	—	中山文七③
○	○	—	○	—	—	—	—	—	—	—	諳東に墓所の記載なし。
◎	◎	—	◎	—	—	—	○	○	—	○	「嘉永6年11月4日」「歳五十二」「浅草誓願寺中受用院」(忌辰・墓誌)、「嘉永6年11月9日」「噂止院高賀俳翁信士」「年五十三」(名優)、「尾州名古屋ニテ没(死す)」(諳岩・諳演・諳東・名優)
○	○	—	○	—	—	—	—	—	—	—	
◎	◎	—	◎	—	—	—	○	○	—	—	「自殺」(諳岩・諳演・諳東)
◎	◎	—	◎	—	—	—	—	—	—	—	
◎	◎	—	◎	—	—	—	○	—	—	—	中村松江③
◎	◎	—	◎	—	—	—	○	○	—	—	坂東三津五郎⑤
○	○	—	○	—	—	—	—	—	—	—	諳東に墓所の記載なし。
◎	○	—	◎	—	—	—	○	—	—	—	享年は忌辰による。「安政3年4月5日」(忌辰)
○	○	—	○	—	—	—	○	—	—	—	「歳五十四」(忌辰)
◎	◎	—	◎	—	—	—	△	—	—	—	清元延寿太夫②、「安政2年9月26日」(忌辰)

	名前	没年月日	享年	法名	墓所（地名）	墓所（寺名）
489	市川猿蔵①	安政２年９月29日	21	実誉儀莚孝安	大坂	一心寺
490	並木五瓶③	安政２年10月14日	67	得法直覚	深川	正覚寺
491	杵屋六翁①	安政２年11月晦日	76	善智院至厳	谷中川端	本寿寺
492	三升屋二三治	安政３年８月５日	73	常念栄園	深川亀住町	心行寺地中正寿院
493	清元延寿太夫③	安政４年10月２日			浅草橋場	法源寺
494	中村大吉③	安政４年11月11日	43	讃仏院宗慶日乗	鳥辺野	本寿寺
495	市川福猿	安政５年１月13日				
496	三枡稲丸①	安政５年４月27日	25	夏岳院梅笑日妙	京寺町	本能寺
497	嵐小六⑤	安政５年８月11日				
498	杵屋六左衛門⑩	安政５年８月15日	54		深川	浄心寺地中善応院
499	市川鰕十郎④	安政５年10月19日	50	釈教信	大坂片町	光明寺
500	望月太左衛門⑤	安政６年２月12日		釈證円浄音	鰻縄手	西念寺
501	市川海老蔵⑤	安政６年３月23日	70	徳誉倶郭子儀善法子	芝	常照院
502	三枡大五郎④	安政６年５月13日	62	道明院栄山日暉	大坂	円妙寺
503	中村歌六①	安政６年７月１日		昇雲院釈緑王		
504	中村玉七①	万延元年２月15日	22	迎鶴院加玉	中寺町	正法寺
505	花笠文京	万延元年３月２日	72	魯鈍齢年	谷中	天眼寺
506	中村鴻蔵	万延元年３月29日				
507	尾上菊五郎④	万延元年６月28日	53	釈菊憧梅健	今戸	広楽寺
508	大谷友右衛門④	文久元年１月１日	70	釈友楽		
509	中村翫雀②	文久元年１月７日	28	歌竹院翫旭日雀	大坂中寺町	浄国寺
510	中村翫助	文久元年１月19日	27	翫月良照	浅草	誓願寺中
511	望月太左衛門④	文久元年４月17日	78	長寿院朴清日栄	品川北馬場	本照寺
512	立川焉馬②	文久２年７月23日	71		小石川極楽水	大雲寺
513	常磐津豊後大掾	文久２年８月８日	59	与徳院禎厳良祥	麻布広尾	松雲寺
514	浅尾与六②	文久２年10月８日	49	釈義浄	今戸	本龍寺
515	吾妻市之丞①	文久２年10月15日	42	釈了道	築地	門跡妙覚寺
516	片岡仁左衛門⑧	文久３年２月16日	54	龍頞院我乗日璃	大坂中寺町	薬王寺
517	嵐璃寛③	文久３年４月21日	52	浄璃軒寛誉厳禅定門	道頓堀坂町	法善寺
518	中村翫左衛門	文久３年６月20日	53	果徳院法源日悟	本所番場	妙源寺

掲載の有無											備考
諧岩	諧演	諧国	諧東	父恩	名取	方角	忌辰	墓誌	掃墓	名優	
◎	◎	—	◎	—	—	—	—	—	—	—	「市川白蔵」（諧東）
◎	◎	—	◎	—	—	—	△	—	—	—	「安政２年７月14日」「得法直誉」「深川霊岸寺地中正覚院」（忌辰）
◎	◎	—	◎	—	—	—	△	—	—	—	「杵屋六三郎」「歳七十」（忌辰）
◎	◎	—	◎	—	—	—	△	—	—	—	墓所は忌辰による。「年七十二」（忌辰）、諧では墓所として「深川万年町」のみを掲げる。
—	—	—	—	—	—	—	△	—	—	—	「震災の為めに死す」（忌辰）
◎	◎	—	◎	—	—	—	○	—	—	—	
◎	◎	—	◎	—	—	—	—	—	—	—	
○	○	—	○	—	—	—	—	—	—	—	
○	○	—	○	—	—	—	—	—	—	—	
◎	◎	—	◎	—	—	—	△	—	—	—	享年・墓所は忌辰による。「安政５年８月16日」（忌辰）
◎	◎	—	◎	—	—	—	○	—	—	—	
◎	◎	—	◎	—	—	—	—	—	—	—	「文政６年２月12日」（諧演）、「うなぎ谷西念寺」（諧東）
◎	◎	—	◎	—	—	—	○	○	—	—	「七代目市川団十郎」「歳六十九」（忌辰・墓誌）、諧演に墓所の記載なし。
◎	◎	—	◎	—	—	—	○	—	—	—	墓所は忌辰による。「歳六十三」（忌辰）、「於難波没」（諧岩・諧演・諧東）
◎	◎	—	◎	—	—	—	—	—	—	—	「於難波没」（諧岩・諧演・諧東）
◎	◎	—	◎	—	—	—	—	—	—	—	
◎	◎	—	◎	—	—	—	△	—	—	—	「花笠魯助」「歳七十六」「魯鈍齢筆」「深川霊巌寺地中」（忌辰）
○	○	—	○	—	—	—	—	—	—	—	
◎	◎	—	◎	—	—	—	○	○	—	—	妻「蝶女」の死亡記事も並記（諧岩・諧演・諧東）
◎	◎	—	◎	—	—	—	○	—	—	—	「大坂一向宗」（諧岩・諧演・諧東）
◎	◎	—	◎	—	—	—	○	—	—	—	墓所は忌辰による。「万延元年１月７日」（忌辰）
○	○	—	○	—	—	—	—	—	—	—	「浅草本願寺中」（諧東）
○	○	—	○	—	—	—	—	—	—	—	
—	—	—	—	—	—	—	△	—	—	—	近松門左衛門②
◎	◎	—	◎	—	—	—	○	—	—	—	常磐津文字太夫④、「四代目市川門之助」（忌辰）、諧では「常盤津」とする。
◎	◎	—	◎	—	—	—	○	○	—	—	享年は忌辰による。諧東に墓所の記載なし。
◎	◎	—	◎	—	—	—	—	—	—	—	吾妻藤蔵⑤
◎	◎	—	◎	—	—	—	○	—	—	—	片岡我童②、「文久３年６月16日」（忌辰）
◎	◎	—	◎	—	—	—	○	—	—	—	嵐徳三郎③・嵐橘蝶①
◎	◎	—	◎	—	—	—	—	—	—	—	

	名前	没年月日	享年	法名	墓所（地名）	墓所（寺名）
519	守田勘弥⑪	文久３年11月18日	62	実信院唱行日得	本所番場	妙源寺
520	沢村源之助③	文久３年			大坂	一心寺
521	市川市蔵③	慶応元年３月２日	33	市光院遊夢蝶元	千日寺九條村	竹林寺
522	嵐吉三郎③	慶応元年９月28日	55	顕相院順覚昇橘		
523	嵐璃珏②	慶応元年12月14日	55			
524	市川小団次④	慶応２年５月８日	55	得巧院演戯米升日達	深川	浄心寺中玉泉院
525	岸沢古式部④	慶応２年12月19日	61	達弦院常感日道		
526	実川額十郎②	慶応３年２月22日	55	延山春額日掌	谷町八丁目	本照寺
527	河原崎国太郎①	慶応３年４月21日	19	香風院扇之日昇	本所番場	妙源寺
528	河原崎権之助⑥	明治元年９月23日	55	開権院玄唱日香	本所番場	妙源寺
529	鳥居清満②	明治元年11月21日	82		浅草寺町	法成寺
530	関三十郎③	明治３年12月18日	65	釈顕照大覚		西門跡法重寺
531	市川団蔵⑥	明治４年10月22日	72	釈了教	大坂尾屋町	妙円寺
532	坂東蓑助④	明治５年７月30日		慈雲院興誉佳仙	芝	増上寺月界院
533	大谷広治⑤	明治６年２月１日	41	釈紫道		
534	中村翫太郎	明治６年３月３日	56	徳厚院翫竹日成	谷中	瑞林寺中大仙院
535	瀬川路之助	明治６年８月29日	29	釈明覚	浅草	報恩寺中真照寺
536	瀬川路之丞	明治６年９月１日			浅草	報恩寺地中真照寺
537	坂東三津五郎⑥	明治６年９月11日	28	徳法院三誉香山	芝	山内月界院
538	岩井紫若③	明治６年10月５日	30	梅香院紫覚日容	谷中川端	本寿寺
539	坂東亀蔵①	明治６年11月14日	74	長影院斎誉彦光	押上村	大雲寺
540	岸沢三蔵	明治７年５月８日	72			
541	望月太左衛門⑥	明治７年５月８日	45	雛相朴清道治	三田	法正院
542	市川高麗蔵⑦	明治７年７月13日				
543	尾上菊次郎②	明治８年６月14日		園林院梅花日香	浅草北松山町	本覚寺
544	杵屋勘五郎③	明治10年８月７日	55		谷中	天王寺
545	桜田治助③	明治10年８月７日	76	釈浄観		東本願寺中法融寺
546	坂東彦三郎⑤	明治10年10月13日	46	東雲院紫山彦風	大坂中寺	浄蓮寺
547	中村喜世三郎④	明治10年11月19日		釈起騰		
548	市川門之助⑤	明治11年５月12日	58	千達院門車日流	浅草田甫	幸龍寺

掲載の有無											備考
諧岩	諧演	諧国	諧東	父恩	名取	方角	忌辰	墓誌	掃墓	名優	
◎	◎	—	◎	—	—	—	○	○	—	—	享年・墓所は忌辰による。忌辰では「四代目坂東三津五郎」としても立項される。
◎	◎	—	◎	—	—	—	—	—	—	—	
◎	◎	—	◎	—	—	—	—	—	—	—	
◎	◎	—	◎	—	—	—	○	—	—	—	「元和元年９月28日」（忌辰）、「五十二才」（諧演）、「於大坂没」（諧岩・諧演・諧東）
◎	◎	—	◎	—	—	—	○	—	—	—	享年は諧演による。「元治元年７月14日」「年五十二」（忌辰）、「於大坂没」（諧岩・諧演・諧東）
◎	◎	—	◎	—	—	—	○	○	○	—	「深川浄心寺」（掃墓）
◎	◎	—	◎	—	—	—	△	—	—	—	岸沢式佐⑤
◎	◎	—	◎	—	—	—	—	—	—	—	実川延三郎①、「延山春領日幸」（諧演・諧東）
◎	◎	—	◎	—	—	—	—	—	—	○	「本所石原妙玄寺」（名優）
◎	◎	—	◎	—	—	—	—	—	—	—	
◎	◎	—	◎	—	—	—	△	—	—	—	墓所は忌辰による。
◎	◎	—	◎	—	—	—	○	—	—	—	市川八百蔵⑤、「歳六十六」（忌辰）、忌辰に墓所の記載なし。
◎	◎	—	◎	—	—	—	○	—	—	—	市川九蔵②、「大坂中仕町明円寺」（忌辰）
○	○	—	○	—	—	—	—	—	—	—	坂東玉三郎②
◎	◎	—	◎	—	—	—	○	—	—	—	享年は忌辰による。大谷友右衛門⑤、「五代目大谷広次」（忌辰）、「大坂」（諧岩・諧演・諧東）
○	○	—	○	—	—	—	—	—	—	—	
◎	◎	—	◎	—	—	—	—	—	○	—	代数不明。「押上大雲寺」（掃墓）
—	—	—	—	—	—	—	—	—	○	—	
◎	◎	—	◎	—	—	—	○	○	○	—	「明治６年５月11日」（忌辰・墓誌）
◎	◎	—	◎	—	—	—	—	—	—	—	
◎	◎	—	◎	—	—	—	○	○	—	○	「四代目坂東彦三郎」（忌辰・墓誌・名優）、「明治６年11月24日」「長彰院斉彦光信士」（名優）
◎	◎	—	◎	—	—	—	—	—	—	—	
◎	◎	—	◎	—	—	—	—	—	—	—	「法止院」（諧演）
◎	◎	—	◎	—	—	—	—	—	—	—	市川白猿
◎	◎	—	◎	—	—	—	—	—	○	—	墓所は掃墓による。
◎	◎	—	◎	—	—	—	△	—	—	—	享年は忌辰による。杵屋六左衛門⑪
○	○	—	○	—	—	—	△	—	—	—	
◎	◎	—	◎	—	—	—	○	—	○	○	「常照院迎誉紫雲居士」「本所押上大雲寺」（名優）、「大坂生魂地中浄運寺」（掃墓）
◎	◎	—	◎	—	—	—	—	—	—	—	「中村喜代三郎」（諧演）
◎	◎	—	◎	—	—	—	○	○	○	—	市川新車①、「明治11年９月12日」（忌辰・墓誌）。掃墓では、「五月　日」とした上で朱筆で「九」「十二」を書き添える。

	名前	没年月日	享年	法名	墓所（地名）	墓所（寺名）
549	沢村田之助③	明治11年7月7日	34	深広院照誉盛務	浅草	誓願寺受用院
550	市川女寅①	明治12年5月8日	26	深達院女桜日詣	浅草田甫	幸龍寺
551	沢村曙山①	明治12年10月16日	38	峯山曙山	浅草	誓願寺中
552	富本豊前太夫③	明治13年8月13日	72		浅草	専修院
553	中村翫雀③	明治14年3月3日	41			
554	中村歌女之丞①	明治14年3月22日	52			
555	沢村源平③	明治14年4月13日			浅草	誓願寺地中受用院
556	瀬川如皐③	明治14年6月28日	76	徹寿浄肝	向島	弘福寺
557	岩井半四郎⑧	明治15年2月19日	54	貞松院修徳日厚	深川	浄心寺
558	市川新十郎	明治15年6月7日			浅草山谷	正法寺
559	尾上梅三郎	明治15年7月10日			浅草田甫	慶印寺
560	沢村門之助	明治16年7月			浅草	誓願寺地中受用院
561	市川寿美之丞	明治18年6月30日				
562	中村相蔵	明治18年12月				
563	助高屋高助④	明治19年2月2日	49		浅草	誓願寺受用院
564	尾上多見蔵②	明治19年3月2日	90		大坂	一心寺
565	嵐大三郎⑤	明治19年3月14日				
566	坂東三津三	明治19年10月19日				
567	中村魁蔵	明治19年10月21日			浅草今戸	慶養寺
568	中村仲蔵③	明治19年11月10日	78		谷中	天王寺
569	市川海老蔵⑧	明治19年11月11日				青山墓地
570	河原崎国太郎③	明治20年7月21日			本所番場	妙源寺
571	嵐璃幸	明治21年1月30日			本所押上	大雲寺
572	中村重蔵⑥	明治21年5月5日			浅草山谷	大秀寺
573	坂東橘次	明治21年12月17日				
574	岩井紫若④	明治22年2月19日			深川	浄心寺
575	関三十郎④	明治22年7月10日	52		築地	本願寺地中法重寺
576	富本豊前太夫④	明治22年9月7日	60		浅草	専修院
577	中村宗十郎③	明治22年10月7日			大坂	天王寺墓地
578	市川団右衛門	明治22年12月21日			芝金杉二丁目	経覚寺
579	長谷川勘兵衛⑬	明治23年2月8日				長原寺
580	沢村由次郎②	明治23年2月19日			浅草	誓願寺地中受用院
581	松嶋庄五郎②	明治23年3月7日	58		亀戸	法蓮寺
582	市川猿十郎	明治23年3月19日			浅草北松山町	本立寺

掲載の有無											備考
諳岩	諳演	諳国	諳東	父恩	名取	方角	忌辰	墓誌	掃墓	名優	
◎	◎	—	◎	—	—	—	○	○	○	—	
◎	◎	—	◎	—	—	—	—	—	○	—	諳演では「五月四日」の「四」をミセケチで「八」に訂正。
◎	◎	—	◎	—	—	—	—	—	—	—	
—	—	—	—	—	—	—	△	—	—	—	
○	○	—	○	—	—	—	○	—	—	—	「明治14年２月３日」(忌辰)、「於大坂没」(諳岩・諳演・諳東)
—	—	—	—	—	—	—	○	—	—	—	
—	—	—	—	—	—	—	—	—	○	—	
◎	◎	—	◎	—	—	—	△	—	○	—	「本所牛島弘福寺」(忌辰)
◎	◎	—	◎	—	—	—	○	○	○	—	「明治15年１月29日」(掃墓)
—	—	—	—	—	—	—	—	—	○	—	二代目か。
—	—	—	—	—	—	—	—	—	○	—	
—	—	—	—	—	—	—	—	—	○	—	
—	—	—	—	—	—	—	—	—	○	—	
—	—	—	—	—	—	—	—	—	○	—	
—	—	—	—	—	—	—	○	○	○	—	沢村宗十郎⑥、「明治18年２月２日」(掃墓)、「尾州名古屋にて歿す」(忌辰・墓誌)
—	—	—	—	—	—	—	○	—	○	—	墓所は掃墓による。「明治19年３月６日」(掃墓)
—	—	—	—	—	—	—	—	—	○	—	
—	—	—	—	—	—	—	—	—	○	—	
—	—	—	—	—	—	—	—	—	○	—	
—	—	—	—	—	—	—	○	○	○	—	「明治19年12月24日」(掃墓)
—	—	—	—	—	—	—	—	—	○	—	市川新之助④
—	—	—	—	—	—	—	—	—	○	—	
—	—	—	—	—	—	—	—	—	○	—	
—	—	—	—	—	—	—	—	—	○	—	中村十蔵⑥
—	—	—	—	—	—	—	—	—	○	—	
—	—	—	—	—	—	—	—	—	○	—	
—	—	—	—	—	—	—	○	—	○	—	墓所は掃墓による。市川八百蔵⑥
—	—	—	—	—	—	—	△	—	—	—	
—	—	—	—	—	—	—	—	—	○	—	
—	—	—	—	—	—	—	—	—	○	—	
—	—	—	—	—	—	—	△	—	—	—	
—	—	—	—	—	—	—	—	—	○	—	
—	—	—	—	—	—	—	△	—	—	—	
—	—	—	—	—	—	—	—	—	○	—	

	名前	没年月日	享年	法名	墓所（地名）	墓所（寺名）
583	中村鶴蔵②	明治23年４月11日			谷中	天王寺墓地
584	市川照蔵①	明治23年12月６日				東本願寺地中
585	坂東しうか②	明治24年４月７日				
586	坂東彦十郎	明治25年５月７日			芝切通	金池院
587	尾上梅枝	明治25年７月				
588	中村鶴助⑤	明治25年９月22日				
589	河竹黙阿弥	明治26年１月22日	78		浅草	門跡添地源通寺
590	坂東家橘①	明治26年３月18日	48		押上	大雲寺
591	中村秀五郎	明治26年８月20日			深川	霊岸寺
592	嵐璃寛④	明治27年５月20日			大坂	天王寺東門側
593	尾上芙雀⑦	明治27年８月26日			深川	浄心寺
594	片岡仁左衛門⑩	明治28年４月16日			大坂中寺町	薬王寺
595	片岡仁三郎	明治28年４月			大坂中寺町	薬王寺
596	中村雀右衛門②	明治28年７月20日			大坂阿部野	
597	中村寿三郎②	明治29年４月16日			深川	浄心寺
598	中村鶴五郎	明治30年６月９日			浅草田甫	大彦寺
599	尾上菊之助②	明治30年６月28日			本所押上	大雲寺
600	市川新蔵⑤	明治30年７月９日			谷中	天王寺墓地
601	守田勘弥⑫	明治30年８月23日			本所番場	妙源寺
602	中村福芝	明治31年11月14日			小石川	念連寺
603	中村芝翫④	明治32年１月16日			浅草ドブ店	遠長寺
604	沢村田之助④	明治32年４月４日			浅草	誓願寺地中受用院
605	尾上多賀之丞②	明治32年６月23日			浅草小松山町	東覚寺
606	助高屋小伝次①	明治32年８月24日			本所	西光寺
607	河竹新七③	明治34年１月10日			浅草	永見寺
608	中村富十郎③	明治34年２月21日			小石川白山	大乗寺
609	三枡稲丸③	明治34年８月22日			浅草山谷	本性寺
610	市川雷蔵⑥	明治34年９月23日			下谷稲荷町	唯念寺
611	坂東秀調②	明治34年９月29日			下谷北稲荷町	竜谷寺
612	坂東喜知六	明治34年10月12日			麻布霊南坂	養泉寺
613	尾上菊十郎	明治36年４月30日			本所押上	大雲寺
614	冨沢半三	年月不詳		戒名不知	本所あら井町	妙玄寺
615	中村平十郎					
616	中村七五郎			妙雲院元慶信士		

掲載の有無											備考
詣岩	詣演	詣国	詣東	父恩	名取	方角	忌辰	墓誌	掃墓	名優	
—	—	—	—	—	—	—	—	—	○	—	
—	—	—	—	—	—	—	—	—	○	—	
—	—	—	—	—	—	—	—	—	○	—	中村もしほ②
—	—	—	—	—	—	—	—	—	○	—	初代か。
—	—	—	—	—	—	—	—	—	○	—	
—	—	—	—	—	—	—	—	—	○	—	中村橋之助②
—	—	—	—	—	—	—	△	—	○	—	「吉村黙阿弥」（忌辰）、「古河黙阿弥」「明治26年１月21日」（掃墓）
—	—	—	—	—	—	—	○	○	○	—	市村羽左衛門⑭・市村家橘⑤
—	—	—	—	—	—	—	—	—	○	—	
—	—	—	—	—	—	—	—	—	○	—	
—	—	—	—	—	—	—	—	—	○	—	
—	—	—	—	—	—	—	—	—	○	—	掃墓の欄外に「山谷正法寺」の書入れあり。
—	—	—	—	—	—	—	—	—	○	—	掃墓の欄外に「仝上（山谷正法寺）」の書入れあり。
—	—	—	—	—	—	—	—	—	○	—	
—	—	—	—	—	—	—	—	—	○	—	
—	—	—	—	—	—	—	—	—	○	—	
—	—	—	—	—	—	—	—	—	○	—	
—	—	—	—	—	—	—	—	—	○	—	
—	—	—	—	—	—	—	—	—	○	—	
—	—	—	—	—	—	—	—	—	○	—	
—	—	—	—	—	—	—	—	—	○	—	
—	—	—	—	—	—	—	—	—	○	—	
—	—	—	—	—	—	—	—	—	○	—	
—	—	—	—	—	—	—	—	—	○	—	
—	—	—	—	—	—	—	—	—	○	—	竹柴金作①
—	—	—	—	—	—	—	—	—	○	—	
—	—	—	—	—	—	—	—	—	○	—	
—	—	—	—	—	—	—	—	—	○	—	掃墓では「林柔」に抹消線を引き「唯念」に訂正する。
—	—	—	—	—	—	—	—	—	○	—	
—	—	—	—	—	—	—	—	—	○	—	
—	—	—	—	—	—	—	—	—	○	—	
—	—	—	—	—	○	—	—	—	—	○	
—	—	—	—	—	○	—	—	—	—	○	「今少長弟子」（名取・名優）
—	—	—	—	—	○	—	—	—	—	○	法名は名優による。「今少長弟子」（名取・名優）

	名前	没年月日	享年	法名	墓所（地名）	墓所（寺名）
617	坂東大五郎	不知				
618	大谷広次④					
619	大谷友右衛門③					
620	嵐三五郎③	歿年未詳				

収録人物数

掲載の有無											備考
詣岩	詣演	詣国	詣東	父恩	名取	方角	忌辰	墓誌	掃墓	名優	
—	—	—	—	—	○	—	—	—	—	—	
—	—	—	—	—	—	—	○	—	—	—	「三代目十町男幼名広五郎後鬼次と改む」（忌辰）
—	—	—	—	—	—	—	○	—	—	—	「始嵐舎丸」（忌辰）
—	—	—	—	—	—	—	○	—	—	—	「二代目の男初名松之助寛政九年三五郎と改め文化十一年冬市村座へ下る」（忌辰）
495	494	360	137	65	105	142	○ 310 △ 73	171	65	113	

人物索引

この索引は、本別冊に掲載される人物名を五十音順に配列し、表の該当する項目の通し番号を示したものである。凡例は次の通りである。

1．同一人物が複数の名前を名乗っている場合であっても、それぞれの名前を別々に掲出した。表では、見出しとして採用しなかった別名を、適宜備考欄に記載している。通し番号に［　］が付されている場合は、その名前が、表の備考欄に掲載されていることを表している。

2．人物名の表記は、表に記載したものに準拠した。ただし、一般性を欠くと判断できる場合等には、適宜（　）に別の表記を示した。

う

お

か

に

は

墓所索引

この索引は、本別冊に掲載される墓所の寺名を地域別に分類し、表の該当する項目の通し番号を示したものである。凡例は次の通りである。なお、各寺の所在地はあくまでも資料上の記載に基づくものであり、現在の状況を表しているとは限らない。

1. 大きく「江戸（東京）の部」「大坂の部」「京都の部」「その他の地域」の4つの区分に分けた。特に「江戸（東京）の部」では、五十音順に「浅草」「芝」「深川」等の下位区分を設けた。各区分内での寺名の配列は五十音順である。
2. 表の記載に従って、各寺名の後ろには適宜〈〜町〉のごとく、さらに細かい所在地の情報を付した。なお、寺名の表記等に異同がある場合は（ ）で示した。
3. 塔頭については、母体となる寺の名前の次行に、1字分下げて斜体で表した。
4. 通し番号に［ ］が付されている場合は、表の備考欄にその寺名が記載されていることを表している。

— 江戸（東京）の部 —

青山（あおやま）

浅草（あさくさ）

麻布（あざぶ）

小石川（こいしかわ）

駒込（こまごめ）

小松川（こまつがわ）

下谷（したや）

品川（しながわ）

芝（しば）

渋谷（しぶや）

雑司ヶ谷（ぞうしがや）

築地（つきぢ）

深川（ふかがわ）

本所（ほんじょ）

谷中（やなか）

― 大坂の部 ―

― 京都の部 ―

― その他の地域 ―

著者略歴

光 延 真 哉（みつのぶ・しんや）

1979年東京生まれ。東京大学文学部卒業。同大学院人文社会系研究科修士・博士課程修了。博士（文学）。

日本学術振興会特別研究員（PD）を経て、現在、白百合女子大学文学部講師。

〔著書〕『江戸の声—黒木文庫でみる音楽と演劇の世界—』（東京大学出版会、2006年、共著）、『日本文学検定公式問題集〔古典〕2級』（新典社、2011年、執筆協力）など。

本書は『江戸歌舞伎作者の研究　金井三笑から鶴屋南北へ』
との２冊セットです

江戸・明治 歌舞伎役者墳墓一覧
［江戸歌舞伎作者の研究　金井三笑から鶴屋南北へ　**別冊**］

平成24(2012)年２月29日　初版第１刷発行©

著 者　光 延 真 哉

装 幀　笠間書院装幀室
発行者　池 田 つ や 子
発行所　有限会社**笠間書院**
東京都千代田区猿楽町2-2-3 ［〒101-0064］
電話　03-3295-1331　fax　03-3294-0996

NDC 分類：912.5

ISBN978-4-305-70583-9　藤原印刷